Wolfgang Hohlbein
Der Ruf der Tiefen

W0267427

PIPER

Zu diesem Buch

Hämmernde Faustschläge dringen aus dem Boiler, als Janice in die Wanne steigt – da wird auch schon die Wohnungstür zertrümmert … Die Suche nach ihrem verschwundenen Geliebten wird für Janice zum Albtraum. In einem alten Schmugglernest, das eigentlich gar nicht existieren dürfte, wird sie von gesichtslosen Feinden verfolgt. Da spaltet plötzlich ein greller Blitz den Himmel. Aus dem Sturm taucht die bedrohliche Silhouette eines Schiffes auf. Von seinen mächtigen Flanken lösen sich Schemen, die nichts Menschliches an sich haben. Und Janice muss erkennen, dass sie etwas geweckt hat, das niemals hätte geweckt werden dürfen …

Wolfgang Hohlbein, Jahrgang 1953, war Industriekaufmann, bevor er 1982 mit seinem Debüt »Märchenmond« einen Autorenwettbewerb gewann. Seitdem schreibt er einen Erfolgsroman nach dem anderen und gilt als der Großmeister der deutschen Phantastik. Titel wie »Die Tochter der Himmelsscheibe«, »Das Avalon-Projekt« sowie der »Enwor«-Zyklus wurden bei Piper zu Bestsellern. Zuletzt erschienen »Infinity. Der Turm« und die um einen Roman erweiterte Neufassung seines Klassikers »Wyrm«. Wolfgang Hohlbein lebt in der Nähe von Düsseldorf. Weiteres zum Autor unter: www.hohlbein.net

Wolfgang Hohlbein

DER RUF DER TIEFEN

Roman

Piper München Zürich

Entdecke die Welt der Piper-Fantasy:

Piper-Fantasy.de

Von Wolfgang Hohlbein liegen bei Piper vor:
Die Rückkehr der Zauberer
Das Avalon-Projekt
Das Druidentor
Unheil
Die Tochter der Himmelsscheibe
Die Kriegerin der Himmelsscheibe
Infinity. Der Turm
Arri. Zwei Romane in einem Band
Wyrm
Wyrm. Secret Evolution
Der Ruf der Tiefen

MIX
Papier aus verantwortungsvollen Quellen
FSC
www.fsc.org
FSC® C083411

Originalausgabe
Oktober 2014

Umschlaggestaltung und -motiv: bürosüd°, München
Satz: Fotosatz Amann, Memmingen
Gesetzt aus der Minion
Papier: Munken Print von Arctic Paper Munkedals AB, Schweden
Druck und Bindung: CPI books GmbH, Leck
Printed in Germany ISBN 978-3-492-28005-1

Prolog

Geliebte Janice!

Du wirst schwerlich ermessen können, wie sehr ich mich darauf freue, wieder nach Providence zurückzukehren und Dich in die Arme zu schließen. Obwohl gar nicht so weit weg von Dir, fühle ich mich doch wie auf einem anderen Erdteil gestrandet, dessen Sitten und Gebräuche mir vollkommen fremd sind.

Während ich das schreibe, sitze ich bei Kerzenlicht in einer Pension und versuche mir über die Ereignisse der letzten Tage klar zu werden. Alles ist sehr verwirrend. Und ich fürchte, dass mir nicht viel Zeit bleibt, um Dir meine Gedanken nahezubringen – sei mir also bitte nicht böse, wenn ich etwas sprunghaft bin.

Da ist dieser Morrison. Ich will Dich nicht langweilen, schon gar nicht mit meinen beruflichen Schwierigkeiten; so wie eben jetzt mit Morrison, dessen Farm einer geplanten Straße im Weg steht. Der Bursche ist nicht nur starrköpfig, sondern auch ein wenig verrückt. Unentwegt faselt er davon, dass diese Gegend gefährlich sei und hier nicht gebaut werden dürfe.

Habe ich schon erwähnt, dass die Straße vor mir plötzlich aufgeklafft ist, als wollte sie mich verschlingen, und mein Ford mit einem harten Schlag dort hineingestürzt ist? Jetzt ist er bei Karlsson, dem Dorfschmied, der angeblich auch Autos reparieren kann. Aber ich bezweifle inzwischen, dass er die Reparatur hinbekommt. Dabei würde ich am liebsten auf der Stelle in meine Tin Lizzy steigen und so schnell wie möglich zu Dir zurückbrausen, meine Liebste. Wie sehr ich Dich vermisse!

Es ist sehr merkwürdig hier. Vor allem die Straße, die mich fast verschlungen hat, verhält sich eher – Du wirst mich für verrückt halten – wie etwas Lebendiges. Das ist natürlich genau so ein Unsinn wie Morrisons Behauptung, dass es in den hiesigen Wäldern nicht geheuer sei. Und statt endlich Vernunft anzunehmen, faseln er und seine Kumpane unentwegt davon, dass wir den Wyrm nicht vor der Zeit wecken dürfen.

Ich glaube, diesen Suffköpfen ist ihr selbst destillierter Fusel in den Kopf gestiegen. Es wird wohl irgendwelche alten Indianerlegenden geben, schließlich soll es in dieser Gegend Artefakte der Wampanoag geben. Und in ihrem Delirium spinnen sie sich dann daraus irgendwelche Geschichten zusammen. Damit werden auch die Todesfälle der letzten Tage zusammenhängen, mit dem Alkohol, meine ich.

Obwohl der Reverend da ganz anderer Meinung ist. Reeves behauptet, dass Magotty ein Sündenpfuhl sei und seine Bewohner furchtbare, blutige Riten praktizierten, weil sie sich mit Mächten eingelassen hätten, die älter und schlimmer als der Satan selbst seien. Das ist nun wirklich lächerlich. Auch wenn Magotty ein wirklich merkwürdiger Ort ist, in dem merkwürdige Dinge passieren. Deswegen bin ich auch nach Eborat gezogen, in den Nachbarort. Hier fühle ich mich sicher.

Das klingt jetzt so, als wäre ich auf Morrisons Farm nicht sicher. Aber diese Sorge kann ich Dir gleich wieder nehmen, meine Liebste. Es ist alles in bester Ordnung. Ich muss nur meinen Auftrag hier erledigen und diesem Morrison klarmachen, dass er die stolze Abfindung nehmen und seine Farm räumen soll, alte Indianerlegenden hin oder her. Alles andere soll mich nicht stören. Es geht mich nichts an, was man hier für Geheimnisse hat, und ich will es auch gar nicht wissen ...
Ich glaube, ich muss jetzt Schluss machen, da ist jemand zu Besuch gekommen, sagt das Zimmermädchen. Dieser Morrison ...

1

»Aber wenn ich es Ihnen doch sage!« *Und das zum mindestens vierten oder fünften Mal.* Diese Worte sprach der hagere Mann, der in einen schäbigen grauen Zwirn gehüllt hinter einem nicht minder schäbigen Schreibtisch saß und abwechselnd Janice und ihren Begleiter mit missbilligenden Blicken maß, zwar nicht laut aus, aber das musste er auch nicht. Sowohl sie als auch der nervöse junge Kartografen-Anwärter hörten es so deutlich, als hätte er es getan. »Es gibt keinen Ort namens *Magotty*, und es hat ihn auch niemals gegeben. Jedenfalls nicht in Neuengland.«

»Und soweit es in Ihren Unterlagen steht«, fügte Steve hinzu, was vermutlich das Falscheste war, was er überhaupt sagen konnte, denn nun verschwand auch noch der allerletzte Rest von ohnehin nur berufsmäßiger Freundlichkeit von den grauen Zügen ihres Gegenübers. Als er antwortete, raschelte seine Stimme wie uraltes Papier.

»In diesen Unterlagen steht *alles*, Mister ...« Er unterbrach sich und nahm die Visitenkarte aus feinstem Büttenpapier auf, die Steve ihm beim Eintreten überreicht hatte, um die in kunstvoller Fraktur gedruckte Schrift nicht nur deutlich länger zu studieren als notwendig, sondern die Karte auch mit so spitzen Fingern zu halten, als wäre er genötigt worden, etwas ganz besonders Widerwärtiges anzufassen.

»Mister Waiden.« Er sprach auch Steves Namen wie etwas aus, das er lieber nicht in den Mund genommen hätte.

»Daran zweifelt auch niemand«, sagte Janice rasch, fügte ein kleines, verlegenes Räuspern hinzu und wurde gerade noch des Wunsches Herr, Steve einen mahnenden Blick zuzuwerfen. Es gab eine Menge Gutes, was man über Steve Waiden sagen konnte, aber dass er ein guter Diplomat war, gehörte nun wirklich nicht dazu. Sie hätte sich gewünscht, er hätte den Mund gehalten und ihr das Reden überlassen. Und wenn sie ganz ehrlich war, dann hätte sie sich auch gewünscht, er wäre gar nicht hier gewesen. Auch wenn sie sich dieses Gedankens zugleich schämte.

»Steve … Mister Waiden … wollte gewiss keine Kritik an Ihrer Arbeit äußern oder gar andeuten, Ihre Akten wären nicht korrekt geführt, oder gar unvollständig«, sagte sie rasch. »Sicherlich meinte er dasselbe wie ich.«

»Und das wäre, Miss Land?« Der hagere Mann versuchte jetzt nicht einmal mehr, Freundlichkeit zu heucheln.

»Nach allem, was ich weiß, ist es eine sehr kleine Stadt, kaum mehr als eine Handvoll Häuser und eine Kirche an einer einzelnen Straße«, antwortete Janice vorsichtig. »Und wahrscheinlich ist sie auch sehr alt. Möglicherweise ist sie niemals wirklich als Stadt eingetragen worden, oder man hat ihr die Stadtrechte im Nachhinein wieder aberkannt. Ich habe gehört, dass so etwas schon vorgekommen sein soll. Natürlich kenne ich mich mit solcherlei Dingen nur wenig aus und eigentlich gar nicht. Aber …«

Sie ließ den Satz mit einem verlegenen Lächeln und einem angedeuteten Heben der Schultern enden und tat ihr Bestes, um möglichst hilflos auszusehen, doch die erhoffte Wirkung wollte sich nicht einstellen. Der graue Mann auf der anderen Seite des überladenen Schreibtisches wirkte eher noch missmutiger. Ihre so offen gezeigte Hilflosigkeit weckte wohl nicht seine Beschützerinstinkte, sondern machte sie eher zu seinem Opfer.

»Ich weiß, was Sie meinen, Miss Land.« Seine linke Hand, die dürr wie eine Raubvogelklaue und so grau wie alles in diesem Raum war, strich mit einem Geräusch wie Sandpapier über den Aktendeckel, den er pedantisch im rechten Winkel zur Tischkante vor sich ausgerichtet hatte. Er hatte ihn nicht einmal geöffnet, seit sie hereingekommen waren, und Janice war überzeugt, dass er es auch weiterhin nicht tun würde. Sie war auch überzeugt davon, dass das nicht nötig war, weil er seinen Inhalt zweifellos auswendig kannte, der aus akribisch geführten Listen, penibler Tabellen und pedantischen Aufstellungen bestand, die vermutlich bis zu dem Tag zurückreichten, an dem der erste weiße Mann seinen Fuß auf diesen Kontinent gesetzt hatte.

»Sie haben recht, so etwas ist schon vorgekommen«, sagte er

kühl. »Zweifellos gibt es etliche alte Siedlungen, die heutzutage auf keiner Karte mehr auftauchen und an deren Namen sich auch niemand mehr erinnert. Neuengland ist groß und alt, und die Zeiten ändern sich so schnell, dass man es manchmal mit der Angst zu tun bekommen könnte, den Anschluss zu verlieren. Es gibt alte Poststationen, Trapperhütten und Missionen und verlassene Farmen, deren Besitzer schon vor Generationen gestorben oder fortgezogen sind ...«

Er seufzte tief, und sein Gesicht nahm einen Ausdruck an, als spräche er über etwas unendlich Trauriges. »Ich weiß das alles sehr wohl, Miss Land. Und ich kann sogar bis zu einem gewissen Punkt verstehen, dass Sie so denken. Aber genau für einen Fall wie diesen gibt es dieses Archiv. Menschen vergessen. Aber was aufgeschrieben ist, das bleibt erhalten.«

Wofür schon Männer wie er sorgen, dachte Janice. Aber sie hütete sich selbstverständlich, auch nur einen Schatten dieses Gedankens auf ihr Gesicht gelangen zu lassen, und gleich darauf geschah etwas, das sie erstaunte. Der bisher so teilnahmslose Blick des Graugesichtigen wurde weich, und in seiner Stimme war nun sogar ein Hauch von echtem Mitgefühl zu hören.

»Sehen Sie, Miss Land, als Mister Waiden vor einer Woche das erste Mal hier war und seine Anfrage an mich gerichtet hat, habe ich mich selbstverständlich an diese schlimme Geschichte erinnert. Wie könnte ich nicht? Immerhin ging sie durch alle Zeitungen, und sowohl die Polizei als auch das zuständige Katasteramt haben sich schon im vergangenen Jahr mit entsprechenden Anfragen an uns gewandt.« Er sah sie Beifall heischend an, und Janice tat ihm den Gefallen und schenkte ihm ein schüchternes, aber auch entsprechend beeindrucktes Lächeln. Diesmal funktionierte es.

»Ich habe trotzdem noch einmal alle Unterlagen eingesehen und nicht nur die entsprechenden Grundbücher kontrolliert, sondern auch alle infrage kommenden Kirchenbücher, Geburts- und Sterbeurkunden und auch die Unterlagen der Steuerbehörden, und ich kann Ihnen versichern, dass es niemals einen Ort namens Magotty gegeben hat. So wenig wie eine Poststation, eine Mission, ein Fort oder auch nur einen Siedler dieses Namens. Ich wünschte, ich könnte Ihnen eine andere Auskunft geben, aber das ist leider die Wahrheit.«

Janice schwieg, aber Waiden fragte: »Sind Sie immer so gründlich, wenn Sie eine einfache Anfrage erhalten?«

»Nein«, gestand der Graugesichtige unumwunden. »Aber wie ich bereits sagte: Der Fall ist mir im Gedächtnis geblieben. Und wozu ist ein Archiv wie dieses da, wenn nicht, um denen Antworten zu geben, die mit Fragen zu uns kommen?«

Seine Hand strich noch einmal über den Aktendeckel, wie um zu bekräftigen, dass dessen bloße Anwesenheit allein ausreichte, um jedweden Zweifel an seinen Worten im Keim zu ersticken. Schließlich wandte er sich wieder an Janice. »Waren Sie eine Verwandte von Mister Coppelstone, Miss Land?«

»Joffrey ist mein Verlobter«, antwortete Janice.

Wenn dem Archivar das *ist* statt des erwarteten *war* auffiel, dann ließ er es sich jedenfalls nicht anmerken. »Ihr Verlust tut mir aufrichtig leid. Glauben Sie mir, gäbe es irgendetwas, was ich für Sie tun könnte, dann würde ich es tun. Aber es gibt nichts. Sie sagen, ihr Verlobter hätte diesen Ort in einem Brief erwähnt, den sie kurz nach seinem To…, seinem *Verschwinden* erhalten haben?«

»Den Namen dieser Stadt und einer zweiten, Eborat«, bestätigte sie. »Sowie eine nahe gelegene Farm, die einem gewissen Morrison gehört.«

»Auch ein Ort dieses Namens ist in unseren Unterlagen nicht verzeichnet«, bedauerte der Archivar mit einem zusätzlichen, bekräftigenden Kopfschütteln. Janice hatte das sonderbare Gefühl, dass es nicht bei dieser Bewegung blieb, sondern dass sie etwas in der staubigen Düsternis des Aktenkellers aufnahm.

»Und was den Namen Morrison angeht…«, fuhr der Archivar fort. Die einzige Lampe in dem düsteren Raum gab kaum genug Licht ab, um das Gesicht ihres Besitzers erkennen zu lassen. »Der ist mir natürlich bestens bekannt.«

Es fiel Janice fast schwer, den Blick von dem staubigen Halbdunkel loszureißen, das alles oder auch nichts verbergen konnte. »Wie meinen Sie das?«, fragte sie, sich selbst zugleich für das Zittern ihrer Stimme verfluchend. »Haben Sie etwa Unterlagen über Morrisons Farm?«

Der Archivar schüttelte den Kopf. »Morrison ist ein Allerweltsname. In der Tat gab und gibt es eine ganze Anzahl Farmer dieses Namens in der betreffenden Gegend, doch soweit ich weiß, wurden sie damals alle von den Behörden vernommen, ohne dass sich ein Hinweis auf den Verbleib Ihres Verlobten ergeben hätte.«

»Sie kennen sich gut aus«, sagt Steve, und nun schwang fast so etwas wie Misstrauen in seinen Worten mit; und eine Schärfe, von der sie sich gewünscht hätte, sie wäre nicht da. Vermutlich tat er das nur, um sie zu beeindrucken und ihr zu helfen, aber er tat ihr damit gewiss keinen Gefallen.

»Für jemanden, der in einer Gruft voller staubiger Akten lebt, meinen Sie?«, fragte der Archivar kühl. Er sah noch einmal auf die Visitenkarte, von der Janice annahm, dass Steve sie sich auf eigene Kosten hatte drucken lassen. Joffrey hatte jedenfalls niemals Visitenkarten besessen.

»War Mister Coppelstone ein Kollege von Ihnen, Mister Waiden? Ihrer Karte entnehme ich, dass sie bei derselben Behörde tätig sind.«

»Ich war sein Assistent«, antwortete Steve, was dem Mann auf der anderen Seite des Tisches Anlass zu einem noch längeren und deutlich kritischeren Blick auf die Karte gab.

»Dann war er Ihr Vorgesetzter.«

»Ja«, antwortete Steve. »Und mein Freund.«

»Und darf ich fragen, ob Sie diese neuerlichen Nachforschungen als sein Freund oder im Auftrag Ihrer Behörde anstellen?«

»Weil die Adresse meines Arbeitgebers auf der Karte steht?« Steves Kopfschütteln fiel eine Spur zu heftig aus, um seine Verlegenheit ganz zu verbergen. »Nein. Das macht es zumeist nur einfacher und spart umständliche Erklärungen und damit Zeit. Die offiziellen Nachforschungen wurden eingestellt. Ich bin lediglich als Freund hier.«

»Ihres Vorgesetzten?«

»Und von mir«, mischte sich Janice ein. »Steve und mein Verlobter waren schon gute Freunde, als ich ihn kennengelernt habe, und daran hat sich bis heute nichts geändert. Er war mir im vergangenen Jahr eine große Stütze. Um der Wahrheit die Ehre zu geben, weiß ich nicht, ob ich diese Monate ohne seine Hilfe überhaupt durchgestanden hätte.«

Der Blick des graugesichtigen Mannes wanderte auf eine Art zwischen Waidens Gesicht und ihrem hin und her, die ihr nicht gefiel, aber seine Miene veränderte sich nicht. »Das ehrt Sie. Es gibt nichts Wichtigeres als einen guten Freund in Zeiten der Not. Aber ich fürchte dennoch, dass ich Miss Land und Ihnen nicht weiterhelfen kann. So sehr ich es auch bedauere.«

Steve sah ihn an und wartete darauf, dass er fortfuhr, doch der Archivar sah ihm einfach nur weiter in die Augen, und Janice war kein bisschen überrascht, dass es schließlich Steve war, der das stumme Duell aufgab, indem er den Blick senkte, sondern auch ziemlich sicher, dass es vonseiten ihres staubigen Gegenübers gar keines gewesen war.

»Ich verstehe«, sagte Steve, indem er scharrend seinen Stuhl zurückschob und aufstand. »Dann danke ich Ihnen für Ihre Mühe. Und bitte verzeihen Sie, dass wir Ihre kostbare Zeit in Anspruch genommen haben.«

Er streckte die Hand aus, um ihr beim Aufstehen behilflich zu sein, und auch der Graugesichtige erhob sich, wenn auch auf eine Weise, die Janice noch nie zuvor gesehen hatte und die ihr schon fast ein bisschen Angst machte. Er stand nicht einfach nur auf, wie Steve und sie es getan hatten, sondern *erhob* sich im ursprünglichen Sinne des Wortes. Nicht der geringste Laut war zu hören, obwohl Steves und ihr Stuhl doch ein deutliches Scharren auf dem Boden verursacht hatten, und er stützte sich auch nicht auf der Tischkante ab, wie sie es von einem Mann seines fortgeschrittenen Alters erwartet hätte. Janice war nicht einmal ganz sicher, ob er sich überhaupt bewegte. Nicht auf die Art, in der sie das Wort bisher benutzt hatte.

»Miss Land?«

Erst das fragende Stirnrunzeln des Archivars machte ihr klar, dass ihre Bestürzung wohl deutlich auf ihrem Gesicht abzulesen sein musste und wie lange und auf ganz und gar unziemliche Art sie ihn angestarrt hatte.

»Es ist nichts«, sagte sie rasch. »Vielleicht bin ich nur ein wenig … enttäuscht. Verzeihen Sie. Sie waren sozusagen unsere letzte Hoffnung.«

»Hoffnung ist etwas Wunderbares, denn sie gibt uns die Kraft, wenn wir sie am dringendsten benötigen«, antwortete er ernst. »Aber manchmal muss man sie auch loslassen, damit sie einen nicht zerstört.«

Janice hatte Mühe, sich auf seine Worte zu konzentrieren, die eine große Weisheit enthalten mochten, genauso gut aber auch nur wohlklingender Unsinn sein konnten. Sie starrte ihn weiter an. Der Archivar kam um den Schreibtisch herum und bewegte sich immer noch auf diese unheimliche Weise, die ihr nicht wirklich wie eine Bewegung vorkam. Als er hinter dem wuchtigen Möbelstück heraustrat, ertappte sie sich dabei, nach unten zu sehen, wie um sich davon zu überzeugen, dass sich seine Beine auch bewegten. Was sie natürlich taten.

Sie verabschiedeten sich von ihrem sonderbaren Gastgeber, doch als Steve ihr die Tür aufhielt und sie hindurchtrat, rief ihn der Archivar noch einmal zurück. »Auf ein Wort, Mister Waiden.«

Joffreys vormaliger Assistent verdrehte die Augen, aber er tat es wohlweislich so, dass nur sie es sah, dann bedeutete er ihr mit einer Geste, draußen auf ihn zu warten, zwang ein wenig überzeugendes Lächeln auf sein Gesicht und zog die Tür in derselben Bewegung hinter sich zu, in der er sich wieder umdrehte.

Janice blieb allein auf dem hell erleuchteten Gang zurück, ein wenig verwirrt, vor allem aber erleichtert, und das in einem Umfang, den sie sich gar nicht erklären konnte. Ihr war, als hätte sich eine unsichtbare Last von ihr gehoben, schwer genug, ihr den Atem abzuschnüren und ihr Herz beinahe am Schlagen zu hindern. Ihre Hände zitterten ganz sacht, wie sie erst jetzt bemerkte, und sie war sehr sicher, hätte sie in diesem Moment in einen Spiegel gesehen, dann hätte sie in ein sehr bleiches Gesicht mit Augen voller Angst geblickt.

Sie versuchte sich mit etwas zu beruhigen, was ihr immer schon geholfen hatte: Logik. Sie hatte vielleicht nicht ganz die Wahrheit gesagt, als sie gerade behauptet hatte, dieses Archiv und sein grauer

Zerberus wären ihre letzte Hoffnung, aber es kam ihr doch nahe. Und selbstredend war sie zutiefst enttäuscht. Dazu kam das Archiv selbst, an dem vielleicht ganz und gar nichts *Unheimliches* war, sehr wohl aber eine Menge Un*behagliches*, war es doch quasi das Tor zu einer Welt, die ihr so fremd war, wie es überhaupt nur ging. Einer Welt der Zahlen und Tabellen, der Vergangenheit und der Toten, der endlosen Ziffernkolonnen und Statistiken, der Karten und tausend anderer Informationen, die mit Bleistift oder Tinte auf Papier und vergilbtes Pergament notiert waren, um für die Ewigkeit aufbewahrt zu werden.

Nichts von alledem war ihr wirklich fremd, und sie war auch alles andere als dumm, aber sie *mochte* es nicht, und daran hatten auch die vier Jahre nichts geändert, die sie mit Joffrey zusammen gewesen war. Ihre Welt war nun einmal die des Hier und des Jetzt, die Welt des elektrischen Lichts und der Radiomusik, der Tanzpaläste und Filmtheater, nicht die der Landkarten, Folianten und Namenslisten von Leuten, deren Enkel schon vor ihrer Geburt gestorben waren.

Nichts von alledem bedeutete, dass sie oberflächlich gewesen wäre oder gar das dumme Blondchen, als das viele (vor allem, aber nicht nur, Männer) sie nur zu gerne sahen, ganz im Gegenteil. Joffrey hatte sich oft erstaunt über ihren Scharfsinn und ihr – wie er meinte – für eine Frau ganz und gar untypisches Verständnis für logische Zusammenhänge geäußert, und sie hatte sich mindestens ebenso oft über seine mangelnde Begeisterung für die *wirklich schönen Dinge des Lebens* lustig gemacht; und sich zugleich vorgenommen, ihn spätestens nach dem Tag ihrer Hochzeit behutsam auf einen etwas anderen Weg zu bringen. Nichts lag ihr ferner, als Joffrey seiner geliebten Welt aus Zahlen und Landkarten und Berechnungen zu entreißen, aber sie war doch sehr sicher gewesen, dass es ihr gelang, ihm zu zeigen, dass es daneben auch noch ein anderes Leben gab und dass man durchaus das eine tun konnte, ohne das andere zu lassen.

Doch der geplante Tag ihrer Hochzeit war der zurückliegende Samstag gewesen, und er war gekommen und wieder gegangen, ohne dass Joffrey an ihrer Seite gestanden und ihr den Ring an den

Finger gesteckt hätte, nach dem sich ihr Herz so verzehrte. Bei diesem Gedanken füllten sich ihre Augen mit Tränen, die sie überhaupt erst bemerkte, als sie die warme Nässe auf ihren Wangen spürte und den salzigen Geschmack auf den Lippen.

Wenig damenhaft zog sie die Nase hoch, fuhr sich mit dem Handrücken über das Gesicht und betrachtete anschließend missmutig die dunklen Flecken, die ihre Tränen auf der weißen Spitze ihrer Handschuhe hinterlassen hatten. Mit einem Male war sie ärgerlich auf sich selbst. Sie hatte zweifellos jedes Recht, um Joffrey zu trauern, aber nicht jetzt. Um ihn zu trauern, hieße zugleich auch zuzugeben, dass er nicht wieder zurückkommen würde, und dazu war sie nicht bereit. Noch lange nicht.

Sie versuchte sich abzulenken, indem sie sich in dem langen Korridor umsah, aber er gab nicht viel her. Ein langer Gang eben, ordentlich gefliest und mit sorgsam polierten holzvertäfelten Wänden, von dem zahlreiche Türen abzweigten, die tiefer in die gemauerten Eingeweide des Gebäudes hineinführten. Sie waren unbeschriftet, was ihr an einem Ort wie diesem höchst sonderbar erschien.

Der Gang hier draußen war immerhin hell erleuchtet und luftig, und obwohl sie der einzige Mensch war und auch keine Stimmen oder andere Geräusche hörte, spürte sie doch das Leben, das das große Gebäude über ihr erfüllte. Der Raum hinter der Tür, hinter der Steve verschwunden war, war das genaue Gegenteil gewesen, eine Gruft der Stille und des Alters, die einem das Gefühl gab, etwas falsch zu machen, wenn man sie nur betrat. Vermutlich tat sie dem Archivar unrecht. Wenn man sich nur lange genug an einem Ort wie diesem aufhielt, dann musste man wohl ein bisschen seltsam werden.

Steve kam zurück, zog die Tür mit einem unnötigen Knall hinter sich zu und sah ganz so aus, als wollte er unverzüglich losstürmen, verhielt dann aber mitten im Schritt und funkelte sie einen halben Atemzug lang nichts anderes als wütend an. Sie nahm ihm diesen Blick jedoch nicht übel, denn sie spürte, dass er diesen Zorn aus dem Archiv mitgebracht hatte und er nicht ihr galt.

»Was wollte er denn noch?«, fragte sie.

Steves Miene verfinsterte sich noch ein bisschen mehr. »Sich wichtigmachen!«, schnaubte er. »Und mir ein wenig drohen, auch wenn er es natürlich nicht offen getan hat!«

Janice warf ihm einen besorgt fragenden Blick zu, doch er machte eine so ruppige Geste, dass sie fast schon befehlend wirkte, und ging los. Er sprach erst weiter, als sie die breite Treppe erreicht hatten und über die hallenden Marmorstufen nach oben gingen.

»Sagen Sie nicht, Sie hätten den Blick nicht bemerkt, mit dem er uns bestraft hat!«, sagte er, immer noch spürbar zornig.

»Doch«, antwortete sie. »Auch wenn ich gestehen muss, dass ich ihn nicht ganz verstanden habe.«

»Nun, ihm scheint wohl aufgefallen zu sein, dass Sie eine sehr attraktive junge Frau sind!«, schnaubte Steve. »Eine jetzt wieder alleinstehende junge Frau, die natürlich einen Beschützer braucht, wie die Dinge liegen.«

»Oh«, sagte Janice. »Und jetzt glaubt er, Sie würden die Situation ausnutzen und sich unter dem Deckmantel der Freundschaft an mich heranmachen wollen.«

Steve schenkte ihr nur einen finsteren Blick, und Janice lachte leise und fügte hinzu: »Ist es denn etwa nicht so?«

Sie bedauerte die Worte sofort, als sie das Flackern in seinen Augen bemerkte. »Das sollte ein Scherz sein«, fügte sie hastig hinzu, hatte zugleich aber auch das Gefühl, es dadurch nur noch schlimmer zu machen.

Auch wenn die Bemerkung als Scherz gedacht gewesen war, mochte sie ein ganz kleines Körnchen Wahrheit enthalten. Nicht annähernd genug, um ihm unehrenhafte Absichten zu unterstellen, selbstverständlich nicht, aber doch genug, ihn die Worte des Archivars nicht nur als bloßen Unsinn abtun zu lassen. »Und er hat Sie wirklich *bedroht?*«, fragte sie rasch, um den peinlichen Moment zu überspielen.

»Er hat meine Karte behalten.«

Sie hatten die große Halle erreicht und gingen mit schnellen Schritten zum Ausgang, und erneut hatte Janice das Gefühl, freier atmen zu können, als wäre jene unsichtbare Last endgültig von ihr genommen worden. Es war ein Gefühl, das ebenso absurd wie beängstigend war, als hätte sie etwas aus dem finsteren Kellergewölbe mitgebracht, das nun hastig vor dem Tageslicht floh.

»Sind Karten nicht dafür da«, neckte sie ihn, »oder hatten Sie nur diese eine?«

Steve blieb ernst. »Er hat es nicht direkt gesagt, aber gewisse Andeutungen gemacht, dass er sich bei meiner Behörde erkundigen würde, ob alles auch seine Richtigkeit habe«, schnaubte er. »Stellen Sie sich vor, dieser unverschämte Bursche besitzt die Dreistigkeit, mir zu drohen!«

Janice blieb stehen. »Sie bekommen doch keine Schwierigkeiten?«, fragte sie erschrocken.

»Unsinn!«, widersprach Steve. »Die Nachforschungen sind zwar offiziell eingestellt, aber in meiner Freizeit kann ich tun, was ich will.«

Sie spürte, dass er vielleicht nicht ganz so von seinen eigenen Worten überzeugt war, wie er den Eindruck zu erwecken versuchte, ging aber nicht weiter auf das Thema ein, sondern setzte ihren Weg fort. Etwas drängte sie, dieses Gebäude zu verlassen, und draußen auf der breiten, von gewaltigen Säulen eingefassten Freitreppe angekommen ertappte sie sich dabei, noch einmal über die Schulter zurückzublicken, wie um sich davon zu überzeugen, dass da auch wirklich nichts war, das durch die Schatten kroch und ihr folgte.

»Machen Sie sich keine Sorgen.« Steve hatte ihren Blick bemerkt, deutete ihn aber offensichtlich falsch. »Er wollte sich nur aufspielen, da bin ich sicher. Jetzt hat er seinen Auftritt gehabt und kann heute Abend voller Stolz seiner Frau davon erzählen. Und vielleicht auch noch seinen Enkeln!«

Janice beließ es bei einem zaghaften Nicken. Sie sah keinen Grund, ihn über seinen Irrtum aufzuklären. Nicht, dass er am Ende auch noch anfing, sie für ein bisschen verrückt zu halten; falls er es nicht insgeheim schon längst tat. Hier draußen, im hellen Licht der sommerlichen Mittagssonne und mit dem wohltuenden Gefühl ihrer Wärme auf dem Gesicht, kam ihr das Gefühl einer fast körperlich fassbaren Bedrohung im Archiv ohnehin immer unwirklicher vor. Es musste an der Düsternis dort unten gelegen haben, schloss sie, und selbstverständlich an ihrem erlesen unfreundlichen

Gastgeber. Vielleicht auch an dem Papierstaub der Jahrhunderte, der die Luft dort unten tränkte und in dem etwas sein mochte, das sie nicht vertrug.

Solcherart zumindest imstande, sich selbst einzureden, sich beruhigt zu haben, wollte sie weitergehen, doch nun war es Steve, der sie plötzlich erschrocken ansah und fragte: »Haben Sie etwa geweint?«

»Geweint?« Janice hob die Hand ans Gesicht, führte die Bewegung dann aber nicht zu Ende. Ihre Tränen waren längst getrocknet, doch sie musste wohl das Rouge verschmiert haben, das sie am Morgen aufgetragen hatte.

»Nein«, log sie. »Meine Augen tränen ein wenig, das ist alles. Es muss an der schlechten Luft dort unten liegen.«

»Oder an dem Staub«, fügte Steve hinzu, wenngleich sie spürte, dass er ihr nicht wirklich glaubte. Er sah sehr besorgt aus.

»Ich muss ja ganz fürchterlich aussehen«, sagte sie und fuhr sich nun doch mit den behandschuhten Fingerspitzen über die Augen, auch wenn sie es damit vermutlich nur noch schlimmer machte. »An diesem Tag scheint mir aber auch alles zu misslingen.«

»Aber ich bitte Sie, Janice!«, protestierte Steve. »Sie sehen wie immer ganz entzückend aus!«

»Und Sie sind ein Lügner, Steve«, antwortete sie lächelnd. »Aber ein charmanter.«

Sie stellte ihre Versuche ein, ihr Rouge endgültig zu ruinieren, und sah noch einmal auf die weißen Spitzenhandschuhe hinab, die nun noch mehr hässliche Flecken von dem verlaufenden Puder aufwiesen, und Steve begann unbehaglich von einem Fuß auf den anderen zu treten, wie ein Sextaner, der etwas ausgefressen hatte und von seinem Lehrer vor die versammelte Klasse zitiert worden war. Er versuchte sie anzusehen, doch es gelang ihm nicht. Schließlich räusperte er sich unecht und machte eine Kopfbewegung zur anderen Seite der breiten Straße.

»Dort drüben gibt es ein kleines Café, das ich recht gut kenne«, sagte er. »Wenn Sie möchten, können Sie sich dort ein wenig frisch machen. Und ich … ich würde Sie gerne auf eine Tasse Tee einladen. Ich möchte gerne noch mit Ihnen reden.«

Janice verbiss sich die Frage, worüber. Es war nicht das erste Mal, dass er versuchte, sie auf einen Kaffee, ein Essen (und einmal sogar auf einen von der Kirche ausgerichteten Tanztee) einzuladen, und es wäre auch nicht das erste Mal gewesen, dass sie diese schüchternen Versuche einer Annäherung ablehnte. Aber nach der hässlichen Szene mit dem Archivar war sie der Meinung, es ihm schuldig zu sein. Und darüber hinaus musste sie wirklich einen schrecklichen Anblick bieten.

»Wenn es auch ein Kaffee sein darf«, sagte sie lächelnd. »Sie wissen doch, dass ich meine kleinen Laster habe.«

»Was immer Sie wünschen«, antwortete Steve so erfreut, dass ihr schon wieder Zweifel kamen, richtig reagiert zu haben. »Kommen Sie!«

Er winkelte den Arm an, damit sie sich einhaken konnte, doch Janice wollte es schließlich nicht übertreiben und tat so, als hätte sie es gar nicht bemerkt. Nebeneinander überquerten sie die breite Straße, was sich zu dieser belebten Mittagsstunde als gar nicht so einfach erwies. Zahllose Droschken, Fuhrwerke und auch etliche Automobile waren unterwegs, und einmal mussten sie sogar stehen bleiben, um eine Kabelbahn passieren zu lassen, die mit einem schrillen Klingeln an ihnen vorüberratterte, als gehörte ihr die Straße allein.

»Es wird immer schlimmer«, sagte Steve mürrisch. »Eines Tages wird es noch so weit kommen, dass man nicht mehr auf die Straße treten kann, ohne um sein Leben fürchten zu müssen.«

Diese Prognose kam Janice etwas pessimistisch vor, doch sie pflichtete ihm trotzdem mit einem stummen Nicken bei und setzte ihren Weg nur umso rascher fort, als die Straßenbahn endlich vorbei war.

Und vielleicht war seine Sorge doch nicht ganz unberechtigt, denn als sie die andere Straßenseite fast erreicht hatten, mussten sie noch einmal stehen bleiben, um einen Mann auf einem knatternden Motorrad passieren zu lassen, der nicht nur wütend seine Hupe betätigte, sondern ihnen auch noch eine Beleidigung zuschrie, die Janice nicht zu verstehen vorzog.

2

Immerhin war das Café eine angenehme Überraschung. Es war groß und hell. Von anderthalb Dutzend Tischen war gut die Hälfte besetzt, was sie mit einem Gefühl von Sicherheit erfüllte, das sie sich zwar nicht erklären konnte, aber als ungemein wohltuend empfand. Steve bedeutete ihr den Weg zu den Waschräumen und steuerte selbst einen Tisch an dem großen Fenster am Eingang an. Mit gesenktem Blick ging sie weiter, fand sich zu ihrer Erleichterung allein im Waschraum und trat an den Spiegel über dem verzierten Waschbecken aus Porzellan.

Was sie in dem sauber geputzten Glas erblickte, gefiel ihr dafür umso weniger. Steve hatte gelogen, als er über ihr Aussehen sprach, oder er betrachtete sie mit anderen Augen als der Rest der Welt. Sie sah fürchterlich aus. Ihr Rouge war hoffnungslos verschmiert, und die Tränen hatten deutlich sichtbare Spuren auf ihren Wangen hinterlassen. Ihre Augen waren verquollen, als hätte sie stundenlang geweint, und tief darin meinte sie ein düsteres Flackern zu erkennen. Ihre Haut kam ihr so bleich vor wie die einer Siechenden und ihre Wangen eingefallen, die Lippen rissig, obwohl sie sie sorgsam eingefettet hatte, bevor sie an diesem Morgen das Haus verließ. *Wenn Steve wirklich meint, ich sehe hinreißend aus*, dachte sie, *dann ist es an der Zeit, dass wir uns einmal ausgiebig unterhalten.*

Sobald sie wieder in einem Zustand war, in dem sie sich unter Menschen wagen konnte, hieß das.

Janice betrachtete ihr seitenverkehrtes Konterfei noch eine geraume Weile und kam dann zu dem Schluss, dass es nur einen Weg gab, mit diesem Wrack von Gesicht umzugehen. Kurz entschlossen streifte sie die Handschuhe ab, legte den Hut auf den Rand des Porzellanbeckens und drehte den modernen Wasserhahn auf, um sich so lange das Gesicht zu waschen, bis sie vor Kälte und Atemlosigkeit prustete und ihr Spiegelbild nicht mehr blass war, sondern gerötet.

Die Handschuhe, ohnehin so gut wie ruiniert, verstaute sie unordentlich in ihrem Beutel, den Hut aber setzte sie sich auf und zog die breite Krempe keck weit genug nach vorne, um ihr Gesicht vor allzu neugierigen Blicken zu verbergen. Dennoch hatte sie das Gefühl, von jedem einzelnen Gast hier drinnen angestarrt zu werden, als sie den Waschraum verließ und zu Steve zurückging.

Sie schien länger gebraucht zu haben, als ihr selbst bewusst gewesen war, denn vor ihm standen bereits zwei dampfende Tassen Kaffee sowie ein silbernes Tablett mit einer kleinen Auswahl an Kuchen und Tortenstückchen. Ganz Gentleman, der Steve war, stand er auf und wollte um den Tisch herumeilen, um ihren Stuhl zurückzuziehen, doch sie hielt ihn mit einem raschen Kopfschütteln davon ab und erledigte es selbst bestimmt doppelt so schnell, wie er es gekonnt hätte. Steve Waiden war neben vielem anderen auch einer der umständlichsten Menschen, die sie kannte. Joffrey hatte einmal im Scherz bemerkt, er begebe sich durchaus in Gefahr, wenn er ohne Aufsicht einen Bleistift anspitzte, und Janice hatte sich schon mehr als nur einmal insgeheim gefragt, ob es tatsächlich nur ein Scherz gewesen war.

»Kuchen?«, fragte sie, noch bevor sie sich ganz gesetzt hatte.

Steve wartete natürlich, bis sie die Bewegung zu Ende geführt hatte, bevor auch er wieder Platz nahm und antwortete. »Ich war so frei. Es ist Mittag, und Sie müssen hungrig sein. Es gibt hier zwar auch eine Menükarte, aber die kann ich nicht guten Gewissens empfehlen. An einem Stück Torte kann man nicht viel falsch machen.«

Das mochte stimmen, aber die Wahrheit war wohl auch, dass er sich ein Mittagessen für zwei Personen in einem Etablissement wie diesem kaum leisten konnte. Janice wusste, wie erbärmlich wenig Joffrey als Beamter des mittleren Dienstes verdient hatte, und sie schätzte, dass Steve allenfalls die Hälfte dieser ohnehin kleinen Summe nach Hause brachte. Wie er damit in einer derart teuren Stadt wie Providence überleben konnte, war ihr schon immer ein Rätsel gewesen. Aber sie hatten nie über dieses Thema gesprochen, und sie gedachte auch jetzt nicht damit anzufangen.

Weder hatte sie Hunger, noch stand ihr der Sinn nach etwas Süßem, aber sie wollte Steve auch nicht vor den Kopf stoßen, also lächelte sie dankbar und griff nach der zierlichen Kuchengabel, die neben ihrem Teller lag.

»Das ist wirklich reizend von Ihnen, Steve«, sagte sie. »Ich weiß gar nicht, wie ich all das wiedergutmachen soll, was Sie für mich getan haben.«

»Es ist doch nur eine Tasse Kaffee.«

»Sie wissen, was ich meine.« Janice nippte an ihrem Kaffee – er war scheußlich –, setzte die Tasse mit spitzen Fingern wieder ab und sah ihm fest in die Augen. »Was ich gerade gesagt habe, das war mein Ernst, Steve. Sie sind ein guter Freund, und ich weiß wirklich nicht, wie ich das letzte Jahr ohne Sie durchgestanden hätte.«

Joffrey hätte seine Freude an dem Anblick gehabt, dachte sie, als sie sah, wie Steve tatsächlich rote Ohren bekam und auch nicht mehr wusste, wohin mit seinem Blick. Aber da war auch noch mehr – und sie wusste auch, was es war – und dieses *mehr* bereitete ihr Sorgen. Sie hatte gewusst, dass dieser Moment kommen würde. Aber musste es ausgerechnet jetzt sein?

»Ich … ich weiß gar nicht, was ich sagen soll, Janice«, antwortete er, ohne sie direkt anzusehen. Ein ganz kleines bisschen tat er ihr sogar leid.

»Das ist auch nicht nötig, Steve«, sagte sie, während sie von dem Kuchen kostete. *Zumindest in einer Hinsicht hat er sich geirrt. Man konnte durchaus auch an einer Torte etwas falsch machen.* »Es ist weder Schmeichelei, noch liegt es in meiner Absicht, Sie in Verlegenheit zu bringen. Es ist schlichtweg die Wahrheit, Steve: Sie sind ein guter Freund. Der beste, den sich eine Frau in meiner Situation nur wünschen kann.«

»Aber mehr werde ich auch nie sein?«

Die Offenheit dieser Frage überraschte Janice, aber zugleich war sie ihm auch fast dankbar dafür, es ihr so leicht zu machen. »Nein, Steve. Ich fürchte, mehr kann es niemals sein.«

Dann tat sie etwas, was sie selbst überraschte. Sie streckte den Arm über den Tisch und legte die Finger auf seine Hand. Steve fuhr ganz sacht unter ihrer Berührung zusammen, und für einen unendlich kurzen Moment, das spürte sie, war er nahe daran, seine Hand erschrocken zurückzuziehen.

»Lassen Sie es, wie es ist, Steve, ich bitte Sie«, sagte sie mit sanfter Stimme. »Wir haben etwas sehr Kostbares, Sie und ich. Ich bitte Sie, es nicht in Gefahr zu bringen.«

»Natürlich nicht.« Sie glaubte regelrecht sehen zu können, wie etwas in seinem Blick zerbrach. »Bitte verzeihen Sie mir. Das war ungehörig, und …«

»Aber Sie haben doch gar nichts getan, wofür Sie sich entschuldigen müssten«, fiel ihm Janice sanft ins Wort. »Ich bin es, die sich entschuldigen muss, Sie in eine solche Lage zu bringen.« Sie zog die Hand zurück und griff wieder nach ihrer Gabel. »Kosten Sie von dem Kuchen, Steve. Er ist wunderbar.«

Steve sah sie noch eine Weile sehr unglücklich an, aber dann tat er, worum sie ihn gebeten hatte, kaute zweimal und sagte dann mit vollem Mund: »Und Sie sind eine Lügnerin, Janice. Wenn auch eine charmante.«

»Sie haben den Kuchen hier noch nicht probiert«, vermutete sie.

Steve schüttelte den Kopf, schluckte den Bissen mit übertrieben geschauspielerter Anstrengung hinunter und legte die Gabel dann aus der Hand. »Nein.«

»Dann gestatten Sie mir, *Sie* auf diese Katastrophe einzuladen«, sagte Janice. »Und sei es nur, weil ich heute anscheinend für die schlechten Nachrichten zuständig bin. Sie können sich bei Gelegenheit revanchieren – mit etwas wirklich *Gutem*.«

»Nichts täte ich lieber als das«, antwortete Steve, aber er sagte es auch auf eine Art, die sie hellhörig werden ließ. »Aber da ist trotzdem noch etwas, worüber ich mit Ihnen sprechen muss, Janice. Und nicht erst seit heute, wenn ich ehrlich sein soll.«

»Sind Sie das denn nicht immer?«

Steve überging die Frage. »Ich weiß, dass es ein schlechter Zeitpunkt ist. Aber wahrscheinlich gibt es nur schlechte Zeitpunkte, um so etwas zu sagen.«

»Sie meinen, gerade jetzt, nur ein paar Tage nach unserem geplanten Hochzeitstermin?«

Steve reagierte überhaupt nicht auf diese Worte, und Janice begriff, dass er sich das, was er ihr sagen wollte, schon lange und sorgsam zurechtgelegt haben musste. »Wir kennen uns schon sehr lange. Und ich betrachte Sie ebenso als gute Freundin wie Sie mich umgekehrt offensichtlich als guten Freund. Aber Sie sind auch noch viel mehr für mich.«

»Steve, ich dachte, das …«, begann Janice, doch diesmal brachte er sie mit einer energischen Geste zum Schweigen.

»Nein, das ist es nicht. Ich habe Sie verstanden, und ich akzeptiere es, schon weil Sie vermutlich recht haben. Aber Sie sind etwas Besonderes für mich, weil sie Joffreys Verlobte waren und er mein Freund. Es schmerzt mich zutiefst, zu sehen, wie Sie leiden. Er hätte das nicht gewollt.«

»Er hätte *was* nicht gewollt?«, fragte Janice.

»Dass Sie sich so quälen.«

»Aber ich quäle mich nicht«, erwiderte sie. »Ich weiß, dass …«

»Sie haben Joffrey sehr geliebt«, fuhr Steve so ungerührt fort, dass sie nun sicher war, nur etwas zu hören, das er sich schon so lange zurechtgelegt hatte, dass er gar nicht mehr anders konnte, als zu Ende zu sprechen. »Ich habe noch nie jemanden gesehen, der einen anderen so geliebt hat wie Sie Joffrey und er umgekehrt Sie. Und er war mein Freund, Janice. Er hätte nicht gewollt, dass Sie sich so quälen.«

»Das tue ich nicht«, sagte Janice spröde.

Steve wich ihrem Blick jetzt wieder aus, sagte aber trotzdem: »Haben Sie jemals daran gedacht, dass Joffrey vielleicht …«

»Tot sein könnte?«, fiel ihm Janice ins Wort, und das vielleicht eine Spur zu laut, denn etliche andere Gäste unterbrachen ihre Gespräche oder ihre Mahlzeiten, um stirnrunzelnd in ihre Richtung zu blicken. Kaum eine Spur leiser, aber mit eisiger Entschlossenheit in der Stimme fuhr sie fort: »Selbstverständlich habe ich mich das gefragt, Steve. Und mehr als nur einmal, glauben Sie mir. Aber ich *weiß*, dass er noch lebt.«

»Es ist jetzt mehr als ein Jahr her«, sagte Steve leise. »Die Polizei hat damals wirklich gründliche Arbeit geleistet. Sie haben jeden vernommen, der auch nur irgendetwas mit Joffrey zu tun hatte, und wahrscheinlich auch jeden, der es nicht hatte. Sie haben wirklich alles abgesucht, glauben Sie mir. Unsere Behörde hat sogar einen Privatdetektiv beauftragt, um nach ihm zu suchen.«

»Der nichts gefunden hat, ich weiß«, sagte Janice. »Aber das beweist doch nicht, dass ihm wirklich etwas zugestoßen sein muss, oder?«

»Natürlich nicht«, sagte Steve rasch. »Aber es …«

Die Türglocke ging, und Steve unterbrach sich mitten im Satz und starrte nicht nur einen Punkt hinter ihr an, seine Miene verdüsterte sich auch schlagartig, und das in einem Maße, dass sie sich ebenfalls auf ihrem Stuhl umdrehte und zur Tür sah.

Ein weiterer Gast war hereingekommen. Er war klein – allenfalls so groß wie sie selbst, wenn überhaupt –, hatte ein graues Gesicht und trug einen schäbigen Anzug in dazu passender Farbe, und ob es nun Einbildung war oder nicht, sie meinte sogar noch den trockenen Papierstaub zu riechen, den er aus seiner unterirdischen Gruft mitgebracht hatte. Er trug nun einen seltsamen runden Hut, der fast keinen Rand hatte, und staubgraue Handschuhe, von denen sie allerdings nicht sicher war, ob er sie nicht auch vorhin schon angehabt hatte.

Ohne sie auch nur eines Blickes zu würdigen, ging der Archivar an ihnen vorbei und nahm an einem Tisch am anderen Ende des Gastraums Platz, das Gesicht zur Wand gerichtet. Kaum hatte er es getan, da kam auch schon die Bedienung und brachte ihm nicht nur ein Glas Wasser, sondern nahm auch sofort seine Bestellung auf.

»Was zum Teufel will der Kerl hier?«, flüsterte Steve zornig. »Spioniert er uns etwa nach?«

»Wahrscheinlich hat er Mittagspause und will nur etwas essen«, antwortete Janice. »Die Speisekarte scheint er jedenfalls auswendig zu kennen.«

Obwohl der Mann ihr den Rücken zudrehte, hatte sie plötzlich das unbehagliche Gefühl, dass er ihren Blick bemerken musste, sah weg und versuchte stattdessen einen Blick ins Gesicht des Kellners zu erhaschen, der seine Bestellung bereits aufgenommen hatte und wieder zurückeilte. Seine Miene war vollkommen ausdruckslos, aber sie hatte dennoch das Gefühl, dass er einen Gast bedient hatte, den er nicht gerne sah.

»Wie auch immer«, sagte Steve schließlich. »Ich will jetzt nicht über diesen unmöglichen Menschen reden, sondern über Sie, Janice.«

»Steve, ich möchte wirklich nicht…«, begann Janice, doch er unterbrach sie sofort und griff nun seinerseits nach ihrer Hand. Dabei war nichts Vertrautes oder gar Zudringliches in seiner Geste.

»Nein, Sie werden mir jetzt zuhören, Janice«, sagte er. »Ich weiß, es steht mir nicht zu, und ich weiß auch, dass Sie es mir wahrscheinlich übel nehmen werden, aber ich bin es Ihnen einfach schuldig, Ihnen die Wahrheit zu sagen.«

»Und wie wäre die Ihrer Meinung nach?«, fragte sie kühl.

Jetzt, wo er einmal Mut gefasst hatte, hielt er sogar ihrem Blick stand. »Haben Sie schon einmal die Möglichkeit in Betracht gezogen, dass Joffrey gar nicht gefunden werden will?«

Janice starrte ihn an. Ihr Herz begann so hart zu klopfen, dass sie es bis in den Kiefer spüren konnte, und sie fühlte, wie ihr das Blut ins Gesicht schoss. »Was soll der Unsinn?«, fragte sie. Eigentlich zischte sie es.

Steve deutete mit einer Kopfbewegung auf den Archivar. »Ich wollte es vorhin nicht sagen, Janice, nicht in seiner Gegenwart, und wenn ich ehrlich sein soll, dann möchte ich es im Grunde gar nicht sagen. Aber Tatsache ist, dass er die Wahrheit gesagt hat. Es gibt keinen Ort dieses Namens, und es wurde auch niemals eine Straße in der betreffenden Gegend geplant.«

»Was soll das heißen?«, fragte Janice. Ihr Herz klopfte noch immer wie verrückt. »Was … was wollen Sie damit andeuten?«

»Ich will nichts damit andeuten, Janice«, erwiderte Steve ernst. »Aber ich kann es einfach nicht ertragen, zusehen zu müssen, wie Sie sich mehr und mehr vor Gram verzehren. Die Wahrheit ist, dass es damals nicht nur eine offizielle Untersuchung vonseiten der Polizei und der Behörden gab. Es gab auch in unserem Amt eine … interne Revision.«

»Eine Revision?«, wiederholte sie beunruhigt.

»Mit einem Ergebnis, das ich Ihnen lieber erspart hätte«, sagte Steve. »Doch das kann ich nicht mehr verantworten. Wahrscheinlich werden Sie mich für das hassen, was ich Ihnen jetzt erzähle, aber ich könnte es mir niemals verzeihen, es nicht getan zu haben.«

Er zog den Arm zurück, aber Janice ließ ihre Hand liegen, wo sie war, und sah ihn nur weiter ernst an. Nach einer Weile, in der die Stille zwischen ihnen immer unerträglicher geworden war, fuhr er fort: »Ich weiß, dass Joffrey Ihnen damals erzählt hat, er müsse in dieses … Magotty … um dort mit einem gewissen Morrison zu reden und Kontakt mit den ansässigen Behörden aufzunehmen.«

»Weil die Behörden in Magotty nicht auf seine diversen Briefe reagiert haben.«

»Es gab keine Briefe«, sagte Steve. »Und auch keine Behörden, mit denen er in Kontakt hätte treten können.«

»Unsinn!«, erwiderte Janice. »Ich habe seinen Auftrag *gesehen!* Und wenn man es genau nimmt, dann war es sogar *Ihr* Auftrag, Steve, den er nur übernommen hat …«

»Weil ich einen Fehltritt getan und mir den Fuß verstaucht habe«, fiel ihr Steve sehr sanft ins Wort. »Das ist wahr.« Er seufzte. »Aber es ist auch schon der einzige Teil der Geschichte, der wahr ist.«

»Was soll das jetzt wieder heißen?«, fragte Janice noch einmal. Sie hätte sich gewünscht, ihre Stimme hätte schärfer geklungen.

»Es gab niemals einen offiziellen Auftrag an Joffrey, in eine Stadt namens Magotty zu reisen, und auch keine Pläne für eine Straße dort.«

»Aber das ist doch Unsinn!«, protestierte Janice. »Steve, was reden Sie da? Ich habe die Papiere *gesehen!*«

»Die möglicherweise gefälscht waren«, sagte Steve. »Unsere Behörde hat sehr umfangreich recherchiert, und das Ergebnis ist eindeutig, Janice. Wir legen keinen Wert darauf, dass diese Geschichte publik wird, und ich dürfte es Ihnen auch jetzt nicht sagen. Aber Sie haben ein Recht, die Wahrheit zu erfahren. Joffrey hat sich damals einen erheblichen Spesenvorschuss geben lassen, und soweit ich weiß, hat er auch gewisse Papiere mitgenommen.«

»Was für Papiere?« Was sollte denn *das* nun wieder?

»Das weiß ich nicht«, antwortete Steve ehrlich. »Ich bin nur ein kleiner Beamter unteren Ranges, und man sagt mir nicht viel. Aber es gab … Gerüchte.«

»Gerüchte?«

»Angeblich soll es zu … Unregelmäßigkeiten gekommen sein.« Steve fuhr sich nervös mit der Zungenspitze über die Lippen und wich ihrem Blick nun wieder aus. Seine Stimme wurde zwar leiser, gewann aber gleichzeitig auch an Festigkeit. »Es gab umfangreiche Ermittlungen, die – zumindest wie ich gehört habe – schon vor Joffreys Verschwinden begonnen haben.« Er atmete so tief ein, dass es wie ein leises Stöhnen klang. »Wussten Sie, dass er am Tag vor seiner Abreise seine gesamte Barschaft von seinem Konto abgehoben hat?«

»Um seinen Wagen zu bezahlen, Steve«, antwortete Janice. »Sie wissen, wie stolz er auf seinen Ford war und wie lange er darauf gewartet hat. Er hat sich wie ein kleines Kind darüber gefreut.«

»Joffrey hat einen Wechsel ausgestellt, um den Wagen zu bezahlen«, antwortete Steve. »Aber er wurde nicht eingelöst. Die Bank hat bei unsere Behörde nachgefragt, ob wir etwas über Joffreys Verbleib wissen.«

»Wollen Sie mir sagen, Joffrey wäre ein … Betrüger?« Warum war sie eigentlich nicht so empört, wie sie es sein sollte? Weil diese Anschuldigung so ungeheuerlich war, dass sich alles in ihr dagegen sträubte, auch nur darüber *nachzudenken?*

»Ich erwarte nicht von Ihnen, dass Sie mir glauben«, sagte Steve, sehr leise, und sehr traurig. »Jedenfalls nicht sofort. Denken Sie in den nächsten Tagen in aller Ruhe über das nach, was ich Ihnen erzählt habe. Sie können bei der Behörde nachfragen, wenn Sie das möchten. Man wird dort vermutlich alles abstreiten, aber Sie können sich auf mich berufen. Dann wird man Ihnen antworten.«

»Obwohl es Sie Ihre Anstellung kosten könnte?«

»Dieses Risiko bin ich bereit einzugehen«, antwortete er ernst.

»Ich kann das nicht glauben«, antwortete Janice. »Es ist unmöglich, Steve! Sie … Sie kennen Joffrey. Sie kennen ihn länger als ich, und mindestens ebenso gut! Joffrey ist der anständigste Mensch, der mir jemals begegnet ist!«

»Das ist wahr«, antwortete Steve. »Und ich weigere mich zu glauben, dass er in irgendetwas Illegales verstrickt sein soll, dessen können Sie gewiss sein. Ich weiß nicht, was geschehen ist. Vielleicht haben gewisse Umstände ihn gezwungen, Dinge zu tun, die er gewiss nicht wollte und die weder Sie noch ich jemals von ihm erwartet hätten.«

»Und welche Umstände sollten das sein?«

»Wie soll ich das wissen, wenn er es nicht einmal Ihnen anvertraut hat?«, gab Steve zurück. »Ich war nur sein Freund, Sie hingegen seine Verlobte. Vielleicht werden wir es nie erfahren.«

»Weil er nie mehr zurückkehren wird, wollen Sie sagen?« Sie sprach schon wieder lauter, als sie sollte, und obwohl ihr Blick Steves Gesicht nicht losließ und sie nicht hinsah, konnte sie spüren, wie sie auch schon wieder von etlichen der anderen Gäste missbilligend angestarrt wurden. »Das ist doch Unsinn, Steve, und das wissen Sie. Ich weiß nicht, warum Sie das tun und was Sie sich davon versprechen. Ich weiß nur, dass ich sehr enttäuscht von Ihnen bin.«

»Mir ist klar, dass Sie so denken müssen, Janice, und ich wünschte, es …«

»*Ich* wünschte«, unterbrach ihn Janice mit schneidend kalter Stimme, »Sie würden jetzt gehen, Steve. Bitte lassen Sie mich allein.«

Sie hatte mit weiterem Widerstand gerechnet und vielleicht noch haarsträubenderen Anschuldigungen, doch Steve sah sie nur noch einen endlosen Moment lang traurig an und stand dann ohne ein weiteres Wort auf. Er wollte nach seiner Geldbörse greifen, zog die Hand dann aber wieder zurück, als ihr Blick noch eisiger wurde. Schließlich deutete er nur ein knappes Nicken an, griff nach Hut und Handschuhen und verließ im Sturmschritt das Café. Janice sah ihm mit unbewegtem Gesicht nach, und ihre Selbstbeherrschung hielt sogar noch so lange vor, bis er in der Menge verschwunden war, die auf dem breiten Trottoir draußen vor dem Café flanierte, doch dann begannen ihre Hände so stark zu zittern, dass sie sie zu Fäusten ballen musste, und einen Atemzug später füllten sich ihre Augen mit brennender Nässe.

Viel zu schnell, um nicht auch noch dem allerletzten Gast aufzufallen, stand sie auf und steuerte zum zweiten Mal den Waschraum an. Er war auch diesmal leer, wovon sie sich pedantisch überzeugte, indem sie in jede einzelne der drei kleinen Kabinen sah, dann trat sie zum zweiten Mal an das Waschbecken heran, legte ihren Spitzenbeutel sorgsam auf dem Rand ab und darauf ihren Hut, der sie hier nur behindert hätte, bevor sie all ihren Mut zusammenraffte, um den Kopf zu heben und ihrem eigenen Abbild im Spiegel zu begegnen.

Jedem anderen außer ihr wäre vielleicht nicht einmal etwas aufgefallen. Sie war sehr blass, was aber in den Kreisen, in denen sie sich normalerweise bewegte, eher als vornehm galt, und da sie das Rouge schon vorhin abgewaschen hatte, waren die Tränen kaum zu sehen, die ihr über das Gesicht liefen; jedenfalls nicht in der schummerigen Beleuchtung hier drinnen. Aber da war eine große Schwärze tief in ihren Augen, die sie dafür umso deutlicher wahrnahm, und für einige Momente hätte sie selbst nicht einmal sagen können, was sie empfand: Schmerz oder Empörung, Wut oder Selbstmitleid, Verzweiflung oder Hysterie und vielleicht alles zusammen und noch sehr viel mehr oder auch nichts von alledem. Steves Behauptung kam ihr immer absurder vor, geradezu monströs, und wäre da nicht zugleich etwas … Schreckliches … tief in ihr gewesen, dann hätte sie möglicherweise einfach darüber gelacht.

Joffrey ein Betrüger? Und – schlimmer noch – er sollte sie verlassen haben, nicht nur ohne ein Wort des Abschieds oder der Erklärung, sondern auch in vollem Bewusstsein, sie in dieser schrecklichen Ungewissheit zurückzulassen? Das war grotesk! Steve musste den Verstand verloren haben, ihr mit einer so abstrusen Geschichte zu kommen! Was versprach er sich nur davon?

Und doch … da war noch immer dieses schreckliche fremde Gefühl in ihr, gegen das sie sich zwar mit verzweifelter Kraft zu wehren versuchte, ohne dass es ihr indes gelang: Zweifel.

Sie wollte es nicht. Sie weigerte sich mit aller Kraft, diesen Gedanken auch nur zu denken, weil er einfach empörend war, doch je angestrengter sie sich dagegen zu sträuben versuchte, desto weniger schien es ihr zu gelingen. Und da *waren* gewisse Dinge gewesen, denen sie bisher keine Beachtung geschenkt oder die sie auch in einem anderen Licht gesehen hatte. Plötzlich erinnerte sie sich gewisser Bemerkungen, die Joffreys Vorgesetzte gemacht hatten und auch die beiden Kriminalbeamten, die sie gleich zweimal befragt hatten; des einen oder anderen beredten Blickes, den sie getauscht hatten, und auch der einen oder anderen kleinen Unstimmigkeit, wenn sie über ihre letzten gemeinsamen Tage mit Joffrey nachdachte, und der einen oder anderen Bemerkung seinerseits. Und jetzt, als sie darüber nachdachte, erinnerte sie sich auch wieder, zumindest am Anfang dieser Gespräche das unbehagliche Gefühl gehabt zu haben, viel mehr *vernommen* als befragt zu werden. Sie hatte es auf ihren aufgewühlten Zustand und die schreckliche Situation geschoben, in der sie sich so jählings wiedergefunden hatte. Und war da nicht tatsächlich auch ein Brief von Joffreys Bank gewesen, dem sie genauso wenig Beachtung schenkte, und …

Janice brach den Gedanken mit einer zornigen Anstrengung ab und wandelte die Verwirrung in noch mehr Zorn auf Steve um, diesen Keim des Zweifels überhaupt in ihre Seele gepflanzt zu haben. Und, und, und. Es gab so viele *Unds*, die sich ihr mit einem Male aufdrängten, und wenn sie über jedes einzelne davon nur lange genug nachdachte, dann würden ihr zu jeder Antwort, die sie fand, gleich drei neue und noch qualvollere Fragen einfallen. Für einen Moment hasste sie Steve beinahe dafür, ihr das angetan zu haben.

Sie musste schon wieder die Nase hochziehen, blinzelte heftig und war sich erst jetzt des Umstandes bewusst, schon seit einer geraumen Zeit vor dem Spiegel zu stehen und sich selbst anzustarren, ohne sich wirklich zu sehen. Die Tränen ließen sich jetzt nicht mehr wegleugnen, denn sie liefen ihr nun in Strömen über das Gesicht, doch erstaunlicherweise empfand sie zwar immer noch Schmerz und Zorn, vor allem aber einen fast kindischen Trotz; und gleich, wie sehr sie sich auch bemühte, ihr Zorn richtete sich mehr und mehr gegen sich selbst. Ganz egal, ob Steve nun einem besonders perfiden Plan folgte oder es tatsächlich ehrlich mit ihr zu meinen glaubte: Was fiel ihm ein, ihre Gedanken auf solche Pfade zu locken?

Sie betrachtete abermals ihr eigenes Spiegelbild, schnitt sich selbst eine Grimasse und drehte den Wasserhahn auf, um sich noch einmal frisch zu machen, doch nichts geschah. Janice drehte den Hahn wieder zu und noch einmal auf, sah nach dem vierten Versuch endgültig ein, dass kein Wasser herauskommen würde, und trat an das andere Becken.

Auch dieser Wasserhahn weigerte sich, ihr zu Diensten zu sein. Frustriert drehte sie auch ihn ein paarmal auf und wieder zu und rüttelte schließlich mit beiden Händen daran. Das war zweifellos ebenso kindisch wie nutzlos, doch gerade als sie wieder zurücktreten und nach ihrem Hut greifen wollte, zeitigten ihre Bemühungen doch noch einen Erfolg. Ein dunkles Gluckern und Rauschen erscholl, und … *etwas* … tropfte aus dem Wasserhahn. Kein Wasser, gewiss nicht, sondern ein langer, schleimiger Faden, der durchsichtig und farblos wie Glas war und das Licht trotzdem in einen unangenehmen bleichen grünen Farbton verwandelte, indem er es passieren ließ. Mit einem sonderbar schleimigen Platschen fiel er in das Waschbecken hinab, ringelte sich wie etwas Lebendiges auf dem weißen Porzellan und verschwand dann mit einem widerwärtigen Schlürfen im Ausguss.

Dem ersten Tropfen folgte kein zweiter mehr, doch Janice stand eine geraume Weile einfach nur da und starrte den Wasserhahn mit klopfendem Herzen an. Sie verspürte ein leises Ekelgefühl, aber zugleich auch eine morbide Faszination, die sie gar nicht von sich kannte. Fast schon gegen ihren Willen streckte sie die Hand aus und drehte erneut am Hahn.

Sie wurde mit keinem zweiten Schleimtropfen belohnt, aber das helle Gluckern und Platschen wiederholte sich und war jetzt sogar deutlich lauter, und dazu fiel ihr jetzt auch ein unangenehmer Geruch auf, der aus dem Abfluss drang, sehr intensiv, und zusammen mit dem unheimlichen Platschen und Glucksen erzeugte er wahrlich schauderhafte Assoziationen hinter ihrer Stirn: Sie musste an gestaltlose bleiche Dinge denken, blasse Kreaturen ohne feste Form, die sich in schlammigem Wasser suhlten und sie aus unsichtbaren Augen anstarrten, die älter waren als die Welt. Und so bizarr dieser Gedanke auch war – so fremd, als wäre es nicht einmal sie selbst, die ihn dachte –, war er doch zugleich auch so entsetzlich, dass sie mit einem erschrockenen Keuchen zurückprallte und die Hand vor den Mund schlug, um einen Schrei zu unterdrücken.

Ein plötzliches Rauschen erscholl, als in einer der Kabinen die moderne Wasserspülung betätigt wurde, dann ging die Tür auf, und eine Frau mittleren Alters trat heraus, noch damit beschäftigt, ihre Kleider zu ordnen. Im ersten Moment war sie einfach nur verwirrt – sie hatte die Kabine doch kontrolliert! –, doch dann erschrak sie nur umso heftiger, als sie begriff, dass die Frau hereingekommen und in der Kabine verschwunden war, ohne dass sie es auch nur bemerkt hatte. Wahrscheinlich hielt sie sie jetzt für vollkommen verrückt.

Der Blick, mit dem die Frau ihr Gesicht streifte, war jedoch nichts anderes als mitfühlend, als sie an das zweite Waschbecken trat und den Wasserhahn aufdrehte. »Ist alles in Ordnung mit Ihnen, Kleines?«, fragte sie.

»Natürlich«, antwortete Janice hastig, schüttelte den Kopf, sagte dann: »Nein«, und rettete sich schließlich in ein verlegenes Schulterzucken. »Oder vielleicht doch.« Sie konnte nicht anders, als den Wasserhahn anzustarren, und wollte der Frau eine Warnung zurufen, doch ihre Kehle war mit einem Male wie zugeschnürt. Aus dem Hahn kam sprudelndes klares Wasser, mehr nicht.

»Ich verstehe schon«, sagte die Frau, während sie sich die Hände zu waschen begann. Ohne Seife, wie Janice beiläufig auffiel. »Machen Sie sich nichts daraus, Kindchen. Ich weiß, dass es jetzt kein Trost für Sie ist, aber so etwas passiert, seit sich die Erde dreht und es Männer und Frauen gibt, und es wird weiter passieren, solange eines von beidem der Fall ist.«

»Ich weiß.« Janice versuchte ihren Blick von dem klaren Wasser loszureißen, das aus dem Hahn strömte, aber es gelang ihr nicht.

»Aber es ist kein Trost, nicht wahr?« Die Frau wusch sich weiter die Hände, ohne sie wirklich zu waschen, und wollte wohl nur Zeit schinden, wozu auch immer. Und nun, obwohl sie sie nur durch den Spiegel betrachtete, fiel Janice auch auf, dass sie trotz ihrer eleganten Kleidung und der mondänen Frisur irgendwie… schmuddelig wirkte. Vielleicht war das nicht einmal das richtige Wort, denn im Grunde war alles an ihr blitzsauber und auch von einem gewissen Standard, aber ihr wollte einfach kein passenderes einfallen.

»Aber hören sie einfach auf den Rat einer alten Frau, Kindchen.

In ein paar Tagen sieht alles schon wieder ganz anders aus.« Sie lächelte verschmitzt. »Besorgen Sie sich eine gute Flasche Wein, oder besser noch Gin, und morgen, wenn die Kopfschmerzen vergangen sind, ist die Welt schon wieder ein bisschen heller. Andere Mütter haben auch hübsche Söhne, wissen Sie?«

Sie wischte sich die Hände kurzerhand am Rock trocken und blinzelte ihr fast verschwörerisch zu.

Janice sah der Fremden verwirrt nach, bis sie den Waschraum verlassen und die Tür hinter sich ins Schloss gezogen hatte. Als der rote Schrecken vor ihren Augen verblasste und sie wieder klarer sehen konnte, sprudelte noch immer klares Wasser in einem zischenden Strahl auf das weiße Porzellan, und der üble Geruch war genauso verschwunden wie die unheimlichen Geräusche und die grässlichen Bilder hinter ihrer Stirn. Ihre Hände zitterten heftig, und ihr Herz hämmerte so schnell und so hart, dass sie fast meinte, es hören zu können. Mit einer Verzögerung von mehreren Sekunden drohte sie nun doch hysterisch zu werden.

Irgendwie gelang es ihr, der Panik doch noch einmal Herr zu werden – das war doch alles nur der blanke Unsinn! –, aber sie hatte es verständlicherweise nun sehr eilig, den Waschraum zu verlassen. Hastig raffte sie ihren Hut vom Beckenrand und stürmte hinaus.

Um ein Haar wäre sie mit einem Mann in einem grauen Anzug zusammengeprallt, der einen komischen Hut und staubgraue Handschuhe trug und in diesem Moment aus der Tür des gegenüberliegenden Waschraumes kam. Er erschrak mindestens so sehr wie sie und schien zunächst sogar um sein Gleichgewicht kämpfen zu müssen, doch Janice beachtete ihn gar nicht, sondern stürmte einfach an ihm vorbei und durch den Gastraum und so schnell die Tür hinaus, dass sie nur noch einen Deut davon entfernt war, wirklich zu rennen. Und auch draußen auf der Straße wurde sie nicht sofort langsamer, sondern lief in unziemlicher Hast weiter, bis sie schließlich mit der Schulter gegen einen anderen Passanten prallte, wodurch sie beide fast aus der Balance gebracht wurden.

Obwohl sie den Zusammenprall eindeutig verschuldet hatte, murmelte der junge Mann eine halbherzige Entschuldigung und eilte dann zwar weiter, sah aber auch noch mehrmals über die

Schulter zu ihr zurück, und er war auch nicht der Einzige, der sie verstört oder auch ganz eindeutig strafend anblickte. Janice wurde sich schmerzhaft des Umstandes bewusst, wie viele Passanten in ihre Richtung sahen, und nur die allerwenigsten taten es freundlich oder auch nur neutral.

Und das vermutlich zu Recht, dachte sie, als ihr klar wurde, welchen Anblick sie bieten musste: abgehetzt, mit geröteten Augen und einem Gesicht, auf dem die Spuren eingetrockneter Tränen überdeutlich zu sehen waren, und so schwer atmend, als wäre sie um ihr Leben gerannt. Und als wäre das alles noch nicht genug, auch am ganzen Leib zitternd. Sie hasste Steve nun wirklich dafür, ihr das angetan zu haben.

Selbst wenn er die Wahrheit gesagt hatte.

Noch einmal und mit einer Anstrengung, die sie sich selbst am allerwenigsten zugetraut hätte, zwang sie sich zur Ruhe, atmete so tief ein, dass ihr schon fast ein bisschen schwindelig wurde, und ging dann mit gezwungen langsamen Schritten weiter.

Sie hatte kaum ein halbes Dutzend davon getan, als eine Stimme hinter ihr erscholl: »Miss?«

Janice ging weiter und versuchte zumindest im übertragenen Sinne die Augen vor der Wirklichkeit zu verschließen, aber natürlich half es nichts. Die Stimme erscholl erneut, und nachdem sie abermals nicht darauf reagiert hatte, rief sie zum dritten Mal und nun auch deutlich lauter: »Miss Land!«

Sie kam ihr vage bekannt vor, und sie wusste schon, dass es keine angenehme Erinnerung sein würde, noch bevor sie mit einem lautlosen Seufzen stehen blieb und sich umdrehte.

Es war der Mann in Grau, der eiligen Schrittes hinter ihr herstürmte. Ein wenig außer Atem holte er sie ein. »Danke, dass Sie angehalten haben, Miss Land. Ich hatte schon befürchtet, Sie könnten mich nicht gehört haben. Mein Gott, manchmal vergesse ich fast, wie schnell ihr jungen Leute euch doch bewegt, ohne es wahrscheinlich selbst zu wissen.«

Dabei bewegte auch er sich alles andere als langsam, nur tat er es erneut auf eine sonderbar verstörende Art. Es schien ihm unmöglich zu sein, auch nur eine Sekunde lang still zu stehen, und irgendwie bewegte sich alles und ständig an ihm. Selbst das Licht schien seine Gestalt zu umfließen wie schimmernde Flüssigkeit, so als müsste die Sonne diesen Bewohner einer ihr fremden Welt der Düsternis und des Staubes erst einmal vorsichtig erkunden.

»Was wollen Sie?«, fragte sie knapp.

»Sie haben etwas vergessen«, antwortete der Archivar, »so eilig, wie Sie es hatten, das Café zu verlassen.« Seine Hand kroch auf eine unangenehm anzuschauende Art in die Jackentasche und kam mit ihrem Spitzenbeutel wieder zum Vorschein. »Hier, bitte.«

Janice starrte den Beutel verwirrt an und erinnerte sich dann wieder, ihn auf dem Tisch liegen gelassen zu haben. Jetzt besann sie sich auch, noch etwas anderes vergessen zu haben, so aufgeregt, wie sie gewesen war.

»Oh«, murmelte sie betroffen. »Und ich habe wohl auch …«

»Das ist schon erledigt«, unterbrach sie der Archivar, und zum ersten Mal überhaupt erschien so etwas wie ein Lächeln auf seinem hageren Gesicht. Janice wusste nur nicht, ob es ihr gefiel. Er schob das Kinn vor, um damit auf den Beutel in ihren Händen zu deuten. »In Ihrer Erregung haben Sie wohl vergessen, die Rechnung zu begleichen. Ich war so frei, in Ihren Beutel zu sehen und ihm den entsprechenden Betrag zu entnehmen.« Seine Miene wurde ein bisschen tadelnd. »Sie sollten eine so große Summe nicht einfach so mit sich herumtragen, wenn Sie mir die Bemerkung gestatten.«

»Das war … sehr freundlich von Ihnen«, antwortete Janice, obwohl sie ihm die Bemerkung eigentlich nicht gestatten wollte und auch nicht genau wusste, was sie überhaupt davon halten sollte. Die Vorstellung, dass diese grauen Finger in ihrem Beutel gewühlt und ihre intimsten Dinge berührt hatten, war ihr unangenehm. Außerdem trug sie gerade einmal zehn Dollar bei sich, was nicht wenig, aber nun auch nicht gerade ein Vermögen war. Trotzdem fügte sie mit einem schüchternen Lächeln hinzu: »Das ist mir jetzt wirklich sehr peinlich.«

»Aber das muss es nicht«, antwortete er gönnerhaft. »Selbst die Bedienung hat es Ihnen vermutlich nicht übel genommen, so, wie Ihr … Begleiter Sie behandelt hat.«

»Mein Begleiter?«

»Ich kam nicht umhin, einen Teil des Gespräches mit anzuhören«, antwortete der graue Mann, der ihr neuerliches Erschrecken bemerkte und sich auch eilfertig um einen beruhigenden Gesichtsausdruck bemühte; mit dem er allerdings eher das Gegenteil erreichte. »Keine Sorge, ich habe ein sehr scharfes Gehör. Ich glaube nicht, dass außer mir noch jemand seine Worte verstanden hat.«

Und darüber hinaus schien er sie wohl für dumm zu halten. Er hatte am anderen Ende des Lokals gesessen. Janice sah ihn jetzt so misstrauisch an, dass es ihr sogar selbst auffiel.

»Ich weiß, dass es mir nicht zusteht«, fuhr der Archivar fort, als sie auch nach einigen weiteren Sekunden nicht antwortete, und räusperte sich unbehaglich.

Jetzt, im hellen Sonnenlicht, konnte sie sehen, dass seine Haut tatsächlich noch grauer war, als sie bislang geglaubt hatte, und auch ohne diesen kränklichen Teint eigentlich nicht wirklich aussah wie Haut. Der Anblick erinnerte eher an zerknittertes altes Papier. Janice musste sich beherrschen, um nicht vor ihm zurückzuweichen.

»Aber ich möchte Ihnen außerdem noch einen Rat geben, Miss Land.«

»Ach?«, fragte sie. »Sie auch?«

Für die Zeit, die ein halbes Blinzeln brauchte, wirkte der Archivar irritiert, tat ihre Bemerkung dann aber mit einem Schulterzucken ab und führte seine begonnene Rede zu Ende. »Ich weiß nicht, was von dem wahr ist und was nicht, was Mister Waiden Ihnen gesagt hat. Ich habe seinerseits ebenfalls das eine oder andere gehört, aber wer wollte schon behaupten, dass die Dinge immer so sind, wie sie auf den ersten Blick scheinen … und manchmal auch auf den zweiten oder dritten?«

Aus ihrem Misstrauen wurde schlagartig etwas anderes, eine Mischung aus Bestürzung und einem Gefühl des Alarmiertseins, die sie nun doch einen Schritt vor dem unheimlichen grauen Mann zurückweichen ließ. »Worauf wollen Sie hinaus? Was soll das?«

»Es gibt Dinge, die sollte man besser ruhen lassen, Miss Land«, sagte er ernst. »Sie haben ein Jahr um Ihren Verlobten getrauert, mehr kann niemand von Ihnen verlangen, er nicht und auch Sie selbst nicht. Sie sind eine hübsche junge Frau und sollten wieder anfangen, Ihr Leben zu genießen. Es ist schneller vorbei, als Sie sich vorstellen können, glauben Sie einem alten Mann.«

Und damit tippte er mit zwei behandschuhten Fingern an den praktisch nicht vorhandenen Rand seines Hutes, wandte sich auf dem Absatz um und verschwand mit staksenden Schritten in der Menge.

Janice sah ihm mit klopfendem Herzen nach, noch immer ein bisschen beunruhigt, vor allem aber sehr durcheinander. Was war das gewesen – eine Drohung? *Es gibt Dinge, die sollte man besser ruhen lassen.* Zweifellos konnte man diese Worte so auffassen, aber zugleich … rührten sie etwas in ihr an, als bezögen sie sich auf ein Wissen, das sie tief in sich trug, ohne es greifen zu können.

Sie wurde sich des Umstandes bewusst, schon wieder angestarrt zu werden, wie sie so dastand und mit schreckensbleichem Gesicht in die Richtung blickte, in die der graue Mann verschwunden war, zwang ihre Gedanken mit einer gewaltigen Willensanstrengung wieder in die Normalität zurück und machte sich auf den Heimweg.

3

Sie erlebte einen unruhigen Abend und eine noch unruhigere Nacht, und zu ihrer eigenen nicht geringen Überraschung tat sie schließlich etwas, womit sie selbst zuallerletzt gerechnet hätte: Sie befolgte den Rat der unbekannten Frau aus dem Café und genehmigte sich selbst eine gute Flasche Wein, aus der ein hervorragender Cognac wurde, nachdem sie ihr Dienstmädchen weggeschickt hatte, und Janice stellte fest, dass ihre unbekannte Wohltäterin im gleichen Maße recht gehabt wie sich auch getäuscht hatte: Der Cognac half ihr tatsächlich, diesen schlimmen Tag zu Ende zu bringen, ohne in tiefste Wehmut zu verfallen (zumal sie so gut wie nie Alkohol trank und schon das erste Glas ausreichte, um sie schläfrig werden zu lassen, und es zu keinem zweiten mehr kam), und sie schlief auch so tief, dass sie nicht einmal träumte; oder sich am nächsten Morgen zumindest nicht mehr daran erinnerte.

In einem anderen Punkt hatte sich die unbekannte Frau aus dem Café jedoch getäuscht: Die Welt sah am nächsten Morgen keineswegs ein bisschen heller aus, und sie hatte Joffrey auch nicht vergessen, dafür aber schlimme Kopfschmerzen, und der schlechte Geschmack in ihrem Mund wetteiferte mit ihrem schlechten Gewissen, sich derart gehen gelassen zu haben.

Mary bereitete ihr ein Frühstück, das zumindest nach Janice' Dafürhalten eher einem ausgehungerten Landarbeiter angemessen gewesen wäre, keineswegs aber einer nicht einmal hundert Pfund schweren jungen Frau, deren schwerste körperliche Arbeit normalerweise aus Treppensteigen bestand. Und obwohl sie sie selbstverständlich nicht auf ihren derangierten Zustand ansprach, bestand sie doch zugleich mit einer Hartnäckigkeit darauf, dass sie alles aufaß, zu der auf der ganzen Welt nur Ärzte und Dienstboten imstande waren. Insgeheim ärgerte sich Janice über dieses Betragen – obwohl Mary allenfalls wenige Jahre älter sein konnte als sie selbst, hatte sie sie vom ersten Tag an bemuttert wie eine Glucke ihr Küken –, spürte aber die gute Absicht dahinter und fügte sich deshalb in ihr Schicksal.

Vielleicht war es der teerschwarze Kaffee, den Mary ihr aufgebrüht hatte, vielleicht auch ihr schlechtes Gewissen oder purer Trotz, oder es war einfach nur eine konsequente Entwicklung der Dinge ... zwei Stunden später fand sie sich jedenfalls vor dem Schreibtisch des Direktors ebenjener Bank wieder, bei der Joffrey sein Konto geführt hatte, um die ungeheuerliche Anschuldigung zu überprüfen, die Steve am vergangenen Tag vorgebracht hatte. Sie war von einer grimmigen Entschlossenheit erfüllt, seinen Behauptungen nicht nur auf den Grund zu gehen, sondern sie auch zu entkräften.

Leider blieb es vorerst bei dieser Entschlossenheit.

Der Bankier behandelte sie nicht nur mit schon fast übertriebener Höflichkeit, sondern ließ es sich auch nicht nehmen, ein wenig mit ihr zu flirten (er war alt genug, um ihr Großvater sein zu können), erwies sich aber auch als ebenso korrekt wie charmant und beschied ihr, dass es ihm nicht gestattet sei, irgendjemandem etwas über die Transaktionen auf Joffreys Konto zu sagen; schließlich gäbe es ein Bankgeheimnis, und sie seien nicht verheiratet gewesen.

Dennoch erwies sich ihr Besuch nicht als vollkommener Fehlschlag.

Da sie nichts mehr zu verlieren hatte, schlug Janice schließlich eine andere Taktik ein und sprach ihn ganz direkt auf die angebliche Anfrage an, die die Bank bezüglich Joffreys Verbleib an das Katasteramt gerichtet hatte. Sie bekam keine Antwort (damit hatte sie gerechnet), das aber auf eine ganz bestimmte Art, indem der Bankdirektor sie einfach nur anlächelte und auch auf eine zweifache Wiederholung derselben Frage nur mit einem wortlosen Lächeln reagierte, und das war Janice Antwort genug. Und vermutlich schon mehr, als er ihr eigentlich geben durfte.

Konsequenterweise galt ihr nächster Besuch dem Katasteramt. Es lag nahezu am anderen Ende der Stadt, und obwohl sie ihre gewohnte Sparsamkeit ignorierte und sich eine Droschke nahm, statt das schöne Wetter für einen ausgedehnten Spaziergang zu nutzen, war es fast Mittag, als sie den großen Bau in viktorianischem Stil erreichte und zum zweiten Mal binnen ebenso vieler Tage die große Eingangshalle durchquerte. Diesmal fragte sie den Pförtner jedoch nicht nach Steve Waiden, sondern dem Leiter der Abteilung, in der er arbeitete.

Fast zu ihrer Überraschung wurde sie augenblicklich vorgelassen und musste sich zwar noch einige wenige Minuten in einem kärglich eingerichteten Vorzimmer gedulden, fand sich dann aber in einem Raum wieder, von dem sie gehofft hatte, ihn nie wieder betreten zu müssen. Mit diesem Büro verbanden sich die schlimmsten Erinnerungen ihres noch jungen Lebens, denn hier war es vor fast genau einem Jahr gewesen, wo sie die Nachricht von Joffreys Verschwinden (und mutmaßlichem Tod) bekommen hatte.

Eine wortkarge, aber dennoch ausgesprochen höfliche Sekretärin geleitete sie in das leere Büro, deutete auf den beeindruckenden Schreibtisch des Amtsleiters, der vor einem nicht minder beeindruckenden und fast deckenhohen Buntglasfenster thronte, und bat sie mit so wenigen Worten wie überhaupt möglich, Platz zu nehmen und sich noch kurz zu gedulden, Mister Greiner würde in wenigen Augenblicken kommen.

Janice wollte nichts weniger als hier sein, und noch dazu allein, doch der bloße Schmerz, der für sie mit diesem Zimmer und den Erinnerungen verbunden war, die in seine Wände eingesickert waren und nun ihren fauligen Geruch verströmten, lähmte sie so lange, bis die Sekretärin das Zimmer verlassen hatte. Die Tür war noch nicht einmal gänzlich hinter ihr ins Schloss gefallen, da stürmten Schatten und Erinnerungen aus allen Richtungen zugleich und mit solcher Wucht auf sie ein, dass sie das Gefühl hatte, den Boden unter den Füßen zu verlieren, und mehr in den ihr bedeuteten Sessel fiel, als sie sich setzte. Alles drehte sich um sie, und sie musste schon wieder gegen die Tränen ankämpfen, die ihr mit Macht in die Augen schießen wollten.

Janice ballte die Hände so fest zu Fäusten, dass es fast schon ein bisschen wehtat, und versuchte sich überdies damit abzulenken, dass sie ihrer Umgebung einer zweiten und genaueren Inspektion unterzog. Das gewaltige Buntglasfenster zerlegte das Licht in unzählige Farben, die den nicht minder beeindruckenden Schreibtisch wie von einer bizarren Laterna Magica angestrahlt wirken ließen. Der Rest aber war genau so, wie sie ihn sich auch vorgestellt hätte, hätte sie ihn nicht ohnehin schon gekannt: ein großer und trotz des deckenhohen Fensters erstaunlich düsterer Raum voller schmuckloser Wandregale und Bücherborde, in denen sich staubige Akten und Folianten stapelten, ledergebundene Grundbücher und Rollen um Rollen penibel etikettierter Karten und Pergamente; eben genau jener Friedhof der Zahlen und Tabellen, der eine solche Faszination auf Joffrey ausgeübt hatte, ohne dass sie sie je verstand. Vieles davon – wenn nicht das meiste – machte den Eindruck, seit Jahrzehnten nicht mehr berührt worden zu sein, und wenn sie genau hinsah, dann konnte sie auch eine dünne Staubschicht erkennen, die über allem lag, ohne von einem Fingerabdruck oder einer anderen Spur verunziert zu werden.

Der Schreibtisch selbst bildete die einzige Ausnahme. Er war groß, penibel aufgeräumt und sorgsam poliert und wies die üblichen

Accessoires auf: eine goldgeprägte lederne Schreibunterlage, ein kleines Tintenfässchen samt Feder und Löschrolle (alles, wie es aussah, unbenutzt) und eine Lampe mit einem grünen Glasschirm, die vorgab, mindestens hundert Jahre alt zu sein, sich aber durch ein schwarz und grau gemustertes Kabel als schon längst elektrifiziert verriet. Kein Schreibpapier, aber das mochte in einer der unzähligen Schubladen des gewaltigen Möbelstückes verborgen sein.

Alles, was diese pedantische Ordnung störte, war ein Stapel zwar penibel zusammengeknoteter, aber auch altersfleckiger und sichtbar zerfledderter Akten, die so dicht am Rand der Platte lagen, dass sie eigentlich längst hätten herunterfallen müssen. Janice lächelte flüchtig, als ihr aufging, wie sehr der Anblick dem des Aktenstapels auf dem Schreibtisch des Archivars gestern ähnelte, und dann gefror das Lächeln auf ihren Lippen. Sie sahen nicht nur so aus. Es waren dieselben Akten.

Es war, als hätte eine unsichtbare Hand ihr Herz berührt und es zusammengedrückt, sodass es einen Schlag übersprang, um dann doppelt schnell und mit schmerzhafter Kraft weiterzuhämmern. Zwei, drei, vier dieser nachhallenden schweren Herzschläge lang saß sie einfach wie erstarrt da und sah den Aktenstapel an, dann aber stand sie umso schneller auf, eilte um den Tisch herum und beugte sich darüber

Sie war nicht überrascht, aber der Anblick war trotzdem wie ein Schlag ins Gesicht.

Auf dem obersten Aktendeckel klebte ein verblasster Zettel mit einer Zahlen- und Buchstabenkombination, wie sie wohl nur Beamte verstehen konnten, darunter aber und deutlich größer die Initialen J. C.

Joffrey Coppelstone.

Was tat Joffreys Akte hier?

Gab es denn auf der ganzen Welt niemanden mehr, dem sie vertrauen konnte?

Ihre Hände zitterten, und sie zögerte noch einen allerletzten Moment, dann aber warf sie alle Hemmungen über Bord und löste den Knoten der doppelt geflochtenen schwarzen Kordel, mit dem der Aktenstapel zusammengehalten wurde. Der oberste Deckel fühlte sich klamm an, und ein ganz sachter muffiger Geruch stieg ihr in die Nase, als sie ihn aufschlug.

Was immer sie in der Akte zu finden gehofft hatte, es war nicht da; und wenn doch, dann konnte sie es nicht lesen. Die Akte war so vollgestopft mit eng in Joffreys akribischer Handschrift bedeckten Seiten, dass sie wie von einer unsichtbaren Feder bewegt aufsprang und fast ein Dutzend davon über den Tisch schlitterten und sich auf der blank polierten Platte verteilten. Doch zumindest auf den ersten Blick ergab nichts davon Sinn; die üblichen Zahlen, Aufstellungen und Tabellen eben und hier und da auch eine handschriftliche Anmerkung, die jedoch so kryptischen Inhalts war, dass sie ebenso gut auch in einer anderen Sprache hätte abgefasst sein können.

Hastig begann sie die verstreuten Blätter anzusammeln, und ihr fiel erneut auf, wie zerfleddert und abgegriffen sie waren.

Außerdem waren sie feucht.

Das war wirklich ungewöhnlich. Nicht oft (aber doch deutlich öfter, als sie es gerne gesehen hatte) hatte sich Joffrey auch Arbeit mit nach Hause genommen, und sie wusste, wie überaus penibel er war, wenn es um seine Aufträge ging. Ein gut geführter Vorgang, das war seine Lieblingsmaxime, war nur einer, den auch ein anderer sofort verstehen und ohne Probleme fortführen konnte, wenn dessen eigentlicher Verfasser ausfiel. Niemals wäre es Joffrey in den Sinn gekommen, eine Akte so zu führen. Sie hatte schon erlebt, wie er eine komplette Seite neu geschrieben hatte, nur weil sie einen einzigen falschen Buchstaben enthielt. Joffrey hätte niemals auch nur ein einziges Blatt derartigen Zustandes abgeliefert. Schon gar nicht auf feuchtem Papier.

Gedämpfte Stimmen drangen durch die geschlossene Tür, und Janice blieb gerade noch Zeit, die losen Blätter in den Aktendeckel zurückzulegen. Die meisten jedenfalls. Eines der feuchten Blätter rutschte ihr zwischen den Fingern hindurch und schlitterte über die Tischkante und weit genug aus ihrer Reichweite, dass ihr die Wahl blieb, es aufzuheben oder den Aktendeckel wieder ordentlich zuzuknoten, bevor die Tür aufging.

Sie entschied sich für das Blatt, klappte den Aktendeckel zu und schaffte es gerade noch zurück zu ihrem Stuhl, bevor die Tür aufging und Joffreys ehemaliger Vorgesetzter hereinkam. Das Blatt stopfte sie unordentlich in ihren Beutel und war plötzlich sehr dankbar für seinen halb aufgeweichten Zustand, in dem es zumindest kein verräterisches Knistern von sich gab.

»Miss Land! Was für eine unerwartete Freude!« Matthew Greiner, seines Zeichens nicht nur der oberste Vorgesetzte Joffrey Coppelstones, sondern auch der Leiter des Katasteramtes von Providence, kam gemessenen Schrittes auf sie zu, streckte ihr lächelnd die Hand entgegen und zog den Arm dann unverrichteter Dinge wieder zurück, als sie eine Winzigkeit zu lange zögerte, danach zu greifen. Er ging mit keiner Miene auf den kleinen Fauxpas ein, sondern setzte seinen Weg fort und ließ sich dann schwer genug in seinen Sessel fallen, um dem betagten Möbelstück ein protestierendes Ächzen zu entlocken.

»Mister Greiner«, sagte sie mit einem angedeuteten Nicken und einem noch schwächeren Lächeln.

»Ich freue mich wirklich, Sie wiederzusehen, Miss Land«, begann er. Greiner war ein sehr großer, sehr massiger Mann, dessen schwielige Hände und breite Schultern es leicht machten, sich vorzustellen, er hätte etliche der Straßen höchstpersönlich gebaut, die er nun verwaltete. Sein Gesicht hätte etwas Bärbeißiges gehabt, ohne die schweren Hängebacken und die noch schwereren Tränensäcke unter den Augen, die ihm etwas von einer gutmütigen Bulldogge verliehen, und sein Haar war zu einem schütteren weißen Kranz zurückgewichen, der je nach Lichteinfall nahezu unsichtbar wurde. »Es geht Ihnen doch gut, hoffe ich?«

»Nicht wirklich«, antwortete Janice geradeheraus. Sie machte eine Kopfbewegung auf den Aktenstapel. »Wie ich sehe, wissen Sie bereits, warum ich hier bin.«

Der scharfe Ton ihrer Stimme überraschte sie fast selbst, aber wenn Greiner ihn übel nahm, dann ließ er sich nichts davon anmerken. Das Lächeln blieb sowohl auf seinem feisten Gesicht als auch in seinen Augen.

»In der Tat. Mister Waters hat mir von Ihrem gestrigen Besuch im Archiv berichtet, und ich dachte mir, dass Sie auch mich noch aufsuchen.« Ohne sich sichtbar aus seinem Sessel zu erheben, streckte er die Hände aus und verknotete den Aktenstapel pedantisch wieder. Es war ihm nicht anzumerken, was er sich dabei dachte oder ob überhaupt etwas. Immerhin verzichtete er darauf, die Blätter durchzuzählen, was Janice nicht im Geringsten überrascht hätte. Wenn sie aus Joffreys Erzählungen eines über Greiner wusste, dann, dass er ein Pedant war.

»Sie hätten gleich zu mir kommen sollen, Miss Land«, fuhr er fort. »Das hätte Ihnen einen Weg gespart und dem armen Waters eine Menge Aufregung.«

»Aufregung?« Es gab vieles, was ihr an dem seltsamen Mann aufgefallen war, aber *aufgeregt* hatte er nun wirklich nicht ausgesehen.

Greiner nickte jedoch eifrig, richtete den Aktenstapel pedantisch wieder exakt zur Tischkante aus und wandte sich erst dann wieder direkt an sie. »Sie haben ihm unterstellt, dass seine Unterlagen nicht korrekt geführt sind. Das rüttelt an den Grundfesten seines Glaubens, Janice … ich darf Sie doch Janice nennen, hoffe ich?«

»Genau genommen habe ich das nicht«, erwiderte Janice, ohne direkt auf seine Frage einzugehen.

Greiners Lächeln blieb unerschütterlich. »Um genau zu sein, war es der unglückselige Mister Waiden, dem diese wenig hilfreiche Formulierung entschlüpft ist, ich weiß.«

»Unglückselige?« Janice zog die linke Augenbraue hoch, aber das Lächeln ihres Gegenübers wurde eher noch herzlicher.

»Ich bitte Sie, Janice«, sagte er gutmütig. »Sie kennen Mister Waiden. Er mag ein herzensguter Bursche sein, aber er ist gewiss nicht der Hellste. Manche nennen ihn ganz offen einen Tollpatsch. Obwohl mir persönlich etliche andere Adjektive sehr viel passender erscheinen würden.«

Tollpatsch war kein Adjektiv, aber Janice verzichtete darauf, das zu sagen, und blickte Greiner nur weiter fragend an. Nach weiteren zwei oder drei Momenten, in denen er vergeblich auf irgendeine Reaktion gewartet hatte, beugte er sich in seinem knarrenden Sessel vor, stützte die Ellbogen auf der Tischplatte ab und legte die Fingerspitzen aneinander, um sie über das spitze Zeltdach hinweg anzusehen, das seine Finger bildeten. Sie bewegten sich in einem Rhythmus, der ihm vermutlich selbst gar nicht bewusst war, Janice aber unangenehm. Es erinnerte sie an die Bemühungen einer auf dem Rücken liegenden Spinne, ihre Beine auszustrecken. »Ich hoffe doch, er hat Ihnen keine falschen Hoffnungen gemacht.«

»Hoffnungen worauf?«, fragte Janice kühl.

Greiner sah sie eine weitere Zeit lang durchdringend (und unverwandt weiter lächelnd) an, nahm dann betont langsam die Hände wieder herunter und zauberte einen Ausdruck auf sein Gesicht, der ebenso mitfühlend wie betrübt war, zugleich aber auch auf eine gutmütige Art tadelnd; und das Ganze, ohne dass das Lächeln wirklich von seinen Gesicht verschwunden wäre. »Es ist jetzt ein Jahr her, Janice. Das ist eine lange Zeit. Vor allem für eine so junge Frau wie Sie. Es ehrt Sie, dass Sie die Hoffnung nicht aufgegeben haben, aber manchmal ist es nötig, der Wahrheit in die Augen zu sehen, glauben Sie mir. Sie sollten ...«

»Endlich wieder anfangen, mein Leben zu leben?«, unterbrach ihn Janice.

»Etwas in dieser Art wollte ich tatsächlich sagen, ja«, sagte Greiner lächelnd. »Woher wussten Sie das?«

Weil es nun wirklich nicht schwer zu erraten gewesen war. »Weil mir gestern jemand fast wörtlich dasselbe geraten hat.«

»Dann muss es wohl ein sehr kluger Mann gewesen sein«, sagte Greiner.

»Es war eher ein sehr seltsamer Mann«, erwiderte Janice. »Sie kennen ihn. Es war Mister Waters. Haben Sie ihn geschickt?«

Noch bevor sie die Worte auch nur ganz ausgesprochen hatte, war ihr auch schon klar, wie ungerecht sie waren und ganz nebenbei auch ganz gewiss nicht der richtige Weg, um sein Vertrauen zu erringen. Janice wunderte sich ein wenig über sich selbst. Allein aufgrund Joffreys Erzählungen war ihr der Amtsleiter von Anfang an nicht sympathisch gewesen. Aber diese Feindseligkeit hatte er weder verdient, noch war Janice sie von sich selbst gewohnt. Es musste an ihrer außergewöhnlichen Situation liegen und diesem Raum, in dessen Wänden Schatten nisteten.

Greiner lächelte unerschütterlich weiter, so als wäre er gar keines anderen Gesichtsausdruckes fähig, ganz gleich, was sie auch sagte und wie sehr sie ihn auch zu beleidigen versuchte.

»Nein«, antwortete er. »Aber ich hätte es getan, hätte ich gewusst, dass Sie sich noch einmal sehen, und ich hätte ihn gebeten, Ihnen genau das zu sagen, was er Ihnen offensichtlich schon gesagt hat.« Er seufzte sehr tief. »Er hat mir von Ihrem Besuch berichtet, Janice, und auch von Ihrer Unterhaltung. Und ich habe auch mit Mister Waiden gesprochen.«

»Wann?«, fragte Janice.

»Gestern Nachmittag, gleich nachdem Waters zu mir gekommen ist«, antwortete Greiner. »Er hätte das nicht tun dürfen.«

»Was?«

»Ihnen falsche Hoffnungen machen.«

»Aber das hat er nicht!«, protestierte Janice. »Ganz im Gegenteil! Mister Waiden hat …«

»… sich angeboten, Ihnen bei Ihren privaten Nachforschungen zu helfen«, fiel ihr Greiner ins Wort. »Oder ist das etwa nicht so?«

»Er hat mir niemals Hoffnungen gemacht. Ganz im Gegenteil!«

»Das glaube ich«, erwiderte Greiner. »Aber er hätte es trotzdem nicht tun dürfen. Nach etwas zu suchen bedeutet auch die Hoffnung zu wecken, es zu finden. Ich verlange von meinen Mitarbeitern ein verantwortungsvolles Benehmen. Immerhin repräsentieren sie unsere Behörde, und das nicht nur, solange sie hinter ihrem Schreibtisch sitzen.«

»Wie nobel«, sagte Janice spöttisch. »Noch nobler wäre es allerdings, wenn Sie sich um alle Ihre Angestellten so sorgen würden.«

Immerhin schien es ihr jetzt gelungen zu sein, ihr ewig lächelndes Gegenüber zu erschüttern. Greiners Lächeln erlosch, auch wenn es nicht etwa Zorn Platz machte oder auch nur Verstimmtheit. Er sah sie nur traurig an. »Ja, Mister Waiden hat vorhergesagt, dass Sie genau so reagieren würden.«

»Wie?«

»Dass Sie Mister Coppelstone verteidigen werden, ganz gleich gegen wen.« Er seufzte, noch einmal und noch tiefer, und ein Lächeln ganz anderer Art erwachte in seinen Augen. »Bei Gott, jeder Mann auf dieser Welt könnte sich glücklich schätzen, eine Frau wie

Sie an seiner Seite zu haben, wissen Sie das eigentlich? Allein dafür, dass er Ihnen so wehgetan hat, sollte er in der Hölle schmoren.«

Janice setzte zu einer noch ärgerlicheren Antwort an und schluckte die Worte dann im letzten Moment wieder herunter, als sie begriff, wie verschwendet jeder einzige Atemzug gewesen wäre. Greiner hatte nicht nur gewusst, dass sie kam, sondern sich auch sehr sorgfältig auf dieses Gespräch vorbereitet und zweifellos schon eine Antwort auf jede einzelne Frage parat, die sie ihm stellen würde, und vermutlich sogar auf solche, die ihr niemals in den Sinn gekommen wären. Sie bedauerte schon fast, überhaupt hier zu sein. Ihre Augen brannten.

Als sie nichts sagte, lehnte sich Greiner wieder in seinem Sessel zurück und seufzte ein drittes Mal, und noch tiefer. »Ja, und auch das hat mir Mister Waiden gesagt, dass Sie genau so reagieren würden. Ich wünschte, es wäre anders, Janice, glauben Sie mir. Es bereitet mir keine Freude, Ihnen das anzutun, aber es muss wohl sein.« Er zog eine Schublade auf und nahm einen weiteren Aktendeckel heraus, den er ihr über den Tisch hinweg zuschob. Auf sein aufforderndes Nicken hin griff Janice danach. Doch als sie ihn aufschlagen wollte, schüttelte er den Kopf und machte eine zusätzliche Geste mit der linken Hand.

»Das ist für Sie, Janice. Eine Kopie des abschließenden Berichts, der sich mit dem Verschwinden von Mister Coppelstone beschäftigt. Sie können ihn mitnehmen und in aller Ruhe zu Hause studieren, aber ich gebe Ihnen auch gern eine erste Zusammenfassung. Doch ich muss Sie warnen. Was Sie darin lesen, wird Ihnen nicht gefallen.«

»Noch mehr Lügen über Joffrey?«

»Manchmal tut es weh, der Wahrheit ins Auge zu blicken, aber auch das Skalpell eines Chirurgen tut weh, wenn es krankes Fleisch herausschneidet«, sagte Greiner.

»Ich möchte nicht, dass Sie so über Joffrey sprechen«, begehrte Janice auf, aber Greiner ignorierte sie einfach.

»Joffrey Coppelstone war nicht der Mann, für den Sie ihn gehalten haben, Janice. Um genau zu sein, war er nicht der Mensch, für den die meisten ihn gehalten haben, fürchte ich.«

»Was soll das heißen?« Janice wollte wütend werden, aber es gelang ihr nicht. Da war etwas hinter Greiners Lächeln und tief in seinen Augen, das sie erschreckte.

»Nach Mister Coppelstones Verschwinden haben wir unsere eigenen Nachforschungen angestellt, Miss Land.« Er machte eine Kopfbewegung auf den Aktendeckel, den sie in beiden Händen hielt. »Was dabei herausgekommen ist, hat mich mit Bestürzung erfüllt. Ich wollte es nicht glauben. Niemand hier wollte das, und gerade darum haben wir alles doppelt und dreifach nachgeprüft. Aber das Ergebnis war eindeutig.«

»Und ... wie sieht dieses Ergebnis ... aus?«, hörte sich Janice mit belegter Stimme fragen, die wie die einer Fremden klang

»Dass Joffrey Coppelstone nicht der Mensch war, für den wir ihn gehalten haben«, sagte Greiner noch einmal. »Er war ein Betrüger, Janice. Er hat die Behörde betrogen, er hat die Bank betrogen, und er hat zahlreiche anständige Bürger dieser Stadt um ihr ehrlich verdientes Geld gebracht. Die Beweise dafür finden Sie in dieser Mappe, Janice. Manche dieser Informationen sind vertraulich, und von Rechts wegen dürfte ich sie Ihnen gar nicht geben; deshalb bitte ich Sie, sie diskret zu behandeln. Aber ich tue es trotzdem, weil ich sehe, wie Sie leiden, und ich nicht möchte, dass dieser Verbrecher noch im Nachhinein ein weiteres Leben zerstört.«

»Sprechen Sie nicht so von ihm!« Janice hatte schreien wollen, aber es wurde allenfalls ein Flehen daraus.

»Wie es aussieht«, fuhr Greiner ebenso gnadenlos wie bedauernd fort, »hat Joffrey Coppelstone seit Jahren Gelder unterschlagen. Ein falscher Gebührenbescheid hier, eine überhöhte Rechnung dort. Ein kleiner Strich in einem Grundbuch, der die Besitzverhältnisse ändert, ein verschwundenes Testament ...« Er deutete ein Schulterzucken an. »Es gibt genügend Möglichkeiten, wenn man es nur will und kein Gewissen hat. Wir haben sicherlich nicht alles aufdecken können. Aber es handelt sich zweifellos um Betrug in erschreckendem Ausmaß. Tausende von Dollars. Viele Tausende, über die Jahre.«

»Aber das ist doch Unsinn!«, begehrte Janice auf. »Ich kannte Joffrey, haben Sie das vergessen? Ich kannte auch sein Privatleben, nicht nur die Stunden, die er in dieser … dieser *Gruft* verbracht hat! Er war nahezu mittellos! Er hat in einer Kammer gewohnt, in der ich meinen Hund nicht unterbringen würde, und besaß einen einzigen Anzug! Wenn er mich zum Essen ausgeführt hat, dann hat er sich meist auf Magenschmerzen oder irgendein anderes Unwohlsein herausgeredet, um die Kosten für ein zweites Gedeck zu sparen!«

»Niemand hat behauptet, dass er dumm gewesen ist«, erwiderte Greiner ruhig. »Wir haben versucht, der Spur des Geldes zu folgen, aber es ist uns nicht gelungen. Meine persönliche Vermutung ist, dass er es irgendwo versteckt hat, um sich im richtigen Moment davonzumachen.«

»Und dieser richtige Moment war vor einem Jahr?« Was für ein Unsinn! Sie hatten heiraten wollen!

»Nein«, antwortete Greiner. »Wie es aussieht, musste er seine Pläne ändern. In der Zeit vor seinem … Verschwinden häuften sich die Beschwerden, müssen Sie wissen. Es gab … Gerüchte. Kleinere Unregelmäßigkeiten, zugegeben, wie sie jedem dann und wann unterlaufen können, aber in ihrer Häufigkeit doch auffällig. Tatsächlich hätte ich so oder so eine Revision angesetzt.«

»Haben Sie Joffrey davon erzählt?«

Greiner verneinte. »Wie gesagt, er war nicht dumm. Er muss wohl gespürt haben, dass es zu Ende ging, und hat sich nicht nur selbst einen enormen Spesenvorschuss bewilligt – in einer Höhe, die ich niemals genehmigt hätte, sodass er sich genötigt sah, meine Unterschrift zu fälschen –, sondern auf dieselbe Weise auch Zugriff auf mehrere weitere Konten genommen, um sich mit einer beachtlichen Summe Bargeldes abzusetzen.«

»Das ist Unsinn!«, sagte Janice feindselig. »Wir wollten *heiraten*, Mister Greiner!«

»Seien Sie froh, dass es nicht dazu gekommen ist«, erwiderte er ungerührt.

»Wieso?«

»Sie sind eine vermögende Frau, nicht wahr?«, fragte er.

»Ich habe eine gewisse Summe geerbt, das ist wahr«, räumte Janice ein, »aber …«

»Und vielleicht war es ja nur Ihr Erbe, auf das er es abgesehen hatte«, sagte Greiner brutal. »Ich weiß, wie hart sich das anhören muss, aber möglicherweise war es Ihr Glück, dass er zu diesem Zeitpunkt verschwunden ist und nicht wenige Wochen später. Möglicherweise hätte er nicht nur Ihr Herz gebrochen, sondern Sie auch ruiniert, Janice.«

Das war mehr, als sie ertrug, und ganz eindeutig mehr, als sie hören *wollte.* »Hören Sie auf!«, stieß sie hervor. »Warum sagen Sie so etwas!?«

»Weil es die Wahrheit ist!«, antwortete Greiner sanft. Er deutete auf den schwarzen Aktendeckel. »Überzeugen Sie sich selbst, Janice. Studieren Sie diese Unterlagen in aller Ruhe, und wenn Sie irgendwelche Fragen haben, stehe ich Ihnen jederzeit zur Verfügung.«

»Das ist lächerlich!«, beharrte Janice. »Grotesk! Ich verstehe nicht, warum Sie das tun!« Sie sprang auf. Am liebsten hätte sie Greiner die Mappe mit seinen gesammelten Ungeheuerlichkeiten ins Gesicht geschleudert, doch dann presste sie sie im Gegenteil mit beiden Händen und aller Kraft gegen ihre hämmernde Brust.

»Ich werde Ihnen beweisen, dass das alles nur Lügen sind!«

»Ich kann gut verstehen, dass Sie jetzt so reagieren«, sagte er. »Sie sind ein herzensguter Mensch, und ich glaube, ich wäre sogar ein bisschen enttäuscht gewesen, hätten Sie anders reagiert.« Er stand ebenfalls auf – langsamer – und legte die linke Hand mit gespreizten Fingern auf den Aktenstapel. »Alles, was Sie wissen möchten, steht hier drin. Sie werden verstehen, dass ich Ihnen diese Unterlagen nicht aushändigen kann, doch Sie können jederzeit zu mir kommen und die Akten einsehen. Ich würde gern mehr für Sie tun, doch ich weiß nicht, was. Sagen Sie es ruhig.«

Janice hatte Mühe, seinen Worten zu folgen. In ihren Ohren rauschte das Blut, und für einen Moment hasste sie den großen Mann mit dem Bulldoggengesicht aus ganzem Herzen. Warum sagte er das? Reichte ihm der Schmerz nicht, den ihr schon Joffreys bloßes Verschwinden bereitete, sodass er nun auch noch sein Ansehen besudeln musste?

Und als hätte er ihre Gedanken gelesen, verzerrte sich Greiners

Gesicht nun zu einem bösen Grinsen. Jedenfalls dachte sie das, bis ihr klar wurde, dass es nur ihre eigenen Tränen waren, die sein Gesicht vor ihren Augen verschwimmen ließen.

4

Das Haus, in dem Janice' großzügige Dreieinhalb-Zimmer-Wohnung lag, befand sich in einem der besseren Viertel der Stadt, nicht dem vornehmsten überhaupt und nicht einmal dem besten, das sie sich hätte leisten können, aber doch in einer deutlich angenehmeren Lage, als es Joffrey mit seinem schmalen Gehalt jemals möglich gewesen wäre. Sie war vor etwas mehr als einem Jahr eingezogen – nur wenige Wochen vor Joffreys Verschwinden, um genau zu sein –, und auch wenn sie ihn niemals in ihren geheimen Plan eingeweiht hatte, so war es für sie doch beschlossene Sache gewesen, dass sie nach ihrer Hochzeit gemeinsam hier leben würden, nicht in der winzigen Dachkammer in Steinwurfweite seiner Behörde, in der er jetzt hauste.

Oder gehaust hatte, um genau zu sein.

Ein Gefühl vager Trauer überkam Janice, als sie sich in Gedanken verbesserte. Sie hatte niemals mit Joffrey über diese Wohnung und die damit zusammenhängenden Pläne für ihre gemeinsame Zukunft gesprochen, aber natürlich war er nicht dumm gewesen und hatte sich seinen Teil denken können; so, wie er sich gewiss auch seine Gedanken über das dritte, noch leer stehende Zimmer mit dem großen Dachfenster gemacht hatte, das sie noch vor ihrem Einzug eigens hatte einbauen lassen, damit es später hell und sonnendurchflutet war. Eines von vielen Dingen, die sie so an Joffrey liebte, war der Umstand, dass er auf manchmal schon fast unheimliche Weise ihre Gedanken zu erraten schien und ihr oft die Wünsche von den Augen ablas, manchmal sogar, bevor sie sich überhaupt der Tatsache bewusst war, sie zu haben.

Jetzt fragte sie sich zum ersten Mal, ob sie vielleicht eine gewisse

Mitschuld an den Ereignissen trug, die zu diesem Tag geführt hatten.

Zu den Annehmlichkeiten dieser Luxuswohnung gehörte auch ein moderner Aufzug, der ihr die vier Treppen bis nach oben abnahm, aber wie es neu eingeführter Technik nun einmal zu eigen ist, hatte auch er seine Tücken. Oft funktionierte er nicht, und einmal waren Joffrey und sie sogar in dem Käfig aus kunstvoll geschmiedeten Eisenstäben stecken geblieben und hatten eine geschlagene Stunde warten müssen, bis ein Monteur kam und sie aus ihrer misslichen Lage befreite. Auch heute verkündete ein handgemaltes Schild – das eigentlich nur aus einem unsauber aus einem größeren Stück herausgerissenen Pappkarton bestand und noch dazu mit gleich drei Rechtschreibfehlern aufwartete –, dass der Aufzug nicht in Betrieb sei. Es war nicht das erste Mal, dass so etwas geschah, und Janice war deshalb auch schon mehrmals bei der Hausverwaltung vorstellig geworden. Sie hätte eigentlich ärgerlich sein sollen, aber aus irgendeinem Grund war sie es nicht. Es waren schließlich nur vier Treppen, und vielleicht half ihr die kleine Anstrengung ja sogar, auf andere Gedanken zu kommen.

Das genaue Gegenteil war der Fall. Während sie die mit dicken Teppichen belegten Stufen hinaufging, wurde ihr die gesamte Pracht und der ganze Luxus allein dieses Treppenhauses bewusst, und sie erinnerte sich nicht nur wieder daran, wie beeindruckt Joffrey reagiert hatte, als sie das erste Mal zusammen hergekommen waren. Niemals wäre es ihr in den Sinn gekommen, wie einschüchternd eine Umgebung wie diese auf einen Mann wirken musste, der wie er aus einfachen Verhältnissen stammte.

Anders als sie war Joffrey nicht reich geboren, sondern in einer Arbeiterfamilie. Sein Vater hatte in körperlich schweren Berufen den Lebensunterhalt der Familie verdient, seine Mutter als Waschfrau, Köchin, Haushaltshilfe und ähnlichen Tätigkeiten ihren Teil beigesteuert, wenn sich die Gelegenheit bot, was aber längst nicht immer der Fall gewesen war. Joffrey hatte nur selten über seine Familie und noch seltener über seine Jugend gesprochen, fast als wären ihm die einfachen Verhältnisse peinlich, aus denen er kam, aber sie hatte selbst aus diesen wenigen Bemerkungen herausgehört, wie entbehrungsreich und hart dieses Leben gewesen sein musste und dass sich seine Eltern die Kosten für seine Schule und das anschließende Studium wortwörtlich vom Munde abgespart hatten.

Ganz anders Janice, die aus gutem Haus stammte und – nach dem frühen Tod ihrer Eltern – zwar bei einer Tante aufgewachsen war, das aber wohlbehütet. Nach ihrem einundzwanzigsten Geburtstag war sie in den Genuss ihres Erbes gekommen, das ihr nicht nur gewisse Annehmlichkeiten wie diese Wohnung gestattete, sondern auch für den Rest ihres Lebens eine sorgenfreie Zukunft.

Und was, flüsterte eine dünne Stimme tief in ihren Gedanken, wenn es ganz genau das gewesen war: ihr Geld?

Natürlich war das Unsinn, versuchte sie sich selbst zu beruhigen. Joffrey war ein aufgeschlossener moderner junger Mann, der keinerlei Standesdünkel kannte – weder in die eine noch in die andere Richtung – und tatsächlich hatten sie auch einmal über dieses Thema gesprochen, sogar schon relativ früh in ihrer gerade erst beginnenden Beziehung, die damals noch nicht einmal ganz das Stadium einer Freundschaft erreicht hatte. Joffrey hatte ihr versichert, dass es ihm nichts ausmache, dass sie aus so viel besseren Kreisen stamme, und selbstverständlich hatte sie ihm geglaubt.

Und was, wenn es nicht wahr gewesen war? Und wenn das vielleicht nicht einmal seine einzige Lüge gewesen war?

Der Gedanke war so hässlich, dass sie davor zurückschrak wie vor etwas Obszönem, aber genau wie der Anblick eines besonders abstoßenden Gesichts oder ein unflätiges Geräusch ließ er etwas zurück, das sie nicht so einfach abschütteln konnte. Und schlimmer noch: Er tat sich mit dem Samen des Zweifels zusammen, den Greiner mit seinen ungeheuerlichen Behauptungen in ihre Seele gepflanzt hatte, und gemeinsam wurden sie zu etwas, dessen Stimme sie nun nicht mehr einfach ausblenden konnte, so angestrengt sie es auch versuchte.

Ganz plötzlich erinnerte sie sich eines kleinen Geständnisses, das Joffrey ihr einmal nach dem Genuss des einen oder anderen Glases Portwein gemacht hatte. Er war weder betrunken gewesen noch gar zudringlich geworden, ganz gewiss nicht, aber eben doch mutig genug, um ihr anzuvertrauen, dass er schon seit dem Tag ein Auge auf sie geworfen hatte, an dem sie das allererste Mal in seiner Behörde erschienen war, um eine Kleinigkeit bezüglich ihrer Erbschaft zu regeln. Er musste wohl gleich gespürt haben, dass seiner Besucherin der aufgeweckte junge Beamte auch nicht ganz zuwider gewesen war, als den sie ihn kennengelernt hatte, spätestens als sie in den darauffolgenden Wochen immer mehr und mehr fadenscheinige Gründe fand, um ins Katasteramt zurückzukommen und sich von ihm etwas erklären zu lassen, was sie ohnehin nicht verstand, Antworten auf Fragen zu erbitten, die sie nicht interessierten, und Einblick in Karten und Grundbücher zu nehmen, die ihr nichts sagten. Dennoch – so hatte er ihr gestanden – hatte es noch fast drei Monate gedauert, bevor er den Mut aufbrachte, einmal nicht nur über seine Arbeit zu reden und ihr allerhöchstens ein schüchternes Lächeln zu schenken, wenn er meinte, dass sie es nicht sah, sondern sie auf ihr erstes Rendezvous einzuladen; schlicht weil er befürchtete, dass eine Frau aus so vornehmen Kreisen empört auf jeden Versuch eines kleinen Beamten wie ihn reagieren musste, ihr Avancen zu machen.

Damals hatten sie beide herzhaft über dieses Eingeständnis gelacht. Aber nun, nach Joffreys Verschwinden und Greiners monströser Offenbarung, fragte sie sich, ob dieses Geständnis nicht vielleicht ein Körnchen mehr Wahrheit enthielt, als sie damals geahnt hatte.

War das vielleicht Joffreys großes Geheimnis gewesen, dass er es tief in sich niemals verwunden hatte, nur ein kleiner Beamter aus einfachen Verhältnissen zu sein, der ihr niemals die Art von Leben bieten konnte, das eine Frau wie sie von Geburt an gewohnt war, und deshalb die … *gewissen Dinge* … getan hatte, von denen Steve sprach?

Dieser Gedanke führte zu einem anderen und noch viel schlimmeren, den sie noch sehr viel weniger denken wollte, und noch sehr viel weniger zurückdrängen konnte. Wenn es so war, dann trüge sie tatsächlich eine Mitschuld. Nicht durch irgendetwas, was sie getan oder gesagt hatte, sondern einfach durch das, was sie war.

Über ihr erscholl ein schwerer, klackender Laut, gefolgt von einem anhaltenden Rasseln und Rumpeln, und Janice hielt mitten im Schritt inne, froh, aus ihren düsteren Überlegungen gerissen zu werden, aber auch ein wenig überrascht von dem Geräusch, dessen Ursprung sie gut kannte. Da rumpelte die Aufzugkabine auch schon an ihr vorüber und verschwand quietschend in der Tiefe. Sie war leer, was bedeutete, dass jemand unten das Pappschild ignoriert und den Knopf gedrückt hatte. Neugierig beugte sie sich über das Geländer und blickte nach unten, konnte aber niemanden sehen.

Das war merkwürdig, aber mehr auch nicht. Sie musste aufpassen, nicht hinter jeder Kleinigkeit ein Geheimnis zu sehen. Rasch ging sie weiter, kramte ihren Wohnungsschlüssel aus dem Beutel und überraschte ihre Haushälterin, indem sie nicht nur atemlos und einigermaßen aufgelöst in die Wohnung und bis in den Salon stürmte, sondern auch ohne ein Wort der Erklärung den Aktendeckel, den Greiner ihr mitgegeben hatte, auf den kleinen Tisch vor dem Kamin warf. Danach fühlte sie sich auf sonderbare Weise erleichtert; wenngleich auch schon wieder angestarrt, diesmal von ihrer Haushälterin Mary, die unter der Tür stehen geblieben war und selbstredend kein Wort sagte.

»Ein Bettler hat mich belästigt«, behauptete Janice. »Ein schrecklich schmutziger Kerl, der um ein Haar aufdringlich geworden wäre, weil ich ihm nicht genügend Almosen geben wollte. Es war ekelhaft!«

»Haben Sie die Polizei gerufen, Miss?«, erkundigte sich Mary erschrocken.

»Das hätte ich getan, aber er ist weggelaufen, nachdem mir ein paar beherzte Passanten beigesprungen sind«, antwortete Janice. »Es ist nichts weiter geschehen, Mary, machen Sie sich keine Sorgen. Aber heizen Sie bitte den Badeofen an. Ich muss aus diesen Kleidern heraus. Ich fühle mich schmutzig!«

»Ist es nicht schrecklich, dass eine anständige Frau heutzutage nicht einmal mehr am helllichten Tag auf die Straße gehen kann, ohne belästigt zu werden?«, pflichtete ihr Mary bei. »Es sind schlimme Zeiten!«

Sie ging, um ihre Anordnung auszuführen und den modernen

Boiler im Bad anzuheizen, und Janice war fast selbst ein wenig erstaunt, wie glatt ihr diese Lüge über die Lippen gekommen war, war sie doch eigentlich eine glühende Verfechterin der Wahrheit, so schmerzhaft sie auch sein mochte. An diesem Tag hatte sich offenbar mehr geändert als nur ihr Verhältnis zu Steve Waiden.

Mary kam zurück und erkundigte sich, welches Kleid sie herauslegen sollte, aber sie maß sie dabei auch mit Blicken, die Janice nicht gefielen. Sie kannte Mary seit dem Tag, an dem sie diese Wohnung das erste Mal besichtigt hatte, denn sie hatte sie zusammen mit ihr von deren Vorbesitzern übernommen, und soweit man das nach einem guten Jahr sagen konnte, meinte sie ihr auch trauen zu können ... aber sie war dennoch weit davon entfernt, so etwas wie freundschaftliche Gefühle für sie zu empfinden, wie es manchmal zwischen Personal und Dienstboten auf einer ganz besonderen Ebene der Fall war.

So bedankte sie sich nur, beantwortete Marys Frage und überraschte sie – und sich selbst auch ein bisschen – damit, ihr für den Rest des Tages freizugeben. Als sich Mary mit einem dankbaren Nicken zum Gehen umwandte, ihr Cape umlegte und von außen die Wohnungstür schloss, begriff sie endgültig, dass sie sich nur danach sehnte, allein zu sein.

Sorgfältig verriegelte sie die Tür, ging ins Badezimmer zurück und betrachtete mit einem erleichterten Seufzer das bequeme Kleid und den seidenen Morgenmantel, die Mary zurechtgelegt hatte. Etwas weniger entspannt machte sie sich dann daran, die technischen Geheimnisse des mannshohen Boilers zu ergründen, den sie noch nie selbst bedient hatte. Sie spürte die extreme Hitze, die sein unteres Drittel ausstrahlte, und beäugte misstrauisch die diversen Hebel, Thermometer und Stellräder, mit denen diese technische Monstrosität sie angrinste. Prompt verbrannte sie sich die Fingerspitzen, indem sie den Boiler an einer Stelle berührte, an der man es besser nicht tun sollte, wurde aber schließlich mit einem sprudelnden Strahl aus dampfend heißem Wasser belohnt, der sich auf das weiße Porzellan der Wanne ergoss.

Das sollte sie zufriedenstellen, aber nach ihrem kleinen Abenteuer im Café war es natürlich nicht der Fall. Ganz im Gegenteil ertappte sie sich dabei, eine geraume Weile in der Hocke vor der Wanne zu verharren und den dampfenden Strahl zu betrachten, als wartete sie nur darauf, dass irgendetwas Entsetzliches geschähe. Und war da nicht ein unheimliches Platschen und Gluckern, das sich unter dem Rauschen des fließenden Wassers versteckte, und ein Gefühl wie von etwas Großem und Bleichem, das sich im Unsichtbaren verbarg? Und roch das Wasser nicht auch ein ganz kleines bisschen schlecht?

Voller Ungeduld wartete sie, bis die Wanne zu einem guten Viertel mit fast kochendem Wasser gefüllt war, ließ genug kaltes Wasser nachlaufen, um die Temperatur angenehm zu gestalten, und riss sich fast schon trotzig die Kleider vom Leib. Sie machte sich nicht einmal die Mühe, Badesalz oder irgendwelche anderen Ingredienzien hinzuzufügen, sondern stieg einfach in die heiße Wanne, griff nach Wurzelbürste und Seife und schrubbte sich so gründlich ab, bis ihre Haut überall rot war und zu schmerzen begann. Anschließend wusch sie sich gründlich die Haare und fühlte sich dennoch nach wie vor besudelt, als wäre sie mit etwas in Kontakt gekommen, das Menschen besser nicht berühren sollten.

Janice richtete sich mit einem Ruck in der heißen Wanne auf, starrte ihre Fingerspitzen an und stellte fest, dass sie sie tatsächlich lange genug gescheuert hatte, dass nur noch eine Winzigkeit fehlte, um Blut austreten zu lassen. Ihr Herz klopfte, und sie begriff erst jetzt, wie heiß das Wasser wirklich war. Seine Berührung auf der Haut – überall auf der Haut – tat weh, und ihr begann allmählich schon ein bisschen übel zu werden.

Etwas knallte, ein dumpf hallender Laut, dessen Ursprung sie im allerersten Moment nicht ergründen konnte, und als es ihr gelang, begann ihr Herz noch heftiger zu schlagen, denn das Geräusch war ganz eindeutig aus dem Inneren des Boilers gekommen; ein Laut wie von großen, weichen Fäusten, die gegen das Metall des Kessels schlugen. Allein die Vorstellung war grotesk, was ihr Herz aber nicht daran hinderte, noch heftiger zu pochen und graue Angst in ihren Eingeweiden zu wecken.

Mit einem Ruck stemmte sie sich hoch, um ganz aus dem Wasser zu steigen und verharrte dann noch einmal, um dem mannshohen weißen Zylinder und die wie nasses Gold blitzenden Messingarmaturen anzustarren. Sicher waren es nur ihre Nerven, ihre eigene Nervosität und, ja, Hysterie!, die den Dingen eine Bedeutung zu verleihen versuchten, die sie nicht hatten und die ihnen schon gar nicht zustand.

Der Gedanke war schierer Trotz, aber er wirkte. Statt aus der Wanne zu springen, ließ sie sich ganz im Gegenteil wieder in das heiße Wasser zurücksinken, streckte sich so weit aus, bis ihre Füße gegen das glatte Porzellan stießen und nur noch ihre Knie wie zwei kleine kreisrunde Inseln aus dem Wasser ragten, und funkelte den störrischen Emaillezylinder herausfordernd an. Das Pochen hielt unverändert an, und nun meinte sie auch noch andere und mindestens ebenso unheimliche Geräusche zu hören: ein sonderbares Platschen und Gluckern und Schaben, als kröche etwas im Inneren des Metallbehälters herum, etwas Großes und fast Formloses, das herauswollte.

Janice dachte diesen Gedanken nicht nur ganz bewusst, sie stellte sich auch die dazu passenden Bildern vor, die heraufzubeschwören ihre Phantasie nicht müde wurde. Sie waren schrecklich, aber sie vermochten ihre ganze Entsetzlichkeit nicht zu entfalten, denn da war mit einem Male etwas in Janice, das ihnen ihren Stachel nahm: ihr gesunder Menschenverstand, den sie schon viel zu lange nicht mehr benutzt hatte.

Was sie hörte, das war nicht das Kriechen bleicher blinder Kreaturen, die sich aus den Dimensionen des Wahnsinns herüberschleppten. Es waren Luftblasen in den Kupferrohren, durch die das Wasser in den großen Boiler floss, und das Geräusch, mit dem sich das Metall ausdehnte und wieder zusammenzog; der Herzschlag der modernen Zeiten, wie Joffrey die Maschinengeräusche einmal im Scherz genannt hatte.

Janice schnitt dem immer noch randalierenden Boiler eine Grimasse, lachte dann leise über ihre eigene Albernheit und holte nach, was sie gerade versäumt hatte, indem sie eine Handvoll Badesalz und eine großzügige Dosis duftenden Rosenwassers zugab, bevor sie sich erneut ins heiße Wasser zurücksinken ließ und entspannt die Augen schloss. Sie hatte es schon immer genossen, lange und ausgiebig zu baden. Obwohl sie längst nicht mit allen sogenannten Segnungen moderner Technik einverstanden war, genoss sie jedoch die Möglichkeit, jederzeit und ohne unverhältnismäßigen Aufwand ein heißes Bad nehmen zu können.

Und genau das würde sie sich auch von allen Matthew Greiners dieser Welt mit all ihren Verleumdungen und niederträchtigen Geschichten nicht nehmen lassen!

Das Gluckern wiederholte sich, gefolgt von einem Laut, den sie nun ganz eindeutig als das Scharren eisenharter Krallen auf Metall identifizierte, ebenso, wie sie nicht mehr verleugnen konnte, dass es aus dem Inneren des Boilers kam.

Janice öffnete gerade noch rechtzeitig die Augen, um zu sehen, wie … etwas … aus dem Wasserhahn tropfte und mit einem gewaltigen Platschen ins Wasser fiel. Es kam zu überraschend, um sie wirklich Einzelheiten erkennen zu lassen, aber sie hatte einen flüchtigen Eindruck von etwas Durchsichtigem und Zähem, das schleimige Fäden hinter sich herzog, bevor es mit einem widerwärtigen Platschen im Wasser verschwand. Und obwohl es viel zu schnell ging, als dass sie wirklich etwas sehen konnte, erinnerte sie der Anblick trotzdem auf grässliche Weise an ihr unheimliches Erlebnis von gestern.

Mit einer Verzögerung von gut einer Sekunde, dafür aber umso heftiger stieß Janice ein angeekeltes Keuchen aus und sprang in die Höhe; oder versuchte es wenigstens. Ihre nackten Füße fanden auf dem nassen Porzellan keinen Halt, sodass sie mitten in der Bewegung ausglitt und nach hinten fiel. Sie schlug so hart mit dem Hinterkopf auf, dass sie Sterne sah, gefolgt von einer großen Dunkelheit, die nicht nur ihren Blick verschleierte, sondern alle ihre Glieder mit einer Schwere erfüllte, der sie nichts entgegenzusetzen hatte; und irgendwie auch gar nicht wollte. Sie glitt tiefer in die Wanne, sodass ihr Gesicht unter Wasser geriet und sie nicht mehr atmen konnte.

Ein Teil von ihr war sich vollkommen der Gefahr bewusst zu ertrinken; und wie leicht es wäre, einfach den Kopf aus dem Wasser zu heben und zu atmen. Aber da war auch noch ein anderer Teil, der es gar nicht wollte und der ihr plötzlich zuflüsterte, wie leicht es doch wäre, einfach die Augen zu schließen und all den Schmerz und das Gefühl des Verlassenseins zu vergessen.

Vielleicht hätte sie der lautlosen Stimme sogar nachgegeben – was waren schon Sekunden der Qual gegen die Pein in ihrem Herzen? –, hätte da nicht etwas ihren Fuß berührt; ganz sacht nur, aber auch unbeschreiblich ekelhaft.

Mit hämmerndem Puls und qualvoll nach Atem ringend und würgend richtete sie sich wenigstens weit genug auf, um den Kopf über Wasser zu bekommen, wollte hochspringen und rutschte ein zweites Mal aus. Diesmal schlug sie nicht mit dem Hinterkopf auf, sondern fing ihren Sturz mit den Ellbogen ab, bezahlte dafür aber mit zwei grellroten Schmerzblitzen, die bis in ihre Schultern hinaufschossen und dort zu zwei winzigen Sonnen aus reiner Agonie explodierten. Janice schrie gepeinigt auf, verlor zum dritten Mal den Halt und schluckte eine großzügige Portion nach Rosen schmeckendes Wasser, bevor es ihr gelang, wieder in die Höhe zu kommen.

Dann erstarrte sie. Der Schrei erstarb in ihrer Kehle, und selbst ihr Herz schien für einen Moment in seinem rasenden Hämmern innezuhalten.

Es war keine Einbildung gewesen.

Etwas war aus dem Wasserhahn gekommen und nun bei ihr in der Wanne.

Sie konnte es sehen und zugleich auch nicht. Es war groß und schien nur aus Armen und dünnen peitschenden Fortsätzen zu bestehen, und es war zugleich unsichtbar wie von ungeheurer Präsenz, als hätte das Wasser selbst Substanz gewonnen, sodass sie nur die bloße Bewegung wahrnahm, nicht aber das, was sie verursachte.

Janice stieß einen neuerlichen schrillen Schrei aus und warf sich herum, doch es war, als hielte das Wasser selbst sie nun fest. Die Berührung an ihren Knöcheln wiederholte sich, noch tausendfach schrecklicher als zuvor, und ein Schwall faustgroßer Luftblasen stieg zwischen ihren strampelnden Füßen hoch und zerplatzte mit einem widerlich fettigen Geräusch, um einen noch viel schlimmeren, Atem abschneidenden Gestank freizusetzen. Janice schlug und trat mit verzweifelter Kraft um sich, doch es war, als wäre die Wanne plötzlich nicht mehr voller Wasser, sondern ein Nest peitschender durchsichtiger Nesselfäden, die sich um ihren Körper und ihre Glieder schlangen und sie mit unerbittlicher Kraft festhielten. Immer mehr Blasen platzten an der Wasseroberfläche, und der Gestank wurde so unerträglich, dass ihr trotz aller Panik übel wurde und sich bittere Galle in ihrem Rachen sammelte. Schiere Todesangst löschte jeden klaren Gedanken aus, und sie tobte und schrie immer lauter und wurde trotzdem unerbittlich weiter unter Wasser gezogen, und …

… dann waren da plötzlich zwei starke Hände, die sie unter den Achseln ergriffen und mit einem einzigen Ruck aus der Wanne zerrten. Sie konnte wieder atmen, und die unsichtbaren Arme und Hände und Nesselfäden waren verschwunden, doch die Panik war geblieben und wurde im ersten Moment sogar noch schlimmer, sodass sie nicht nur noch lauter schrie und sich losriss, sondern auch auf die riesenhafte Gestalt einschlug, die über ihr aufwuchs.

Sie traf, nicht mit der flachen Hand, sondern der Faust, und der grotesk verzerrte Schatten torkelte zurück, sodass sie nur noch einmal und mit noch größerer Kraft ausholte.

»Janice! Was tun Sie?!«

Der Schrei sprengte die Ketten des Wahnsinns, die sie banden. Ihre Hand, schon zu einem weiteren Faustschlag erhoben, verharrte mitten in der Bewegung, und nur einen Augenblick später zerrissen auch die blutroten Schleier vor ihrem Blick. Aus dem monströsen Schemen wurde ein sehr bleicher Steve Waiden, der sie aus schreckgeweiteten Augen ansah (und pitschnass war) und aus der Nase blutete. Und nur einen weiteren Augenblick später wurde sie sich auch des Umstandes bewusst, dass sie nicht nur genauso nass vor ihm stand, sondern auch vollkommen nackt.

Entsetzt schlug sie die Hand vor den Mund, prallte zurück und stieß einen neuerlichen kleinen Schrei aus, und auch Steve gab einen fast komischen Laut des Erschreckens von sich und wusste plötzlich nicht mehr wohin mit seinem Blick, schien zugleich aber auch nicht fähig, sie nicht anzustarren. »Aber was …?«, stammelte er.

Janice kam endlich auf die Idee, sich aus ihrer Erstarrung zu lösen und herumzufahren und aus dem Bad zu stürzen. Ohne innezuhalten, stürmte sie ins Schlafzimmer, warf die Tür hinter sich zu und drehte den Schüssel gleich dreimal im Schloss herum, bevor sie sich mit dem Rücken zusätzlich dagegenlehnte. Ihre Beine schienen ihr Gewicht nicht mehr tragen zu können, und die Tränen liefen noch immer in Strömen über ihr Gesicht, ohne dass sie es auch nur merkte.

5

Es dauerte sicher eine Viertelstunde, bis sie sich so weit beruhigt hatte, sich anzukleiden und vor die große Frisierkommode zu setzen, um sich wenigstens wieder in einen halbwegs vorzeigbaren Zustand zu bringen, und das Ergebnis war alles andere als zufriedenstellend. Ihr Haar war nass und klebte in unansehnlichen Strähnen an ihrem Kopf und in ihrem Nacken, und sie konnte es bürsten, trocken rubbeln und wieder bürsten, so oft sie wollte, sie wurde das unheimliche Gefühl nicht los, dass etwas Unsichtbares und Schleimiges darin klebte; so wenig wie es ihr zu gelingen schien, den grauenhaften Gestank loszuwerden, ganz gleich wie viel Parfum sie auch benutzte.

Und selbst wenn all das nicht gewesen wäre, so war es doch ihr eigener Anblick im Spiegel, der sie am meisten erschreckte. Ihre Haut war sauber und hatte einen rosigen Schimmer von dem fast kochend heißen Wasser, in dem sie gebadet hatte, und ihr Gesicht sollte frisch aussehen, aber das tat es nicht. Ganz im Gegenteil war etwas … Verhärmtes darin, etwas nicht in Worte zu fassendes Altes, als blickte sie ins Antlitz einer Greisin, die sich nur durch einen sonderbaren Zauber den Anschein von Jugendlichkeit erhalten hatte, ohne dass dieser Zauber indes wirklich zu überzeugen vermochte. Da war eine Schwärze in den Augen, die sie aus dem Spiegel ansahen, die sie nicht nur zutiefst erschreckte, sondern von der sie auch ahnte, dass sie nie wieder ganz verschwinden würde. Und das war wohl auch die Erklärung für das vermeintliche Alter, das ihr Gesicht verheerte: Es war der Schrecken, der seine unsichtbaren Klauen in ihr Fleisch geschlagen hatte, die Erinnerung an Dinge, die nicht für menschliche Augen gedacht waren, und an ein Wissen, das ihre Seele verbrannte.

Es gibt Dinge, die sollte man besser ruhen lassen, meinte sie noch einmal die Stimme des grauen Mannes zu hören.

Es kostete sie nahezu ihre gesamte Kraft, diesen Gedanken abzuschütteln, und beinahe genauso viel, zur Tür zu gehen und den Schlüssel wieder umzudrehen. Sie wusste, dass auf der anderen Seite nichts Schlimmeres auf sie wartete als eine leere Wohnung (und Steve, der zweimal an der Badezimmertür geklopft und sich mit besorgter Stimme erkundigt hatte, ob alles in Ordnung sei), aber ihre Phantasie wurde nicht müde, sie mit den schrecklichsten Visionen zu quälen, Bilder, die so grässlich waren, dass sie nicht imstande gewesen wäre, sie in Worte zu fassen, ihren Magen jedoch in einen stacheligen Ball aus Eis verwandelten, der sie von innen heraus zu zerschneiden drohte. Ihre Hände zitterten mit einem Male wieder so heftig, dass es ihr kaum gelang, den Knauf zu drehen und die Tür zu öffnen.

Der Flur auf der anderen Seite war leer. Da waren keine Ungeheuer, die auf sie warteten, und kein lebendiges Wasser, in dem sie versinken musste. Trotzdem begann ihr Blick jetzt zu flackern, und als sie den ersten Schritt tat, ertappte sie sich dabei, auf ihre Füße zu blicken und sich davon zu überzeugen, dass sie auch sicher auf dem gebohnerten Parkett standen und nicht etwa hineinsanken.

Gedämpfte Geräusche drangen an ihr Ohr, ein leises Hantieren und Rascheln, das selbstverständlich sofort neue Schreckensbilder vor ihrem inneren Auge heraufbeschwören wollte, bevor sie begriff, dass es nur Steve war. Sie fragte sich, was er tat, stellte diese Frage aber nicht laut, sondern rief stattdessen zweimal seinen Namen.

Sie bekam keine Antwort, wollte weitergehen, um nach ihm zu suchen und machte stattdessen kehrt, um zur Wohnungstür zu gehen. Sie meinte sich genau zu erinnern, sie hinter Mary nicht nur geschlossen, sondern auch die Kette vorgelegt zu haben.

Ihre Erinnerung täuschte sie nicht. Die Kette war vorgelegt und die Tür abgeschlossen gewesen, aber nun war sie nur noch angelehnt. Die stabile Kette war zerrissen, und das Schloss mit einer Gewalt aus dem Rahmen gebrochen, als wäre es von einem Vorschlaghammer getroffen worden.

»Das mit der Tür tut mir leid«, sagte eine Stimme hinter ihr. »Ich komme selbstverständlich für den Schaden auf. Aber ich hörte Sie schreien und habe gerufen, und als Sie nicht geantwortet haben, da dachte ich, Sie wären in Gefahr, und ...«

Steve brach verlegen und mitten im Satz ab, als sie sich zu ihm umdrehte, und rang sichtbar, aber erfolglos um Worte.

»Das haben *Sie* getan?«, fragte sie ungläubig mit einer Geste auf die aufgebrochene Tür.

»Wie gesagt: Ich komme selbstverständlich für den Schaden auf, aber Sie haben geschrien, und ...«

»Das ist ganz und gar unglaublich«, unterbrach ihn Janice, indem sie sich wieder zu der eingeschlagenen Tür drehte. »Ich habe eigens eine besonders sichere Tür einbauen lassen, weil das Leben in der Großstadt ja so gefährlich sein soll, vor allem für eine alleinstehende Frau. Man hat mir fest zugesagt, dass niemand diese Tür so ohne Weiteres aufbrechen könnte. Ich wusste gar nicht, dass Sie so stark sind, Steve.«

Sie bekam keine Antwort und hatte auch nicht damit gerechnet, denn sie wusste selbst nur zu gut, dass sie schlichtweg plapperte, um die peinliche Situation zu überspielen. Und auch aus ebendiesem Grund trat sie sogar noch näher an die Tür heran und zog sie auf, um den Schaden genauer zu begutachten.

Sie sah wirklich aus, als hätte ein zorniger Riese mit seinem Hammer dagegengeschlagen, und wie um den Eindruck noch zu unterstreichen, löste sich ein Stück des Türrahmens und fiel klappernd in den Hausflur hinaus.

»Warten Sie!«, sagte Steve hastig. »Ich hebe es auf!«

Janice beachtete ihn gar nicht, sondern trat in den Hausflur hinaus, um sich nach dem Trümmerstück zu bücken. Genauer gesagt waren es etliche Trümmerstücke; Putz- und Holzsplitter unterschiedlichster Größe und Form, und das Äußere der Tür bot einen noch viel schlimmeren Anblick als die Innenseite. Es fiel Janice fast schwer zu glauben, dass ein Mann wie Steve ganz allein für diese Zerstörung verantwortlich sein sollte. Er war alles andere als ein Schwächling, aber er erweckte nun auch nicht gerade den Eindruck eines Herkules.

Um sich nicht vor dem jungen Mann unziemlich zu bücken, trat sie noch einen weiteren Schritt auf den Hausflur hinaus und ließ sich am Ende einer gezierten halben Pirouette in die Hocke sinken; was Steve natürlich ausnutzte, um ihr zu folgen und neben ihr niederzuknien. So ungeschickt, wie er sich dabei anstellte, schlug er ihr dabei prompt den ersten Splitter gleich wieder aus der Hand, den sie gerade erst aufgehoben hatte, woraufhin seine Ohren in noch deutlicherem Rot zu glühen begannen. Wäre die Situation nur ein ganz kleines bisschen anders gewesen, hätte Janice den Anblick wahrscheinlich amüsant gefunden.

»Ich bin wirklich erstaunt«, plapperte sie weiter. »Dabei hat mir der Zimmermann versichert, dass es eine Kanone bräuchte, um diese Tür aufzubrechen.«

»Dann hat er Sie betrogen«, antwortete Steve nervös. »Es war nicht einmal besonders schwer, nur ein wenig Anlauf, und …« Er sprach nicht weiter, als ihm wahrscheinlich aufging, wie leicht man seine Worte auch als angeberisch auslegen konnte, sondern rettete sich in ein – noch verlegeneres – Lächeln, und Janice wollte gerade eine scherzhafte Bemerkung machen, um ihn zu beruhigen, bevor er sich am Ende noch mit einem Holzsplitter das Auge ausstach, als ihr etwas auffiel.

Der Hausflur bot wirklich einen schlimmen Anblick. Überall lagen Holzsplitter und Putz, Fetzen teurer Tapeten und sogar ein paar vereinzelte Glassplitter, deren Herkunft ihr rätselhaft war. Die Hausverwaltung würde ihr den Kopf abreißen, vermutete sie, und das nicht ganz zu Unrecht.

Und inmitten dieser Trümmerwüste war ein großer, nasser Fleck auf dem Teppichboden.

Janice ging hin, beugte sich mit klopfendem Herzen über den

Fleck und tastete so vorsichtig darüber, als hätte sie Angst, gebissen zu werden. Er war kalt (und sehr nass, nicht nur ein bisschen feucht) und als sie an ihren Fingerspitzen schnupperte, fiel ihr ein ganz sachter, nichtsdestoweniger aber äußerst unangenehmer Geruch auf, den sie nicht einordnen konnte.

Es war nicht der einzige Fleck. Davon ausgehend zog sich eine unregelmäßige Spur über den Teppich, die vor den geschlossenen Gittertüren des Aufzugs endete. Im Grunde waren es nur formlose Flecken, aber es gehörte nicht besonders viel Phantasie dazu, nasse Fußabdrücke darin zu erkennen.

»Janice?«

Steve war ihr sonderbares Verhalten natürlich nicht entgangen, doch Janice schüttelte nur rasch den Kopf und stand auf, bevor er noch neugieriger wurde und Fragen zu stellen begann, die sie nur wieder in Verlegenheit bringen würden.

»Es ist nichts«, sagte sie rasch. »Lassen Sie uns wieder hineingehen.« Sie bemühte sich zumindest um ein Lächeln. »Mary kann das morgen früh wegräumen, und ich werde sie auch zu einem gewissen Zimmermann schicken, dem ich die eine oder andere unangenehme Frage stellen möchte.«

Steve setzte zu einer Antwort an – vermutlich schon wieder einer Entschuldigung, wofür auch immer –, und Janice ging rasch an ihm vorbei in die Wohnung zurück. Steve folgte ihr zwar auf dem Fuß, machte aber auch an der Tür kehrt und versuchte sie irgendwie zu schließen, wenn auch mit bescheidenem Erfolg.

»Lassen Sie es gut sein, Steve«, sagte sie in neckischem Ton. »Sie haben gründliche Arbeit geleistet. Ich denke, ich werde gleich selbst zu meinem Zimmermann gehen und ihn überreden, noch heute vorbeizukommen. Mit seinem Werkzeugkasten.«

Steve zuckte zusammen, und Janice kam zu dem Schluss, dass sie es nur noch schlimmer machen würde, wenn sie jetzt noch etwa sagte, beließ es stattdessen bei einem Lächeln und trat in den Salon. Steve folgte ihr, wenn auch erst, nachdem er noch etliche weitere Sekunden ergebnislos an der Tür hantiert hatte. Wortlos bedeutete Janice ihm, an dem kleinen Tischchen vor dem Kamin Platz zu nehmen, blieb aber selbst stehen.

»Nach all der Aufregung bin ich Ihnen mindestens ein gutes Glas Wein schuldig«, sagte sie. »Oder wäre Ihnen ein Kaffee lieber? Ich jedenfalls könnte eine starke Tasse brauchen.«

»Wenn es Ihnen keine Umstände macht.«

»Ganz im Gegenteil.« Janice verschwand in der Küche, ehe er noch Gelegenheit zu einer Antwort fand, und warf die Tür so heftig hinter sich zu, dass Steve allein daraus vermutlich schon wieder falsche Schlüsse zog. Aber das war ihr in diesem Moment gleich. Ihre Hände wollten einfach nicht aufhören zu zittern, und ihr Atem sich nicht beruhigen. Es *waren* Spuren gewesen, Fußabdrücke, dessen war sie ganz sicher. Und sie war jetzt auch vollkommen sicher, sich das Geräusch des Aufzuges vorhin nicht nur eingebildet zu haben. Janice hatte nicht einmal eine Vorstellung davon, was das alles bedeutete, aber es konnte nichts Gutes sein.

Sie brauchte lange, um den Kaffee zuzubereiten. Die Küche war Marys Reich, und sie hatte mehr als nur leichte Mühe, alles zu finden, was für eine so einfache Aufgabe nötig war. Hätte sie im Herd nicht noch ein wenig Glut vorgefunden, die sie neu entfachen konnte, dann wäre sie vermutlich schon daran gescheitert, ein Feuer zu machen.

Es mussten deutlich mehr als zehn Minuten vergangen sein, als sie mit einem Tablett und ungeschickt klappernd zu Steve zurückkam. Er saß nicht mehr an dem kleinen Tisch vor dem Kamin, sondern stand an ihrem Bücherregal und drehte ihr den Rücken zu, während er die Titel auf den Buchrücken studierte. Als er das Klappern hörte, wandte er sich jedoch hastig um, eilte herbei und nahm ihr das Tablett ab, um es deutlich eleganter (und leiser) auf dem Tischchen abzusetzen, als es Janice möglich gewesen wäre. Die Geschicklichkeit des Junggesellen eben, der nicht über den Luxus von Dienstboten verfügte.

Zugleich war er auch ein Gentleman, denn bevor Janice auch nur den Entschluss dazu fassen konnte, hatte er bereits die Tassen vom Tablett genommen und ihr eingeschenkt.

»Sie verwöhnen mich, Steve!«

»Sagt die Frau, die den Kaffee gekocht hat«, antwortete er, nun halbwegs gefasst, aber ohne ihr in die Augen zu sehen.

»Ich hoffe nur, er ist nicht ganz so schlimm wie der letzte Kaffee, den wir zusammen getrunken haben«, sagte Janice, während sie vorsichtig an ihrer Tasse nippte. »Ich habe nicht besonders viel Erfahrung in Küchenarbeit, fürchte ich.«

Steve probierte an seinem eigenen Kaffee und war diplomatisch genug, gar nichts zu sagen, und Janice versuchte sich über den peinlichen Augenblick zu retten, indem sie in dieselbe Richtung sah wie er gerade. Aber auch das war keine wirklich gute Idee, denn es war ihr fast ein bisschen peinlich. Sie besaß eine ansehnliche Bibliothek, die jedoch zu einem großen Teil aus Kolportage- und Abenteuerromanen bestand, spannende Geschichten, die sie in fremde Welten und andere Schicksale entführten. Sie war gewiss nicht seicht und interessierte sich sowohl für Naturwissenschaften und Technik als auch für Politik und das Tagesgeschehen, über das sie sich durch die regelmäßige Lektüre des Providence Journals auf dem Laufenden hielt, aber diese spannenden Geschichten liebte sie. Es verging nicht ein Monat, in dem sie nicht mindestens einen neuen Roman las und manchmal auch mehr.

Steve räusperte sich unecht und sah sogar in ihre Richtung (wenn ihr auch weiter nicht direkt in die Augen), als sie sich wieder zu ihm umwandte, und Janice gewann noch eine oder zwei weitere Sekunden, indem sie einen weiteren Schluck Kaffee trank. Er war so dünn wie Wasser. Nur nicht so wohlschmeckend.

»Ich habe mich noch gar nicht bei Ihnen bedankt, Steve«, begann sie unbehaglich, wurde aber sofort wieder von ihm unterbrochen.

»Dafür, dass ich Ihre Tür eingeschlagen habe?« Es sollte ein Scherz sein, aber er misslang gründlich. Obwohl er sich nicht in seinem Sessel bewegte, schien er sich zugleich unter ihrem Blick zu winden. »Wie gesagt, es tut mir aufrichtig leid, und ich werde natürlich in vollem Umfang für den Schaden aufkommen.«

»Aber ich bitte Sie, Steve«, erwiderte Janice. »Sie haben mich schreien hören und sind mir zu Hilfe geeilt! Wofür wollen Sie sich entschuldigen? Dass Sie getan haben, was man von jedem anständigen Mann erwarten sollte? Wohl kaum.«

»Nun, immerhin hatten Sie …«, begann Steve, fuhr sich nervös mit der Zunge über die Lippen und setzte neu und noch verlegener an. »Also ich meine, als ich ins Bad kam, da … also Sie waren …«

»Das Wort, nach dem Sie suchen, ist nackt«, unterbrach ihn Janice. »Das ist fast jeder, der in eine Wanne mit heißem Wasser steigt, glaube ich.«

Steve trank nervös von seinem Kaffee und sah nun überallhin, nur nicht in ihre Richtung. Janice bedauerte die Bemerkung bereits. Das Letzte, was sie gewollt hatte, war, ihn noch mehr in Verlegenheit zu bringen.

»Da gibt es nichts, was Ihnen peinlich sein müsste, Steve«, sagte sie, »so wenig wie mir. Ich war in einer Notlage, Sie haben mich gerettet, und das ist alles, was zählt. Und ich kann mir nicht vorstellen, dass Sie in einer Situation wie dieser irgendwelche unziemlichen Gedanken gehabt haben. Nicht Sie.«

»Natürlich nicht«, antwortete Steve hastig. »Und ich kann Sie beruhigen, Janice. Es gab gar keine Gelegenheit für unziemliche Blicke. Ich meine, es war ja alles voller Dampf und spritzendem Wasser, und es ging auch furchtbar schnell.«

»Sie haben gar nichts gesehen?«, fragte Janice.

»Ganz bestimmt nicht!« Steves Ohren glühten jetzt so rot, als würden sie gleich explodieren. »Ich kann Ihnen versichern …«

»Ich meine nicht mich«, unterbrach ihn Janice. »War da … sonst noch etwas?«

»Sonst?« Steve machte ein fragendes Gesicht. »Was soll da sonst noch gewesen sein? Ich verstehe nicht, was Sie meinen.«

Janice sah ihn noch einen Herzschlag lang durchdringend an, aber wenn er log, dann tat er es meisterhaft. »Nichts«, sagte sie kopfschüttelnd. »Ich benehme mich wie eine hysterische Jungfer, die eine Maus gesehen hat. Bitte verzeihen Sie, Steve.« Sie räusperte sich unbehaglich. »Ich habe geschrien, sagen Sie?«

»Laut genug, um es noch draußen im Flur zu hören«, bestätigte Steve. »Es klang wirklich schlimm. Als wären Sie in Gefahr.« Er blinzelte. »Sie erinnern sich nicht?«

»Nein.« Einen Moment lang war sie versucht, ihm alles zu erzählen, aber dann entschied sie sich doch dagegen. Steve musste sie ja für verrückt halten, wenn sie ihm erzählte, dass sie von *lebendi-*

gem Wasser angegriffen worden war. »Um ehrlich zu sein, erinnere ich mich an gar nichts. Ich muss wohl in der Wanne eingeschlafen sein.«

»Aber Sie haben geschrien«, verteidigte sich Steve. »Ich habe es deutlich gehört! Ich würde doch nie …!«

»Vielleicht bin ich auch in der Wanne ausgeglitten und habe mir den Kopf angeschlagen«, fuhr Janice leise fort. »Ich hätte ertrinken können, Steve. Wahrscheinlich wäre ich es, wenn Sie nicht gekommen wären. Sie haben mir das Leben gerettet.« Sie prostete ihm mit ihrer Kaffeetasse zu und überlegte noch einmal, ihm alles zu erzählen, angefangen von den unheimlichen Gefühlen, die sie bei ihrem ersten Besuch in Waters Archiv überkommen hatte, bis hin zu ihrer Unterredung mit Greiner und dem grässlichen Ding im Wasser, und sei es nur, weil sie einen Verbündeten brauchte – oder wenigstens jemanden, der ihr zuhörte, ohne sie gleich für verrückt zu halten. Oder es ihr wenigstens nicht sagte.

»Das hätte doch jeder an meiner Stelle getan«, sagte Steve. Er wurde schon wieder rot.

Janice fand es rührend. »Was tun Sie hier, Steve? Außer mir das Leben retten, meine ich? Sind Sie zufällig vorbeigekommen, oder hat das Schicksal sich entschieden, Sie im richtigen Moment zu schicken?«

»Vielleicht«, antwortete Steve, trank einen weiteren Schluck dünnen Kaffees, schüttelte den Kopf und sagte dann: »Nein. Ich würde Ihre Intelligenz beleidigen, wenn ich das behaupten würde, Janice. Die Wahrheit ist, dass Mister Greiner mich geschickt hat.«

»Greiner?«

»Er hat mich zu sich rufen lassen, gleich nach Ihrem Besuch«, bestätigte Steve. Er sah ein bisschen betrübt aus.

»Warum?«, fragte Janice voll unguter Vorahnung. »Sie bekommen doch meinetwegen hoffentlich keine Schwierigkeiten?«

»Nein«, log Steve wenig überzeugend, aber dafür umso hastiger. Dann hob er die Schultern. »Er hat mir eine Gardinenpredigt gehalten, deren Einzelheiten ich Ihnen ersparen möchte, aber hauptsächlich hat er mich Ihretwegen gerufen. Und weil er weiß, dass Joffrey und ich Freunde waren.«

»Um mir ins Gewissen zu reden«, vermutete Janice.

»Wenn Sie es so ausdrücken, dann klingt es wirklich sehr negativ«, antwortete Steve. »Auch wenn es wohl den Kern der Sache trifft.«

»Dann verschwenden Sie Ihre Zeit, fürchte ich«, sagte Janice kühl.

»Ich bin gewiss der Letzte, der Mister Greiner verteidigen würde«, sagte Steve mit einem fast wehmütigen Lächeln. »Aber in diesem Fall tun Sie ihm unrecht, Janice. Mister Greiner sorgt sich um Sie, genau wie ich. Er hat gesehen, wie sehr Sie noch immer unter den Geschehnissen leiden, und er möchte nicht, dass ...«

»... irgendein Schatten auf seine Behörde fällt?«, fiel ihm Janice spöttisch ins Wort.

»Das möglicherweise auch«, räumte Steve ein. »Aber in diesem speziellen Fall meint er es wohl einfach nur gut.«

»Hat er das gesagt?«, fragte Janice spöttisch.

»Seine genaue Wortwahl war: Laufen Sie diesem dummen, entzückenden Kind nach, und sorgen Sie dafür, dass es keine Dummheiten macht. Dieser Narr Coppelstone hat genug Schaden angerichtet. Er muss nicht noch ein Leben zerstören, obwohl er schon gar nicht mehr da ist.«

Janice dachte eine Zeit lang über das Gehörte nach. Sie war ziemlich sicher, dass er das *entzückende* dazu erfunden hatte, doch darüber hinaus hatte er Greiners bärbeißige Art so genau getroffen, dass sie nur noch die Augen zu schließen bräuchte, um sich einzubilden, er säße ihr tatsächlich gegenüber. Sie spürte zumindest Steves gute Absicht – aber die Worte machten sie dennoch nur wütend.

»Und was genau ist Ihr Auftrag, Steve?«, fragte sie feindselig. »Sollen Sie das dumme Mädchen zur Vernunft bringen?«

Steve schrumpfte noch ein bisschen mehr in seinem Sessel zusammen. Als er die Tasse abstellte, klirrte das dünne Porzellan hörbar, und beinahe hätte er den Kaffee verschüttet, so stark zitterten seine Hände. »Wenn Sie es so ausdrücken möchten«, sagte er traurig. »Mister Greiner hat Ihnen eine Mappe mit gewissen Unterlagen mitgegeben, glaube ich?«

Mit gewissen Lügen und Verleumdungen, dachte Janice zornig, stand aber nur wortlos auf und holte den Aktendeckel, den Greiner ihr ausgehändigt hatte. Steve räumte Tassen und Kanne wieder auf das Tablett, um Platz auf dem kleinen Tischchen zu schaffen, nahm ihr den Aktendeckel aus der Hand und begann seinen Inhalt auf der polierten Glasplatte auszubreiten.

»Das hier sind Aufstellungen von Joffreys letzten Aktivitäten im Amt«, begann er, und Janice konnte nicht anders, als in bösem Tonfall hinzuzufügen: »Seinen kriminellen Umtrieben, meinen Sie?«

Steve ignorierte den Einwurf. Er fuhr fort, die Blätter giftigen Inhalts auf dem Tisch auszubreiten. »Ich selbst habe diese Unterlagen zusammengestellt – auf Greiners Anweisung hin und am Anfang höchst widerwillig, wie ich betonen möchte.«

»Er hat *Sie* die Beweise gegen Joffrey zusammenstellen lassen?«, empörte sich Janice. »Obwohl er wusste, dass Sie sein Freund sind?«

»*Weil* er wusste, dass ich sein Freund bin«, verbesserte sie Steve sanft. »Mister Greiner mag kein angenehmer Mensch sein, und ich persönlich glaube nicht, dass er auch nur einen einzigen wirklichen Freund hat. Aber er ist korrekt, und er ist nicht dumm. Er wollte, dass jemand wie ich diese Beweise sichtet, jemand, der gewiss nicht in den Verdacht gerät, Joffrey etwas Übles zu wollen.«

»Und zu welchem Ergebnis sind Sie gekommen?«, fragte Janice, leise und mit der Stimme einer Fremden und sehr sicher, die Antwort bereits zu kennen.

Sie wurde nicht enttäuscht. »Zu einem, das mich erschreckt hat«, antwortete Steve. »Und zutiefst verunsichert. Ich wollte es nicht glauben. Ich habe versucht, die Augen vor der Wahrheit zu verschließen, aber am Ende war es mir nicht mehr möglich.«

»Ich … will das nicht hören«, sagte Janice stockend. »Sie reden Unsinn, Steve! Joffrey ist der korrekteste Mensch, dem ich in meinem ganzen Leben begegnet bin!«

»Dann schauen Sie sich die Quittungen an«, erwiderte er unbarmherzig. »Die eidesstattlichen Erklärungen und Bankauszüge. Ich wollte es auch nicht glauben, so wenig wie Sie, Janice. Aber die Beweise sind erdrückend.«

Und das waren sie; oder schienen es wenigstens zu sein. Janice war weit davon entfernt, innerlich zu resignieren oder auch nur die *Möglichkeit* in Betracht zu ziehen, dass an all diesen absurden Anschuldigungen etwas dran sein könnte, aber ihr angeborenes Gefühl für Gerechtigkeit drängte sie dazu, ihm wenigstens zuzuhören – und sei es nur, um seine Argumente genau zu kennen und dann umso besser entkräften zu können. Steve präsentierte ihr zahlreiche Berichte, Gesprächsprotokolle und Bankbelege, aus denen hervorzugehen schien, dass es da tatsächlich gewisse … Unregelmäßigkeiten in Joffreys Finanzgebaren gegeben hatte, von lässlichen Sünden wie einer geringfügig überhöhten Spesenabrechnung bis hin zu falschen Gebührenbescheiden, auf denen ein Konto angegeben war, das nachweislich nicht der Behörde gehörte. Wenn man es genau nahm, so erklärte ihr Steve, gehörte es niemandem – was diese vermeintlich gar nicht existierende Person aber nicht daran gehindert hatte, es nur zwei Tage vor Joffreys Abreise aufzulösen und sich mit einer erheblichen Summe Bargeldes davonzumachen. Und so ging es weiter.

Vermeintliche Beweise solcher Art gab es eine ganze Menge. Janice sah sie sich geduldig an, und sie lauschte auch ebenso geduldig Steves zum Teil weitschweifigen Erklärungen. Aber mit jedem Wort, das sie hörte, und jedem Stück Papier, das sie sah, wuchs nur ihre Entschlossenheit.

Sie sah nicht auf die Uhr, aber es musste mindestens eine Stunde vergangen sein, als Steve endlich beim letzten Blatt angelangt war und den Aktendeckel wieder zuklappte. »Ich weiß, wie sich das alles für Sie anhören muss, Janice.« Seine Stimme klang ein wenig rau, denn er hatte nahezu ununterbrochen geredet. »Mir erging es am Anfang nicht anders. Es ist schwer, so etwas über einen Menschen zu erfahren, den man gut zu kennen geglaubt hat.«

»Papier ist geduldig, Mister Waiden«, sagte Janice. Steves fast unmerkliches Zusammenzucken, als sie mit einem Male wieder zu der deutlich förmlicheren Anrede wechselte, entging ihr keineswegs. »Mir wäre nur deutlich wohler, wenn der Mann, dem all diese ungeheuerlichen Anschuldigungen gelten, auch anwesend wäre, um sich zu verteidigen.«

Steve sah aus, als hätte er ganz genau diese Reaktion erwartet. »Geben Sie sich selbst einen Tag Zeit oder auch zwei.«

»Das da ist nicht mehr als bedrucktes Papier«, sagte Janice noch einmal. »Es beweist gar nichts!«

Steve nickte. »Ja, das mag wohl so sein.« Sie sah ihm an, dass das längst nicht alles war, was ihm auf der Zunge lag, doch dann seufzte er und erhob sich. »Vielleicht sollten wir ein andermal weiterreden. Ich sollte jetzt besser gehen.«

»Das müssen Sie nicht, Steve«, sagte Janice. »Ich meine es nicht böse. Aber das da sind nur irgendwelche Papiere! Bankauszüge. Aussagen von Leuten, die ich nicht kenne und von denen ich noch nie gehört habe. Tabellen und Terminpläne, die mir nichts sagen!«

Steve sah jetzt sehr traurig aus. »Ich sollte jetzt wirklich gehen. Bedenken Sie in Ruhe, was ich Ihnen gesagt habe und ...«

»Da gibt es nichts zu bedenken, Steve.« Janice erhob sich ebenfalls und deutete auf den Aktendeckel, der wie eine Kriegserklärung zwischen ihnen lag. »Das da sind doch nichts als Lügen und Fälschungen. Ich weiß nicht, wer dafür verantwortlich ist und was er sich davon verspricht, aber ich werde herausfinden, was der Grund für diese Verschwörung ist, verlassen Sie sich darauf. Und sagen Sie es auch Ihrem Mister Greiner.«

Steve sah jetzt nicht mehr traurig aus, sondern regelrecht bestürzt. »Sie wissen schon, wie sich das anhört?«

»Wie das, was Joffrey von mir erwarten würde in einer Situation wie dieser«, antwortete Janice. »Genau wie ich von ihm, wäre es umgekehrt. Und wie ich es eigentlich von Ihnen erwartet hätte, Steve, zumindest, wenn Sie wirklich sein Freund sind!«

Darauf antwortete Steve gar nicht mehr. Er seufzte nur noch einmal und noch trauriger, deutete dann ein Kopfnicken an und ging ohne ein weiteres Wort. Nur einen Moment später hörte sie, wie er die beschädigte Tür hinter sich zuzog, und ihre Selbstbeherrschung hielt auch noch so lange an, bis sie das schwere Metallgeräusch der Aufzugkabine hörte. Dann jedoch brach es mit Macht aus ihr hervor.

Sie hätte selbst nicht sagen können, ob sie geschrien, geweint, hysterisch losgelacht oder einfach nur in stummer Wut herumgetobt hatte, doch als es vorbei war – nach endlosen Minuten, vielleicht auch Stunden, wer wollte das sagen? –, bot der ehedem pedantisch aufgeräumte Salon einen Anblick der Verwüstung: Kissen waren herumgeschleudert und zerrissen worden, die beiden Stühle umgeworfen, auf denen Steve und sie gesessen hatten. Die beiden Tassen waren heruntergefallen und zerbrochen, und auch die Kanne lag auf dem Teppich und war zwar wie durch ein Wunder unversehrt geblieben, aber ausgelaufen, sodass ihr Inhalt einen hässlichen braunen Fleck auf dem kostbaren Berber bildete, der wahrscheinlich nie wieder herausgehen würde. Der Aktendeckel war zerrissen, und sein Inhalt überall auf dem Fußboden verteilt.

Der Anblick sollte ihr schlechtes Gewissen schüren, aber er machte sie nur noch zorniger. Hektisch raffte sie die giftigen Blätter auf, trug sie zum Kamin und riss jedes einzelne sorgsam entzwei, bevor sie es in den Kamin warf und zusah, wie es knisternd und Funken sprühend verbrannte.

Als sie sich aus der Hocke erhob, fiel ihr Blick auf den Spitzenbeutel, den sie auf dem Kaminsims abgelegt hatte, und sie musste wieder an gestern denken, und ihre unheimliche Begegnung mit dem grauen Archivar. Schon die bloße Vorstellung, dass seine schrecklichen Hände ihn berührt und wie graue Spinnen darin herumgekramt hatten, war beinahe mehr, als sie ertrug.

Mit spitzen Fingern nahm sie den Beutel auf, schüttete seinen Inhalt auf den Tisch und warf das kleine Spitzensäckchen dann ebenfalls in die Flammen. Es war ein teurer Beutel, aus kostbarer Brüsseler Spitze und mit aufwendigen Stickereien verziert, aber sie würde ihn nie wieder ansehen können, ohne an diesen unheimlichen Moment denken zu müssen.

Zwischen Wohnungsschlüsseln, Geldbörse und Spiegel, Puderdose und dem zahlreichen anderen Krimskrams, den sie wie alle Frauen auf der Welt mit sich herumtrug – Joffrey hatte einmal im Scherz bemerkt, dass Frauen die Grundgesetze der Physik im gleichen Moment außer Kraft gesetzt hatten, in dem Handtaschen und Beutel erfunden worden waren, in die eindeutig mehr hineinpasste, als Platz darin war –, gewahrte sie auch einen Ball zusammengeknüllten Papiers; das Blatt, das sie von Greiners Tisch geklaubt und in ihrem Beutel hatte verschwinden lassen. Es war noch immer feucht, auf eine Art, die ihr auf kaum zu beschreibende Weise mehr als unangenehm war, sodass sie es mit beiden Händen, aber nur den Fingernägeln ergriff und sich abermals wieder in die Hocke sinken ließ, um es in den Kamin zu werfen.

Es zischte, als der nasse Papierball auf die brennenden Scheite fiel. Funken stoben auf, und zuerst schienen sich die Flammen in alle Richtungen zu biegen, als schreckten sie davor zurück, das unheimliche Papier zu berühren. Das Zischen wurde noch lauter, und sonderbar heller, Fäden ziehender grauer Rauch stieg an den Seiten des zusammengeknüllten Papiers empor.

Dann geschah etwas Sonderbares.

Janice war nahe genug, um zu sehen, wie das Papier verkohlte und sich unter der enormen Hitze schwarz zu färben begann, noch bevor die ersten zaghaften Flämmchen daraus entsprangen. Aber sie sah auch noch etwas anderes: Da, wo das Papier trocken wurde, veränderte sich die Schrift, und machte etwas anderem und gänzlich Unbekanntem Platz, als flöhe die Nässe vor den Flammen und nähme die vermeintlichen Buchstaben und Zahlen auf ihrem Rückzug mit.

Zwei, drei, vier Sekunden lang saß Janice einfach wie gelähmt in der Hocke da und starrte das auf so sinistere Weise zum Leben erwachte Papier an, dann griff sie jedoch umso schneller zu, riss das Blatt aus dem Kamin und schwenkte es hektisch hin und her, um die Flammen zu löschen. Natürlich erreichte sie damit nur das genaue Gegenteil: Die Flammen brannten nur noch heller, und das ganze Blatt fing mit einem hellen Knistern Feuer. Janice schrie auf, als die Hitze in ihre Finger biss, ließ das Blatt fallen und besaß nicht nur genug Geistesgegenwart, die Flammen auszutreten, sondern auch all die kleinen Funken und Glutnester zu löschen, die überall im Teppich qualmten.

Der Kampf gegen die Flammen war rasch gewonnen, auch wenn sie dem Teppich damit endgültig den Rest gab. Auch ihr Kleid bekam seinen Teil ab und wies jetzt einige hässliche Brandflecke auf, und die Finger ihrer rechten Hand waren gerötet und brannten schon jetzt so sehr, dass es ihr fast die Tränen in die Augen trieb. Sie wusste, dass es nur der Vorbote eines noch viel schlimmeren Schmerzes war und schickte ein lautloses Stoßgebet zum Himmel, sich nicht ein paar hässliche Narben eingehandelt zu haben, hob das Blatt aber auch auf und strich es ungeachtet der Schmerzen mit dem Handrücken auf dem Tisch glatt.

Was sie erblickte, ließ sie alles andere schlagartig vergessen.

Die Hitze hatte das Papier nicht nur getrocknet und zum größten Teil geschwärzt, sondern auch seine Struktur verändert und die Schrift ausgelöscht. Es sah jetzt eher aus wie uraltes fleckiges Pergament und fühlte sich auch so an, und was sie darauf sah, das war keine Aufstellung von Terminen und Zahlenkolonnen mehr, sondern etwas, das an eine Landkarte erinnerte, wie man sie im letzten oder vielleicht auch im vorletzten Jahrhundert gezeichnet hatte; eindeutig kunstvoller und mit mehr Sorgfalt als heutzutage. Straßen und topografische Einzelheiten waren akribisch vermerkt, entsprechende Symbole bezeichneten Wälder, Bachläufe und Brücken, und die Ortschaften und Städte waren mit verschnörkelten Buchstaben beschriftet, die sich nur mit Mühe entziffern ließen. Aber sie *ließen* sich entziffern.

Janice' Herz tat einen erschrockenen Sprung, und ihr war, als hätte sich ein Kübel mit eiskaltem Wasser in ihren Nacken ergossen.

Der allergrößte Teil des Blattes war verbrannt oder bis zur Unkenntlichkeit geschwärzt, aber ein knapp handgroßes Stück war erhalten und lesbar geblieben, zusammen mit den Namen einiger kleiner Ortschaften. Ganz am unteren Rand war der Teil eines Namens noch sichtbar. Was die Flammen übrig gelassen hatten, das lautete: *Mago.*

6

Zwei Tage später fand sich Janice Land mit einer Kopie der sonderbaren Straßenkarte in beiden Händen an einer Kreuzung stehend wieder, die keine war. Es war kalt; eine feuchte Kälte, die mühelos durch jede noch so dicke Kleidung drang und von einer unangenehm aufdringlichen Art war, wie sie sie noch nie zuvor erlebt hatte. Sie fühlte sich elend, enttäuscht und angestarrt, und sie war zornig auf sich selbst.

Das Elende kam daher, dass sie in den zurückliegenden zwei Tagen nur sehr wenig Schlaf gefunden hatte, und das Gefühl des Angestarrtwerdens kam durch den Fahrer der gemieteten Droschke, der zwar die ganze Zeit über so gut wie kein Wort gesagt hatte, aber trotzdem kaum einen Zweifel daran ließ, dass er sie mittlerweile für etwas sonderbar hielt; um nicht das böse Wort *verrückt* zu benutzen.

Es war allein an diesem Nachmittag das dritte Mal, dass sie angestrengt auf die Kopie der Karte geblickt und ihn dann angewiesen hatte, an den Straßenrand zu fahren und anzuhalten, und auch das dritte Mal, dass sie vollkommen sicher gewesen war, nun endlich die richtige Stelle gefunden zu haben. Und sie war auch ebenso oft enttäuscht worden, womit sie beim dritten der unterschiedlichen Gefühle anlangte, die ihr zu schaffen machten.

Sie hatte jede einzelne Abzweigung der Straße aufs Genaueste verfolgt, jede Kreuzung begutachtet und jede Biegung mit der Fingerspitze auf dem Blatt nachvollzogen, und diese Stelle hätte es sein müssen und *war* es auch, aber die Abzweigung war einfach nicht da.

Und war es auch nie gewesen, fügte sie in Gedanken missmutig hinzu. Die Straße, ihrem Aussehen nach zu urteilen deutlich älter als sie selbst, machte an dieser Stelle den typischen Spitzbogen, der ihr auch schon auf der Karte aufgefallen war, doch sie endete vor einer sacht abfallenden Wiese, auf der vereinzelte kränklich aussehende Büsche und ein einzelner, noch jämmerlicherer Baum wuchsen. In vielleicht einer Meile Entfernung begann ein dichter Wald, in dessen unmittelbarer Nähe selbst das Sonnenlicht etwas von seinem Glanz einzubüßen schien. Da war keine Spur von einer Straße, nicht einmal deren Überreste.

Janice' Gesicht blieb vollkommen ausdruckslos, und sie verbot auch ihren Händen jegliches Zittern, aber innerlich war sie der Verzweiflung nahe. Sie hatte einen Gutteil jenes schlimmen Nachmittages damit verbracht, die angesengte Karte Strich für Strich und Buchstabe für Buchstabe zu kopieren, und sie hatte akribisch jeden Punkt und jedes Symbol nicht nur übertragen, sondern auch alles doppelt und dreifach kontrolliert. Und sie war so sicher, wie sie überhaupt nur sein konnte, dass ihr dabei kein Fehler unterlaufen war. Dennoch war die Straße nicht da.

Irgendwann sah sie ein, dass sie auch dann nicht wie durch Zauberei aus dem Nichts auftauchen würde, wenn sie noch länger hier stand und starrte, ließ die Karte mit einem lautlosen Seufzen der Enttäuschung wieder sinken und ging zum Wagen zurück. Der altertümliche Zweispänner stand in gut zwanzig Schritten Entfernung da, und der grauhaarige Fahrer mit dem verhärmten Gesicht ließ sich mit keiner Miene anmerken, was er von ihrem befremdlichen Verhalten hielt. Aber das war auch nicht nötig. Es gab Situationen, da war es nicht besonders schwer, Gedanken zu lesen.

»Un wohin jez?«, nuschelte er, als sie umständlich in den hohen Wagen kletterte. Der Fahrer machte keine Anstalten, ihr behilflich zu sein.

»Fahren Sie mich ins Hotel zurück.«

Die Antwort bestand aus etwas Gemurmeltem, das vermutlich gar nichts bedeutete, aber er griff auch gehorsam nach den Zügeln und begann das so schwerfällig aussehende Gefährt mit erstaunlichem Geschick auf der schmalen Straße zu wenden. Janice hielt sich instinktiv an dem abgewetzten Leder fest, sah auf ihre Hände hinab und registrierte beiläufig, dass sie schon wieder ein Paar teurer Spitzenhandschuhe ruiniert hatte, von ihrem Hut und dem Kleid, mit dem sie auf den verdreckten Sitzen saß, gar nicht zu reden. Die Kutsche verdiente diese Bezeichnung nicht wirklich. Janice mutmaßte insgeheim, dass sie auch schon einmal zum Transport von Mehlsäcken oder auch lebendigen Schweinen benutzt wurde – jedenfalls roch sie so. Sie hätte sich auch durchaus ein Automobil samt Fahrer mieten können, was bequemer und vor allem sauberer gewesen wäre. Aber auch bedeutend schneller, und genau das war der Grund gewesen, aus dem sie sich für diese altmodische Art der Fortbewegung entschieden hatte. Es gab Dinge, die man besser langsam tat.

Außerdem hatte ihr Joffrey einmal erzählt, dass viele Mietdroschker um ihre bloße Existenz kämpften, da es immer mehr Automobile gab, die ihre Arbeit schneller und auch zuverlässiger erledigten; und sich bei ihrer Kundschaft schon allein deshalb größerer Beliebtheit erfreuten, weil sie neu und modern und Vorboten einer ganz neuen Zeit waren. Janice wusste natürlich, dass sie den Wandel der Zeiten nicht aufhalten konnte – und sie wollte es auch gar nicht –, aber wenn sie ein karitatives Werk tun und zugleich dafür sorgen konnte, dass sich dieser Wandel noch ein wenig hinauszögerte, dann sollte es ihr recht sein.

Dennoch bedauerte sie es längst, ausgerechnet diesen Wagen und seinen griesgrämigen Fahrer ausgesucht zu haben.

Schneller, als sie es erwartet hatte, kehrten sie auf die Hauptstraße zurück und näherten sich dem kleinen Küstenort, in dem sie Quartier bezogen hatte; aus keinem anderem Grund als dem, dass das Kartenfragment der Küstenlinie hier am nächsten kam. Janice hatte sich nicht einmal die Mühe gemacht, sich seinen Namen zu merken. Er war auf der geheimnisvollen Karte nicht eingezeichnet, was sie auch nicht im Mindesten verwunderte. Der Ort bestand aus dem heruntergekommenen Gasthaus, in dem sie Unterkunft gefunden hatte, einer winzigen Kirche und einer Handvoll kleiner Hütten. Dort würde sie Joffrey ganz gewiss nicht finden und auch keine Spur von ihm. Einmal ganz davon abgesehen, dass sich Joffrey niemals in einem solchen … *Kaff* versteckt hätte, hätte sie einfach gespürt, wenn er dort gewesen wäre.

Das verhagelte ihr auch noch den letzten Rest guter Laune. Dabei wäre die Landschaft, durch die der Wagen rollte, eher dazu angetan gewesen, ihre trübe Stimmung wenigstens ein bisschen aufzuhellen. Alles von Menschenhand Geschaffene war hier zwar eher erbärmlich und kündete allenfalls von Armut und den großen Entbehrungen, unter denen die meisten Menschen auch in diesen modernen Zeiten immer noch ihre Leben fristeten – und das in einer Entfernung von nicht einmal dreißig Meilen zu einer so gewaltigen Stadt wie Boston, durch die sie hierhergekommen war! –, doch die Natur entschädigte sie dafür mit umso liebreizenderen Anblicken. Von den dichten Wäldern, durch die sie gefahren waren, unberührten Wiesen voller bunt blühender Sommerblumen bis hin zu sanft gewellten Hügeln, die an ein mitten in der Bewegung erstarrtes lebendiges Meer erinnerten, und so dicht bewachsenem Brachland, dass an ein Durchkommen nicht einmal zu denken war, hatte sie mehr als einmal das Gefühl gehabt, dass vor ihr noch keines Menschen Fuß diese naturherbe Landschaft betreten hatte. Dabei war das alles hier fast in Steinwurfweite einer Stadt, deren Einwohnerzahl wohl noch in diesem Jahrzehnt die Million überschreiten würde.

Janice hatte sich schon immer gefragt, warum man diesen Teil der Ostküste eigentlich Neu-England nannte und kannte natürlich die historische Erklärung, aber nun *verstand* sie es zum ersten Male wirklich. Es war nicht nur die Vegetation und Fauna, die Bäume, Büsche, Nutzpflanzen und Sträucher und Beeren, die die ersten europäischen Siedler aus ihrer Heimat mitgebracht und hier heimisch gemacht hatten, bis sie die ursprüngliche Pflanzenwelt dieser Küstengebiete genauso nachhaltig verdrängten wie die weißen Menschen die eingeborenen Indianer. Alles hier, nicht nur die Namen der Städte und Familien, wirkte auf schwer in Worte zu fassende Weise *alt*, viel älter als die Menschen, die vor Jahrhunderten hierhergekommen waren, und Janice war ganz und gar nicht sicher, ob ihr das, was sie tief unter der Oberfläche der Dinge zu spüren glaubte, auch wirklich gefiel.

»Sallesin Ornung, Missus?«

Janice schrak aus ihren düsteren Überlegungen hoch und registrierte mit einem Gefühl sachter Überraschung, dass sie dem kleinen Küstenflecken nicht nur schon nahe genug waren, um den Rauch zu riechen, der trotz der sommerlichen Temperaturen aus den meisten Schornsteinen quoll, sondern auch, dass ihr Fahrer sie angesprochen hatte; was an sich schon außergewöhnlich war. Abgesehen von wenigen Sätzen, die sie beim Aushandeln des Fahrpreises gewechselt hatten, war er so gut wie stumm geblieben, und irgendwie hatte sie vorausgesetzt, dass das auch so bleiben würde. Außerdem sprach er einen so breiten Slang, dass sie Mühe hatte, ihn überhaupt zu verstehen.

»Pardon?«, fragte sie.

Mit diesem Wort schien *er* Schwierigkeiten zu haben, das spürte sie, obwohl er sich nicht zu ihr umdrehte und sie sein Gesicht nicht sehen konnte. Aber ihr war auch nicht daran gelegen, den Mann in Verlegenheit zu bringen. »Wie kommen Sie darauf?«, setzte sie nach.

Die Antwort bestand aus einem angedeuteten Heben der Schultern und etlichen Sekunden Schweigen, und gerade als sie zu der Überzeugung gelangt war, keine Antwort zu bekommen, sagte er: »War nur son Gefühl, Missus. Se sehn bedrückt aus.«

War er ein so guter Beobachter? Janice schüttelte in Gedanken den Kopf. Wahrscheinlicher war, dass sie sich noch weniger in der Gewalt hatte, als sie es ohnehin befürchtete.

»Enttäuscht trifft es wohl eher«, antwortete sie, ebenfalls mit einiger Verzögerung und einem knappen Lächeln.

»Se suchn was«, stellte er fest, und Janice schüttelte abermals den Kopf.

»Jemanden«, korrigierte sie. »Ich war hier mit einem Freund verabredet, aber ich fürchte, wir haben uns verfehlt.«

»Un dessentweng stense inner Gegend rum un sehn aufne Karte?«

»Es ist … kompliziert«, antwortete Janice. Sie war nicht ganz sicher, ob sie mit diesem sonderbaren Mann reden wollte. Andererseits …

»Se wollnnich drüber redn tun«, vermutete er.

»Nein«, antwortete Janice, zögerte kurz und verbesserte sich dann mit einem Kopfschütteln: »Oder vielleicht doch. Aber wie gesagt: Es ist kompliziert. Wie ist Ihr Name?«

»Carl«, antwortete er; in einem Tonfall, der sie mutmaßen ließ, dass er ihn bereits genannt hatte und nicht gerade geschmeichelt war, dass sie sich nicht einmal daran erinnerte.

»Nun, Carl, unsere Tour für heute ist zu Ende, und ich habe nichts weiter vor. Würden Sie mir vielleicht bei einer Tasse Kaffee Gesellschaft leisten?«

»Bin kein guter Gesellschafter nich«, antwortete Carl. »Kaffee tu ich hier nich anrührn. Nich die Brühe, diese hier Kaffee schimpfn tun. Aber wenns auchn Root Beer sein darf.«

Janice hatte zwar keine Ahnung, was Root Beer war – sie vermutete, irgendetwas Starkes –, bekundete aber mit einem Nicken ihr Einverständnis, und nur wenige Augenblicke später hielten sie vor dem Gasthaus an. Carl half ihr diesmal sogar beim Aussteigen und spannte die Pferde aus, während Janice an der Tür darauf wartete, dass er sie in den Schuppen auf der Rückseite des Hauses führte. Es wäre ihr ungehörig erschienen, das Gasthaus ohne männliche Begleitung zu betreten … vor allem *dieses* Gasthaus, das zugleich auch die einzige Kneipe im Umkreis von etlichen Meilen war und nicht nur von Fischern und Waldarbeitern frequentiert wurde, die zu dieser Tageszeit allmählich zurückkehrten, sondern auch von allerlei anderen und womöglich noch rüderen Gesellen. Es war noch eine Stunde bis Sonnenuntergang, aber durch die geschlossene Tür drang schon jetzt das Gelächter rauer Stimmen und das Klirren von Gläsern.

Während sie darauf wartete, dass er zurückkam, ging sie zur Ecke des Gasthofs und sah auf das nahe Meer hinaus. Aus einem Grund, den sie nicht nachvollziehen konnte, hatte der Ort zwar einen Hafen, lag selbst aber ein gutes Stück von der Küste entfernt, sicherlich eine Viertelmeile, wenn nicht mehr. Dennoch waren der Salzwassergeruch und das typische Aroma von nassem Sand und angespültem Tang und allerlei anderen Dingen (durchdrungen von einem ganz sachten Hauch von Fäulnis) auch hier vorhanden, und wenn sie lauschte, dann konnte sie sogar das seidige Geräusch der Brandung wahrnehmen. Eine Anzahl ausnahmslos kleinerer Schiffe hatte am einzigen Steg angelegt, und sie meinte ameisenkleine Gestalten auszumachen, die an Deck beschäftigt waren, ohne dass sie hätte sagen können, womit. Etwas an diesem Anblick beunruhigte sie.

»Sgibt Sturm. Dessentwegn sinse so früh zurück.« Janice sah über die Schulter zurück und mit gerunzelter Stirn in Carls Gesicht hinauf, und er fügte mit einer entsprechenden Kopfbewegung auf die fernen Schiffe hinzu: »Sons kommse bei Sonnenunergang wieda. Aba wenns Wetter umschlagn tut, is auf See zu gefährlich, unse machen ehr Schluss.«

»Ein Sturm?« Janice sah konzentriert in den Himmel über dem Meer hinauf. Er war so strahlend blau, dass er schon fast unnatürlich aussah, und ohne eine einzige Wolke. Und soweit sie das beurteilen konnte, lag auch das Meer sehr ruhig da. Nicht eines der kleinen Fischerboote dort draußen bewegte sich.

Aber sie verstand auch nichts vom Meer und schon gar nichts vom Wetter hier an der Atlantikküste.

»Wenn ein Sturm droht, dann sollten wir vielleicht besser hineingehen«, sagte sie, drehte sich mit einem aufmunternden Lächeln ganz zu Carl um und winkelte sogar den Arm an, damit er ihn ergreifen konnte, doch Carl war entweder erlesen ungalant, oder er wusste mit dieser Einladung tatsächlich nichts anzufangen. Er drehte sich einfach um und schlurfte voraus.

Die Gaststube war gut besucht, ganz wie sie es schon vermutet hatte. Fast jeder Tisch war besetzt, und es wurde getrunken und geraucht. Die Luft war zum Schneiden dick, und es herrschte ein solches Stimmengewirr, dass ihr die Stille, die bei ihrem Eintreten einkehrte, umso erschreckender erschien. Sämtliche Gesichter wandten sich in ihre Richtung, und sie meinte eine fast schon körperliche Woge der Abneigung zu spüren, die ihr entgegenschlug, rief sich aber auch schon praktisch im gleichen Moment zur Ordnung. Die Leute hier waren neugierig, das war alles, und sie konnte es ihnen nicht einmal verübeln. Dieser Ort machte nicht unbedingt den Eindruck, als verirrten sich häufig Fremde hierher, und sie fiel in ihrer mondänen Kleidung und mit ihrem typischen Gehabe eines Städters nun wirklich auf.

Carl deutete auf den einzigen freien Tisch, den es in der verräucherten Gaststube noch gab, und ging voraus, setzte sich aber nicht, sondern wartete lediglich, bis sie Platz genommen hatte, und wandte sich dann wieder ab, um sich seinen Weg zu der einfachen Theke zu bahnen. Die Gespräche und das allgemeine Kneipenleben hatten wieder eingesetzt, und abgesehen von dem einen oder anderen fragenden Blick, der wohl eher dem Umstand galt, sie als Frau allein in einem solchen Etablissement zu sehen, nahm nun kaum jemand Notiz von ihr.

Janice fühlte sich dennoch alles andere als wohl, gab sich allerdings auch redliche Mühe, sich dieses Gefühl nicht allzu deutlich anmerken zu lassen. Sie sollte nicht hier sein. Das hier war nicht der passende Ort für eine junge Frau guter Herkunft und ebensolcher Erziehung.

Und eigentlich für gar keine Frau.

Sie war erleichtert, als Carl nach wenigen Minuten zurückkehrte und zwei Gläser mit einer dunklen Flüssigkeit zwischen ihnen abstellte.

»Ihr Kaffee wird frisch gebrüht«, sagte er. »Trinkensen Root Beer so lange. Schomma Root Beer probiert?«

Janice schüttelte den Kopf. »Das ist nett von Ihnen, Carl, aber ich trinke kein Bier. Ich fürchte ...«

Der Kutscher schob das zweite Glas demonstrativ weiter in ihre Richtung. »Swird Ihn schmeckn tun«, beharrte er. »Is nich wirklich Bier, aber gut. Probiernse.«

Janice kapitulierte, indem sie zögernd mit beiden Händen nach dem Glas griff, das sicher einen halben Liter beinhaltete. Sie hatte schon Bier probiert, und es schmeckte ihr nicht. Aber sie wollte den Mann auch nicht vor den Kopf stoßen, also nippte sie zumindest einmal daran, nur um ihre Meinung bestätigt zu sehen. Es schmeckte nicht; allerdings auch nicht nach Bier. Trotzdem zwang sie ein anerkennendes Lächeln auf ihr Gesicht und nahm sogar noch einen zweiten (winzigen) Schluck.

»Sie sin also mit wem verabredet«, begann Carl, nachdem er selbst einen großen, von einem genießerischen Schmatzen begleiteten Schluck genommen hatte. »Wo?«

»Das ist das Problem«, antwortete Janice. Natürlich konnte sie nicht die Wahrheit erzählen, aber sie hatte sich schon eine Geschichte zurechtgelegt, nach der Carl sie vermutlich für vollkommen verrückt halten würde, aber das konnte ihr gleich sein. »Ich weiß nicht genau, wo.«

»Sie sin mit wem verabred un wissen nich, wo?«, vergewisserte sich Carl und trank einen weiteren Schluck Bier.

»Wenn man es so sagt, dann klingt es ziemlich sonderbar, ich weiß«, gestand Janice mit einem verlegenen Lächeln. »Es war einfach eine von diesen verrückten Ideen, die einem in einer lauen Vollmondnacht romantisch vorkommen, verstehen Sie?«

Carl trank einen weiteren Schluck Bier. »Nee.«

»Gleichwie«, fuhr Janice mit einem neuerlichen verlegenen Lächeln fort, das jetzt nicht mehr nur gespielt war. »Wir hatten uns an einer bestimmten Straßenkreuzung verabredet. Einer ganz besonderen Straßenkreuzung, die es noch gar nicht gibt.«

»Aha«, sagte Carl, leerte sein Glas mit einem langen Zug und griff dann, ohne zu zögern, nach Janice' Root Beer, als sie es ihm über den Tisch hinweg zuschob.

»Wie gesagt, ich weiß, wie sich das anhört«, sagte Janice. Etliche der anderen Gäste offensichtlich auch, denn mehr als nur ein Zecher unterbrach sein Gespräch und sah stirnrunzelnd in ihre Richtung. »Aber mein Freund … mein Verlobter! … ist Kartograf. Also eigentlich Landvermesser, um ganz genau zu sein, und es ist sein erster richtiger Auftrag. Die erste Straße, die er ganz allein planen und anlegen soll, verstehen Sie?«

Der Kutscher trank einen zweiten Schluck Root Beer und sparte es sich gleich, *nee* zu sagen.

»Wir wollten uns an der geplanten Abzweigung treffen, sozusagen als erster Schritt auf der Straße in unsere gemeinsame Zukunft«, fuhr Janice fort. Carl starrte sie nur weiter an, und noch mehr Gesichter wandten sich in ihre Richtung. Janice begann sich unbehaglich zu fühlen. »Wir waren verabredet, aber ich fürchte, ich bin keine so gute Kartenleserin, wie Joffrey Coppelstone es geglaubt hat.« Während sie den Namen aussprach, hielt sie Carl aufmerksam im Auge, aber er zeigte keinerlei Reaktion.

»Vleich zeigense mire Karte ma«, sagte er nur.

Warum nicht? Janice zögerte zwar noch kurz, nahm aber dann das zusammengerollte Blatt aus der Tasche und reichte es ihm über den Tisch. Carl studierte es eine Weile aufmerksam und stopfte sich in aller Seelenruhe eine Pfeife, bevor er antwortete: »Dassis keene Karte vonner Gegend hier nich.«

Janice war nicht einmal wirklich enttäuscht. Eigentlich hatte sie es sogar gewusst. »Aber die Küstenlinie …«, begann sie trotzdem, und jetzt unterbrach sie Carl, indem er eine Atem raubende Qualmwolke aus seiner Pfeife in ihre Richtung paffte.

»De Küste tut hier überall so aussehen tun. Von solchen Städten habich noch nienich gehört.« Er studierte die Kartenkopie angestrengt. »Un sone Karte habich auch noch nienich gesehen, Missus. Ihr Verlobter isn Kartograf, sagense?«

Beiläufig wunderte sich Janice zwar ein wenig, wie leicht ihm dieses komplizierte Wort von den Lippen ging, aber sie nickte nur und schüttelte aus derselben Bewegung heraus auch schon den Kopf. »Das ist eine Kopie, die ich selbst angefertigt habe«, gestand sie, beeilte sich aber auch, hastig hinzuzufügen: »Aber sie ist genau. Ich habe alles doppelt und dreifach überprüft!«

»Manchmal isses Original das Beste«, sagte Carl lakonisch, betrachtete die Karte aber trotzdem weiter angestrengt. Wenn auch nur, um erneut den Kopf zu schütteln. Er leerte sein Glas und hob es in die Höhe, um ein weiteres zu bestellen, wandte sich aus derselben Bewegung heraus aber auch an einen dunkelhaarigen Mann am Nebentisch.

»Schomma vonne Stadt gehört, die Mago heißen tut, Fred?«

Nicht nur der Angesprochene schüttelte den Kopf, überall in dem kleinen Gastraum erhob sich ein vereinendes Murmeln und allgemeines Kopfschütteln, und Janice wurde sich schmerzlich des Umstandes bewusst, dass anscheinend jedermann hier drinnen ihre kurze Unterhaltung verfolgt hatte. Aber was hatte sie eigentlich erwartet?

Was sie ganz gewiss *nicht* erwartet hatte, war, dass Fred prompt aufstand und herangeschlurft kam, um sich über die Schulter des Kutschers zu beugen und einen Blick auf die Karte zu werfen, den er allerdings nur ebenfalls mit einem Kopfschütteln beendete.

»Nein«, sagte er, erfreulicherweise sogar in halbwegs verständlichem Englisch. »Und das ist wirklich eine seltsame Karte. Ich glaube nicht, dass sie die Gegend hier zeigt.« Er wandte sich nun direkt an Janice. »Ihr Verlobter hat sie gezeichnet, sagen Sie?«

»Ja«, antwortete Janice, obwohl das möglicherweise nicht ganz der Wahrheit entsprach. Aber es kam ihr auch nahe genug, um sich nicht wie eine Lügnerin zu fühlen. »Er muss hier in der Gegend gewesen sein.«

»Hier war seit Wochen kein Fremder mehr«, sagte ein anderer Mann, und ein dritter fügte hinzu: »Hierher verirren sich selten Fremde. Daran würden wir uns erinnern.«

Janice wurde sich erst jetzt der Tatsache bewusst, wie still es plötzlich in der Gaststube geworden war. Aller Aufmerksamkeit hatte sich auf sie gerichtet, was kein besonders angenehmes Gefühl war. Aber was blieb ihr schon anderes übrig, als aus der Not eine Tugend zu machen?

»Es ist schon länger her«, sagte sie mit lauterer Stimme, und an alle gerichtet. »Ein gutes Jahr. Vielleicht erinnert sich ja jemand an ihn. Ich meine: Selbst wenn er nicht hier Quartier bezogen hat …«, was sie sich nun beim besten Willen nicht vorstellen konnte, »… kann sich bestimmt jemand an ihn erinnern, wenn er hier war. Er ist fünf Jahre älter als ich und einen Kopf größer. Dunkelhaarig. Und er fuhr einen fabrikneuen Ford Modell T.«

»Ne Motordroschke?«, fragte Carl, begleitet von einem allgemeinen Kopfschütteln und zustimmendem Gemurmel.

»So jemand war nicht hier, Miss«, sagte Fred. »Auch nicht vor einem Jahr. Seit die Eisenbahn damals beschlossen hat, einen Bogen um diese Gegend zu machen, verirren sich kaum noch Fremde hierher.«

Janice meinte einen sachten Unterton von Vorwurf in seiner Stimme zu hören – der absurd war, was hatte sie mit einer Entscheidung zu tun, die irgendeine anonyme Eisenbahngesellschaft vor Jahrzehnten getroffen hatte? –, und so sah sie sich genötigt zu antworten: »Aber genau deshalb war Joffrey ja hier. Um eine Straße zu planen, die diese Region endlich an das allgemeine Straßennetz anschließt.«

»Und wer sagt, dass wir das wollen?«, fragte Fred. »Den meisten hier gefällt es so, wie es ist, Miss.«

»So war das auch nicht gemeint!«, verteidigte sich Janice hastig. »Ich wollte ja nur sagen, dass …«

»Ich glaube, wir wissen ganz gut, was Sie meinen, Kindchen«, mischte sich eine andere, weibliche Stimme ein. Es war die Bedienung, die sich mit einem großen Tablett, auf dem ein weiteres Glas Root Beer und eine dampfende Tasse Kaffee standen, einen Weg durch den überfüllten Gastraum bahnte.

»Und ihr alle solltet euch schämen, der jungen Lady so zuzusetzen«, fuhr sie mit veränderter und leicht erhobener Stimme fort.

»Wo sind eure Manieren geblieben? Die junge Lady ist unser Gast, also behandelt sie auch entsprechend!«

Niemand widersprach. Fred runzelte lediglich die Stirn und trollte sich dann wortlos an seinen Platz, genau wie etliche andere, die sich um den Tisch geschart hatten, um einen genaueren Blick auf die Karte zu werfen; oder auch auf ihre Besitzerin. Janice fiel es erst im Nachhinein auf, dafür aber umso unangenehmer.

Die Gastwirtin lud ihr Tablett scheppernd auf dem Tisch ab, und Carl nahm sich sein Glas, bevor das Geräusch ganz verklungen war. Janice wollte nach ihrem Kaffee greifen, verbrühte sich am Henkel der heißen Emailletasse prompt die Fingerspitzen und sah zu, wie die Wirtin ihr die Aufgabe abnahm, die die Hitze gar nicht zu fühlen schien.

»Sie müssen den Männern verzeihen, Miss«, sagte sie. »Sie sind nicht schlecht, aber es sind einfache Burschen, die sonst nur Fische und wilde Eichhörnchen zu Gesicht bekommen. Sie sollten sich schämen!«

Den letzten Satz hatte sie wieder mit erhobener Stimme gesprochen, sodass ihn auch wirklich jeder hier drinnen hörte. Jemand lachte – ganz kurz nur –, und es wurden Stühle gescharrt, und Blicke wandten sich hastig ab. Die Gastwirtin schickte noch ein grimmiges Nicken hinterher, aber sie machte auch keine Anstalten, wieder zu gehen, sondern zog sich im Gegenteil einen Stuhl heran und ließ sich schwer darauf sinken. Carl sah sie – ein wenig bestürzt, wie es Janice vorkam – an, griff sich sein Root Beer und hatte es plötzlich sehr eilig, sich einen anderen Platz zu suchen. Janice sah die Gastwirtin an und fragte sich, was nun wieder kam.

Sie musste nicht lange warten. Ihre Zimmerwirtin – Miss Connor, wie sie sich erinnerte, nachdem sie einen Moment angestrengt in ihrem Gedächtnis gekramt hatte, um sich eine weitere Peinlichkeit zu ersparen – faltete die Hände zu einer knochigen Doppelfaust auf der Tischplatte und sah sie auf eine Art fordernd an, dass Janice sich schließlich genötigt sah, ihr die Karte über den Tisch zuzuschieben. Connor warf nur einen flüchtigen Blick darauf und schüttelte den Kopf. Da war etwas in ihren Augen, das Janice vage bekannt vorkam, aber sie wusste nicht, woher.

»Das ist nicht hier«, sagte sie.

»Aber Sie haben doch noch gar nicht richtig …«, begann Janice.

»Und das muss ich auch nicht«, unterbrach sie Miss Connor. »Es ist genau so, wie Fred gesagt hat. Hierher verirrt sich so gut wie nie ein Fremder. Wir würden uns daran erinnern.«

»Ist das das einzige Gasthaus hier?«, fragte Janice, was vollkommen überflüssig war. Der ganze Ort hatte keine zwei Dutzend Gebäude, die Kirche und die beiden Bootshäuser mitgezählt, die sie gerade unten am Strand gesehen hatte.

»Es gibt noch die alte Hemson, unten am Fluss«, antwortete Connor, »die ab und zu ein Zimmer vermietet, wenn sie jemanden findet, der mutig genug ist. Aber wenn Ihr Verlobter dort gewesen wäre, dann wüssten wir es.«

»Weil hier nichts geschieht, wovon Sie nichts wissen?«, fragte Janice, selbst vielleicht am meisten überrascht von der unerwarteten Feindseligkeit in ihrer Stimme.

Connor lächelte nur milde. »Ein junger Mann aus der Stadt, noch dazu mit einem Automobil! Die alte Hemson hätte uns von jedem Heben seiner Augenbraue berichtet, und das mindestens ein halbes Jahr lang! Ihr Verlobter war nicht hier, glauben Sie mir, Kleines. Und Sie sollten auch nicht hier sein.«

Spätestens jetzt wäre der Moment, eine gewisse Empörung zu demonstrieren, dachte Janice, aber sie war einfach nur verwirrt. »Weil Sie keine Fremden mögen?«, fragte sie lahm.

»Jetzt haben Sie mich aber gründlich falsch verstanden, Kindchen«, antwortete Connor lächelnd. »Ich möchte nur nicht, dass Sie Ihre Zeit verschwenden, das ist alles. Glauben Sie mir, das ist keine Karte der Umgebung.« Sie faltete die Hände auseinander, um mit einem dünnen Zeigefinger wie mit einem Dolch auf das Papier hinabzustoßen. »Es ist schon so, wie Fred es gesagt hat: Die Küste hier ist nichts Besonderes. So sieht es beinahe überall aus.«

»Dann sollte ich vielleicht gleich wieder aufbrechen«, sagte Janice kühl. »Noch ist es hell, und …«

»Sie sind mit der Bahn nach Ipswich gefahren und haben von dort aus einen Wagen genommen?«, unterbrach sie Connor. Janice nickte, und Connor fuhr mit einem Kopfschütteln fort: »Das schaffen Sie nicht. Carl könnte Sie zurückfahren, aber es zieht Sturm auf, und glauben Sie mir, Sie möchten davon nicht mitten in den Wäldern überrascht werden.«

»Ich habe keine Angst vor ein bisschen Wind«, sagte Janice, bekam aber nur ein noch entschiedeneres Kopfschütteln zur Antwort.

»Sie haben noch keinen Küstensturm in Massachusetts miterlebt, Kindchen, wie?«

Vielleicht war es dieses Wort, das sie zum wiederholten Male benutzte. Nicht nur, weil sie sich per se darüber ärgerte, auf so plump vertrauliche Art angesprochen zu werden. Ihre Augen wurden schmal, und ihre Stimme um mehrere Nuancen kühler.

»Kennen wir uns, Miss Connor?«, fragte sie.

»Gewiss nicht«, antwortete Connor.

»Waren Sie schon einmal in Providence?«, beharrte Janice. »In letzter Zeit, meine ich?« *Und um genau zu sein, vor drei Tagen, im Waschraum eines ganz bestimmten Cafés.* Natürlich war sie anders gekleidet und hatte eine andere Frisur, falls man die fettigen grauen Strähnen, die unter ihrem Kopftuch hervorlugten, denn so nennen wollte, und sie trug jetzt auch kein Rouge oder irgendeine andere Schminke mehr. Dennoch war Janice nahezu sicher.

»Ich habe Inningermouth noch nie verlassen, mein Kind«, antwortete Connor. »Und was soll ich ausgerechnet in Providence? Das ist doch ewig weit weg.«

»Inningermouth?«

»Stellen Sie sich vor, selbst unser kleines Nest hat einen Namen«, antwortete Connor mit gutmütigem Spott, »auch wenn er fast mehr Buchstaben als Einwohner und es noch nicht einmal auf alle Landkarten geschafft hat.« Janice fiel erst jetzt auf, dass ihre Fingerspitze genau dort die Karte berührte, wo sie alle sich gerade befanden; mithin nicht mehr als ein weißer Fleck – auch wenn Janice mutmaßte, dass das Papier nicht mehr ganz so weiß sein würde, wenn sie die Hand wegzog. »Ich bin hier geboren und aufgewachsen, aber weiter als bis zur Farm der alten Hemson habe ich es noch nicht geschafft; und vielleicht eine Meile auf das Meer hinaus oder anderthalb. Warum fragen Sie das?«

»Und Sie sind ganz sicher, dass Sie noch nie in Providence waren?«, beharrte Janice.

Es gelang ihr nicht, die grauhaarige Frau zu erschüttern. »So sicher, wie ich bin, dass Ihr Verlobter noch niemals hier war«, antwortete sie ungerührt. Sie drohte ihr spielerisch mit dem Zeigefinger. »Sie wollen mich aus der Fassung bringen, mein Kind, aber ich verstehe nicht, warum. Sie sind hierhergekommen und haben mich nach einem Zimmer gefragt, das Sie bekommen haben, und ich möchte nur Schaden von Ihnen wenden und Ihnen eine Enttäuschung ersparen, das ist alles.«

»Sie wissen genau, was ich meine«, sagte Janice, sehr leise, damit keiner der anderen ihre Worte verstand, aber auch sehr entschieden. »Sie waren dort.« Sie und … *etwas.* »Sie haben mit mir gesprochen. Warum?«

»Sie verwechseln mich«, behauptete Connor mit einem unerschütterlichen Lächeln. »Ich versichere Ihnen, dass ich Inningermouth noch niemals verlassen habe, und schon gar nicht würde ich bis Providence reisen, wo doch Boston viel näher ist.«

»Aber Sie …« Janice sprach nicht weiter. Da war eine Ehrlichkeit in Connors Augen, an der nicht zu rütteln war. Wenn sie log, dann so perfekt, dass es keinen Unterschied mehr machte, weil sie selbst an das glaubte, was sie sagte.

»Vielleicht haben Sie recht«, räumte sie ein. »Ich muss Sie wohl verwechseln, bitte verzeihen Sie. Aber die Ähnlichkeit ist wirklich verblüffend.«

Jetzt sah sie ihrem Gegenüber ebenso deutlich an, dass sie ihr nicht glaubte. Aber nach einer Sekunde zauberte sie ein verzeihendes Lächeln auf ihr Gesicht. »So etwas kommt vor. Es gibt so viele Menschen auf dieser Welt, dass es schon erstaunlich wäre, wenn es nicht manchmal auch Ähnlichkeiten gäbe, nicht wahr?«

Sie nahm die Hand von der Karte, und ganz wie Janice es erwartet hatte, blieb ein schmuddeliger Fleck zurück, der nun die Position von Inningermouth markierte. »Vielleicht sollte ich jetzt gehen und Ihr Zimmer vorbereiten. Wenn Sie seit dem frühen Morgen unterwegs sind, dann müssen Sie sehr müde sein.«

Sehr viel deutlicher hätte sie ihr wohl kaum noch sagen können, dass das Gespräch damit beendet war. Janice versuchte es trotzdem noch einmal.

»Ich glaube nicht, dass das nötig sein wird. Ich bezahle das Zimmer natürlich, aber ich würde wirklich lieber abreisen. Wenn Sie recht haben und Joffrey nicht hier war, dann verschwende ich nur meine Zeit. Wahrscheinlich wird er sich schon Sorgen um mich machen, wenn er am falschen Ort auf mich wartet und ich nicht komme.«

Connor sagte nichts dazu, sondern sah sie nur traurig an, und Janice wandte sich demonstrativ wieder an Carl, der am Nebentisch Platz genommen hatte und gar keinen Hehl daraus machte, wie gebannt er lauschte. So wie alle anderen übrigens auch.

»Fahren Sie mich nach Ipswich, Carl?«

»N Sturm kommt«, antwortete Carl, ohne sie anzusehen.

Janice sah zum Fenster, bevor sie antwortete. Es führte nach Osten, aufs Meer hinaus, sodass sie sehen konnte, dass der Himmel darüber noch immer so strahlend azurblau und wolkenlos war wie vorhin. »Es sind gerade einmal zehn Meilen bis nach Ipswich. Wir sind bestimmt dort, bevor das Wetter umschlägt. Und wenn Sie befürchten, es nicht mehr zurückzuschaffen, dann bezahle ich Ihnen dort ein Hotelzimmer.«

»Zu gefährlich«, antwortete Carl.

»Sind Sie ein Feigling, Carl?«, fragte Janice.

Es wurde sehr still.

»Zu gefährlich«, sagte Carl nach einer Weile noch einmal, und ohne sie anzusehen.

»Aber ...«

»Es ist nicht unbedingt ein Zeichen von Feigheit, sich nicht mit einem ausgewachsenen Sturm anzulegen, Kindchen«, mischte sich Connor schmunzelnd ein.

Janice ignorierte sie. »Dann verkaufen Sie mir Ihren Wagen. Ich gebe Ihnen fünfzig Dollar. Und ich lasse den Wagen am Bahnhof in Ipswich zurück, wo Sie ihn morgen abholen können.«

Das entsprach mindestens dem Doppelten dessen, was das betagte Fuhrwerk überhaupt wert war, samt den beiden halb verhungerten Kleppern, aber Carl schüttelte trotzdem den Kopf. »Zu gefährlich«, sagte er nur zum dritten Mal. Er trank einen Schluck Bier, wie um auf diese Weise ein Ausrufezeichen hinter seine Worte zu setzen.

»Was denken Sie sich, Kleines?«, fragte Connor tadelnd. »Der gute Carl verdient seinen Lebensunterhalt mit dem Wagen!«

»Dann hundert«, sagte Janice trotzig. Das war zwar ein Gutteil allen Bargelds, das sie überhaupt bei sich hatte, zugleich aber auch genug, um ein nagelneues Fuhrwerk mit zwei wirklich guten Pferden zu kaufen – und auch noch genug für den einen oder anderen Vollrausch übrig zu behalten.

Connor sah nun tatsächlich ein wenig verärgert aus, aber Carl schüttelte nur den Kopf und sagte noch einmal: »Zu gefährlich. Für Sie, Missus, unne Tiere. Sin gute Pferde. Habse beide mitauffe Welt gebracht un will nich, dessene was passiern tut.«

»Sie sehen, wir meinen es wirklich gut mit Ihnen, Kindchen«, sagte Connor. »Sie müssen die Nacht in dem Zimmer verbringen, für das Sie sowieso schon bezahlt haben. Aber keine Angst, so schlimm wird es schon nicht werden. Morgen früh bringt Sie Carl nach Ipswich, und für heute Abend verspreche ich Ihnen das beste Stew, das Sie jemals gegessen haben. Sie werden erstaunt sein!«

7

Das war sie, und zwar gleich in mehrerlei Hinsicht. Die erste (nicht wirklich angenehme) Überraschung war die muffige Dachkammer, in die Connor sie hinaufführte und von der sie behauptete, es wäre ihr bestes Zimmer. In gewisser Hinsicht stimmte das sogar, denn es war zugleich auch das einzige Zimmer, das es gab, und nachdem sie ihren ersten Schock überwunden hatte und sich die feuchte Kammer genauer ansah, musste sie zugeben, dass sich Connor zumindest Mühe gegeben hatte. Das Mobiliar war einfach und alt, aber sauber und war zumindest einmal von guter Qualität gewesen, und dasselbe galt für die Bettwäsche, den abgewetzten Teppich und die

Gardinen. Dennoch nahm sie sich vor, nie wieder ein Zimmer zu mieten, ohne es vorher gesehen zu haben.

Auch das Stew, das Connor ihr später am Abend servierte – zusammen mit einem Wein, wie sie ihn in dieser Qualität hier niemals erwartet hätte – war von ausgezeichneter Güte. Die allergrößte Überraschung aber war der Sturm.

Der schmale Ausschnitt des Himmels, den sie durch das Dachfenster sehen konnte, blieb blau und wolkenlos, bis sie sich in ihrem Notquartier eingerichtet hatte, soweit es notwendig (und möglich) war, dann aber und so plötzlich, als hätte Gott einen unsichtbaren Schalter umgelegt, brach es mit Urgewalt los: Ein einzelner, gleißender Blitz spaltete den Himmel und löschte für eine Sekunde alle Farben aus, und als sie wieder sehen konnte, war der Himmel über dem Meer verschwunden, und jemand hatte dem Tag die gute Stunde gestohlen, die ihm eigentlich noch zugestanden hätte. Vollkommene Dunkelheit senkte sich über das Land, und vom Meer her raste ein umgedrehter Ozean aus schwarzen Wolkenbergen heran, die ein Firmament von so vollkommener Schwärze verschlangen, als hätte es hier niemals auch nur einen einzigen Stern gegeben.

Erst dann, und mit einer Verspätung von etlichen Sekunden, rollte ein Donnerschlag über das Meer, das jedoch mit einer solchen Lautstärke, dass er nicht nur ihren Schreckensschrei verschlang, sondern sie das gesamte Haus unter ihren Füßen erzittern spürte.

Danach wurde es wirklich schlimm. Dem ersten Blitz folgten ein zweiter und dritter und fünfzigster und hundertster, und die Donnerschläge krachten immer schneller und in immer kürzeren Abständen, bis sie zu einem einzigen, nicht enden wollenden Grollen und Dröhnen wurden, als stürzten hinter dem Horizont ganze Gebirge zusammen. Der Lärm wurde binnen weniger Augenblicke so schlimm, dass er das Heulen des Höllensturmes einfach verschluckte, Aber sie konnte die Windböen spüren, die mit Urgewalt an dem einfachen Holzhaus rüttelten, und im unablässig zuckenden Licht der Blitze auch die weißen Schaumkronen sehen, die sie aus dem Meer peitschten.

Manchmal flogen Schatten vorbei, große formlose Dinge, die der Sturm losgerissen hatte und wie Spielzeuge herumwirbelte, und auf halbem Wege zum Horizont hüpfte eine Anzahl winziger gelber Funken auf und ab; vielleicht die Boote, die sie vorhin gesehen hatte und auf denen noch Licht brannte.

Dann sah sie noch etwas anderes. Im ersten Moment war sie nicht einmal sicher, dass es wirklich da war. Vielleicht waren es nur das unablässige Zucken der Blitze und die tanzenden Schatten, die ihre überforderten Sinne narrten. Da war etwas, etwas Großes und Formloses, das Gestalt anzunehmen versuchte, ohne dass es ihm gelang; etwas aus einer anderen Wirklichkeit, das mit aller Macht versuchte, in diese zu gelangen.

Der Gedanke war albern – selbst in ihrer Situation kam er ihr vor wie ein Satz aus den kitschigen Kolportageromanen, die sie so gerne las –, aber er enthielt zugleich auch etwas, das ihr ein eisiges Frösteln über den Rücken laufen ließ.

Zumal sie im nächsten Augenblick tatsächlich etwas sah.

Das Schiff war groß – in diesem Wirbelsturm der Sinne, der alle Dimensionen verzerrte und selbst die Zeit fraß, kam es ihr nachgerade monströs vor – und vollkommen schwarz. Im stroboskopischen Licht der Blitze glänzten seine nassen Flanken wie aus Eisen geschmiedet, und es hatte weder Masten noch Segel, aber viel zu große, kantige Aufbauten. Hinter den zahlreichen Bullaugen brannte kein einziges Licht.

Ein weiterer, ganz besonders greller Blitz spaltete den Horizont in zwei exakt gleiche Hälften, und erlosch nicht sofort wieder, wie es Blitze im Allgemeinen tun, sondern blieb eine, zwei, drei endlose Sekunden lang wie der lodernde Finger eines höllischen Gottes, der von den Sternen herabgegriffen hatte, um die Welt der Menschen zu verbrennen. Im Licht dieses gleißenden Blitzes hätte sie das Schiff genauer erkennen müssen, doch es war eher anders herum. Die Helligkeit schien seine Substanz zu verzehren, und alles, was sie sah, war ein scharf wie mit einem Skalpell gezogener Umriss, als hätte jemand einen Teil aus der Wirklichkeit geschnitten, der nur zufällig die Form eines Schiffes hatte.

Endlich erlosch das gnadenlose Licht, und die nachfolgende

Dunkelheit und die flackernden Nachbilder auf ihren Netzhäuten sorgten dafür, dass sie Sekunden lang vollkommen blind war.

Unheimlicherweise konnte sie trotzdem sehen. Vielleicht *wusste* sie auch einfach. Die Regeln der Kausalität waren außer Kraft gesetzt, und die Logik hatte ihre Macht verloren. Da waren … *Dinge,* die sich von dem schwarzen Schiff lösten und dem Ufer zustrebten, formlose, blasse Kreaturen, die durch das Wasser glitten, ohne es wirklich zu berühren, schienen sie zugleich doch auch Teil desselben Mediums zu sein, in dem sie sich bewegten und den sturmgepeitschten Strand heraufkrochen, wobei sie breite, glitzernde Spuren hinterließen, Schleim oder auch Wasser einer auf dieser Welt gänzlich unbekannten Konsistenz. Unmöglich zu sagen, welche Art von Kreaturen es waren, ob große, sich windende Würmer aus geliertem Wasser, riesige augenlose Schnecken oder Geschöpfe jenseits des Beschreibbaren, deren bloße Existenz die Grenzen menschlicher Vorstellungskraft sprengte.

Dieser Gedanke, so grotesk und in sich verdreht er auch sein mochte, brachte sie wieder in die Wirklichkeit zurück, wenigstens so weit, dass sie sich ihrer eigenen Lage bewusst wurde. Sie zitterte am ganzen Leib, zum Großteil vor Furcht, aber auch vor Kälte, denn sie war nass. Der Sturm hatte das Fenster aufgestoßen und peitschte ihr eiskalten Regen ins Gesicht. Haar und Stoff klebten nass und unangenehm an ihrem Kopf, ihren Schultern und ihrer Brust, und die Regentropfen stachen wie winzige spitze Nadeln in ihre Haut. Das Heulen des Sturmes war jetzt tatsächlich das Heulen des Sturmes, nicht mehr das Kreischen tausend losgelassener Dämonen, die angetreten waren, die Hölle zu erobern. Sie spürte überhaupt erst jetzt, dass sie unter den Hieben der Sturmböen wankte, wich aber trotzdem nicht zurück, sondern versuchte einige Sekunden lang vergeblich, das Fenster wieder zu schließen, bevor sie die Sinnlosigkeit ihrer Bemühungen einsah und mit eingezogenem Kopf den Rückzug antrat.

Selbst das gestaltete sich schwierig. Der Sturm heulte durch das Fenster herein und verwandelte das Zimmer ins Zentrum einer eigenen, kreischenden Windhose, wirbelte Papier und Handtücher und Kleider umher, und als sie an dem schmalen Bett vorüberstolperte, das Connor schon für sie aufgeschlagen hatte, hieb die Bettdecke wie eine Peitsche nach ihrem Gesicht, und das umgenähte harte Ende verfehlte sie so knapp, dass sie sich einbildete, trotz des infernalischen Lärms das hellere Peitschenknallen noch zu hören. Wenn sie schrie, dann wurde ihr der Laut so gründlich von den Lippen gerissen, dass sie ihn nicht einmal selbst hörte.

So von Entsetzen erfüllt, dass sie nur noch handeln, nicht aber mehr denken konnte, erreichte sie die Tür, drehte den Knauf und drohte endgültig in Panik zu geraten, als sie sich nicht rührte, unverrückbar an ihrer Stelle gehalten von einer der gleich mehreren finster magischen Kräfte, die aus dem Abgrund der Hölle emporgestiegen waren, um sie zu verderben. Mit aller Kraft warf sie sich dagegen und hatte das Gefühl, mit der Schulter gegen den Rumpf des eisernen Schiffes zu prallen, das sie draußen auf dem Meer gesehen hatte. Erst nach etlichen Sekunden ebenso verzweifelter wie vergeblicher Anstrengung kam sie auf die Idee, es in umgekehrter Richtung zu versuchen. Diesmal bewegte sich die Tür, die nach innen aufging, um einige wenige Zoll.

Angespornt durch ihren Erfolg verdoppelte sie ihre Anstrengungen, die Tür aufzubekommen. Der Sturm hielt mit unsichtbarer Verbissenheit dagegen, doch die schiere Todesangst verlieh ihr eine Kraft, dass sie das Gefühl hatte, es mit Gott selbst aufnehmen zu können, auch wenn es in Wahrheit wohl eher das Gegenteil war, wogegen sie kämpfte. Zoll für Zoll zog sie die Tür auf, bis der Spalt breit genug war, um sich hindurchzuquetschen. Die harte Kante der Tür schrammte wie ein Reibeisen über ihr Gesicht und fügte ihr eine Anzahl schmerzhafter Kratzer zu, und sie bekam zu allem Überfluss nun auch noch Atemnot, die ihr aber möglicherweise sogar half, denn die daraus geborene zusätzliche Furcht gab ihr die Kraft, vollends auf den schmalen Flur mit der Dachschräge auf einer Seite hinauszustürzen.

Hinter ihr fiel die Tür mit einem schmetternden Krachen zu, das sie einen Fetzen aus ihrem Kleid kostete, ohne dass sie es in diesem Moment überhaupt merkte, und die Dielen unter ihren Füßen zitterten noch immer. Obwohl es hier draußen kein Fenster gab, war der unablässige Kanonendonner des Gewitters eher noch lauter, und es war auch nicht vollkommen dunkel. Die Wände waren mit Brettern verkleidet, durch deren Ritzen flackerndes weißes Licht drang, als wäre sie in einem gleißenden Spinnennetz gefangen, das sich mit jedem Donnerschlag ein winziges bisschen mehr um sie zusammenzog, und auch aus dem Gastraum drang tanzendes rotes und gelbes Licht herauf; als wäre dort unten ein Feuer ausgebrochen.

Janice ließ nicht zu, dass ihre ohnehin überreizte Phantasie den Gedanken aufgriff und sie mit noch mehr Schreckensbildern peinigte, sondern stürmte weiter und, ohne innezuhalten, die steile Treppe hinab, deren bloßer Anblick ihr vorhin schon ein gewisses Bauchgrimmen beschert hatte. Jetzt merkte sie es nicht einmal.

In dem kleinen Gastraum war natürlich kein Feuer ausgebrochen, aber der Anblick entbehrte trotzdem nicht einer gewissen Unheimlichkeit. Sie hätte damit gerechnet, dass die Männer nach Hause gegangen waren, um bei Ausbruch des Sturms in ihren Häusern und bei ihren Familien zu sein, doch sie erblickte außer Connor, Fred und Carl mindestens ein Dutzend weiterer Männer, die ihr bekannt vorkamen und im Licht von flackernden Öl- und Petroleumlaternen dasaßen und Bier oder auch andere und vermutlich stärkere Getränke genossen. Niemand sprach, was ganz einfach daran lag, dass der vereinte Lärm der Donnerschläge und Sturmböen ohnehin jeden anderen Laut verschluckte.

Vor den Fenstern lagen jetzt schwere hölzerne Läden, die das immer schneller werdende Flackern der Blitze aber ebenso wenig auszusperren vermochten wie das Dach oben, und im Kamin brannte ein gewaltiges Feuer, das vornehmlich aus Funken zu bestehen schien und dessen Licht noch das Seinige zu dem Kaleidoskop aus Licht und Farben und Schatten beitrug, in dem der ganze Raum ertrank. Und da war noch etwas, das nicht stimmte, das Schlimmste überhaupt, und trotz ihrer Aufregung begriff sie, dass in diesem Raum etwas war, das hier nicht hingehörte.

Janice stürmte nur noch schneller weiter, überwand schließlich sogar jeweils zwei der viel zu hohen Stufen auf einmal – und hielt auf der vorletzten so abrupt an, dass sie allein dadurch schon fast das Gleichgewicht verloren hätte.

Sie wusste jetzt, was hier nicht hingehörte. Es war kein *Was*, sondern *Wer*; ein Mann von unmöglich zu schätzendem Alter, der ebenso gut fünfzig wie auch siebzig Jahre zählen mochte und ein verhärmtes graues Gesicht hatte, einen sonderbaren grauen Hut sowie einen ebenfalls grauen Anzug und farblich dazu passende Handschuhe trug. Er saß zusammen mit Connor, Fred und zwei weiteren Männern an demselben Tisch, an dem Janice vorhin gesessen hatte, und es war, als hätte er ihren Blick gespürt. Obwohl er nicht einmal in ihre Richtung sah und sie unmöglich gehört haben konnte, wandte er sich mit einem Ruck auf seinem Stuhl um und sah sie an, und sein Gesicht flackerte für einen Moment durch alle Schattierungen von Grau. Eine geschlagene Sekunde lang starrten sie sich einfach nur gegenseitig an, und in dieser einen Sekunde war es, als betrachtete sie gar nicht sein Gesicht, sondern eine Spiegelung auf kochendem Wasser, auf dem es unentwegt in unzählige scharfkantige Bruchstücke zerbrach und sich ebenso schnell und immer wieder neu zusammensetzte.

Die Sekunde verging, die Zeit lief weiter, und mit einem Mal schien alles gleichzeitig zu passieren: Der Graue Archivar sprang auf und wirbelte mit einer unmöglich schnellen Bewegung herum, und wenn man es genau nahm, dann *waberte* er eigentlich eher, als hätte sich jeder Muskel und jeder Knochen in seinem Leib verflüssigt, um gleich darauf an anderer Stelle neu zu gerinnen, sodass er sich nicht einmal wirklich umzudrehen brauchte, um zur Tür zu stürzen.

Er war nicht der Einzige. Connor und zwei oder drei Männer sprangen ebenfalls auf, und auch Janice streifte endlich die unsichtbaren Fesseln ab, die sie bisher gehalten hatten und stürmte nun umso schneller los. Hände und Schatten griffen nach ihr, ohne sie packen zu können, Stühle fielen um, als Männer aufsprangen, um ihr den Weg zu vertreten, doch Janice wich auch ihnen mit schon fast übernatürlichem Geschick aus und rannte nur noch schneller.

Der Graue Archivar erreichte die Tür, riss sie auf und wurde von einer Sturmbö getroffen, unter der seine Erscheinung auseinanderzuspritzen schien. Schatten und lebendige graue Tropfen spritzten in alle Richtungen davon, und grotesk oder nicht, Janice war vollkommen sicher, dass sich seine Gestalt unter dem Fausthieb des Sturms einfach aufgelöst hätte, wäre sie nicht von seinem schäbigen grauen Anzug zusammengehalten worden. Sie war auch vollkommen sicher, im zuckenden Flackerlicht der Blitze noch etwas zu erkennen, etwas Großes, das sich draußen im Sturm aufbäumte und das Haus belagerte und das so aberwitzig und grauenhaft war, dass sich ihr Verstand einfach weigerte, dem Bild einen Namen zu geben.

Der Graue Archivar löste sich in den peitschenden Regenschleiern auf, und die Tür fiel hinter ihm ins Schloss, obwohl der Wind immer noch mit solcher Gewalt hereinfauchte, dass sie fast Mühe hatte, sich auf den Beinen zu halten, und als sie sich nach vorne warf und nach der Klinke greifen wollte, waren plötzlich andere, starke Hände da, die sie packten und mit unwiderstehlicher Kraft zurückrissen. Jemand schrie etwas, das wie jeder andere Laut im Weltuntergangsgetöse des Sturms unterging, und ein verzerrtes Gesicht tauchte vor ihr auf, dessen Lippen sich im Gegentakt zu den Donnerschlägen bewegten.

Janice riss sich mit einer einzigen Bewegung los und wollte abermals zur Tür stürzen, doch wieder waren Hände da, die sie festhielten und zurückzerrten. Janice schüttelte sie ab, wurde erneut gepackt und begann in schierer Verzweiflung um sich zu schlagen. Sie traf, riss sich ein letztes Mal los und stürzte zur Tür, und irgendetwas klatschte mit solcher Wucht von außen dagegen, dass das ganze Haus erbebte und Staub aus den Ritzen der Tür explodierte; ein Laut wie eine riesige weiche Faust, die das Haus traf und in seinen Grundfesten erschütterte. Die Fensterläden begannen zu klappern und bewegten sich. Etwas zerrte daran und versuchte sie abzureißen, und da war plötzlich ein neuer Laut, nicht zu hören, aber auf einer Frequenz und mit einer Intensität zu spüren, dass sich ihre Seele wie ein getretener Wurm krümmte.

Es war das Grässlichste, was sie jemals erlebt hatte, ein Geräusch wie ein widerwärtiger Gestank, den sie *hören* konnte, und der eine Woge von Übelkeit in ihren Eingeweiden explodieren ließ.

Zum dritten Mal wurde sie gepackt und festgehalten. Jemand begann sie zu schütteln, und als sie sich loszureißen versuchte und erneut um sich schlug, klatschte eine Hand in ihr Gesicht und versetzte ihr eine schallende Ohrfeige. Es tat nicht einmal besonders weh, aber sie kam sich in diesem Moment so gedemütigt vor, dass es ihr trotzdem die Tränen in die Augen trieb und sie ihre sinnlose Gegenwehr schließlich einstellte.

Endlich wurde sie losgelassen, wenn auch nur, um gleich darauf am Handgelenk ergriffen und zu einem Stuhl bugsiert und mit sanfter Gewalt niedergedrückt zu werden. Eine zu gleichen Teilen sanfte wie unerbittlich starke Hand legte sich auf ihre Schultern und drückte sie weiter auf den harten Stuhl, sodass sie sich kaum rühren konnte, und nun begann sie am ganzen Leib zu zittern, und aus ihrem Schrei wurde ein haltloses Schluchzen und Stammeln.

Etwas wurde ihr in die Hände gedrückt, glatt und heiß, und intensives Kaffeearoma stieg ihr in die Nase. Sie hätte nicht einmal sagen können, ob sie selbst trank oder dazu gezwungen wurde, aber der Kaffee war ebenso heiß wie stark, und mit etwas Alkoholischem und noch Stärkerem versetzt. Sie hasste Alkohol und vor allem das, wozu er Menschen machen konnte, nun aber trank sie mit großen, gierigen Schlucken und genoss das Brennen in ihrer Kehle und die nachfolgende Wärme, die sich in ihrem Magen ausbreitete. Fast ohne abzusetzen, leerte sie die Tasse, stellte sie auf den Tisch und bekam praktisch sofort eine zweite gereicht, die sie zwar dankbar entgegennahm, jetzt aber nicht trank, sondern nur die Finger darum schloss, um sich an dem heißen Metall zu wärmen.

»Geht es Ihnen wieder besser, Kindchen?«

Die Stimme drang nur wie von weit her und verzerrt an ihr Ohr. Mühsam hob sie den Kopf und sah in Connors Gesicht hoch, das sie nur wie durch einen Schleier ihrer eigenen Tränen erkannte. Sie glaubte zu nicken, war sich aber nicht ganz sicher. Es wäre auch nicht die Wahrheit gewesen. Sie zitterte noch immer am ganzen Leib, nicht nur vor Furcht, sondern auch vor Kälte. Ihre Kleider klebten nass und so eisig an ihrer Haut, als hätte sie sich in einen Panzer aus Glas gehüllt, und ihr Herz hatte aufgehört zu rasen und schlug dafür nun so langsam und schwer, dass sie fast gelauscht hätte, um sich davon zu überzeugen, dass es überhaupt noch seinen Dienst tat.

»Trinken Sie, Kleines«, sagte Connor. Sie lächelte, aber der Schleier aus Tränen, durch den Janice sie immer noch betrachtete, machte eher eine Grimasse daraus. »Das wird Ihnen guttun.«

Das bezweifelte Janice. Da sie mit Ausnahme eines Gläschen Sekts zu Silvester oder zur Feier ihres Geburtstages praktisch nie trank, begann sie die Wirkung des Alkohols bereits zu spüren, ein ganz sachtes Schwindelgefühl hinter ihrer Stirn, das durchaus angenehm war, sie aber gerade deshalb zur Vorsicht mahnte. Sie nickte zwar und hob die Tasse sogar an den Mund, tat aber nur so, als würde sie daran nippen. Sie *wusste* jetzt, dass Connor dieselbe Frau war, die sie aus dem Waschraum des Cafés kannte.

»Was … ist passiert?«, brachte sie mit tauben Lippen hervor.

»Dasselbe wollte ich Sie gerade fragen, Kleines«, gab Connor zurück. »Was hatten Sie vor – sich umzubringen, und uns alle hier gleich mit?«

Janice stellte die Tasse weit umständlicher auf den Tisch zurück als notwendig und nutzte die gewonnene Zeit, um sich umzusehen. Der Raum bot einen noch chaotischeren Anblick als vorhin. Etliche Stühle waren umgefallen, und auf dem Boden glitzerte zerbrochenes Glas. Funken und winzige glühende Holzsplitter waren aus dem Kamin gefallen und glühten in einem unregelmäßigen Halbkreis auf dem Boden davor weiter, ohne dass sich jemand daran zu stören schien, und etliche der Männer, die sie umstanden und den Eindruck zu erwecken versuchten, sie würden sie besorgt statt misstrauisch ansehen, hatten nasse Gesichter und Haare.

»Ist alles in Ordnung?«, fragte Connor, als sie auch nach etlichen weiteren Sekunden nichts gesagt hatte.

»Nein.« Janice sah nicht nur wieder zu ihr hoch, sondern drehte sich nun auf ihrem Stuhl auch ganz zu ihr herum. »Wo ist Waters?«

»Waters?«

»Der Archivar«, antwortete Janice mit fester Stimme und ebenso festem Blick, der ihre Augen nicht losließ. »Der Graue Mann, Waters, oder wie immer Sie ihn nennen. Der Mann, mit dem Sie in Providence gemeinsame Sache gemacht haben. Was tut er hier?«

»Waters?«, fragte Connor noch einmal. Sie tauschte einen beredten Blick mit den Männern neben sich, ehe sie fortfuhr. »Aber hier war niemand. Und ich kenne auch niemanden dieses Namens, mein Kind.«

»Nennen Sie mich nicht so«, sagte Janice scharf. »Mein Name ist Janice Land, nicht Kindchen! Und ich habe ihn *gesehen!* Er war vor einer Minute noch hier!«

»Hier in diesem Raum?«, vergewisserte sich Connor. Janice nickte, und sie fuhr fort: »Und wo ist er jetzt?«

»Hinausgerannt«, antwortete Janice. »Ich wollte ihm nach, aber Sie haben mich ja nicht gelassen!«

»Hinausgerannt in den Sturm?«, wiederholte Connor. Jemand sagte etwas, das Janice nicht verstand, aber ein allgemeines leises Gelächter zur Folge hatte, doch Connor brachte es mit einem ärgerlichen Blick in die Runde zum Verstummen, bevor sie sich wieder an Janice wandte.

»Niemand war hier, Janice«, sagte sie. »Und ich versichere Ihnen, dass bei einem Sturm wie diesem niemand das Haus verlassen würde, der nicht lebensmüde ist.«

»Ich weiß, was ich gesehen habe!«, beharrte Janice. »Er ist hinausgelaufen und …« *hat sich im Regen aufgelöst. Und dort draußen ist noch etwas anderes. Etwas Großes und Uraltes und unvorstellbar Böses.*

Es erschien ihr nicht wirklich ratsam, das laut zu sagen.

»Da haben Sie sich geirrt, Janice«, sagte Connor sanft und schon wieder mit einem so mütterlich-verzeihenden Lächeln, dass Janice an sich halten musste, um ihr nicht zu zeigen, wie wütend sie ihre gönnerhafte Art mittlerweile machte. »Dort draußen ist gar nichts. Nur der Sturm und allerlei unerfreuliche Dinge, die er vor sich hertreibt. Glauben Sie mir, es wäre nichts anderes als lebensgefährlich, auch nur einen Schritt aus dem Haus zu tun.«

Aber sie hatte es *gesehen!* Sie war doch nicht verrückt!

Als hätte sie den Gedanken laut ausgesprochen, zauberte Connor ein noch verständnisvolleres Lächeln auf ihr Gesicht und nahm ihr gegenüber Platz. »Sie haben noch nie einen solchen Sturm erlebt, habe ich recht?«

»Es gibt in Providence auch Stürme«, sagte Janice, erntete aber nur ein neues Kopfschütteln und einen mütterlichen Blick, der sie schier rasend machte.

»Aber gewiss nicht solche. Es ist alles meine Schuld. Ich habe vergessen, wie unsere Stürme auf jemanden wirken können, der sie nie zuvor erlebt hat. Ich hätte Sie nicht allein dort oben in dieser Dachkammer lassen dürfen, bitte verzeihen Sie mir.«

Janice verzieh ihr nicht, und sie antwortete auch nicht. Was immer sie sagen konnte, würde von Connor sowieso nur mit neuen Lügen oder Ausflüchten entkräftet werden, wenn sie ihr nicht gleich einzureden versuchte, dass sie verrückt war. Aber das war sie nicht. Sie hatte den Grauen Archivar gesehen und auch das … *Ding* draußen im Sturm. Sie sprach nichts von alledem aus.

Connor machte eine Kopfbewegung auf die Kaffeetasse. »Trinken Sie noch einen Schluck, Janice. Es wird Sie beruhigen. Und schlimmstenfalls macht es Sie müde – was im Moment ja auch nicht das Schlechteste wäre.«

Janice nickte zwar, rührte den Kaffee aber nicht an. Sie fühlte sich noch immer leicht schwindelig, und die Stelle der Übelkeit in ihrem Magen hatte ein sonderbar prickelndes Gefühl von Wärme eingenommen, dem eine bleierne Schwere folgte, die sich ganz allmählich in ihrem Körper auszubreiten begann. Sie würde gewiss nicht noch mehr trinken und es Connor noch leichter machen, sie in das Netz ihrer Lügen und Halbwahrheiten einzuspinnen. Sie schwieg.

Connor machte eine kleine Geste, woraufhin sich die Männer wieder zu ihren Plätzen begaben, aber nicht ohne zuvor die umgefallenen Stühle aufzurichten und heruntergefallene Gläser und Tassen aufzuheben. Zerbrochenes Glas knirschte unter harten Stiefelsohlen, und einer der Männer holte eine Kehrschaufel aus Blech und einen Drahtbesen, um die Glut zu beseitigen, die aus dem Kamin gefallen war. Einzig Carl ließ sich bei Connor und ihr am Tisch nieder und begann sich umständlich eine Pfeife zu stopfen, sagte aber kein Wort. Connor hatte hier ganz eindeutig das Regime inne.

»Ich hätte Sie wirklich warnen müssen«, fuhr Connor nach einer Weile fort, »und schon gar nicht hätte ich Sie allein lassen dürfen.

Ich bin wirklich eine unmöglich dumme Person! Bitte verzeihen Sie mir!«

»Dieser Sturm ist wirklich schlimm«, sagte Janice ausweichend. »Ich muss gestehen, dass ich so etwas noch nie erlebt habe. Sind sie immer so heftig?«

»Nein.« Connor schüttelte den Kopf. Die Frage schien sie zu amüsieren. »Sonst sind sie sehr viel schlimmer. Dieser Teil der Küste ist berüchtigt für sein unberechenbares Wetter. Es hat einen Grund, dass Inningermouth nie eine große Stadt geworden ist. So mancher ist schon in einen dieser Stürme hinausgegangen und nie wieder zurückgekommen.«

»Und trotzdem harren Sie hier aus?« Das Schwindelgefühl wurde jetzt wirklich schlimm. Sie saß ganz still auf ihrem Stuhl, hatte aber trotzdem das Gefühl, sich zu bewegen. *So musste es sein, wenn man betrunken ist*, dachte Janice, unterdrückte gerade noch ein unangebrachtes Grinsen, das sich auf ihre Lippen stehlen wollte, und verbesserte sich in Gedanken: So *war* es, betrunken zu sein.

»Das hier ist unsere Heimat, Kindchen«, antwortete Connor. »Wir alle sind hier geboren, und dieses Land hat auch seine schönen Seiten. Viele sogar. Es behandelt die Menschen gut, solange es gut von ihnen behandelt wird.«

»Wenn es sie nicht gerade umbringt«, antwortete Janice mit schwerer Zunge.

Connor lachte nur. Es klang gutmütig. »Aber gilt das denn nicht auch für die Stadt, in der Sie leben? Ich war zwar noch niemals dort, aber ich habe gehört, dass man an manchen Tagen schon sein Leben riskiert, wenn man nur das Haus verlässt.«

Janice wollte sie fragen, von wem sie das gehört hatte – möglicherweise ja von einem grauen Mann, der einen komischen Hut trug und die Eigenart hatte, sich im Regen aufzulösen –, doch bevor sie ihre plötzlich widerspenstige Zunge dazu bewegen konnte, die Worte zu formen, war sie bereits eingeschlafen.

8

Helles Sonnenlicht, das an ihren geschlossenen Lidern kitzelte, und der verlockende Duft frisch aufgebrühten Kaffees und gebratenen Specks wetteiferten darum, sie am nächsten Morgen zu wecken, und sie bekamen noch zusätzliche (unwillkommene) Unterstützung durch die bruchstückhafte Erinnerung an einen ebenso kruden wie beunruhigenden Traum. Sie fühlte sich viel zu benommen, um sich diesen scharfkantigen Schreckensbildern zu stellen; oder gar die Energie für *Furcht* aufzubringen.

Sie war auch zu benommen, um im ersten Moment zu begreifen, wo sie war, als sie die Augen aufschlug und die wasserfleckige Decke über sich ansah. Jedenfalls nicht mehr in der muffigen Dachkammer, die Connor ihr zugewiesen hatte. Der Sturm war ebenso vorbei wie die Nacht. Vor dem großen Fenster schien die Sonne eines neuen strahlenden Sommermorgens, und anstelle von Donnergrollen und heulenden Dämonen hörte sie ferne Stimmen und das dünne, aber durchdringende Kreischen einer Möwe. Auch der schlechte Geruch war verschwunden und hatte einem verlockenden Frühstücksgeruch Platz gemacht – auf den ihr Magen prompt mit einem lautstarken Knurren reagierte.

Obwohl sie allein war und das Geräusch somit jedweder Peinlichkeit entbehrte, unterdrückte Janice es und schlug die Bettdecke zur Seite, um sich selbst mit einem missbilligenden Blick zu mustern. Ihr Magen rumorte unbeeindruckt weiter, und Janice stellte fest, dass sie nicht mehr das Kleid vom vergangenen Abend trug, sondern ein scheußlich geblümtes Nachthemd, das vor einer Generation vielleicht einmal weiß gewesen war und vor drei oder vier möglicherweise einmal modern. Vielleicht aber auch nie. Auf jeden Fall gehörte es nicht ihr. Erschrocken setzte sich Janice auf, spähte in ihren Ausschnitt und stellte erleichtert fest, dass sie zumindest noch ihre Unterwäsche trug, bekam aber trotzdem rote Ohren und hatte es mit einem Mal sehr eilig, sich vollends aufzusetzen und die Beine aus dem Bett zu schwingen.

Vielleicht sogar ein bisschen zu eilig, denn ihr wurde prompt schwindelig, sodass sie die Schultern sinken ließ und das Gesicht in den Händen verbarg. Es nutzte nichts, abgesehen von der Tatsache, dass sie nun auch noch feststellte, wie schlecht ihr Atem roch. Immerhin passte der Geruch zu dem widerwärtigen Geschmack auf ihrer Zunge.

Außerdem hatte sie Kopfschmerzen, und nun, einmal darauf aufmerksam geworden, stellte sie noch etliche andere kleinere Beschwerden fest, die sich in ihrer Gesamtheit zu einem ausgewachsenen Unwohlsein summierten – oder genauer gesagt dem, was Joffrey wohl als einen ausgewachsenen Kater bezeichnet hätte. Nun, wo sie es aus eigener Erfahrung kannte, verstand sie immer weniger, wie man Alkohol im Übermaß trinken konnte, wenn das der Preis war, den man am nächsten Tag dafür bezahlen musste.

Janice hielt Selbstmitleid zwar prinzipiell für ein wenig nützliches Gefühl, in diesem Fall aber half es ihr, zumindest etwas wacher zu werden, auch wenn sie ganz und gar nicht sicher war, ob sie auch wirklich aufwachen *wollte.*

Sie stand auf, sah sich suchend in dem kleinen, aber behaglich eingerichteten Zimmer um und entdeckte ihr Kleid vom vergangenen Abend, zwar alles andere als sauber und am Saum eingerissen, aber sorgsam zusammengelegt über der Lehne eines kleinen Korbstuhles. Ihre Schuhe standen daneben, von ihrem übrigen Gepäck war keine Spur zu sehen.

In Ermanglung von etwas anderem schlüpfte sie wieder in das mitgenommene Kleid und trat anschließend an den kleinen Frisiertisch, der auf der anderen Seite des Bettes stand. Wie das gesamte Mobiliar war er alt und äußerst gepflegt, zeigte aber auch deutliche Gebrauchsspuren. Vor dem schon an vielen Stellen blind gewordenen Spiegel lagen Bürste und Kamm, und daneben standen einige kleine Kristallflakons, in denen sich vielleicht einmal Parfum oder andere wohlriechende Essenzen befunden haben mochten, die jetzt aber ausnahmslos leer waren. Eine kleine Blumenvase mit klassischem Zwiebelmuster vervollständigte das Arrangement, was aber gar nicht mehr nötig gewesen wäre, um ihr zu sagen, dass dieses Zimmer von einer Frau bewohnt wurde. Connor zweifellos. So groß war die Auswahl ja auch nicht.

Nachdem sie die Bürste auf Sauberkeit überprüft hatte, benutzte sie sie, um den verfilzten Ball auf ihrem Kopf wieder zu etwas zu machen, das wenigstens Ähnlichkeit mit einer Frisur hatte, und gab sich schließlich mit einem Ergebnis zufrieden, bei dem sie normalerweise schreiend die Flucht ergriffen hätte. *Das Leben auf dem Land lehrt einen eben Bescheidenheit*, dachte sie spöttisch.

Sie stand auf und wollte das Zimmer verlassen, blieb aber dann am Fenster noch einmal stehen, um hinauszusehen. Dass der Sturm vorüber war, hatte sie schon gleich nach ihrem Erwachen begriffen, aber der Anblick überraschte sie dennoch. Das Fenster führte aufs Meer hinaus, genau wie das in ihrer Dachkammer von gestern Abend, allerdings in etwas anderem Winkel, sodass sie auch einen Teil der ungeteerten schmalen Straße und nahezu die halbe Ortschaft einsehen konnte. Sie hatte Spuren des schweren Sturms erwartet, der noch bis weit in die Nacht hinein getobt und das Gasthaus gebeutelt hatte: abgerissene Fensterläden und zerstörte Dächer, Pfützen auf den Straßen und niedergerissene Bäume oder Trümmerstücke – wenn nicht gleich die kompletten Wracks – der Schiffe, die sie gestern draußen vor der Küste gesehen hatte.

Doch das genaue Gegenteil war der Fall. Nirgends war auch nur die allerkleinste Beschädigung zu sehen. Straßen und Häuser wirkten sauber und wie frisch aufgeräumt, und zumindest über die Entfernung von einer guten halben Meile betrachtet galt dasselbe auch für den Strand. Die Schiffe selbst konnte sie aus ihrem veränderten Blickwinkel heraus nicht sehen, aber wenigstens lagen sie nicht in Stücke zerschlagen am Ufer.

Das war mehr als erstaunlich. Janice hatte keinerlei eigene Erfahrung mit solchen Dingen, aber doch eine gewisse Vorstellung davon, wie ein Fischerdorf nach einem so schweren Sturm aussehen sollte. Und das hier passte so gar nicht zu diesem Bild.

Die Tür ging auf, und Connor lächelte sie an. »Habe ich doch richtig gehört. Unser Murmeltier ist endlich aufgewacht!«

»Murmeltier?«, wiederholte Janice, die sich Mühe gab, nicht das Gesicht zu verziehen. Connor sprach nicht nur unangemessen laut – um nicht zu sagen, sie schrie schon fast –, sondern hatte auch genauso unangemessen gute Laune für einen solchen Morgen. Und wieso *Murmeltier?*

»Es ist nach neun«, bestätigte Connor fröhlich. »Um genau zu sein, geht es schon allmählich auf halb zehn zu. Carl hat schon angefangen, sich ernsthafte Sorgen um Sie zu machen. Aber ich habe ihn beruhigt und ihm gesagt, dass Sie vermutlich nur den Whisky nicht gewohnt sind. War es das erste Mal?«

»Ja«, antwortete Janice benommen, blinzelte ein paarmal und fragte dann: »Was?«

»Dass Sie Ihren Kaffee mit Geschmack getrunken haben, wie man hier bei uns sagt«, antwortete Connor lachend.

»Ja«, erwiderte Janice. »Mit sehr viel Geschmack, wie mir scheint. Ich kann mich gar nicht mehr erinnern, wie ich hierhergekommen bin … wo bin ich überhaupt? Ist das Ihr Zimmer?« Sie erschrak ein bisschen. »Ich habe doch nicht …?«

»Sie haben rein gar nichts getan, das Ihnen unangenehm sein müsste«, fiel ihr Connor augenzwinkernd ins Wort. »Nur keine Sorge.«

»Das meine ich nicht«, erwiderte Janice, was nicht ganz der Wahrheit entsprach. »Ich habe Sie aus Ihrem Bett vertrieben!«

»Nun, ich konnte Sie schlecht zwischen all den Männern auf dem Boden schlafen lassen«, erwiderte Connor, noch immer genauso unangebracht fröhlich wie am Anfang. »Der Sturm hat das Fenster oben aufgedrückt und ein schreckliches Durcheinander in Ihrem Zimmer angerichtet. Alles ist nass, auch das Bett. Dort kann niemand schlafen, und ich habe nur dieses eine Gästezimmer.« Sie kam Janice' abermaligem Protest zuvor. »Sie haben für ein Zimmer bezahlt, also bekommen Sie es auch. Es war meine Schuld, wissen Sie? Ich weiß seit gut einem Jahr, dass das Fenster nicht ganz in Ordnung ist, und hätte es längst richten lassen sollen. Und davon abgesehen geht in einer Sturmnacht wie dieser ohnehin niemand ins Bett.« Sie zwinkerte ihr zu. »Wenigstens nicht allein und in der Hälfte der Fälle nicht in sein eigenes.«

Janice verfuhr mit diesen Worten, wie sie stets mit solcherlei Zweideutigkeiten umging, die sie nicht mochte; schon gar nicht aus dem Mund einer Frau: Sie ignorierte sie. »Warum nicht?«, fragte sie.

»Nun, es wäre doch unzweckmäßig, wenn man aus dem tiefsten Schlaf gerissen würde und sich erst ankleiden müsste, wenn etwas passiert und zum Beispiel ein Nachbar Hilfe bräuchte, nicht wahr?«, gab Connor zurück. »Oder einem selbst gerade das Dach weggerissen wird.«

Janice nickte zwar, antwortete aber trotzdem: »Aber haben Sie nicht gesagt, der Sturm wäre gar nicht so schlimm?«

Statt zu antworten, fragte Connor ihrerseits: »Haben Sie schon einmal eine Schafherde beobachtet, bei Sturm, oder Kühe, Kindchen?« Janice nickte (und ärgerte sich schon wieder ein bisschen über das *Kindchen*), und Connor fuhr fort: »Sie rotten sich zusammen, nicht wahr? Sie schreiben zwar keine gelehrten Bücher und lesen sie nicht einmal, soweit ich weiß, aber sie wissen trotzdem instinktiv, was gut für sie ist, und suchen Schutz in der Gruppe. Warum sollten sich Menschen anders verhalten als Ziegen oder Schweine?«

»Sie meinen, sie sollten aufhören, gelehrte Bücher zu lesen?«

Connor lachte ganz leise. »In einer Nacht wie der vergangenen schläft hier niemand. Wir setzen uns zusammen, beten zu Gott, dass wir wieder einmal ungeschoren davonkommen, und warten, dass er vorbei ist. Und meistens verschont er uns auch … aber vielleicht ist Inningermouth seiner Aufmerksamkeit auch einfach nicht genug wert, um es zu zerstören.«

Wäre Janice in einer etwas anderen Verfassung und ihre Kopfschmerzen inzwischen nicht fast unerträglich gewesen, dann hätte sie die Worte leicht als etwas auslegen können, das verdächtig nahe an Gotteslästerung grenzte, aber so nickte sie nur matt, und noch bevor sie überhaupt etwas sagen konnte, trat Connor wieder rückwärts aus der Tür und bedeutete ihr mit einer aufgeregt wedelnden Geste, ihr zu folgen.

»Aber jetzt kommen Sie, mein Kind. Ich habe ein gutes Frühstück für Sie gemacht. Essen Sie, und danach sieht die Welt schon wieder ein wenig heller aus.«

Etwas an dieser Formulierung missfiel Janice (vielleicht, weil sie ihr bekannt vorkam), aber sie fühlte sich zu elend, um darüber nachzudenken; also leistete sie der Aufforderung stumm Folge. Als sie jedoch draußen auf dem Flur standen und Connor die Hand ausstreckte, um die Tür zu schließen, sagte sie: »Sie haben ein wirklich schönes Zimmer, Miss Connor.«

»Ellen«, verbesserte sie Connor. »Und danke, auch wenn ich weiß, dass Sie mir nur schmeicheln wollen. Es entspricht gewiss nicht dem, was Sie gewohnt sind.«

Das stimmte zwar, aber Janice' Worte waren trotzdem nicht nur eine höfliche Schmeichelei gewesen, sondern durchaus ernst gemeint. Auf seine Art hatte dieses Zimmer einen gewissen Charme und auch eine eigene Schönheit, die sie nur nicht richtig in Worte fassen konnte. Es passte zu seiner Besitzerin, die selbst alles andere als attraktiv war und die doch etwas hatte, das Janice in zunehmendem Maße für sie einnahm, ob sie es nun wollte oder nicht.

Umso mehr schämte sie sich dafür, dass da immer noch der Stachel des Misstrauens in ihr war.

»Sie haben etwas von Frühstück gesagt?« Allein bei dem bloßen Gedanken an Essen wurde aus dem leichten Unwohlsein in ihrem Magen eine ausgewachsene Übelkeit, aber ihr Verstand sagte ihr auch, dass es besser werden würde, sobald sie sich dazu gezwungen hatte, etwas zu sich zu nehmen.

»Das Beste, was Sie jemals bekommen haben!«, strahlte Connor.

Janice folgte ihr durch den kurzen Flur in den Gastraum. Vor dem Fenster lagen keine Läden mehr, und auch die Tür stand jetzt weit offen, um Luft und das helle Licht der Vormittagssonne einzulassen. Die Möwe schrie noch immer. Im Kamin war nur noch ein Häufchen dunkelroter Glut geblieben, die Stühle standen wieder ordentlich da, zerbrochenes Glas war weggeräumt worden und der Boden vor dem Kamin feucht gewischt. Dieser Raum hatte so wenig mit ihrer letzten Erinnerung daran gemein, dass sie sich ernsthaft fragte, was davon Wirklichkeit war und was nur Teil eines Albtraums, den sie dem Whisky zu verdanken hatte.

»Setzen Sie sich, Kindchen«, sagte Connor. Eigentlich befahl sie es. »Ich bringe Ihnen Ihr Frühstück. Mit einem starken Kaffee, nehme ich an?«

»Ganz besonders stark sogar«, bestätigte Janice. »Aber ohne … Geschmack.«

»Aber doch nicht am Vormittag!«, erwiderte Connor mit übertrieben gespielter Empörung, lachte kurz und verschwand dann durch die Tür, durch die sie gerade hereingekommen waren.

Janice steuerte denselben Tisch an, an dem sie gestern mit Carl gesessen hatte, doch statt sich daran niederzulassen, wandte sie sich wieder um und unterzog den Schankraum einer etwas gründlicheren Inspektion als gestern. Jetzt, wo er nicht mehr die gesamte Einwohnerschaft von Inningermouth beherbergte, kam er ihr größer vor als gestern Nacht, aber *größer als* bedeutete noch lange nicht *groß*. Er maß vielleicht zehn auf fünfzehn Schritte, hatte eine niedrige Decke, die von schweren Balken getragen wurde, und war nur spärlich eingerichtet, das aber ganz im Stil einer typischen Hafenkneipe; oder dem, was man sich im Allgemeinen darunter vorstellen mochte. Unter der Decke war ein altes Fischernetz gespannt, in dem sich getrocknete Krabben, Hummer und mumifizierte Fische tummelten, es gab eine ausrangierte Boje, Tampen und altersfleckige nautische Instrumente, deren Bedeutung Janice rätselhaft blieb, und noch allerlei anderen Krimskrams, der ihr zum größten Teil einfach nur kitschig erschien. Sie hatte sich nie für Nautik interessiert und für Hafenkneipen-Romantik schon gar nicht.

Trotzdem schlenderte sie weiter und trat schließlich auch hinter die Theke, um eine Anzahl Fotografien zu betrachten, die dort an der Wand hingen. Die meisten zeigten genau die Motive, die sie erwartet hatte: Schiffe neuerer und älterer Bauart (zumeist älterer), Angler, die sich stolz mit ihren Fischen präsentierten – von denen etliche größer waren als sie selbst – und verschiedene Ansichten von Inningermouth, die aussahen, als wären sie fünfzig oder auch schon hundert Jahre alt, was aber nicht sein konnte, denn sie zeigten den Ort ganz genau so, wie er sich jetzt draußen vor den Fenstern ihren Blicken darbot.

Eines der Bilder erweckte ihr ganz besonderes Interesse. Es zeigte niemand anderen als Ellen Connor.

Oder auch nicht.

Es war ein sehr altes Foto, oder der Fotograf, der es aufgenommen und entwickelt hatte, war sehr bemüht gewesen, es so wirken zu lassen. Es zeigte eine um mindestens dreißig Jahre jüngere Connor, die um etliches schlanker war und pechschwarzes, nach Art der Indianer zu zwei dicken Zöpfen geflochtenes Haar hatte. Sie trug ein altmodisches Kleid mit einem viel zu großen Kragen und ausgestellten Armen und ganz und gar nicht dazu passenden Mokassins, und sie stand so unnatürlich steif da, wie es typisch für die Anfangszeit der Daguerreotypie gewesen war. Neben ihr saß eine gebückte Gestalt auf einem Stein, die ebenso altmodisch gekleidet war und nicht nur dasselbe dicke schwarze Haar hatte, sondern auch ganz unübersehbar indianische Züge. Im Hintergrund war noch eine dritte Gestalt zu erkennen, aber dem Fotografen musste ein Fehler unterlaufen sein, denn das Gesicht war verschwommen und sah aus wie eine Maske aus Wachs, die in der heißen Sonne zerlaufen war.

»Sie war eine wirklich schöne Frau, nicht wahr?«

Janice fuhr erschrocken herum und rettete sich in ein schuldbewusstes Lächeln, als sie Connor hinter sich entdeckte, die einen Teller mit Rühreiern und Speck in der einen und eine dampfende Tasse Kaffee in der anderen Hand trug. Sie machte jedoch nur eine Kopfbewegung auf die gerahmte Fotografie und ging weiter, bevor sie schloss: »Meine Großmutter.«

»War sie Indianerin?«, fragte Janice.

»Eine Wampanoag … zur Hälfte«, antwortete Connor, während sie sich mit unerwartetem Geschick zwischen den Möbeln hindurchschlängelte und ihre Last auf dem Tisch am Fenster ablud. »Vielleicht auch nur zu einem Viertel, so genau wusste das niemand. Ihre Mutter – oder auch Großmutter, in diesem Punkt ist die Familienchronik leider nicht sehr präzise – wurde von Indianern entführt und angeblich mit einem berühmten Krieger verheiratet, der dann mein Urgroßvater wurde. Oder Ururgroßvater, je nachdem, in welcher Familienbibel man gerade liest.«

Sie forderte Janice mit einer Geste zum Sitzen auf und nahm unaufgefordert ihr gegenüber Platz, nachdem sie der Aufforderung gefolgt war. »Und wahrscheinlich war es auch kein gefürchteter Häuptling, sondern der uneheliche Sohn des Medizinmannes, der sich eine weiße Frau stehlen musste, weil ihn keine aus seinem Stamm haben wollte.«

Janice fand das nicht besonders komisch – warum sprach sie so abfällig über ihre eigene Großmutter? –, tat ihr aber immerhin den Gefallen zu lächeln und griff nach der Gabel. Ihr Magen rebellierte, als ihr der Geruch der Rühreier in die Nase stieg, aber sie zwang sich zu kosten, atmete tief ein und aß tapfer weiter. Und es war genau so, wie sie gehofft hatte: Nachdem sie die ersten Bissen mit aller Willenskraft heruntergewürgt hatte, stellte ihr rebellischer Magen seinen Widerstand ein, und plötzlich begann es zu schmecken. Connor hatte nicht übertrieben: Wenigstens in diesem Moment war sie vollkommen sicher, in ihrem ganzen Leben noch nichts Köstlicheres gegessen zu haben.

»Das tut gut, nicht wahr?«, fragte Connor, nachdem sie ihr eine Zeit lang unübersehbar zufrieden beim Essen zugesehen hatte.

»Vor allem nach einer solchen Nacht«, bestätigte Janice mit vollem Mund.

Connor sah noch immer so zufrieden aus, wie eine Frau nur aussehen konnte, die ihre Kochkunst angemessen gewürdigt sah, aber zugleich auch ein bisschen schuldbewusst. »Das tut mir leid. Ich dachte, ein kräftiger Schluck würde Ihnen helfen, ein bisschen zur Ruhe zu kommen. Ich wusste nicht, dass Sie …«

»… so wenig vertragen?«, unterbrach sie Janice und schüttelte zugleich den Kopf. »Das stimmt wohl. Aber es hat nichts damit zu tun. Ich glaube, der Sturm hat mir doch mehr zugesetzt, als ich mir eingestehen wollte. Ich dachte, ich … hätte etwas gesehen.«

»Diesen Mann«, sagte Connor. »Den – wie haben Sie ihn genannt? – Archivar?«

Janice nickte und schüttelte gleichzeitig auch den Kopf. »Etwas anderes, draußen im Regen.«

»Draußen im Regen? Was?« Connor sah ein bisschen neugierig aus, aber mehr auch nicht.

»Ich weiß es nicht«, gestand Janice, während sie mit großem Appetit eine weitere Gabel Rührei und knusprig gebratenen Speck verspeiste. »Wahrscheinlich gar nichts. Aber in diesem Augenblick war ich ganz sicher, etwas zu sehen. Ein … schreckliches Ungeheuer.« Sie hasste sich selbst dafür, aber sie kam sich ein bisschen albern vor, als sie das Wort aussprach.

»Ein Ungeheuer.« Connor gab sich Mühe, nicht allzu amüsiert auszusehen, doch Janice nickte nur bekräftigend. Und kauend.

»Ich kann nicht sagen, was. Es war groß, vielleicht eine Art Schnecke. Oder ein Wurm. Aber es war größer als ein Mensch.«

»Und es hat Ihnen Angst gemacht«, seufzte Connor. »Das ist nichts, dessen Sie sich zu schämen bräuchten, Janice. Diese Stürme erschrecken selbst mich manchmal noch, und ich sollte sie kennen. Für jemanden, der sie zum ersten Mal erlebt, müssen sie noch viel schlimmer sein. Angst zu haben ist keine Schande.«

Aber es war nicht nur Angst gewesen. Natürlich hatte sie Angst verspürt – blankes Entsetzen, um genau zu sein –, aber das war es nicht allein gewesen. Neben der Furcht hatte sie etwas wahrgenommen, das beinahe noch schlimmer gewesen war: das Gefühl, etwas Uraltem und unvorstellbar Mächtigem gegenüberzustehen, etwas, das ganz gewiss nicht hierher gehörte.

Nicht nur nicht an diesen kleinen Ort an der Küste, sondern nicht in diese Welt.

»Ich kann Sie verstehen, Kindchen«, seufzte Connor. »Wenn man in diesen Sturm hinaussieht – noch dazu bei Nacht und inmitten eines Gewitters –, dann ist es leicht, alles Mögliche zu sehen … und auch alles Unmögliche.« Sie hob rasch die Hand, obwohl Janice gar nicht versucht hatte zu widersprechen. »Damit will ich nicht sagen, dass Sie verrückt sind oder nicht mehr beurteilen könnten, was um Sie herum vorgeht. Aber die Sinne der Menschen sind nicht dafür gemacht, solche Gewalten zu erfassen. Und vielleicht gibt es ja auch Dinge, die man gar nicht sehen sollte.«

»Hm«, machte Janice mit vollem Mund. *Was sollte das nun wieder?*

»Ich wollte Ihnen nicht zu nahe treten, Janice«, sagte Connor. »Dieses Land hat nun einmal seine Eigenheiten, so wie jedes Land, vermute ich. Wahrscheinlich käme mir manches in der Stadt, aus der Sie kommen, genauso bedrohlich und unheimlich vor.«

»Ja, wahrscheinlich«, musste Janice widerstrebend einräumen. Connor hatte ja recht.

»Aber machen Sie sich nichts draus«, fuhr Connor fort, jetzt wieder mit einem leisen, gutmütigen Lachen. »Es war ein schlimmer Abend, aber mehr auch nicht. Sehen Sie es als Abenteuer, von dem Sie später noch Ihren Kindern berichten können.« Sie zwinkerte ihr fast verschwörerisch zu. »Und wenn Sie es geschickt anstellen und Ihrem Freund davon erzählen, wird er Sie bestimmt bewundern, weil Sie so mutig waren, und Ihre Tapferkeit auf die eine oder andere Art belohnen.«

Janice ließ ihre Gabel sinken und starrte sie an. »Meinem ... Freund?«, murmelte sie mit belegter Stimme. »Wie ... meinen Sie ... das?« Wenn das ein Scherz sein sollte, dann konnte sie ihm nichts Komisches abgewinnen.

»Aber Sie sind doch auf der Suche nach ihm, oder?«, fragte Connor. »Ein schneidiger junger Bursche? Dunkelhaarig, und ein wenig älter als Sie? Und wirklich gut aussehend?«

Janice starrte sie weiter an. »Aber woher ...?«

»Sie haben ihn mir gestern Abend beschrieben, haben Sie das schon vergessen?«, fragte Connor. »Und ich muss gestehen, dass Sie ihn wirklich gut beschrieben haben.«

»Joffrey ist ... hier?«, krächzte Janice.

Connor nickte. »Er ist vor einer halben Stunde angekommen und hat nach Ihnen gefragt. Ich wollte Sie wecken, aber er hat darauf bestanden, dass ich Sie ausschlafen lasse und Ihnen zuerst einmal ein kräftiges Frühstück bereite. Er ist wirklich sehr besorgt um Sie. Sie können sich glücklich schätzen, einen solchen ...«

»Wo ist er?«, unterbrach sie Janice. Sie sprang auf.

»Oben in Ihrem Zimmer«, antwortete Connor. »Er wollte sich um Ihr Gepäck kümmern und ...«

Aber Janice hörte gar nicht mehr zu. So schnell, dass ihr Stuhl umfiel, jagte sie durch den Gastraum und, ohne langsamer zu werden, die Treppe hinauf und durch den kleinen Flur, und sie stieß auch die Tür zur Dachkammer auf, ohne abzubremsen.

Joffrey drehte ihr den Rücken zu und stand über das Bett gebeugt da. Seine Hände waren mit irgendetwas beschäftigt, das sie nicht erkennen konnte, und ihr Herz raste so schnell, dass sie kaum noch atmen konnte.

»Joffrey!«, schrie sie.

Die Gestalt drehte sich mit einem Ruck herum, und Janice erstarrte mitten in der Bewegung.

»Guten Morgen, Janice«, sagte Steve Waiden.

9

Ein Schlag ins Gesicht hätte sie nicht härter treffen können. Eine Sekunde, eine einzelne, kostbare Sekunde lang war alles in Ordnung gewesen, Joffrey wieder da, all die Ungeheuerlichkeiten und bösen Verdächtigungen niemals ausgesprochen, und die Welt hatte sich wieder so gedreht, wie sie es sollte.

Aber so war es nicht. Joffrey war nicht Joffrey, und die Welt war noch immer nicht so, wie sie sein sollte. Sie konnte nicht atmen, ihr Herz stand still, und ihre Gedanken waren wie in einem klebrigen Morast gefangen, unter dessen Oberfläche sich unheimliche schwarze Dinge bewegten, die sie in die Tiefe zu zerren versuchten. So unendlich erleichtert und glücklich sie für diese eine einzelne Sekunde gewesen war, so tief und schwarz war der Abgrund aus Verzweiflung, in den sie nun stürzte. Für einen Moment hasste sie Steve, ganz einfach, weil er nicht Joffrey war.

»Ist alles in Ordnung?«, fragte Steve. Ihre Reaktion konnte ihm nicht entgangen sein. »Ich hoffe doch, es geht Ihnen gut.«

»Ste...ve?«, brachte sie stockend hervor. »Sie ... Sie sind ... Steve!«

Steve reagierte mit einer Mischung aus einem Nicken und einem Kopfschütteln und sah plötzlich ein bisschen beunruhigt aus. Er streckte die Hand aus, wie um sie zu berühren, wagte es aber dann doch nicht, sondern begann sich stattdessen unbehaglich auf der Stelle zu bewegen. »Ich bin froh, dass es Ihnen gut geht«, sagte er linkisch. »Ich habe gehört, es gab einen Sturm, und war schon in Sorge.«

Janice starrte ihn immer noch an. Ihre Gedanken waren wie in einer endlosen Schleife gefangen, und es war, als empfände sie mit jedem einzelnen Herzschlag aufs Neue dasselbe heftige Erschrecken, ihn zu sehen, statt in das Gesicht zu blicken, das sie erwartet hatte. Alles drehte sich um sie, und ihre Welt drohte endgültig zusammenzustürzen.

»Sie sind Steve«, konnte sie nur noch einmal sagen.

Steve nickte abermals, und er sah nun wirklich besorgt aus. »Geht es Ihnen gut?«, fragte er.

Jede Antwort wäre eine Lüge gewesen, also reagierte sie gar nicht, sondern wich wieder einen halben Schritt vor ihm zurück. Ein Schatten huschte über Steves Gesicht und verschwand wieder, und in seinen Augen erschien ein Ausdruck vager Trauer.

»Was … was tun Sie hier?«, fragte sie stockend. Zugleich riss sie ihren Blick mit einiger Mühe von Steves Gesicht los und ließ ihn durch das kleine Zimmer streifen. Connor hatte recht gehabt: Das Zimmer war vollkommen verwüstet. Das Bett war nass und zerwühlt, alles war klamm, und rein gar nichts mehr an seinem Platz. Der Sturm hatte ganze Arbeit geleistet: Es sah aus, als hätte hier drinnen ein Kampf auf Leben und Tod stattgefunden. Was von ihren Sachen nicht verdreckt und nass war, das war auf dem durchweichten Bett ausgebreitet, und ihre Tasche stand geöffnet inmitten des Chaos.

»Ich wollte nicht in Ihren Sachen wühlen«, sagte Steve hastig. »Ihre Zimmerwirtin hat mich gebeten, Ihre Kleider zusammenzupacken. Ich hoffe doch, es ist Ihnen nicht unangenehm.«

Janice reagierte auch darauf nicht – das konnte sie nicht –, und Steve fuhr noch nervöser fort: »Ich war wirklich in Sorge, als ich von dem Sturm gehört habe. Es muss schlimm gewesen sein. Ich wollte schon gestern Abend kommen, aber ich habe keinen Wagen gefunden, der mich hergefahren hätte. Sie hatten alle Angst vor dem Sturm.« Er lachte, nervös und unecht. »Und wenn ich mich hier umsehe, dann muss es wohl wirklich schlimm gewesen sein. Ich bin so froh, dass Ihnen nichts passiert ist!«

Vielleicht sagte er auch noch mehr. Janice hörte nicht mehr zu und hätte es auch gar nicht gekonnt. Alles wurde unwirklich, und das Gefühl zu fallen steigerte sich noch. Die Enttäuschung hatte ein

Ausmaß erreicht, das körperlich wehtat, und jeder einzelne schwere Herzschlag wurde jetzt von einem schmerzhaften dünnen Stich begleitet, der sich wie ein Dolch in ihr Herz bohrte.

»Ist alles in Ordnung?«, fragte Steve zum dritten Mal, und erst als sie die Sorge in seiner Stimme registrierte, wurde ihr überhaupt bewusst, dass sie endlose Sekunden lang dagestanden und ihn nur angestarrt hatte.

»Ja, natürlich«, antwortete sie mühsam.. »Ich war nur …« Sie atmete hörbar ein und zwang sich, ihm direkt in die Augen zu sehen. »Verzeihen Sie. Ich war nur … überrascht. Das ist alles.«

Selbst das Sprechen fiel ihr schwer, und ihre Augen wollten sich mit brennender Hitze füllen, die zurückzuhalten sie immer größere Kraft kostete.

»Sie haben Joffrey erwartet«, stellte Steve traurig fest.

»Ja … das heißt natürlich nein, aber …« Janice hob die Schultern. Ihre Augen brannten immer stärker, und plötzlich wurde ihr klar, dass sie im nächsten Moment in Tränen ausbrechen würde, und das wollte sie auf gar keinen Fall. Nicht in seiner Gegenwart.

»Packen Sie ruhig alles zusammen«, sagte sie hastig. »Nur keine Hemmungen, stopfen Sie einfach alles in die Tasche.«

»Aber …«, begann Steve, doch Janice war bereits auf dem Absatz herumgefahren und stürzte fast genauso schnell wieder aus dem Raum, wie sie hereingekommen war. Erst auf halber Höhe der Treppe hielt sie an, ballte die Hände zu Fäusten und presste die Augenlider so fest zusammen, dass es wehtat, um die Tränen zurückzuhalten. Ganz gelang es ihr nicht, denn ihr Blick war ein wenig verschleiert, als sie die Augen wieder aufmachte, doch sie redete sich wenigstens ein, dass es nur die Müdigkeit war. Oder versuchte es.

Zu ihrer Erleichterung war Connor nicht mehr da, als sie in den Gastraum zurückkehrte. Der Kaffee stand noch auf dem Tisch, und hätte sie sich nur ein ganz kleines bisschen anders gefühlt, dann hätte sie vermutlich gelächelt, als sie die umgedrehte Backform bemerkte, die Connor über den Teller gestülpt hatte, um die Rühreier warm zu halten. Jetzt nahm sie es gar nicht zur Kenntnis.

Sie setzte sich, nahm die Tasse in beide Hände und trank einen großen Schluck, ohne den Geschmack auch nur zu spüren oder die Hitze, an der sie sich Zunge und Lippen verbrannte. Ihre Gedanken kreisten noch immer wie rasend hinter ihrer Stirn, und ihre Finger zitterten so sehr, dass sie die Tasse wahrscheinlich eingedellt hätte, hätte sie fest genug zugedrückt, um sich zu beruhigen. Wieso war Steve hier? Woher wusste er, wo sie war, und was *wollte* er von ihr?

Sie fand auf keine dieser Fragen eine Antwort, ganz egal, wie oft sie sie sich auch stellte, doch sie wurde mit jedem Mal ein bisschen zorniger.

Die Tür ging, und Janice fuhr auf ihrem Stuhl herum, darauf gefasst, Steve zu erblicken, der ihre Tasche fertig gepackt hatte und zurückkam, doch es war Connor. Sie trug eine dampfende Tasse Kaffee in der Linken und hatte jenen ganz bestimmten Gesichtsausdruck aufgesetzt, der verriet, dass sie vor typisch weiblicher Neugier schier platzte und gekommen war, um ein Schwätzchen zu halten. Doch dieser Ausdruck änderte sich schlagartig, kaum dass sich ihre Blicke begegneten. Anscheinend hatte sich Janice nicht einmal annähernd so gut in der Gewalt, wie sie hoffte. Vielleicht war Connor auch einfach nur eine sehr gute Beobachterin.

Ohne ein überflüssiges Wort kam sie zu ihr, setzte sich und stellte die Kaffeetasse ab, bevor sie nach Janice' Hand griff. Ihre Finger waren noch warm von der heißen Tasse, die sie gehalten hatten.

»Was ist los, Kleines?«, fragte sie. »Ist Ihr Wiedersehen nicht so verlaufen, wie Sie es sich vorgestellt haben?«

Janice sah auf, und ihr Verstand wunderte sich ein bisschen, warum sie es zuließ, dass diese Frau sie berührte, die sie auf so bösartige Art hereingelegt hatte. Aber da war nun etwas in ihrem Blick, der es ihr unmöglich machte, sie wirklich zu hassen. Vielleicht beeinflusste sie sie ja auch irgendwie.

Spätestens dieser Gedanke sollte sie jetzt wirklich wütend machen, aber sie deutete im Gegenteil nur ein knappes Schulterzucken an. »Das ist nicht Joffrey.«

Connor sah auf. »Das ist nicht Ihr Freund?«

»Ja«, antwortete Janice, und Connor zog mit einem Ruck die Hand zurück. Etwas Neues und nicht besonders Angenehmes erschien in ihrem Blick.

»Dann werde ich mich einmal mit dem guten Mann unterhalten«, sagte sie grimmig. »Ich schätze es nicht, in meinem eigenen Haus belogen zu werden.«

Unverzüglich wollte sie aufspringen, um ihre Ankündigung in die Tat umzusetzen, doch Janice hielt sie mit einem raschen Kopfschütteln zurück. »Es ist nicht so, wie Sie glauben.«

»Wie ist es dann?«

»Ich kenne Steve«, sagte Janice. »Aber er ist nicht mein Freund. Ich meine: Er ist schon ein Freund, aber nicht mein Verlobter, sondern nur ein Kollege von Joffrey, und ...« Sie verhaspelte sich, rettete sich schließlich in ein verlegenes Schulterzucken und seufzte: »Es ist ein bisschen kompliziert.«

»Und geht mich nichts an?«

Eigentlich traf das den Kern der Sache ganz gut, aber Janice schüttelte trotzdem hastig den Kopf. »Das ist es nicht. Steve trifft keine Schuld. Er hat sich nichts vorzuwerfen. Ich war nur ...« Sie atmete hörbar ein und setzte mit gefasster Stimme neu an: »Ich war enttäuscht, das ist alles.«

»Weil Sie dachten, es wäre Ihr Verlobter.« Connor beantwortete ihre eigene Frage mit einem Nicken und einem betrübtem Blick. »Das tut mir leid. Ich war anscheinend etwas übereifrig. Ich wollte gewiss keine falschen Hoffnungen wecken.«

»Das haben Sie auch nicht«, log Janice nicht besonders überzeugend. Connor setzte auch prompt zu einer entsprechenden Antwort an, doch in diesem Moment hörten sie Schritte auf der Treppe. Steve polterte herab, mit unregelmäßigen schweren Schritten und ein wenig Schlagseite, weil er ihre schwere Reisetasche in der Rechten trug. Connor stand auf und sah einen Moment lang ganz so aus, als wollte sie ihre Ankündigung Janice' Bitte ungeachtet sofort in die Tat umsetzen, beließ es aber dann bei einem kühlen Blick in seine Richtung und ging zur Tür. »Dann lasse ich Sie beide mal allein. Sie haben sicher eine Menge zu besprechen, und ich werde in der Zeit nach Carl sehen. Er braucht in letzter Zeit immer länger, um den Wagen anzuspannen.«

Sie ging. Steve schlurfte heran, ließ die Tasche mit einem Knall zu Boden fallen und sank selbst kaum weniger leise auf den Stuhl, den Connor gerade freigegeben hatte. Ohne zu zögern, griff er nach der Kaffeetasse, die sie zurückgelassen hatte, nahm einen kräftigen Schluck und verzog anerkennend die Lippen. »Kaffee kochen können sie ja auf dem Land.«

»Was tun Sie hier, Steve?«, fragte Janice, feindseliger als sie eigentlich wollte. Aber so sparte sie wenigstens Zeit.

Steve trank einen weiteren Schluck Kaffee, um Zeit zu gewinnen, stellte die Tasse übertrieben pedantisch auf den nassen Kringel zurück, den sie auf der Tischplatte hinterlassen hatte, und sah sie sehr ernst an. »Es tut mir leid, wenn ich Ihnen einen Schrecken eingejagt habe. In letzter Zeit scheine ich wohl ein gewisses Talent dafür zu entwickeln, immer im falschen Moment aufzutauchen und das Falsche zu sagen.«

»Ja«, bestätigte Janice.

Steve schrumpfte ein Stück weit auf seinem Stuhl zusammen und rettete sich darin, einen weiteren Schluck aus Connors Tasse zu trinken. »Es tut mir wirklich leid. Aber ich bin wirklich hier, um Ihnen zu helfen, Janice. Ich habe mir große Sorgen um Sie gemacht, vor allem, als ich von diesem Sturm gehört habe.«

»Wie haben Sie mich gefunden?«, wollte Janice wissen.

»Es gibt hier nur dieses eine Gasthaus«, sagte Steve, aber das machte sie eher noch zorniger.

»Das meine ich nicht, und ich glaube, Sie wissen das auch, Steve. Reden Sie nicht mit mir, als wäre ich dumm.« Ihr fiel allmählich sogar selbst auf, wie ungerecht sie Steve behandelte, aber sie suchte vergebens nach einer Spur schlechten Gewissens in sich; oder auch nur Mitleid.

»Nach unserem Gespräch habe ich noch einmal über alles nachgedacht«, begann er. »Und ich bin zu dem Schluss gekommen, dass ich mich falsch verhalten habe.«

»Wie kommen Sie nur darauf?«, fragte Janice spöttisch.

»Ich hätte Sie nicht allein in dieser Wohnung lassen dürfen. Nicht nach dem, was Ihnen zugestoßen ist, und vor allem nicht, wo Sie nicht einmal mehr Ihre Tür abschließen konnten. Und ich habe mich auch nicht korrekt benommen, was diese … andere Sache angeht.«

»Welche andere Sache?«

»Joffrey.« Steve wich ihrem Blick aus. »Mir ist klar, wie meine Worte auf Sie gewirkt haben müssen. Sie haben Loyalität von mir verlangt – vollkommen zu Recht –, und ich habe sie Ihnen verwehrt.«

»Können Sie das auch so sagen, dass ich es verstehe?«

»Ich habe von Ihnen erwartet, dass Sie alles in Zweifel ziehen, woran Sie geglaubt haben, und dem Mann misstrauen, den Sie lieben. Ich selbst habe Wochen gebraucht, um die Wahrheit zu akzeptieren, und in letzter Konsequenz ist es mir bis heute noch nicht gelungen. Wie kann ich da von Ihnen erwarten, dass Sie es sofort tun, nur auf mein Wort hin?«

»Und deshalb haben Sie nach mir gesucht, um Abbitte zu tun«, vermutete Janice. »Oder soll ich Ihnen gleich die Absolution erteilen?«

»Ich habe mit Mister Greiner gesprochen«, fuhr Steve fort, noch immer ohne sie anzusehen. »Er ist derselben Meinung wie ich. Er hat mich geschickt, um Ihnen zu helfen.«

»Wobei?«

»Sie suchen nach Joffrey«, antwortete Steve. »Ich bin hier, um Sie bei dieser Suche zu unterstützen.«

»Weil Sie plötzlich ebenfalls an Joffreys Unschuld glauben?«, spöttelte Janice.

»Ich weiß es nicht«, erwiderte Steve ganz offen. »Aber es spielt auch gar keine Rolle. Was ich schon immer an Ihnen bewundert habe, ist Ihre Hartnäckigkeit, Janice. Wenn jemand Joffrey finden kann, dann sind Sie es. Wenn wir ihn finden und sich herausstellen sollte, dass er unschuldig ist, dann wäre das wunderbar.«

»Und wenn wir herausfinden, dass alles wahr ist?«, hörte sich Janice fragen, zu ihrer eigenen, nicht geringen Überraschung.

»Dann hätte die Ungewissheit wenigstens ein Ende. Für Sie und auch für mich, Janice. Und ich müsste mich nicht mehr so schlecht fühlen.«

Das klang auf eine so naive Art entwaffnend, dass Janice ihn nur verwirrt ansehen konnte, und nach einem Moment fuhr er im Tonfall einer einstudierten Rede fort: »Und Mister Greiner ist derselben Meinung wie ich. Er hat mich beauftragt, Ihnen zu helfen und Sie zu unterstützen, wo ich nur kann.«

»Und wie?«, fragte Janice.

»Ich verfüge über gewisse Informationen, was Joffreys letzten Aufenthaltsort angeht«, sagte Steve, »die Ihnen bisher noch nicht bekannt sind. Um genau zu sein, sind sie niemandem bekannt.«

»Wo?«, fragte Janice, plötzlich wieder aufgeregt.

Steve schüttelte jedoch den Kopf. »Nicht hier. Es geht um Joffreys ursprünglichen Auftrag vom letzten Jahr. Mit etwas Glück finden wir dazu etwas im Katasteramt in Providence, genauer gesagt in Unterlagen, an die Mister Greiner sich geglaubt hat zu erinnern, nachdem Sie ihm die Hölle heißgemacht haben ...«

»Also haben Sie doch etwas zu dem Vorgang gefunden!«, unterbrach ihn Janice.

»Nein, zu dem Vorgang selbst wohl nicht«, wiegelte Steve ab. »Es geht um einen oder mehrere Briefe, wenn ich Mister Greiner richtig verstanden habe. Mehr weiß ich auch nicht. Nur, dass wir deshalb schnellstmöglichst nach Providence zurückmüssen.« Er wiegelte ab, als ihn Janice erneut mit einer aufgeregten Frage unterbrechen wollte. »Ich weiß wirklich nicht mehr. Aber ich habe bereits mit diesem Carl geredet. Er bringt uns nach Ipswich zum Bahnhof, sobald Sie zu Ende gefrühstückt haben.«

»Sie haben schon mit Carl geredet?« Janice sah erst ihn an, dann und deutlich länger die Tasche, die neben ihm stand, und ihre anfängliche Hoffnung wich einem ausgeprägten Misstrauen. »Sie wollen mir nicht zufällig falsche Hoffnungen machen, um mich von hier wegzulocken?«

»Wo denken Sie hin?«, entfuhr es Steve. »Es gibt doch gar keinen Grund für Sie hierzubleiben. Joffrey war niemals hier, hat Ihnen das niemand gesagt? Wozu auch? Dieses Kaff ist ja nicht einmal in jeder unserer Karten verzeichnet. Ich wüsste nicht, was er hier gewollt haben soll.«

Dagegen war nicht viel zu sagen, aber Janice sah ihn trotzdem weiter zweifelnd an. »Immerhin haben Sie mich auch gefunden.«

»Das war nicht schwer. Mary hat mir verraten, dass Sie eine Fahrkarte nach Ipswich gelöst haben und von dort aus mit dem

Wagen weiterwollten. Und so viele allein reisende junge Frauen gab es an diesem Tag nicht. Vor allem so schöne junge Frauen.«

»Steve, ich möchte nicht, dass Sie so ...«

»Das waren nicht meine Worte, Janice«, unterbrach sie Steve mit einem angedeuteten Lächeln, »sondern die des Schalterbeamten, der Ihnen die Fahrkarte verkauft hat. Er konnte sich gut an Sie erinnern und auch daran, wohin Sie gefahren sind. Innigermouth!« Er machte ein übertrieben nachdenkliches Gesicht. »Darf ich fragen, wie Sie ausgerechnet darauf gekommen sind? Niemand fährt nach Innigermouth!«

»Ich schon«, antwortete Janice, »und ich hatte Hinweise; dass Joffrey es auch getan haben könnte.«

»Hinweise?«

Janice zögerte. »Ich hatte eine Art ... Straßenkarte.«

»Von dieser Gegend?«

»Das dachte ich. Aber vielleicht habe ich mich getäuscht.«

»Was für eine Karte?«, hakte Steve nach. »Woher haben Sie sie?«

»Das kann ich Ihnen nicht sagen. Aber ich bin ziemlich sicher, dass sie von Joffrey stammt.«

Erstaunlicherweise akzeptierte Steve diese Antwort. »Kann ich sie sehen?«

»Warum nicht?« Janice streckte die Hand nach der Tasche aus und erwartete, dass Steve sie ihr herüberschob, doch stattdessen stand er auf und hob sie auf den Tisch, sodass sie sich bequem darüber beugen konnte.

Wie sich zeigte, hatte Steve ihre Aufforderung wörtlich genommen und alles, was er in ihrem Zimmer fand und was auch nur mutmaßlich ihr gehörte, wahllos hineingestopft. Janice warf ihm ein missbilligendes Stirnrunzeln zu und begann die Tasche notgedrungen wieder auszuräumen. Schon nach wenigen Augenblicken stapelte sich nicht nur ein Großteil ihrer mitgebrachten Garderobe auf der Tischplatte, sondern auch eine erstaunliche Menge anderer Utensilien, von denen sie vor drei Tagen ebenso überzeugt gewesen war, sie unbedingt mit auf die Reise nehmen zu müssen, wie sie sich jetzt fragte, was zum Teufel sie eigentlich mit all dem Kram wollte.

Was sie nicht fand, war die Karte.

Sie war vollkommen sicher, sie ganz obenauf in die Tasche gelegt zu haben, schon damit sie jederzeit griffbereit war, aber sie räumte die große Tasche bis zum allerletzten Teil aus, ohne den Umschlag zu finden, in dem sie sie verstaut hatte.

»Das verstehe ich nicht«, sagte sie. »Ich bin sicher, sie in die Tasche getan zu haben.«

Steve ließ seinen Blick über die unterschiedlichen Kleiderstapel schweifen, die auf dem Tisch lagen, und trank wieder von seinem ergaunerten Kaffee, den er in der Hand hielt. Auf dem Tisch wäre auch gar kein Platz mehr dafür gewesen. »Wenn Sie mir genau sagen, wonach Sie suchen, dann helfe ich Ihnen.«

»Den Teufel werden Sie tun, junger Mann«, sagte Connor von der Tür her. »Ich weiß nicht, welche Sitten und Gebräuche bei euch jungen Leuten in der Stadt herrschen, aber hier bei uns geziemt es sich nicht, wenn ein Mann in der Wäsche einer jungen Frau herumwühlt.«

Steve sah einfach nur verdutzt aus und war klug genug, gar nichts zu sagen, doch Janice hatte Mühe, ein Lächeln zu unterdrücken. Ob sie nun wollte oder nicht, Connor begann ihr allmählich sympathisch zu werden; zumindest bis zu einem gewissen Punkt.

»Carl hat den Wagen angespannt und ist so weit«, fuhr Connor fort, während sie näher kam und abwechselnd Steve und den Inhalt ihrer Reisetasche betrachtete. »Ist alles in Ordnung, Kindchen?«

»Ja«, antwortete Janice, schüttelte dem Kopf und verbesserte sich: »Nein.«

Der Blick, mit dem Connor Steve jetzt maß, war eindeutig drohend, sodass sich Janice beeilte hinzuzufügen: »Ich vermisse etwas. Die Karte, die ich Ihnen gestern Abend gezeigt habe. Sie erinnern sich?«

Connor nickte. »Sie haben sie mit nach oben genommen.«

»Und jetzt ist sie nicht mehr da.«

»Ich habe keine Karte gesehen«, versicherte Steve.

»Ja, das kann ich mir gut vorstellen.« Connor verdrehte die Augen. »Das kommt davon, wenn man einen Mann die Koffer packen lässt. So etwas ist Frauenarbeit.« Sie machte eine wedelnde

Bewegung mit beiden Händen. »Gehen Sie nach oben, und suchen Sie sie, Kleines. Ich räume inzwischen Ihre Tasche wieder ein. Und wer weiß, vielleicht gelingt es mir ja sogar, ohne dass sie hinterher aussieht, als hätte sich ein betrunkener Waschbär darin ausgetobt.«

Janice rang sich sowohl ein pflichtschuldiges Lächeln als auch ein Nicken ab, aber sie durchsuchte ihre Kleider und ihre anderen Habseligkeiten noch einmal gründlich, und mit demselben Ergebnis.

Wortlos wandte sie sich um und ging wieder nach oben, um die kleine Dachkammer zu durchsuchen. Sie ließ sich Zeit und beließ es keineswegs nur dabei, den Boden und die Schubladen der kleinen Kommode zu inspizieren, sondern kroch auch unter das Bett und sah unter den Schrank und hinter jedes Möbelstück und zog schließlich sogar die Bettwäsche ab, um unter die Matratze zu sehen, aber es blieb dabei: Die Karte war nicht mehr da.

Irgendwann während ihrer Suche ging die Tür auf, und Connor erschien im Rahmen, machte aber keine Anstalten hereinzukommen, sondern sah ihr ebenso wortlos wie stirnrunzelnd zu, und Janice untersuchte das Zimmer zum zweiten Mal.

Als sie damit fertig war und zu einer dritten Untersuchung ansetzen wollte, sagte Connor: »Soll ich Ihnen ein Brecheisen bringen, Kleines?«

Janice sah sie nur fragend an, und Connor fuhr in allenfalls angedeutet scherzhaftem Ton fort: »Sie müssen schon die Bretter von der Decke und die Dielen aus dem Fußboden reißen, wenn Sie noch gründlicher sein wollen.«

Niedergeschlagen ließ sich Janice auf die Bettkante sinken und betrachtete das Chaos, das sie zu einem guten Teil selbst angerichtet hatte. »Aber sie muss hier sein«, sagte sie beinahe kläglich. »Ich weiß, dass ich sie in die Tasche getan habe!«

»Haben Sie sie verschlossen?«

»Die Tasche?« Janice überlegte einen Moment, konnte sich aber nicht genau erinnern. »Warum?«

Connor kam nun doch herein, sah sich demonstrativ in dem verwüsteten Zimmer um und wandte sich schließlich dem Fenster zu. Janice erwartete, dass sie ihr Vorwürfe wegen des heillosen

Durcheinanders machen würde – oder auch Geld für die Aufräumarbeiten verlangen –, doch stattdessen war es nun mit einem Male Connor, die nichts anderes als schuldbewusst aussah. »So, wie der Sturm hier drinnen gewütet hat, wäre es durchaus denkbar, dass er die Karte herausgerissen hat, wenn Sie sie ganz obenauf gelegt und die Tasche nicht verschlossen haben.«

»Das meiste hier habe ich angerichtet«, gestand Janice, doch Connor schüttelte nur noch einmal den Kopf. »Ich weiß. Ich war heute Morgen schon einmal hier, als Sie noch geschlafen haben. Es wäre durchaus möglich, dass der Sturm sie fortgerissen hat. Es war nur ein Stück Papier.«

»Ja, oder jemand hat sie weggenommen«, grollte Janice.

»Aber warum sollte ich wohl …?«, begann Connor, sah sie dann auf plötzlich veränderte Art an und legte den Kopf auf die Seite. »Sie glauben, Ihr Freund hätte die Karte verschwinden lassen? Aber warum sollte er das tun?«

»Ich weiß überhaupt nicht mehr, was ich glaube«, gestand Janice. Immerhin hatte Steve über ihre Tasche gebeugt dagestanden, als sie hereingekommen war.

»Es tut mir wirklich leid«, sagte Connor. »Das alles wäre vielleicht nicht passiert, hätte ich dafür gesorgt, dass das Fenster gerichtet wird.«

»Es wäre auch nicht passiert, wenn ich gar nicht hergekommen wäre. Und ich mache Ihnen keinen Vorwurf. Im Gegenteil. Sie waren sehr freundlich zu mir, und ich danke Ihnen für alles, was Sie getan haben. Wenn ich mich noch irgendwie erkenntlich zeigen kann …?«

»Sie haben für das Zimmer bezahlt«, antwortete Connor. »Wenn Sie ein gutes Werk tun wollen, dann geben Sie Carl ein anständiges Trinkgeld. Er kann jeden Cent brauchen.«

Janice versprach, das zu tun, sah sich noch einmal traurig in dem zu gleichen Teilen vom Sturm und von ihr verwüsteten Zimmer um und ging dann nach unten. Steve saß nicht mehr auf seinem Stuhl, sondern kam in diesem Moment von draußen herein, und da er die Tür hinter sich offen ließ, konnte sie sehen, dass Carls Zweispänner bereits wartete. Ihre Tasche war nicht mehr da.

»Wir können dann los, wenn Sie so weit sind, Janice«, sagte er. »Es ist ziemlich kühl geworden, aber Carl meint, dass sich das Wetter halten wird. Ich habe Ihre Tasche schon auf den Wagen geladen.« Er ging zum Tisch zurück und nahm die Kaffeetasse wieder auf, um einen weiteren großen Schluck zu trinken.

»Ich habe die Karte nicht gefunden«, sagte Janice.

»Das ist bedauerlich«, antwortete Steve in einem Ton, wie er desinteressierter nicht sein konnte.

»Aber so schlimm ist es nun auch wieder nicht«, fuhr Janice fort. Immerhin setzte Steve die Tasse nun ab und sah sie erwartungsvoll an, doch statt ihre Bemerkung zu erklären, wandte sich Janice an Connor, die ihr nicht nur gefolgt war, sondern mit einem Male wie eine Beschützerin wirkte, obwohl sie hinter ihr stand und kein Wort gesagt hatte. »Ich danke Ihnen noch einmal für alles, Ellen. Sie waren sehr freundlich zu mir. Wenn ich noch einmal in der Gegend sein sollte, dann melde ich mich ganz bestimmt bei Ihnen.«

»Wir wissen beide, dass das nicht geschehen wird, Kindchen«, sagte Connor lächelnd. »Aber ich danke Ihnen trotzdem. Und sollte ich irgendetwas von Ihrem Verlobten hören, gebe ich Ihnen sofort Bescheid.«

Da sie nicht einmal ihre Adresse in Providence kannte, würde auch das nicht geschehen, aber Janice erging es umgekehrt nun genauso wie Connor: Sie spürte die gute Absicht, und das allein war ihr im Augenblick wichtig. Sie lächelte noch einmal und wollte sich endgültig zur Tür wenden, doch dann fiel ihr noch etwas ein. »Gestern Nacht, während des Sturms …«

Connor legte fragend den Kopf auf die Seite. »Ja?«

»Ich habe ein Schiff gesehen«, fuhr Janice fort, und prompt erschien ein amüsiertes Lächeln auf Connors Gesicht.

»Wir sind hier an der Küste, Kindchen«, sagte sie. »Da kann es schon einmal vorkommen, dass man ein Schiff sieht.«

Janice schluckte die scharfe Antwort herunter, die ihr auf der Zunge lag. »Mitten in einem solchen Sturm? Und es war ein wirklich … unheimliches Schiff. Es war riesig und … düster, und irgendetwas stimmte damit nicht.«

Connor legte den Kopf auf die andere Seite. »Irgendetwas stimmte damit nicht?«

Janice hörte sogar selbst, wie das klang, und versuchte ein Lächeln auf ihr Gesicht zu zaubern, das gerade eben unsicher genug war, um noch nicht peinlich zu sein. »Anders kann ich es nicht beschreiben. Aber es war irgendwie …«, sie hob die Schultern, um ihre Ratlosigkeit noch zu unterstreichen, »falsch.«

»Falsch«, wiederholte Connor.

Janice verfluchte sich selbst, nicht die richtigen Worte zu finden. Das war doch sonst nicht ihre Art! »Ich hatte das Gefühl, dass es einfach nicht hierher gehört.«

»Nicht in diesen Sturm?«

Nicht in diese Welt. Aber das laut auszusprechen konnte sie sich gerade noch verkneifen. »Es sind Männer von Bord gegangen«, sagte sie stattdessen, »und an Land gekommen.«

»Von Bord gegangen«, vergewisserte sich Connor, »und an Land? Gestern Nacht, in diesem Sturm?« Sie lachte gutmütig. »Dann muss es wohl die IRONCLAD gewesen sein.«

IRONCLAD, dachte Janie fröstelnd. Was war denn das für ein Name für ein Schiff? Sie setzte dazu an, diese Frage auch laut in Worte zu kleiden, und Steve leerte mit einem letzten Schluck seine Tasse und stieß dann einen so sonderbaren Laut aus, dass Janice ihre Frage augenblicklich vergaß und erschrocken zu ihm herumfuhr.

Er hatte dazu angesetzt, die Tasse wegzustellen, war aber nun mitten in der Bewegung erstarrt und sah aus aufgerissenen Augen in den metallenen Trinkbehälter. Janice konnte dabei zusehen, wie jede Farbe aus seinem Gesicht wich. Eine Sekunde lang stand er einfach nur da, dann stieß er einen würgenden Laut hervor, ließ den Becher fallen und wirbelte auf dem Absatz herum. Janice griff ganz instinktiv zu und fing die emaillierte Tasse auf, bevor sie zu Boden fallen konnte, und ihr Herz machte einen erschrockenen Sprung bis in ihren Kehlkopf hinauf.

Steve hatte den Kaffee ausgetrunken, aber der Becher war trotzdem nicht leer. Eine dünne Schicht aus Kaffeesatz und nicht ganz aufgelöstem Zucker bedeckte den Boden, und darin … krümmte sich etwas, ein kleinfingerlanger, dicker Wurm, der weder Augen noch andere erkennbare Sinnesorgane hatte und auch kein erkennbares Vorne oder Hinten. Es hätte auch ein Pfropfen aus weißem Schleim sein können, hätte er sich nicht bewegt. Sie verspürte einen leisen Ekel, auch wenn es ihr nicht annähernd so schlecht ging wie Steve. Sie konnte hören, wie er sich draußen vor dem Haus übergab.

»Was ist los mit Ihnen, Kindchen?«, fragte Connor.

Statt zu antworten, hielt Janice ihr die Tasse hin. Connor nahm sie ihr aus der Hand, sah einen Moment lang stirnrunzelnd hinein und stellte sie schließlich auf den Tisch zurück. »Das ist nur ein Stück Rohrzucker, das sich nicht richtig aufgelöst hat«, sagte sie kopfschüttelnd. Und seufzte. Sehr tief. »Ihr jungen Leute aus der Stadt!«

10

Ihre Abfahrt verzögerte sich noch einmal um gute zehn Minuten, die Steve brauchte, um sich so ausgiebig zu übergeben, bis er nur noch mit bleichem Gesicht würgte, ohne etwas hervorzubringen. Janice sah vorsichtshalber nicht genauer hin. Und auch die ersten zehn oder fünfzehn Minuten der Fahrt vergingen in unbehaglichem Schweigen, um nicht zu sagen, peinlichem. Carl sah die ganze Zeit über stur geradeaus, und Steve war so weit von ihr weggerückt, wie es in dem kleinen Wagen nur ging, und drückte ein zusammengefaltetes Taschentuch gegen den Mund, dessen Muster mit dem seines Anzugs korrespondierte. Er bemühte sich, nicht einmal in ihre Richtung zu atmen. Dennoch umgab ihn ein schwacher säuerlicher Geruch, den Janice zwar nach Kräften zu ignorieren versuchte, was ihr aber nicht gelang. Vielleicht noch einmal zehn Minuten später und noch immer sorgsam darauf achtend, nicht in ihre Richtung zu sehen (und zu atmen), sagte Steve: »Das ist mir jetzt … wirklich sehr peinlich.«

»Dass Sie hier sind?«, fragte Janice. Sie bedauerte die Worte schon, bevor sie die betroffene Reaktion auf Steves Gesicht sah, verschärfte die Situation aber nicht noch, indem sie sich zu entschuldigen versuchte. Sie sah ihn nur an.

»Wirklich, ich wünschte mir, im Boden versinken zu können«, fuhr Steve fort, und dieses Mal gelang es Janice immerhin, die Worte nicht laut auszusprechen, die ihr auf der Zunge lagen, nämlich dass er in einer Umgebung wie dieser besser vorsichtig mit dem sein sollte, was er sich wünschte, wollte er nicht Gefahr laufen, dass es in Erfüllung ging.

»Ich glaube, das ist das Peinlichste, was mir in meinem ganzen Leben passiert ist«, fuhr Steve fort. »Sie müssen mich verachten.«

Allerhöchstens wegen seiner Weinerlichkeit, dachte Janice. Und wenn sie ganz ehrlich war, dann tat er ihr sogar ein bisschen leid.

»Es muss Ihnen nicht peinlich sein«, sagte sie nach einer Weile. »Mir selbst ist schon Unangenehmeres widerfahren.«

Erneut machte sich unbehagliches Schweigen zwischen ihnen breit, und diesmal von einer Art, die Janice mutmaßen ließ, dass es anhalten würde, wenn sie selbst es nicht beendete. Eigentlich wollte sie das nicht. Dass Steve ihr leidtat, bedeutete ganz und gar nicht, dass sie ihm bereits verziehen hätte. Ganz gewiss nicht. Steve tat ihr eigentlich immer leid, und dazu bedurfte es nicht einmal eines speziellen Grundes. Diesmal jedoch hatte er den Bogen überspannt. Da war wirklich eine *Menge*, worüber sie reden mussten. Aber Vorfreude war ja angeblich die schönste Freude, wie man sagte, und so geduldete sie sich, bis die Abzweigung zur Landstraße vor ihnen lag, die sie nach einer weiteren Stunde nach Ipswich bringen würde.

»Vielleicht halten Sie dort vorne noch einmal an, Carl«, sagte sie, während sie relativ wahllos auf einen Baum am Straßenrand deutete, nur einen halben Steinwurf von der Einmündung entfernt. »Ich möchte mir diese Stelle noch einmal ansehen.«

Carl nickte nur zum Zeichen, dass er verstanden hatte, doch Steve reagierte genau so, wie sie es zu gleichen Teilen erwartet wie auch ein bisschen befürchtet hatte: Er nahm nicht nur das Taschentuch herunter und setzte sich gerade auf, sondern sah auch so aus, als fühlte er sich alles andere als wohl in seiner Haut. »Darf ich fragen, was Sie vorhaben?«

»Ja, Steve, das dürfen Sie«, antwortete Janice.

Sie wartete, bis der Wagen angehalten hatte und stieg aus. Steve erinnerte sich einen Moment zu spät daran, dass er eigentlich ein Gentleman war, und folgte ihr dann so hastig, dass er prompt stolperte und es nur purem Glück zu verdanken hatte, ihr nicht wortwörtlich vor die Füße zu fallen.

»Und was genau tun wir hier?«, erkundigte er sich, nachdem er ungeschickt um den Wagen herumgeeilt war.

Janice antwortete auch jetzt nicht gleich, sondern sah sich nachdenklich um. Der Weg, über den sie hierher gefahren waren, verdiente diese Bezeichnung nicht wirklich, sondern rangierte wohl eher unter der Kategorie Trampelpfad. Vor ihnen aber gab es eine breite und sorgsam geteerte Straße, wie sie sie in einer so abgelegenen Gegend wie dieser niemals erwartet hätte.

»Diese Abzweigung haben wir noch gar nicht inspiziert«, sagte sie.

Die Worte galten eigentlich Carl, aber es war dann doch Steve, der antwortete. »Was genau meinen Sie mit *inspiziert*, Janice?«

»Ich bin hierhergekommen, um Joffrey zu suchen«, erinnerte sie. »Vielleicht findet sich ja eine Spur, wenn ich der Karte folge, die ich gefunden habe.«

»Ich verstehe.« Steve nickte. Er sah ein bisschen verwirrt aus. »Aber Sie haben sie doch gar nicht mehr.«

»Weil der böse Sturm sie direkt aus meiner Tasche gestohlen hat, ich weiß«, bestätigte Janice, während ihr Blick noch einmal aufmerksam über die breite Straße und das verwilderte Brachland auf der anderen Seite tastete. In einiger Entfernung ragten die Überreste eines schon vor langer Zeit verfallenen Gebäudes aus dem kniehohen Gras, eingerahmt von den vermoderten Ruinen eines Zauns, und auch der Waldrand dahinter kam ihr vor, als wäre er irgendwie verändert worden, auch wenn sie nicht genau sagen konnte, wieso.

»Ist das nicht merkwürdig?«, fragte sie.

»Was?« Steve wirkte nervös, fand sie, und deutlich besorgter, als er sein sollte. Janice war enttäuscht. Da war ein kleiner Teil von ihr, der bis zuletzt gehofft hatte, dass sie sich täuschte und Steve einfach nur wieder einmal Opfer seiner eigenen Ungeschicklichkeit geworden war.

»Da drüben hat einmal ein Haus gestanden«, sagte sie mit einer Geste über die Straße. »Vielleicht sogar ein kleiner Hof. Aber man sieht keine Abzweigung. Nicht einmal einen Trampelpfad.«

»Das muss lange her sein«, erwiderte Steve. »Jahrzehnte. Er ist längst wieder zugewachsen.«

Janice schüttelte nur den Kopf. »Zweifellos. Aber man müsste ihn dennoch erkennen können, wenn man genau hinsieht. Wenn ein Weg nur lang genug benutzt wird, ihn Füße und Hufe und Räder über Jahre gehen oder fahren, dann wird die Erde irgendwann so hart wie Beton, Steve. Selbst wenn irgendwann einmal wieder etwas darauf wächst, dann sieht man den Unterschied. Sogar noch nach Jahrzehnten!«

Steve sah gebührend beeindruckt aus. »Hat Joffrey Ihnen das erzählt?«

Tatsächlich hatte sie es sich in genau dem Moment ausgedacht, in dem sie die Worte aussprach, aber es klang auch überzeugend genug, um Steve nach einigen weiteren Sekunden ein zögerndes Nicken zu entlocken. Entweder hatte sie ganz aus Versehen die Wahrheit gesagt, oder Steve verstand noch weniger von seiner Profession, als sie ohnehin angenommen (und Joffrey mehr als einmal gesagt) hatte.

»Und wahrscheinlich«, fuhr sie fort, indem sie bereits die Straße zu überqueren begann, »hat es diese Straße damals noch gar nicht gegeben, und deshalb sieht man auch keine Zufahrt oder eine Abzweigung. Aber wenn ich sie mir wegdenke ...«

»Ja?«, fragte Steve.

»Der Straßenverlauf stimmt«, sinnierte Janice. »Es könnte genau die Abzweigung sein, die ich auf der Karte gesehen habe.«

»Die sie nicht mehr haben«, fügte Steve vollkommen überflüssig hinzu.

Janice antwortete nicht darauf, sondern blieb stehen und wartete, bis Steve zu ihr aufgeschlossen hatte, bevor sie sich langsam zu ihm umdrehte und sagte: »Das stimmt so nicht ganz.«

»Was … soll das heißen?«, fragte er nervös.

»Es war nur eine Kopie, Steve«, antwortete sie betont, gab ihm hinlänglich Zeit, um den Schrecken auch in seinem Blick und auf seinem Gesicht Gestalt annehmen zu lassen, bevor sie ihren Schal zurückschlug und die zwei oberen Knöpfe ihrer Bluse öffnete. Steves Augen weiteten sich ein wenig, als sie in ihren Ausschnitt griff und einen Umschlag aus braunem Papier hervorzog.

»Aber zum Glück habe ich ja noch immer das Original.«

»Aber …!«, ächzte Steve.

Janice brachte ihn mit einem nichts anderen als süffisanten Lächeln zum Verstummen, öffnete den Umschlag und zog die Karte so behutsam heraus, als hätte sie Angst, sie könnte schon unter der leisesten Berührung wie trockenes Laub zerbröckeln. Und tatsächlich knisterte es unter ihren Fingern nicht nur wie uraltes brüchiges Pergament, sondern fühlte sich auch ganz genauso an. Steves Augen wurden noch größer.

»Woher haben Sie das?«, entfuhr es ihm. Und nicht nur das. Ohne dass er imstande gewesen wäre, die Bewegung zurückzuhalten, flog er regelrecht auf sie zu und hob den Arm, wie um ihr das Blatt aus der Hand zu reißen, prallte aber dann im letzten Moment wieder zurück und sah einfach nur verstört aus.

Janice erging es nicht anders. Wie gelähmt stand sie da, starrte ihn aus aufgerissenen Augen an und begriff überhaupt erst, was er gerade um ein Haar getan hätte, als es auch schon vorbei war.

Die Stille, die sich jetzt zwischen ihnen breitmachte, war gänzlich anderer Art und mithin vielleicht das Schlimmste in dieser Weise, was sie je erlebt hatte. Steve war anzusehen, dass er vollkommen entsetzt über sich selbst war, und Janice war einfach nur perplex. Das war nicht der Steve, den sie kannte, der bescheidene, immer ein wenig linkische junge Mann, der sich lieber selbst die Hand abgehackt hätte, statt sie gegen ihren Willen zu berühren.

»Steve?«, murmelte sie verstört. »Was … tun Sie?«

Selbstredend antwortete Steve nicht. Er wich nicht nur ihrem Blick weiter aus, sondern wirkte so, als würde er seine Ankündigung von gerade wahr machen und im nächsten Moment im Boden versinken.

Janice wandte sich mit einem unbehaglichen Seufzen ab und faltete das knisternde Papier in ihren Händen gänzlich auseinander. Ein plötzlicher Windstoß bewegte das Gras vor ihr und ließ eine einzelne, träge Welle durch die grüne Masse laufen, und eine einzelne Wolke huschte vor der Sonne vorbei, und der spiegelverkehrte Schatten, der über das Papier in ihren Händen huschte, schien Linien und verschnörkelte Buchstaben zum Leben zu erwecken; kleinen, scheuen Tierchen gleich, die sich hektisch vor ihren Blicken zu verbergen versuchten.

Janice blinzelte, und der sonderbare Effekt war verschwunden – um genau zu sein, hatte es ihn wahrscheinlich nie gegeben, aber ein befremdliches Gefühl blieb zurück: Sie war nicht sicher, dass die Karte tatsächlich noch dieselbe war wie zuvor. Um sich durch reine Sachlichkeit abzulenken (und den unangenehmen Moment so gut es ging zu überspielen) sah sie noch einmal auf das Blatt hinab und drehte sich dann einmal im Kreis. Dem einzelnen Windstoß war kein zweiter gefolgt, und Gras und wucherndes Gestrüpp und Unkraut lagen wie erstarrt da, als wäre sie durch einen Zauber in eine unglaublich detaillierte farbige Fotografie hineingetreten, in der Bewegung ebenso undenkbar wie falsch war.

»Wenn man sich die asphaltierte Straße wegdenkt, dann könnte es tatsächlich hier sein«, sagte sie nachdenklich. »Sehen Sie den Verlauf dieser Hügelkette hier und den Weg, auf dem wir hergekommen sind?« Sie machte keine Anstalten, ihm die Karte zu zeigen, oder auch nur auf die benannten Örtlichkeiten und Dinge zu deuten, und Steve hätte auch ganz gewiss nicht darauf reagiert. Er starrte sie nur an, und es war ihm anzusehen, wie sehr er sich schämte. Janice hingegen fiel es immer schwerer, sich ihre Aufregung nicht anmerken zu lassen. Auch wenn ihre Behauptung mehr oder weniger willkürlich gewesen war, so spürte sie zugleich doch, dass sie hier richtig waren. Mit diesem Ort hatte es eine Besonderheit, das wusste sie einfach. Wenn auch nicht, welche.

»Und was hoffen Sie hier zu finden?«, fragte Steve nervös.

Sie gab ihm darauf die einzige Antwort, die sie hatte – nämlich keine –, und drehte sich noch einmal im Kreis, dann noch einmal und sogar noch einmal, und mit jeder Drehung war es, als dränge sie ein wenig tiefer in jene andere Welt vor. Es war, als sprängen sie immer neue Details an. Sie sah nicht wirklich mehr, aber ganz plötzlich ergab das Gesehene einen Sinn, und sie erkannte mehr und mehr Zusammenhänge und sah die Dinge nicht mehr so wie sie jetzt, sondern vor langer Zeit einmal gewesen waren.

»Das hier war einmal eine Farm«, sagte sie, »und keine kleine. Gleich hier hat das Wohnhaus gestanden und daneben die Scheune, sehen Sie?«

»Ja«, sagte Steve und schüttelte den Kopf, und Janice fuhr ungerührt fort: »Und dort hinten muss etwas Größeres gestanden haben. Vielleicht ein großer Schuppen oder ein Silo.«

Ohne seine Reaktion abzuwarten, ging sie auf den vermeintlich einst bebauten Bereich zu und sah auch dort nichts anderes als wucherndes Grün und dorniges Gestrüpp, wo die Natur das an den Menschen verlorene Terrain zurückerobert hatte. Aber da war etwas, das sie spürte, die bloße Gegenwart von etwas, das nicht da sein sollte.

Schritte näherten sich und klangen plötzlich ihrerseits wie etwas Falsches, als hätten die Dinge ihre Gewichtung getauscht und das gewohnte Sicht- und Hörbare mit einem Male eine vollkommen andere Bedeutung. Aber es war nur Carl, der sein Gespann auf der anderen Seite der Straße angebunden hatte und sich nun zu ihnen gesellte. Hatte er sich schon immer so schleppend bewegt, oder zögerte er, näher zu kommen, weil er sich hier an diesem düsteren Ort ebenso unwohl fühlte?

Wie zur Antwort auf diesen Gedanken fröstelte sie, und obwohl es nicht um einen Deut dunkler wurde, war es für einen Moment, als legte sich ein Schatten über die Welt. Er verschwand, bevor ihre Sinne ihn erfassen konnten, aber es blieb etwas wie ein schlechter Nachgeschmack auf ihrer Seele zurück.

Sie beließ es bei einem knappen Nicken in Carls Richtung und wollte weitergehen – ohne zu wissen, wohin –, und dieses Mal sah sie den Schatten, der über das verwilderte Brachland huschte; nichts Gefährlicheres als eine weitere Wolke, die an der Sonne vorüberzog und sich dann ebenso spurlos im strahlenden Azur des Himmels auflöste, wie sie zuvor entstanden war. Dennoch: Der

Schatten glitt vor ihr über das Gras und verschmolz mit dem nahen Waldrand, wie eine Woge an einem felsigen Strand zerschellt, doch irgendetwas ... schien darauf zu reagieren. Ganz kurz war ihr, als nähme sie den Gestank fauligen Wassers wahr, doch noch bevor sie das Gefühl wirklich ergründen konnte, meldete sich ihr Verstand zu Wort und erklärte ihr mit solcher Vehemenz, dass das gar nicht möglich war, dass der Spuk auch prompt wieder verschwand.

»Und was ... was wollen wir jetzt hier?«, fragte Steve nervös. »Wir verpassen den Zug nach Providence, wenn wir noch viel Zeit vertrödeln.«

Vielleicht sagte er auch noch mehr, doch Janice hörte gar nicht mehr hin. Langsam und die Karte mit beiden Händen so fest an sich gepresst, als wäre sie das Einzige, was sie noch davor bewahrte, endgültig den Halt in der Wirklichkeit zu verlieren, ging sie weiter und begab sich dorthin, wo einst das Haupthaus des Hofes gestanden haben musste. Jetzt war es nur noch ein Teil einer einzelnen stehen gebliebenen Wand und eine Handvoll Umrisse, von denen sie nicht einmal genau sagen konnte, was davon natürlichen Ursprungs und was von Menschenhand erschaffen war. Oder anderer. Und der sonderbare Effekt des Erkennens hielt immer noch an. In ihrer Umgebung veränderte sich rein gar nichts, und doch erblickte sie immer mehr Einzelheiten, als gewännen ihre Sinne mit jedem Augenblick ein wenig mehr an Schärfe. Die Farm musste einmal von beeindruckender Größe gewesen sein und nach klassischem Muster angelegt. Wohn- und Wirtschaftsgebäude bildeten ein nach Süden hin offenes U.

In geringer Entfernung hatte es ein zusätzliches Gebäude von kreisrundem Grundriss gegeben, wie der Bergfried einer europäischen Burg aus dem Mittelalter, und passend zu diesem Bild erkannte sie nun auch noch einen zweiten Grundriss, als hätte es tatsächlich eine ringförmige Umfriedung gegeben, die das gesamte Gelände und seine Bewohner vor dem Ansturm einer feindseligen Welt schützte.

»Ich bitte Sie, Janice, was hoffen Sie hier zu finden?« Steve war ihr gefolgt und begann zunehmend nervöser mit den Händen zu ringen, und seine Stimme hatte er schon längst nicht mehr unter

Kontrolle. Janice konnte ihn sogar verstehen, doch statt zu antworten, ließ sie sich in die Hocke sinken und bog das Gras zur Seite, um den darunter verborgenen Boden zu untersuchen. Sie erwartete Erdreich oder auch die Reste eines gepflasterten Hofes, doch was sie fand, war etwas vollkommen anderes; eine schwarze, zerbröckelnde Masse mit rauer Oberfläche, die sich steinhart und zugleich auf sonderbare Weise organisch anfühlte; wie etwas, das einmal lebendig gewesen war.

»Was ... ist das?«, murmelte Steve, der sich neben ihr ebenfalls in die Hocke sinken ließ. »Ist das ... Teer?« Ohne ihre Antwort abzuwarten (die er ohnehin nicht bekommen hätte), streckte er die Hand aus, und die schwarze Masse zerbrach unter seiner Berührung wie mürbes Glas, aber ohne scharfe Kanten. Janice wünschte sich, er hätte das nicht getan, und sie hätte nicht einmal zu Carl hochsehen müssen, um zu wissen, dass es ihm genauso erging.

Sie tat es trotzdem und verbesserte sich in Gedanken. Carl fühlte sich nicht unbehaglich, er hatte Angst; auch wenn sie sich partout nicht vorstellen konnte, wovor.

Da sie spürte, dass Steve schon wieder dazu ansetzte, etwas zu sagen, was sie ganz gewiss nicht hören wollte, stand sie rasch auf und ging ein paar Schritte. Wieder glaubte sie fauliges Wasser zu riechen, und der Gedanke ließ erneut eine Folge unheimlicher Bilder vor ihrem inneren Auge aufsteigen. Unter ihren Füßen knackte das seltsame schwarze Material, doch ihr war, als spürte sie das träge Schwappen schwarzer Pfützen darunter, modrige Abgründe, die noch nie das Licht der Sonne gespürt hatten und in denen sich augenlose Kreaturen von unvorstellbarer Hässlichkeit suhlten.

Mit einiger Mühe gelang es ihr, die schrecklichen Bilder nicht nur abzuschütteln, sondern auch ins Reich der Lächerlichkeit zu verbannen, wo sie hingehörten. Ganz gelang es ihr indes nicht. So abstrus die Schreckensbilder auch sein mochten, da war ein kleiner Teil in ihr, der sich beharrlich weigerte, auf die kühle Stimme der Vernunft zu hören, sondern diesen Vorstellungen eine Wahrhaftigkeit zubilligte, die sie einfach nicht haben durften.

»Janice!«, sagte Steve noch einmal, und jetzt war in seiner Stimme etwas schon fast Befehlendes, was mithin natürlich nur noch ein Grund mehr für sie war, nicht auf ihn zu hören. Sie wandte sich zum Waldrand um, der ihr mit einem Mal viel näher erschien als noch vor Augenblicken, als wären die Schatten länger geworden, wo doch eigentlich das Gegenteil der Fall sein sollte, je näher die Mittagsstunde kam. Und bewegte sich da nicht etwas, genau auf dem schmalen Grat zwischen dem Wahrnehmbaren und dem, was dahinter verborgen lag?

»Janice, was hoffen Sie hier zu finden?« Steves Stimme war nun um einiges schärfer, als sie hätte sein dürfen. Er überholte sie mit wenigen, weit ausgreifenden Schritten und machte dann kehrt, um ihr demonstrativ den Weg zu vertreten.

»Jemanden, der offensichtlich alle seine guten Manieren vergessen hat«, antwortete Janice kühl. Sie blieb stehen, maß Steve mit einem langen Blick von Kopf bis Fuß und fügte noch hinzu: »Darüber hinaus, Mister Waiden: Seit wann bin ich Ihnen Rechenschaft schuldig, ganz egal, was ich tue oder auch nicht?«

»Aber so war das doch auch gar nicht …«, begann Steve, verhaspelte sich prompt, und dann konnte sie regelrecht sehen, wie sein vermeintlich sicheres Auftreten in sich zusammenbrach. Auch noch das letzte bisschen Farbe wich aus seinem Gesicht, und er begann nicht nur unbehaglich auf der Stelle zu treten, sondern auch erneut mit den Händen zu ringen. »Wirklich, Janice, Sie haben mich missverstanden. Ich wollte Sie auf gar keinen Fall bevormunden oder Ihnen gar Vorschriften machen, sondern nur …«

»Na, dann ist es ja gut«, unterbrach ihn Janice und tat dann etwas, das kaum weniger ungeheuerlich war als sein Tun von soeben: So hob den Arm, legte die Hand mit gespreizten Fingern auf seine Brust und schob ihn einfach aus dem Weg. Steve ächzte vor Überraschung und war so perplex, dass er um ein Haar das Gleichgewicht verloren hätte, und auch Carl sagte irgendetwas, das sich nicht unbedingt freundlich anhörte, aber sie achtete nicht darauf, sondern tat noch einen weiteren schnellen Schritt, bevor sie wieder anhielt und sich abermals und sehr aufmerksam umsah. Sie war am Schluss nicht schlauer als zuvor und sah noch einmal lange auf die arg mitgenommene Karte in ihren Händen hinab.

»Wo genau sind wir jetzt, Carl?«, fragte sie. »Kommen Sie! Sehen Sie sich das an!«

Aufgeregt wedelte sie mit der Karte, und er kam auch gehorsam heran und sah auf das Blatt, aber sie konnte ihm ansehen, wie unbehaglich er sich dabei fühlte. »Das sachmer nichs«, nuschelte er nach kaum einer Sekunde. »Isne alte Karte.«

»Aber sie liegt ganz genau an dieser Abzweigung, oder?«, beharrte Janice.

»Karten wie diese zeigen prinzipiell alles, was man darauf erkennen will«, mischte sich Steve ein. Hätte seine Stimme nicht vor Aufregung gezittert, dann hätte er möglicherweise sogar überzeugend geklungen; und hätte er sich die Mühe gemacht, wenigstens einen einzigen Blick auf die Karte zu werfen. Aber etwas hatte sie hierher geführt. Nichts von alledem war Zufall!

»Aber das hier, sehen Sie doch, Carl!« Janice wedelte zunehmend aufgeregter mit der Karte herum und brachte es dennoch fertig, zugleich auf einen bestimmten Punkt zu deuten, dem sie bisher keine größere Bedeutung als allem anderen beigemessen hatte. »Sehen Sie! Das heißt doch Morrison, oder? Eine Farm dieses Namens hat Joffrey in seinem letzten Brief an mich erwähnt!«

Carl sah ein bisschen unglücklich aus, aber er tat ihr den Gefallen, sich weiter über die Karte zu beugen und mit den Augen zu knibbeln, und plötzlich wurde sich Janice der Tatsache bewusst, dass sie den armen Burschen möglicherweise in eine sehr peinliche Situation brachte. Sie wusste ja nicht einmal, ob er überhaupt lesen konnte, was – wie sie von Joffrey wusste – bei den Menschen auf dem Land längst nicht selbstverständlich war. *Aber gut*, dachte sie sarkastisch, *dann habe ich wenigstens gründliche Arbeit geleistet und es mir jetzt auch noch mit dem Letzten verdorben, der es hier einigermaßen gut mit mir meint.*

Nach zwei oder drei weiteren Sekunden zog er jedoch eine winzige Brille aus der Jackentasche, deren Gläser nicht einmal so groß wie seine Augäpfel waren, und setzte sie mit hölzernen Bewegungen auf, die verrieten, wie selten er sie benutzte.

»Das tutnich Morrisen heißn tun«, sagte er, nachdem er die Karte einige weitere Sekunden lang angestrengt studiert hatte.

»Das kann alles Mögliche bedeuten«, mischte sich Steve ein, der wieder näher gekommen war und sich über ihre Schulter beugte, um die Karte zu studieren. Für Janice' Geschmack kam er ihr dabei eindeutig zu nahe, aber sie widerstand der Versuchung, ein Stück abzurücken. Diese Blöße wollte sie sich nicht geben. »Im Zweifelsfall auch gar nichts. Diese Schrift ist so winzig, dass niemand sie lesen kann!«

Damit kam er der Wahrheit näher, als Janice lieb war. Wieder kräuselte ein Windstoß das Gras, wie als Reaktion auf ihren plötzlichen Zweifel (ob es Spott oder Zustimmung war, vermochte sie nicht zu sagen) und noch unheimlicher: Auch die Buchstaben auf dem Papier schienen durcheinandergewirbelt zu werden und sich neu zu ordnen, bis sie nicht einmal mehr sagen konnte, ob es sich überhaupt noch um Buchstaben einer ihr bekannten Schrift handelte. Allmählich bekam sie es wirklich mit der Angst zu tun. Und sei es nur die Angst vor ihrer eigenen Phantasie, die sich allmählich zu ihrem größten Feind zu entwickeln schien.

Da ihre Vernunft – kurzzeitig – die Oberhand gewann, rollte sie die Karte wieder zusammen, verbarg sie sorgsam an ihrem Busen und wollte zum Wagen zurückgehen, als ihr Blick erneut an einer mit kniehoch wucherndem Gras und Gestrüpp bewachsenen Unebenheit hängen blieb, vielleicht ein zusammengestürzter Mauerrest, vielleicht auch einfach nur eine Unebenheit, wäre da nicht irgendetwas gewesen, das diesen Eindruck störte.

Neugierig geworden ging sie hin, bog vorsichtig ein Büschel verfilztes Gras zur Seite und blickte auf verbeultes rostiges Metall, das anstelle des erwarteten Erdreichs darunter zum Vorschein kam.

»Wenn wir uns ein bisschen beeilen, dann erreichen wir vielleicht noch unseren Zug«, sagte Steve nervös.

»Zweifellos«, gab ihm Janice recht und nahm nun auch noch die andere Hand zu Hilfe, um das Gras zur Seite zu drücken. Mehr Metall kam darunter zum Vorschein und noch sehr viel mehr Rost.

»Was haben Sie gefunden?«, fragte Steve widerwillig.

So wenig er sich bemühte, auch nur einen Schritt näher zu kommen, so wenig antwortete Janice. Carl kam jedoch auf seine übliche behäbige Art herangeschlurft und fasste beherzt mit an, und schon nach wenigen Augenblicken sagte er: »Sieht aus wiene Motordroschke.«

Janice ertappte sich bei dem absurden Wunsch, dass er sich irren möge, arbeitete aber nur schneller und nahm nun auch keine Rücksicht mehr auf ihre Handschuhe oder ihr Kleid. Das Ergebnis sah schon nach kaum einer Minute ganz so aus, wie sie befürchtet hatte, doch sie wurden auch belohnt. Was ihr wie ein schier unüberwindliches Hindernis vorgekommen war, das leistete einige Augenblicke lang hartnäckigen Widerstand und kapitulierte dann so plötzlich, dass Carl um ein Haar die Balance verloren hätte und einen ungeschickten Schritt nach hinten stolperte, dann jedoch konnten sie Gras und Wurzeln wie eine vertrocknete Matte einfach abziehen, und was darunter zum Vorschein kam, das nahm ihr auch noch die letzte Möglichkeit, die Augen vor der Wirklichkeit zu verschließen.

Es war genau das, was Carl gesagt hatte. Das Wrack einer Motordroschke.

»Ein Automobil«, sagte Steve. Nachdem sie die traurigen Überreste dessen, was einmal ein prachtvolles Automobil gewesen war, zu einem Gutteil freigelegt hatten und nicht mehr die Gefahr bestand, sich schmutzig zu machen, kam auch er näher und betrachtete die rostzerfressene Karosse mit unverhohlener Missbilligung.

»Das ist nicht nur irgendein Automobil«, antwortete Janice mit belegter Stimme. Ihr Herz schien immer langsamer zu schlagen, aber auch immer schwerer. »Das ist ein Ford Modell T.« *Und nicht irgendein beliebiger. Es gibt nicht den allermindesten Zweifel, wem dieser Wagen gehört.*

»Woher wollen Sie das wissen?«, gab Steve zurück. Er klang fast ein bisschen abfällig. »Das ist doch nur noch ein Wrack! Oder sind Sie Expertin für Automobile?«

Janice war weit davon entfernt, Automobile auch nur zu mögen – geschweige denn etwas davon zu verstehen –, doch mit diesem speziellen Modell hatte es eine Besonderheit. Joffrey hatte sich wie ein kleines Kind auf diesen Wagen gefreut und sie nicht nur gleich mehrmals mit in den Automobilhandel geschleppt, bei dem er den Ford ausgesucht und bestellt hatte, sondern ihr auch so oft die dazugehörigen Prospekte und Kataloge gezeigt, dass sie manchmal schon ein bisschen verstimmt gewesen war, wie sehr sich ein vermeintlich erwachsener Mann für ein solches Spielzeug begeistern konnte.

Sie schüttelte den Kopf. »Das ist ein Modell T«, beharrte sie. »Joffreys Modell T.«

Jetzt schwieg Steve eine Weile und sah sie sehr nachdenklich an. Und natürlich hatte er recht mit dem, was er gerade behauptet hatte: Den Wagen als Wrack zu bezeichnen wäre noch geschmeichelt gewesen. Es gab keinerlei Glas oder Innenausstattung mehr. Das ehemals tiefglänzende Schwarz war fast zur Gänze von Rost weggefressen und nur noch hier und da zu erkennen. Das Wrack stand schräg auf drei reifenlosen Felgen, das vierte Rad war vollkommen verschwunden. Dasselbe galt auch für das Verdeck, das nur noch aus einem rostigen Gestänge bestand und ganz so aussah, als könnte es schon unter einem zu intensiven Blick zusammenbrechen. Trotzdem schüttelte sie noch einmal den Kopf. »Das ist Joffreys Wagen«, beharrte sie. »Er war hier!«

Steve seufzte. »Und woher wollen Sie das wissen?«

»Ich weiß es«, beharrte Janice, und offensichtlich tat sie es in einem Tonfall, der keinen Widerspruch möglich machte, denn Steve setzte zwar genau dazu an, beließ es aber dann bei einem neuerlichen Seufzen und ging gemessenen Schrittes um den Wagen herum.

»Und wenn es sich also um Joffreys Wagen handeln sollte, dann wäre das für Sie ein Beweis, dass sich Joffrey nicht nur in dieser Gegend aufgehalten hat, sondern dass es bei seinem Verschwinden auch nicht mit rechten Dingen zugegangen ist.«

»Für Sie nicht?«

»Doch.« Steve hatte den Wagen umrundet und betrachtete ihn einen Moment mit auf die Seite gelegtem Kopf, bevor er sich an der lang gestreckten Motorhaube zu schaffen machte; was genau er dort tat, konnte Janice nicht erkennen. »Ich mache Ihnen einen Vorschlag, Janice, der Sie hoffentlich davon überzeugt, dass ich es ehrlich mit Ihnen meine.« Steve deutete auf das Wrack. »Wenn es sich tatsächlich um Joffreys Wagen handeln sollte, dann vergesse ich alles, was ich in dieser ganzen Angelegenheit bisher gesagt und gedacht habe und helfe Ihnen mit all meiner Kraft, und wenn ich Sie dafür bis nach China begleiten müsste. Aber sollte sich herausstellen, dass es sich um einen bloßen Zufall handelt, dann geben Sie dieses sinnlose Unterfangen auf und akzeptieren die Tatsachen. Und Sie versprechen mir, dass sie auch endlich damit aufhören, sich selbst zu quälen.«

»Und wie wollen Sie das bewerkstelligen?«, fragte Janice, womit sie es zugleich auch vermied, direkt auf seine Frage zu antworten. »Sie haben es selbst gesagt: Das ist nur ein Wrack, wie es zahllose geben mag.«

»Das ist wahr«, antwortete Steve. »Aber zugleich auch wieder nicht. Ich verstehe nichts von Automobilen, aber ich weiß, dass jeder Motor mit einer fortlaufenden Nummer markiert wird, und Joffrey hat es sich natürlich nicht nehmen lassen, mir jedes noch so winzige Detail seines neuen Spielzeuges zu zeigen. Ihnen etwa nicht?«

»Doch.« Janice musste gegen ihren Willen lächeln. »Und diese Nummer wissen Sie auswendig?«

»Selbst wenn es so wäre, würden Sie mir wahrscheinlich nicht glauben«, antwortete Steve. »Aber ich weiß, wo man diese Nummer findet. Wir schreiben sie auf und vergleichen sie mit den Aufzeichnungen des Händlers, und danach haben wir Gewissheit.«

Das klang zu gleichen Teilen so verlockend wie ehrlich, dass sie gar nicht anders konnte, als zu nicken; auch wenn sie selbst nicht ganz sicher war, ob sie sich an diese Zusage halten würde. Aber warum sollte sie die Chance ausschlagen, ihn zu überzeugen?

Steve klappte mit bemerkenswertem Ungeschick die Motorenverkleidung auf und beugte sich darüber. Umständlich griff er in die Jackentasche und zog das Tuch heraus, mit dem er sich vorhin die Lippen betupft hatte, um an irgendetwas herumzuwienern.

»Hier ist sie«, drang seine Stimme aus der Tiefe des Motorraumes. »Kommen Sie, Janice. Überzeugen Sie sich davon, dass ich sie auch richtig aufschreibe.«

Was an sich schon wieder eine Unterstellung enthielt, die sie ihm ein wenig übel nahm. Sie trat dennoch gehorsam an seine Seite und beugte sich vor, so weit es ging, ohne ihn (oder den vor Schmutz starrenden Wagen) zu berühren.

Der Motorraum war mit allerlei technischen Gerätschaften vollgestopft, die ihr rein gar nichts sagten (zugleich aber auch ausgefüllt von Schlinggewächsen, Moos und Blättern in sämtlichen Stadien von lebendigem Grün bis hin zu verwelkt), sodass sie nur einen Eindruck von allgemeinem Chaos hatte. Steve deutete jedoch mit einer ölverschmierten Hand auf eine kleine Messingtafel, die an einer Seite des monströsen Motors angenietet war. Immerhin erkannte sie eine Kombination aus Zahlen und Buchstaben, auch wenn sie viel zu klein waren, um sie bei den herrschenden Lichtverhältnissen und aus ihrem ungünstigen Winkel heraus zu entziffern.

Steve musste es wohl ganz ähnlich ergehen. Zwar ruinierte er sein Taschentuch endgültig, indem er versuchte, das oxydierte Messing noch weiter zu säubern, gab es aber bald wieder auf und bat sie, ein Stück zurückzutreten. Nachdem sie es getan hatte, hob er ein Metallteil auf und benutzte es als Hebel, um das Messingschild kurzerhand abzubrechen. Es war hoffnungslos verbogen und ausgefranst, wo die Nieten gesessen hatten, als er es schließlich vom Boden aufhob, aber die Nummer war unbeschädigt. Steve wickelte es in sein ruiniertes Taschentuch ein und sah sie fragend an.

»Möchten Sie es in Verwahrung nehmen, oder vertrauen Sie mir?«

»Machen Sie sich nicht lächerlich, Steve.« Janice wartete, bis er das zusammengelegte Taschentuch eingesteckt hatte und fragte dann: »Und was machen wir nun damit?«

»Das kommt ganz darauf an, ob Ihr neuer Freund Carl schnell genug ist und wir den Zug nach Providence noch bekommen«, antwortete Steve.

11

Wie sich zeigte, war Carl tatsächlich schnell genug, um sie den Zug zumindest noch sehen zu lassen – um ganz genau zu sein, die beiden roten Sturmlaternen an seinem hinteren Ende, die im gleichen Moment aus ihrer Sichtweite verschwanden, in dem Steve und sie auf den säuberlich mit Holz beplankten Bahnsteig hinausstürmten.

Steve ließ es sich nicht nehmen, etliche wenig schmeichelhafte Bemerkungen über ihren Fahrer zu machen, und auch die eine oder andere Überlegung anzustellen, was den genauen Grund ihrer Verspätung anging, doch als sich seine erste Erregung legte, stürmte er zum Fahrkartenschalter und versuchte ein Billet für einen späteren Zug zu bekommen; Janice war ziemlich sicher, wider besseres Wissen. Tatsächlich bekam er zwei Fahrkarten – für den nächsten Tag – und nachdem auch sein diesbezüglicher Unmutsausbruch vorbei war (und Janice einige neue Kraftausdrücke kennengelernt hatte, die sie eigentlich gar nicht kennenlernen wollte) machten sie sich auf die Suche nach einem Hotel.

Fast wäre es darüber zum Streit zwischen ihnen gekommen. An Großstädte wie Boston oder Providence gewöhnt, kam Janice Ipswich, das sie nur flüchtig von der Hinfahrt kannte, zumindest gefühlt kaum größer als Innigermouth vor, aber es *war* es, und so gab es hier nicht nur ein Hotel, das diesen Namen auch wirklich verdiente, sondern derer gleich mehrere. Janice hatte ein Hotel am Hafen vorgeschlagen – sie mochte das Wasser, und daran hatte auch ihr unheimliches Erlebnis in der vergangenen Nacht nichts geändert –, doch Steve hatte das nicht nur rundheraus abgelehnt, sondern auf ihr wiederholtes Insistieren auch zunehmend schärfer reagiert, bis Janice schließlich argumentiert hatte, dass sie ja nicht zwingend im gleichen Haus absteigen mussten. Erst daraufhin gab er zwar nach, zog sich aber auf einen Standpunkt beleidigten Schweigens zurück und überließ Janice alles Weitere.

Angesichts der begrenzten Auswahl war das schnell erledigt: Es gab nur ein einziges Hotel, das in Sicht- und Hörweite des Hafens lag. Genau eine Stunde nachdem sie den entschwindenden Rücklichtern des Zuges nachgeblickt hatten, und fünf Minuten nachdem sie dem griesgrämigen Empfangschef des Arbor Inn Hotels klargemacht hatten, dass sie nichts Ehrenrühriges vorhatten, auch wenn sie als unverheiratetes Paar unterwegs waren, bezog sie ein bescheidenes Zimmer in dem ebenso bescheidenen Hotel. Steve hatte – zwar nur einen kurzen Moment, aber sehr ernsthaft – mit sich gerungen und sich dann nicht nur angeschlossen, sondern auch gleich das Zimmer neben ihr ausgewählt, was Morton – so der Name des Mannes am Empfang, den sein Namensschild hochtrabend als *Concierge und Hotelmanager* auswies, wie Janice auf den zweiten Blick bemerkte – mit einem entrüstet wirkenden Stirnrunzeln quittierte, wie es eher einer besorgten Mutter zugestanden hätte, die über die Tugend ihrer Tochter wacht.

Immerhin hatte der *Concierge* auf eine entsprechende Bemerkung verzichtet, auch wenn Janice mutmaßte, dass es ihm nicht leichtgefallen war.

Bevor die Formalitäten endlich erledigt waren, schlug Steve mehrmals vor, zusammen ein verspätetes Mittagessen einzunehmen, und gab es erst nach dem dritten oder vielleicht auch vierten Mal auf, als sie diese Worte demonstrativ überhörte, um sich mit einem knappen Kopfnicken zu verabschieden und sich für geraume Zeit auf ihr Zimmer zurückzuziehen.

Dabei ging es ihr gar nicht um Steve. Zwar hatte er etliche Sympathiepunkte bei ihr eingebüßt, so wie er sich benommen hatte, vor allem aber wollte sie nach den unheimlichen Ereignissen der zurückliegenden Nacht und des Vormittags allein sein, um über die jüngsten Ereignisse nachzudenken. Ihr überraschender Fund hatte sie die sonderbaren Gefühle und Visionen beinahe vergessen lassen, die sie auf dem verwilderten Grundstück überkommen hatten, doch nun kehrten sie mit Macht zurück und mit ihnen die gestaltlose Furcht. Sie hatte gehofft, über ihre eigene Kopflosigkeit lachen zu können, erreichte damit aber eher das Gegenteil und fühlte sich noch unwohler.

Sie verließ das Zimmer und kurze Zeit danach das Hotel, wobei sie sich dabei ertappte, sich so verstohlen wie eine Diebin zu benehmen und erst wieder erleichtert aufzuatmen, als sie ein gutes Stück entfernt war. Sie benahm sich, als hätte sie etwas ausgefressen oder würde verfolgt, und es gab nicht den allermindesten Grund dafür.

Oder aber doch. Sie hatte den Gedanken kaum gedacht, als Steve Waiden aus dem Hotel trat und sich verstohlen in beide Richtungen umsah. Durch schieres Glück blickte er zuerst in die andere und erst dann in ihre Richtung, sodass ihr gerade noch Zeit blieb, sich mit einem raschen Schritt in einen Schatten zurückzuziehen und mit angehaltenem Atem ein Stoßgebet in den Himmel zu schicken, dass er sie nicht entdeckte.

Obwohl sie kein sehr gläubiger Mensch war, wurde ihr Wunsch erhört. Steve sah nur flüchtig in ihre Richtung, wandte sich dann auf dem Absatz um und ging mit schnellen Schritten davon, und Janice ertappte sich dabei, ihrem seltsamen Benehmen von gerade etwas noch Seltsameres folgen zu lassen: Sie wartete, bis er das Ende der Straße erreicht hatte und abgebogen war, und eilte ihm dann nicht nur nach, sondern achtete auch darauf, immer in der Nähe eines möglichen Verstecks oder Schattens zu bleiben, sollte er plötzlich stehen bleiben oder gar kehrtmachen. Sie benahm sich wirklich seltsam.

Aber das galt auch für Steve. Er blieb tatsächlich mehrmals stehen, um sich mehr oder weniger verstohlen umzusehen (eigentlich weniger) oder auch die Straße aufmerksam mit Blicken abzusuchen, und im Grunde hatte sie es wohl einzig seiner berüchtigten Ungeschicklichkeit zu verdanken, nicht entdeckt zu werden.

Warum auch immer sich Steve so sonderbar benahm, sein Ziel war nichts Geheimnisvolleres als das Telegrafenamt. Er blieb eine geraume Weile darin – eindeutig länger, als er gebraucht hätte, um ein simples Telegramm aufzugeben, fand Janice –, sodass sie am Schluss schon fast in Versuchung war, ihr kindisches Versteckspiel aufzugeben und ihm zu folgen. Doch gerade als sie es tun wollte, ging die Tür wieder auf, und Janice reagierte sofort und ohne wirklich nachzudenken, indem sie sich rasch umwandte und so tat, als würde sie die Auslagen eines kleinen Geschäftes studieren, das eine Auswahl an einfachen, aber durchaus geschmackvollen Kleidern nebst dazu passenden Accessoires anbot. Das Glas war nicht besonders sauber, was den unbestreitbaren Vorteil hatte, dass sie Steve in der Spiegelung gut erkennen konnte, als er hinter ihr vorbeiging. Hätte er sich auch nur die Mühe gemacht, in ihre Richtung zu blicken, dann hätte er auch sie erkannt, aber das tat er nicht.

Dafür erkannte Janice sein Gesicht umso besser und auch den besorgten Ausdruck darauf. Welche Nachricht auch immer er gerade erhalten hatte, sie konnte nicht besonders gut gewesen sein.

Beiläufig registrierte sie, dass sie ihrerseits genauso beobachtet wurde, wie sie Steve beobachtete. Nicht wenige Passanten sahen sie unverhohlen neugierig an oder auch ein wenig misstrauisch, und es verging auch nur noch ein kleiner Moment, bis ihr klar wurde, dass sie nicht nur wegen ihre städtischen Kleidung auffiel, sondern vielmehr durch ihr Benehmen. Steve war hier ganz eindeutig nicht der Einzige, der nicht ins Stadtbild passte.

Immerhin ließ man sie in Ruhe.

Sie wartete, bis Steve wieder in der Richtung verschwunden war, in der das Hotel lag, und folgte ihm dann unauffällig und auch jetzt wieder sorgsam darauf achtend, es in größtmöglichem Abstand zu tun, und stets darauf gefasst, sich hastig umzudrehen oder in eine Deckung zu flüchten.

Janice fragte sich erneut, was sie hier eigentlich tat (und was sie ihm antworten sollte, wenn er sich unversehens umdrehte und sie fragte, warum sie ihm hinterherschlich wie eine eifersüchtige Ehefrau ihrem Mann), vermied es vorsichtshalber, allzu intensiv nach einer Antwort zu forschen, und verließ sich darüber hinaus ganz auf ihr Gefühl, das darauf beharrte, dass sie genau das Richtige tat. Immerhin hatte sie es ja auch genau diesem Gefühl zu verdanken, dass sie überhaupt so weit gekommen war.

Allerdings kamen ihr doch mehr und mehr Zweifel an der Zuverlässigkeit ebendiesen Gefühls, je näher sie dem Hotel kamen, dem er sich zielstrebig näherte. Zumindest so lange, bis er genauso eiligen Schrittes daran vorbeiging und in einer schmalen Gasse verschwand, die zum eigentlichen Hafen hinunterführte.

Janice verlangsamte ihre Schritte, bis sie der Meinung war, ihm genügend Vorsprung gelassen zu haben, trat dann hinter ihm in die schmale Lücke und rümpfte die Nase, als ihr ein durchdringender Geruch nach Salzwasser und faulendem Fisch und Tang entgegenschlug. Von Steve war keine Spur mehr zu sehen, sodass sie wieder schneller ging und nun doch in Panik zu geraten drohte, denn als sie das Ende der Gasse erreichte und sich umblickte, konnte sie ihn im ersten Moment nicht sehen.

Da Ipswich klein war, hatte sie auch einen kleinen Hafen erwartet, aber das erwies sich als Irrtum. Die Stadt reichte fast unmittelbar ans Wasser heran, und dort, wo sie die Häuser einer anderen Straßenseite erwartet hätte, erhob sich ein kleiner Wald aus Masten und Spieren, zwischen denen sich Netze und löcherige Segel spannten. Janice versuchte nicht einmal, sie zu zählen, doch es mussten mindestens zwei Dutzend sein, wenn nicht sehr viel mehr; von winzigen Schaluppen, die kaum die Abmessungen eines Ruderboots erreichten, bis hin zu fünfzig Fuß messenden Seglern mit kaum weniger hohen Masten. Möwen saßen wie missmutige Gargoylen auf den Spieren und hielten nach irgendetwas Ausschau, das sie stehlen, oder auch nach jemandem, mit dem sie einen Streit anfangen konnten, und hier und da sah sie Bewegung an Deck eines Kutters, wo Netze geflickt oder Decks geschrubbt oder eine von hundert anderen Tätigkeiten ausgeführt wurde, die nun einmal auf einem Fischerboot anfielen.

Ein paar Gesichter wandten sich in ihre Richtung, und vielleicht hielt auch die eine oder andere Hand für einen kurzen Moment in ihrer Tätigkeit inne. Darüber hinaus aber schien kaum jemand groß Notiz von ihr zu nehmen. Einen halben Atemzug lang kam Janice dieser Umstand seltsam vor, vielleicht sogar ein wenig besorgniserregend, aber dann sagte sie sich, dass Ipswich schließlich nicht mit Inningermouth zu vergleichen war. Der Ort musste ein Hundertfaches an Einwohnern haben, und vor allem besaß er einen Bahnhof und damit eine Verbindung zum Rest der Welt. Wahrscheinlich waren die Leute hier nicht nur den Anblick von Fremden gewohnt, sondern auch daran, angestarrt zu werden.

Diese Erkenntnis führte zu einer anderen, nämlich der, dass es sich nicht schickte, die Männer hier zu begaffen wie exotische Tiere in einem Zoo. Derart gemaßregelt, rief sie sich wieder den eigentlichen Grund ihres Hierseins ins Gedächtnis zurück und versuchte Steve irgendwo auszumachen.

Ganz sicher war sie nicht. Sie sah gerade noch eine Gestalt zwischen den Schiffen verschwinden, die nicht so recht in das allgemeine Bild grobknochiger Männer und schwerer Arbeitsjacken passen wollte, und da es vielleicht die einzige Möglichkeit war, ihn nicht endgültig zu verlieren, nahm sie die Verfolgung auf, schnell und ohne Rücksicht darauf zu nehmen, dass er sie womöglich bemerkte.

Eine Handvoll schmaler hölzerner Stege führte zwischen den Booten aufs Meer hinaus, um die Anzahl der Liegeplätze zu vergrößern oder auch Schiffen mit mehr Tiefgang das Anlegen zu ermöglichen. Steve verschwand nicht nur mit raschen Schritten zwischen den Booten, sondern musste es wohl auch sehr eilig haben, denn als Janice am Steg ankam, hatte er dessen Ende schon wieder erreicht, sodass sie ihn gerade noch nach links entschwinden sah.

Und nicht nur ihn.

Es ging zu schnell, um wirklich sicher sein zu können. Wenn sie es genau nahm, dann sah sie nicht einmal etwas; allenfalls einen Schemen, dem es noch nicht ganz gelungen war, zum Schatten zu werden. Aber was sie nicht sah, das fügte ihre eigene Vorstellungskraft mit einer Sicherheit hinzu, die nicht einmal den Hauch eines Zweifels aufkommen ließ: Da war ein grauer Mann mit zerschlissenen Kleidern und einem komischen Hut, der sich auf eine sonderbar unangenehm anzuschauende Art bewegte.

War … Waters hier?

Janice beschleunigte ihre Schritte noch einmal, sodass sie nun tatsächlich kurz davor war zu rennen und sich beim besten Willen nicht mehr einreden konnte, nicht aufzufallen. Es war ihr egal. Steve hatte ganz offensichtlich etwas zu verbergen, und sie würde nicht von hier weggehen, bevor sie herausgefunden hatte, was.

Der Pier war länger, als sie erwartet hatte – was zugleich auch bedeutete, dass Steve wohl tatsächlich gerannt sein musste – und dröhnte unerwartet laut unter ihren Schritten, sodass es sich zumindest für sie anhörte, als müsste es noch bis ans andere Ende der Stadt zu hören sein. Jetzt *wurde* sie angestarrt. Die meisten der hier liegenden Boote waren verwaist, und nicht wenige sahen aus, als wären sie schon seit einer halben Ewigkeit nicht mehr ausgelaufen, doch die Handvoll Fischer und Bootsbesitzer, die sich um diese Tageszeit hier aufhielten, unterbrachen ausnahmslos ihre momentanen Tätigkeiten und starrten ihr neugierig nach, und mehr als einer auch unverhohlen misstrauisch.

Janice beschleunigte nochmals ihre Schritte und versuchte die bohrenden Blicke zu ignorieren; und als es ihr nicht gelang, versuchte sie sich damit abzulenken, indem sie ihre Umgebung genauer in Augenschein nahm. Ihr erster Eindruck bestätigte sich: Auch wenn sie nicht viel von Schiffen und Booten verstand, so war doch unübersehbar, wie alt die meisten der hier vor Anker liegenden Gefährte waren, und in was für einem erbarmungswürdigen Zustand. Mehr als nur eines verdiente wohl eher die Bezeichnung Wrack, und sie kam nicht umhin, den Mut der Männer zu bewundern, die sich in diesen leckgeschlagenen Nussschalen aufs Meer hinauswagten.

Am Ende des Piers angelangt, machte sich schon wieder Enttäuschung in ihr breit. Steve war nirgendwo zu sehen, und in der Richtung, in der er aus ihrem Blickfeld verschwunden war, gab es lediglich zwei winzige Boote und einen sonderbaren Verschlag unbestimmter Bestimmung, der auf rostfarbenen Säulen aus dem Wasser ragte. Keine Spur von Steve. Aber wenn er nicht im Wasser verschwunden war (was für ein lächerlicher Gedanke!), dann musste er schließlich in einem davon sein.

Ein seltsames Gefühl überkam sie, als sie das halbe Dutzend rostiger Metallstufen sah, das zum Wasser und damit dem Verschlag hinunterführte; als wäre da das Flüstern einer lautlosen Stimme, die sie warnte, nicht näher zu kommen.

Wie so vieles, was ihr in den letzten Tagen durch den Kopf schoss, kam ihr auch dieser Gedanke im gleichen Maße kindisch wie unheimlich vor, und es gelang ihr auch jetzt wieder nicht, ihn einfach als lächerlich abzutun und ihm so seinen Stachel zu nehmen.

Sie versuchte ein letztes Mal, sich am Schopf ihrer eigenen Vernunft aus dem Sumpf aus Irrationalität und Amok laufenden Instinkten zu ziehen, in den sie immer schneller zu versinken drohte, doch es war, als machte sie es damit nur noch schlimmer. Mit einem Mal fiel ihr auf, wie klar und wolkenlos der Himmel war, wie strahlend sein Blau und wie spiegelnd und glatt das Meer, tatsächlich ganz genau so, wie sie es sich vorgestellt hätte, hätte sie versucht, sich einen solchen Ort auszumalen.

Dann wurde ihr klar, dass es genau das war, was sie an diesem Anblick störte.

Er war zu perfekt. Die Luft war zu klar, der Himmel gerade einen Hauch zu blau, und die wenigen weißen Schäfchenwolken sahen aus, als hätte ein talentierter Naturmaler seinen Pinsel geschwungen. Weit im Osten war die helle Küstenlinie der weit ins Meer hinausragenden Halbinsel Cape Cod zu erkennen, und noch ein Stück weiter draußen auf dem Meer war ein heller Tupfer zu sehen; vielleicht das Segel eines Schiffes, das sich gerade daranmachte, über den Horizont zu klettern. Eine einsame Möwe schrie, und Janice versuchte vergeblich, ein eisiges Frösteln zu unterdrücken, das an ihrem Rückgrat entlangstrich wie eine unsichtbare Hand mit viel zu vielen Fingern. Ganz genau so hätte sie sich einen solchen Ort vorgestellt; als hätte eine unheimliche Macht in ihre Gedanken gegriffen und dieses Bild aus ihrer eigenen Vorstellung heraus erschaffen, um etwas anderes zu verbergen.

Nun, wo sie die Tür einmal aufgestoßen hatte, ging sie auch hindurch. Nichts an dem, was ihre Augen sahen, änderte sich, doch nun spürte sie, dass da etwas war, etwas Uraltes und Unsichtbares, das dort draußen lauerte und sie aus gnadenlosen Augen anstarrte, die älter waren als diese Welt und weder Mitleid noch irgendein anderes menschliches Gefühl kannten. Das war womöglich noch absurder, aber die Tür, die sie durchschritten hatte, führte nur in eine Richtung. Je angestrengter sie versuchte, sich an den Felsen der Vernunft zu klammern, desto höher schienen die Wogen zu sein, mit denen der Irrsinn dagegen anrannte. Da war etwas, das sie beobachtete, und es war uralt und böse und auf eine teilnahmslose Art gnadenlos, wie sie es noch nie zuvor erlebt hatte.

Janice ballte die Hände so fest zu Fäusten, dass es wehtat, und biss sich gleichzeitig beinahe noch fester auf die Unterlippe; hart genug, um gerade noch *nicht* zu bluten.

Etwas von beidem half. Die Angst verschwand nicht vollkommen, zog sich aber wieder in ihr schwarzes Spinnennetz irgendwo hinter ihren Gedanken zurück, und nun konnte sie wenigstens wieder auf ihre Willensstärke zugreifen. Mit einem Mal sah sie ihre Umgebung wieder so, wie sie war, nicht, wie es ihr irgendetwas weismachen wollte. Keine kitschige Postkartenidylle mehr, aber auch keine finstere Vorhöllenvision aus einer Zeit, die es nie gegeben hatte. Sie stieß erleichtert die Luft aus. Hier war rein gar nichts Unheimliches, oder gar Übernatürliches. Das Bild, das sich ihren Augen darbot, war im Gegenteil so profan, dass es fast schon wieder ein bisschen außergewöhnlich wurde.

Steve war natürlich noch immer nirgendwo zu sehen.

Janice war nur umso entschlossener, nicht ohne ihn ins Hotel zurückzukehren. Und ohne ein paar Antworten … auch wenn sie die dazu passenden Fragen vielleicht noch gar nicht kannte.

Das kleinere der beiden Boote musste sie nicht untersuchen. Es hatte keine Aufbauten und war so gut wie leer. Das zweite Boot war nur wenig größer und schaukelte so heftig am Ende eines zerschlissenen Taus, dass es Janice fast ihren gesamten Mut kostete, auch nur an Bord zu gehen; und mindestens ebenso große Überwindung, die winzige Kajüte zu durchsuchen.

Sie roch so penetrant nach Fisch und faulenden maritimen Abfällen, dass sie vorsichtshalber nur einen einzigen Atemzug nahm und dann die Luft anhielt. Die kurze Zeitspanne, die ihr nun noch zur Verfügung stand, reichte auch vollkommen aus, den winzigen Verschlag unter Deck zu durchsuchen und festzustellen, dass sich Steve hier nicht versteckt hatte. Blieb also nur noch das Gebäude, das von vier rostigen Metallsäulen getragen neben ihr aus dem Wasser ragte.

Erneut regte sich Unbehagen bei dem bloßen Gedanken in ihr, diesen Verschlag zu betreten (nein: schon ihn nur *anzusehen*), aber es bewirkte eher das Gegenteil: Es weckte ihren Trotz. Steve mochte sich ja ganz besonders schlau gewähnt haben, sich mit Waters in diesem rostigen Versteck zu treffen, aber sie würde ihn lehren, dass komplizierte Pläne oft dazu neigten, sich gegen den zu wenden, der sie ersonnen hatte. Wahrscheinlich hatten der

Graue Archivar und er sie längst entdeckt. Egal: Sie saßen in der Falle.

Mit kampflustig vorgerecktem Kinn (und wenig elegant) kletterte sie vom Boot herunter und näherte sich dem Pfahlbau. Sie hatte noch immer keine Vorstellung von dessen Zweck, erkannte aber jetzt, dass er noch wesentlich kleiner war, als sie bisher angenommen hatte – allenfalls fünf auf fünf Schritte im Quadrat – und nur ein einziges, zusätzlich vergittertes Fensterchen in den Wellblechwänden aufwies. Und wieso überhaupt Wellblech? Alles, wirklich alles hier war aus Holz, Tauwerk und Segelzeug (und einer Menge inbrünstiger Gebete, nahm sie an) zusammengefügt, nur dieses Gebäude bestand aus Metall, bis hin zu den fünfzehn Zoll durchmessenden Pfeilern, auf denen es ruhte. Sie wusste nicht, ob das etwas zu bedeuten hatte, aber es gefiel ihr nicht.

Was sie natürlich nicht davon abhalten würde, es herauszufinden. Steve war hier, und er würde jetzt noch ein paar Fragen mehr beantworten müssen, genau wie Mister Waters.

So aufgebracht, dass sie unter ihren Schritten dröhnten, eilte sie die rostigen Metallstufen hinab, stieß die Tür mit beiden Handballen auf, ohne langsamer zu werden, stürmte in unverändertem Tempo hindurch und wäre um ein Haar im nächsten Moment anderthalb Meter tiefer im Wasser gelandet.

Der Verschlag hatte keinen Boden. Unmittelbar hinter der Tür begann ein allenfalls zwei Handspannen breiter, umlaufender metallener Sims, der Rest des erwarteten Bodens bestand aus nichts weiter als eben nichts, und es war einzig ihre instinktive Reaktion, die sie rettete: Ihre Hände griffen nach dem Türrahmen und klammerten sich mit aller Kraft daran fest, noch bevor ihr linker Fuß ins Leere trat und sie ein heißer Schrecken durchfuhr. Sie verlor den Kampf ums Gleichgewicht, klammerte sich nur noch fester an den Türrahmen und büßte zwei Fingernägel bei dem Versuch ein, sich mit selbigen in das rostige Metall zu krallen.

Der Schmerz war so schlimm, dass sie nun doch losließ, aber ihre instinktive Reaktion bewahrte sie trotzdem vor einem Sturz ins übel riechende Wasser des Hafens. Beinahe jedenfalls. Sie fiel, drehte sich noch in der Bewegung halb um und schlug so hart mit dem linken Knie auf, dass es ihr die Tränen in die Augen trieb, fand aber trotzdem irgendwie und irgendwo Halt. Ihre Fingerspitzen brannten wie Feuer und begannen zu bluten.

Mit zusammengebissenen Zähnen (und sich vollkommen absurderweise maßlos darüber ärgernd, schon wieder ein Paar teurer Spitzenhandschuhe eingebüßt zu haben) zog sie sich in die Höhe, verlagerte ihr Körpergewicht mit einem sie selbst überraschenden Geschick weit genug zur Seite, um sich auf den metallenen Steg hinaufzurollen, und gerade als sie sich ein erleichtertes Seufzen gestatten wollte, schlang sich etwas Nasses und Eiskaltes um ihren Knöchel und hielt sie mit erbarmungsloser Kraft fest. Mit einem spitzen Schrei klammerte sich Janice an das rostige Metall (diesmal ohne Rücksicht auf ihre Handschuhe zu nehmen), strampelte mit den Beinen und sah nach unten.

Da war etwas Glitzerndes und Nasses, das sich wie der Tentakel eines bizarren Unterseeungeheuers aus dem Wasser streckte und ihren Knöchel mit genug Kraft umschlang, um ihr das Blut abzuschnüren. Ein Schatten bewegte sich darunter, riesig und peitschend, aber zu bizarr und dem schmutzigen Wasser zu ähnlich, um ihn genau zu erkennen; und geradezu unmöglich groß. Janice schrie noch einmal und noch lauter und zerrte mit aller Kraft, und das glitzernde, halb durchsichtige Tau dehnte sich wie ein Gummiband und zersprang dann mit einem peitschenden Knall, um sich in einem Sprühregen dicker Tropfen aufzulösen, die mit einem schweren Platschen ins Wasser zurückfielen.

Der Anblick war so bizarr, dass sie im allerersten Moment nicht einmal erschrak, sondern das brodelnde Wasser unter sich nur anstarren konnte, ohne wirklich zu begreifen, was sie da sah. Dann jedoch schlug der Schrecken mit umso größerer Wucht zu: Mit einem Male war sie wieder zu Hause in ihrer Wohnung in Providence, saß wieder im sprudelnden Wasser der Badewanne und spürte wieder das Regen und Tasten und Forschen peitschender dünner Tentakel, die aus nichts anderem als Wasser und Gestalt gewordener Furcht bestanden und doch wie Säure auf ihrer bloßen Haut brannten. Sie schrie, versuchte sich mit aller Gewalt weiter auf den schmalen Sims hochzukämpfen und hätte es beinahe geschafft, als ein weiterer, dicker Strang aus brodelnd-knotigem Wasser an ihr vorbei und nach der Tür schlug und sie mit einem Krachen ins Schloss schmetterte, unter dem der gesamte Verschlag bebte. Ein zweiter, wedelnder Arm schlang sich erneut um den Knöchel, den sie gerade erst so mühsam losgerissen hatte, und ein dritter und vierter wickelten sich um ihre Hüfte und ihre rechte Hand, um mit erbarmungsloser Kraft daran zu zerren.

Janice schrie jetzt aus Leibeskräften, doch der Laut wurde ihr einfach von den Lippen gerissen und ging im Platschen und Schwappen des aufgewühlten Wassers unter. Alles war grau und nass und auf grässliche Art kalt, und unter dem Toben der schlammigen Brühe anderthalb Meter unter ihren strampelnden Füßen wuchs etwas Großes heran, etwas unsagbar Fremdes und Altes, das sie aus gnadenlosen Augen anstarrte und gekommen war, um sie für den Frevel zu bestrafen, uneingeladen in seine Welt eingedrungen zu sein. Zähne und Krallen blitzten in gieriger Vorfreude, und etwas Gewaltiges schob sich durch das schlammige Wasser des Hafenbeckens auf sie zu, etwas Riesiges und sich Windendes wie ein Wurm oder eine Schnecke und zugleich doch so anders, dass es unmöglich war, es mit Worten irgendeiner menschlichen Sprache zu beschreiben. Janice schrie und strampelte und kämpfte mit aller Macht, doch ihre Kräfte waren so hilflos wie die eines neu geborenen Kindes gegen einen tobenden Riesen. Unbarmherzig wurde sie weiter nach unten und auf diese schrecklich starrenden Augen zugezogen, spürte die Berührung des schlammig-kalten Wassers an den Füßen, dann an den Knöcheln und Waden und …

Und dann schlossen sich mindestens ebenso starke Finger um ihr Handgelenk und zerrten sie mit einem Ruck auf den rostigen Sims und in derselben Bewegung auch gleich aus dem Gebäude und die Treppe hinauf. Janice schlug und trat einfach weiter in blinder Panik um sich, traf irgendetwas, das mit einem schmerzhaften Grunzen darauf reagierte, sie aber trotzdem weiter die rostigen Stufen eher hinauftrug als sie zu ziehen und ihre Handgelenke erst losließ, als sie wieder auf dem hölzernen Pier waren.

Obwohl ihr unbekannter Retter sie nicht festhielt, prallte sie mit einer Bewegung, wie um sich loszureißen, zurück und verlor durch den zusätzlichen Ruck endgültig das Gleichgewicht, sodass sie prompt erneut gestürzt wäre, hätte die Hand nicht abermals zugegriffen, um sie zum zweiten Mal aufzufangen. Janice nahm die Hilfe ebenso stillschweigend wie dankbar an, redete sich wenigstens ein, sich aus eigener Kraft wieder aufgerappelt zu haben, und schlug die Hand dann umso trotziger weg, um ihren Retter zornig anzufunkeln.

»Ist … ist alles in Ordnung, Janice?«, stammelte Steve. »Ich … ähm … ich meine, Sie sind doch nicht verletzt, oder?«

»Danke, mir geht es gut!«, fauchte Janice. Zornig prallte sie einen Schritt zurück, dann noch einen und hätte es gerne noch ein paarmal getan, hätte sie sich nicht zugleich auch selbst gesagt, wie lächerlich es wäre, wenn sie jetzt aus lauter kindischem Trotz doch noch im Wasser landete.

»Sind Sie sicher?«, vergewisserte sich Steve. Janice fiel erst jetzt auf, wie blass er war. »Nicht auszudenken, wenn Sie ins Wasser gefallen wären! Um alles in der Welt, Janice, haben Sie überhaupt eine Vorstellung, was Ihnen alles hätte passieren können?«

»Aber wieso denn, wo ich doch einen so tapferen Beschützer habe?«, antwortete Janice. »Wo ist er überhaupt?«

Steve blinzelte. »Wer?«

»Mister Waters!«

Steve entblödete sich nicht einmal, sie etliche Sekunden lang anzusehen und dabei so zu tun, als müsste er angestrengt über die Bedeutung dieses Namens nachdenken. Dann nickte er. Sein Gesicht hellte sich erkennend auf, blieb aber trotzdem vage besorgt. »Sie meinen Mister Waters aus dem Archiv? Aber warum sollte er …?«

»Machen Sie sich nicht lächerlich, indem Sie es auch noch ableugnen!«, fiel ihm Janice ins Wort. »Ich habe ihn gesehen, zusammen mit Ihnen, Steve! Also werden Sie mir jetzt sagen, wo er ist und was Sie mit ihm zu tuscheln haben?«

»Tuscheln?«, wiederholte Steve. Er sah ein bisschen hilflos aus. Wäre Janice nicht so wütend gewesen wie schon lange nicht mehr (eigentlich wie noch nie), hätte er ihr vielleicht sogar leidgetan.

»Leugnen Sie nicht!«, fuhr sie ihn an, noch lauter. »Ich habe ihn gesehen, zusammen mit Ihnen!« Aufgebracht deutete sie auf den Wellblechverschlag.

Steves Blick folgte der Geste. Er runzelte die Stirn und sah plötzlich noch ein wenig trauriger aus. »Wo soll das gewesen sein? Dort drinnen?«

Janice setzte zu einer noch ärgerlicheren Antwort an, presste aber dann nur die Lippen aufeinander und zog es vor zu schweigen. Die Tür des Verschlags stand noch auf, sodass man den nicht vorhandenen Boden erkennen konnte, und auch, dass das kleine Gebäude vollkommen leer war und es keinen zweiten Ausgang gab.

Steve war diskret genug, sie nicht nur nicht auf diese Unmöglichkeit hinzuweisen, sondern das ganze Thema zu wechseln, wenn auch mit einem unbehaglichen Räuspern. »Und Sie sind auch wirklich unversehrt?« Er wartete ihre Antwort aber gar nicht erst ab, sondern trat schon wieder auf sie zu und streckte den Arm aus, um nach ihr zu greifen. »Janice, wirklich, Sie sollten jetzt …«

»*Sie*«, unterbrach ihn Janice mit einer Stimme, die so schneidend kalt war wie das Lodern in ihren Augen heiß, »sollten mir jetzt sagen, was das alles hier zu bedeuten hat, Steve. Wieso ist Waters hier, und was haben Sie hinter meinem Rücken mit ihm zu besprechen?«

»Nichts, das versichere ich Ihnen, Janice!«, antwortete er, ungewöhnlich genug sowohl mit fester Stimme als auch ihrem Blick standhaltend. »Und er ist auch nicht hier, zumindest nicht, dass ich wüsste. Ich habe Mister Waters das letzte Mal vor einigen Tagen in Providence gesehen. Zusammen mit Ihnen.«

»Lügen Sie nicht!«, begehrte Janice auf. »Ich habe ihn genau …«

Gesehen? *Aber hatte sie das wirklich?* Je angestrengter sie darüber nachdachte, desto weniger sicher war sie. Genau genommen hatte sie wenig mehr als einen Schatten wahrgenommen und vielleicht nicht einmal das. Vielleicht hatte sie nur gesehen, was sie sehen *wollte.* Seit ein paar Tagen war sie nicht mehr ganz sicher, wie weit sie ihren Sinnen noch trauen konnte.

Aber sie war doch nicht verrückt!

»Nein, Janice, das sind Sie ganz sicher nicht«, sagte Steve. Janice starrte ihn aus aufgerissenen Augen an, doch erst als er weitersprach, wurde ihr überhaupt klar, dass sie die letzten Worte wohl tatsächlich laut ausgesprochen hatte und nicht nur gedacht. »Aber Sie dürfen nicht so hart mit sich ins Gericht gehen, Janice. Ich kenne so manchen Mann, den das in die Knie gezwungen hätte, was Sie allein in den letzten beiden Tagen erleiden mussten.«

»Sie meinen, ich wäre nicht mehr ganz zurechnungsfähig?«, fragte Janice, wobei sie sich ein bisschen ungerecht vorkam.

»Ich meine, dass Sie Unmögliches von sich verlangen«, sagte Steve noch einmal. »Ich habe Ihnen versprochen, Ihnen zu helfen, und ich werde dieses Versprechen auch einhalten. Bisher haben Sie sich schon schlimm genug gequält, Janice, aber nun fangen Sie an, sich in Gefahr zu bringen. Das kann ich nicht zulassen.«

»Ach nein?«, wollte Janice wissen. »Und was wollen Sie dagegen tun?«

Sie konnte ihm ansehen, wie sehr ihn diese Worte verletzten, und ihr schlechtes Gewissen meldete sich erneut. Aber sie brachte es auch jetzt wieder erfolgreich zum Schweigen. Sie konnte ihm auch ansehen, dass er zu einer deutlich geharnischteren Antwort ansetzte, es dann aber bei einem traurigen Kopfschütteln und einem Seufzen beließ.

»Vielleicht sollte ich Sie erst einmal zurück ins Hotel bringen«, sagte er, »bevor Sie am Ende tatsächlich noch zu Schaden kommen.«

Janice funkelte ihn unverwandt weiter zornig an und ertappte sich sogar dabei, so etwas wie eine Drohung in diesen Worten hören zu wollen. Was natürlich vollkommener Unsinn war. Steve würde sie niemals bedrohen, das wusste sie.

Aber hätte sie vor wenigen Momenten nicht auch noch ebenso sicher zu wissen behauptet, dass er ihr niemals die Unwahrheit sagen würde?

»Mit wem haben Sie gesprochen, Steve?«

»Mit niemandem, Janice«, antwortete er.

Wenn er log, dann perfekt. Aber sie hatte jemanden *gesehen!* Oder?

»Und was tun Sie dann hier?«, fragte sie, sich selbst für den schon wieder sachten Unterton in ihrer Stimme verfluchend, der sich nichts anderes als Verständnis erbittend anhörte.

»Das war eine dumme Idee«, gestand Steve. »Ich wollte ein Boot mieten.«

»Ein Boot?«, wiederholte Janice mit ungläubig aufgerissenen Augen und einer Geste auf die heruntergekommenen Silhouetten, zwischen denen der Fliegende Holländer wohl nicht aufgefallen wäre. »Hier?«

»Wie ich bereits sagte: Es war eine dumme Idee«, antwortete Steve, und allein das verlegen-verunglückte Lächeln, das dabei auf seinem Gesicht erschien, ließ ihn schon wieder zu dem zu groß geratenen unbeholfenen Jungen werden, als den sie ihn kennen- und schätzen gelernt hatte. »Vor morgen Mittag kommen wir hier nicht weg, und ich dachte, es würde Ihnen vielleicht Vergnügen bereiten, sich die Zeit mit einem kleinen Bootsausflug zu vertreiben. Das Wetter ist gut, und die See an diesem Teil der Küste ist berühmt nicht nur für ihre Ruhe, sondern auch für ihren Reichtum an Fischen und Seevögeln.«

So ungefähr das Allerletzte, wonach Janice im Moment der Sinn stand, war eine Bootspartie, und es hätte auch nicht viel gefehlt, und sie hätte ihm das mit genau diesen Worten gesagt. Aber ganz plötzlich war er eben auch wieder genau der Steve, den sie nun schon seit Jahren kannte und im Grunde vom ersten Tag an wie einen Bruder ins Herz geschlossen hatte. Sosehr sie es auch wollte (und auf eine vordergründige Art auch tat): Tief in sich konnte sie ihm nicht wirklich böse sein.

Und ganz nebenbei hatte er recht: Waters war nicht hier und war es auch niemals gewesen. Es sei denn, er hätte die Kunst beherrscht, sich in Luft aufzulösen.

Oder in Wasser, flüsterte eine lautlose Stimme hinter ihren Schläfen. Janice brachte sie mit einiger Mühe zum Verstummen und wandte sich direkt zu dem rostigen Metallwürfel um. »Wozu mag das gut sein?«

Steve hob übertrieben pantomimisch die Schultern. »Ich weiß es nicht. Vielleicht um die Boote bequemer be- und entladen zu können?«

»Und warum hat man es dann aus Eisen gemacht?«, fragte Janice. »Damit es schneller wegrostet?«

Sollte Steve die Ironie überhaupt verstanden haben, dann ging er nicht weiter darauf ein. Er hob nur abermals die Schultern, und Janice trat mit klopfendem Herzen wieder so dicht an den Rand des hölzernen Steges heran, wie sie es wagte, und zwang sich, das träge schwappende Wasser unter sich anzusehen. Es roch immer noch schlecht, und sie gewahrte etliche formlos-unappetitliche Dinge, die in der graubraunen Brühe schwappten, doch nichts davon war un- oder gar übernatürlichen Ursprungs, sondern der Natur ausnahmslos von Menschenhand angetan worden. Da waren keine peitschenden Schlangenarme und Pseudopodien und keine uralten boshaften Augen, die sie voller Gier anstarrten.

Dafür sah sie etwas, das sie Steve zumindest im Stillen ein wenig Abbitte leisten ließ: ihr eigenes Spiegelbild. Nicht nur, dass sich ihr Äußeres in ganz und gar erbarmungswürdigem Zustand befand – ihre Handschuhe waren nicht als Einziges auf der Strecke geblieben. Ihr Hut war verschwunden, das Kleid nass und verdreckt und am Saum eingerissen, und sie hatte den linken Schuh verloren – auch ihre Frisur befand sich in einem Stadium fortgeschrittener Auflösung, und in ihren Augen war etwas, das sie fast selbst erschreckte.

Mit einem lautlosen Seufzer schlüpfte sie auch noch aus dem anderen Schuh, warf ihn hinterher und wandte sich mit einem zweiten und nicht mehr ganz so lautlosen Seufzen wieder zu Steve um. »Sie wissen nicht zufällig, ob es in dieser Stadt so etwas wie ein Schuhgeschäft gibt?«

12

Sie sahen sich erst zu einem frühen Abendessen wieder, zu dem Steve sie in das kleine Restaurant des Hotels eingeladen hatte. So wenig das Hotel diese Bezeichnung wirklich verdiente, so wenig hatte dieses Etablissement mit irgendeinem wirklichen Restaurant zu tun, in dem sie jemals gegessen hatte. Aber es hatte einen unbestreitbaren Vorteil; und wenn man es genau nahm, sogar zwei: Es gehörte zum Hotel, sodass sie das Haus nicht verlassen mussten, und da es mitten in der Woche und Steve und sie momentan die einzigen Gäste waren, waren sie zugleich auch allein. Und zumindest der Geruch, der ihr aus der schlecht isolierten Küche entgegenwehte, war nicht dergestalt, dass es ihr vor dem Essen gegraust hätte.

Sie hatten sich für sieben verabredet, und Janice hatte ganz bewusst gute zehn Minuten mehr verstreichen lassen, bevor sie das Zimmer verließ und sich auf den Weg nach unten machte. Trotzdem war Steve noch nicht da und auch sonst niemand. Janice war zwar ein wenig erstaunt – eine solche Unpünktlichkeit passte überhaupt nicht zu ihm, schon gar nicht, wenn es um eine Verabredung mit ihr ging –, zugleich aber auch fast ein bisschen erleichtert. Absurd oder nicht, nach dem Zwischenfall von heute Mittag war ihr fast ein bisschen bange davor gewesen, Steve wiederzusehen. So blieben ihr wenigstens noch ein paar Momente, um sich darauf vorzubereiten.

Es eilte kein Kellner herbei und somit auch niemand, der sie an ihren Platz geleitet hätte. Das Restaurant verfügte jedoch nur über insgesamt vier Tische, von denen ein einziger für zwei Gäste eingedeckt war. Janice ging hin, zollte dem kostbaren Porzellan und den nicht minder edlen Weingläsern überraschten Respekt und zögerte dann doch, sich zu setzen. Der Tisch stand am Fenster und bot einen Ausblick über den Großteil des Hafens und des dahinterliegenden Meeres. Die kurze Dämmerung dieser Breiten brach gerade herein, sodass der Ozean zu einem riesigen Spiegel aus gehämmertem Kupfer wurde, auf dem sich unzählige Bruchstücke einer zerborstenen Sonne brachen.

Die letzten Fischer hatten ihr mühsames Tagewerk beendet und liefen gerade mit ihren Booten ein, und das Licht bekam jenen seltenen warmen Ton, den man nur an sehr wenigen Orten auf der Welt und auch dort nur in kostbaren Momenten sieht und der dementsprechend unzählige Liebesromane, Sonette und Gedichte inspirierte. Janice musste gegen ihren Willen lächeln, und sie wusste Steves rührendes Bemühen auch durchaus zu würdigen. Auch wenn er mit diesem *romantischen Arrangement* eher das Gegenteil dessen erreichte, was er vermutlich im Sinn gehabt hatte. Zu behaupten, dass ihr der Anblick des Hafens Angst machte, wäre zweifellos übertrieben gewesen, aber er flößte ihr Unbehagen ein.

Trotzig zog sie einen Stuhl zurück und nahm darauf Platz. Nun wäre der Moment für Steve gekommen, um aufzutauchen und sich für die Verspätung zu entschuldigen, oder spätestens für einen Kellner, um sich nach ihren Wünschen zu erkundigen. Aber niemand kam.

Janice geduldete sich noch eine Minute, dann noch eine und schließlich noch eine (sie kamen ihr wie Ewigkeiten vor), ehe sie schließlich nach der großen Karaffe vor sich griff und sich selbst bediente; ganz gleich, ob sich so etwas nun geziemte oder nicht. Behutsam kostete sie den Wein und fand ihre Erwartungen bestätigt. Er war nicht wirklich schlecht, aber auch alles andere als gut. Was für sie in diesem Moment allerdings nur Anlass war, trotzig einen zweiten und deutlich größeren Schluck zu nehmen. Er schmeckte beinahe noch schlechter als der erste, und sie konnte gerade noch den Impuls unterdrücken, sichtbar zu erschauern.

»Das sollten Sie nicht tun.«

Janice nahm sogar noch einen dritten Schluck, mit dem sie das Glas leerte, und stellte es dann mit einer gezierten Bewegung auf den Tisch zurück, bevor sie den Kopf wandte, um Steve anzublicken. »Was?«

»Ganz allein in einem Lokal sitzen und Alkohol trinken«, antwortete Steve, während er näher kam und ihr gegenüber Platz nahm. Er hatte sich umgezogen und trug ein in braunes Papier eingeschlagenes Paket bei sich, das er auf den freien Stuhl zwischen ihnen legte. »In einer so kleinen Stadt wie dieser sind die Leute oft noch ein wenig engstirnig. Ich fürchte, sie reden sowieso schon über uns. Eine unverheiratete junge Frau und ein unverheirateter Mann, allein im gleichen Hotel …«

»Sie können es nicht lassen, wie?«, fragte Janice spröde.

»Was?«

»Mich maßregeln zu wollen.« Janice hob ihr leeres Glas und wartete, bis er ihr nachgeschenkt hatte, trank aber nicht, sondern setzte es unangetastet wieder ab. »Und allein trinke ich nur, weil Sie unpünktlich zu unserer Verabredung erschienen sind, Steve.«

Eine Sekunde lang wirkte er verdutzt, aber dann nickte er und rettete sich in ein verlegenes Grinsen. »Touché. Aber ich habe eine Entschuldigung … auch wenn es natürlich vollkommen unentschuldbar ist, eine Frau wie Sie auch nur eine Sekunde lang warten zu lassen.«

»Steve«, seufzte Janice. »Ich habe Ihnen schon einmal gesagt, dass …«

»… Sie mich als guten Freund betrachten, es aber auch niemals mehr werden wird«, fiel ihr Steve ins Wort. »Ich bedauere das, aber selbstverständlich respektiere ich Ihre Entscheidung. Ich hatte einen anderen Grund für meine Verspätung.«

Da war ein ganz sachter Unterton in seiner Stimme, der ihr klarmachte, dass er genau diese Reaktion vorausgesehen hatte; und sich vielleicht auch ein ganz kleines bisschen darauf gefreut, sie ein wenig in Verlegenheit zu bringen. Janice gönnte ihm den kleinen Triumph und sah ihn nur weiter stumm und auffordernd an.

»Ich … ähm … Sie hatten mich gebeten, nach etwas Bestimmten Ausschau zu halten«, begann Steve, jetzt wieder ein wenig unbehaglich.

»Nach Schuhen, ja.« Janice musste sich beherrschen, um nicht nach unten zu sehen. Auf so etwas wie vorhin war sie nicht gefasst gewesen und hatte auch kein zweites Paar Schuhe mitgenommen; mit dem Ergebnis, dass sie nicht nur auf nackten Füßen ins Hotel zurückgekehrt war, sondern auch genauso am Tisch saß. Vielleicht war es ja ganz gut dass Steve und sie im Augenblick die einzigen Gäste hier waren.

»Tatsächlich gibt es kein Schuhgeschäft hier in Ipswich«, fuhr Steve fort. Er griff nach dem Paket, das er neben sich auf den Stuhl gelegt hatte. »Allerdings haben sie einen guten, alten Drugstore, der auch eine kleine Auswahl an Schuhen anbietet.«

Da sie keine Anstalten machte, von sich aus nach dem Paket zu greifen, schob er es ihr über den Tisch hinweg zu und riss es aus derselben Bewegung heraus auch gleich auf – wobei er fast eines der Gläser umgestoßen hätte. Janice war nicht ganz sicher, ob sie schmunzeln oder missbilligend die Stirn runzeln sollte. Tatsächlich enthielt das Paket ein paar knöchelhoher Schnürschuhe, die die passende Größe zu haben schienen … und so ganz nebenbei das hässlichste Stück Schuhwerk waren, das sie jemals gesehen hatte. Janice nahm sie dennoch heraus, schlüpfte hinein und stellte mit einem Gefühl sachter Überraschung fest, dass sie so genau passten, als wären sie allein für sie maßgeschneidert worden.

»Und?«, fragte Steve.

»Sie passen«, erwiderte Janice.

Steve sah nicht so aus, als wäre das die Antwort, auf die er gehofft hatte, sodass sie noch ein wenig überzeugendes »Danke« hinzufügte, und sie war auch mehr als nur ein bisschen erleichtert, als die Tür zur Küche aufging und zwei junge Frauen das Essen servierten.

Janice zog überrascht die Augenbrauen hoch, und Steve kam ihrer nächsten Frage auch gleich zuvor: »Ich habe mir erlaubt, schon einmal für Sie zu bestellen. Ich hoffe doch, Sie verzeihen mir diese kleine Eigenmächtigkeit.«

Janice zog es vor, gar nichts dazu zu sagen. Da waren eine ganze Menge anderer *kleiner Eigenmächtigkeiten*, die sie deutlich übler nehmen konnte, ohne bisher auch nur ein Wort darüber verloren zu haben. Und sie gedachte auch nicht, das Gespräch von ihm in eine Richtung lenken zu lassen, die ihm behagte. Versuchte er gar, sie zu manipulieren?

Darüber hinaus sah das Essen nicht nur hervorragend aus, sondern duftete auch so köstlich, dass ihr das Wasser im Munde zusammenlief und sie nur noch mit Mühe ein wenig damenhaftes Knurren ihres Magens unterdrücken konnte.

Steve wartete eine ganze Weile vergebens darauf, dass sie irgendetwas sagte, deutete schließlich ein Schulterzucken an und griff nach seinem Besteck, nachdem er ihr einen guten Appetit gewünscht hatte. Gerade lange genug, um das Schweigen nicht nur schon wieder unbehaglich werden zu lassen, sondern ihm auch eine neue, gespannte Qualität zu verleihen, die vielleicht nur deshalb nicht wirklich feindselig wurde, weil von Zeit zu Zeit eine der Bediensteten hereinkam, um ihnen nachzuschenken, sich nach ihren Wünschen zu erkundigen oder einen weiteren Gang des nicht enden wollenden Menüs zu bringen, aßen sie schweigend; und weil das Essen tatsächlich von einer so hervorragenden Qualität war, wie sie es in einem Lokal wie diesem niemals erwartet hätte. Um genau zu sein, nicht einmal in einer Stadt wie dieser.

»Sie haben mich belogen, Steve«, sagte sie nach einer genau gewählten Pause.

Sie hatte nicht mit einer Antwort gerechnet und bekam auch keine. Steve sah erst sie fassungslos an, senkte dann rasch den Kopf und starrte seinen Teller in Grund und Boden. »So?«, murmelte er schließlich.

»Sie haben mich in dem Glauben gelassen, das hier wäre ein zweitklassiges Hotel in einem von Gott und den Menschen vergessenen Kaff am Ende der Welt.«

»Dabei halten Sie es in Wahrheit für drittklassig?«

Janice ignorierte den Einwurf. »Sie haben einen Meisterkoch aus dem Hilton in New York mitgebracht.«

»Es ist ein Geheimtipp«, gestand Steve, der nach wie vor vom Anblick seines Tellers zu sehr in den Bann geschlagen zu sein schien, um sie anzusehen. »Der Mann am Hafen hat es mir verraten.«

»Mister Waters.« Das war nicht komisch, und Janice bedauerte ihren misslungenen Scherz schon, bevor sie ihn auch nur beendet hatte.

Steve hörte auch prompt auf zu essen, ließ seine Gabel sinken und sah sie sehr ernst (und auch eine Spur vorwurfsvoll) an. »Der Mann, dessen Boot ich mieten wollte. Ich weiß seinen Namen nicht.«

»Es tut mir leid«, sagte Janice rasch. »Ich weiß auch nicht, warum ich …«

»Ich kann Sie verstehen, Janice.« Steve legte das Essbesteck aus der Hand und setzte sich gerade auf. Er griff umständlich in die Jackentasche und zog ein zusammengefaltetes Blatt hervor. Nach einer weiteren Sekunde faltete er es auseinander und reichte es ihr mit der beschriebenen Seite nach unten, machte aber auch eine abwehrende Geste, als sie es umdrehen wollte.

»Ich hätte es Ihnen schon vorhin sagen sollen, ich weiß, aber Sie waren so aufgebracht, dass ich einen günstigeren Moment abwarten wollte.«

»Ein hervorragendes Essen in lauschiger Atmosphäre?«

»Dafür ist dieses Hotel tatsächlich berühmt«, bestätigte Steve. »Der Mann am Hafen hat behauptet, die Leute kämen am Wochenende aus fünfzig Meilen Entfernung hierher, nur um zu essen. Angeblich erfreut es sich gerade bei Frischverliebten großer Beliebtheit.« Er stockte und sah mit einem Male schon wieder ein bisschen verlegen aus, und Janice war sogar sicher, dass er rote Ohren bekam, auch wenn sie es bei der schwachen Beleuchtung nicht genau erkennen konnte.

»Und was genau wollten Sie mir nun sagen?« Sie drehte das Blatt nicht herum, machte aber eine entsprechend fragende Kopfbewegung und erkannte immerhin, dass es sich um ein Telegramm handelte. Als er immer noch zögerte, fügte sie hinzu: »Ist es eine gute oder eine schlechte Nachricht?«

»Im Prinzip eine gute, auch wenn ich befürchte, dass Sie es im ersten Moment wohl als das Gegenteil empfinden werden.«

Janice legte fragend den Kopf auf die Seite.

»Bevor wir uns am Hafen getroffen haben, war ich im Postamt und habe ein Telegramm aufgegeben«, fuhr Steve fort, ihrem Blick jetzt wieder nervös ausweichend. »Ich habe Ihnen ja erzählt, dass ich die Motornummer dieses alten Wagens überprüfen lassen kann.«

»Und das haben Sie getan?« Janice verzichtete darauf, ihm zu verraten, dass sie ihn beobachtet hatte, fügte aber noch hinzu: »In dieser kurzen Zeit?«

»Wenn man weiß, wen man fragen muss, dann sind die meisten Aufgaben rasch erledigt.« Er machte eine auffordernde Geste. »Sie können sich selbst überzeugen, Janice. Es ist nicht Joffreys Wagen.«

Janice drehte das Telegramm um und überflog die wenigen Zeilen, die zum Großteil aus Zahlen- und Buchstabenkombinationen bestanden, die ihr nichts sagten, sowie einem ihr vollkommen unbekannten Namen nebst dazugehöriger Adresse.

»Es handelt sich tatsächlich um ein Fahrzeug derselben Marke und sogar derselben Baureihe«, fuhr Steve fort, nachdem er ihr hinlänglich Zeit für ihre Lektüre gegeben zu haben glaubte. »Aber es ist nicht Joffreys Tin Lizzy. Der Wagen, den wir gefunden haben, wurde schon vor Jahren von seinem Besitzer als gestohlen gemeldet. Vermutlich sind die Diebe damit gefahren, bis der Tank leer war, und haben ihn dann dort im Gebüsch versteckt, damit er nicht sofort gefunden wird und sie einen größeren Vorsprung haben.« Er nickte gewichtig, obwohl sie nicht einmal dazu angesetzt hatte zu widersprechen. »So unglaublich es klingt, bei etwas so Kostspieligem wie einem Automobil, aber so etwas kommt recht häufig vor.«

Das klang so überzeugend, dass sich allein deshalb schon wieder ihr Misstrauen regte. »Und wie kommen Sie darauf, dass es eine schlechte Nachricht für mich ist?«, fragte Janice spröde.

Steve sagte nichts dazu, sondern nutzte das erneute Auftauchen der jungen Bediensteten, um sein Glas zu heben und sich nachschenken zu lassen. Dabei tauschte er ein paar belanglose Worte mit dem jungen Ding, die zu verstehen sich Janice nicht die Mühe machte, gewann dann noch einmal Zeit, an seinem Wein zu nippen und heftig Grimassen schneidend den Sommelier zu mimen, der er nicht wahr, und Janice setzte zu einer entsprechend spöttischen Bemerkung an, besann sich aber dann eines Besseren und sah wieder auf die See hinaus.

Zumindest in die entsprechende Richtung. Die Sonne war untergegangen, während sie gegessen hatten, und der Himmel bewölkt genug, um die Nacht sternenlos zu machen. Irgendwo auf halbem Wege zwischen den wenigen Lichtern des Hafens und dem trüben Funkeln der fast am Horizont verschwindenden Halbinsel Cape Cod bewegte sich etwas. Es war viel zu dunkel, als dass sie mehr als eben diese bloße Bewegung erkannte, aber gerade das war es, was sie irritierte. Was immer dort draußen war, war groß und düster und schien etwas noch Dunkleres und Machtvolleres auszustrahlen, wie eine schwarze Sonne, die die Welt mit dem genauen Gegenteil von Licht überstrahlte; nicht bloße Dunkelheit, sondern etwas Aktives, das Teil einer so fremdartigen Welt war, dass sie es nicht einmal in Gefühle kleiden konnte, geschweige denn in Worte.

Wie so viele Male zuvor versuchte sie sich zusammenzureißen, aber es gelang ihr nicht. Der beunruhigende Anblick hatte etwas zurückgelassen, das nun wie fein zermahlenes Glas in ihren Gedanken scheuerte. Sie wandte sich wieder an Steve.

»Der Mann, mit dem Sie am Hafen gesprochen haben, das war ein Fischer, nehme ich an?«

Steve hob die Schultern. »Jemand, der ein Boot besitzt, mehr weiß ich nicht. Aber es war ein schrecklich heruntergekommenes Wrack. Ich hätte mich geschämt, Sie auch nur einen Fuß auf diesen Kahn setzen zu lassen.«

»Sie fangen aber jetzt nicht schon wieder an, oder?«, fragte Janice, dieses Mal aber so, dass er den Scherz ganz bestimmt verstand.

»Sie verletzen mich, Janice«, antwortete Steve, wenn auch ebenfalls mit einem angedeuteten Lächeln.

»War er ein Fischer?«, beharrte Janice.

»Ich habe nicht danach gefragt, nachdem ich sein sogenanntes Boot gesehen habe.« Steves Lächeln entgleiste ein wenig. »Und auch nicht nach seinem Namen. Aber ich bin ziemlich sicher, dass er nicht Waters lautet.«

»Jetzt sind Sie es, der mich verletzt, Steve«, erwiderte sie, »auch wenn ich ziemlich sicher bin, dass Sie es nicht absichtlich tun.«

»Das scheint wohl unser Schicksal zu sein«, seufzte Steve und trank einen weiteren Schluck Wein.

»Was?«

»Dass wir uns ständig gegenseitig verletzen, ohne es zu wollen.«

Janice wollte antworten, doch in diesem Moment registrierte sie eine Bewegung aus den Augenwinkeln, die sie auf ihren fast geleerten Teller hinabsehen ließ. Nichts als der Anstandsrest lag noch darauf, aber es war unheimlich … konnte ein Schatten einen Schatten werfen?

»Ich weiß, dass ich Ihnen damit vermutlich lästig falle, Janice, aber was muss noch geschehen, bis Sie sich eingestehen, dass Sie auf der falschen Spur sind? Dieser Wagen stand schon dort, lange bevor Joffrey Providence überhaupt verlassen hat.«

»Er war hier«, hörte sich Janice sagen, fast zu ihrer eigenen Überraschung, dafür aber nur umso heftiger. Sie wusste es. Es gab praktisch keinen Beweis dafür und zahllose Indizien, die dagegensprachen, aber sie wusste einfach, dass es so war.

»Wenn Sie sich nur selbst hören könnten, Janice«, sagte Steve bedauernd.

»Und Sie sich«, gab Janice spitz zurück; und ziemlich trotzig, wie sie sogar selbst eingestehen musste. Steves Miene verdüsterte sich auch prompt – aber dann griff er nach seinem Wein, nahm einen weiteren großen Schluck und stellte das Glas mit einem unnötig harten Ruck auf den Tisch zurück. Spielten ihre Nerven ihr einen Streich, oder huschten schon wieder Schatten über den Tisch, ein Kielwasser nicht wirklich existierender zitternder Bewegung im Schlepptau?

Steve rettete sich in ein verunglücktes Lächeln. »Wenn das eine der Geschichten wäre, die Sie so gerne lesen, dann müsste ich Sie jetzt fragen, ob wir gerade unseren ersten ernsthaften Streit haben.«

Janice' Gesicht blieb vollkommen ausdruckslos, aber in ihren Augen musste wohl etwas sein, das ihre wahren Gefühle verriet.

Steves Lächeln erlosch, und er wurde zunehmend nervöser. »Was muss ich denn noch tun, um Sie davon zu überzeugen, dass ich es gut mit Ihnen meine?«

»Die Frage ist wohl eher, was Sie *nicht* hätten tun sollen.«

»Und was wäre das?« So wie er klang, *hatten* sie gerade ihren ersten ernsthaften Streit.

»Fangen wir damit an, dass ich es nicht schätze, wenn man mir nachspioniert.« Erregt griff Janice ebenfalls nach ihrem Glas, trank aber nicht, sondern drehte es nur in den Fingern. Sie brauchte einen klaren Kopf, und da sie so gut wie nie Alkohol trank, spürte sie schon das bisschen Wein, das sie vorhin zu sich genommen hatte.

»Ich habe Ihnen nicht nachspioniert«, sagte Steve in ehrlich verletztem Ton. »Ich war in Sorge um Sie.«

Janice antwortete gar nicht darauf, sondern drehte das Glas nur weiter in den Fingern, sodass der goldfarbene Wein das Licht der Kerzen in unzählige winzige Sterne zersprengte, die über die Tischplatte und Steves Gestalt huschten. Wo sie die geleerten Teller und seine Hände berührten, da trat eine groteske Veränderung ein, und plötzlich wirkten seine Hände verunstaltet, wie von vernarbtem Gewebe überzogen …

Janice fuhr bei diesem Anblick so heftig zusammen, dass sie etwas von ihrem Wein verschüttete und ihr das Glas womöglich ganz entglitten wäre, hätte Steve nicht rasch zugegriffen und das Schlimmste verhindert.

Wenigstens nahm Janice an, dass das seine Absicht gewesen war.

Natürlich wäre Steve nicht Steve gewesen, hätte er damit nicht alles nur noch viel schlimmer gemacht. Es gelang ihm zwar, das Glas aufzufangen, allerdings nur im ersten Moment. Er griff viel zu hastig und mit viel zu viel Kraft zu, sodass er nicht nur noch mehr Wein verschüttete, sondern der dünne Stiel des Glases auch mit dem Geräusch eines brechenden Zweiges zersprang. Überhastet schoss auch noch seine andere Hand vor, woraufhin sich der Rest des Weins über den Tisch, das Geschirr und ihr Kleid ergoss.

Janice sprang mit einem kleinen Schrei und so hastig in die Höhe, dass ihr Stuhl nach hinten flog und umkippte, und Steve fuhr mindestens genauso erschrocken auf und hampelte dabei so tollpatschig herum, dass ihm die beiden Hälften des Glases aus den Fingern glitten und auf den Tisch fielen, wo sie endgültig in tausend Stücke zersprangen. Beinahe noch hastiger griff er zu (Janice fragte sich vergebens, wonach eigentlich), verlor nun ebenfalls das Gleichgewicht und klammerte sich an den erstbesten Halt, den er fand.

Unglückseligerweise war es die Tischdecke, die kaum eine Sekunde später auf dem Fußboden landete, zusammen mit dem Geschirr, den Gläsern, der Weinkaraffe und überhaupt allem anderen, was sich auf dem Tisch befunden hatte; einschließlich der brennenden Kerzen.

Das gewaltige Scheppern und Klirren, mit dem teures Porzellan und kostbares Glas zerbrachen, war noch nicht ganz verklungen, als die Tür auch schon aufflog und die beiden jungen Frauen hereinstürmten, die ihnen das Essen gebracht hatten; und nahezu gleichzeitig tauchte auch der griesgrämige Manager auf, von dem Janice fast schon zu argwöhnen begonnen hatte, er hätte sich in Luft aufgelöst.

»Es ist alles in Ordnung«, sagte Steve hastig. »Nur ein kleines Missgeschick. Es ist nichts passiert!«

»Nichts passiert?«, ächzte Morton, während er aus aufgerissenen Augen das Chaos anstarrte, das sich vor Steves Füßen ausbreitete. Vielleicht wurden seine Augen sogar noch ein bisschen größer, als er den grauen Rauch sah, der sich aus der heruntergerissenen Tischdecke kräuselte. Offensichtlich war mindestens eine der Kerzen nicht ausgegangen. Das Klirren und Knirschen wiederholte sich, und zumindest dem Gesichtsausdruck des Mannes nach zu schließen musste sich das Geräusch wohl direkt bis in sein Mark bohren.

»Alles … in Ordnung?!«, ächzte er.

Steve strampelte noch einige Male auf der Decke herum und ließ erst dann davon ab, als kein Rauch mehr zu sehen war. »Sehen Sie, es ist nichts passiert.«

»Nichts passiert?«, keuchte der Hotelmanager noch einmal. »Haben Sie überhaupt eine Ahnung, was …?«

»Ich komme selbstverständlich für den Schaden auf«, sagte Steve rasch. »Machen Sie sich keine Sorgen. Das war ungeschickt von mir, aber die Hauptsache ist doch, dass niemandem etwas passiert ist.« Er wandte sich wieder direkt an Janice. »Ihnen ist doch nichts passiert, oder?«

Janice nickte zwar, aber es war wenig mehr als eine Reaktion auf den bloßen Umstand, angesprochen worden zu sein. Es gelang ihr kaum, den Worten zu folgen. Sie starrte Steves Hände an, dann an sich hinab und auf das, was Wein und Essensreste ihrem Kleid angetan hatten, und dann wieder auf seine Hände. Was sie durch das Glas und das Kaleidoskoplicht hindurch gesehen hatte, das war …

Unmöglich traf es so wenig wie *entsetzlich* oder *grauenhaft*. Dem, was sie gesehen hatte auch nur einen Namen zu geben, hieße sich damit zu beschäftigen, und schon das allein war beinahe mehr, als sie ertrug. Alles drehte sich um sie, und ihre Hände zitterten so stark, dass es ihr nicht einmal gelang, sie zu Fäusten zu ballen. Sie versuchte sich auf Steve und Morton zu konzentrieren und sich allein durch den Klang ihrer Stimme aus dem Strudel zu befreien, in dem ihre Gedanken versinken wollten, und bekam immerhin mit, dass Morton ihm eine Summe nannte, die Steve die Farbe aus dem Gesicht trieb, aber mehr auch nicht. Sie starrte weiter Steves

Hände an und versuchte die grässlichen Bilder zu ignorieren, mit denen ihre Furcht sie plagen wollte. Es gelang ihr nicht. Der Wahnsinn war in die Welt des Normalen eingedrungen und begann sie so schnell und unaufhaltsam zu verzehren wie sich ein Tintenklecks auf Löschpapier ausbreitet.

»Ist alles in Ordnung mit Ihnen, Janice?«

Sie konnte nicht sagen, ob es das zweite oder dritte oder vielleicht schon fünfte Mal war, dass Steve das fragte, aber in seiner Stimme war nun mehr als bloße Sorge, und sie registrierte auch erst jetzt, dass ihr einige Sekunden abhandengekommen sein mussten: Gerade hatte Steve noch auf der anderen Seite des Tisches gestanden und vergeblich zu begreifen versucht, warum er den Gegenwert des britischen Kronschatzes für ein paar zerbrochene Teller bezahlen sollte, jetzt stand er vor ihr, hatte sie mit seinen schrecklichen Händen ergriffen und schüttelte sie sacht. Sein Gesicht war dem ihren so nahe, dass er ihre natürliche Fluchtdistanz auch unter normalen Umständen schon unterschritten hätte, und in seinem Blick war nichts als Angst zu lesen.

»Janice! Um Himmels willen! Was haben Sie denn?«

Mit einem spitzen Schrei schlug sie seine Arme weg, prallte zurück und schrie noch einmal und noch lauter, als Steve sie zwar noch erschrockener ansah, ihr aber auch unverzüglich folgte und die Hände ausstreckte.

Janice schrie noch einmal und womöglich sogar noch lauter auf, wich weiter zurück und schlug die Hand vor den Mund, vollkommen sicher, auf der Stelle sterben zu müssen, wenn er sie auch nur noch ein einziges Mal mit diesen schrecklichen Händen berührte. Allein bei der Vorstellung begann ihr Magen zu rebellieren, und der bittere Geschmack von Galle kroch ihre Kehle herauf.

»Aber, Janice!«, stammelte Steve. »Was … was ist denn nur?«

»Kommen Sie nicht näher!«, wimmerte Janice. »Rühren Sie mich nicht an! *Nie wieder!*«

Tatsächlich blieb Steve wie vom Donner gerührt stehen und starrte sie erschrocken an – vor allem aber vollkommen verständnislos –, und Morton trat mit einem entschlossenen Schritt zwischen sie, völlig unbeeindruckt von dem Umstand, dass Steve ihn um eine gute Haupteslänge überragte und auch deutlich breitschultriger war.

»Was hat das zu bedeuten?«, fuhr er Steve an. »Was hat die junge Lady damit gemeint?«

»Nichts«, stammelte Steve. »Ich versichere Ihnen, dass …«

»Ich dulde so etwas nicht in meinem Haus!«, fuhr der Hotelmanager in entschiedenem Ton fort. »Das hier ist ein anständiges Haus, junger Mann, also erklären Sie sich, oder ich muss Sie auffordern, auf der Stelle zu gehen!«

Steve wirkte jetzt einfach nur verstört. »Jetzt? Aber es ist mitten in der Nacht, und …«

»Das hätten Sie sich eher überlegen müssen«, unterbrach ihn Morton mit einer entsprechend energischen Geste. »Ich weiß ja nicht, wie so etwas bei Ihnen in der Stadt gehandhabt wird, aber hier draußen dulden wir auf keinen Fall, dass man eine junge Frau belästigt!«

»Aber ich versichere Ihnen …!«, begann Steve, und diesmal war es Janice, die ihm ins Wort fiel: »Das ist alles nur ein Missverständnis, Mister Morton.«

Steve starrte jetzt sie verstört an, und der Hotelmanager drehte sich zu ihr um und sah noch einen halben Atemzug lang verblüfft aus, dann konnte sie regelrecht sehen, wie sein Unmut eine neue und vielleicht lohnendere Zielscheibe fand. »Was soll das heißen?«

»Das tut mir leid«, antwortete Janice so fest, wie sie konnte. »Es ist wirklich nur ein Missverständnis. Ich … ich habe etwas vollkommen falsch verstanden und noch falscher reagiert. Ich bedauere das. Und ich möchte mich dafür entschuldigen.«

Soweit das überhaupt möglich war, sah Steve noch verstörter aus, und auch die beiden jungen Frauen, die sich bereits darangemacht hatten, das von ihm angerichtete Chaos zu beseitigen, blickten von ihrer Arbeit auf und schienen mit einem Mal ein wenig angespannt.

»Wenn das wahr ist«, sagte Morton grimmig, »dann gilt dasselbe auch für Sie, junge Dame. Ein solches Benehmen brauchen wir hier nicht. Ich leite ein anständiges Haus, und wir legen Wert auf Gäste, die sich auch anständig zu benehmen wissen!«

»Das ist mir klar«, erwiderte Janice. Sie sah überallhin, nur nicht auf Steves Hände. Hinter ihrer Stirn tobte noch immer ein Chaos einander widerstrebender Gedanken und Gefühle. »Mister Waiden hat einen harmlosen Scherz gemacht, den ich vollkommen falsch verstanden habe. Es tut mir wirklich leid. Wenn Sie jemanden dafür zur Verantwortung ziehen möchten, dann mich. Mister Waiden ist vollkommen unschuldig. Und was das da angeht …«, sie deutete auf den Scherbenhaufen vor dem Tisch, »so kommen wir selbstverständlich für den Schaden auf.«

»Das will ich hoffen«, sagte der Manager.

»Und wir wären Ihnen wirklich dankbar, wenn wir diese Nacht noch unter Ihrem Dach verbringen dürften, Mister Morton«, fügte Janice hinzu. »Zu dieser vorgerückten Stunde würde es sicherlich schwierig werden, ein anderes Hotel zu finden. Ich versichere Ihnen, dass es keine weiteren … *Vorkommnisse* mehr geben wird.«

»Aber so einfach …«, protestierte Morton, doch Janice war bereits auf dem Absatz herumgefahren und stürmte aus dem Raum und die Treppe hinauf und in ihr Zimmer, ohne ihm auch nur die Chance zum Widerspruch zu geben.

13

Schon auf dem Weg nach oben begann ihr Verstand darauf zu beharren, dass nichts von alledem, was sie gesehen und erlebt zu haben glaubte, wirklich geschehen war, sondern nur ein böser Spuk; Teil einer perfiden Attacke, die irgendein selbstzerstörerischer Teil in ihr gegen sie selbst führte. Aber das war nur die logische Begründung. Sie mochte hieb- und stichfest erscheinen, aber tief in sich und mit vollkommener Sicherheit wusste sie einfach, dass es nicht so war. Etwas ging hier vor, etwas Unheimliches und sehr Gefährliches, das außerhalb jeglicher Logik stand und sich somit auch nicht damit bekämpfen ließ, dadurch aber rein gar nichts von seiner Bedrohlichkeit einbüßte.

Janice hatte nicht nur die Tür hinter sich ins Schloss geworfen, sondern auch den Schlüssel gleich zweimal hintereinander umgedreht und lehnte sich zusätzlich mit dem Rücken gegen die Tür, um mit geschlossenen Augen und heftig pochendem Herzen darauf zu warten, dass ihre Gedanken aufhörten, sich so schnell hinter ihrer Stirn zu jagen, dass ihr schwindelte. Und wahrscheinlich wäre sie auch noch eine geraume Weile so stehen geblieben, hätte es nicht schließlich hinter ihr an die Tür gehämmert, und wäre nicht Steves Stimme durchs dünne Holz gedrungen.

»Ist bei Ihnen alles in Ordnung, Janice?«

Angesichts dessen, was sie gerade gesehen und erlebt hatte, schien ihr diese Frage so absurd, dass sie am liebsten laut aufgelacht hätte. Stattdessen schrie sie: »Gehen Sie weg!«

Steve ging nicht weg, hörte aber immerhin auf, die Tür mit Fäusten zu bearbeiten. »Aber ich will mich doch nur überzeugen, dass es Ihnen auch wirklich gut geht!«, beharrte er. »Fehlt Ihnen etwas? Kann ich etwas für Sie tun?«

Noch mehr?, hätte sie um ein Haar geschrien. Für Ihren Geschmack hatte er eindeutig schon mehr getan, als er sollte … aber sie war auch nicht in der Verfassung für rhetorische Spitzfindigkeiten und rief nur noch einmal: »Gehen Sie weg! Lassen Sie mich in Frieden, Steve!«

Das tat er natürlich nicht, sondern brabbelte nur umso aufgeregter weiter, aber Janice hörte gar nicht mehr hin. Unerwartet genug gehörte zu dem bescheidenen Hotelzimmer sogar ein eigenes Bad statt des Donnerbalkens im Hinterhof, den sie erwartet hätte. Obwohl sie sich nicht nur schmutzig fühlte, sondern es eindeutig *war*, war ihr ganz und gar nicht nach Baden zumute (in der Tat war sie nicht einmal sicher, ob sie in ihrem ganzen Leben jemals wieder in eine Badewanne voll Wasser steigen würde, ohne ein unbehagliches Gefühl zu haben), aber das Bad hatte eine Tür, die sie hinter sich schließen konnte, und das war ihr im Moment wichtiger.

Da es ohne aufwendige Vorbereitungen (nach denen ihr gewiss nicht der Sinn stand) weder warmes noch fließendes Wasser gab, schlüpfte sie aus dem besudelten Kleid und reinigte sich notdürftig und mit zusammengebissenen Zähnen mit kaltem Wasser, das sie in einem Porzellankrug fand. Hinterher zitterte sie zwar am ganzen Leib, war aber zugleich auch fast dankbar; denn die körperliche Unbill war etwas, das sie zumindest begreifen und damit bekämpfen konnte. Ein winziger, morbider Teil in ihr bedauerte es sogar fast, als das Zittern und die beißende Kälte endlich nachließen, sodass beides nicht mehr ausreichte, um sich ganz darauf zu konzentrieren und die Wirklichkeit auszublenden.

Irgendwann kam sie sich selbst albern dabei vor, zitternd in einem fensterlosen dunklen Raum zu stehen und darauf zu warten, dass etwas geschah, von dem sie selbst vielleicht am allerwenigsten wusste, was es hätte sein können, und als wären es der Albernheiten noch nicht genug, ertappte sie sich auch noch dabei, die Tür nur behutsam und mit klopfendem Herzen zu öffnen und das Zimmer dahinter eine geraume Weile in Augenschein zu nehmen, als müsste sie sich davon überzeugen, dass auch wirklich niemand hier war – obwohl sie die Tür doch höchstpersönlich und gleich zweimal abgeschlossen hatte.

Was nichts daran änderte, dass sie sich wie eine Diebin vorkam, als sie zum Bett ging und ihre Reisetasche öffnete, die sie darauf deponiert hatte. Mit immer noch heftig zitternden Händen nahm sie eines der beiden Reservekleider heraus, die sie mitgebracht hatte, öffnete den obersten Kragenknopf ihrer Bluse und ging dann noch einmal zum Fenster, um die fadenscheinigen Vorhänge zuzuziehen. Genau wie das Fenster unten im Restaurant führte auch dieses auf den Hafen und das dahinterliegende Meer hinaus, sodass niemand sie beobachten konnte. Dennoch schloss sie nicht nur die Gardinen sorgfältig, sondern löschte auch das Licht, bevor sie endgültig aus dem besudelten Kleid schlüpfte. Ganz kurz überlegte sie, doch noch einmal ins Bad zu gehen und es zu säubern, bevor sich der Fleck festsetzte und das Kleid vollends ruinierte. Wie ihre gesamte Kleidung war es alles andere als billig gewesen, und dass Janice eine (vorsichtig ausgedrückt) gut situierte junge Frau war bedeutete nicht, dass sie zur Verschwendung geneigt hätte.

Vielleicht hätte sie es sogar getan, hätte es da nicht an der Tür geklopft, und wäre Steves Stimme nicht erneut erklungen: »Janice? Ist auch wirklich alles in Ordnung bei Ihnen?«

Janice war so erschrocken, dass sie das Kleid fallen ließ und um ein Haar sogar aufgeschrien hätte. Ihr Herz begann nicht einfach nur zu rasen, sondern schien direkt in ihrer Kehle weiterzuhämmern, und sie zitterte am ganzen Leib. Sie hätte das Licht nicht löschen sollen. Es war nicht vollkommen dunkel im Zimmer. Durch die dünnen Vorhänge drang noch immer ein wenig graues Licht, aber das machte es nur noch schlimmer, denn der geisterhafte Schein weckte Schatten in der Düsternis, hinter denen sich unsichtbare Dinge verbargen, die auf staksenden Spinnenbeinen herangekrochen kamen. Und war da nicht ein Geruch wie nach modrigem Wasser und ein Platschen wie von großen, schwimmhäutigen Füßen, die durch zähen Sumpf wateten?

»Janice? Hören Sie mich?«

Diesmal war sie sogar dankbar für den Klang seiner Stimme. So wie er gerade die Furcht aus ihrem Versteck in den Schatten gelockt hatte, brach er nun den Bann und half ihr, in die Wirklichkeit zurückzufinden, und wenn schon nicht das, dann zumindest nicht noch tiefer in den schwarzen Strudel hineingerissen zu werden, der sich jählings unter ihr aufgetan hatte.

»Gehen Sie!«, brachte sie mit zitternder Stimme hervor. »Ich will nicht mit Ihnen reden!«

Die Dunkelheit schien noch dunkler zu werden, das Starren pupillenloser grausamer Augen noch erbarmungsloser, und sie meinte einen Hauch schrecklicher nasser Hitze zu spüren, der ihr Gesicht wie eine blutige Hand streifte, von der man die Haut abgezogen hatte. Etwas kam, unsichtbar und unaufhaltsam, und wenn es sie erreichte und berührte, dann war es um sie geschehen, das wusste sie.

Sie brauchte Licht. Helligkeit war der einzige Schutz, der ihr noch blieb, wenn sie dieses Zimmer noch einmal lebend verlassen wollte.

Steve sagte noch etwas, das sie nicht mehr verstand, und sie meinte auch zu hören, wie er noch einmal und vielleicht sogar noch lauter gegen die Tür hämmerte, doch sie achtete weder auf das eine noch auf das andere. Licht. Sie hätte die Lampe nicht löschen dürfen, denn damit hatte sie den Albträumen gestattet, aus ihrem angestammten Reich auszubrechen und sie in der Realität heimzusuchen.

Nur noch mit Mühe ein Wimmern unterdrückend (und auch das nur, weil sie sich fest genug auf die Unterlippe biss, um salziges Blut zu schmecken) und die Hände tastend wie eine Blinde vorgestreckt, ging sie zum Tisch zurück und stieß gegen irgendetwas, das prompt herunterfiel und mit einem lautstarken Poltern auf dem Boden landete. Zu ihrem Glück (und womöglich dem des gesamten Hotels) war es nicht die Lampe, doch Steve musste das Poltern wohl ebenfalls gehört haben, denn in seiner Stimme war nun eindeutig so etwas wie eine beginnende Hysterie, und sie meinte regelrecht zu sehen, wie er mit der flachen Hand und immer heftiger gegen die Tür schlug.

Nichts davon spielte irgendeine Rolle. Das Unsichtbare war nahe, berührte sie schon fast, und wenn das geschah, dann würde ihr etwas viel Schlimmeres widerfahren als nur der Tod.

Ihre Hände tasteten über den Tisch, fanden die Zündhölzer und zitterten noch immer so heftig, dass sie fast den kompletten Inhalt der Schachtel über die Tischplatte und den Boden verstreute, als sie sie aufzog. Aber ein einzelnes der geschwefelten Hölzer reichte. Sie riss es an und spürte nicht einmal, dass sie sich die Fingerspitzen verbrannte, sondern entzündete den Docht der kleinen Öllampe und drehte die Flamme so weit auf, wie es überhaupt nur ging, bevor sie es wagte, über die Schulter nach hinten zu sehen.

Es war keine Einbildung gewesen, wenigstens nicht nur. Etwas zog sich lautlos in die Schatten zurück, ohne dass sie hätte sagen können, was. Vielleicht nicht einmal, weil es zu schnell gewesen wäre, sondern einfach, weil es Teil einer so fremden und vollkommen anderen Genesis war, dass menschliche Sinne es nicht wirklich erfassen konnten.

Was für ein durch und durch grotesker Gedanke.

Und was für ein grässlicher.

»*Janice!*« Ein weiterer, dröhnender Schlag gegen die Tür, und in Steves Stimme war nun echte Furcht, aber auch unüberhörbar Entschlossenheit. »Bitte öffnen Sie, oder antworten Sie wenigstens, oder ich sehe mich gezwungen, die Tür aufzubrechen!«

»Unterstehen Sie sich!«, antwortete sie, zwar mit bebender und nicht annähernd so fester Stimme, wie sie es gern gehabt hätte, aber immerhin laut. »Gehen Sie!«

»Was geht da bei Ihnen vor?«, erwiderte Steve beinahe trotzig. »Da stimmt doch etwas nicht! Ist jemand bei Ihnen?«

Selbst wenn es so gewesen wäre, ging ihn das wohl schwerlich etwas an. Dennoch trieb Janice allein die Ungeheuerlichkeit dieser Unterstellung die Zornesröte ins Gesicht, und jetzt war ihre Stimme so laut und entschieden, wie sie es sich gerade gewünscht hätte.

»Unterstehen Sie sich! Gehen Sie, Steve! Ich will nicht mit Ihnen reden und schon gar nicht jetzt und nicht so!«

»Das verstehe ich sogar«, antwortete Steve. »Aber ich möchte Sie trotzdem bitten, mich einzulassen. Es gibt da etwas, was ich Ihnen sagen muss. Es ist wirklich wichtig.«

»Was fällt Ihnen ein?« Die Schatten waren immer noch da. Sie konnte sie nicht mehr sehen, aber das bedeutete nicht, dass es sie nicht mehr gegeben hätte. Sie würden vielleicht nie wieder ganz verschwinden. »Gehen Sie, Steve, und ich werde über diesen ungeheuerlichen Vorschlag hinwegsehen.«

»Sie missverstehen mich, Janice«, antwortete Steve. »Es ist wirklich wichtig, und ...«

Eine weitere Stimme unterbrach ihn, erst dann hörte sie schwere Schritte, die rasch näher kamen. Die Worte waren nicht zu verstehen, so wenig wie Steves Antwort, aber der Tonfall war scharf, und sie musste ihre Phantasie nicht übermäßig bemühen, um zu wissen, wer der Neuankömmling war und worum es ging. Nach einigen wenigen weiteren Augenblicken und ebenso vielen in scharfem Ton gewechselten Sätzen entfernten sich Schritte, von denen sie einfach wusste, dass es Steves waren, und sie war auch nicht im Mindesten überrascht, als es erneut und dezenter an die Tür klopfte und sie die Stimme des Hotelmanagers hörte: »Ist bei Ihnen alles in Ordnung, Miss?«

»Ja«, antwortete Janice rasch, und in deutlich erleichterterem Ton, als ihr selbst recht war. Außerdem war es eine Lüge. Nichts war in Ordnung. Die Stimme hatte die Düsternis mitsamt der Schatten vertrieben, aber irgendetwas war noch immer da. Der schlechte Geruch war ebenso verschwunden wie die nasse Hitze, und da war rein gar nichts Greifbares mehr. Zurückgeblieben war nur das Wissen, dass etwas da gewesen war, das einfach nicht das Recht hatte, hier zu sein.

»Ganz bestimmt?«, vergewisserte sich Morton, und Janice wurde nicht nur klar, dass ihre einsilbige Antwort nicht nur ein bisschen zu einsilbig gewesen war, sondern auch nicht besonders überzeugend.

»Ganz bestimmt«, versicherte sie sowohl ihm als auch sich selbst und vermochte vermutlich keinen von beiden damit zu überzeugen. »Es war nur ... ein Missverständnis. Aber ich danke Ihnen für Ihre Fürsorge.«

»Dafür haben Sie bezahlt«, antwortete Morton wenig charmant. »Und dafür steht dieses Haus auch mit seinem guten Namen. Ich werde jetzt noch einmal zu Ihrem Begleiter gehen und ihm dasselbe darlegen. Sollten Sie noch etwas benötigen, dann finden Sie mich die ganze Nacht in meinem Büro gleich neben dem Empfang.«

Er ging, und Janice blieb so lange reglos stehen und starrte die geschlossene Tür an, bis seine Schritte draußen auf dem Flur verklungen waren; und sogar noch eine kurze Weile länger, nur um ganz sicherzugehen. Erst danach wandte sie sich ab, sah sich noch einmal in dem kleinen Zimmer um und ging dann zum Fenster, um die Vorhänge aufzuziehen. Draußen herrschte immer noch Nacht, es war immer noch vollkommen dunkel, und sie hatte immer noch das Gefühl, aus unsichtbaren Augen angestarrt und taxiert zu werden. Zur Beute gemacht.

Aber das war doch vollkommen verrückt! Sie benahm sich wie eine hysterische alte Jungfer!

Janice schnitt ihrem verzerrten Spiegelbild auf der Fensterscheibe eine Grimasse, zog die Gardinen mit einem Ruck zu und schlüpfte dann mit so übertrieben kraftvollen Bewegungen in das Kleid, das sie sich zurechtgelegt hatte, dass die Nähte bedrohlich krachten. Danach untersuchte sie sämtliche Schubladen des Mobiliars, fand ein knappes Dutzend Reservekerzen und zündete sie ausnahmslos an. Anschließend war es nicht wirklich heller, aber es gab durch eine kluge Platzierung der Kerzen so gut wie keine Schatten mehr, was sie ungemein beruhigte, ganz egal, wie sinnlos es zugleich auch sein mochte.

Eine Zeit lang und mit wachsendem Verdruss betrachtete sie ihr ruiniertes Kleid. Weder war es ihr sonderlich ans Herz gewachsen noch außergewöhnlich teuer gewesen, aber es widerstrebte ihr trotzdem, es wegzuwerfen. Wenn nicht sie (was eher unwahrscheinlich war), so würde doch Mary den hässlichen Fleck zweifellos entfernen können, den sie Steves Ungeschick zu verdanken hatte. Aber zugleich wusste sie auch, dass sie dieses Kleid wohl nie wieder ansehen konnte, ohne sich an die schreckliche Vision in dem Hotelzimmer zu erinnern. Sie war inzwischen nahezu sicher, sich die unheimliche Szene nur eingebildet zu haben … aber spielte es eine Rolle, ob ein Schrecken eingebildet war oder real?

Janice fragte sich, was sie mit dem Rest der Nacht anfangen sollte, der kaum wirklich angebrochen war. Schlafen kam nicht infrage. Alleine der bloße Gedanke, sich auf dem Bett auszustrecken und von Träumen heimgesucht zu werden, ließ ihr Herz schon wieder schneller schlagen und auch den namenlosen Schrecken erneut aus seinem Versteck lugen. Wie es aussah, stand ihr eine sehr lange und vor allem lang*weilige* Nacht bevor, in der die einzige Zerstreuung darin bestand, dafür Sorge zu tragen, dass sie nicht einschlief.

Nur um sich abzulenken und die ersten von viel zu vielen endlosen Minuten zu überbrücken, die bis zum nächsten Morgen auf sie warteten, schüttelte sie auch noch den restlichen Inhalt ihrer Tasche auf das Bett, sortierte ihn gleich dreimal von einer Seite auf die andere und wieder zurück und räumte die Tasche schließlich so pedantisch und ordentlich wieder ein, wie sie es noch nie getan hatte und vermutlich auch nie wieder fertigbringen würde. Immerhin überbrückte sie auf diese Weise gut weitere zehn Minuten. Bis zum Sonnenaufgang blieben jetzt nicht einmal mehr acht Stunden. Und gerade einmal zwölf, bis der nächste Zug nach Providence fuhr.

Auf dem Bett lag jetzt nur noch die unheimliche Karte, mit der alles angefangen hatte. Es war Janice schon fast unangenehm, sie auch nur anzusehen, geschweige denn sie zu berühren, doch als sie sich dieses Umstandes einmal bewusst wurde, griff sie nur trotzig und umso beherzter zu, trug das inzwischen arg mitgenommene Blatt zum Tisch und strich es auf der zerschrammten Platte glatt. Das rote Licht der Kerzen und die tanzenden Schatten erweckten die filigranen Linien und verschnörkelten Buchstaben zu vermeintlichem Leben, und sie musste ihre Phantasie nicht einmal mehr sonderlich anstrengen, um auch die dazugehörigen Geräusche zu vernehmen; wie das Kratzen und Trappeln winziger harter Insektenfüßchen, die über Papier scharrten.

Janice versuchte diesen Gedanken auszublenden, was ihr aber selbstredend nicht gelang; so wenig wie sie über ihre eigene Narretei lachen konnte, um sich allein durch das Geräusch zu beruhigen. Stattdessen – und wohl wissend, damit alles nur noch schlimmer zu machen, aber auch außerstande, aus diesem Wissen irgendeinen Nutzen zu ziehen – schob sie das Blatt nur näher an die Lampe heran und zwang sich, es noch einmal und in allen Einzelheiten in Augenschein zu nehmen; und sei es nur, weil Joffrey ihr irgendwann einmal erzählt hatte, dass man einem unbekannten Schrecken immer die Stirn bieten sollte und niemals davor davonlaufen, wollte man ihm seinen Stachel nehmen.

Es half nichts. Etwas stimmte mit dieser angesengten Karte nicht, die fast ein Opfer der Flammen ihres Kamins geworden wäre, hätte sie sie nicht im letzten Moment mit spitzen Fingern aus dem Funkennest gezogen. Vielleicht war sie verflucht, oder es handelte sich um eine magische Botschaft, die Joffrey ihr auf diesen obskuren Weg zukommen ließ, oder …

Janice blinzelte, starrte das ramponierte Papier aus aufgerissenen Augen und ohne zu atmen, für geschlagene zehn Sekunden an und fragte sich verblüfft, ob sie das gerade wirklich gedacht hatte.

Die Antwort lautete ganz eindeutig ja, aber das nahm der Frage nichts von ihrer Absurdität. Sicher, sie hatte ein paar wirklich seltsame Dinge erlebt, seit sie Providence verlassen hatte (einige davon konnte man mit Fug und Recht auch als *unheimlich* bezeichnen), aber das war noch lange kein Grund, allen Ernstes einen solchen Unsinn zu denken! Schon gar nicht für sie, die zu Recht immer stolz auf ihre Logik und ihren analytischen Verstand gewesen war! Steve hatte recht, und sie nahm sich die ganze Sache viel zu sehr zu Herzen. Dass Joffreys vermeintliches Verschwinden irgendein Geheimnis umgab, daran zweifelte sie jetzt weniger denn je … aber das war noch lange kein Grund, plötzlich ein derart dummes Zeug zu denken! Wenn sie sich solche Disziplinlosigkeit weiter erlaubte, dann hatte sie bald vielleicht gar keine Chance mehr, das Rätsel um sein Verschwinden zu lösen. Steve hatte recht, auch wenn er es nie so klar ausgesprochen hatte: Sie benahm sich nicht nur wie eine hysterische Jungfer, sondern zugleich auch wie ein verstocktes Kind, das sich einfach weigerte, die Wahrheit anzuerkennen, auch dann noch, nachdem sie ihr längst direkt ins Gesicht gesprungen war.

Und jetzt, einmal darauf aufmerksam geworden, wurde ihr auch klar, wie ungerecht sie sich Steve gegenüber verhalten hatte. Zweifellos hatte er einen gehörigen Dämpfer verdient, wenn sie an all die (kleinen) Unverschämtheiten dachte, die er sich in den letzten Tagen herausgenommen hatte, aber letzten Endes hatte er es nur gut gemeint und war selbst Opfer seiner sprichwörtlichen Ungeschicklichkeit geworden. Sie würde sich bei ihm entschuldigen. Das war das Mindeste nach der unangenehmen Situation, in die er (zumindest teilweise) durch ihre Schuld geraten war.

Einen Moment lang überlegte sie, die Karte ebenfalls in ihrer Reisetasche zu verstauen, besann sich aber dann eines Besseren und schob sie unter ihre Bluse, wo sie sie schon die ganze Zeit über sicher verwahrt gehabt hatte. Auch wenn es sich ganz gewiss nicht um ein magisches Artefakt handelte, so war es doch ihre einzige Spur zu Joffrey.

Auch wenn sie nicht die leiseste Ahnung hatte, was sie ihr nutzte und wohin diese Spur führte.

Obwohl Steve und sie momentan die einzigen Gäste des Hotels waren, schloss sie die Tür so leise wie überhaupt nur möglich hinter sich und schlich nicht nur auf Zehenspitzen zur Treppe, sondern auch genauso behutsam die ausgetretenen Stufen ins Erdgeschoss hinab. Wenn der Zerberus hinter der Theke mitbekam, wie sie mitten in der Nacht an Steves Tür klopfte und vielleicht sogar in seinem Zimmer verschwand, dann würde das nicht nur eine peinliche Situation für sie bedeuten, sondern Steve möglicherweise auch noch weiteren Ärger bringen.

Im allerletzten Moment zögerte sie doch noch einmal und fragte sich besorgt, wie Steve wohl reagieren mochte, klopfte aber dann nur umso energischer und wappnete sich innerlich für den Fall, dass er ihr Vorwürfe machen würde; wozu er von seinem Standpunkt aus vermutlich sogar jedes Recht hatte.

Ihre Sorge war jedoch unbegründet. Sie klopfte ein-, zwei-, dreimal hintereinander, ohne eine Antwort zu erhalten, und legte schließlich sogar das Ohr gegen die Tür, um zu lauschen, wurde aber lediglich mit dem scheinbaren Meeresrauschen ihres eigenen Blutes belohnt. Gerade wurde ihr klar, was für einen peinlichen Anblick sie bieten musste, sollte jemand unversehens hinter ihr auftauchen, und wollte sich schon wieder zurückziehen, als sie doch etwas hörte. Sie konnte nicht sagen, was. Sie konnte nicht einmal wirklich sagen, ob sie tatsächlich etwas hörte oder es ein anderer Sinneseindruck war, der sich jeglicher Beschreibung entzog, aber weder war es Einbildung noch irgendetwas Banales, das sie nur falsch deutete. Schlagartig kehrten die Angst und all die irrationalen Gedanken und Gefühle zurück. Dennoch griff sie nach dem Türknauf, drehte ihn behutsam nach links und schob die Tür dann noch behutsamer auf.

Das Zimmer war dunkel und verlassen. Das Fenster stand auf, und ein sachter Luftzug wehte herein und verwandelte die Vorhänge in fingerlose Arme, die sich träge in ihre Richtung streckten und enttäuscht wieder herabsanken, als sie die Tür hinter sich schloss.

Einem Teil von ihr war nicht wohl dabei. Das Zimmer, noch dazu unaufgefordert, überhaupt zu betreten, war schon gewagt; die Tür zu schließen kam dem Überschreiten einer Grenze gleich, die sie eigentlich nicht überschreiten wollte. Was sollte sie sagen, wenn Steve nun hereinkam und sie fragte, was sie hier zu suchen hatte, oder die Situation gar missverstand und zudringlich wurde?

Im Zusammenhang mit Steve war eine solche Vorstellung allerdings einigermaßen absurd.

Sie wartete, bis ihre Augen sich an das graue Zwielicht hier drinnen gewöhnt hatten, und sah hinterher auch nicht mehr als zuvor oder zumindest doch nichts von Interesse. Was Schnitt und Einrichtung anging, war das Zimmer eine genaue Kopie ihres eigenen ein Stockwerk höher. Steves Bett war unberührt, und sowohl das Fenster als auch die schmale Verbindungstür zum Bad standen auf. Janice ging hin, überzeugte sich mit einem ganz und gar überflüssigen Blick davon, dass der winzige Raum ebenfalls verlassen war, und wollte gerade wieder gehen, als ihr der Geruch auffiel: ein faulig-muffiges Aroma wie von abgestandenem Wasser, in dem etwas verdarb.

Minutenlang stand sie einfach da und versuchte vergebens, die Dunkelheit mit Blicken zu durchdringen. Den Mut, die Lampe zu entzünden, hatte sie nicht (und auch keine Streichhölzer), und selbst wenn es anders gewesen wäre, so war sie ganz und gar nicht sicher, ob sie überhaupt sehen wollte, was der Auslöser dieses grässlichen Gestanks war. Schließlich wandte sie sich wieder ab, um das einzig Vernünftige zu tun und das Zimmer zu verlassen, machte einen einzelnen Schritt und blieb gleich darauf wieder stehen, denn ihr war etwas aufgefallen.

Da war ein Fleck auf dem Boden. Ein nasser Fleck. Zögernd ließ sich Janice in die Hocke sinken, streckte die Hand danach aus und wagte es dann doch nicht, ihn zu berühren, als sie sah, dass er nicht der einzige seiner Art war und dass es genau genommen auch keine einfachen Wasserflecken waren, sondern Fußspuren; auch wenn es ihr zu glauben schwerfiel, dass es die Spuren menschlicher Füße sein sollten. Aber es war eine Spur, die aus der offenen Badezimmertür hinter ihr bis zum ebenso offenen Fenster führte und dort abbrach; als wäre jemand (oder etwas) auf nackten Füßen aus dem Bad gekommen und aus dem Fenster geklettert; eine absurde Idee, die allen bisherigen Absurditäten die Krone aufsetzte.

Trotzdem ging sie hin, beugte sich mit heftig pochendem Herzen vor und war nicht einmal wirklich überrascht, auch auf dem Fensterbrett einen schmierigen Abdruck zu entdecken. Ob sich die Spur draußen und einen guten Meter tiefer fortsetzte konnte sie nicht sagen, aber wenn sie sie in Gedanken verlängerte, führte sie zum Hafen und den Booten hinab, die dort wie große schlafende Tiere in der Dunkelheit vor Anker lagen.

Vorsichtshalber dachte sie erst gar nicht darüber nach, was diese Beobachtung bedeuten mochte. War Steve auf nackten Füßen aus dem Bad gekommen und aus dem Fenster gestiegen, um zum Hafen hinunterzuschleichen? Das war nicht nur vollkommen verrückt, sondern ergab auch überhaupt keinen Sinn.

Aber die Spur war da. Unlogisch oder nicht, ließ sie sich doch auch nicht wegdiskutieren, und ein Teil von ihr war sogar dankbar für dieses neuerliche Rätsel, denn mochte es auch noch so absurd erscheinen, so war es doch in einer Welt des Irrationalen und Morbiden etwas, womit sich ihr Verstand beschäftigen konnte, statt vollends den Halt zu verlieren. Gerade hatte sie Steve in Gedanken noch Abbitte geleistet und war ja auch tatsächlich hierhergekommen, um genau das auch laut zu tun. Jetzt war sie froh, dass es nicht dazu gekommen war. Steve verheimlichte ihr etwas, und ob es sich nun um ein wirkliches Geheimnis handelte oder einfach nur eine weitere Verrücktheit, es war an der Zeit, ihn zur Rede zu stellen. Und diesmal würde sie keine Ausflüchte mehr gelten lassen.

Einen halben Atemzug lang überlegte sie ernsthaft, einfach ebenfalls aus dem Fenster zu steigen und der Spur weiter zu folgen, aber einmal ganz davon abgesehen, wie ungehörig ein solches Benehmen für eine junge Frau wie sie war, wäre es in dem ausladendem Kleid auch durchaus mühsam. Sie könnte es sich zerreißen, wenn nicht gleich stürzen und sich womöglich verletzen. Darüber hinaus war es unwahrscheinlich, dass sie die nassen Abdrücke draußen in der Nacht überhaupt wiederfand.

Statt sich von dieser Erkenntnis jedoch entmutigen zu lassen, fuhr sie nur umso entschlossener herum und wollte die Hand nach dem Türknauf ausstrecken, erstarrte aber dann erneut mitten in der Bewegung.

Da war ein Geräusch, wo keines sein sollte. Gerade hatte sie das kleine Bad noch inspiziert, und auch wenn es dort drinnen weder Licht noch ein Fenster gab, so war sie doch vollkommen sicher, dass es leer gewesen war. Jetzt hörte sie etwas. So langsam und angsterfüllt wie ein Kind, das sich von den Nachwehen eines bösen

Traums geplagt unter der Bettdecke verkrochen hatte und genau wusste, dass das Ungeheuer aus seinem Albtraum augenblicklich über es herfallen würde, sobald es auch nur einen Zipfel seines Verstecks anhob, drehte sie sich um und musste all ihre Willenskraft aufbieten, um das schwarze Rechteck ein halbes Dutzend Schritte hinter sich anzusehen. Es blieb, was es war: ein Bereich noch größerer Schwärze in der Dunkelheit des Zimmers, nichts als eine leere Tür die in ein noch leereres Zimmer führte, aber zugleich war ihm auch absolut und jenseits allen Zweifels klar, dass dort etwas *war.* Etwas, das sich bewegte, sich klatschend und triefend erhob und flüssig Gestalt anzunehmen versuchte, zugleich gegen die Fesseln der Schwerkraft und der Normalität ankämpfend, die beide mit gleicher Macht und beide vergebens an seiner unheiligen Erscheinung zerrten. Es war ein *Ding* aus liquider Dunkelheit, das jenseits des Horizonts alles Möglichen Substanz gewann und sie aus unsichtbaren, uralten Augen anstarrte.

Diese Vorstellung mochte vollkommen absurd sein, zugleich aber auch eindeutig mehr, als sie in diesem Moment ertrug. Mit einer einzigen Bewegung riss sie die Tür auf und stürmte aus dem Zimmer und nur einen Augenblick später aus dem Hotel.

Obgleich sie das Gefühl hatte, Mitternacht müsse längst vorbei sein, war es in Wahrheit doch gerade einmal früher Abend, und Kleinstadt hin oder her, sie hätte so etwas wie ein Nachtleben erwartet, gerade hier am Hafen. Sie trat jedoch in nahezu vollkommene Stille hinaus und fast ebenso tiefe Dunkelheit. Nur hinter sehr wenigen Fenstern brannte ein trübes Licht, und obwohl sie behutsam auftrat, war das Geräusch ihrer eigenen Schritte doch das mit Abstand lauteste; vielleicht im Wettstreit mit dem regelmäßigen Klatschen der Dünung. Unbehagen wollte sich ihrer bemächtigen, doch Janice ließ das nicht zu und erstickte das Gefühl noch im Keim, bevor es zu wirklicher Furcht werden konnte. Sie war wieder einmal ihrer eigenen Nervosität aufgesessen. Dort drinnen im Zimmer war rein gar nichts, was sie fürchten musste, und zweifellos war auch diese neuerliche kurze Aufwallung ihrer Gefühle nur in dem begründet, was sie gerade dort drinnen erlebt zu haben glaubte.

Darum würde sie sich kümmern müssen, aber jetzt galt es erst einmal, Steve zu finden.

Dieselbe Gasse nehmend, durch die sie ihm am Vormittag schon einmal gefolgt war, gelangte sie zur Rückseite des Hotels und fand nicht nur das offen stehende Fenster auf Anhieb, sondern auch die vermeintlichen Fußspuren; oder doch wenigstens einige blasser werdende Abdrücke, die nur ein kurzes Stück weit reichten, bevor sie endgültig in der Nacht verschwanden, ihr aber immerhin die Richtung wiesen. Sie war nicht erstaunt, dass Steve wieder zum Wasser hinuntergegangen war. Die Stimme ihrer Vernunft meldete sich zum letzten Mal und fast schon ein bisschen resignierend zu Wort und versuchte sie davon zu überzeugen, dass sie sich bestenfalls lächerlich machte und mit einiger Wahrscheinlichkeit sogar in Gefahr begab, aber sie achtete jetzt so wenig darauf wie zuvor, sondern beschleunigte ihre Schritte im Gegenteil sogar.

Schon nach kurzer Zeit erreichte sie die ersten Boote und blieb wieder stehen, um zu lauschen. In das schwere Klatschen der Wellen und das Knarren von Schiffsrümpfen und Takelage hatte sich ein anderer Laut gemischt, noch weit entfernt und nicht zu identifizieren, aber beunruhigend: ein gedämpftes Wummern und Stampfen, das sie an das Arbeitsgeräusch uralter großer Maschinen erinnerte, zugleich aber auch ganz anders klang.

Sich nur von ihren Gefühlen leiten lassend ging sie weiter und fand sich – ebenfalls kein bisschen überrascht – am Anfang des hölzernen Piers wieder, an dem sie Steve am Vormittag bei was auch immer überrascht hatte. Niemand war zu sehen, und auch auf den beiderseits des hölzernen Steges festgemachten Boots regte sich nichts. Dennoch spürte sie, dass sie nicht allein war und bewegte sich nur umso vorsichtiger …

Was sich als Glücksfall erwies, denn sie hatte noch nicht die Hälfte des Piers hinter sich gebracht, da meinte sie einen Laut zu hören und glitt ganz instinktiv in den Schlagschatten eines Kutters, der so eng am Pier festgemacht hatte, dass sein Rumpf im Takt der Wellen gegen das Holz scheuerte wie rhythmischer Herzschlag, der dem Meer antwortete. Da war ein Schatten, der sich ihr näherte – vielleicht Schritte –, Stimmen und noch ein weiteres, nicht näher zu definierendes Empfinden, und Janice reagierte ganz instinktiv und glitt über die niedrige Reling, um sich mit angehaltenem Atem in die noch tieferen Schatten dahinter zu ducken. Die Schritte näherten sich, passierten ihr Versteck und entfernten sich ohne Hast wieder, und nun nahm sie Stimmen wahr, auch wenn sie ihr sonderbar vorkamen. Die Unbekannten sprachen ganz eindeutig Englisch, aber es war ihr dennoch nicht möglich, das Gesprochene zu verstehen; so als benutzten sie zwar bekannte Worte und Grammatik, das aber auf eine Weise und mit einem Sinn, mit der ihr Verstand nichts anzufangen wusste.

Stimmen und Schritte verklangen, und Janice ließ noch einen weiteren Moment verstreichen, nur um ganz sicherzugehen, dass sie ihr Versteck nicht verließ und unversehens genau denen in die Arme lief, vor denen sie sich eigentlich verbergen wollte …

Was sie zu der Frage brachte, vor wem eigentlich und warum überhaupt.

Der Gedanke weckte ihren Ärger. Sie benahm sich und dachte mittlerweile wie eine Diebin, die unerkannt durch die Nacht schleicht, dabei war doch eigentlich sie es, die einen Grund hatte, sich hintergangen und belogen zu fühlen! Es war wirklich an der Zeit, dass sie mit Steve sprach – und Gnade ihm Gott, wenn sie seine Antworten nicht hundertprozentig zufriedenstellten!

Janice kam zu dem Schluss, lange genug abgewartet zu haben, stand behutsam hinter ihrer improvisierten Deckung auf und zog gerade noch rechtzeitig die Hand zurück, als sie den rostigen Nagel sah, der genau dort aus der Reling ragte, wo sie gerade hatte hingreifen wollen. Während ihr noch ein eisiger Schauer bei der bloßen Vorstellung über den Rücken lief, sich die Hand an dem gefährlichen Nagel aufzureißen, ging ihr auch auf, dass es diesen Nagel eigentlich gar nicht hätte geben dürfen. Seeleute – insbesondere Fischer – waren nicht unbedingt für ihren übertriebenen Ordnungssinn bekannt, umso mehr dafür für ihre Umsicht. An einem solchen Nagel konnte man sich übel verletzen, was zwar hier an Land schmerzhaft und allenfalls lästig war, draußen auf See aber durchaus den Unterschied zwischen Leben und Tod ausmachen mochte oder doch zumindest den Verlust einer Hand, auch gleich des ganzen Armes.

Überhaupt befand sich das ganze Boot in einem mehr als desolaten Zustand, wie ihr trotz ihrer prekären Lage auffiel. Schon am Vormittag hatte sie gesehen, dass sich keines der Boote hier in sonderlich gepflegter Verfassung befand, diesen Kahn hier aber auch nur als Wrack zu bezeichnen, hätte ihm geschmeichelt. Sie verstand wenig bis gar nichts von der Schifffahrt, doch selbst sie fragte sich allen Ernstes, ob er vielleicht nur deshalb noch nicht untergegangen war, weil man ihn so sorgfältig am Pier festgebunden hatte.

Der Gedanke war so töricht, dass sie trotz des momentanen Ernstes ihrer Lage lächeln musste, aber er hinterließ auch einen sonderbaren Nachhall, als enthielte er eine Wahrhaftigkeit, die er besser nicht haben sollte, ja, die ihm nicht zustand. Sie hatte das immer unheimlicher werdende Gefühl, sich auf dünnem Eis zu bewegen, das bei jedem Schritt gefährlich unter ihrem Gewicht knirschte und unter dem kein Wasser lauerte, sondern flüssiger Wahnsinn.

Mit einiger Mühe drängte Janice diese Vorstellung zurück, aber sie nahm sie zugleich auch zum Anlass, sich noch einmal genauer auf dem heruntergekommenen Deck umzusehen, soweit es bei den schlechten Lichtverhältnissen möglich war. Vielleicht war es sogar gut, dass sie nicht alles erkannte, denn auch so lief ihr schon ein kalter Schauer nach dem anderen über den Rücken. Alles hier war heruntergekommen und alt und starrte vor Schmutz, der eine fast fingerdicke klebrige Schicht bildete; einem Leichentuch aus grauem Verfall gleich, das das ganze Schiff einhüllte. Der Nagel, an dem sie sich beinahe verletzt hätte, war nicht das Einzige, was Rost angesetzt hatte. Taue waren gerissen oder so morsch, dass sie kurz davorstanden, die Netze ähnelten eher zerrissenen Spinnweben, die unter der Last jahrzehntealten Staubes durchhingen, und je länger sie die morschen Decksplanken betrachtete, desto weniger sicher war sie, dass es wirklich eine gute Idee gewesen war, sie mit ihrem Körpergewicht zu belasten; auch wenn es kaum hundert Pfund betrug. Dieses Wrack war ganz bestimmt nicht mehr seetüchtig. Warum also lag es dann überhaupt hier?

Einmal darauf aufmerksam geworden (und die Gestalten, die sie um ein Haar überrascht hätten, vollkommen vergessend) nahm

Janice auch die benachbarten Boote in Augenschein. Das Licht reichte nicht aus, um Einzelheiten zu erkennen, aber was sie sah, das verstärkte nur den Eindruck allgegenwärtigen Verfalls und Alters, als wäre dieser Pier in Wahrheit ein einziger Schiffsfriedhof, den man hier ganz am Ende des Hafens angelegt hatte.

Janice schüttelte abgehackt den Kopf. So langsam hatte sie von ihrem nicht ganz ungefährlichen Versteckspiel die Nase voll. Mit aller gebotenen Vorsicht stieg sie wieder auf den Steg hinauf. Aber wenn sie geglaubt hatte, sich nun Steve und den Männern gegenüberzusehen, mit denen er sich so angeregt unterhalten hatte, sah sie sich getäuscht. Es war nicht die geringste Spur von ihnen zu entdecken. Daran änderte sich auch nichts, als sie nach einem guten Dutzend zögerlicher Schritte das Ende des Steges erreicht hatte.

Sie wollte gerade umkehren, da hörte sie erneut dieses seltsame Schnauben und Stampfen, nur dass es jetzt viel näher war und mit einem so intensiven Gefühl der Bedrohung verbunden, dass es ihr wie eine unsichtbare Hand die Kehle zuzudrücken schien. Sie erinnerte sich wieder an den Schatten, den sie draußen auf dem Meer gesehen zu haben glaubte, und als wäre diese Erinnerung eine Hand, die einen unsichtbaren Vorhang zur Seite zog, war der Schatten von einem Lidschlag auf den anderen *da,* riesig und dräuend und so nahe, dass sie fast meinte, nur den Arm ausstrecken zu müssen, um ihn zu berühren.

Es war eine Täuschung, hervorgerufen durch seine schiere Größe, doch vermutlich rettete sie sie auch. Janice blieb noch eine geschlagene Minute lang stehen und starrte den heranstampfenden Koloss an, ohne sich zu rühren, ohne zu blinzeln oder zu atmen oder auch nur zu denken, doch dann fuhr sie auf dem Absatz herum und sprang mit einem einzigen Satz in dasselbe Boot hinab, das sie schon am Vormittag inspiziert hatte.

In der halben Sekunde, die sie für diesen Sprung brauchte, piesackte sie ihre Phantasie – selbstverständlich – mit den Bildern von allerlei rostigen Nägeln, gefährlich zersplittertem Holz oder spitzen Glasscherben, an denen sie sich verletzen, sich aufspießen oder sich die grässlichsten anderen Verletzungen zuziehen konnte.

Nichts von alledem geschah, doch das kleine Schiffchen erzitterte so sehr unter ihrem Aufprall, dass sie das Gleichgewicht verlor und der Länge nach auf einen Haufen aus vermodertem Segeltuch fiel, und kaum war das geschehen, da griff ein bleicher, aber ungemein starker Lichtstrahl vom vorderen Ende des Schattens aus nach dem Boot. Lautlos wie eine Pfütze aus schmierigen Licht strich er dort entlang, wo sie einen halben Atemzug zuvor noch gestanden hatte, tastete einem suchenden Finger gleich über das morsche Holz und irrte neugierig hierhin und dorthin, bevor er sich nach einer schieren Ewigkeit und fast widerwillig wieder zurückzog.

Janice blieb so lange mit angehaltenem Atem und zur Reglosigkeit erstarrt liegen, bis sich ihre Lungen wie mit glühenden Glasscherben gefüllt anfühlten und mit dem ersten Luftholen ein leises Wimmern über ihre Lippen kam. Und auch dann ließ sie noch eine kurze Weile verstreichen, bevor sie es wagte, sich unendlich behutsam hochzustemmen und über den Bootsrand zu lugen.

Es war unheimlich: Auch wenn sich die Zeit im gleichen Maße dehnt, in dem die Angst zunimmt, so war sie doch sicher, dass seit ihrem verzweifelten Sprung erst wenige Augenblicke vergangen sein konnten. Doch diese kurze Spanne hatte dem Schatten genügt, um heranzukommen. Es war das gewaltige eiserne Schiff, das sie schon einmal gesehen und das ihr schon einmal so große Angst gemacht hatte. Es war jetzt nahe genug, dass sie den Namenszug am Bug entziffern konnte – IRONCLAD – und eigentlich Einzelheiten hätte erkennen müssen, was ihr aber einfach nicht gelingen wollte. Als wollte sie nach ihrem eigenen Schatten greifen, entzog sich das Schiff immer wieder ihrem Blick, gerade wenn sie glaubte, es endgültig erfasst zu haben, und blieb ein Schemen, hinter dem sich alles oder auch nichts verbergen konnte. Sie hatte einen vagen Eindruck schwerer eiserner Rumpfplatten und klobiger Nieten, gedrungener Schornsteine und ausdruckslos starrender Bullaugen, und gleichzeitig nahm das schwere Stampfen und Maschinenwummern eine andere, zunehmend bedrohlicher wirkende Intensität an.

Ihr Boot begann heftiger zu schaukeln und sich jetzt scharrend am Pier zu reiben, als die IRONCLAD immer näher kam und schaumige Wellen vor sich hertrieb. Ein Geruch wie nach heißem

Maschinenöl – und zugleich vollkommen anders – strich über sie hinweg, und nun gesellten sich auch noch andere und noch einmal unheimlichere Laute zum Stampfen der Kolben und dem Zischen großer Ventile, die giftigen Dampf ausstießen. Wieder hörte sie Stimmen, die sich auf so fremdartige Art austauschten, dass sie sie nicht einmal ansatzweise erfassen konnte. Das bleiche Licht tastete abermals über den Steg, hielt aber dieses Mal einen beruhigenden Abstand zu ihrem Versteck ein.

Janice erwartete nun, dass das gewaltige Schiff ganz am Pier anlegen würde, ein Fallreep herunterließ oder eine Strickleiter oder möglicherweise auch ein Beiboot aussetzte, doch zehn oder vielleicht auch fünfzehn Fuß entfernt kam die IRONCLAD endgültig zur Ruhe, und für die nächsten endlosen Minuten geschah gar nichts.

Dann ging die Tür der Wellblechhütte auf, und zwei Gestalten traten heraus, zu denen sich nur einen halben Atemzug später eine dritte und deutlich kleinere gesellte, eine bizarre Scherenschnitt-Familie, die von einem abendlichen Bootsausflug zurückkam.

Viel bizarrer jedoch als diese Assoziation war ihre Erinnerung an den Metallwürfel, der keinen Boden und somit gar nicht genug Platz für drei Personen hatte – und nur einen Moment später ihr Anblick: Es handelte sich tatsächlich um drei Männer in schweren Arbeitsjacken und groben Hosen und Schuhen, aber mit ihrem Aussehen war es so wie mit den Worten, die sie gerade gehört hatte. Nichts an dem Bild war so, wie es sein sollte, aber sie konnte einfach nicht sagen, warum. Alles sah so aus, wie man es erwartete, und doch war sie für den Moment nicht einmal mehr sicher, dass es tatsächlich Menschen waren.

Was für ein Unsinn!

Janice wartete angespannt, bis die drei Gestalten aufgeregt durcheinanderschnatternd zuerst außer Sicht- und dann außer Hörweite gekommen waren, bevor sie sich wieder der Beobachtung des Schiffes zuwandte. Jedenfalls so lange, bis die Tür des kleinen Metallgebäudes erneut aufging und zwei weitere Gestalten heraustraten.

Eine von ihnen war Steve.

Die andere war eine gute Handbreit größer und ein gutes Stück breitschultriger, und obwohl ihr Gesicht im Schatten lag, kam ihr etwas daran auf schon fast unheimliche Weise vertraut vor. Vielleicht war es auch ihre Art, sich zu bewegen, oder auch etwas, das sich nicht in Worte fassen ließ, einfach, weil es kein passendes Wort dafür gab. So oder so war sie nicht einmal wirklich überrascht, als die Gestalt einen weiteren Schritt machte und ins Licht hinaustrat, und trotzdem konnte sie einen Schrei nicht mehr unterdrücken, als sie das Gesicht erkannte.

Es war Joffrey.

14

Janice sollte nie erfahren, was sie in diesem Moment vor einer frühzeitigen Entdeckung bewahrt hatte, denn genau in diesem Augenblick schlug auch eine weitere Woge mit einem schweren Klatschen gegen das Pier, und Joffrey *(großer Gott, es war tatsächlich Joffrey!)* wandte sich halb zu Steve um und sagte etwas zu ihm, sodass er vielleicht gerade im entscheidenden Moment abgelenkt gewesen war. Möglich auch, dass er den Laut einfach für das Krächzen einer Möwe hielt, oder es war weit weniger kompliziert, und sie hatte einfach Glück. Gleichwie, weder Steve noch Joffrey wurden auf sie aufmerksam, dann schlug sie die Hand fest genug gegen den Mund, dass es wehtat, und erstickte ihren eigenen Schrei.

Was danach geschah konnte sie nicht genau sagen. Ihr fehlte eine gewisse Zeitspanne, wie lange, wusste sie nicht, in der sie nicht wirklich das Bewusstsein verlor, aber in einem Zustand versank, der diesem so nahe kam, wie es überhaupt nur ging, ohne tatsächlich dazu zu werden. Sie atmete in dieser Zeit nicht. Sie blinzelte nicht. Sie dachte nicht, ja, sie war beinahe sicher, dass ihr Herz nicht einmal schlug in dieser Zeitspanne, die vielleicht nur Sekunden währte, aber zu hundert gefühlten Ewigkeiten wurde. Als die Gesetze der Natur für sie wieder galten, war Steve verschwunden, und auch Joffrey drehte sich um und trat wieder ins Innere des Würfels aus rostigem Wellblech. Das Letzte, was sie von ihm sah, war seine Hand auf der Klinke, die die Tür hinter ihm zuzog.

Der Laut, mit dem das Schloss einschnappte, schnitt wie ein rostiges Messer in ihre Kehle und riss sie endgültig aus ihrer Erstarrung. Ohne auch nur einen Gedanken daran zu verschwenden, dass sie auf dem Schiff gehört werden konnte, schrie sie nun doch Joffreys Namen, zwei-, drei-, viermal, war mit einem einzigen Satz aus dem Boot heraus und wenigen weiteren bei der Tür, um sie aufzureißen und hindurchzustürzen. Nur ihre Erinnerung bewahrte sie davor, anderthalb Meter tiefer im eiskalten Wasser des Hafenbeckens zu landen, denn ihr fiel im allerletzten Moment wieder ein, dass der Raum dahinter keinen Boden hatte, sodass sie zwar durch die Tür stürmte, sich aber zugleich auch an deren Rahmen festhielt.

Und vielleicht rettete ihre Erinnerung ihr auch das Leben oder bewahrte sie doch zumindest vor einer üblen Verletzung, denn die Kammer vor ihr hatte zwar tatsächlich keinen Boden, aber darunter lag kein Wasser. Stattdessen blickte sie in einen quadratischen Schacht mit eisernen Wänden, an denen rostige Trittsprossen mindestens zehn Fuß weit in die Tiefe führten, wenn nicht um das Doppelte. Janice war so erschrocken, dass sie nicht einmal registrierte, wie grotesk weit nach vorne gebeugt sie dastand, nur mit Fingerspitzen und -nägeln an den Türrahmen geklammert und mit der anderen Hand auf den Türgriff gestützt, der unter ihrem Gewicht schon bedrohlich zu ächzen begann. Erst als sich eine Strähne ihres Haares löste und vor ihrem Gesicht senkrecht nach unten fiel, richtete sie sich hastig wieder auf, wich noch hastiger einen halben Schritt zurück und ließ sich in die Hocke sinken, um nach unten zu sehen.

Diesen Schacht dürfte es gar nicht geben, aber das hinderte ihn nicht daran, noch ein gehöriges Stück weiter lotrecht nach unten zu führen, als sie ohnehin schon angenommen hatte, und auf einem geriffelten Boden aus rostigem Gusseisen zu enden, in dessen Vertiefungen Wasser stand. Schweres Maschinenwummern und ein im gleichen Rhythmus pulsierendes rotes Licht drangen aus der Tiefe zu ihr herauf, und sie roch Fäulnis und spürte die Berührung feuchter Wärme auf dem Gesicht. Schon eines dieser Kriterien hätte unter normalen Umständen ausgereicht, sie schaudernd das Weite suchen zu lassen, aber sie hatte Joffrey gesehen, Joffrey war dort unten, Joffrey lebte, und sie wäre ihm selbst in die Hölle hinabgefolgt, ohne auch nur eine Sekunde zu zögern.

Mit einem Geschick, das sie sich selbst niemals zugetraut hätte, griff sie nach den eisernen Sprossen, hielt sich an der Wand fest und tastete behutsam mit dem Fuß nach sicherem Halt. Sie fand ihn nicht. Die Sprossen knirschten nicht nur bedrohlich unter ihrem Gewicht, sondern bewegten sich auch ganz sacht, aber sie schickte nur ein weiteres Stoßgebet zum Himmel und kletterte ohne das mindeste Zögern nach unten. Joffrey war dort. Sie hatte ihn gesehen, und nichts anderes spielte irgendeine Rolle, für nichts anderes war Platz in ihrem Denken.

Nicht wesentlich langsamer, als wäre sie einfach gesprungen, erreichte sie den Boden des Schachtes und sah sich aus aufgerissenen Augen um.

Vor ihr lag ein eiserner Gang von weniger als sechs Fuß Höhe, von dessen Wänden rot gefärbtes Wasser tropfte. Was ihr oben warm vorgekommen war, das war hier unten eine erstickende nasse Hitze, die selbst in ihre Gedanken zu sickern und sie zu vergiften schien.

»Joffrey?«, rief sie.

Natürlich bekam sie keine Antwort, aber sie hatte dennoch das Gefühl, dass irgendetwas hier unten auf den bloßen Klang ihrer Stimme reagierte und dass dieses Etwas nicht mit ihrem Hiersein einverstanden war. So abwegig ihr das auch selbst vorkommen mochte, wagte sie es dennoch nicht, noch einmal nach Joffrey zu rufen oder auch nur irgendetwas zu sagen. Aber sie ging weiter, wenn auch mit zitternden Knien und nicht annähernd so schnell, wie sie es gerne gehabt hätte.

So unheimlich und bizarr ihre Umgebung auch sein mochte (und nebenbei vollkommen unmöglich), war sie doch zugleich auch reichlich unspektakulär. Ein kahler Gang mit Wänden, Decke und Boden aus Eisen, an denen seit einem Jahrhundert oder auch zehn der Rost nagte und der einfach ein gehöriges Stück geradeaus führte. Mit einem kleinen Teil ihres Bewusstseins, der noch zu logischem Denken fähig war, versuchte sie zu ergründen, in welche Richtung dieser Gang führte, musste sich aber zu ihrem Verdruss selbst eingestehen, nicht darauf geachtet zu haben. Sie nahm zumindest an, bis zum Schiff – und wohin auch sonst? –, auch wenn es längst keine Antwort auf die Frage war, wieso es ihn überhaupt gab.

Obwohl ihr das pulsierende rote Licht den Weg wies, tastete sie sich mit beiden Händen an den rostigen Wänden rechts und links entlang, als bräuchte es die Berührung von etwas Stofflichem, um den Halt in der Wirklichkeit nicht endgültig zu verlieren, und sie zögerte auch fast unmerklich, als sie am Ende des Korridors angekommen war und sich nach rechts wenden musste.

Hinter der Biegung erwartete sie jedoch nur eine Fortsetzung desselben verrosteten Eisenkorridors, der nach einem weiteren Dutzend Schritte vor einem halbrunden Schott endete, wie sie es allenfalls auf einem Kriegsschiff erwartet hätte, denn es sah genauso aus, als wäre es konstruiert worden, um selbst Kanonenschüssen standzuhalten. Noch einmal langsamer werdend ging sie hin, streckte die Hand aus und prallte so erschrocken zurück, als hätte sie sich an dem Metall verbrannt. Sie hatte es nicht, aber das Eisen war tatsächlich so heiß, dass es gerade so eben noch nicht wehtat, es mit bloßen Fingern zu berühren.

Auf vielleicht anderthalb Metern Höhe war ein rundes Bullauge aus zerschrammtem Glas in das Schott eingelassen, das sich ihr als die Quelle des pulsierenden roten Lichtes präsentierte, das sie hierher gelockt hatte. Dieses Licht machte ihr Angst, umso mehr, als ihr erst jetzt auffiel, dass es tatsächlich im exakt gleichen Rhythmus pulsierte, in dem das Maschinengeräusch in ihren Ohren wummerte, und den Boden unter ihren Füßen vibrieren ließ. Doch sosehr sie dieser Anblick beunruhigte, dies war auch die Tür, durch die Joffrey gegangen sein musste, und allein dieser Gedanke ließ sie jegliche Vorsicht vergessen und die Hand erneut nach ihr ausstrecken.

Es gab einen Griff, der so heiß war, dass es jetzt tatsächlich wehtat, als sie ihn mit beiden Händen umschloss, und als wäre das noch nicht unangenehm genug, schien er ihren Anstrengungen im allerersten Moment einfach nur zu spotten. Erst als sie all ihre Kraft mobilisierte und auch noch eine gehörige Portion Verzweiflung hinzufügte, begann er sich widerwillig und mit einem protestierenden Scharren in Bewegung zu setzen, und selbst nachdem es ihr endlich gelungen war, die Tür zu entriegeln, musste sie jedes bisschen Kraft aufwenden, das sie in sich fand, um sich mit der Schulter gegen die Tür zu stemmen und sie weit genug aufzuschieben, um sich durch den entstehenden Spalt quetschen zu können. Was sie ihrer Frisur und ihren Händen damit antat, darüber dachte sie in diesem Moment vorsichtshalber erst gar nicht nach. Noch einmal all ihren Mut zusammennehmend quetschte und schob sie sich durch den Spalt und musste sogar noch einmal mehr Mut aufbringen, um auf der anderen Seite die Augen wieder zu öffnen.

Was immer sie erwartet hatte, es war anders.

Das unheimliche rote Bullauge hatte sie halbwegs darauf gefasst gemacht, in etwas hineinzutreten, was ihrer persönlichen Vorstellung der Hölle recht nahe kam, doch der Raum, in dem sie sich unversehens wiederfand, war eher schwach erleuchtet. Das Fenster musste das Licht wie eine Linse konzentriert haben. Sie sah, dass sie sich in einem gewaltigen metallenen Dom befand, der sich mindestens zwanzig oder fünfundzwanzig Fuß über ihrem Kopf erhob und ein Mehrfaches dieser Strecke nach rechts und links ausdehnte. Das Licht war tatsächlich rot, aber so blass, dass sie ihre Umgebung nur schemenhaft erkennen konnte, und kam aus keiner genau definierbaren Quelle, und der eiserne Herzschlag der Maschinen war hier so laut, dass sie ihn bis in die Knochen spüren konnte.

Immerhin war niemand zu sehen, was sie als beruhigend empfand, denn sie war sehr sicher, dass Besucher hier nicht willkommen waren – aber leider galt das auch für Joffrey, dessentwegen sie ja überhaupt hier war.

Janice ließ die bittere Enttäuschung nicht an sich heran, die mit dieser Erkenntnis einhergehen wollte, sondern schloss nur noch einmal die Augen und zählte in Gedanken langsam bis zehn, um sich an die veränderten Lichtverhältnisse zu gewöhnen. Es half. Sie konnte ein wenig besser sehen, als sie die Augen wieder öffnete. Nicht sehr viel, aber immerhin wurden aus unheimlichen Schatten unheimliche Umrisse, und sie erkannte, dass sie sich in einem gewaltigen Maschinenraum befand; oder doch zumindest etwas, das ihrer eher vagen Vorstellung des Maschinenraums eines so großen Schiffes entsprach.

Riesige Kessel aus Kupfer und fleckig gewordenem Messing hockten einer Herde schlafender mythischer Urzeittiere gleich unter der rostigen Kuppeldecke, Kolben stampften, und Ventile zischten beißend riechenden heißen Dampf in die Luft, und da waren große metallene Becken, in denen ölig glänzende Flüssigkeiten schwappten, auf deren Oberfläche schillernde Blasen erschienen und mit einem fettigen Geräusch platzten, und riesige, surrende Zahnräder und hundert andere Dinge, deren Bezeichnungen sie nicht kannte oder die sie auch noch nie zuvor im Leben gesehen hatte. Sie fragte sich schaudernd, ob sie vielleicht der erste Mensch überhaupt war, der all das hier zu Gesicht bekam.

Trotz des unablässigen Schnaubens und Dröhnens der Maschinen erzeugten ihre Schritte lang anhaltende und vielfach gebrochene Echos auf dem geriffelten Metallboden, Echos, die für ihren Geschmack viel zu lange nachhallten und die nicht allein blieben, als wären sie auf ihrem Weg durch die düsterrote Weite um etwas ergänzt worden, dass ihr nun Dinge zuflüsterte, die sie weder hören wollte noch durfte … und waren da nicht noch andere Laute, etwas wie ein Anschleichen und Kriechen, das Geräusch eines gewaltigen schuppigen Schwanzes, der über den Boden strich, das Scharren krallenbewehrter Füße und das Gefühl, angestarrt und taxiert zu werden?

Ungeachtet aller Angst, die sie litt und allem, was ihre eigene Phantasie der gespenstischen Szenerie noch hinzufügte, hatte sie die große Halle inzwischen durchquert und stand nun vor einem weiteren eisernen Schott, das mit gleich zwei der großen Riegel verschlossen war. Sie versuchte auch sie zu öffnen, scheiterte aber an ihrem hartnäckigen Widerstand und sah sich ein wenig ratlos um. Ihr Gefühl warnte sie, nicht noch tiefer in dieses eiserne Labyrinth vorzudringen, schon auf die bloße Gefahr hin, sich zu verirren oder auf einen seiner zweifellos gefährlichen Bewohner zu treffen, und doch musste sie es, wollte sie Joffreys Spur nicht abermals verlieren und Gefahr laufen, ein weiteres Jahr nach ihm suchen zu müssen oder vielleicht noch länger.

Da war eine ganz leise Stimme in ihr, die sie plötzlich fragte, ob sie ihn wirklich gesehen hatte. Janice wollte sie zum Verstummen bringen, wie schon so viele Male zuvor, doch dieses Mal gelang es ihr nicht. Ein leiser, nagender Zweifel blieb. Was, wenn sie nur gesehen hatte, was sie so verzweifelt hatte sehen *wollen,* eine Gestalt, die ihm nur zufällig von Wuchs und Gehabe her ähnelte, aber eben nicht Joffrey war?

Ein freudloses Lächeln huschte über ihre Lippen, als sie diesen Gedanken dachte. Jetzt hatte sie gar keine andere Wahl mehr, als Joffrey zu finden, und sei es nur, um sich selbst zu beweisen, dass sie nicht verrückt war.

Durch das Schott ging es nicht weiter, aber es gab eine schmale Metalltreppe nur ein paar Schritte entfernt, die zu einem ebenfalls eisernen Laufgitter unter der Decke führte. Dort oben gab es keinerlei Deckung mehr. Wer oder was auch immer hereinkam, musste sie praktisch auf Anhieb sehen. Aber von dort aus würde sie einen Gutteil des gesamten Maschinenraumes überblicken können, einmal ganz davon abgesehen, dass ihr ohnehin kaum eine Wahl blieb. Nach einem abschließenden sichernden Blick in die Runde eilte sie die Treppe hinauf und ging auf dem durchbrochenen Metall wieder in die Hocke, um nicht sofort gesehen zu werden; eine Vorsichtsmaßnahme, zu der sie sich nur einen halben Atemzug später selbst beglückwünschte, denn die Halle war nicht annähernd so leer, wie es bisher den Anschein gehabt hatte.

Ganz im Gegenteil konnte sie ein eisiges Frösteln nicht mehr unterdrücken, als sie sah, wie viel Glück sie gehabt hatte, denn das Schott, durch das sie hereingekommen war, befand sich an der Rückseite einer gewaltigen Maschine aus Messing und Bronze, die von ölig schimmernden Dämpfen eingehüllt vor sich hin summte und schnaubte, und hinter dieser wiederum hielt sich gleich eine ganze Gruppe Personen auf, die mit den Maschinen beschäftigt waren, sich miteinander austauschten und auch Dinge taten, die sie nicht genau identifizieren konnte. Etliche von ihnen trugen unheimliche Gewänder, die sie an Mönchskutten mit spitzen Kapuzen erinnerten (nur dass sie keine Kreuze trugen). Wie um der gespenstischen Szenerie die Krone aufzusetzen, schienen sie in die Rolle düsterer Technik-Priester zu schlüpfen, die einen uralten Maschinengott anbeteten. Andere trugen normale, wenn auch ausnahmslos grobe Kleidung, unter ihnen auch die drei Gestalten, die sie draußen auf dem Pier um ein Haar überrascht hätten, und erneut hatte sie den Eindruck, dass mit ihnen etwas nicht stimmte, und auch jetzt wieder, ohne dieses Gefühl verifizieren zu können.

Wen sie nicht sah, das war Joffrey. Vielleicht war es ja doch nur ein böser Streich gewesen, den sie sich selbst gespielt hatte, und es …

Sie brach den Gedanken mit einer nun eindeutig zornigen Anstrengung ab, stand wieder auf und ging geduckt und so leise weiter, wie sie es nur konnte, auch wenn es nicht nötig war, denn das Dröhnen und Husten der gewaltigen Maschinen verschluckte ohnehin jedes andere Geräusch. Der Anblick der drei Männer in ihren schweren Arbeitsjacken beunruhigte sie immer mehr, denn auch an dem, was sie nicht sehen konnte, war etwas ungemein Erschreckendes.

Janice näherte sich den Männern, so weit sie es wagte, jederzeit darauf gefasst, herumzufahren und die Flucht zu ergreifen, sollte eine der Gestalten dort unten zufällig den Blick heben und sie hier oben entdecken. Aber auch, als sie näher heran war, konnte sie immer noch nicht sagen, was sie eigentlich taten oder was es war, was sie an ihrem Anblick so sehr verstörte.

Immerhin erkannte sie nun, dass all diese Männer nicht auf festem Boden standen, sondern auf einem groben eisernen Gitter, unter dem eine so dunkelgrüne Flüssigkeit schwappte, dass sie schon beinahe schwarz wirkte; wie flüssiger Teer, in dem sich modriger Tang auflöste. Etwas bewegte sich darin, aber sie vermochte nicht zu sagen, was.

Sie war noch immer beunruhigt, aber ihre Neugier war inzwischen eindeutig stärker als die Stimme der Vernunft, die sie zur Vorsicht mahnte, und so bewegte sie sich noch ein weiteres Stück vor und ließ sich schließlich auf Hände und Knie sinken. Die Bewegung unter dem Gitterrost wurde ein wenig deutlicher, offenbarte sich ihr aber immer noch nicht. Vielleicht waren es große Fische, die sich in der übel riechenden Brühe suhlten, vielleicht auch riesige Schlangen oder vollkommen andere und noch viel bizarrere Kreaturen.

Dann geschah, was geschehen musste: Eine der berobten Gestalten legte den Kopf in den Nacken und sah direkt zu ihr hoch, sodass sich ihr Blick direkt in den ihren gebohrt hätte, hätte sie Augen gehabt. Aber die hatte sie nicht, so wenig wie ein Gesicht. Unter der Kapuze befand sich nichts außer einer einzigen fleischigen Masse aus verwachsenem Narbengewebe und Geschwüren und Pusteln, ohne sichtbare Augen, Nase oder Mund. Der Anblick war so entsetzlich, dass sie auch jetzt einen Schreckensschrei nicht hätte unterdrücken können, hätte er ihr nicht zugleich auch die Kehle zugeschnürt und sie gelähmt.

Zwei oder drei endlose Atemzüge lang (die nicht kamen) hockte sie einfach da und starrte die grauenhafte Erscheinung an, vollkommen sicher, von der grässlichen Kreatur unbeschadet der Abwesenheit vertrauter Sinnesorgane genau gesehen zu werden. Doch dann senkte die fürchterliche Erscheinung das Haupt wieder und wandte sich erneut ihrer geheimnisvollen Tätigkeit zu, und Janice wagte es endlich, wieder zu atmen.

Dennoch schnürte ihr allein die Erinnerung an den entsetzlichen Anblick immer noch die Kehle zu, und alles in ihr verkrampfte sich. Unter dem Gitterrost klatschte und kochte es, und sie meinte den Brodem ungeheuren Alters zu spüren, der die Atmosphäre vergiftete. Da war eine Präsenz, die sich langsam in ihre Richtung wandte. Sie wusste nicht, was geschah, wenn diese Aufmerksamkeit sie gänzlich erfasste, nicht einmal, ob es sie denn tatsächlich gab. Vielleicht war ja da tatsächlich etwas Unheimliches und Böses aus einer fremden Welt, das der menschliche Geist nur unzureichend erfassen konnte, vielleicht hatte sie ihre verzweifelte Suche nach Joffrey aber auch nur so durcheinandergebracht, dass sie Dinge sah, die gar nicht da waren.

Was auch immer es war: Sie kam zu dem Schluss, ihr Glück für eine Nacht genug auf die Probe gestellt zu haben, und trat auf Händen und Knien kriechend den Rückzug an, bis sie weit genug war, dass sie glaubte, das Risiko eingehen und sich wieder in eine geduckte Haltung aufrichten zu können. Zuerst langsam, dann immer schneller werdend und das letzte Stück rennend, lief sie zur Treppe zurück und jagte noch einmal schneller werdend die Stufen hinab, und sie war einfach zu schnell, um zu reagieren; oder auch nur wirklich zu begreifen, was geschah. Praktisch ohne langsamer zu werden, prallte sie gegen die Gestalt, die wie aus dem Nichts vor ihr aufgetaucht war, wurde von der schieren Wucht ihrer eigenen Bewegung zurückgeschleudert und landete so unsanft auf dem verlängerten Rückgrat, dass ihr die Luft wegblieb und ein scharfer Schmerz den ganzen Weg bis in den Nacken hinaufschoss, wo er heftig genug in reiner weißer Pein explodierte, um ihr die Tränen in die Augen schießen zu lassen.

Mit einiger Mühe blinzelte sie sie weg, biss die Zähne zusammen, um ein Wimmern zu unterdrücken, und sah erst dann zu der Gestalt hin, mit der sie zusammengestoßen war.

Es war der kleinste der drei Männer, die sie schon auf dem Pier gesehen hatte, und sie revidierte ihre vielleicht doch etwas vorschnell gefasste Meinung. Sie hatte ihn für kaum größer als ein Kind gehalten, doch der Mann war eine knappe Handspanne größer als sie selbst (seine beiden Begleiter mussten wahre Riesen gewesen sein, so war diese Täuschung wohl zustande gekommen) und lag nun halb gegen die Wand gelehnt da, gegen die sie ihn mit ihrem Anprall geschmettert hatte, nicht bewusstlos, aber benommen und mit leerem Blick.

Selbst in dieser unnatürlichen Haltung kam ihr noch etwas falsch an ihm vor. Immerhin war sein Gesicht das Gesicht eines Menschen, keine ineinander gewucherte Masse aus vernarbtem Fleisch, auch wenn es ihr zugleich alles andere als normal erschien. Alles schien … verschoben, zu groß oder zu klein, nach vollkommen falschen Proportionen angeordnet oder auch Achsen und Winkeln folgend, die es gar nicht gab, doch nichts von alledem war greifbar oder hatte auch nur lange genug Bestand, um es mit mehr als einem flüchtigen Blick zu erfassen.

Der Mann begann sich fahrig zu bewegen. Sein Blick flackerte, und seine Hände schienen nach etwas zu tasten, das gar nicht da war. Vielleicht kam auch ein Laut über seine Lippen, doch wenn, dann ging er im allgemeinen Lärm hier drinnen unter. Gleichwie, Janice begriff, dass er dabei war, wieder zu sich zu finden, und wenn das geschah, dann war es zugleich auch um sie geschehen.

Hastig sprang sie auf, machte einen Schritt und schrie nun doch gellend auf, als sich die Hand des vermeintlich benommenen Mannes blitzartig um ihren Knöchel schloss. Es war nicht einmal so, dass es wehgetan hätte, obwohl sein Griff wirklich sehr fest war, oder sie übermäßig erschrak … aber seine Berührung war so unbeschreiblich widerwärtig wie nichts, was sie jemals in ihrem ganzen Leben gespürt hatte. Es war nichts Lebendiges, das sie berührte, und wenn doch, dann war es eine Art von Leben, die niemals sein durfte.

Die schiere Todesangst gab Janice nicht nur die Kraft, sich loszureißen, sondern dem zu der Hand gehörigen Gesicht auch noch einen Tritt zu versetzen, der es zurück- und mit dem Hinterkopf so hart gegen die eiserne Wand prallen ließ, dass sie das Dröhnen selbst über den allgemeinen Lärm hinweg zu hören glaubte.

Janice verschwendete keine Zeit damit, sich davon zu überzeugen, dass der Mann nun tatsächlich bewusstlos war, sondern stürmte los und jagte den Weg zurück, den sie gekommen war. Joffrey war vergessen, Steve vollkommen unwichtig, und selbst all das Entsetzliche und Unerklärliche, das sie hier gesehen hatte, hatte nun keine Bedeutung mehr. Sie wollte nur noch raus hier, das war alles, was zählte.

Der Weg schien länger geworden zu sein, und je schneller sie zu laufen versuchte, desto langsamer schien sie zu werden. Nach einer schieren Ewigkeit tauchte das Schott vor ihr auf, durch das sie hereingekommen war, aber natürlich war ihr sein unversehrter Anblick nur gerade so lange vergönnt, wie sie brauchte, um noch einmal verzweifelte Hoffnung zu fassen, dann erschienen zwei Gestalten in bizarren Mönchsroben am anderen Ende des Korridors und humpelten und schlurften auf sie zu; mit Bewegungen, die auf ihre Art genauso unfassbar und unnatürlich anzusehen waren, wie sich die Berührung der grässlichen Hand gerade angefühlt hatte.

Janice rannte nur noch schneller, quetschte sich durch den Türspalt und besaß sogar noch die Geistesgegenwart, die Tür hinter sich zuzuziehen und den schweren Riegel nach unten zu drücken. Nur einen Atemzug später prallte etwas mit einem zugleich sonderbar weichen wie ungemein kraftvollen Laut auf die andere Seite der Tür, und eisenharte Krallen scharrten über das Metall.

Sie bekam das nur am Rande mit, denn sie war bereits weitergestürmt, erreichte die Biegung und ließ sie gerade hinter sich, als der Türriegel quietschte, und mehr war nicht nötig, um sie noch einmal schneller werden zu lassen. Es war gleich, ob das Geräusch in ihren Ohren das ihrer eigenen Schritte oder das Platschen riesiger schwimmhäutiger Füße mit zu vielen Zehen war – sie raste den Gang hinab, erreichte die rostigen Trittstufen und flog sie nur so hinauf, ohne auch nur zu bemerken, dass sie sich die Handflächen blutig schürfte und sich gleich mehrere Fingernägel abbrach. Kaum einen Atemzug später, wie es ihr vorkam, stieß sie die Tür der Wellblechhütte am oberen Ende der Leiter auf, stürzte hindurch und warf sie hinter sich mit aller Gewalt wieder zu. Sie fiel nicht ins Schloss. Stattdessen ertönte ein zorniges Quietschen, und die Tür wurde von einem gewaltigen Hieb getroffen und schlichtweg aus den Angeln gerissen, doch da war Janice bereits wieder auf dem Pier und versuchte noch einmal all ihre Kräfte zu mobilisieren und schneller zu laufen.

Es gelang ihr. Sie erreichte sogar das Ende des Piers und damit festen Boden und stürmte nach rechts und auf die Sicherheit verheißenden Lichter der Stadt zu, und diesmal war das Schicksal grausam genug, sie die rettende Straße tatsächlich erreichen zu lassen.

Beinahe jedenfalls.

Festgestampftes Erdreich unter ihren Füßen wich grobem Kopfsteinpflaster, und plötzlich war da ein riesiger verzerrter Schatten, rasiermesserscharfe Klauen und unmenschliche Augen, die hundert und mehr Welten geschaut hatten, und das Letzte, was sie wahrnahm, war das Geräusch von reißendem Stoff, dann brennender Schmerz. Dann nichts mehr.

15

Sie erwachte verwirrt, mit einem schlechten Geschmack im Mund und der Erinnerung an einen grässlichen Albtraum, in dem ein von wahnsinnigen Maschinen und schrecklichen Kreaturen bevölkertes Schiff eine Rolle gespielt hatte und ein Joffrey, der nicht mehr Joffrey gewesen war. Dann öffnete sie die Augen, setzte sich mit einem so plötzlichen Ruck auf, dass ihr nicht nur schwindelig wurde, sondern auch ein bisschen übel. Schwer sank sie wieder auf das weiche Kissen zurück und wartete darauf, dass die Welt aufhörte, sich zu drehen, bevor sie einen zweiten Versuch unternahm und die Augen öffnete. Es musste ein Traum gewesen sein. Etwas so Schreckliches wie dieses Schiff und seine schauerlichen Bewohner konnte es gar nicht geben.

»Sie sollten das besser noch nicht tun.«

Jetzt wurde der Traum vollends verrückt, denn sie hörte eine Stimme, die sie zwar kannte, die es hier aber gar nicht geben konnte, und als wäre das allein noch nicht absurd genug, drehte sie mühsam den Kopf auf dem Kissen und blickte in das dazugehörige Gesicht, das hier noch viel weniger verloren hatte. Sie blinzelte. Das Gesicht blieb, aber nun erschien ein fast mütterliches Lächeln auf seinen Zügen.

»Der Arzt ist zwar der Meinung, dass Sie großes Glück gehabt haben, aber es ist bestimmt besser, wenn Sie sich noch nicht zu viel bewegen, Kindchen«, sagte Connor.

»Miss … Connor?«, murmelte sie schleppend.

»Als ich das letzte Mal in den Spiegel geschaut habe, da war es jedenfalls so«, erwiderte Connor lächelnd. »Allerdings ist es eine Weile her. Je älter man wird, desto seltener verspürt man das Bedürfnis, zu sehen, welche unangenehmen Überraschungen der nächste Tag schon wieder für einen bereithält, müssen Sie wissen.« Sie seufzte. Tief. »Aber keine Sorge, mein Kind. Bis es bei Ihnen so weit ist, ist es noch lange hin.«

»Miss Connor?«, murmelte Janice noch einmal. »Aber was …

was tun Sie denn hier?« Sie wollte sich auf die Ellbogen hochstemmen, doch Connor schüttelte nur den Kopf und drückte sie ebenso sanft wie unerbittlich zurück. Ihre so schmal aussehende Hand war erstaunlich stark. Aber vielleicht war Janice auch nur so schwach.

»Tun Sie sich selbst den Gefallen, und bleiben Sie liegen, Kindchen«, sagte sie. »Und wenn nicht sich selbst, dann einer alten Frau, die Sie darum bittet. Sie wollen doch nicht, dass Kopfweh und Übelkeit noch schlimmer werden, oder? Und wenn ich ehrlich bin, dann will ich eigentlich auch nicht die Folgen beseitigen müssen.«

In Janice' noch immer vernebeltem Hirn dämmerte die Erkenntnis auf, dass Connor wohl einen Scherz machen wollte, um sie aufzuheitern, doch ihr war nicht nach Lächeln zumute. Sie hatte tatsächlich hämmernde Kopfschmerzen, und die Übelkeit in ihrem Leib hielt sich nur so lange in erträglichen Grenzen, wie sie sich nicht allzu sehr bewegte; und am besten gar nicht. Sie versuchte es trotzdem und wurde mit einem leisen Schwindel und einem sauren Geschmack tief in ihrer Kehle bestraft, stellte ihre Bemühungen aber trotzdem nicht ein, sondern ließ es nur vorsichtiger angehen. Ihr Magen rumorte, und sie spürte erst jetzt, dass ihr nicht nur der Kopf wehtat, sondern so ziemlich alles. Um ihre Brust schien ein unsichtbares Band aus Stahl zu liegen, das ihr das Atmen erschwerte, und ihr Mund tat weh. Als sie mit der Zungenspitze nach der entsprechenden Stelle tastete, spürte sie, dass ihre Unterlippe geschwollen und mit getrocknetem Blut verkrustet war.

»Machen Sie sich keine Sorgen, Kindchen. Das ist in ein paar Tagen wieder verschwunden. Ihre Schönheit hat keinen dauerhaften Schaden erlitten.«

Mit dem dünnen Schmerz, der mit der Berührung ihrer Zungenspitze einherging, kam die Erinnerung. »Viel schlimmer ist, dass ich es selbst war.«

Erst als die Worte über ihre gesprungenen Lippen kamen, blinzelte sie verwirrt, sah Connor eine Hilfe erflehend an, die sie von ihr ganz gewiss nicht bekommen würde, und fragte sich selbst, warum sie das jetzt gesagt hatte. Es war doch nur ein Traum gewesen.

Aber seit wann hinterließen Träume blutige Wunden?

»Sie haben wirklich Glück gehabt, mein Kind«, sagte Connor

noch einmal. »Wenn Ihr Freund nicht rechtzeitig zur Stelle gewesen wäre, dann hätte es übel ausgehen können. Was ist nur in Sie gefahren, ganz allein und noch dazu bei Dunkelheit eine so verrufene Gegend aufzusuchen?«

»Mein … Freund?«, wiederholte Janice zögernd. Hatte sie … *Joffrey* gesehen?

»Dieser Mister Waiden, der ganz offensichtlich einen Narren an Ihnen gefressen hat … Steve, glaube ich.«

Steve? Wenn sie in ihm jemals so etwas wie einen Freund gesehen hatte, dann hatte sich das jetzt endgültig erledigt. Schließlich war Steve derjenige, der sie überhaupt erst an diesen unheimlichen Ort gelockt hatte und mit dem alles angefangen hatte, hatte er sie doch vom ersten Moment an belogen und hintergangen.

»Steve hat mir das angetan.«

Connor musste ihre Worte als Frage gewertet haben, denn sie schüttelte nicht nur heftig den Kopf, sondern klang auch fast schon ein bisschen empört. »Jetzt tun Sie ihm aber wirklich unrecht, Liebes. Ich weiß nicht, was zwischen Ihnen und diesem jungen Mann vorgefallen ist, und es geht mich auch nichts an, aber wenn er nicht im letzten Moment aufgetaucht wäre und diese Kerle verscheucht hätte, dann hätte es wirklich böse enden können, glauben Sie mir.«

»Und das bestimmt ganz zufällig«, vermutete Janice.

»Wenn man an so etwas wie Zufälle glauben will, ja«, antwortete Connor.

»Und das tun Sie nicht?«

»Vielleicht ist ja manches von dem, was wir für Zufall halten, in Wahrheit Gottes Werk«, antwortete Connor.

Janice verspürte nicht die mindeste Lust auf diese Art von Diskussion, aber sie konnte gar nicht anders, als zu erwidern: »Wenn nicht manchmal sonderbare Dinge geschähen, warum hätten wir sonst das Wort Zufall erfunden?«

»Und wer sagt Ihnen, dass es nicht Gott war, der den Zufall erfunden hat, um uns Menschen etwas zu geben, worüber wir uns die Köpfe heiß reden können?«

»Niemand.« Janice war viel zu müde, um diese müßige Debatte fortzusetzen. Und zu verwirrt. »Zumindest war Steve nicht zufällig dort. Und ich bin auch sehr sicher, dass Gott ihn nicht geschickt hat.«

Sie versuchte – nicht ganz erfolgreich – Connors Blick standzuhalten, richtete sich vorsichtig in eine halb sitzende Position auf und zerbrach sich immer angestrengter den Kopf, was denn nun eigentlich geschehen war. Keine dieser unterschiedlichen Anstrengungen führte zum gewünschten Erfolg. Hinter ihrer Stirn wirbelten noch immer Gedanken und Gefühle und Fetzen vermeintlicher Erinnerungen durcheinander, und sie fühlte sich mit jedem Moment verwirrter und hilfloser. Ihre Gedanken sollten sich klären, je länger sie wach war, doch das genaue Gegenteil war der Fall. Da war ein Teil ihres Verstandes, der darauf beharrte, dass es einfach nichts anderes als ein Traum gewesen sein *konnte*, aber auch ein anderer und gleich starker, der das Gegenteil behauptete.

»Und was genau bringt Sie auf diesen Gedanken, mein Kind?«, wollte Connor wissen.

Janice entschied sich, bei der Wahrheit zu bleiben. »Weil er mich dort hinausgejagt hat.«

»Ihr Freund? Mister Waiden?«

»Auf jeden Fall war er dabei.«

Connor sah sie lange und mit einem Ausdruck an, den sie nicht genau deuten konnte, der ihr aber nicht gefiel.

»Sie haben eine Menge durchgemacht, Kindchen«, sagte sie schließlich. »Mister Waiden hat mich gewarnt, dass Sie da … gewisse Dinge … falsch verstanden haben könnten.«

Gewisse Dinge? Janice war so verdutzt, dass sie gar nicht antworten konnte, sondern sie nur anstarren, und nach einem weiteren Moment und mit einem nichts anderes als eindeutig mütterlichen Lächeln fuhr Connor fort: »Wollen Sie mir erzählen, was passiert ist?«

Janice war nicht einmal sicher, ob sie es konnte. Sie deutete ein Kopfschütteln an. »Ich … erinnere mich nicht«, antwortete sie ausweichend. »Nicht genau.«

Connor zog flüchtig die Stirn kraus, was aber auch schon ihre einzige Reaktion auf die Frage war, was sie von dieser Behauptung hielt. »Es muss schlimm gewesen sein«, sagte sie mitfühlend. »Da bringt man schon einmal etwas durcheinander. Zumal Mister Waiden mir verraten hat, dass es kurz zuvor zwischen ihnen zu ein paar Missverständnissen gekommen ist.«

So konnte man es auch nennen. *Missverständnisse*. Janice schwieg.

»Gut, dann erzähle ich Ihnen, was ich weiß«, fuhr Connor fort. »Und danach sehen wir weiter. Glauben Sie mir, manchmal braucht es nur einen kleinen Schubs, um dem Gedächtnis wieder auf die Sprünge zu helfen.«

Janice schwieg weiter, zumal sich ihr Gedächtnis in diesem Moment tatsächlich meldete – indem es sie daran erinnerte, dass sie nicht den mindesten Grund hatte, dieser Frau zu trauen, wohl aber mehr als nur einen, es nicht zu tun.

»Ihr Freund und Mister Morton waren in Sorge, als sie bemerkt haben, dass Sie nicht mehr in Ihrem Zimmer sind«, begann Connor, und Janice unterbrach sie sofort und mit einem Stirnrunzeln: »Morton?«

»Der Manager des Hotels, der übrigens auch der Besitzer dieses Etablissements ist«, antwortete Connor mit einer flatternden Handbewegung in die Runde. »Man hat mir natürlich nicht gesagt, worum es bei dieser Unterhaltung ging, aber ich kenne Morton gut genug, um mir das eine oder andere zusammenreimen zu können. Er ist kein sehr angenehmer Mensch, müssen Sie wissen. Ihr Freund hat mir jedenfalls erzählt, dass sie Lärm aus Ihrem Zimmer gehört haben und hingelaufen sind, um nach dem Rechten zu sehen. Aber Sie waren nicht mehr da. Dafür herrschte ein heilloses Chaos in Ihrem Zimmer, und das Fenster stand offen.«

Diesmal war die Frage, die sie mit diesen Worten transportieren wollte, selbst beim besten Willen nicht mehr zu überhören, doch Janice schwieg beharrlich weiter, sodass Connor schließlich mit einem Schulterzucken fortfuhr: »Jedenfalls sind sie gemeinsam losgelaufen, um nach Ihnen zu suchen. Zu Ihrem Glück, wie ich betonen möchte. Ist Ihnen eigentlich klar, was Ihnen alles hätte passieren können?«

»Was ist mir denn passiert?«, fragte Janice, statt ihre Frage zu beantworten.

»Jemand hat Sie überfallen, Kindchen«, erwiderte Connor.

Aber das stimmte nicht. Nicht jemand. Etwas. Da waren Krallen gewesen, und erbarmungslose Augen und peitschende Arme, die irgendwie aussahen, als wären keine Knochen in ihnen, sondern nur unvorstellbar starke Muskeln.

»Verzeihung.«

Janice blinzelte, machte ein verwirrtes Gesicht, und Connor sagte noch einmal: »Bitte verzeihen Sie. Ich wollte Ihnen nicht wehtun.«

»Wehtun?« Ganz plötzlich wurde ihr klar, dass sich wohl mehr von ihren Gedanken auf ihrem Gesicht gespiegelt haben musste, als ihr selbst klar war, und dass Connor sie offenbar so falsch gedeutet hatte, wie es nur ging. »Das haben Sie nicht«, versicherte sie hastig. »Es hat … einen anderen Grund.«

»Manchmal muss man sich seinen Erinnerungen stellen, glauben Sie mir«, fuhr Connor unbeeindruckt fort. »Sonst wird es nur schlimmer.«

Das versuchte sie ja. Aber wie, wenn sie nicht einmal wirklich wusste, was Erinnerung und was ein böser Traum war?

Connor las offenbar nicht nur schon wieder in ihrem Gesicht, sondern kam auch zu noch falscheren Schlüssen. Sie stand auf. »Bitte verzeihen Sie einer dummen alten Frau, Janice. Ich hätte Sie nicht gleich so überfallen dürfen, wo es erst wenige Stunden her ist. Warum schlafen Sie nicht ein paar Stunden, und morgen früh …«

»Das ist es nicht«, sagte Janice rasch. »Ich musste an etwas anderes denken. Bitte bleiben Sie.« Warum sie diesen letzten Satz sagte, wusste sie allerdings selbst nicht.

Connor ließ sich wieder auf den knarrenden Hocker sinken, lächelte ein knappes Lächeln und bedachte sie schon wieder mit einem jener mütterlichen Blicke, die sie in so zunehmendem Maße irritierten. Sie *wollte* dieser Frau nicht trauen, begriff sie plötzlich, und prompt meldete sich ihr schlechtes Gewissen.

»Steve … Mister Waiden … hat mich also tatsächlich gerettet?«, fragte sie.

»Er hat gekämpft wie ein Löwe«, bestätigte Connor, lachte dann leise und schüttelte den Kopf. »Nein, das war gar nicht nötig. Die beiden Burschen haben sofort das Weite gesucht, als Morton und er aufgetaucht sind. Aber ich bin sicher, er hätte sein Leben in die Waagschale geworfen, um Sie zu beschützen, wäre es nötig gewesen.«

Seltsamerweise stimmte Janice dieser Einschätzung zu. »Es waren zwei, sagen Sie?«

»Sagen Morton und Ihr Freund«, verbesserte sie Connor. »Ja. Zwei Burschen ... wahrscheinlich irgendwelches Gesindel, und genauso wahrscheinlich waren sie betrunken.« Ein leiser Tadel erschien in ihrem Blick. »Das war wirklich sehr leichtsinnig von Ihnen, meine Liebe. Ich kenne das Leben in den großen Städten nicht durch eigene Anschauung, aber bringt man jungen Frauen denn dort nicht bei, dass es gefährlich ist, nachts allein auf die Straße zu gehen? Oder gar an den Hafen?«

Sie war nicht *einfach so* auf die Straße gelaufen ... oder vielleicht doch. Sie wusste es einfach nicht. Langsam setzte sie sich auf und fuhr eine Sekunde später schon wieder zusammen, als sie abermals das Gefühl hatte, von einem eisernen Ring am Atmen gehindert zu werden. Sie sah unter ihre Decke und fuhr schon wieder und dieses Mal viel heftiger zusammen, als sie den weißen Verband erblickte, der sich um ihren Oberkörper spannte..

»Das sind nur ein paar Schrammen, keine Angst«, sagte Connor rasch. »Der Doktor war vielleicht ein bisschen übereifrig, aber er hat darauf bestanden, Sie zu verbinden.«

Janice starrte den Verband weiter an. Da waren Krallen gewesen und das Geräusch von reißendem Stoff, und jetzt erinnerte sie sich auch an einen brennenden Schmerz, der sich diagonal über ihre Brust gezogen hatte.

»Es ist wirklich nur ein Kratzer«, sagte Connor, die ihren Blick zum dritten Mal falsch deutete. »Der Doktor hat Sie gründlich untersucht. In jeder Beziehung, wenn Sie verstehen, was ich meine. Aber auch das haben Sie mit großer Sicherheit nur Ihrem Bekannten zu verdanken. Wenn Morton und er nur einen Moment später gekommen wären ...«

Auch in diesem Punkt irrte sie sich, aber wie sollte sie ihr das erklären? Janice betrachtete den viel zu engen Verband unter ihrem

Nachthemd noch eine geraume Weile, in der sie sich fragte, was sie an dem Anblick störte, dann wusste sie es und fragte: »Haben Sie mich ausgezogen?«

»Ich bin erst vor einer Stunde angekommen«, antwortete Connor. »Es war wohl der Doktor, oder …«

»Mein Kleid«, unterbrach sie Janice. »Ist es noch da?«

Die Frage schien Connor zu überraschen, aber sie nickte. »Was davon übrig ist. Aber ich fürchte, dass es nicht mehr zu retten sein wird.« Sie stand auf, ging zum Schrank und kam nach einem Moment mit einem vor Schmutz starrenden Fetzen zurück, in dem Janice kaum noch das Kleid wiedererkannte, das sie in der vergangenen Nacht getragen hatte. Sie nahm es ihr dennoch aus der Hand und untersuchte es so gründlich und rasch, wie sie konnte, und gleich mehrmals hintereinander.

»Wie ich es Ihnen gesagt habe, es ist wohl kaum noch zu retten«, sagte sie.

»Das ist es nicht«, antwortete Janice. Sie wollte das Kleid schon fallen lassen, überlegte es sich aber dann anders und roch daran. Da war eindeutig der frische Geruch von Regen, vermischt mit dem fauligen Wassers und noch unangenehmeren Dingen, und unverkennbar der von heiß gewordenem Maschinenöl.

»Was sonst?«, fragte Connor.

»Die Karte.« Janice legte die flache Hand auf die Brust und fuhr fort: »Die Karte, die Joffrey mir hinterlassen hat. Sie erinnern sich? Ich hatte sie unter dem Kleid.« Und Steve wusste das. Wenn sie es genau bedachte, dann auch *nur* Steve.

»Sie muss herausgefallen sein, als die Kerle Ihnen das Kleid zerrissen haben«, sagte Connor. »Ich werde den Constable fragen, der draußen alles abgesucht hat. Vielleicht hat er sie ja gefunden … aber Sie sollten sich besser keine allzu großen Hoffnungen machen. Es hat den ganzen Morgen geregnet.«

Und das Schiff?, wollte Janice fragen. Aber eine innere Stimme hielt sie zurück.

Connor nahm ihr das Kleid aus der Hand, knüllte es zu einem schmuddeligen Ball zusammen und warf ihn zu Boden, bevor sie sich wieder auf den Hocker sinken ließ.

»Wollen Sie mir erzählen, was passiert ist?«

»Passiert?«

»Sie sind einfach in die Nacht hinausgerannt«, sagte Connor. »Wollen Sie mir nicht verraten, warum?«

»Wollen Sie mir nicht sagen, wieso Sie eigentlich hier sind?«

Connors Stirn umwölkte sich. »Sie trauen mir nicht«, stellte sie fest. »Das kann ich sogar verstehen. Vor allem nach dem, was Sie mitgemacht haben, Sie Ärmste. Aber glauben Sie mir, niemand hier will Ihnen etwas Böses.«

Sie wartete auf eine Antwort, die sie nicht bekam, und schließlich seufzte sie noch einmal tief und stand wieder auf, diesmal auf eine sonderbar endgültige Weise. Ihre Knochen knackten hörbar, als sie sich nach dem Kleid bückte, um es zu einem noch kleineren Ball zusammenzuknüllen.

»Das alles muss einfach zu viel für Sie sein. Ich muss mich bei Ihnen entschuldigen, dass ich so rücksichtslos bin. Nach allem, was Sie durchgemacht haben, haben Sie ein Recht auf ein wenig Ruhe. Soll ich den Arzt noch einmal zu Ihnen schicken? Er kann Ihnen etwas geben, damit Sie schlafen.«

»Das will ich nicht«, antwortete Janice, und das deutlich heftiger, als sie selbst wollte. »Ich will nicht schlafen. Und eigentlich … will ich auch nicht, dass Sie gehen.«

Connor wirkte gleichermaßen überrascht wie erfreut, setzte sich aber nicht wieder. »Sie sind wirklich sehr verwirrt, mein Kind. Ich wünschte mir in der Tat, ich könnte etwas für Sie tun.«

»Das können Sie. Sagen Sie mir, was hier wirklich vor sich geht. Was das alles bedeutet.«

»Nichts Geheimnisvolleres als das, was Sie bereits wissen, Kleines«, antwortete Connor. »Glauben Sie mir, ich wünschte, Ihnen helfen zu können, aber ich fürchte, das ist einer dieser Momente, deren man ganz allein Herr werden muss.«

»Welche Momente?«, fragte Janice.

»Die, in denen man erkennen muss, dass ein Mensch vielleicht doch nicht der war, für den man ihn gehalten hat«, erwiderte Connor. »Ich weiß, dass das wehtut.«

»Ach ja?«, fragte Janice spitz. »Woher?«

Die Bemerkung tat ihr im gleichen Moment schon wieder leid, in dem sie sie aussprach, aber Connor nahm sie ihr nicht übel. »Auch wenn es vielleicht schwer zu glauben ist, ich war selbst einmal jung«, erwiderte sie in leicht amüsiertem Ton. »Und obwohl ich auf diese Erfahrung lieber verzichtet hätte, so bin ich auch schon von einem Mann enttäuscht worden … sogar mehr als nur einmal, wenn ich ehrlich sein soll. Ich weiß, wie weh es tut, enttäuscht zu werden, und wie hartnäckig man sich weigert, die Wahrheit anzuerkennen. Das Suchen nach Ausreden. Das Beharren darauf, sich geirrt zu haben, all die Argumente, nur um das Offensichtliche nicht sehen zu müssen … glauben Sie mir, Kindchen, jeder von uns kennt das. Ich wünschte, es wäre nicht so.«

Janice' schlechtes Gewissen nagte noch immer an ihr, und vielleicht war das auch der Grund, weshalb sie nicht sofort aussprach, was ihr dazu auf der Zunge lag – nämlich, dass sie das ganz Ähnliches gerade mit Steve erlebte, und das, obwohl er nun wirklich nicht ihr *Freund* war. Dann begriff sie, welch wilde Spekulationen eine solche Äußerung bei Connor auslösen würde, und sie musste gegen ihren Willen lächeln.

»Amüsiert Sie die Vorstellung so sehr?«, wollte Connor wissen.

»Welche?«

»Dass ich einmal jung gewesen bin? Die meisten von uns werden jung geboren, müssen Sie wissen.«

»Das ist es nicht«, versicherte Janice hastig. »Ich war nur …« Sie rang nach Worten und setzte dann neu an. »Ich muss mich bei Ihnen entschuldigen, Miss Connor. Sie sind so fürsorglich zu mir, und ich danke es Ihnen auf diese Weise.«

»Jetzt überschätzen Sie sich, mein Kind«, erwiderte Connor mit sanftem Spott. »Ich habe nicht mehr getan, als ein bisschen von etwas zu opfern, wovon ich ohnehin viel zu viel habe. Zeit. Und bevor Sie Ihrer persönlichen Verschwörungstheorie noch eine weitere Facette hinzufügen, muss ich Ihnen noch gestehen, dass ich mitnichten Ihretwegen hierhergekommen bin. Ich habe einiges in Ipswich zu erledigen. Einkäufe, gewisse Besorgungen … ich habe im Kolonialwarenladen gehört, was vergangene Nacht geschehen ist, und kam gleich her. Ich bin eben eine neugierige alte Frau.«

»Man redet schon im Kolonialwarenladen über mich?«

»Man redet in der ganzen Stadt über Sie«, belehrte sie Connor. »Was haben Sie erwartet? Ipswich ist ein kleiner Ort, in dem Neuigkeiten mit Gold aufgewogen werden.« Sie zwinkerte ihr auf eine Art zu, die verschwörerisch sein sollte, aber einfach nur unpassend wirkte. »Sie sind eine Berühmtheit, Kindchen. Gäbe es hier eine Zeitung und Fotografen wie in der großen Stadt, aus der Sie kommen, dann würden sie vor dem Hotel jetzt schon Schlange stehen.«

Sie schickte noch ein gewichtiges Nicken hinterher und stand mit einem leisen Ächzen wieder auf, als bereitete ihr schon diese kleine Bewegung Mühe, und drückte das zusammengeknüllte Kleid wie einen Schatz an sich.

»Ich lasse Sie jetzt einen Moment allein, Liebes. Wenn Sie sich in der Lage dazu fühlen, dann machen Sie sich ein wenig frisch. Der örtliche Constable möchte mit Ihnen sprechen.«

»Warum?«

»Na, warum wohl?«, spöttelte Connor. »Was Ihnen widerfahren ist, hat den Ehrgeiz des Ordnungshüters geweckt. Endlich kann er der ganzen Stadt beweisen, dass er sein Gehalt wert ist und die bösen Buben fangen kann. Möchten Sie mit ihm reden, oder soll ich ihn wegschicken und ihm sagen, er soll morgen wiederkommen?«

»Ich glaube nicht, dass ich morgen noch hier bin«, antwortete Janice. »Vielleicht reise ich heute noch ab, falls ich den Zug nach Providence noch bekomme.« Allein die Vorstellung, eine weitere Nacht in diesem Hotel zu verbringen, ließ ihr schon wieder einen eisigen Schauer über den Rücken laufen.

»Das wird dem guten Mann nicht gefallen«, sagte Connor. »Aber ich rede mit ihm. Und wenn Sie es möchten, dann gehe ich auch noch einmal zum Hafen und suche nach Ihrer Karte … auch wenn Sie sich besser keine allzu großen Hoffnungen machen sollten.« Sie ging zur Tür, drehte sich aber noch einmal zu Janice um, bevor sie den Raum verließ. »Und natürlich möchte Ihr Freund unbedingt mit Ihnen sprechen. Ich habe ihm gesagt, dass es gewisse Dinge gibt, die Sie vielleicht lieber mit einer Frau besprechen, aber ich fürchte, er wird über kurz oder lang darauf bestehen, Sie zu sehen. Was man im Grunde ja auch verstehen kann.«

Das tat Janice. Aber die Vorstellung, hier drinnen mit Steve zu sprechen – und womöglich sogar allein! –, war ihr dennoch zuwider. Sie lauschte einen Moment in sich hinein, stellte fest, dass Kopfweh und Übelkeit fast gänzlich verschwunden waren, und setzte sich weiter auf, um die Beine aus dem Bett zu schwingen. Connor runzelte die Stirn.

»Was tun Sie da?«, erkundigte sich Connor.

»Richten Sie Steve aus, dass ich in ein paar Minuten komme«, sagte sie. »Und wenn Sie so freundlich wären, Mister Morton zu fragen, ob heute noch ein Zug Richtung Boston geht?«

Nichts von alledem gefiel Connor, das sah sie ihr an, aber sie behielt auch jeglichen Kommentar für sich und beließ es bei einem abschließenden missbilligenden Stirnrunzeln, bevor sie endgültig ging. In der halben Sekunde, die sie brauchte, um durch die Tür zu schlüpfen und sie hinter sich wieder zu schließen, meinte Janice einen amorphen Schatten zu sehen, der draußen auf dem Flur waberte und wogte. Aber diesmal war sie auch sicher, es sich nur eingebildet zu haben.

Dennoch ging sie zur Tür und legte den Riegel vor, kaum dass Connors Schritte draußen auf dem Flur verklungen waren. Sicherer fühlte sie sich hinterher keineswegs, aber es war alles, was sie tun konnte.

Sie hatte Durst, aber schon die Vorstellung, ins Bad zu gehen und sich ein Glas Wasser zu holen, war beinahe mehr, als sie ertragen konnte; und es nutzte auch gar nichts, dass sie sich zusammenzureißen versuchte. Etwas Schlimmes würde geschehen, wenn sie auch nur in die Nähe von Wasser kam, das wusste sie einfach.

Janice beließ es dabei, ihre Lippen mit der Zunge zu befeuchten, so gut es eben ging (das einzige Ergebnis war, dass die verschorfte Stelle wieder aufplatzte und nun auch noch wehtat), dann trat sie an die Frisierkommode, schlüpfte aus dem Nachthemd und unterzog ihre eigenes Spiegelbild einer gründlichen Inspektion.

Das Ergebnis war ernüchternd, und so absurd es ihr auch selbst vorkam, verspürte sie doch beinahe so etwas wie Enttäuschung; als hätte sie erwartet, in ihrem Spiegelbild den Beweis für etwas zu finden, von dem sie selbst nicht wusste, was es war. Sie war sehr blass, und in ihren Augen hatte sich eine Dunkelheit eingenistet, die neu und erschreckend war, darüber hinaus aber war sie mit ein paar harmlosen Schrammen an Unterarmen und Händen davongekommen. Blieb noch der Verband, den der Arzt ihr angelegt hatte, offenbar in dem Bemühen, sie in die lebende Variante einer ägyptischen Mumie zu verwandeln.

Mit spitzen Fingern begann sie den Verband abzuwickeln. Sie brauchte lange dafür, denn der Arzt musste nicht nur seinen Jahresvorrat an Verbandsmull aufgebraucht haben, ihre Hände wurden auch ganz ohne ihr Zutun immer langsamer, und als sie endlich die letzte Lage abgerollt hatte, traf sie der Anblick wie ein Faustschlag in die Magengrube.

Sie hatte Schlimmes erwartet beim Anblick des monströsen Verbandes: Schrammen, Kratzer oder blaue Flecken bis hin zu ausgewachsenen Blutergüssen oder auch offenen Wunden, und ein bisschen von alledem war auch da. Ihre Schultern und Brüste waren zerkratzt, als hätte sie sich versehentlich mit einer Drahtbürste abgeschrubbt statt mit einem weichen Badeschwamm, und auf dem rechten Rippenbogen prangte ein hässlicher blauer Fleck, der mit einigem guten Willen als Abdruck einer gespreizten Hand durchgehen konnte, die allerdings nur vier Finger hatte und höchstens einem Kind gehören konnte. Mit alledem hatte sie gerechnet, aber was sie regelrecht schockierte, das war der Anblick dreier kreisrunder roter Male auf ihrer linken Brust, unmittelbar über dem Herzen.

Sie waren so groß wie Münzen und in einem nahezu perfekten Dreieck angeordnet. Die Haut sah ein bisschen geschwollen aus, und als sie vorsichtig mit den Fingerspitzen danach tastete, tat die Berührung weh; als hätte ihr jemand drei glühende Münzen auf den Leib gedrückt.

Doch es waren keine Verbrennungen. Als Janice sich mit klopfendem Herzen vorbeugte und die Male im Spiegel betrachtete, gewahrte sie zahlreiche winzige rote Pünktchen, die wie Hunderte von Nadelstichen die geröteten Kreise säumten.

Es waren keine Verbrennungen, aber auch keine Schlagmale. Wenn es überhaupt etwas gab, woran der Anblick sie erinnerte, dann waren es die mit winzigen Zähnchen gesäumten Saugnäpfe eines Krakenarmes.

16

Steve, ein sehr nervöser Hotelbesitzer und Connor warteten in ebenjenem Restaurant auf sie, an das sie aus der zurückliegenden Nacht noch so unangenehme Erinnerungen hatte. Und als wäre das allein noch nicht schlimm genug, saßen sie sogar am gleichen Tisch.

Es hatte dann doch noch länger als die versprochenen wenigen Minuten gedauert, bis Janice – umgezogen, aber nicht gewaschen und die Haare auch nur mit gespreizten Fingern anstelle einer Bürste gekämmt – zu ihnen kam. Ganz wie sie es vorausgesehen hatte, hatte sie nicht den Mut aufgebracht, das kleine Bad auch nur zu betreten, und danach hatte sie sich bei keiner geringeren Albernheit erwischt, als geschlagene fünf Minuten lang dazustehen und auf das Hämmern ihres eigenen Herzens zu lauschen, während sie irgendwoher den Mut zusammenzuraffen versuchte, die Hand nach der Türklinke auszustrecken und in den Gang hinauszutreten, in dem sie gerade jene unheimlichen Schatten gesehen zu haben glaubte. Selbstverständlich wusste sie, dass sie nicht wirklich da gewesen waren, aber dieses Wissen nutzte ihr nichts. Es war wie ein eingebildeter Schmerz: Er tat genauso weh wie ein richtiger.

Im Restaurant wurde es auch nicht besser. Ganz im Gegenteil gab es hier etwas, dessen Anblick ihr nicht nur beinahe noch mehr Angst einflößte, sondern das auch ganz und gar nicht eingebildet war, sondern beunruhigend handfest: den Hafen, auf dessen Ausblick das Fenster hinausführte, unter dem Steve und die anderen warteten. Wäre sie allein gewesen, dann hätte sie auf der Stelle kehrtgemacht und den Raum verlassen. Aber nicht einmal jetzt war sie bereit, Steve diesen Triumph zu gewähren. So raffte sie wieder einmal all ihren Mut zusammen, ging weiter und nahm wortlos auf einem freien Stuhl am Tisch Platz; und rein zufällig auf dem einzigen, von dem aus sie den Hafen nicht sehen konnte, ohne sich umständlich umdrehen zu müssen.

Für eine Weile kehrte unbehagliches Schweigen ein, während dem sowohl Steve als auch der Hotelmanager ihrem Blick auswichen. Einzig Connor sah sie mit einem Ausdruck an, den sie als amüsierte Herablassung bezeichnet hätte, wäre ihr auch nur der mindeste Grund dafür eingefallen.

Schließlich räusperte sich Morton unbehaglich und sagte, noch immer ohne sie anzusehen: »Sie können sich gar nicht vorstellen, wie erleichtert ich bin, Sie unversehrt wiederzusehen, Miss Land.«

Nein, das konnte sie in der Tat nicht – zumal sie auch keine besondere Menschenkennerin sein musste, um zu sehen, dass diese Worte eher seiner Verlegenheit entsprangen als seiner Aufrichtigkeit. Und natürlich seiner Sorge um den Ruf seines Hotels. »Was ich zu einem nicht geringen Teil Ihrem mutigen Eingreifen verdanke, Mister Morton«, sagte sie trotzdem.

»Aber das war doch selbstverständlich«, strahlte Morton. »Und es war auch eher eine *kleine* Heldentat, bei der mich noch dazu Ihr Freund tatkräftig unterstützt hat.«

»Und außerdem sind diese Feiglinge sofort weggerannt, als sie uns gesehen haben«, fügte Steve hinzu, ehe sie Morton darauf hinweisen konnte, dass Steve nicht ihr Freund war, sondern allenfalls ihr Begleiter; und auch das eindeutig gegen ihren Willen.

»Das wird ihnen nichts nutzen«, sagte Morton. »Ipswich ist zwar nur eine kleine Stadt, aber unsere Polizei ist dennoch tüchtig. Wir werden diese dreisten Kerle schon ausfindig machen. Tatsächlich hat mir Constable Nichols mitgeteilt, dass er bereits einen Verdacht hat, dem er nachgeht. Sie werden sehen, dass sie hinter Schloss und Riegel sitzen, noch bevor Sie wieder abreisen, Miss Land.«

»Dann müsste er allerdings sehr schnell sein«, antwortete Janice, »denn ich reise heute noch ab.« Sie sah Morton an, dass er widersprechen wollte, und fügte rasch hinzu: »Das hat nichts mit Ihrem Hotel oder Ihrer wunderschönen Stadt zu tun. Nach dem Schrecken der vergangenen Nacht möchte ich einfach nur schnellstmöglich nach Hause, das werden Sie sicher verstehen.«

»Selbstverständlich«, beeilte sich Morton zu versichern, wenn auch mit einem Gesicht, das das Gegenteil behauptete. »Nur könnte es unter Umständen ein wenig schwierig werden, weil …«

»Ja?«, fragte Janice, als er nicht weitersprach und auch ihrem Blick wieder auswich.

»Was bin ich nur für ein schrecklicher Gastgeber«, sagte Morton, statt ihre Frage zu beantworten. »Ich habe Ihnen nicht einmal etwas angeboten. Sie müssen hungrig sein. Ich lasse Ihnen sofort ein Frühstück zubereiten!«

Er sprang auf, und Janice hielt ihn mit einer Handbewegung zurück. »Das ist sehr freundlich, aber auch nicht nötig. Ich bin nicht hungrig. Danke.«

»Aber sie müssen etwas essen«, beharrte Morton. »Die Frühstückszeit ist zwar schon vorbei, aber ich werde gleich Bescheid sagen, dass man Ihnen etwas zubereitet.«

»Etwas zu trinken reicht völlig aus«, sagte Janice rasch. Sie dachte an das, was sie gestern aus den Augenwinkeln auf ihrem Teller gesehen zu haben glaubte, und allein bei der Erinnerung daran wurde ihr schon wieder ein wenig übel. »Gleich was, Hauptsache es kommt aus einer Flasche.«

Morton blinzelte. Steve wich ihrem Blick demonstrativ weiter aus, und Connor versuchte nicht einmal, ihre Überraschung zu verbergen.

»Ich meinte: Es kann ruhig eine Limonade sein oder ein Fruchtsaft. Aber etwas in einer Flasche. Und bringen Sie sie bitte ungeöffnet.«

Der bedauernswerte Hotelmanager sah nun einfach nur verstört aus, doch sie bekam Hilfe von unerwarteter Seite, denn auch Connor stand auf und schlurfte mit kleinen Schritten an seine Seite, um sich ungefragt und ohne das mindeste Zögern bei ihm unterzuhaken. Der Manager wirkte einfach nur überrascht, doch Janice entging auch nicht, wie unangenehm ihm diese plumpe Vertraulichkeit war.

»Warum lassen wir die beiden jungen Leute nicht ein wenig

allein?«, fragte sie. »Ich bin sicher, sie haben sich eine Menge zu erzählen, das nicht für jedermanns Ohren bestimmt ist. Ich könnte Ihnen zeigen, wie man meinen berühmten Kräutertee zubereitet. Das Rezept stammt noch von meiner Urgroßmutter. Sie wissen, dass sie Indianerin war?«

Janice bezweifelte, dass er ihr Geplapper überhaupt hörte. Er versuchte sich loszumachen, doch Connor ließ das nicht zu, sondern hielt seinen Arm nun auch noch mit der anderen Hand fest, sodass er Gewalt hätte anwenden müssen, um sich loszureißen, und so weit wollte er offensichtlich doch nicht gehen.

Prompt hob Connor dazu an, weiteren Unsinn von sich zu geben, doch Janice mischte sich ein: »Bitte bleiben Sie, Miss Connor. Ich ... möchte nicht allein sein.«

»Aber das sind Sie doch auch nicht, Kindchen«, antwortete Connor, lächelnd und mit einer Kopfbewegung zu Steve. »Sie sind in besten Händen, glauben Sie mir. Und der gute Morton und ich sind gleich auf der anderen Seite der Tür, falls Sie irgendetwas benötigen. Ich zeige ihm, wie er den Zaubertee meiner indianischen Vorfahren zubereiten muss. Wussten Sie, dass die Frauen des Stammes angeblich alle über hundert Jahre alt geworden sind?«

»Aber ...«, begann Janice, doch Connor blinzelte ihr einfach nur noch einmal verschwörerisch zu, wandte sich um und zerrte den völlig verdatterten Morton fast gewaltsam aus dem Raum. Auch hinter dieser Tür schienen sich Schatten zu bewegen, als sie hindurchtraten, doch Janice beruhigte sich damit, dass es vermutlich nur das Küchenpersonal war.

Wenigstens versuchte sie es.

»Aber ...«, murmelte sie noch einmal.

»Nehmen Sie es ihr nicht übel, Janice. In der Tat habe ich Miss Connor darum gebeten, uns eine Weile allein zu lassen.« Steve deutete mit einer Kopfbewegung zur Tür, durch die Connor mit dem Hotelmanager verschwunden war. »Ich kann die Tür öffnen, wenn Sie es wünschen, aber es wäre mir lieber, wenn wir darauf verzichten könnten.«

»Machen Sie sich nicht lächerlich, Steve«, sagte Janice. Nach einer hörbaren Pause fügte sie hinzu: »Warum?«

»Ich könnte verstehen, wenn Sie nach den Ereignissen der vergangenen Nacht Schwierigkeiten damit hätten, mit einem Mann ganz allein in einem Zimmer …«

»Warum wäre es Ihnen lieber, wenn die Tür geschlossen bliebe?«, fiel ihm Janice ins Wort.

Steve zögerte. »Es gibt da etwas, worüber ich mit Ihnen reden muss, Janice. Und es wäre mir lieber, wenn wir es unter vier Augen täten … und ich glaube, Ihnen auch, wenn Sie erst einmal gehört haben, was ich Ihnen zu sagen habe.«

Das weckte ihre Neugier, aber auch ihr Misstrauen. Sie musste sich beherrschen, um nicht auf dem Stuhl vor ihm zurückzuweichen.

»Ich bin wirklich mehr als froh, dass Ihnen nichts geschehen ist«, begann Steve. »Glauben Sie mir, ich hätte es mir nie verziehen, wenn …«

»Kommen Sie endlich zur Sache, Steve«, unterbrach ihn Janice. »Und reden Sie nicht ständig um den heißen Brei herum.«

Steve wirkte ein bisschen verletzt, aber das gönnte sie ihm. Das und noch viel mehr.

»Das habe ich wahrscheinlich verdient.« Steves Blick flackerte. »Ich muss Ihnen etwas gestehen, Janice. Es fällt mir nicht leicht, das versichere ich Ihnen, und ich bedaure es auch zutiefst.«

»Was wollen Sie mir gestehen, Steve?«, fragte Janice scharf.

»Ich habe es nicht gerne getan, bitte glauben Sie mir«, wand sich Steve. »Aber ich muss Ihnen gestehen, dass ich Sie belogen habe, Janice.«

»Ich weiß«, sagte sie ruhig. Für wie dumm hielt er sie eigentlich?

So wenig, wie sein Geständnis sie überraschte, sah er überrascht aus; nur noch zerknirschter. »Es tut mir wirklich leid, Janice. Ich weiß, ich hätte das nicht tun sollen, aber in diesem Moment hielt ich es für eine gute Idee. Manchmal hat man nur die Wahl zwischen zwei falschen Entscheidungen. Wie gesagt: Ich habe Sie belogen, und das bedauere ich zutiefst.«

Nicht, dass sie es nicht längst wusste, aber Janice fragte trotzdem: »Und womit genau haben Sie mich belogen, Mister Waiden?«

Unter dem *Mister Waiden* fuhr er sichtlich zusammen (was sie ihm von Herzen gönnte), und er griff nach der großen Karaffe, die auf dem Tisch stand, und schenkte sich ein Glas Wasser ein, bevor er antwortete.

Hätte Janice die Karaffe zuvor wahrgenommen, hätte sie sich wohl kaum an den Tisch gesetzt. Fahlgraue Schlieren bewegten sich wie flüssiger Rauch im Wasser, als er eingoss. Und auch noch, als er trank. Sie sah hastig weg, aber das gespenstische Bild ließ sich dadurch nicht vertreiben.

»Es geht um den Wagen, den Sie gefunden haben, Janice«, fuhr er fort. »Selbstverständlich hatten Sie recht. Es ist Joffreys Ford. Ich habe ihn sofort erkannt, genau wie Sie. Es war falsch, zu dieser kleinen Lüge zu greifen.«

Eine Welle heißer Empörung stieg in Janice hoch. Von einer *kleinen Lüge* konnte ja wohl kaum die Rede sein. »Und das Telegramm?«, fragte sie scharf.

Steve nahm einen weiteren nervösen Schluck Wasser, und sie glaubte zu sehen, wie etwas Graues und Schmieriges zwischen seinen Zähnen verschwand. In ihrem Leib erwachte eine ganz leise Übelkeit, die sie mit zwei tiefen Atemzügen zu bekämpfen versuchte, während sie sich gleichzeitig auf schreckliche Weise in die gestrige Nacht zurückversetzt fühlte, als sie ganz sicher gewesen war, Joffrey am Hafen gesehen zu haben, nur um ihn gleich darauf wieder zu verlieren.

Dieser Albtraum schien sich nun auf andere Weise fortsetzen zu wollen.

»Ich habe dem Mann im Telegrafenamt den Text diktiert und ihm zehn Dollar gegeben, damit er ihn auf eines seiner Formulare schreibt«, gestand Steve.

»Zehn Dollar? Was soll das?« In Janice rangen die unterschiedlichsten Gefühle miteinander, Hoffnung und Verzweiflung, Empörung und Unglauben darüber, dass Steve eine enorme Summe aufgewendet hatte, nur um sie zu täuschen. »Wollen Sie mich in den Wahnsinn treiben?«

»Natürlich nicht.« Steves Stimme sank fast zu einem Flüstern hinab. »Und es tut mir leid. Mit diesem plumpen Versuch habe ich nicht nur Ihre Intelligenz beleidigt, sondern auch Ihr Vertrauen missbraucht.« Er stellte das schreckliche Glas auf den Tisch zurück. Bewegte sich da etwas wie ein grauer Faden hinter seinen Zähnen? »Darüber hinaus habe ich wohl Ihre Hartnäckigkeit unterschätzt.«

»Das haben Sie allerdings.« Janice musste plötzlich alle Willenskraft aufbieten, um die Karaffe auf dem Tisch nicht anzustarren. »Aber das erklärt nicht, warum Sie mir das antun.«

»Weil Sie sich vollkommen sinnlos kasteien, Janice. Sie werden Joffrey nicht finden, glauben Sie mir.«

»Habe ich Ihnen denn nicht bewiesen, dass ich sehr wohl dazu fähig bin?«

»Sie werden Joffrey nicht finden«, wiederholte Steve mit einem zusätzlichen bekräftigenden Kopfschütteln, »weil er nicht gefunden werden will. Auch und schon gar nicht von Ihnen.«

Janice starrte ihn an. Vielleicht auch den grauen Faden, der über seine Schneidezähne kroch und in der dünnen Lücke dazwischen verschwand. »Was … haben Sie … gesagt?«, brachte sie mühsam hervor.

»Er möchte nicht, dass Sie ihn finden«, wiederholte Steve.

»Sie … Sie wissen schon, wie grotesk das ist«, krächzte Janice.

»Er hat es mir selbst gesagt«, behauptete Steve.

»Wann? Gestern Abend, auf dem Schiff?«

»Joffrey ist mein Freund, Janice«, antwortete Steve. »Der beste Freund, den ich je hatte und wahrscheinlich jemals haben werde. Er hat mir dieses Versprechen abgenommen, und ich werde es halten, so schwer es mir auch fällt.«

»Welches Versprechen?«, fragte Janice empört.

Statt direkt zu antworten, griff Steve in seine Jacke und zog einen schmalen Briefumschlag hervor. »Ich habe hier etwas, das ich Ihnen lieber nicht geben würde. Ich habe Joffrey mein Ehrenwort gegeben, Ihnen diesen Brief nur zur Kenntnis zu bringen, wenn es gar nicht mehr anders geht. Aber nun ist dieser Moment gekommen, fürchte ich. Ich kann es nicht mehr mit meinem Gewissen vereinbaren, Sie Tag für Tag leiden zu sehen.«

»Was … ist das?«, flüsterte Janice. Eigentlich krächzte sie es. Natürlich wusste sie, was Steve ihr da hinhielt. Ihr Herz sollte rasen, doch es schlug so langsam und schwer in ihrer Brust wie ein monströses Hammerwerk, das sein knöchernes Gefängnis sprengen wollte.

Steve antwortete auch nicht, sondern reichte ihr den Umschlag. Ihre Hände zitterten so sehr, dass sie ihn um ein Haar fallen gelassen hätte, und sie musste zweimal ansetzen, um ihn überhaupt aufzureißen und das einzelne Blatt herauszunehmen, das er enthielt.

Es war ein Brief, und sie musste nicht einmal das erste Wort lesen, um Joffreys Handschrift zu erkennen. Ihre Finger zitterten noch stärker.

»Was ist …?«

»Joffrey hat mir diesen Brief einen Tag nach seinem angeblichen Verschwinden gegeben«, fiel ihr Steve ins Wort, und es hätte nicht einmal der Fortsetzung des Satzes bedurft, um sie begreifen zu lassen, dass er log.

»Es war das letzte Mal, dass ich ihn gesehen habe, und ich musste ihm mein Ehrenwort geben, niemals jemandem von diesem Treffen zu erzählen und schon gar nichts von dem, was er mir bei dieser Gelegenheit anvertraut hat.«

Er schien noch mehr sagen zu wollen, beließ es dann aber lediglich bei einem gehauchten Seufzen und stand auf. »Ich kann hinausgehen, wenn Sie lieber allein sein möchten, während Sie ihn lesen.«

Janice antwortete nicht, und das konnte sie auch nicht, denn sie hatte diese Worte gar nicht gehört. Sie starrte auf das Papier, auf dem die präzise gemalten Buchstaben in jener so schrecklich vertrauten Handschrift zu eigenem Leben erwacht zu sein schienen und durch- und ineinanderzufließen begannen. Erst als eine einzelne Träne von ihrer Wange auf das Blatt tropfte, verstand sie überhaupt, was das bedeutete.

Steve räusperte sich unbehaglich und ging zwar nicht aus dem Raum, entfernte sich aber ein paar Schritte und wandte sich diskret ab, während sie die Träne behutsam mit der Fingerspitze wegzutupfen versuchte, um die Tinte nicht zu verwischen. Sie blinzelte heftig, um besser sehen zu können. Der Brief war nicht sehr lang. Genau genommen war es nicht einmal eine Seite, aber jedes einzelne Wort brannte sich wie Säure und für alle Zeiten in ihr Gedächtnis ein.

Geliebte Janice!

Hätte ich meine Arterien geöffnet, um diese Zeilen mit meinem Herzblut zu schreiben, es hätte nicht schmerzvoller sein können als das, was ich nun tun muss.

Dir Adieu sagen.

Ich erwarte nicht, dass Du meine Entscheidung verstehst, und ich bin nicht vermessen genug zu glauben, Deinen Schmerz auch nur im Ansatz nachzuempfinden, und doch muss ich Dir mit diesen Zeilen mitteilen, dass wir uns nicht wiedersehen werden.

Mir ist klar, wie sehr Dich diese Eröffnung verwirren muss, doch gewisse Dinge, auf die ich bei meinen Reisen gestoßen bin, lassen mir keine andere Wahl mehr, als aus dem Leben, das ich bisher geführt habe, zu verschwinden, und auch – und vor allem – aus dem Deinen, meine Geliebte. Nicht aus den Gründen, die du jetzt vielleicht mutmaßt, dessen sei versichert. Vor Dir hat es nie eine andere Frau in meinem Leben gegeben, und auch nach Dir wird es niemanden geben, der den Platz in meinem Herzen einnimmt, an dem jetzt nur noch Leere herrscht.

Hätte ich die Wahl, ich gäbe mit Freuden mein Leben, um Dir auch nur einen Bruchteil des Schmerzes zu ersparen, den ich Dir zugefügt habe.

Aber das Leben lässt uns nicht immer die Wahl.

Gegen meinen Willen und ohne mein Zutun wurde ich zuerst Zeuge und dann Teil von etwas, das zu groß und zu gefährlich ist, als dass ich an dieser Stelle auch nur eine Andeutung über seine wahre Natur machen dürfte. Doch ich gebe Dir mein Wort, dass es nichts Böses ist, und nichts, dessen ich mich vor Gott oder den Menschen schämen müsste.

Dennoch werden wir uns nie wiedersehen, und wenn es etwas gibt, das mich noch mehr schmerzt als der Gedanke, nie wieder in Deine schönen Augen blicken und Dich nie mehr in den Arm nehmen zu dürfen, dann ist es der Gedanke, wie sehr Du leidest.

Ich gebe Dich frei, Geliebte. Such nicht nach mir, und wenn es Dir möglich ist, dann versuche mich zu vergessen. Du bist jung und hast

Dein ganzes Leben noch vor dir. Lebe es, das ist das Einzige, worum ich Dich bitte.

In Liebe, Joffrey.

Janice schloss die Augen, zählte in Gedanken langsam bis zehn und las den Brief noch einmal und dann noch einmal und auch noch ein viertes Mal. Er ergab keinen Sinn. Sie verstand die Worte und begriff ihre Bedeutung, doch es war wie gestern, als sie die unheimliche Unterhaltung belauscht hatte: Jedes Wort war vertraut und verständlich, doch aneinandergereiht verwandelten sie sich in Kauderwelsch, das ihr Denken beleidigte.

»Was … soll dieser Unsinn?«, murmelte sie, nachdem sie den Brief zum fünften Mal gelesen hatte.

»Joffrey war sehr aufgeregt, als er diesen Brief geschrieben hat, und sehr verzweifelt«, antwortete Steve. Er sah nicht zu ihr zurück, sondern blickte weiter auf den Hafen hinaus. »Um es deutlich zu sagen, habe ich ihn nie zuvor so verzweifelt und niedergeschlagen erlebt wie in diesem Moment. Vielleicht … fiel es ihm schwer, in einem Augenblick wie diesem die richtigen Worte zu finden.«

»Das meine ich nicht, und das wissen Sie auch, Steve«, erwiderte Janice. »Was soll das bedeuten? Von welcher *großen Gefahr* spricht er, und was soll das für ein großes Geheimnis sein, dessen Teil er nun geworden ist?«

»Das weiß ich nicht«, antwortete Steve. »Und es wäre wohl auch kein großes Geheimnis, wenn er es jedem verraten würde.«

»Hören Sie auf, Steve!« Janice' Stimme bebte noch immer, aber sie war nun auch von einer Schärfe erfüllt, die ihn sich zu ihr umwenden ließ. »Sie haben gerade behauptet, Sie hätten meine Intelligenz unterschätzt. Jetzt beleidigen Sie sie bitte nicht, indem Sie mich so dumm weiter belügen.«

»Ich belüge Sie nicht, Janice«, antwortete er ernst. »Joffrey hat eine Menge erzählt, an diesem Tag, aber es erging mir so wie Ihnen bei der Lektüre dieses Briefes. Ich habe nicht viel von dem verstanden, was er gesagt hat. Nur dass es sich um ein großes Geheimnis handelt und um etwas, das sehr gefährlich ist. Und …« Er zögerte einen winzigen Moment. »Und dass seine größte Angst wohl die war, Sie in Gefahr zu bringen.«

»Und das war das letzte Mal, dass Sie mit ihm gesprochen oder ihn gesehen haben?«, fragte sie.

»Ja«, antwortete Steve. »Ich würde Sie nicht belügen, Janice.«

»Doch, Steve, das würden Sie«, antwortete sie. »Und das haben Sie.«

»Warum sagen Sie das?« Steve klang ehrlich verletzt.

»Weil Sie mich gerade jetzt belügen. Sie haben ihn vergangene Nacht getroffen, und Sie haben mit ihm geredet. Ich habe es gesehen.«

»Wann soll das gewesen sein?«, fragte Steve. Hätte sie etwas für Lügner übrig gehabt, dann hätte sie seine Unverfrorenheit bewundert.

»Vergangene Nacht, unten am Hafen«, erwiderte sie. »Sie sind zusammen mit ihm an Bord der IRONCLAD gegangen. Wollen Sie das leugnen?«

Weder leugnete Steve irgendetwas, noch gab er etwas zu. »Was soll das sein?«

»Der Hafen?«, fragte Janice böse.

»Dieses … IRONDEAD.«

»Die IRONCLAD«, verbesserte ihn Janice, zwar mit eisiger Stimme, aber innerlich so aufgewühlt, dass sie sich kaum noch beherrschen konnte, nicht aufzuspringen und ihn so lange zu schütteln, bis er ihr endlich die Wahrheit sagte. »Das Schiff, das heute Nacht im Hafen war. Das Schiff, auf das Sie zusammen mit Joffrey verschwunden sind. Leugnen Sie es nicht. Oder leugnen Sie es doch, ganz wie Sie wollen, aber es wird Ihnen nichts nutzen, denn ich weiß, was ich gesehen habe.«

Jetzt sah Steve sie mit verändertem Ausdruck an, und Janice ließ ihn die Erkenntnis einige Sekunden lang verarbeiten, bevor sie in leise triumphierendem Tonfall fortfuhr: »Ich war dort, Steve. Ich habe das Schiff gesehen, und ich habe Sie gesehen und auch Joffrey. Und ich bin Ihnen gefolgt. Ich war auf dem Schiff. Ich habe gesehen, was dort vorgeht. Ich habe nur nicht verstanden, was es bedeutet. Aber das werden Sie mir jetzt erklären.«

»Ich fürchte, ich kann Ihnen nicht folgen, Janice«, sagte Steve. »Ich war auf keinem Schiff.«

»Ich dachte mir, dass Sie so reagieren«, erwiderte Janice. »Das ist schade. Aber mehr auch nicht. Ein Schiff dieser Größe lässt sich nicht verstecken, Steve, und auch nicht wegleugnen, nicht einmal hier und nicht einmal von Ihnen. Ich werde mit diesem Constable sprechen, auf den Miss Connor offensichtlich so große Stücke hält. Wenn er auch nur halb so tüchtig ist, wie sie zu glauben schien, dann wird er dieses Schiff sicher finden. Möchten Sie vielleicht lieber den Behörden erklären, was dort vorgeht, statt mir?«

»Ich weiß nicht, wovon Sie reden, Janice«, beharrte Steve. »Da war kein Schiff, abgesehen von den Fischerbooten, die am Pier festgemacht haben, und schon gar kein Joffrey. Ich bitte Sie, Janice – warum sollte ich Sie belügen?«

»Sagen Sie es mir.«

»Da war kein Schiff«, beteuerte Steve. »Und ich habe auch mit niemandem gesprochen, und wie auch? Morton und ich waren in seinem Büro, und wir haben Lärm gehört. Als wir in Ihrem Zimmer nach Ihnen gesucht haben, waren Sie nicht da, also sind wir hinausgegangen und haben diese beiden Kerle gerade noch daran hindern können, Ihnen etwas anzutun. Das ist alles, das versichere ich Ihnen! Es ist schlimm genug, aber mehr auch nicht! Ein Schiff habe ich nicht gesehen und schon gar nicht Joffrey! Glauben Sie denn etwa, ich wäre nicht der Erste, der sich sofort und am lautesten darüber freut, wenn er wieder auftaucht?«

Wenn er log, dann so überzeugend, dass es selbst in Janice für einen Moment Zweifel weckte. Aber wirklich nur für einen einzelnen Moment, dann meldete sich ihre Überzeugung nur umso trotziger zurück. Sie war doch schließlich nicht verrückt und wusste, was sie gesehen hatte!

»Kein Schiff?«, fragte sie. »Und Sie haben auch noch nie von einem Schiff derart monströser Größe und dieses Namens gehört?«

Steve schüttelte nur den Kopf und sah sie mit so gut gespielter Sorge an, dass sie ihm am liebsten deshalb schon die Augen ausgekratzt hätte, aber sie beherrschte sich. Wenn er dieses Spiel so spielen wollte, dann sollte es ihr recht sein.

»Kein Schiff«, vergewisserte sie sich noch einmal – nicht nur um ihm, sondern vor allem sich selbst jede Möglichkeit zu nehmen, sich später selbst vorzuwerfen, dass sie ihm nicht jede Chance gegeben hätte, ihr doch noch die Wahrheit zu sagen, ließ noch eine angemessene Frist verstreichen, dann stand sie auf, um an die Tür zu treten. »Miss Connor?«

Connor erschien so schnell, dass die Frage obsolet wurde, ob sie möglicherweise auf der anderen Seite der Tür gestanden und gelauscht hatte.

»Was kann ich für Sie tun, mein Kind?«

»Die IRONCLAD«, antwortete Janice. Vielleicht war der triumphierende Ton in ihrer Stimme ein bisschen infantil, aber sie versuchte auch nicht, etwas daran zu ändern.

»IRONCLAD?«, fragte Connor.

Janice sah sie nicht an, sondern drehte sich zu Steve um, bevor sie fortfuhr: »Erzählen Sie ihm davon, Miss Connor.«

»Ich fürchte, ich verstehe nicht ganz, mein Kind.«

Janice sah über die Schulter zu ihr zurück und versuchte zu lächeln. »Das Schiff, von dem Sie mir erzählt haben, Miss Connor. Die IRONCLAD.«

Connor sah sie noch eine weitere Sekunde lang mit perfekt gespielter Verständnislosigkeit an, aber dann hellte sich ihr Gesicht auf, und sie nickte. »Ach das! Aber das ist doch nur eine Legende, Kindchen. Eine von den Geschichten, wie sie sich die Leute an langen Winterabenden erzählen, um sich die Zeit zu vertreiben. So etwas wie dieses Geisterschiff … wie heißt es doch gleich? Der Fliegende Holländer, richtig.«

»Aber ich habe diesen *Fliegenden Holländer* gesehen«, erinnerte Janice. »Vor zwei Tagen, in Inningermouth. In der Nacht, als dieser Sturm losbrach.«

»Nun, Sie haben vielleicht irgendetwas gesehen, das will ich gar nicht bezweifeln, aber …«

»Und vergangene Nacht«, fuhr Janice ungerührt fort, »hat er hier im Hafen geankert!«

Connor tauschte einen Blick mit Steve. »Hier im Hafen?«, vergewisserte sich Connor. »Die IRONCLAD, und da sind Sie ganz sicher?«

»So sicher, wie man nur sein kann«, erwiderte Janice. »Ich war an Bord.«

»Janice, bitte«, seufzte Steve, doch sie ließ ihn gar nicht erst zu Wort kommen, sondern wandte sich nun ganz zu Connor um.

»Es ist schon gut, Miss Connor. Ich verstehe Sie, aber es gibt absolut nichts, was Sie fürchten müssten. Wir leben schließlich nicht mehr im finsteren Mittelalter. Ich habe gesehen, was sie an Bord dieses Schiffes treiben. Ich weiß nicht, was es bedeutet, aber es kann nichts Gutes sein.«

»Es tut mir leid, mein Kind«, antwortete Connor, »aber Sie müssen sich irren. Sie können nicht auf diesem Schiff gewesen sein. Das ist ganz und gar unmöglich.«

»Ach ja? Und warum?«

»Weil es tatsächlich einmal ein Schiff dieses Namens gab, um das sich finstere Geschichten rankten, Miss Land.« Es war nicht mehr Connor, die das sagte, sondern der Hotelbesitzer, der sich in diesem Moment umständlich an Connor vorbeischob, ein Tablett voller klapperndem Geschirr und Glas vor sich balancierend. »Aber es ist vor über zehn Jahren gesunken.«

So ungeschickt und lautstark, wie er seine Last zum Tisch balancierte, mutmaßte Janice nicht nur, dass er sehr wenig Übung in solcherlei Tätigkeiten hatte, sondern befürchtete auch ernsthaft, dass er damit nicht heil am Tisch ankommen würde. Irgendwie gelang es ihm jedoch, wenn auch mit Müh und Not. Als er es scheppernd darauf ablud, sah sie, dass die Flasche mit Limonade darauf stand, um die sie gebeten hatte; zusammen mit einem kompletten Frühstück für mindestens drei Personen.

»Bitte verzeihen Sie. Ich wollte Sie nicht belauschen, aber ich kam einfach nicht umhin, einen Teil Ihrer Worte zu verstehen, Miss. Was die IRONCLAD angeht, so sagt Miss Connor die Wahrheit. Die Leute erzählen sich die Geschichten um ein Geisterschiff schon lange, und natürlich werden sie jedes Mal schlimmer und haarsträubender. Und es hat es auch tatsächlich gegeben.« Jetzt war er es, der einen beredten Blick mit Connor tauschte, der Janice noch weniger gefiel. »Niemand weiß genau, was sie an Bord dieses Schiffes getrieben haben. Vielleicht waren es irgendwelche verrückten Teufelsanbeter oder Piraten. Vielleicht auch nur harmlose Schmuggler. Aber das spielt keine Rolle mehr. Die IRONCLAD ist vor mehr als zehn Jahren im Sturm gesunken. Ihr Wrack liegt noch immer dort draußen. Bei Ebbe, kaum eine halbe Meile vor Cape Cod, kann man es sogar sehen. Und selbst wenn es nicht so wäre, können Sie es unmöglich letzte Nacht im Hafen gesehen haben.«

»Weil nicht sein kann, was nicht sein darf?«, fragte Janice spitz.

»Weil der Hafen von Ipswich viel zu flach für ein Schiff von solcher Größe ist«, antwortete Connor an Mortons Stelle. »Ich glaube Ihnen gerne, dass da etwas war, aber es war ganz gewiss nicht die IRONCLAD.«

»Und so leid es mir tut, es Ihnen in dieser Deutlichkeit sagen zu müssen«, fügte Morton hinzu, »aber dort draußen war überhaupt kein Schiff. Jedenfalls keines, das nicht dorthin gehört.«

Der Gedanke entmutigte sie nicht etwa, sondern machte sie nur noch zorniger, und er weckte ihren Trotz. Wenn sie glaubten, ihr nur hartnäckig genug einreden zu müssen, dass sie ein bisschen verrückt war, dann irrten sie sich.

»Sie müssen sich getäuscht haben«, fuhr Morton fort. »Ipswich ist eine kleine Stadt, Miss Land. Hier kennt wirklich jeder jeden. Ich wüsste es, wenn jemand in der letzten Nacht ein Schiff gesehen hätte oder auch nur irgendetwas Ungewöhnliches.«

Er wartete vergebens auf irgendeine Reaktion, nahm schließlich ebenfalls Platz und deutete einladend auf die *Köstlichkeiten*, die er aufgefahren hatte: Kaffee, Rühreier mit Speck, die obligaten Pfannkuchen, Sirup und dünn geschnittenes helles Brot und eine kleine Schale mit frischem Obst und noch andere Dinge, deren bloßer Anblick sie schon wieder schmerzlich daran erinnerte, wie lange es her war, dass sie das letzte Mal etwas gegessen hatte oder getrunken. Aber sie würde in diesem Haus ganz gewiss nichts mehr zu sich nehmen. Nicht einmal die Limonade. Sie war zwar sicher verkorkt, ganz wie sie es verlangt hatte, doch sie konnte ihre Phantasie einfach nicht daran hindern, sie einen wolkigen grauen Schleier sehen zu lassen, der sich in der gelben Flüssigkeit bewegte.

Mit einem knappen Kopfschütteln beantwortete sie Mortons wedelnde Einladung. »Ich denke, es wird allmählich Zeit, meinen

Koffer zu packen. Es wäre doch dumm, auch diesen Zug wieder zu verpassen und einen weiteren Tag hier festzusitzen.«

Morton sah ein bisschen beleidigt aus, seine Gastfreundschaft so wenig gewürdigt zu sehen, aber das war ihr herzlich egal. Connor wandte sich mit einem überraschten Blinzeln an Steve. »Haben Sie es ihr nicht gesagt?«

»Was gesagt?«, fragte Janice.

»Dazu war noch keine Gelegenheit«, erwiderte er, an Connor gewandt und so, als wäre Janice gar nicht da.

»Dann sollten Sie das nachholen, junger Mann«, meinte Connor.

»*Was* sollte er mir sagen?«, fragte Janice noch einmal und diesmal schärfer.

»Constable Nichols möchte mit Ihnen reden«, sagte Morton.

Janice hatte mehr und mehr den Eindruck, Teil einer Inszenierung zu sein, in der jeder der drei einen genau abgesprochenen Part spielte, sodass ihr gar keine andere Wahl blieb, als genau die Antworten zu geben, die sie sollte. Vielleicht war es an der Zeit, das Drehbuch ein wenig umzuschreiben.

»Sie meinen denselben Ordnungshüter, der seine Stadt so wenig im Griff hat, dass sich eine Frau nach Dunkelwerden nicht allein auf die Straße wagen kann?«, fragte sie spröde.

Morton sah mit einem Male aus, als hätte er Zahnschmerzen, während Connor reichlich Mühe zu haben schien, nicht über die Maßen amüsiert auszusehen. Einzig Steve wirkte noch ein bisschen besorgter.

»Ich kann Ihre Gefühle verstehen, Janice«, sagte er. »Aber Sie sollten sich vielleicht ein wenig beherrschen, wenn Sie mit ihm reden«, sagte er. »Constable Nichols ist ein Mann, der … wie soll ich sagen? … nicht besonders gut mit Kritik umgehen kann.«

»Sie meinen, ich sollte besser die Klappe halten«, brachte es Janice auf den Punkt. »Aber keine Sorge, ich verspreche Ihnen, dass es zu keinem Eklat kommt.« Sie wandte sich direkt an Morton. »Sie können Ihrem Constable ausrichten, dass ich weder ihm noch seiner famosen Stadt irgendetwas übel nehme. Ich werde dann allerdings nicht mehr hier sein. Sie können mir doch gewiss sagen, wann der Zug nach Providence geht, und wie ich zum Bahnhof komme?«

»In einer guten Stunde, aber …«

»Dann bleibt mir ja noch genügend Zeit, um mich reisefertig zu machen«, fuhr Janice lächelnd fort und stand auf. »Und Ihnen, die Rechnung vorzubereiten. Das Zimmer von Mister Waiden übernehme ich selbstverständlich auch. Das ist ja wohl das Mindeste, was ich für meinen Lebensretter tun kann.«

Sie bemerkte aus den Augenwinkeln, dass Steve mit plötzlich heftigerer Körpersprache dazu ansetzte, etwas zu sagen, überzeugte ihn mit einem eisigen Blick davon, dass das vielleicht doch keine so gute Idee war, und ging hoch erhobenen Hauptes hinaus.

17

Sie kam nicht nur rechtzeitig zum Bahnhof, sondern eine gute halbe Stunde zu früh, denn sie hatte lediglich ihre Kleider in die bereitstehende Tasche gestopft und – ohne die geschlossene Tür zum Bad oder den Spiegel eines Blickes gewürdigt zu haben – das Zimmer und kurz darauf und fast fluchtartig das Hotel verlassen. Morton hatte ihr angeboten, einen Wagen zu rufen, doch sie hatte lediglich die geforderte Summe auf den Tresen geworfen und sich selbst eine Höflichkeitsfloskel zum Abschied gespart. Sie wäre auch gelogen gewesen. Weder wünschte sie sich ein Wiedersehen noch ihm einen guten Tag.

Auf dem ganzen Weg zum Bahnhof – der wie alle Wege in Ipswich gottlob recht kurz gewesen war – hatte sie das Gefühl gehabt, angestarrt zu werden. Wenn es so war, dann zweifellos, weil sie eine unbegleitete junge Frau war, die halb aufgelöst mit einer Tasche im Sturmschritt dahinjagte, die zumindest so aussah, als wöge sie mehr als sie selbst. Selbst in einer großen Stadt wie Boston wäre das zumindest ungewöhnlich gewesen; und in einem Nest wie Ipswich vermutlich geradezu skandalös.

Immerhin sorgte ihr Auftreten auch dafür, dass niemand sie ansprach und Blicke hastig gesenkt und Gesichter noch hastiger weggedreht wurden, wenn sie auch nur in die entsprechende Richtung sah. Erst als sie schon eine geraume Weile auf dem einzigen Bahnsteig stand und darauf wartete, dass der Sturm chaotischer Gefühle und kaum minder chaotischer Gedanken hinter ihrer Stirn damit aufhörte, Pingpong mit ihrer Vernunft zu spielen, fiel ihr auf, dass der Bahnhof von Ipswich nicht nur mit der Abwesenheit eines Fahrkartenschalters glänzte, sondern auch jedweder Gastlichkeit. Es gab kein Regendach, doch das Wetter hatte sich gebessert, sodass das kein Problem darstellte, und das Billett für die Rückfahrt hatte sie schon in Providence gelöst.

Zu ihrer Enttäuschung gab es hier nicht einmal eine Bank. Inzwischen begann sie die Anstrengung der zurückliegenden Nacht in immer stärkerem Maße zu spüren; und auch den Umstand, dass sie sowohl das reguläre als auch das von Morton zusätzlich aufgetragene Frühstück ausgelassen hatte. Sie war hungrig, und noch viel mehr als ihr Magen setzte ihr der Durst zu; ihre Kehle fühlte sich mittlerweile an, als hätte sie versucht, Sandpapier zu schlucken.

Nur um sich abzulenken, sah sie auf die Uhr und stellte fest, dass noch immer zwanzig endlose Minuten bis zum Eintreffen des Zugs vergehen würden, falls er überhaupt pünktlich war und sich nicht etwa verspätete – was bei ihrem momentanen Glück vermutlich im Stundenbereich und schon fast zwangsläufig der Fall sein würde. Was das in ihrem geschwächten Zustand bedeutete, und das in einer Stadt, die alles daranzusetzen schien, sie in den Wahnsinn zu treiben, konnte sie sich nur zu gut vorstellen …

Janice münzte die aufsteigende Furcht und die damit verbundenen Bilder mit einer gewaltigen Anstrengung in Zorn auf Steve und Morton um und sah noch einmal auf die Uhr, auf der natürlich keinerlei sichtbare Zeitspanne verstrichen war. Zwanzig Minuten konnten sich zu einer kleinen Ewigkeit dehnen, wenn man auf ihr Verstreichen wartete, aber sie vergingen gewiss nicht schneller, wenn sie ununterbrochen auf die Uhr sah und den Sekundenzeiger hypnotisierte. Und den Triumph, dass sie tatsächlich den Verstand verlor, gönnte sie Steve gewiss nicht.

Was sie zu der Frage brachte, ob das nicht vielleicht schon längst passiert war.

Natürlich nicht in dem Sinne, dass sie Stimmen hörte oder Gespenster sah, die mit ihren Ketten rasselten, und sie war auch weit davon entfernt, etwa anzunehmen, dass da in der vergangenen Nacht kein Schiff gewesen war oder sie nicht an Bord gewesen und einige sehr sonderbare Dinge gesehen hatte. Aber was, wenn sie sie falsch deutete? Wenn es eine ganz normale Erklärung für all das Gesehene und Erlebte gab und sie sie nur nicht akzeptierte, weil sie sich in den Gedanken verrannt hatte, es mit einer Verschwörung zu tun zu haben oder etwas Übernatürlichem oder am besten beidem?

Janice dachte auch über diese Möglichkeit nach, so ruhig sie konnte, doch ihr alter Verbündeter, die Logik, ließ sie im Stich. Alles andere mochte Einbildung oder Fehldeutung sein, aber da waren immer noch diese seltsamen Male auf ihrer Brust.

»Oh nein, Steve«, sagte sie. »So leicht mache ich es dir nicht. Und dir auch nicht, Joffrey.«

Hinter ihr erschall ein Räuspern, und eine ihr unbekannte Stimme fragte: »Miss Land, nehme ich an?«

Eindeutig hastiger, als sie es selbst wollte, fuhr Janice herum und sah in ein ihr ebenfalls unbekanntes Gesicht, das von einem gewaltigen Schnauzbart mit sorgsam gezwirbelten und eingefetteten Spitzen beherrscht wurde. Die von roten Äderchen durchzogene Knubbelnase darüber und die unentwegt blinzelnden und leicht trüben Augen verrieten den geübten Trinker, und passend dazu meinte sie eine ganz leichte Whiskyfahne wahrzunehmen.

Sie nickte. »Ja.«

»Darf ich fragen, mit wem Sie reden?«

»Im Augenblick mit Ihnen«, antwortete Janice kühl. Zugleich wich sie einen Schritt vor dem Fremden zurück, dessen Nähe ihr unangenehm war, und das nicht nur wegen seiner Schnapsfahne. »Auch wenn ich weder weiß, mit wem ich das Vergnügen habe, noch, was es Sie anginge.«

»Nichols«, sagte der Schnauzbart. »Constable Nichols, um genau zu sein. Mister Morton hat mir gesagt, dass ich Sie hier finde.« Er beugte den Oberkörper zur Seite, wie, um sich davon zu überzeugen, dass da auch tatsächlich niemand war, der sich hinter ihr versteckte.

»Ja, das haben Sie ja nun, Constable«, erwiderte sie spröde.

Nichols gab es auf, demonstrativ nach ihrem unsichtbaren Gesprächspartner Ausschau zu halten, und runzelte genauso demonstrativ die Stirn, wobei sich die Enden seines Schnurrbartes exakt um dieselbe Strecke nach oben bewegten wie seine Augenbrauen nach unten. Janice fragte sich, wie viele Stunden er wohl vor dem Spiegel gestanden und das geübt hatte.

»Ich muss mit Ihnen reden, Miss Land ... Janice. Ich darf Sie doch Janice nennen?«

»Nein, das dürfen Sie nicht, Constable«, antwortete Janice. »Und was immer Sie mir sagen möchten, Sie sollten es besser schnell tun. Mein Zug kommt in ...«, sie sah auf die Uhr, »... präzise achtzehn Minuten.«

Nichols Bartspitzen sanken traurig nach unten. »Die Züge kommen hier selten pünktlich, Miss Land. Und darüber hinaus fürchte ich ohnehin, dass Sie einen späteren Zug nehmen müssen.«

»Was soll das heißen?«

»Ich muss Sie bitten, mich zu begleiten, Miss Land«, erwiderte Nichols in einem Ton, der keinen Widerspruch duldete; wenigstens mochte er ihn dafür halten.

Janice blinzelte. »Wie bitte?«

»Es gibt da ein paar Dinge, über die wir reden müssen, Miss Land«, antwortete Nichols. »Ich muss Ihre Aussage aufnehmen, die Unterschrift unter die Anzeige, ein paar Formalitäten ... es ist nichts, weshalb Sie sich sorgen müssten, aber gewisse Dinge müssen nun einmal getan werden. Selbst in einer kleinen Stadt wie unserer muss alles seine Ordnung haben.«

Wenn sich in diesen Worten eine Spitze verbarg, dann beschloss Janice, sie zu ignorieren. »Was das angeht, so müssen *Sie* sich keine Sorgen machen, Constable. Ich bin unversehrt, und wenn man es genau nimmt, dann ist ja auch gar nichts passiert. Ein kleiner Schrecken, mehr nicht.«

»Da habe ich etwas anderes gehört«, sagte Nichols. Er klang eher überrascht als verstimmt, als wäre er Widerspruch nicht gewohnt

»Ja, vermutlich«, erwiderte sie. »Aber Sie sollten den guten Steve nicht allzu ernst nehmen. Er ist wirklich sehr um mich besorgt, und ich fürchte, dass er es mit seiner Sorge manchmal ein wenig übertreibt. Ich möchte keine Anzeige erstatten. Das erspart uns beiden eine Menge Aufregung und Mühe, meinen Sie nicht auch, Constable?«

»Zweifellos. Aber ich fürchte, dass das jetzt nicht mehr geht. Bitte begleiten Sie mich auf die Wache, Miss Land. Dort werde ich Ihnen alles erklären. Das ist kein Thema, das man auf einem Bahnsteig besprechen sollte. Und es sieht nach Regen aus.«

»Ich sagte doch bereits, dass ich …«

»Ich muss darauf bestehen, Miss Land«, schnitt ihr Nichols das Wort ab. »Bitte bestehen Sie nicht darauf, dass ich es als Amtsperson tue.«

Es dauerte einen Augenblick, bis Janice überhaupt verstand, worauf er hinauswollte. »Drohen Sie etwa damit, mich zu verhaften?«

»Ich bin sehr sicher, dass das nicht notwendig sein wird, Miss Land«, antwortete Nichols.

Das war ungeheuerlich, so absurd, dass sie im ersten Moment überzeugt war, sich verhört zu haben. Aber das hatte sie nicht. »Und mit … welcher Begründung?«, brachte sie stockend hervor.

»Ich brauche keinen Grund, Miss Land, weil ich recht sicher bin, dass Sie es nicht so weit kommen lassen werden.«

»Und mein … Zug?«, fragte sie zögernd.

»Ich werde sehen, was ich tun kann«, antwortete Nichols, während er bereits die Hand ausstreckte und nach ihrer Tasche griff. »Mit ein wenig Glück kommt uns ja die übliche Verspätung entgegen. Und wenn nicht, sorge ich für eine andere Transportmöglichkeit nach Boston, und von dort aus kommen Sie jederzeit weiter. Es wird sicher nicht lange dauern.«

Zumindest die letzte Bemerkung war gelogen, das spürte Janice, und die davor vermutlich auch. Für die Dauer eines einzelnen Atemzuges dachte sie ganz ernsthaft daran, einfach herumzufahren und zu fliehen. Sie war sicher, ihm davonlaufen zu können. Aber zum einen war das natürlich kompletter Unsinn, und zum anderen hätte sie nicht einmal gewusst, wohin sie sich hätte wenden sollen.

»Ich kann nur hoffen, dass es wirklich wichtig ist, Constable«, sagte sie. »Ich gehöre nicht zu den Frauen, die sich nach Belieben herumschubsen lassen.«

»Das hat auch niemand vor, Miss Land«, antwortete Nichols. Er klang wie ein Mann, der das Ende seiner Geduld schon längst erreicht hat und sich selbst fragt, warum er eigentlich immer noch so nett bleibt. »Bitte folgen Sie mir.«

Was blieb ihr schon anderes übrig?

Wenigstens verzichtete dieser größenwahnsinnige Trunkenbold darauf, ihr Handschellen anzulegen. Nicht einmal das hätte sie mittlerweile noch wirklich überrascht.

Als sie Nichols folgte, bildete sie sich gewiss nicht mehr ein, angestarrt zu werden, sie *wurde* es, und der eine oder andere Passant blieb sogar stehen, um ihr nachzusehen. An dieser Aufmerksamkeit war indes rein gar nichts Angenehmes oder auch nur Neugieriges, sodass sie schon fast erleichtert war, als sie schließlich das einfache Ziegelsteingebäude erreichten, in dem Nichols' Büro lag und, wie sie wenig später erfuhr, auch das örtliche Gefängnis.

Vorerst beschränkte er sich darauf, ihre Tasche in einen Schrank zu stellen (dessen Tür er demonstrativ schloss), und bedeutete ihr mit einer ruppigen Kopfbewegung, vor dem zerschrammten Schreibtisch Platz zu nehmen, der zusammen mit dem betagten Schrank schon fast die gesamte Einrichtung darstellte.

Janice rührte sich nicht von der Stelle, sondern sah ihn nur herausfordernd an, doch das schien Nichols nur zum Anlass zu nehmen, sich noch langsamer zu bewegen und auf so umständliche Weise auf dem zweiten Stuhl hinter dem Schreibtisch Platz zu nehmen, als wäre er bei Steve in die Lehre gegangen.

»Warum nehmen Sie nicht Platz, Miss Land?«, fragte er.

»Das wird kaum nötig sein«, erwiderte Janice. »Sagten Sie nicht, dass es nicht lange dauert?«

Nichols nickte und zog nacheinander und mit entnervender Langsamkeit drei Schubladen an seinem Schreibtisch auf, bevor er antwortete. »Das steht zu hoffen. Doch die Logik sollte Ihnen eigentlich sagen, dass es umso schneller geht, je kooperativer Sie sind.«

Janice schluckte mit großer Mühe alles herunter, was ihr dazu auf der Zunge lag, und dann mit noch einmal deutlich größerer Anstrengung sogar ihren Stolz. Wenn auch sonst mit rein gar nichts, so hatte Nichols doch zumindest damit recht, dass sie vermutlich umso schneller hier herauskam, je kooperativer sie sich gab. Sollte er doch seinen kleinen Triumph haben und sich wenigstens einmal im Leben wichtig vorkommen.

Widerwillig setzte sie sich und wartete darauf, dass er weitersprach, doch nun begann er übertrieben langsam Schreibpapier, Formulare und Tintenfässchen nebst einer altmodischen Feder aus den geöffneten Schubladen zu nehmen und provozierend präzise vor sich auf der Tischplatte auszurichten. Janice verbiss sich auch dazu jeden Kommentar, zwang ein angedeutetes Lächeln auf ihre Lippen, das gerade noch nicht verächtlich genug wirkte, um ihm keinen Vorwand für weitere Unfreundlichkeiten zu liefern, und nahm sich fest vor, die nächste Runde für sich zu entscheiden und ganz gewiss nicht als Erste das Schweigen zu brechen.

Zwei oder drei endlose quälende Minuten später räusperte sie sich unecht und fragte: »Und was genau kann ich nun für Sie tun, Constable?«

»Es sind nur ein paar Formalitäten, wie ich schon sagte.« Er hatte Mühe, ein Lächeln zu unterdrücken. Wenn man es genau nahm, versuchte er es auch nicht wirklich ernsthaft.

»Dann wäre es sehr freundlich, wenn wir damit beginnen könnten«, sagte sie. »Sie wissen ja, dass mein Zug in Kürze geht. Und ich fürchte, dass es der einzige ist, mit dem ich heute noch nach Providence zurückkehren kann.«

»Das ist richtig.« Nichols nahm ein einzelnes Formular aus dem Stapel vor sich, klappte sein altmodisches Tintenfass auf und tauchte seine noch viel antiquiertere Feder hinein. Auf einem schmalen Bord neben dem Tisch stand eine dafür umso modernere Schreibmaschine, die er aber ignorierte.

»Ihr Name ist Janice Land«, begann er. »Sie verstehen, dass ich Ihre Personalien aufnehmen muss?«

Damit auch alles seine Ordnung hat, ja, dachte Janice, hütete sich aber, auch nur einen Hauch dieses Gedankens auf ihr Gesicht zu lassen, sondern nickte nur und nannte ihm die gewünschten Daten, die er nicht nur akribisch notierte, sondern auch so langsam wie ein Erstklässler, der sich auf jeden einzelnen Buchstaben mühsam besinnen muss. Janice gestand sich endgültig ein, dass sie ihren Zug wohl verpassen würde, zumal er jede einzelne Angabe noch einmal sorgsam überprüfte und nachfragte, ob auch alles richtig geschrieben war. Schließlich gab es nichts mehr, was er noch verifizieren konnte, und er legte die Schreibfeder aus der Hand, lehnte sich in seinem knarrenden Stuhl zurück und sah sie geschlagene zehn Sekunden lang an. Wahrscheinlich hätte er es auch noch weitere zehn Minuten getan, hätte sie das Schweigen nicht auch diesmal von sich aus gebrochen.

»Sie können zur Sache kommen, Constable«, sagte sie kühl. »Ich habe meinen Zug vermutlich sowieso schon verpasst und werde wohl auf Ihr Angebot zurückkommen müssen, mir eine andere Transportmöglichkeit zu besorgen.«

Natürlich ignorierte Nichols den letzten Teil ihrer Worte. »Sie leben also in Providence«, begann er. »Darf ich fragen, was Sie hierher nach Ipswich führt?«

»Private … Nachforschungen«, antwortete Janice zögernd. Was wurde das jetzt – ein Verhör?

»Darf ich fragen, was für private Nachforschungen das waren?«, fragte Nichols.

»Selbstverständlich dürfen Sie das, Constable.«

Wieder verging mindestens eine halbe Minute, in der Nichols sie nur ansah und darauf wartete, dass sie weitersprach. Schließlich runzelte er wieder die Stirn, und dieses Mal sanken seine Bartspitzen um ein entsprechendes Stück nach unten.

»Bitte missverstehen Sie mich nicht, Miss Land. Es liegt mir fern, in Ihrem Privatleben herumzuschnüffeln, aber es geht hier um eine sehr ernste Angelegenheit. Ein Verbrechen, um genau zu sein. Ich möchte lediglich verhindern, dass am Ende irgendein Winkeladvokat aus der großen Stadt hier auftaucht und diese beiden Kerle wegen irgendeines Verfahrensfehlers herausholt.«

»Aber ich habe Ihnen doch schon gesagt, dass …« Janice setzte sich kerzengerade auf. »Von welchen beiden Kerlen sprechen Sie?«

»Sehen Sie, nun habe ich Ihr Interesse doch geweckt«, erwiderte Nichols. »Bitte verzeihen Sie mir diese kleine Charade, Miss Land. Ich konnte der Versuchung einfach nicht widerstehen, Ihnen zu beweisen, dass die Polizei hier in der Provinz auch ihr Handwerk versteht.«

»Was soll der Unsinn?«, fragte Janice

»Der Fall ist bereits aufgeklärt, Miss Land«, antwortete Nichols, und jetzt in keinem anderen als triumphierendem Ton ... aber da war auch noch etwas in seiner Stimme und seinem Blick, das sie nicht genau deuten konnte.

»Um offen zu sein, hatte ich schon in der vergangenen Nacht einen entsprechenden Verdacht, als ich gehört habe, was passiert ist. Leider habe ich erst vor zwei Stunden die entsprechenden Beweise gefunden.«

»Beweise?«, brachte Janice hervor »Wofür? Ich meine: Was ist denn passiert, Ihrer Meinung nach?«

»Meiner Meinung nach«, antwortete Nichols in einem Ton, als hätte er genau diese Antwort erwartet, »und der Aussage Mister Mortons und ihres Freundes Mister Waidens nach sind Sie gestern Abend am Hafen von zwei angetrunkenen jungen Männern belästigt und geschlagen worden, und wären sie nicht gerade noch rechtzeitig gekommen, dann wäre zweifellos etwas noch Schlimmeres geschehen. Jedenfalls sagt Mister Morton, dass er einen der beiden bereits in ... sagen wir: eindeutiger Stellung überrascht habe, während sein Kumpan Sie gewaltsam am Boden gehalten hat.«

»So, sagt er das?« Janice ärgerte sich ein wenig über sich selbst, als sie spürte, wie sie errötete.

»Sie erinnern sich nicht?«

»Nicht an alle Einzelheiten«, gestand Janice. Sie hatte zwar nicht sonderlich viel Erfahrung in so etwas, aber sie mochte Nichols mit jeder Sekunde weniger, und wenn es überhaupt etwas gab, was sie aus ihren heiß geliebten Abenteuergeschichten gelernt hatte, dann dass eine Lüge umso überzeugender war, je näher sie sich an der Wahrheit bewegte.

Nichols machte ein zweifelndes Gesicht, und sie fuhr mit einem ganz bewusst verlegenen Lächeln fort: »Ich muss mich bei Ihnen entschuldigen, Constable, falls ich etwas unwirsch gewesen sein sollte. Aber die ganze Geschichte ist mir etwas peinlich.«

»Das muss es nicht«, sagte Nichols gönnerhaft. »Ich bin schon mein Leben lang Polizist. Es gibt nicht viel, was ich noch nicht gesehen oder erlebt hätte. Und ich weiß auch«, fuhr er mit leicht erhobener Stimme fort, als er sah, dass sie widersprechen wollte, »wie leicht gerade eine junge Frau wie Sie dazu neigt, lieber zu schweigen und die Täter davonkommen zu lassen, statt die vermeintliche Schande auf sich zu nehmen. Aber das müssen Sie nicht. Niemand wird etwas erfahren, abgesehen von den Geschworenen und dem Richter. Das ist etwas, das wir hier in der Provinz der großen Stadt voraushaben: Wir können hier durchaus verschwiegen sein, wenn es sein muss.« Er legte eine Kunstpause ein. »Sie wollen doch auch nicht, dass die Männer davonkommen, die Ihnen das angetan haben, oder?«

»Ich verstehe wirklich nicht, worauf Sie hinauswollen, Constable«, antwortete Janice kühl. »Da draußen ist nichts passierst.«

»Miss Land«, seufzte Nichols. »Mister Waiden hat mich bereits gewarnt, dass Sie manchmal etwas zu sehr an das Gute im Menschen glauben. Das ehrt Sie, aber in diesem Fall gibt es nicht sehr viel Gutes, das man sehen könnte, glauben Sie mir! Ich kenne die beiden Burschen seit Jahren. Ganz Ipswich kennt sie, und abgesehen von ihren Müttern wird ihnen wahrscheinlich niemand auch nur eine Träne nachweinen. Und wenn es Ihnen die Entscheidung leichter macht: Sie sind nicht die erste Frau, die von diesen beiden Kerlen … belästigt worden ist. Nur hat es bisher niemand gewagt, sie anzuzeigen.«

»Und ich werde es auch nicht tun«, antwortete Janice. »Ich würde Ihnen gerne helfen, aber sie haben mir nichts getan. Wenn überhaupt jemanden die Schuld trifft, dann mich. Ich hatte eine Meinungsverschiedenheit mit Mister Waiden. Einen dummen Streit, mehr nicht. Ich habe einfach überreagiert und bin weggelaufen. Wahrscheinlich bin ich einfach in Panik geraten oder bin gestolpert und habe das Gleichgewicht verloren oder bin einfach ohnmächtig geworden. Es war ungeschickt und auch ein bisschen peinlich, aber mehr auch nicht. Vielleicht wollten die beiden Burschen mir einfach nur helfen.«

»Helfen«, wiederholte Nichols. Sein Blick irrte über das Formular, das er gerade ausgefüllt hatte, als hoffte er, darauf einen Abschnitt zu entdecken, der die Bedeutung dieses Wortes erklärte. Schließlich seufzte er sehr tief. »Wie gesagt, ist es mir gelungen, die beiden Burschen ausfindig zu machen und zu verhaften. Natürlich haben sie zuerst alles abgeleugnet, aber die Beweise waren erdrückend. Sie haben gestanden.«

»Was für Beweise?«

»Nun, da waren zuerst die Aussagen Mister Mortons und Ihres Freundes«, antwortete Nichols. Wieder sah er auf das Blatt, auf dem absolut nichts von alledem stand. »Dann hätten wir natürlich die Aussage von Doktor Daniels, der sie unmittelbar nach diesem … bedauernswerten Zwischenfall untersucht und entsprechende Verletzungen gefunden hat.« Er zog eine weitere Schublade auf und nahm einen dunklen Stofffetzen heraus, den er mit spitzen Fingern auf der Tischplatte vor sich ausbreitete. Janice starrte ihn eine halbe Sekunde lang verständnislos an und dann ganz eindeutig erschrocken, als sie erkannte, dass es ein Stück des Kleides war, das sie in der vergangenen Nacht getragen hatte. Es war schmutzig und noch immer ein bisschen feucht, und etliche der hässlichen dunklen Flecken erinnerten sie unangenehm an getrocknetes Blut.

»Das hatte einer der beiden Burschen bei sich«, fuhr er fort. »Ich weiß nicht, warum. Vielleicht soll es eine Art kruder Trophäe sein. Darüber hinaus gibt es mehrere Zeugen, die gehört haben, wie die beiden mit ihrer zweifelhaften Heldentat geprahlt haben. Ich möchte Ihnen Einzelheiten ersparen, aber sie waren wenig schmeichelhaft.«

»Aber das ist doch Unsinn!«, protestierte Janice. »Es kann keine Einzelheiten geben, weil nichts passiert ist!«

»Und zu guter Letzt«, fuhr Nichols fort, ihre Worte beharrlich weiter ignorierend, »habe ich ja auch noch das Geständnis der beiden Burschen.«

»Was für ein Geständnis?«, fragte Janice verdutzt.

»Sie haben es zugegeben, beide«, wiederholte Nichols. »Habe ich vergessen, Ihnen das zu sagen?«

»Nein«, erwiderte Janice. »Sie haben es ganz gewiss nicht *vergessen*, Constable.«

»Letzten Endes hat selbst bei ihnen die Vernunft gesiegt, und sie haben eingesehen, dass stures Leugnen ihre Lage nur schlimmer macht«, fuhr Nichols ungerührt fort. »Beide haben nicht nur ein Geständnis abgelegt, sondern es auch unterzeichnet.«

»Aber warum sollten sie so etwas Dummes tun?«

Zorn blitzte in Nichols Augen auf und verschwand wieder, bevor er ganz Gestalt annehmen konnte. »Möchten Sie mit ihnen reden, Miss Land?«

»Sie sind hier?« Warum erschrak sie eigentlich?

»Ich habe sie verhaftet«, bestätigte Nichols. »Sie können selbst mit ihnen reden, wenn Sie es wünschen. Vielleicht kehren Ihre Erinnerungen ja zurück, wenn Sie ihnen gegenüberstehen.«

Erinnerungen woran?, wollte Janice ihn anfahren. Da war nichts, woran sie sich *erinnern* konnte! Oder doch, eine ganze Menge sogar, aber es hatte nichts mit all diesem Unsinn zu tun, den Nichols ihr einreden wollte! Sie starrte ihn nur an.

Nichols verstaute sein vermeintliches Beweisstück wieder sorgsam in einer Schublade, nahm aus derselben Bewegung einen schweren Schlüsselbund heraus und erhob sich. »Kommen Sie, Miss Land. Wenn Sie sich stark genug dazu fühlen, sollten Sie mit unseren beiden Helden sprechen. Vielleicht ändert das ja Ihre Meinung.«

Janice stand gehorsam auf, trat um den Tisch herum und folgte Nichols zu einer schmalen Tür auf der Rückseite des Zimmers. Beiläufig registrierte sie ein seidiges Geräusch an der Fensterscheibe und begriff, dass Nichols recht gehabt und es zu regnen begonnen hatte, dann ging das Geräusch im schweren Klappern des Schlüsselbundes unter.

Der Raum, in den sie gelangten, entsprach so genau der Vorstellung, die man im Allgemeinen von einem solchen Raum hatte, dass es fast schon lächerlich war: ein rechteckiges Zimmer mit einem unverglasten schmalen Fenster, durch das es unangenehm hereinzog. Gut die Hälfte des nur aus jahrzehntelang festgetretenem Erdreich bestehenden Bodens lag hinter einem massiven Gitter aus fast daumendicken Eisenstäben. Die Zelle dahinter als kärglich zu bezeichnen, wäre geschmeichelt gewesen. Es gab eine einzelne, schmale Pritsche, die sich die beiden Insassen teilen mussten, und einen dreibeinigen Hocker, und das war auch schon alles. Das Licht war so schwach, dass sie wenig mehr als Umrisse erkennen konnte, aber immerhin sah sie, dass sie sehr groß waren. Ein sehr unangenehmer Geruch hing in der Luft.

»Das sind Kenny Swarn und sein bester Freund Daniel Falk, der ganze Stolz unserer kleinen Gemeinde«, sagte Nichols verächtlich, machte zugleich aber auch eine abwehrende Geste, als sie näher an das Gitter herantreten wollte, um besser sehen zu können. »Kenny, Dan, wo bleiben eure Manieren? Man steht als gut erzogener junger Mann auf, wenn eine Dame den Raum betritt.«

Eine der beiden Gestalten stand bereits, die andere erhob sich und kam schwankend näher. Eine saure Schnapsfahne wehte ihr entgegen, sodass sie plötzlich ganz froh war, auf Nichols gehört zu haben, und ihre Augen hatten sich auch schon an das schwache Licht gewöhnt. Was sie von den Gesichtern der beiden Burschen erkennen konnte, wäre kaum einen weiteren Schritt wert gewesen. Beide waren groß und jung und hatten brutale Gesichter, die trotz ihrer Jugend bereits von Alkohol und einem exzessiven Leben gezeichnet waren; und auch die eine oder andere Narbe als Andenken diverser Raufereien. Die Wange des größeren Burschen sah aus, als wäre sie einem scharfen Messer zu nahe gekommen.

»Das ist Ken, ein richtiger Sonnenschein.« Nichols deutete auf den Jungen mit der Narbe. »Wir kennen uns gut, nicht wahr, Ken? Ich habe schon ein paarmal überlegt, ob ich ihm nicht erlauben soll, seine eigenen Möbel mitzubringen, so wohl wie er sich hier zu fühlen scheint.«

»Miss«, sagte Ken. Er wirkte sehr nervös und auch ein bisschen verängstigt, hielt ihrem Blick aber stand.

»Und Dan, der kein bisschen besser ist.« Nichols deutete auf den anderen Burschen. »Sagt Guten Tag zu Miss Land, Jungs. Ihr kennt sie ja bereits.«

Dan sagte gar nichts und sollte es auch weiter nicht tun, aber Kenny räusperte sich unbehaglich und senkte nun doch den Blick. »Ich … also, es tut mir leid, Miss. Ich möchte mich entschuldigen.«

»Sie sind Kenny?«, vergewisserte sich Janice. Sie überwand ihren Widerwillen und zwang sich, sowohl sein zerstörtes Gesicht als auch das seines Kumpans genauer anzusehen. Aber sie konnte es tun, solange sie wollte, es blieb dabei: Sie hatte diese beiden jungen Männer noch nie zuvor gesehen.

»Ja, Miss«, sagte Ken. Daniel nickte stumm.

»Warum haben Sie das getan?«, fragte Janice.

»Es tut mir leid, Miss«, murmelte Ken. »Wir waren betrunken, und als wir Sie da am Hafen gesehen haben, da haben wir gedacht, Sie wären …«

»Das meine ich nicht«, unterbrach ihn Janice, bevor er etwas wirklich Peinliches sagen konnte. »Das Geständnis, Ken. Wieso haben Sie es unterschrieben?«

»Weil Constable Nichols uns klargemacht hat, dass es unsere Lage nur verschlimmert, wenn wir nicht …«

»Warum gestehen Sie etwas, das Sie gar nicht getan haben?«, unterbrach sie ihn erneut. »Sie haben nichts getan, dessen Sie sich schämen müssten, Ken. Jedenfalls nicht vergangene Nacht. Und Sie auch nicht, Dan.«

Dan sah weiter überallhin, nur nicht in ihre Richtung, doch Ken wirkte eindeutig verwirrt. »Miss?«

»Hören Sie auf, Ken«, fuhr sie ihn an. »Sie sind ein erbärmlicher Schauspieler. Jetzt sagen Sie mir, warum Sie das getan haben! Hat man Sie dafür bezahlt, oder zwingt man Sie? Und wer? Mister Morton oder Steve? Wenn er es war, dann muss ich Sie warnen. Was immer er Ihnen versprochen hat, Sie werden es nicht bekommen. Er ist arm wie eine Kirchenmaus.«

»Miss Land«, sagte Nichols warnend.

»Also, was soll dieses Schmierentheater? Sind Sie beide so scharf darauf, für viele Jahre ins Gefängnis zu gehen?«

»Bitte, Miss, es tut mir wirklich leid«, sagte Ken. »Es war der verdammte Schnaps! Ich weiß, das ist keine Entschuldigung, aber …«

»Jetzt sehen Sie mir in die Augen, und sagen Sie mir, dass Ihr Freund und Sie mich letzte Nacht überfallen und niedergeschlagen haben«, fiel ihm Janice ins Wort

»Ja, Miss, das haben wir«, antwortete Ken, mühsam und mit

belegter Stimme, aber auch ihrem Blick noch immer standhaltend. »Und es tut mir aufrichtig leid.« Er begann nervös mit den Händen zu ringen.

»Ich denke, dass wir die Unterhaltung jetzt beenden«, sagte Nichols in verändertem Ton, der einen Befehl aus seinen Worten machte. »Vielleicht war es doch zu früh. Wir unterhalten uns später, Freunde.«

Die letzten Worte galten Daniel und Ken, und er drehte sich schon um und öffnete die Tür, bevor er sie ganz ausgesprochen hatte. »Miss Land. Nehmen Sie Platz«, befahl er, nachdem er die schwere Tür sorgsam wieder hinter sich abgeschlossen hatte. Janice kam nicht einmal auf die Idee zu widersprechen, und Nichols warf seinen Schlüsselbund schwungvoll in die Schublade, bevor er sich in seinen Stuhl fallen ließ. Seine Augen waren schwarz vor Zorn.

»Und um Ihre eigenen Worte zu benutzen, Miss Land: Was zum Teufel soll dieses Schmierentheater?«

»Was unterstehen Sie sich, in einem solchen Ton mit …«, begann Janice, und nun unterbrach sie Nichols mit einer so zornigen Handbewegung, dass sie im ersten Sekundenbruchteil nicht einmal sicher war, ob sie nicht in einem Schlag endete.

»Da Sie sich ja so gut in Rechtsdingen auszukennen behaupten, bin ich ein wenig erstaunt, dass Sie nicht zu wissen scheinen, dass Falschaussage ebenfalls eine Straftat ist, Miss Land«, sagte er scharf. »Unterschreiben Sie die Anzeige.«

»Obwohl ich mich damit strafbar machen würde?«, fragte Janice. »Oder gerade *weil* es so ist?«

Nichols wollte auffahren, riss sich aber dann mit einer sichtbaren Anstrengung zusammen und machte nur ein sehr ernstes Gesicht; vielleicht mit einer Spur von Sorge. »Warum tun Sie das, Janice? Warum decken Sie diese beiden Kerle? Sie sind Ihr Mitleid nicht wert, glauben Sie mir.«

»Miss Land«, antwortete Janice scharf, »und es hat nichts mit Mitleid zu tun. Und bevor Sie fragen, Constable: Nein, ich kenne diese beiden Männer nicht! Ich habe sie gerade zum ersten Mal im Leben gesehen. Aber ich möchte Sie trotzdem bitten, sie freizulassen.«

»Freizulassen?«, wiederholte Nichols. »Warum?«

»Weil sie nichts getan haben! Ich werde diese Anzeige nicht unterschreiben. Es wäre gelogen.«

Aber wäre es das wirklich? Je angestrengter sie versuchte, sich an die vergangene Nacht zu erinnern, desto mehr wirbelten die Bilder und Eindrücke hinter ihrer Stirn durcheinander. Da war ein Gesicht gewesen, das auf schreckliche Weise entstellt war, und peitschende Schlangenarme und eine riesige Halle aus Rost und rotem Licht … aber was, wenn ihre Phantasie ihr doch einen bösen Streich spielte und es nur der Anblick eines *vernarbten* Gesichts gewesen war, und war da nicht auch das Bild einer monströsen Faust, die auf ihr Gesicht zuraste?

»Ich verstehe Sie nicht, Janice«, seufzte Nichols, indem er abermals das Thema wechselte. »Wenn es kein falsch verstandenes Mitleid ist und Sie diese Männer nicht bewusst schützen, was ich mir beim besten Willen nicht denken kann, warum leugnen Sie es dann?«

Janice schwieg. Ganz gleich, was sie auch gesagt hätte, der Constable würde es sowieso nicht akzeptieren.

»Und nur, falls es Einfluss auf Ihre Entscheidung haben sollte«, fuhr er auch prompt fort, »lassen Sie mich Ihnen noch Folgendes sagen: Mister Mortons Aussage reicht vollkommen aus, um die beiden Kerle ins Gefängnis zu bringen. Bei einem so schweren Verbrechen bedarf es nicht der Anzeige des Opfers, müssen Sie wissen. Schon um zu verhindern, dass es eingeschüchtert wird.«

Janice schüttelte nur den Kopf, doch so schnell gab Nichols nicht auf. Er wechselte nur abermals die Taktik. »Bei diesen privaten Nachforschungen, die Sie nach Ipswich geführt haben, Janice – worum handelt es sich da genau?«

»Um das, wonach es klingt, Constable«, antwortete sie. »Um *private* Nachforschungen.«

»Sie sind auf der Suche nach Ihrem Verlobten, nicht wahr?«, erkundigte sich Nichols. »Es heißt, er wäre vor einem Jahr unter mysteriösen Umständen verschwunden.« Sein Blick wurde lauernd. »Es heißt auch, dass es vor diesem Verschwinden gewisse … Unregelmäßigkeiten gegeben haben soll.«

»Selbst wenn es so wäre, ginge es Sie nichts an«, antwortete sie spröde, die Worte schon bedauernd, bevor sie auch nur dazu angesetzt hatte, sie auszusprechen. Sie sollte diesen Mann nicht noch mehr reizen, das war ihr klar, aber zugleich konnte sie einfach auch nicht anders.

»Und schon wieder befinden Sie sich im Irrtum, Janice«, antwortete Nichols ruhig. Er begann wieder in seinen Papieren zu blättern. »Ich bin zwar nur ein kleiner Beamter vom Lande, aber ich nehme meine Aufgabe trotzdem sehr ernst. Wenn es da irgendetwas gibt, das die Sicherheit meiner Stadt oder ihrer Einwohner bedroht, dann geht mich das sehr wohl etwas an.«

Der drohende Unterton in seiner Stimme entging Janice keineswegs, und sie rief sich innerlich zur Ordnung. »Bitte verzeihen Sie, Constable. Ich wollte Sie nicht beleidigen. Es war wohl alles ein bisschen viel.«

»Aber ich bitte Sie, Miss Land«, lächelte Nichols. »Wenn man bedenkt, was Sie durchgemacht haben, dann halten Sie sich erstaunlich tapfer. Da habe ich ganz andere Dinge erlebt, glauben Sie mir. Und ich möchte Ihnen auch nichts unterstellen. Aber vielleicht kann ich Ihnen ja helfen. Wenn Mister Coppelstone damals hier in der Gegend war, dann hat gewiss irgendjemand irgendetwas über ihn gehört oder kennt zumindest jemanden, der etwas weiß.« Er lächelte ebenso unecht wie knapp. »Wir sind hier nicht in einer anonymen Großstadt, Janice, sondern mitten in der Provinz. Hier gibt es keine Geheimnisse.«

Was ist das?, dachte Janice. *Schon wieder eine verkappte Drohung?* Sie sagte gar nichts, doch das musste sie auch nicht, denn ihr wurde mit einem Mal klar, dass es vollkommen gleichgültig war, was sie antwortete oder tat. Nichols hatte jedes einzelne Wort und vielleicht sogar jede Geste und Mimik dieses Gespräches genau geplant und würde nicht von diesem Plan abweichen, ganz egal, was sie sagte. Sie konnte ihn ein bisschen aufhalten, doch das war auch schon alles. Und so ganz nebenbei vermutlich genau das, was er wollte.

»Wahrscheinlich haben Sie recht, Constable«, sagte sie. »Es war alles ein bisschen viel. Ich muss gestehen, dass ich kaum noch klar denken kann.« Sie machte eine Kopfbewegung zum Schrank hin, in dem ihre Tasche verschwunden war. »Wenn Sie mir freundlicherweise mein Gepäck aushändigen würden, dann gehe ich ins Hotel zurück und ruhe mich aus. Vielleicht kommen meine Erinnerungen ja zurück, wenn ich ein wenig zu mir gefunden habe.«

Nichols machte zwar einen rundweg zufriedenen Eindruck, rührte aber keinen Finger, und schon gar nicht stand er auf, um ihre Tasche zu holen. Das Seidengeräusch an der Fensterscheibe wurde nicht lauter, aber auf sonderbare Art intensiver, und da war etwas wie ein Rhythmus im willkürlichen Atmen des Windes, auch wenn es ihr nicht gelang, ihn zu greifen.

»Ich lasse Ihnen Ihr Gepäck bringen«, sagte Nichols. »Das ist ja wohl das Mindeste, um mich für die Unbequemlichkeiten zu entschuldigen, die Sie in unserer Stadt erdulden mussten. Und ebenso selbstverständlich übernimmt auch die Stadtkasse die Kosten für die zusätzliche Übernachtung. Ich habe dem guten Morton schon Bescheid gegeben, damit er sein bestes Zimmer für Sie vorbereitet.«

So viel zu seinen Beteuerungen, er würde alles versuchen, dass ich noch den Zug bekomme, dachte Janice. Aber sie sparte es sich, das auszusprechen, ebenso wie sie sich gleich die Mühe sparte, um ein anderes Hotel zu bitten. Ganz gewiss würde es in ganz Ipswich durch *bedauernswerte Umstände* kein anderes freies Zimmer mehr geben.

»Und das Schiff?«, fragte sie und biss sich noch mit dem letzten Wort selbst auf die Lippen. Aber sie hatte es einfach nicht zurückhalten können.

Nichols nickte jedoch auch jetzt nur. »Ja, Morton hat erwähnt, dass Sie glauben, die IRONCLAD gesehen zu haben. Aber er hat Ihnen auch gesagt, dass das vollkommen unmöglich ist, nicht wahr?«

»Ich war sicher.«

»Und Sie sind nicht die Erste, die dieser Täuschung erliegt«, bestätigte er, jetzt ganz im Tonfall eines Schulmeisters, der einer Klasse etwas ganz und gar Unglaubliches offenbart; und ganz gewiss keinen Widerspruch duldete. »Schon oft haben Menschen behauptet, dieses Schiff gesehen zu haben.«

»Vielleicht haben sie es ja.«

»Ganz bestimmt nicht«, tadelte sie Nichols, und das seidige Hämmern einer Million winziger scharfer Krallen gegen die Fensterscheibe in ihrem Rücken stimmte ihm zu.

»Die Menschen mögen nun einmal Geschichten, und je unheimlicher und spannender sie sind, desto hartnäckiger halten sie sich, das muss ich doch ausgerechnet Ihnen nicht sagen, oder?«

Janice starrte ihn an, und als hätte er selbst gespürt, dass ihm ein Fehler unterlaufen war, rettete er sich nun doch in ein verlegenes Lächeln und stand auf. »Verzeihung. Das stand mir nicht zu.«

Sie ließ auch das unkommentiert, und der Constable räusperte sich noch einmal unecht und hatte es mit einem Mal sehr eilig, doch an den Schrank zu treten. Allerdings kam er nicht mit ihrer Reisetasche zurück, sondern einem reichlich mitgenommen aussehenden Regenschirm, den aufzuspannen ihm einige Mühe abverlangte. Wortlos ging er zur Tür, öffnete sie und wartete ebenso schweigend, bis sie ihre Überraschung überwunden hatte und ihm folgte.

»Zum Hotel geht es nach ...?«

»Aber selbstverständlich begleite ich Sie dorthin, Janice«, antwortete er, immer noch damit beschäftigt, die verklemmte Mechanik des Regenschirms zu öffnen. Da er gleichzeitig schon in den Regen hinaustrat, glänzten sein schütteres Haar und sein Gesicht bereits vor Nässe, als es ihm endlich gelungen war und sie ihm folgte.

Janice musste sich überwinden, um es ihm gleichzutun. In den Minuten, die sie im Haus gewesen war, war es nicht nur spürbar kälter geworden, sondern auch dunkler, als hätte ein finsterer Zauber den Tag halbiert. Der Regen war so fein, dass er nassem Nebel glich, den der Wind in Schwaden vor sich hertrieb. Die Wolken, obwohl im Grunde unsichtbar, schienen so niedrig über der Stadt zu hängen, dass man sie mit ausgestrecktem Arm berühren konnte. Fassaden und Dächer schimmerten silbern wie altes Holz, und auf den Straßen begannen sich vereinzelte Pfützen allmählich zu einem schlammigen See zu vereinen. Das Bild hatte etwas Unwirkliches, als fehlte etwas; oder als wäre etwas da, was nicht dazugehörte.

»Sie wollen sicher sein, dass ich auch tatsächlich ankomme«, vermutete sie, entschärfte ihre Worte wohlweislich aber auch mit einem schalkhaften Lächeln.

»Selbstverständlich«, erwiderte Nichols. »Aber Sie müssen sich keine Sorgen machen. Ich werde Ihnen keine Handschellen anlegen.«

Und *er* lächelte nicht.

18

Abgesehen davon, dass es auch hier drinnen deutlich dunkler geworden war, hätte die Zeit auch ebenso gut stehen geblieben sein können, als sie ins Hotel zurückkam. Der Empfang war nicht besetzt, und Nichols machte sich auch nicht die Mühe, die Klingel zu betätigen, sondern ging schnurstracks zur Treppe und sogar schneller werdend die ausgetretenen Stufen hoch, doch als Janice ihm folgte, erhaschte sie einen Blick durch die offen stehende Tür zum Restaurant, und sie sah Morton und Connor am gleichen Tisch sitzen wie zuvor. Steve war zwar nicht zu sehen, aber seine Stimme war nicht zu überhören, und ihre Laune sank noch einmal um ein gehöriges Stück, obwohl sie das für gar nicht mehr möglich gehalten hätte. Steve hatte sich nicht einmal die Mühe gemacht, sie zum Bahnhof zu begleiten, weil er genau gewusst hatte, dass sie zurückkommen würde.

Für wie dumm hielten die drei sie eigentlich?

Für ungefähr so dumm, wie sie war, beantwortete sie sich ihre eigene Frage. Wie hatte sie nur so naiv sein können, dieser Connor auch nur eine Sekunde lang zu vertrauen?

Hätte es noch eines Beweises dafür bedurft, Opfer eines abgekarteten Spiels geworden zu sein, dann wäre es der Zustand des Zimmers gewesen, in das der Constable sie führte. Es war weder größer noch besser ausgestattet als das, in dem sie die vergangene Nacht verbracht hatte, doch das Bett war sauber bezogen, und auf dem

Nachttisch stand eine Vase mit frisch gepflückten Blumen. Alles war sauber, und das Fenster stand gerade weit genug auf, um frische Luft hereinzulassen, nicht aber den Regen. Nichols wünschte ihr noch einen guten Tag, ging ohne ein weiteres Wort und schloss die Tür hinter sich ab.

Das Klicken des Schlosses und seine Schritte waren schon längst verklungen, ehe Janice auch nur begriff, was sie da gerade gehört hatte – und was es bedeutete. Mit einem einzigen Schritt war sie bei der Tür, griff mit beiden Händen nach dem Knauf und zerrte mit solcher Kraft daran, dass das Schloss ein protestierendes Ächzen von sich gab, doch sosehr sie auch rüttelte und zerrte, vermochte sie trotzdem nicht das Geräusch des zerbrechenden Riegels daraus zu machen. Und auch ihr heftiges Hämmern mit der flachen Hand gegen die Tür änderte rein gar nichts; ebenso wenig wie ihre entrüsteten Schreie und ihr immer energischer werdendes Verlangen, die Tür zu öffnen.

Ihr Zorn verrauchte so rasch, wie er gekommen war, und sie trat schwer atmend zurück. Auch der Versuch, ein Loch in die Tür zu starren führte nicht zum gewünschten Ergebnis, sodass sie sich schließlich frustriert auf das Bett fallen ließ und dasselbe mit der wasserfleckigen Decke über ihrem Kopf versuchte.

Nachdem die erste Wut endgültig verraucht war, stellte sich Verwirrung ein. Dass hier irgendetwas ganz und gar nicht so war, wie es sein sollte, stand außer Frage – aber warum gab sich der Constable solche Mühe, sie hier festzuhalten? Er sollte doch ganz im Gegenteil froh sein, wenn sie so schnell wie möglich abreiste!

Auch der Versuch, ein Loch in die Decke zu starren, scheiterte kläglich. Doch Janice hatte noch nie zu denjenigen gehört, die bei den ersten Schwierigkeiten aufgeben, und Widerstand forderte sie normalerweise eher heraus, ihn zu überwinden. Sie stand wieder auf, ging zur Badezimmertür und schob einen Stuhl unter die Klinke, bevor sie ans Fenster trat und die beiden schmalen Flügel ganz aufstieß.

Eisiger Regen schlug ihr ins Gesicht und ruinierte endgültig das wenige, was von ihrer Frisur noch übrig war, und ein plötzlicher Windstoß hätte ihr um ein Haar den Fensterflügel aus der Hand gerissen. Trotzig beugte sie sich nur noch weiter vor und musste die Augen zusammenpressen, um sie vor den unsichtbaren Nadeln zu schützen, mit denen der Regen sie attackierte. Sie wollte die Hand heben, um ihr Gesicht zu schützen, hielt dann aber mitten in der Bewegung inne, als sie die Gestalt sah, die am Ende der Straße im Regen stand.

Vielleicht aber auch nicht.

Im allerersten Moment hatte sie angenommen, es wäre Nichols, der sich auf den Rückweg gemacht und aus irgendeinem Grund seinen Regenschirm zusammengeklappt hatte.

Dann war sie nicht einmal mehr sicher, ob die Gestalt überhaupt da war.

Der Regen hatte noch einmal zugenommen, und dasselbe galt auch für den Wind, der die grauen Schleier immer heftiger vor sich herpeitschte, wie ein Kind, das mit Stofffetzen spielt und versucht, vergängliche Formen und Figuren damit zu bilden. Es war ein unheimlicher Anblick, und er machte ihr mehr Angst, als sie sich eingestehen wollte. Es war, als hätte der Regen eine Gestalt geboren, könnte sich aber nicht entscheiden, welche Form er ihr letzten Endes verleihen sollte.

Janice fuhr sich mit dem Handrücken durchs Gesicht, womit sie sich nicht nur das Wasser aus den Augen, sondern auch gleich die unheimliche Gestalt wegwischte. Sie beugte sich weiter aus dem Fenster und sah, dass der Boden gute zwanzig Fuß unter ihr lag und die Wand zwar aus verwittertem Holz bestand wie überhaupt ganz Ipswich, dennoch aber viel zu glatt war, um auch nur daran zu denken, daran hinabzuklettern. Es gab ein Blumengitter, an dem sich halb vertrocknete Rosen in die Höhe rankten, aber es sah nicht so aus, als könnte es ihr Gewicht tragen; und schließlich war sie auch das genaue Gegenteil einer geübten Fassadenkletterin.

Noch immer echauffiert, wie sie war, hätte sie es möglicherweise trotzdem getan (und sich mit einiger Wahrscheinlichkeit mit verstauchten Gelenken und etlichen blauen Flecken und Prellungen zwanzig Fuß tiefer auf der Straße wiedergefunden), hätte es in diesem Moment nicht an der Tür geklopft.

Eingedenk des verriegelten Schlosses sparte sie sich die Mühe, überhaupt etwas zu sagen, das ohnehin keinerlei Einfluss auf die nachfolgenden Ereignisse hätte. Ein zweites Klopfen erscholl, dann hörte sie das Geräusch des Schlüssels, und die Tür wurde geöffnet. Connor trat ein.

Seltsamerweise tat sie es rückwärts und auf sonderbar umständliche Art und mit winzigen trippelnden Schritten, und Janice ertappte sich bei der albernen Vorstellung, sich auf sie zu werfen und sie zu überwältigen, um zu fliehen. Aber erstens gab es gar keinen Grund dazu, und zweitens hätte sie nicht gewusst, wohin sie sich hätte wenden sollen.

Dann war der Moment vorbei, und Connor drehte sich in einer zugleich schwerfälligen wie sonderbar elegant wirkenden Bewegung um und stieß die Tür mit ihrer gut gepolsterten Kehrseite zu. In den Händen balancierte sie ein Tablett, auf dem eine Kanne mit dampfendem Kaffee und ein Teller mit Sandwichs standen, der für eine halbe Kompanie hungriger Bauarbeiter ausgereicht hätte.

Janice bemühte sich, sie so feindselig anzustarren, wie es überhaupt nur ging, was Connor jedoch nur ein amüsiertes Lächeln entlockte. Wortlos trug sie ihre klappernde Last zum Tisch, lud sie darauf ab und machte eine einladende Geste. Vielleicht war sie auch befehlend. Janice rührte sich nicht.

»Tja, das ist jetzt wohl eine von diesen Situationen, in denen keiner so recht weiß, was er sagen soll, um sie nicht noch peinlicher zu machen, nicht?«, begann Connor schließlich.

»Wie wäre es mit einer Entschuldigung?«, fragte Janice.

Connor machte ein nachdenkliches Gesicht. »Ich wüsste nicht, wofür Sie sich zu entschuldigen hätten, Kindchen. Aber wenn Sie sich dadurch wohler fühlen ...«

Sie wartete vergeblich auf eine Antwort oder überhaupt irgendeine Reaktion, die über einen bohrenden Blick hinausging, lächelte schließlich selbst über ihren eigenen lahmen Scherz und runzelte dann die Stirn, als sie das offen stehende Fenster bemerkte. Ihr Blick wurde tadelnd.

»Aber, Kindchen, Sie kommen doch nicht etwa auf irgendwelche dummen Ideen«, sagte sie, bekam auch darauf keine Antwort und ging zum Fenster. Als sie sich ächzend vorbeugte, um nach den

Flügeln zu angeln, hatte Janice das unheimliche Gefühl, dass der Regen einen Bogen um sie machte, als wäre da ein unsichtbarer Schutz, der die stiebenden grauen Schleier daran hinderte, ihre Haut auch nur zu berühren. Zweifellos war das Unsinn. Ein bisschen unheimlich war vielleicht nur, dass ihr Gesicht und ihr Haar tatsächlich vollkommen trocken waren, als sie das Fenster mit einem Knall geschlossen hatte und sich zu ihr umdrehte.

»Jetzt essen Sie erst einmal etwas, Liebes«, sagte sie mit einer entsprechenden beidhändigen Geste zum Tablett hin, das sie auf dem Tisch abgeladen hatte. »Sie sind bestimmt schrecklich hungrig. Sie haben den ganzen Tag noch nichts gegessen und getrunken wahrscheinlich auch nicht, habe ich recht?«

Tatsächlich *war* sie hungrig, und weit schlimmer noch war der Durst. Allein der Duft des frisch aufgebrühten Kaffees war beinahe unwiderstehlich. Ihre Kehle fühlte sich mittlerweile so trocken an, dass ihr schon das Schlucken Mühe bereitete. Widerstrebend nahm sie am Tisch Platz, allerdings so weit von dem Tablett entfernt, wie es nur ging; und sie würde auch den Kaffee nicht anrühren.

Ganz bestimmt nicht. Aber es schadete ja auch nicht, ihn wenigstens anzusehen.

Connor lächelte, als hätte sie ihre Gedanken gelesen und wüsste genau, wie vergeblich ihr Bemühen über kurz oder lang sein musste, und setzte dazu an, etwas zu sagen, doch dann zog sie stattdessen die Stirn kraus und machte ein nachdenkliches Gesicht, als sie den Stuhl bemerkte, den Janice unter die Klinke der Badezimmertür geschoben hatte. Sie verlor jedoch kein Wort darüber, sondern nahm ebenfalls Platz und griff unaufgefordert nach der Kaffeekanne, um eine Tasse einzuschenken.

»Zucker und Milch?«, fragte sie. Da Janice nicht antwortete, gab sie beides hinein und schob ihr die Tasse über den Tisch hinweg zu. Der Duft war so köstlich, dass ihre Hände von sich aus danach greifen wollten, der Anblick dafür umso schrecklicher. Connor hatte nicht umgerührt, aber die Milch bewegte sich trotzdem und bildete Schlieren und dünne, an den Rändern zerfasernde Ärmchen, während sie sich in der dampfenden Flüssigkeit auflöste. Und war da nicht noch etwas anderes, etwas Dunkles und Starrendes, das sich darunter verbarg? Ihr Magen zog sich zusammen, und sie musste schlucken, um der Übelkeit Herr zu werden, die der Anblick auslöste.

»Früher oder später werden Sie etwas trinken müssen, mein Kind«, sagte Connor, womit sie ihr zuallererst natürlich einen Anlass gab, die Worte auf eine mögliche Drohung abzuklopfen, die sich darin verbergen mochte. Zugleich hatte sie natürlich recht. Wie lange konnte ein Mensch schon bei klarem Verstand überleben, ohne zu trinken? Zwei Tage? Und so, wie sie sich fühlte, nicht einmal einen halben.

»Ach, es ist meine Schuld«, seufzte Connor. »Ich bin eine dumme, dumme, dumme alte Frau.«

»Was?«, fragte Janice. »Dass ich hier eingesperrt bin?«

»Eingesperrt? Aber wie kommen Sie denn darauf?«

»Vielleicht weil Constable Nichols die Tür hinter sich abgeschlossen hat?«, schlug Janice vor.

»Constable Nichols ist ein Idiot«, sagte Connor lächelnd. »Er ist mit einiger Mühe des Lesens und Schreibens mächtig, und wenn man ihm nur genug Zeit lässt, dann kann er sogar das kleine Einmaleins aufsagen, aber damit erschöpfen sich seine geistigen Fähigkeiten auch. Man hat ihm den Posten als Constable gegeben, weil Ipswich eine sehr kleine Stadt mit sehr gesetzestreuen Einwohnern ist. Hier passiert so gut wie nie etwas, und so kann er auch nicht viel Schaden anrichten. Bisher jedenfalls«, fügte sie nach einer Pause und mit finsterer Miene hinzu.

»Trotzdem hat er mich eingeschlossen.«

»Wofür ich mich entschuldigen möchte«, sagte Connor. »Ich hatte ihm gesagt, dass der Doktor sie noch einmal sehen möchte und es besser wäre, wenn Sie hier in Ihrem Zimmer auf ihn warten, und selbstverständlich hat dieser Dummkopf das falsch verstanden.«

»Ich brauche keinen Doktor!«, protestierte Janice.

»Wie gesagt, es ist meine Schuld«, wiederholte Connor, ihren Einwurf schlichtweg ignorierend. »Schon, als Sie mir das erste Mal von Ihrem Verlobten erzählt haben, hätte ich merken müssen, in welcher Verfassung Sie sich befinden.«

»Und welche sollte das sein?«, fragte Janice, nur noch mühsam beherrscht.

»Sie sind sehr verwirrt. Sie müssen diesen Joffrey wirklich geliebt haben. Ich hätte begreifen müssen, wie sehr.«

»Und das ist der Grund, weshalb ich gefangen gehalten werde?«

»Niemand hält jemanden gefangen«, belehrte sie Connor. »Aber Sie sind furchtbar durcheinander, mein Kind. Wir sorgen uns um Sie, das ist alles. Sie sind in einem Zustand, in dem man ...«

»Auf mich aufpassen muss, damit ich keinen Unsinn anstelle?«, fiel ihr Janice ins Wort.

»Wenn Sie es so ausdrücken wollen.« Connor seufzte traurig. »Ich hätte eine andere Formulierung gewählt. Aber wir alle sind in großer Sorge um Sie.«

»Sie alle«, wiederholte Janice böse. »Allen voran Steve, nehme ich an. Hat er Sie gebeten, mit mir zu sprechen und mich *zur Vernunft zu bringen?*«

»Ich hätte es auch so getan«, sagte Connor. »Aber Ihr Freund hat in der Tat ...«

»Steve Waiden ist nicht mein *Freund*«, fiel ihr Janice ins Wort, erntete aber auch jetzt nur ein Kopfschütteln und ein verständnisvoll-mütterliches Lächeln, das sie nur noch zorniger machte.

»Oh doch, Kindchen«, seufzte Connor. »Das ist er, und ein besserer, als Sie auch nur ahnen.«

»Ach ja? Hat er Ihnen das gesagt?«

»Das war gar nicht notwendig«, behauptete Connor. »Ich muss diesen armen Jungen nur ansehen und weiß, wie es um ihn steht. Glauben Sie mir, Liebes, er würde alles tun, um ...«

»Mich zu bekommen?«, unterbrach sie Janice schon wieder, und mit einem Male war ihr alles klar, und sie fragte sich, warum sie es nicht schon längst begriffen hatte. »Er war Joffreys bester Freund und Kollege. Die beiden haben fast alles geteilt, wie es in einer richtigen Männerfreundschaft üblich ist, nicht wahr? Bildet er sich vielleicht ein, er hätte mich *geerbt*?«

Connor sah sie lange und traurig an. »Jetzt tun Sie ihm unrecht, Kindchen, und ich glaube auch, Sie wissen es. Steves Absichten sind ehrenhaft. Alles, was er will, ist, Sie zu beschützen.«

»Wovor?«, höhnte Janice. »Vor sich?«

»Vielleicht der Wahrheit«, antwortete Connor ernst. »Sie kann manchmal wehtun, und umso mehr, wenn sie einem Dinge über einen geliebten Menschen verrät, die man nicht wissen will.«

»Sie reden von Joffrey.« Janice wollte einen Klang bösen Spottes in ihre Stimme legen, aber es misslang. »Sie kennen ihn doch gar nicht.«

»Das muss ich auch nicht«, erwiderte Connor. »Ich sehe, was er Ihnen angetan hat, und das allein reicht vollkommen, um mir ein Urteil über ihn zu bilden. Glauben Sie mir, er ist die Tränen nicht wert, die Sie um ihn weinen.«

»Er hat mir nichts *angetan*!«, erwiderte sie heftig. »Was immer Steve Ihnen über ihn erzählt hat, ist nicht wahr! Joffrey ist kein schlechter Mensch. Er würde niemals stehlen oder betrügen! Glauben Sie mir, so gut kenne ich ihn.«

»Das weiß ich nicht, und davon habe ich auch nicht gesprochen«, antwortete Connor. »Und es spielt auch keine Rolle. Ich sehe, was er Ihnen antut, und das allein reicht. Er hat Sie verlassen, ohne ein Wort der Erklärung, ohne einen Abschied. Es scheint ihm gleichgültig zu sein, wie sehr Sie leiden. Ein Mann, der einer Frau so etwas antut, kann sie nicht wirklich lieben.« Sie stand auf. »Ich erwarte nicht, dass Sie das jetzt schon verstehen, mein Kind. Glauben Sie einfach einer alten Frau, die genug Enttäuschungen erlebt hat. Und Sie sollten sich überwinden und etwas essen. Oder wenigstens etwas trinken.«

Nichts fiel Janice inzwischen schwerer, als ihrem Rat nicht zu folgen. Ihre Kehle fühlte sich an wie mit Sand gefüllt, und der Anblick der Kaffeetasse beanspruchte einen immer größeren Teil ihrer Aufmerksamkeit. Sie schüttelte den Kopf und wandte alle Kraft auf, um die Tasse demonstrativ von sich wegzuschieben. Connor seufzte abermals, enthielt sich aber jeglichen Kommentares, sondern wandte sich um und ging zur Tür. Als sie sie öffnete, rief Janice sie noch einmal zurück.

»Miss Connor.«

»Ellen«, verbesserte sie Connor zwar, drehte sich aber dennoch gehorsam zu ihr um.

»Ganz egal ob Ellen oder Miss Connor oder wie auch immer«, sagte Janice grimmig. »Ich *weiß*, was ich gesehen habe. Ich werde dieses Schiff finden, und wenn es sein muss, auch ganz allein.«

Connor seufzte. Aber sie sagte nichts mehr, sondern maß sie nur mit einem abschließenden, sehr traurigen Blick und ließ sie endgültig allein.

19

Alles in allem war es ein verlorener Tag gewesen, wie Janice in den späten Abendstunden begriff, und das einzig Positive daran war, dass sie mehr denn je entschlossen war, weder nachzugeben noch sich gar ohne Gegenwehr ihrem Schicksal zu fügen. Ganz im Gegenteil würde sie alles daransetzen, um Connor und Constable Nichols zum Trotz die Suche nach der IRONCLAD jetzt mit noch mehr Nachdruck zu betreiben. Das allerdings würde sie nicht offen tun können, und so war es vielleicht besser, wenn sie zunächst so tat, als gäbe sie klein bei – auch wenn das eigentlich gegen ihre Natur ging.

Ihr Zimmer war dunkel und still, obwohl sie nicht nur sämtliche Lampen entzündet und den verschlafenen Hotelmanager trotz der bereits weit vorgerückten Stunde gebeten hatte, ein Feuer in dem großen Kamin zu entzünden, das nicht nur für zusätzliche Beleuchtung sorgte, sondern es auch schon fast zu warm werden ließ. Obwohl Mitternacht längst vorbei war, hatte es sich der dienstbare Geist nicht nehmen lassen, ihr noch eine improvisierte Mahlzeit zu bringen. Sie hatte die Sandwichs und den schrecklich süßen Kuchen mit Heißhunger verschlungen und sich fest vorgenommen, weder das Wasser noch den Wein anzurühren, die es dazu gab. Bei dem Wasser war sie standhaft geblieben, schon weil es in einer offenen Karaffe kredenzt wurde.

Schließlich aber war ihr Durst einfach zu übermächtig geworden, und sie hatte ein Glas Wein getrunken; und praktisch sofort auch noch ein zweites. Danach war sie immer noch durstig, denn ihr ausgedörrter Gaumen hatte die wenigen Tropfen aufgesogen wie trockener Wüstenboden, auf den es seit einem Jahrhundert nicht mehr geregnet hatte, aber sie begann den Alkohol bereits zu spüren, und so ziemlich das Letzte, was sie sich wünschte, war, dass Connor oder gar Nichols hereinkamen und sie betrunken antrafen. Einen leichten Schwips hatte sie bereits. Und wenn sie die Wahl hatte, ihn gegen einen ausgewachsenen Rausch einzutauschen oder durstig zu bleiben, zog sie den Durst vor. Noch.

Und da war sie wieder, die Stimme der Logik, die sie mittlerweile fast schon zu hassen begann. Sie konnte so nicht weitermachen. Dehydrierung war ein Wort, das harmlos klang, aber fatale Folgen haben konnte. Gleich ob sie jenes schreckliche … *Ding* … im Wasser nun wirklich gesehen hatte oder nur einem bösen Spuk aufgesessen war, früher oder später würde sie trinken müssen, und sie konnte sich schwerlich für den Rest ihres Lebens auf Wein und andere Spirituosen verlegen. Und selbst wenn sie es versuchen sollte, dann würde dieser Rest wohl weder besonders lange dauern noch ihr gefallen.

Sie warf einen sehnsüchtigen Blick auf die angebrochene Weinflasche, die sie sorgsam wieder verkorkt hatte, und einen zweiten und nicht minder sehnsüchtigen Blick auf das noch immer unangetastete Bett und musste schon wieder gegen ein fast übermächtiges Bedürfnis ankämpfen. Sie war so müde. Statt dem jedoch nachzugeben, versuchte sie nur auf dem Stuhl in eine bequemere Position zu rutschen. Unbeschadet seines Aussehens war er bequem, kam ihr aber von Minute zu Minute mehr wie ein mittelalterlicheres Folterinstrument vor, das seinen Zweck ganz hervorragend erfüllte. Und natürlich meldete sich auch die Logik wieder zu Wort, die sie vorwitzig fragte, was eigentlich dagegensprach, sich auf dem Bett auszustrecken und sich wenigstens ein paar Stunden des Schlafes zu gestatten, den ihr Körper so dringend brauchte.

Die Antwort auf diese Frage befand sich auf der anderen Seite des Zimmers und war ein massiver Eichenstuhl, den sie unter die Klinke der Badezimmertür gewuchtet und so verkeilt hatte, dass sie bezweifelte, ihn auch wieder entfernen zu können.

Ein weiteres Problem, sagte die Stimme ihrer Logik. Dieses Mal klang sie eindeutig gehässig. Wenn sie konsequent so weitermachte, musste sie sich um ihren Ruf in der Öffentlichkeit nicht länger sorgen. Zu viel Wein zu trinken, wäre schon schlimm genug. Ungepflegt und übel riechend durch die Gegend zu torkeln würde dem Ganzen aber noch die Krone aufsetzen.

Janice machte ein abfälliges Geräusch und schenkte sich trotzig nicht nur ein weiteres Glas Wein ein, sondern stürzte es auch mit einem einzigen Zug herunter. Praktisch sofort meinte sie zu spüren, wie der Alkohol wirkte und sich die Gedanken hinter ihrer Stirn noch einmal schneller drehten. Sie wusste zwar, dass das nicht möglich war, wehrte sich jedoch auch nicht dagegen, sondern verkorkte die Flasche nur wieder sorgfältig, ließ den Kopf zurücksinken und schloss die Augen. Connor hatte ihr angeboten, ihr für den Rest der Nacht Gesellschaft zu leisten. Janice hatte das abgelehnt (was sie inzwischen längst bedauerte), und Connor hatte ihr lächelnd und mit spielerisch erhobenem Zeigefinger angedroht, sie eine Stunde vor Abfahrt des Zuges abzuholen und sie nötigenfalls mit Gewalt zu zwingen, ein kräftiges Frühstück zu sich zu nehmen. Bis dahin waren es noch immer etliche Stunden, und solange sie hier am Feuer und in sicherer Entfernung zum Bad und seinen schrecklichen Wasseranschlüssen blieb, konnte ihr nichts geschehen. Ein wenig Schlaf würde ihr gewiss guttun. Sie wehrte sich nicht mehr gegen die Müdigkeit, sondern hieß sie willkommen.

Gerade als sie spürte, wie ihre Gedanken zu zerfasern begannen, hörte sie das Geräusch.

Im ersten Moment war sie nicht einmal sicher, ob sie es wirklich gehört oder nur den ersten Schatten eines erwachenden Traums wahrgenommen hatte, doch dann wiederholte sich der Laut, und jetzt identifizierte sie ihn ganz eindeutig: Es war ein schweres Platschen und Schlurfen, ein Geräusch wie von etwas Großem und Triefendem, das aus dem Wasser stieg und ungelenk tastend und sondierend nach festem Halt suchte. Etwas Nasses und mit schleimigen Krakenarmen Behangenes, das mühsam zur Tür schlurfte und eine schwimmhäutige Pfote mit zu vielen Fingern nach der Klinke ausstreckte, und da …

Aber das ist doch vollkommen absurd!, maßregelte sie ihren eigenen Hang zum Drama, der wieder einmal dabei war, mit Zähnen und Klauen und einem giftigen Stachel über sie herzufallen, fuhr mit einem Ruck hoch und herum …

… und hätte geschrien, hätte das Entsetzen sie nicht zugleich auch komplett gelähmt.

Die Türklinke bewegte sich, bevor sie von der Lehne des Stuhls blockiert wurde, mit dem sie die Tür verkeilt hatte, aber *sie bewegte sich,* und auch das Schlurfen und Platschen war noch immer da, und dann erzitterte die gesamte Tür wie unter dem Schlag einer gewaltigen nassen Faust und dann noch einmal und noch einmal und mit immer nur noch weiter wachsender Kraft, und in der Tür erschien ein Riss, nicht breiter als ein Haar, aber fast über die gesamte Länge. Wieder bewegte sich die Klinke, und dieses Mal krachte sie mit der Gewalt eines Hammerschlages herab und ließ den Stuhl erbeben, und das war eindeutig zu viel.

Janice fuhr mit einem Schrei in die Höhe, stürzte zur Zimmertür, um auf den dahinterliegenden Flur hinauszufliehen, und konnte sich gerade noch zurückwerfen, bevor sie von der Türkante getroffen wurde, denn sie wurde in diesem Moment aufgestoßen, und Steve trat ins Zimmer.

»Janice? Was ist denn mit Ihnen los?«

Janice hielt das nicht nur für eine ausgesprochen dumme Frage, sondern glaubte auch keinen Sekundenbruchteil, dass er durch puren Zufall ausgerechnet in diesem Moment in ihr Zimmer platzte, und versuchte folglich an ihm vorbei und durch die Tür zu stürmen, doch Steve ergriff sie mit schon fast beleidigender Nachlässigkeit an der Schulter und wirbelte sie dergestalt herum, dass er mit einem Male hinter ihr stand und sie mit einem Arm an sich presste. Mit dem anderen schob er die Tür hinter sich wieder ins Schloss.

»Lassen Sie mich los!«, keuchte sie. »Steve, was fällt Ihnen ein? Wir müssen hier raus! Schnell!«

»Aber jetzt beruhigen Sie sich doch erst einmal«, sagte Steve. »Sie hatten einen schlimmen Traum, das ist alles.«

Janice versuchte sich mit aller Kraft loszumachen, aber natürlich war Steve viel zu stark für sie. Sie hätte geschrien, wäre sie nicht zugleich auch sicher gewesen, dass ihr Steve dann den Mund zugehalten hätte. So keuchte sie nur: »Bitte, Steve! Wir müssen weg! Etwas ist im Bad!«

Statt sie loszulassen, schlang Steve den Arm nur noch fester um sie und bugsierte sie mit seinem eigenen Körper wieder ins Zimmer zurück und in Richtung Bad. Janice' Angst explodierte regelrecht und erfüllte sie mit der absoluten Kraft der Verzweiflung, doch nicht einmal das reichte, um sich loszureißen. Jetzt wollte sie schreien, damit … *irgendjemand* … kam und sie aus diesem Albtraum aufweckte, doch sie konnte es nicht. Praktisch mühelos und sie noch immer nur mit einem Arm haltend, schleifte Steve sie zum Bad, streckte die freie Hand nach dem Stuhl aus und schleuderte ihn davon, und die Klinke wurde mit solcher Gewalt nach unten gerammt, dass sie hören konnte, wie der Mechanismus dahinter zerbrach.

»Um Himmels willen, Steve!«, keuchte sie. »Da drinnen ist …!«

»Nichts, was Sie fürchten müssten«, unterbrach sie Steve. Zugleich zog er sie wieder ein gutes Stück von der Tür weg. Nasse Schatten bewegten sich dahinter, als sie einen Spaltbreit aufsprang. Janice bäumte sich mit aller Gewalt auf, doch sein Griff war wie rostiges Eisen, und die Tür schwang ganz langsam noch weiter auf. Der Schatten dahinter gewann an Substanz und wurde feuchter. Sie wollte schreien, doch sie konnte es immer noch nicht. Alles, was sie hervorbrachte, war ein halb ersticktes Wimmern. »Steve, bitte! Da ist …«

»Nichts, wovor Sie sich fürchten müssten«, unterbrach sie Steve erneut. »Sehen Sie! Es ist doch nur Joffrey.«

Die Tür ging weiter auf, und die Gestalt trat ins schwache Licht des Zimmers herein und glitt und floss zugleich weiter zusammen. Janice' Herz übersprang einen Schlag und hämmerte dann rasend und unregelmäßig weiter. Sie konnte nicht mehr atmen, so wenig wie denken, und es wurde nur noch einmal schlimmer, als die Erscheinung ihre missgestalteten Hände hob und die Kapuze der bizarren Mönchskutte zurückschlug. Es war Joffrey und zugleich auch wieder nicht.

Alles an seinem Gesicht war vorhanden und so, wie sie es in Erinnerung hatte, und zugleich doch so fremdartig und *falsch*, wie es überhaupt nur sein konnte, auf unmöglich in Worte zu fassende Weise verzerrt und derangiert, was in seiner Gesamtheit einen so fürchterlichen Eindruck ergab, dass sie ihn kaum ertrug. Nichts in seinem Gesicht schien fest zu sein, fast als wollten seine Züge unentwegt ihre Form verlieren und ineinanderfließen und würden von einer unsichtbaren Kraft und nur noch mit Mühe daran gehindert.

Sie spürte, wie nun doch ein gellender Schrei in ihrer Kehle emporsteigen wollte, und bäumte sich erneut auf, doch Steve hielt sie nicht nur weiter mit eiserner Kraft fest, sondern legte ihr nun auch die andere Hand über Mund und Gesicht, sodass sie zwar noch mit Mühe atmen konnte, aber keinen Laut mehr hervorbekam.

Die schiere Empörung über diese Ungeheuerlichkeit gab ihr die Kraft, eine Hand loszureißen und nach oben zu greifen, um mit den Fingernägeln durch sein Gesicht zu fahren. Steve grunzte vor Schmerz, doch statt sie loszulassen, verstärkte er seinen Schraubstockgriff nur noch, sodass sie meinte, das Knacken ihrer brechenden Rippen hören zu können, und ein scharfer Schmerz durch ihren Rücken schoss.

»Janice, bitte! Beruhige dich! Dir droht keine Gefahr! Niemand will dir etwas tun!«

Eine geschlagene Sekunde verging, bevor ihr klar wurde, dass es nicht Steve gewesen war, der diese Worte sprach, sondern Joffrey. Das *Ding*, von dem Steve behauptet hatte, es wäre Joffrey.

»Beruhige dich, bitte. Ich werde dir alles erklären, hab keine Angst!«

Janice war schon immer der Meinung gewesen, dass der sicherste Weg, jemandem Angst zu machen, darin bestand, ihm nur nachdrücklich genug zu versichern, dass es keinen Grund dafür gebe, und es funktionierte auch diesmal. Statt Atem abschnürender Furcht explodierte schiere Panik hinter ihrer Stirn. Sie versuchte ihre Hand loszureißen, um Steves Augen auszukratzen und trat ihm gleichzeitig so fest mit dem Absatz auf die Zehen, wie sie nur konnte. Der Attacke auf sein Augenlicht entging er durch ein blitzschnelles Drehen des Kopfes, doch ihr Fuß traf, wofür sie mit einem neuerlichen schmerzerfüllten Grunzen belohnt wurde. Sein Griff verstärkte sich jedoch nur noch einmal, und jetzt bildete sie sich nicht nur ein, ihre Rippen knacken zu hören. Es tat so weh, dass ihr die Tränen in die Augen schossen.

Das Joffrey-Ding machte eine knapp-befehlende Geste (sie hatte das schreckliche Gefühl, halb durchsichtige fahle Schwimmhäute zwischen seinen Fingern zu gewahren, die kurz unter den weiten Ärmeln seiner Mönchskutte aufblitzten), und Steve lockerte seinen Griff immerhin weit genug, dass sie wieder atmen konnte. Ganz kurz dachte sie daran, ihm auch noch auf den anderen Fuß zu treten, aber dann würde er ihr womöglich das Rückgrat brechen, also ließ sie es bleiben.

Das Allerschlimmste war vielleicht, dass sie von Joffrey keine Hilfe zu erwarten hatte. Seine auf gleiche Weise fremdartigen wie schrecklich vertrauten Augen musterten sie auf eine Art, die sie nicht deuten konnte, die aber keinen Beistand versprach. Vielleicht nicht einmal Mitleid.

»Beruhige dich, Janice«, sagte er. »Ich möchte nicht, dass Steve dir wehtut, aber das wird er müssen, wenn du dich weiter so gebärdest.«

Es waren nicht einmal die Worte, so grässlich sie ihr auch vorkommen mochten. Nicht einmal mehr seine Stimme war noch so, wie sie sein sollte. Da … war noch etwas, wie eine zweite, lautlose Stimme, die seinen Worten noch eine unhörbare Facette und dem Gesagten einen unheimlichen Sinn hinzufügte.

Vielleicht auch einen, der nur für sie unhörbar war, denn Steve zog sie nun um dieselbe Distanz zurück, die sich Joffrey (sie musste sich zwingen, ihn auch nur in Gedanken so zu nennen) aus dem Bad herausbewegt hatte, sodass er nun mit dem Rücken schon fast wieder die Tür berührte. Joffrey kam nicht mehr näher, und vielleicht konnte er das auch gar nicht, denn hinter ihm im Bad schien noch etwas zu sein, etwas Dunkles und Waberndes und sehr Großes, das wie mit einer grässlichen Nabelschnur mit ihm verbunden schien. Und als wäre das allein noch nicht schlimm genug, war es ihr mit einem Male nicht mehr möglich, sein Gesicht genauer anzusehen, so als scheute selbst das Licht des Kaminfeuers und all der Lampen, die sie angezündet hatte, davor zurück, es zu berühren. Und kam es ihr nur so vor, oder war das Licht allgemein schwächer geworden, und brannten die Flammen im Kamin jetzt weniger hoch?

»Versprichst du mir, vernünftig zu sein?«, fragte Joffrey. »Bitte schrei nicht. Es besteht kein Grund dazu. Ich erkläre dir alles, was du wissen musst, aber du musst mir zuhören. Versprichst du mir das?«

Janice nickte zwar, aber das hatte keinerlei Bedeutung. Aus weit aufgerissenen Augen starrte sie Joffrey an, lauschte dem rasenden Hämmern ihres Herzens und versuchte verzweifelt zu verstehen, was sie sah. Das war nicht Joffrey. Er war es und zugleich auch nicht, denn es war ganz eindeutig nicht der Joffrey, nach dem sich ihr Herz so verzehrt und nach dem sie so lange gesucht hatte. Er hatte sein Gesicht, seine Stimme und seine Augen, und im gleichen Maße hatte er so wenig mit dem wahren Joffrey gemein, wie es nur ging, denn alles an ihm war einfach *falsch.*

»Steve hat dir meinen Brief gegeben«, begann er. »Und du hast ihn gelesen, nicht wahr?«

Sie bestätigte das ebenfalls mit einem Nicken – vielleicht zwang Steve sie auch dazu, das konnte sie nicht sagen –, und eine Aura von Traurigkeit umgab das schattenhafte Abbild Joffreys für einen unendlich kurzen Augenblick und zerfloss dann wieder. »Du hättest es dabei bewenden lassen sollen«, sagte er leise. »Du darfst nicht länger nach mir suchen, Janice. Ich weiß, was ich damit von dir verlange, aber du musst mir einfach glauben, dass es der einzige Weg ist.«

»Der einzige … Weg … wohin?«, brachte sie mühsam heraus.

»Am Leben zu bleiben, Janice. Für dich, aber auch für Steve und mich und Connor und sehr viele andere Menschen. Du darfst nicht länger nach mir suchen. Etwas Schreckliches könnte geschehen, wenn du es tätest.«

Und das klang nun so eindeutig nach einem Satz aus einem ihrer geliebten Schundromane, dass sie trotz allem um ein Haar aufgelacht hätte. Doch gerade als sie ihm diese Worte entgegenschleudern wollte, trafen sich ihre Blicke, und da war etwas in seinen

Augen, das ihr schier die Kehle zuschnürte. Noch immer dieses unsagbar Fremde und Unmenschliche, aber auch ein so großer Ernst, dass ihr seine Worte mit einem Mal überhaupt nicht mehr lächerlich vorkamen.

»Was soll das … heißen?«, murmelte sie mit belegter Stimme. Ihr Herz klopfte noch immer wie verrückt, inzwischen aber aus gänzlich anderen Gründen.

»Es ist mir verboten, dir mehr zu erzählen, als du ohnehin schon weißt«, antwortete Joffrey, und auch diese Worte erschienen ihr im gleichen Maße lächerlich wie von einer solchen Bedrohlichkeit, dass ihr schwindelte. Sie wollte lachen, schreien, irgendetwas tun, aber alles, was sie konnte, war, ihn weiter anzustarren, und Joffrey fuhr fort: »Schon dass ich hier bin und mit dir rede, bringt uns alle in Gefahr, und allen voran dich, Janice.«

»Aber warum …?«

»… ich es dann tue?«, fiel ihr Joffrey ins Wort. Die grässliche Nabelschnur, die ihn mit der flüssigen Dunkelheit hinter ihm verband, schien zu pulsieren, ein unwilliges Zucken, als versuchte sie ihn an etwas zu hindern oder gar in die nasse Schwärze zurückzuziehen, die den Raum verschlungen hatte, der eigentlich hinter ihm sein sollte. Er seufzte. Es klang so falsch wie alles an ihm, aber zugleich auch unendlich traurig. »Weil ich dich liebe, Janice. Das habe ich immer getan und werde es immer tun, aber gerade deshalb musst du aufhören, nach mir zu suchen. Ich könnte es nicht ertragen, wenn dir etwas zustieße.«

»Wenn mir etwas … zustieße?«, wiederholte sie. Was sollte das sein? Eine Drohung?

»Es ist alles und ganz allein meine Schuld«, antwortete Joffrey. »Ich habe mich mit … Mächten eingelassen, mit denen ich mich niemals hätte einlassen dürfen. Ich war dumm, so unendlich dumm. Ich wünschte mir, ich hätte den Tod gefunden. Das hätte alles um so vieles einfacher gemacht. Für mich, aber auch für dich und viele andere. Aber ich habe überlebt, und nun ist alles so viel komplizierter geworden und so viel gefährlicher.«

»Was soll das alles bedeuten?«, murmelte Janice. »Ich verstehe nicht, wovon du redest.«

»Und wie könntest du auch«, seufzte Joffrey. Er schüttelte traurig den Kopf, aber vielleicht kam es Janice auch nur so vor, weil sich der flüssige Schemen zur Gänze bewegte, aus dem er bestand. »Ich wollte, ich könnte es dir erklären, aber das darf ich nicht. Ich kann dich nur anflehen, mich zu vergessen.«

Das ergab noch weniger Sinn als alles andere, was er gesagt hatte. Ihre Kehle war wie zugeschnürt, doch als hätte er ihre Gedanken gelesen, sagte Steve hinter ihr: »Damit machst du es nur schlimmer, Joffrey. Das weiß sogar ich, und du solltest sie besser kennen.«

»Ich kann … durchaus für … für mich selber sprechen«, sagte Janice stockend. Ihre Stimme bebte vor Zorn, doch im Grunde war sie Steve für seine anmaßenden Worte dankbar, denn sie hatten sie auch zornig genug gemacht, um die Fesseln aus Angst und Verwirrung zu sprengen, die sie gelähmt hatten.

»Ja, das weiß ich.« Etwas, dem es nicht wirklich gelang, ein Lächeln zu werden, erschien auf Joffreys Gesicht und erlosch wieder, als er ihrem Blick begegnete.

»Aber Steve hat auch recht, fürchte ich. Du wirst dich nicht damit zufriedengeben.«

Natürlich wusste sie, dass es ein Fehler war, aber Steve *hatte recht*. Sie konnte nicht anders, als den Kopf zu schütteln.

»Und doch musst du es«, sagte Joffrey. »Es gibt Mächte auf dieser Welt, die anders sind als alles, was du dir auch nur vorstellen kannst, Janice. Gefährlicher als alles, was du dir vorstellen kannst. Ich habe mich mit diesen Mächten eingelassen, ohne zu ahnen, was ich tue oder welche Folgen es für mich und alle haben könnte, die ich kenne.«

»Mächte«, wiederholte Janice.

In ihrer Stimme musste wohl ein größerer Anteil von Spott gewesen sein, als sie selbst hörte – geschweige denn beabsichtigte –, denn Steve sog hörbar die Luft ein, und Joffrey wirkte noch einmal trauriger.

»Sie haben unzählige Namen, und die Menschen haben ihnen noch mehr gegeben. Manche nennen sie die Tiefen Wesen, andere Wyrm oder die Alten. Ihr Name ist Legion, und sie waren schon hier, lange bevor es Menschen auf dieser Welt gab. Das ist alles, was ich dir sagen kann, und zugleich schon mehr, als ich dir überhaupt sagen dürfte. Ich flehe dich an, Janice, hör auf, nach mir zu suchen und Fragen zu stellen, denn sie wachen eifersüchtig über ihr Geheimnis.«

Ganz gleich, wie sehr sie diese Worte auch erschreckten, sie waren zugleich auch so theatralisch übertrieben, dass sie ein hysterisches Lachen nicht mehr ganz unterdrücken konnte. »Das ... das ist doch verrückt!«, stammelte sie. »Was soll das? Machst du dich über mich lustig?« Sie versuchte sich loszureißen, doch Steve hielt sie weiter unerbittlich fest. »Sag die Wahrheit, wenigstens jetzt! Was steckt dahinter? Eine andere Frau? Sag es mir wenigstens!«

»Es *ist* die Wahrheit, Janice«, sagte Joffrey traurig. »Du darfst nicht weiter nach mir suchen, und du musst aufhören, Fragen zu stellen. Bisher konnte ich dich beschützen, aber ich weiß nicht, wie lange noch. Ich werde ...« Er legte eine Pause ein, und als er nach einer schieren Ewigkeit weitersprach, konnte sie spüren, wie schwer es ihm fiel. »Ich habe ihren Ruf gehört, Janice. Ich werde nicht mehr lange hier sein, um meine schützende Hand über dich zu halten. Ich weiß, dass Steve alles täte, um dich zu beschützen, aber da ist leider nicht allzu viel, was er tun kann. Vergiss mich, Janice. Ich bitte dich noch einmal um dasselbe wie in meinem Brief: Vergiss mich. Vergiss, dass es mich jemals gegeben hat, und fang ein neues Leben an.«

»Ja, und am besten mit Steve, nicht wahr?«, fragte sie böse. Sie versuchte zum dritten Mal, sich loszureißen, und jetzt musste Steve sie mit solcher Kraft festhalten, dass sie vermutlich hässliche blaue Flecken davontrug. »Wie sieht euer Handel aus? Seid ihr so gute Freunde, dass er sich ganz selbstlos für dich opfert, damit er dir mich vom Hals hält, oder war das seine Bedingung?«

»Janice, ich ...«

»Du willst, dass ich aufhöre nach dir zu suchen?« Sie wollte schreien, doch ihre Stimme wurde ganz im Gegenteil leiser, gewann jedoch auch im gleichen Maße an Schärfe. »Du willst mich nicht mehr sehen? Gut! Aber dann hab wenigstens den Anstand mir zu sagen, warum. Ist es eine andere Frau? Ist sie schöner als ich oder reicher? Oder gibt sie dir, was du von mir noch nicht bekommen hast?«

Die Worte sollten verletzen, und sie taten es. Joffrey sah sie sehr lange und sehr traurig an, dann senkte er den Kopf und seufzte noch trauriger. Das schattenhafte Band, das ihn mit der Düsternis jenseits der Tür verband, pulsierte wie im Takt eines kleinen, schnell schlagenden Herzens. »Eine andere Frau?«, fragte er bitter. »Aber welche andere Frau würde mich denn so wollen?«

Und damit öffnete er seinen Mantel, und als Janice sah, was darunter zum Vorschein kam, schwanden ihr augenblicklich die Sinne.

20

Etwas Kaltes und unangenehm Schweres lag auf ihrer Stirn, als sie erwachte, und da es noch dazu nass war, war ihr allererster Impuls, es beiseitezuschlagen. Möglicherweise wäre es ihr auch gelungen, hätte nicht eine raue Hand nach ihr gegriffen und ihren Arm ebenso sanft wie mit einer Kraft festgehalten, der sie nichts entgegenzusetzen hatte.

Janice öffnete die Augen und war nicht im Geringsten überrascht, in Connors besorgtes Gesicht zu blicken. Allenfalls fragte sie sich, was Connor in ihrem Traum zu suchen hatte. Dann begriff sie selbst, wie verdreht dieser Gedanke war, und versuchte zu lächeln, aber Connors Reaktion nach zu urteilen schien es wohl bei dem Versuch zu bleiben.

»Ich weiß, es ist eine dumme Frage, mein Kind«, Connor hielt ihr Handgelenk eisern fest, »aber wie fühlen Sie sich?«

»Joffrey«, murmelte sie mit einer belegten Stimme, die nicht so klang, als wäre es ihre eigene. »Wo ist … Joffrey?«

Connor antwortete nicht auf diese Frage, aber der Anteil von Trauer in ihrem Blick wurde noch einmal größer, und eine andere Stimme sagte: »Ich habe Ihnen gesagt, dass sie ständig seinen Namen geschrien hat.«

»Ich habe es gehört, ja. Es war laut genug.« Connor antwortete dem unsichtbaren Sprecher, aber ihr Blick ließ Janice' nicht los. »Es muss ein schlimmer Traum gewesen sein.«

»Kein … Traum«, brachte sie mühsam heraus. Es war nicht nur die Benommenheit, die es ihr so schwer machte zu reden. Sie hatte immer noch Durst, mehr denn je sogar, und immer noch Angst davor zu trinken, jetzt sogar weitaus mehr als gestern. Außerdem erkannte sie nun die andere Stimme, auch wenn es ihr immer noch nicht gelang, auch nur den Kopf zu drehen und zu Steve hochzublicken, der auf der anderen Seite des Bettes stand.

»Es war … kein Traum. Joffrey war hier. Oder jemand … wie er. Etwas.«

Selbstverständlich wusste sie, wie wenig klug diese Bemerkung war, auch schon bevor Connor die Augenbrauen hob und mit beredter Betonung wiederholte: »Etwas *wie er?*«

»Ich weiß, wie sich das anhört, aber fragen Sie Steve. Er hat ihn auch gesehen.«

Connor fragte Steve nicht, aber sie sah noch einmal besorgter aus, und Janice ließ einige weitere Augenblicke verstreichen, in denen sie Kraft sammelte, bevor sie sich in eine halb sitzende Position hochstemmte. Connor versuchte nicht, sie daran zu hindern, aber sie wirkte mit einem Male angespannt und bereit, sie aufzufangen, sollten sie die Kräfte verlassen.

Oder auch festzuhalten, sollte sie aufstehen wollen.

Sie drehte den Kopf weit genug, um Steve anzusehen. Ihr Nacken tat dabei so weh, als hätte sie etliche Stunden lang nicht nur versucht, auf einem Hufeisen zu schlafen, sondern es unglückseligerweise auch geschafft. Allzu lange konnte sie allerdings nicht besinnungslos gewesen sein, denn vor dem Fenster herrschte noch immer tiefe Nacht, und auch das Feuer im Kamin war noch nicht sichtbar heruntergebrannt. Selbst die Kratzer auf Steves Wange waren gerade erst frisch verschorft. Der Anblick erinnerte sie an etwas, das …

Janice fuhr so erschrocken zusammen, dass sich Connor nicht nur instinktiv spannte, sondern auch die Hände hob und mehr als nur bereit aussah, von ihrem Stuhl aufzuspringen. Steve sah ein bisschen erschrocken aus und eindeutig mehr als nur *ein bisschen* lauernd.

»Was haben Sie, mein Kind?«, fragte Connors.

»Nichts«, antwortete Janice. »Es ist. Nichts. Ich war nur …«

»Ich verstehe«, seufzte Connor, als sie den Satz nicht beendete, sondern Steve nur unverwandt weiter anstarrte. »Die Ärmste. Das muss wirklich ein schlimmer Traum gewesen sein. Diese Stadt hinterlässt aber auch wirklich keinen guten Eindruck bei Ihnen.«

»Sagen Sie es ihr, Steve«, sagte Janice.

»Was?«, fragte Connor.

»Dass Joffrey hier war«, antwortete Janice. »Oder wenigstens etwas, von dem Sie behaupten, dass es Joffrey war.«

»Sie wissen schon, wie sich das anhört, oder?«, fragte Connor sanft.

»Sie sind durcheinander, Janice«, antwortete Steve. »Nach allem, was Sie durchgemacht haben, ist das auch nur zu verständlich. Sie müssen sich vor allem erst einmal beruhigen.«

»Joffrey war hier«, beharrte sie. »Ich habe mit ihm gesprochen, Steve, und Sie waren dabei. Er hat mir von diesen … *Tiefen Wesen* erzählt, und Sie haben mich festgehalten und gezwungen, mir all diesen Unsinn anzuhören. Warum lügen Sie, Steve?«

Ihre innere Stimme, die ihr riet, lieber nichts mehr zu sagen, wurde immer drängender, aber sie war nicht in der Stimmung, auf sie zu hören – und wahrscheinlich wäre es ohnehin viel zu spät gewesen. Steve sah sie nur weiter ausdruckslos an, aber Connor seufzte: »Seien Sie nicht so streng mit Mister Waiden, mein Kind. Er hat es nur gut mit Ihnen gemeint. Sie sollten sich bei ihm bedanken. Wer weiß, was passiert wäre, wäre er nicht rechtzeitig hier aufgetaucht.«

»Ja«, sagte Janice, ohne Steve auch nur einen halben Sekundenbruchteil lang aus den Augen zu lassen. »Wer weiß.«

Connor setzte zu einer Antwort an, doch in diesem Moment klopfte es an der Tür, und statt etwas zu sagen, stand sie auf und ging hin, um aufzumachen.

Draußen stand ein kleiner Mann in schäbiger Kleidung, einer abgewetzten Melone und einem noch ungleich zerschlisseneren

Arztkoffer in der Rechten. Connor wechselte ein paar geflüsterte Worte mit ihm, die Janice nicht verstand und auf die er mit einem knappen Nicken reagierte, woraufhin er sich forschen Schrittes an ihr vorbeidrängte und Janice ansteuerte.

»Miss Land! Mein Name ist Daniels. Doktor Daniels, um genau zu sein, aber auf Titel legt hier bei uns niemand wert.« Zwei Schritte vor ihr blieb er stehen, hielt ihr die ausgestreckte Hand hin und fügte hinzu: »Wir kennen uns bereits, auch wenn ich fürchte, dass es ein wenig einseitig ist.«

Janice starrte seine Hand an, und nachdem sie es ungefähr zehn Sekunden lang getan hatte, zog er den Arm zurück; ein kleines bisschen peinlich berührt, wie es ihr vorkam.

»Wie fühlen Sie sich, Miss Land?«, fuhr er fort. »Miss Connor hat mir gesagt, dass Sie ... einen schlimmen Traum hatten? Und sich weigern, irgendetwas zu sich zu nehmen?«

Selbstverständlich verweigerte ihm Janice auch diesmal eine Antwort, hatte aber zugleich das Gefühl, dass er nichts anderes erwartet hatte. Einen Augenblick lang stand er reglos und wie tief in sich versunken da, dann stellte er seine Tasche übertrieben heftig auf den Tisch und klappte sie auf.

»Was immer Sie vorhaben, Doktor, es ist nicht notwendig. Es tut mir leid, dass man Sie mitten in der Nacht hergeholt hat, noch dazu vollkommen umsonst.«

»Ich würde Sie gerne noch einmal untersuchen«, sagte Daniels. »Und sei es nur, um sicher zu sein, dass es wirklich umsonst war.«

»Das wird nicht notwendig sein, Doktor«, beharrte Janice. »Ich fühle mich nicht krank.«

»Das ist das Problem mit Untersuchungen, Janice«, gab der Arzt lächelnd zurück. »Was dabei herauskommt, das weiß man immer erst hinterher.«

»Es wird kein Hinterher geben«, sagte Janice. »Ich fühle mich gut und brauche keinen Arzt, danke.«

»Und das ist das Problem mit uns Ärzten«, erwiderte Daniels, immer noch mit einem Lächeln, von dem sie mittlerweile mutmaßte, dass man es ihm schon vor Jahrzehnten mit einem Messer ins Gesicht geschnitten hatte, worauf es zu hartem Narbengewebe erstarrt war. »Dass man uns braucht, weiß man zumeist auch erst dann, wenn es eigentlich schon fast zu spät ist.«

»Das mag sein«, antwortete Janice. »Aber soviel ich weiß, ist man in diesem Land nicht verpflichtet, sich gegen seinen Willen ärztlich untersuchen zu lassen.«

»Jetzt verstehen Sie den guten Doktor aber falsch, mein Kind«, mischte sich Connor ein. »Er ist einfach nur in Sorge um Sie, das ist alles. Wir alle sind in Sorge um Sie.«

»Wie rührend«, sagte Janice. »Aber ich möchte trotzdem nicht, dass mich irgendjemand anfasst.«

»Nach dem, was Sie durchgemacht haben, kann ich das durchaus verstehen«, sagte Daniels. Er nahm auf dem Stuhl ihr gegenüber Platz. »Und da ist auch gar nichts, was Sie befürchten müssen, Miss Land. Ich habe Sie ja vergangene Nacht schon einmal gründlich untersucht und festgestellt, dass Sie nicht ernsthaft verletzt sind. Ich möchte nur Ihren Puls fühlen und Ihren Herzschlag abhören, und schon sind Sie mich wieder los.«

Ganz spontan wollte sie natürlich – empört – *Nein* sagen, aber nun und unwillkommen meldete sich ihre Logik zurück. Sie konnte sich weigern, und rein gar nichts würde geschehen, aber bestimmt nur zu weiteren endlosen Diskussionen führen und so ganz nebenbei auch dazu, dass Connor und die anderen sie endgültig für übergeschnappt halten würden. Was vergab sie sich schon, wenn sie ihm erlaubte, ihren Puls zu fühlen?

Wortlos (wenn auch mit einem wirklich unguten Gefühl) stand sie auf, ging zum Tisch und ließ sich daran nieder, dann streckte sie den linken Arm aus, und Daniels beugte sich ächzend über den Tisch und legte Zeige- und Mittelfinger auf ihre Pulsader, um mit angestrengter Mimik zu lauschen. Janice versuchte vergebens in seinem Gesicht zu erkennen, was er von dem Ergebnis hielt.

Umständlich kramte er ein abgegriffenes Stethoskop aus seinem Arztkoffer und hörte ihren Herzschlag ab, ohne dass sie ihr Kleid öffnen musste, und schließlich blickte er durch eine kleine Linse in ihre Augen und tastete mit spitzen Fingern ihren Hals ab. Seine Berührung war unangenehm.

»Nun?«, fragte sie, nachdem er sich zurückgelehnt und seine

Utensilien wieder in seinem Arztkoffer verstaut hatte. »Zu welchem Ergebnis sind Sie gekommen, Doktor? Ist es besser, wenn Sie mich gleich einschläfern, um mir unnötiges Leid zu ersparen?«

»Jedenfalls noch nicht sofort«, erwiderte Daniels mit einem flüchtigen Lächeln, das seine Augen ausließ. »Körperlich scheint Ihnen nichts zu fehlen. Vielleicht ein wenig erhöhte Temperatur, aber das kann auch an den erlittenen Strapazen liegen.«

»Aber?«, fragte Janice.

»Was bringt Sie auf die Idee, dass es ein *Aber* gibt?«

»Gibt es das nicht immer, wenn man einen Arzt nach seinem Gesundheitszustand fragt?«

»Selbstverständlich«, antwortete Daniels todernst. »Schließlich muss auch unser Berufsstand von irgendetwas leben, nicht wahr? Wo kämen wir hin, wenn wir nur gesunde Patienten hätten?«

Janice lachte pflichtschuldig, doch dann entgleiste ihr Lachen, als sein gestärkter Kragen ein wenig verrutschte, sodass sie die wulstige rote Narbe sehen konnte, die sich darunter verbarg. Hatte denn jeder in dieser Stadt irgendeine schlecht verheilte alte Verletzung?

Vermutlich war die Antwort ja. Die relative Nähe einer so großen Stadt wie Boston ließ wohl zu schnell vergessen, dass die Zeit in Ipswich quasi stehen geblieben war. Die Menschen hier waren anders – und zumindest, wenn sie Morton und diesen absonderlichen Constable als Beispiel nahm, nicht unbedingt schlauer – und achteten möglicherweise nicht in dem Maße auf ihre Gesundheit und ihr Aussehen, wie es gut wäre.

»Aber?«, fragte sie noch einmal.

Daniels wackelte mit dem Kopf. »Manchmal sind gerade die Verletzungen die schlimmsten, die man nicht sieht. Sie haben in den letzten Tagen eine Menge mitgemacht, wie man mir gesagt hat. Nicht nur diese unschöne Geschichte vergangene Nacht.«

»So schlimm war es nun auch wieder nicht.«

»Ja, auch das hat man mir gesagt«, seufzte Daniels. »Dass Sie eine außergewöhnlich willensstarke junge Frau sind. Vielleicht sogar ein wenig *zu* willensstark für eine so zarte Person, wie Sie es nun einmal sind.« Er klappte seine Tasche wieder auf, kramte eine

Weile selbstvergessen darin herum, und Janice' Augen weiteten sich, als sie die große Injektionsspritze sah, die er herausholte.

»Was haben Sie vor?«, fragte sie alarmiert.

»Nichts, was Sie beunruhigen müsste«, antwortete Daniels. »Das wird Sie ein wenig beruhigen, und es gibt Ihnen Kraft.«

»Wenn Sie mir mit dem Ding auch nur noch einen Zoll näher kommen, dann werden sie herausfinden, wie viel Kraft in einer so zarten Person steckt«, versprach Janice.

»Es ist wirklich nur ein Stärkungsmittel und etwas zur Beruhigung«, beharrte Daniels, indem er die Spritze gegen das Licht hob und den Kolben nach oben drückte, woraufhin ein einzelner, ölig glänzender Tropfen an der Nadel hinablief. Janice hatte nie begriffen, warum Ärzte das ständig taten, und sie fragte auch jetzt nicht danach.

»Ich möchte keine Spritze, Doktor Daniels«, sagte sie ruhig.

Daniels machte ein trauriges Gesicht, und Steve, der sich entgegen seiner Art bislang im Hintergrund gehalten hatte, machte einen Schritt in den Raum hinein. »Ich habe Ihnen gesagt, dass sie ein bisschen störrisch ist«, sagte er, wobei er das Kunststück fertigbrachte, Daniels unverwandt und sehr ernst anzusehen, ihr zugleich aber ein verschwörerisches Augenzwinkern zukommen zu lassen. Glaubte er etwa im Ernst, dass sie das *lustig* fand?

»Nun ja, das ist das Vorrecht der Jugend«, sagte Daniels gönnerhaft. Er sah nun wieder Janice direkt an. »Was Sie jetzt vor allem brauchen, ist ein wenig Ruhe, glauben Sie mir. Wenn Sie ein wenig Abstand gewonnen haben, dann sehen Sie alles in einem anderen Licht.«

»Sie werden mich nicht anrühren!«, sagte Janice scharf.

»Sie sollten auf sie hören, Doktor«, sagte Steve. »Glauben Sie mir, Janice kann sehr energisch werden, wenn es sein muss.« Er zwinkerte ihr noch einmal und auf dieselbe lächerlich-verschwörerische Art zu, und sie reagierte auch jetzt wieder so darauf, wie beim ersten Mal, nämlich gar nicht. Wenigstens hoffte sie, ihn nicht allzu feindselig anzufunkeln.

Wenn, dann beeindruckte es ihn jedenfalls nicht sonderlich. Er nickte Daniels nur noch einmal sehr ernst zu und schlenderte um den Tisch herum und an ihre Seite, um wie zufällig schräg hinter ihr stehen zu bleiben. Janice spürte, dass er dazu ansetzte, ihr die Hand auf die Schulter zu legen, sich aber dann doch noch eines Besseren besann; was zweifellos gut für ihn war.

»Sie hatten mir zwar gesagt, dass Ihre Freundin einen starken Willen hat, aber nicht, dass sie unvernünftig ist.« Daniels Blick wurde strafend. »Dabei machen Sie im Grunde doch einen sehr vernünftigen Eindruck, meine Liebe.«

»Ist das hier eigentlich so üblich?«, fragte Janice.

»Was?«

»Alle Fremden Liebes oder Kindchen zu nennen.«

Daniels seufzte wie ein Vater, dessen Tochter sich wieder einmal besonders störrisch anstellte. Schließlich nickte er. »Miss Land, selbstverständlich. Bitte verzeihen Sie, aber ich mache mir in der Tat ein wenig Sorgen um Sie.«

»Haben Sie nicht gerade erst gesagt, dass mir nichts fehlt?«

»Ich sagte, dass Sie körperlich einigermaßen gesund zu sein scheinen«, verbesserte sie Daniels. »Und selbst das ist nur eine erste Einschätzung. Das heißt nicht, dass mit Ihnen alles in Ordnung wäre.«

»Und was heißt es dann?«

Statt zu antworten, wandte sich Daniels an Steve, der unverrückt seine Position hinter ihr hielt. Sie fragte sich, ob das Zufall war. Sie fragte sich auch, ob sie allmählich einen ausgewachsenen Verfolgungswahn entwickelte. »Sie sagten, sie weigert sich, Nahrung zu sich zu nehmen oder auch nur etwas zu trinken?«

Janice sah nicht hin, aber sie spürte, wie Steve die Schultern hob, und schloss aus Daniels Reaktion, dass er nur auf das Tablett mit dem frischen Essen deutete, das sie bisher nicht angerührt hatte.

»Aber das ist nicht gut, glauben Sie mir«, sagte der Arzt. »Essen und Trinken halten Leib und Seele zusammen.«

»Tatsächlich? Und was kommt als Nächstes? Ein paar Bibelverse?« Janice blickte über die Schulter zu Steve hoch. »Was soll dieser Unsinn?«

»Die Betonung liegt in diesem Fall wohl eher auf *Seele*«, antwortete Daniels. »Mister Waiden hat mit erzählt, was mit Ihrem Verlobten geschehen ist und weshalb Sie hier sind. Und wenn man dann noch in Betracht zieht, was Ihnen gestern Nacht widerfahren ist …«

»Ich bin weder verrückt, noch leide ich unter Halluzinationen, wenn es das ist, worauf Sie hinauswollen, Doktor«, sagte Janice eisig. »Und jetzt möchte ich, dass Sie gehen. Vielen Dank für Ihre Mühe, Doktor.«

Weder rührte sich Daniels, noch antwortete er auf ihre Worte; und schon gar nicht packte er seine Spritze wieder ein.

»Sie sollten wenigstens etwas trinken, Miss Land«, seufzte er. »Sie wissen es vielleicht nicht, aber Dehydrierung ist …«

»*Sie*«, fiel ihm Janice scharf ins Wort, nur noch einen Deut davon entfernt, wirklich zu schreien, »wissen anscheinend nicht, was das Wort *nein* bedeutet, Doktor. Allmählich fühle ich mich ernsthaft belästigt.«

»Doktor Daniels meint es nur gut, Kind«, mischte sich Connor ein. »Trinken Sie wenigstens einen Schluck.«

Sie schob ihr die Kaffeetasse hin, doch diesmal war es erstaunlicherweise Daniels, der ihr zu Hilfe kam. Wenigstens für den Moment, den er brauchte, um Connors Handgelenk zu ergreifen und den Kopf zu schütteln.

»Kaffee ist vielleicht in diesem Fall nicht die erste Wahl. Er macht sie nur noch nervöser.« Er blickte sich suchend um und sah dann zu Steve hoch. »Vielleicht holen Sie einfach ein Glas Wasser. Das ist immer noch das Beste.«

»Selbstverständlich«, sagte Steve und wandte sich noch währenddessen ab, um ins Bad zu gehen.

»Nein!«, schrie Janice. »Nicht aufmachen!« So schnell, dass ihr schwindelig wurde und sie fast gestürzt wäre, sprang sie auf und stieß seine Hand weg, als er nach dem Stuhl greifen wollte, mit dem die Tür nach Joffreys Rückzug offenbar erneut blockiert worden war. Steve war so verblüfft, dass er strauchelte und nur mit einem hastigen Schritt sein Gleichgewicht wiederfand, und auch Connor sah sie eindeutig erschrocken an. Was Daniels von ihrer Reaktion hielt, konnte sie nicht sagen; wohl aber, dass sie ihm nicht gefiel.

»Nicht«, sagte sie trotzdem noch einmal. »Die … die Tür ist

nicht in Ordnung. Sie geht immer wieder von selbst auf.« Sie hörte sogar selbst, wie das klang, und verfluchte sich innerlich für ihre Reaktion. Und sie war auch nicht im Mindesten überrascht, als Steve zwar abwartete, bis sie sich wieder gesetzt hatte, dann aber erneut nach dem Stuhl griff und ihn ungeschickt wegzunehmen versuchte. Da er nun einmal er war, verkantete er ihn nur noch mehr, und schließlich erbarmte sich Connor und zog ihn nicht nur mit einer einzigen Bewegung weg, sondern die Tür auch gleich auf.

Der Raum dahinter war dunkel und leer. Keine Schatten, kein zu unheimlichem Leben erwachtes Wasser. Kein Joffrey. Sie hätte aufschreien können. Steve sah sie noch einen Moment lang stirnrunzelnd an, ging dann wieder zur Tür und rüttelte daran. Natürlich rührte sie sich nicht, also drückte er sie ins Schloss zurück und musste den Knauf drehen, um sie zu öffnen – was er insgesamt viermal tat, bevor er sich langsam zu ihr umdrehte und ernst sagte: »Das Schloss ist vollkommen in Ordnung, Janice.«

»Vorhin war es das nicht«, behauptete sie nervös. »Es ist immer wieder aufgesprungen.«

Steve setzte zu einer entsprechenden Antwort an, beließ es dann aber bei einem angedeuteten Schulterzucken und erinnerte sich wieder daran, was er eigentlich wollte. Janice sah nicht mehr hin, als er ans Waschbecken trat und den Hahn aufdrehte, aber was sie nicht konnte, war die Ohren vor dem Geräusch fließenden Wassers zu verschließen. Ihre Hände begannen zu zittern, sodass sie sie zu Fäusten ballte.

Natürlich entging das weder Daniels noch Connor. »Was haben Sie, Miss Land?«, fragte der Arzt. »Sie wirken sehr blass.«

»Wahrscheinlich ärgere ich mich nur«, sagte Janice patzig. Jedenfalls hoffte sie, dass es patzig klang und nicht einfach nur verstockt. »Was muss ich noch tun, damit Sie mich endlich in Ruhe lassen? Die Polizei rufen?«

In einer Stadt wie Boston hätte diese Drohung vielleicht gefruchtet; im Königreich eines Constable Nichols nahm Daniels sie nicht einmal zur Kenntnis. Vielleicht amüsierte er sich auch darüber. »Sie sehen aus, als hätten Sie etwas sehr Schlimmes gesehen«, stellte er fest.

»Das tue ich noch«, sagte sie und starrte ihn so durchdringend an, wie sie es nur konnte, aber diese Anspielung verstand er vermutlich wirklich nicht. Er sah sie nur stirnrunzelnd an.

Steve kam zurück und stellte ein Glas Wasser vor ihr auf den Tisch. Es war der verlockendste Anblick, den sie zeit ihres Lebens gehabt hatte. Ihre Kehle schien in Flammen zu stehen, und nicht einmal mit aller Willenskraft konnte sie ihre Zunge daran hindern, über ihre gesprungenen Lippen zu fahren, in dem vergeblichen Bemühen, sie zu benetzen. Zitternd streckte sie die Hand nach dem Glas aus – und schob es ein Stück von sich weg.

»Das ist nicht gut«, sagte Daniels. Lag es an ihrer Nervosität, oder sah er mit einem Male mehr als nur ein bisschen beunruhigt aus? Steve wollte etwas sagen, doch Daniels brachte ihn mit einer unerwartet energischen Geste zum Schweigen.

»Wie lang haben Sie das schon?«, fragte er.

»Was?«

»Angst vor Wasser.«

»Quatsch!«, fauchte Janice. »Ich bin nicht durstig, das ist alles!«

Daniels machte sich nicht einmal die Mühe, darauf zu antworten. Er nickte Steve fast unmerklich zu, woraufhin dieser mit der einen Hand nach dem Glas griff und sie mit der anderen festzuhalten versuchte, um ihr das Wasser gewaltsam einzuflößen.

Janice schlug es ihm so wuchtig aus der Hand, dass es durch das ganze Zimmer flog und an der Wand neben der Tür zerschellte.

»Um Gottes willen, Janice!«, entfuhr es Steve. »Was haben …?«

Wieder brachte ihn Daniels mit einer ebenso sanften wie energischen Geste zum Verstummen. Auch noch der allerletzte Rest von Freundlichkeit war aus seinem Gesicht gewichen. Er sah nur noch besorgt aus.

»Ist es erst seit heute so schlimm?«, fragte er.

»Was?«, schnappte Janice feindselig. »Dass ich mich erdreiste, über mich selbst bestimmen zu wollen?«

Statt darauf zu antworten, wandte sich Daniels an Connor. »Sie haben gesagt, Sie hätte Halluzinationen?«

»Ich fürchte. Sie glaubt, die IRONCLAD gesehen zu haben. Hier im Hafen.«

»Und das hat auch erst heute angefangen?«

»Vielleicht.« Connor sah sie Vergebung erbittend an. »Aber wahrscheinlich eher nicht. Vor zwei Tagen hat sie schon einmal eine entsprechende Bemerkung gemacht, bei uns draußen in Inningermouth. Ich fürchte, ich habe es nicht ernst genommen.«

»He!«, protestierte Janice, und Daniels wandte sich unbeeindruckt an Steve.

»War Ihre Bekannte schon immer so … wehrhaft?«

»Nein.« Steve schüttelte heftig den Kopf. »Sie weiß, was sie will, das ist richtig. Aber eigentlich ist sie der freundlichste Mensch, den ich kenne.«

»Was fällt euch ein?«, begehrte Janice auf. »Ich bin hier, falls ihr es vergessen habt! Ihr könnt *mit* mir reden statt *über* mich!«

Steve sah betreten weg, doch Daniels blickte ihr nun wieder ernst in die Augen, und er sah sogar noch besorgter aus. Seine Finger begannen mit der Spritze zu spielen, was Janice' Nervosität neue Nahrung gab. »Sind Sie vor einiger Zeit von einem Tier gebissen worden, Janice!«, fragte er. »Einem Hund, einer Katze oder Ratte oder möglicherweise auch einem Fuchs?«

»Wie bitte?«, gab Janice zurück. »Was soll denn dieser Blödsinn?«

»Es kann durchaus einige Wochen her sein, wenn nicht sogar Monate. Bitte denken Sie darüber nach. Es muss nichts Schlimmes gewesen sein. Vielleicht nur ein Kratzer, den Sie für harmlos gehalten haben.«

»Worauf wollen Sie hinaus?«, fragte Connor. Janice hatte das beunruhigende Gefühl, dass sie es wusste.

»Das weiß ich noch nicht«, antwortete Daniels nicht ganz aufrichtig. Seine Finger spielten noch immer mit der Injektionsspritze, doch dann zog er die Hand zu ihrer Erleichterung zurück und deutete stattdessen auf den allmählich kalt werdenden Kaffee. »Möchten Sie nicht doch einen Schluck trinken?«

»Das möchte ich ganz bestimmt nicht«, antwortete sie feindselig.

Daniels seufzte. »Das habe ich befürchtet.«

»Verraten Sie mir auch, was?«

Statt zu antworten, fragte Daniels: »Klagen Sie in letzter Zeit verstärkt über leichtes Fieber oder gelegentliche Schwindelanfälle?«

Janice funkelte ihn weiter an, auch wenn sie ahnte, wie wenig das Daniels beeindrucken würde. Als Arzt war er störrische Patienten wohl gewohnt.

»Oder hatten Sie Probleme mit der Verdauung?«, fuhr er denn auch unbeeindruckt fort. »Bitte verzeihen Sie die indiskrete Frage.«

»Nein«, sagte Janice und überließ es ihm, sich diejenige Frage auszusuchen, zu der diese Antwort gehörte.

»Worauf wollen Sie hinaus, Doktor?«, fragte Steve nervös.

»Das kann ich noch nicht genau sagen«, antwortete Daniels, allerdings weiter direkt an Janice gewandt. »Doch ich fürchte, ich muss Sie um eine Blutprobe bitten, Miss Land.«

»Ganz bestimmt nicht!«, sagte Janice grimmig. »Sie werden mich nicht anrühren, wenn ich es Ihnen nicht erlaube!«

»Aber ich fürchte, das muss ich«, seufzte Daniels. »Sehen Sie, Miss Land, als Arzt bin ich verpflichtet, alles zum Wohle meiner Patienten zu tun. Ich würde gegen meinen hippokratischen Eid verstoßen, wenn ich weiter tatenlos zusähe, wie Sie sich selbst Schaden zufügen.«

»Wenn Sie mich mit dem Ding da auch nur berühren, sorge ich dafür, dass Sie nie wieder als Arzt arbeiten«, versprach Janice. »Ich werde Sie verklagen, Doktor.«

»Das glaube ich nicht«, lächelte Daniels. »Ich glaube eher, dass Sie mir dankbar sein werden.«

Er nickte Steve zu, und obwohl Janice geahnt hatte, was kam, war sie doch zugleich auch einfach zu fassungslos, um zu reagieren. Steve trat mit einem einzigen schnellen Schritt hinter sie und hielt sie fest, und Daniels griff nach ihrem linken Arm, zog ihn zu sich heran und stieß ihr, ohne zu zögern, die Nadel ins Handgelenk.

Es tat so weh, als hätte er ihr ein Messer ins Fleisch gerammt, und dann noch einmal und noch sehr viel mehr, als er den Kolben herunterdrückte. Was immer die Spritze enthielt, es brannte wie Säure in ihren Adern, und ihr wurde fast augenblicklich übel.

»Keine Angst, es ist gleich vorbei«, versicherte Daniels, weiterhin genüsslich flüssiges Feuer in ihre Adern pumpend. »In höchstens einer Minute fühlen Sie sich besser.«

Janice wollte schreien, aber alles, was über ihre Lippen kam, war ein leises Wimmern, und auch ihr Versuch, sich loszureißen, scheiterte kläglich. Ihr Arm fühlte sich vollkommen kraftlos an, und da war eine kribbelnde Front, die durch ihren Körper lief und nichts als Schwere und Wärme zurückließ.

»Sie sollten sich hinlegen«, riet ihr Daniels, während er die Nadel aus ihrem Arm zog. Die Wunde blutete heftig. »Es könnte sein, dass Ihnen ein wenig schwindelig wird.«

Steve ließ sie los, wenn auch nur, um sie im nächsten Moment mit sanfter Gewalt zum Bett zu bugsieren und darauf zu drücken.

Janice war empört. Sie wollte sich wehren, ihn anschreien, ihn schlagen, doch sie konnte nichts von alledem. Ihre Glieder und selbst ihre Stimme verweigerten ihr den Gehorsam, und sogar ihr Zorn nahm zwar nicht ab, wurde aber auf eine tiefere Ebene gedrängt, wo er sie weiter peinigen konnte, aber keinen Ausdruck mehr fand. Widerstandslos ließ sie sich auf das Bett sinken und protestierte nicht einmal, als Daniels neben ihr auf der Bettkante Platz nahm und ihren Hals und ihr Gesicht mit den Fingerspitzen abzutasten begann.

»Das gefällt mir nicht«, sagte Connor. »Wir hätten das nicht tun sollen.«

»Es ist nur zu ihrem Besten«, sagte Daniels. »Und wenn mein Verdacht zutrifft, dann bin ich sogar verpflichtet dazu.«

Welcher Verdacht?, dachte Janice hysterisch. Sie wollte schreien, sich endlich gegen diese unfassbare Ungeheuerlichkeit wehren, zu der Steve sich hatte hinreißen lassen, doch sie konnte weder das eine noch das andere. Vielleicht lag es nicht einmal an dem Mittel, das Daniel ihr gespritzt hatte – auch ohne allzu viel von dieser Materie zu verstehen, konnte sie sich einfach kein Medikament vorstellen, das derart schnell wirkte –, sondern an der Mischung aus fassungslosem Entsetzen und schierer Empörung, die sie immer noch erfüllte. Vielleicht war sie ja auch auf dem Bett eingeschlafen und träumte das alles nur.

»Welcher Verdacht?«, fragte Steve mit zitternder Stimme.

»Es ist wirklich nur ein Verdacht, darauf möchte ich hinweisen«, sagte Daniels. Seine Stimme kam ihr sonderbar dumpf vor und ein wenig verhallt, wie um den Worten noch zusätzlich etwas Unheimliches zu verleihen. »Aber er ist zugleich zu ernst, um ihn zu ignorieren. Nicht nur im Interesse von Miss Land.« Er hörte auf, ihr Gesicht und ihren Hals zu kneten, setzte sich gerade hoch und sah mit einem Ausdruck ehrlich empfundener Sorge auf sie herab.

»Machen Sie es nicht so spannend, Doktor«, sagte Steve gepresst.

»Ich bin nur ein kleiner Landarzt«, fuhr Daniels fort. »Und als ein solcher schrecke ich vor einer so schwerwiegenden Diagnose ein wenig zurück, vor allem wenn man die Konsequenzen bedenkt, die sie unter Umständen nach sich zieht.«

»Doktor!«, sagte Steve scharf.

»Selbstverständlich muss ich noch einen Kollegen zurate ziehen, um sicherzugehen«, fuhr Daniels hörbar nervös fort. »Dafür benötige ich auch die Blutprobe. Wenn Sie bitte ihren Arm festhalten würden, Mister Waiden.«

»Nicht bevor sie mir gesagt haben, was das alles zu bedeuten hat«, sagte Steve.

»Bitte halten Sie ihren Arm fest«, wiederholte Daniels. »Ich möchte sie ungern verletzen.«

Er stand auf, ging zum Tisch und kam nach einem kurzen Moment mit einer weiteren und diesmal leeren Spritze zurück. Janice war nach wie vor paralysiert und nicht fähig, auch nur einen Finger zu rühren oder einen einzigen Laut hervorzubringen, geschweige denn, sich zu wehren, aber ihr Herz machte einen entsetzten Sprung, als sie die monströse Nadel sah. Zumindest in diesem Moment kam sie ihr dicker als ihr eigener Zeigefinger vor.

»Lyssa«, antwortete er, während er abermals auf der Bettkante Platz nahm und ungeduldig in Steves Richtung gestikulierte, endlich zu tun, worum er ihn gebeten hatte, und ihren Arm festzuhalten. »Ich will niemanden beunruhigen, aber alle Symptome könnten zumindest darauf hinweisen. Obwohl es viele Jahre her ist, dass wir das letzte Mal einen Fall in dieser Gegend hatten.«

Steve gehorchte und griff nicht nur nach ihrem Arm, sondern

drehte ihn auch so, dass ihre Armbeuge gestreckt war und Daniels seine stricknadeldicke Spritze zielsicher in ihre Vene stoßen konnte. Es tat nicht einmal weh – aber vielleicht lag das ja auch daran, dass das Beruhigungsmittel sie immer mehr einlullte. Mittlerweile hatte sie nicht nur jegliche Kontrolle über ihre Gliedmaßen und ihren Körper verloren, sondern schon beinahe das Gefühl für deren bloßes Vorhandensein.

Alles wurde schwer und leicht zugleich, und sie konnte weiter hören, aber wie unter Wasser, dumpf und weit entfernt. Sie begriff, dass sie dabei war, ganz langsam in eine tiefe Bewusstlosigkeit zu gleiten, und verspürte einen grotesken Ärger auf Daniels, für den es keinerlei Unterschied zwischen einem Beruhigungs- und einem Betäubungsmittel zu geben schien.

»Alle Symptome scheinen dafür zu sprechen«, fuhr der Arzt fort. »Leichtes Fieber. Gelegentliche Schwindelanfälle und Gereiztheit sowie ein gewisser Realitätsverlust.« Die Spritze begann sich mit einem dunklen Rot zu füllen, und nun spürte sie doch ein leises Brennen, auch wenn es ein seltsamer, ja, fast angenehmer Schmerz zu sein schien. »Und nicht zuletzt die fast panische Angst vor Wasser natürlich.«

»Und was genau ist es nun?«, fragte Steve. Seine Stimme zitterte immer heftiger. Janice konnte selbst in seinen Händen auf ihrem Arm spüren, wie sich sein Pulsschlag beschleunigte.

»Lyssa«, sagte Daniels noch einmal. »Die Wutkrankheit.«

Janice hatte keine Ahnung, wovon er sprach, Connor dafür jedoch anscheinend umso mehr, denn sie keuchte so erschrocken, dass es sich fast wie ein kleiner Schrei anhörte. »Die Tollwut?«, entfuhr es ihr. »Großer Gott, Sie glauben, das arme Kind hätte die *Tollwut?*«

Der Schrecken, den der bloße Klang dieses Wortes beinhaltete, durchdrang selbst den Schleier aus heraufdämmernder Bewusstlosigkeit, der ihre Gedanken umgab, nicht aber die Lähmung. Sie lag noch immer wie tot da. Aber sie spürte immerhin noch, wie Daniels die Nadel aus ihrer Vene zog und mit den Schultern zuckte. Er klang ein bisschen hilflos, als er antwortete.

»Ich bin nur ein einfacher Landarzt und mit dieser Diagnose

möglicherweise überfordert. Aber die Gefahr ist auch zu groß, dass ich recht habe. Ich muss diese Blutprobe untersuchen lassen. Und bis wir Gewissheit haben, muss sie auf jeden Fall isoliert werden.«

Nun wollte Janice endgültig schreien, aber sie konnte es nicht.

Sie schlief ein.

21

Und fand sich in einem düsteren Traum wieder, der sowohl seine Vorgänger als auch die Wirklichkeit an Schrecken weit in den Schatten stellte. Sie wusste sofort, dass sie träumte, aber das änderte nichts an der Furcht, die dieser Traum mit sich brachte, vielleicht, weil da auch noch das sichere Wissen war, dass es eben nicht nur ein Traum war und sich hinter der Maske des Wahnsinns und des Irrealen eine düstere Wahrheit verbarg, auf ihre Weise noch schrecklicher und irrealer, als es jeder Nachtmahr sein konnte.

Sie war wieder auf dem Schiff. Rings um sie herum stampften Maschinen, und der Boden unter ihren Füßen schwankte im Takt der Wellen. Zischender roter Dampf hüllte sie ein und ließ ihre Kleider und ihr Haar nass und schwer werden. Da waren Gestalten, die sich in den roten Schlieren bewegten und Dinge taten, die sie weder kannte noch etwas wissen wollte von ihnen, und unheimliche Laute, die etwas in ihrer Seele berührten und zu Eis erstarren ließen. Die schrecklichen Mönchsgestalten waren wieder da, und auch noch etwas anderes und Gewaltiges, das sich in den teergrünen Fluten unter dem durchbrochenen Boden suhlte. Wieder fühlte sie sich angestarrt, von Blicken unsichtbarer Augen sondiert, die mühelos durch ihre Kleider und ihr Fleisch drangen und selbst in ihren intimsten Geheimnissen lasen wie in einem offenen Buch.

Miss Land! Janice! Kindchen!

Mit derselben Sicherheit, mit der sie wusste, dass sie träumte, begriff sie auch, dass diese Worte aus der anderen, der vermeintlich realen Welt an ihr Ohr drangen und dass sie die Stimme eigentlich erkennen sollte, doch dieses Wissen entglitt ihr, als sie danach greifen wollte. Eingehüllt von zischenden Schwaden nasser roter Hitze drehte sie sich um und suchte nach dem, der sie gerufen hatte, sah stattdessen aber nur eine Anzahl berobter Gestalten, die aus allen Richtungen zugleich auf sie zuschlurften und -humpelten. Sie sollte erschrecken, empfand aber nur eine vage Neugier, denn trotz ihrer Furcht beschützte sie das Wissen, sich inmitten eines Traumes zu befinden, in dem ihr keine wirkliche Gefahr drohte.

Prompt meldete sich ihre Logik, die ihr zuflüstern wollte, dass es immer wieder Geschichten von Menschen gab, die sich einfach hinlegten und einschliefen, ohne jemals wieder aufzuwachen, was sich niemand erklären konnte, doch sie brachte die lautlose Stimme ärgerlich zum Verstummen und versuchte die Gesichter unter den spitzen Kapuzen zu erkennen. Wenn es denn überhaupt welche gab, dann blieben sie unsichtbar. Da waren nur Schatten, und vielleicht nicht einmal die.

Janice! Wachen Sie auf!

Aber wie soll ich das tun?, fragte sich Janice mit fast wissenschaftlich-distanziertem Interesse. Zu begreifen, dass man träumt, bedeutete normalerweise auch zuverlässig, im selben Moment aufzuwachen, doch sie war mit ebendiesem Begreifen in einem Traum erwacht. Wie also sollte sie den Rückweg finden?

Janice versuchte es mit einer bewussten Anstrengung, was aber nicht funktionierte. Stattdessen kamen die unheimlichen Mönchsgestalten näher, blieben dann wie auf ein geheimes Kommando hin stehen, gerade eine Winzigkeit weiter als auf Armeslänge entfernt. Ihre Gesichter waren noch immer nicht zu erkennen, und ihr Herz begann schneller zu schlagen. Das hier war nur ein Traum. Sie war nicht in Gefahr.

In einer vollkommen synchronen Bewegung, als wäre die eine nur das Spiegelbild der jeweils anderen, hob das Dutzend Gestalten die Hände und schlug die Kapuzen zurück, und darunter kam Joffrey zum Vorschein, zwölfmal identisch und zwölfmal mit demselben, gequälten Ausdruck in seinen schrecklich vertrauten Augen. Sein Gesicht war nicht wirklich sein Gesicht. Alles war da und vertraut und so, wie es sein sollte, und zugleich auf vollkommen unbeschreibliche Weise *verzerrt,* wie etwas, das so schrecklich war, dass ihr Verstand seinen Anblick durch etwas Vertrautes ersetzte, um nicht daran zu zerbrechen.

Sie wollte seinen Namen rufen, doch in diesem Traum konnte sie nicht sprechen, und nicht einmal ein Seufzen kam über ihre Lippen. Das Dutzend Joffreys sah sie weiterhin stumm an und streckte dann in einer gleichzeitigen Geste die Hand aus, von der sie nicht wusste, ob sie flehend oder drohend war. Sie wäre vor ihm zurückgewichen, hätte die Möglichkeit dazu bestanden.

Bewegung erfüllte den Raum, und das Stampfen und Schnauben uralter großer Maschinen nahm noch einmal zu und ließ jede Faser ihres Körpers erzittern. Etwas Großes bewegte sich unter dem Boden, floss und platschte zusammen und gerann zu etwas noch Größerem und sich Windendem, das langsam zu einem gewaltigen Leib wurde, einer schuppen- und augenlosen Schlange gleich oder einem monströsen Wurm, der schwarzen Schleim absonderte, während er immer noch weiter und weiter in die Höhe wuchs.

Janice! Kommen Sie zurück!

Nichts hätte sie lieber getan. Der Anblick war das Entsetzlichste, das ihr jemals zuteilgeworden war, und sie war mit einem Male gar nicht mehr so sicher, dass ihr tatsächlich keine Gefahr drohte, solange sie in diesem Traum gefangen war. Aber sie war gelähmt, sowohl körperlich als auch im Geiste.

Noch immer bäumte sich der gewaltige Wurm-Schatten weiter auf und berührte nun schon nahezu die rostige Decke, dann senkte er das mächtige Haupt und starrte sie an, und obwohl er keine Augen hatte, tat er es auf dieselbe, allessehende Art, die sie schon zuvor als so quälend und erniedrigend empfunden hatte. Ölig glänzender schwarzer Schleim tropfte von seinen Flanken und erstarrte zu schwarzem Asphalt, wo er den Boden berührte.

Wo er auf Kleidung und Gesichter der Joffrey-Gestalten traf, begann der Stoff zu qualmen, und Fleisch löste sich zischend und Blasen werfend auf. Und nicht nur dort. Janice beobachtete voll fassungslosem Entsetzen, wie sich die Verheerung auf allen Gesichtern identisch wiederholte, auch auf denen, die der schwarze

Schleim nicht berührt hatte. Schläfe, Auge und Wange begannen wie weiches Wachs in der Wüstensonne zu zerlaufen und tropften auf den qualmenden Stoff der Kutte hinab, und darunter kam der bleiche Knochen zum Vorschein, porös und zerfressen, als nagte auch im Inneren seines Schädels etwas an dessen Substanz. Das Auge löste sich aus der Höhe, rutschte Fäden ziehend an der zerlaufenden Wange hinab und zerplatzte wie ein roher Eidotter auf dem Boden, und in seinem halb lippenlosen Mund bewegte sich eine angeschwollene Zunge und versuchte vergeblich zu sprechen. Dennoch hörte sie ein einzelnes, grollendes Wort. *Geh.* Vielleicht war es auch der Wurm, dessen Millennien alte Stimme sie hörte. *Geh!*

Spätestens jetzt sollte der Traum enden, doch stattdessen kippte er nur endgültig ins Unerträgliche, denn die grauenerregenden Gestalten lösten sich weiter auf und sanken zu brodelnden Klumpen aus brodelndem Protoplasma zusammen, aus denen triefende Knochenhände nach ihr greifen wollten, und auch der Wurm senkte sein schreckliches Haupt weiter herab und öffnete ein gewaltiges Maul, aus dem ganze Büschel peitschender Krakenarme schossen, um nach ihr zu greifen.

Janice schrie, und sie spürte, dass sie es nicht nur hier tat, sondern auch in der realen Welt, warf sich zurück und herum und wollte fliehen, aber es gab nichts, wohin sie sich wenden konnte, nur brodelnde Verwesung und greifende Knochenhände und peitschende Tentakel. Etwas packte sie so fest an der Schulter, dass ihr Kleid zerriss und es wehtat, und einer der peitschenden Krakenarme traf sie wie eine Ohrfeige ins Gesicht und wurde dann wirklich zu einer Hand, als sie die Augen aufschlug und in Connors Gesicht hinaufsah.

Eine einzelne, aber vielleicht sogar die allerschlimmste Sekunde lang war sie nicht sicher, ob der Traum nicht weiter andauerte und ihr nur eine weitere Facette offenbarte, denn es schien eher schlimmer zu werden. Alles wankte. Da waren grässliche Laute, die sie peinigten, und Schatten, die wie toll gewordene Hexen auf ihren Besen um sie kreisten. Heißer Nebel hüllte sie ein, und sie roch Blut und Erbrochenes und noch schlimmere Dinge.

»Janice! Atmen Sie!«

Connor ohrfeigte sie erneut und diesmal so fest, dass ihr Kopf in den Nacken flog und sie sich auf die Unterlippe biss, die prompt wieder zu bluten begann. Aber es half. Schmerz und der salzige Geschmack ihres eigenen Blutes machten ihr endgültig klar, dass sie wach und wieder zurück in der Wirklichkeit war. Sie war nur nicht sicher, ob sie besser war.

»Bin ich … wach?«, fragte sie trotzdem.

»Das will ich doch hoffen«, antwortete Connor. »Atmen Sie weiter, Kind, ganz ruhig, und ganz tief.«

Janice versuchte es, musste prompt husten und begriff erst jetzt, dass der Albtraum vorbei war. Das Rauschen und Dröhnen in ihren Ohren war das Geräusch ihres eigenen Blutes, und auch die tanzenden Hexen waren verschwunden.

»Atmen?«, brachte sie verständnislos hervor, noch immer ein wenig atemlos.

»Das halte ich für eine gute Idee«, bestätigte Connor lächelnd, aber noch immer sehr besorgt. »Großer Gott, Kind, Sie haben mindestens eine Minute lang den Atem angehalten, wenn nicht länger. Ich war wirklich in Sorge um Sie. Deshalb auch die Ohrfeige. Ich bitte um Vergebung dafür, meine Liebe, aber ich wusste mir keinen anderen Rat mehr, nachdem Sie augenscheinlich beschlossen hatten, das Luftholen einzustellen.«

Janice lächelte nur nervös – oder versuchte es wenigstens – und setzte sich weiter auf. Ihr Atem ging immer noch so schnell, als wäre sie mindestens eine Meile weit gerannt, und sie registrierte erst jetzt, dass sie am ganzen Leib zitterte.

Connors Blick wurde weich. »War es so schlimm?«

Janice nickte.

»Möchten Sie darüber sprechen?«

Diesmal schüttelte sie nur stumm den Kopf. Selbst wenn sie es gewollt hätte, hätte sie in diesem Moment vermutlich vollends die Beherrschung verloren, hätte sie es versucht. Mit noch immer heftig klopfendem Herzen sah sie sich um und stellte fest, dass sie nicht mehr in ihrem Bett im Hotelzimmer lag, sondern auf einer schmalen Pritsche in einem schmuddeligen Raum, dessen Wände an drei Seiten aus rostigen Gitterstäben bestanden. Nichols' Gefängniszelle. Das erklärte zumindest den Gestank, nicht aber, wie sie hierherkam. Oder *warum* sie hier war.

»Bedanken Sie sich bei diesem Narren Daniels«, sagte Connor, die offensichtlich in ihrem Gesicht las. »Diese reizende Unterkunft war seine Idee. Er meinte, es sei der einzige Ort in ganz Ipswich, der einer Quarantänestation nahekomme.« Sie machte ein abfälliges Geräusch.

»Und Ken und sein Freund?«

»Die hat unser tapferer Constable in eine Scheune gesperrt, aus der sie mittlerweile vermutlich schon längst ausgebrochen sind«, antwortete Connor. »Und wenn nicht, dann werden sie es spätestens bei Sonnenaufgang sein. Aber machen Sie sich keine Sorgen, mein Kind. Im Grunde sind die beiden nichts als erbärmliche Feiglinge. Sie werden sich so lange nicht in der Gegend sehen lassen, bis sie glauben, dass Gras über die Sache gewachsen ist. Sie haben nichts zu befürchten.«

Das hatte sie sowieso nicht, zumindest nicht von den beiden Burschen. Dennoch hoffte sie, dass es sich so verhielt, wie Connor gesagt hatte. Sie hatte keinen Streit mit Kenny und seinem trinkfesten Kumpan und auch kein Interesse daran, dass sie für etwas bestraft wurden, was sie nicht getan hatten. Dann wurde ihr klar, wie absurd solcherlei Überlegungen in einer Situation wie der ihren waren, und sie schüttelte stumm den Kopf.

Diesmal deutete Connor ihre Reaktion falsch. »Glauben Sie mir, Kindchen, ich habe alles versucht, um ihn und diesen Dummkopf von Constable von diesem Unsinn abzubringen, aber es ist mir nicht gelungen. So, wie sich Daniels aufgeführt hat, möchte man meinen, Sie hätten die Beulenpest.«

»Dabei ist es doch nur die Tollwut«, sagte Janice.

Connor fuhr ganz leicht zusammen und sah fast ein bisschen ertappt aus, hatte sich aber auch sofort wieder unter Kontrolle. Einem etwas weniger aufmerksamen Beobachter als Janice wäre es möglicherweise gar nicht aufgefallen, doch ihr entging Connors betroffene Reaktion keineswegs.

»Ich war noch nicht ganz ohnmächtig, als Sie sich unterhalten haben.«

»Tja.« Connor seufzte sehr tief, lehnte sich auf ihrem knarrenden Schemel zurück und hob einen zerschlissenen Strickbeutel auf den Schoß, der neben ihr auf dem Boden stand. »Dann wissen Sie ja, was für ein Dummkopf dieser Quacksalber ist.«

»Sie glauben nicht, dass es so ist?«

»Dass Sie die Tollwut haben?« Connor lachte ohne die geringste Spur von Amüsiertheit. »Ganz bestimmt nicht. Daniels ist ein Dummkopf, wie er im Buche steht. Genau wie Constable Nichols und dieser Narr Morton.«

»Sie scheinen keine besonders hohe Meinung von den Leuten hier in Ipswich zu haben.«

»Es gibt einen Grund, weshalb ich in Inningermouth lebe und nicht hier«, bestätigte Connor, »und in Momenten wie diesem fällt er mir auch wieder ein. Ich mag keine Städte. Und ich mag keine Leute, die in Städten leben. Anwesende natürlich ausgenommen.«

»Natürlich«, sagte Janice.

Connor begann in ihrem Beutel zu kramen und zog eine Tabaksdose und Papier hervor. Janice sah ihr eine Weile wortlos dabei zu, wie sie sich mit geschickten Bewegungen eine Zigarette drehte und sie mit einem Streichholz anzündete, das sie an ihrer Schuhsohle anriss. Sie widerstand sogar der Versuchung, mit der Hand vor dem Gesicht herumzuwedeln. Sie verabscheute Zigarettenrauch, und Frauen, die rauchten – noch dazu in der Öffentlichkeit –, waren ihr schon immer ein wenig suspekt gewesen. Jetzt begrüßte sie den Rauch sogar, denn er überdeckte wenigstens zum Teil den erbärmlichen Gestank der Gefängniszelle.

»Ich bin also in Quarantäne«, sagte sie. »Haben Sie denn gar keine Angst, dass ich Sie beißen könnte?«

Connor paffte an ihrer Zigarette und blies in ihre Richtung eine graublaue Rauchwolke, die so dicht war, dass sie sie nicht nur zum Husten brachte, sondern ihr Gesicht auch beinahe dahinter verschwand. »Der Einzige, der etwas Derartiges fürchten sollte, ist Daniels«, sagte sie lachend. »Der ist nämlich so dumm, dass ihn die Schweine beißen, wenn er nicht aufpasst. Deshalb arbeitet er vermutlich auch nicht mehr als Tierarzt, sondern beglückt jetzt die zweibeinigen Einwohner der Stadt mit seinem Können.«

Janice dachte vorsichtshalber nicht über gewisse andere Implikationen nach, die sich aus dieser Bemerkung ergaben. »Dann glauben Sie also nicht, dass ich zu einer öffentlichen Gefahr geworden bin?«

»Kindchen, ich habe in meinem Leben schon eine Menge tollwütiger Hunde und Füchse gesehen und auch schon Menschen, die die Wutkrankheit hatten, aber Sie haben sie nicht, das versichere ich Ihnen«, antwortete Connor. »Und das habe ich auch diesem Wichtigtuer Daniels gesagt. Aber er war nicht davon abzubringen, dass die Verantwortung für das Wohl der ganzen Stadt auf seinen Schultern laste und er ihre Bewohner vor einer gewaltigen Katastrophe bewahren müsse. Wahrscheinlich kommt er sich zum ersten Mal im Leben wichtig vor, weil er endlich einmal mehr durfte, als streunende Katzen zu kastrieren und Kühe zu besamen.«

»Er *ist* Tierarzt«, sagte Janice.

»Ja«, gestand Connor. »Aber so groß ist der Unterschied gar nicht, glauben Sie mir. Und zu seiner Ehrenrettung muss man auch sagen, dass er sich darauf beschränkt, eingewachsene Zehennägel zu ziehen oder einem Seemann einen Furunkel vom Hintern zu schneiden. Wenn es etwas Ernstes ist, setzt er seine Patienten in den Zug, damit sie zu einem richtigen Arzt fahren.«

»Dann muss ich mir wegen seiner Diagnose keine Sorgen machen«, schloss Janice. »Aber warum bin ich dann hier?«

»Ganz so einfach ist es nicht, fürchte ich.« Connor nahm noch einen weiteren Zug aus ihrer Zigarette, sodass der Qualm nun nicht nur ihr Gesicht verbarg, sondern ihren ganzen Kopf einhüllte, hustete lautstark und trat die Zigarette dann mit dem Absatz aus.

»Tierarzt oder nicht, er ist Doktor, und in einem solchen Fall hat Nichols gar keine andere Wahl, als auf Daniels zu hören und Sie hier festzuhalten. Wenigstens, bis Sie von einem richtigen Arzt untersucht worden sind.«

»Dann muss ich also zumindest bis morgen früh in dieser Zelle bleiben.« Janice zog eine Grimasse. »Nicht, dass der Unterschied zu meiner vorigen Unterkunft so groß wäre.«

Connor lachte pflichtschuldig, aber sie blieb zugleich auch weiter ernst. »Da ist immer noch diese Blutprobe, meine Liebe. Ich habe gehört, wie Daniels zu Ihrem Freund gesagt hat, dass er sie noch heute Nacht mit einem Boten in ein … wie heißt es? Labor? … nach Boston schicken will, wo sie untersucht werden soll.«

»Na, dann ist ja alles in Ordnung«, sagte Janice. Warum hatte sie nur das Gefühl, dass Connor ihr noch nicht alles gesagt hatte? »Spätestens, wenn der Bote zurückkehrt, wird sich die Wahrheit erweisen.«

»Wenn es wirklich dieselbe Blutprobe ist.«

Janice setzte sich kerzengerade auf. »Was soll das heißen?«

»Wenn ich das wüsste.« Connor druckste einen Moment herum. Ihr Blick irrte zur Tür hinter dem geschlossenen Gitter, bevor sie antwortete, und als sie es tat, sprach sie mit sehr viel leiserer Stimme und sah sie auch nicht mehr direkt an. Sie hob die Schultern.

»Das alles geht mich nichts an, Janice, und wenn ich auch nur einen Funken Verstand hätte, dann würde ich mich aus allem raushalten. Aber Sie tun mir leid, und wenn ich etwas hasse, dann sind es Lügner.«

»Lügner?«

Connor sah sie immer noch nicht an. »Ich habe diesen Quacksalber und Ihren Freund aus der Stadt belauscht. Warum auch immer, scheint Steve viel daran gelegen zu sein, Sie … wie soll ich sagen …?«

»Mundtot zu machen?«, schlug Janice vor. Sie war kein bisschen überrascht und nicht einmal wirklich zornig. Da war eine gewisse Empörung, selbstverständlich, aber auch fast so etwas wie eine absurde Zufriedenheit, von Anfang an mit ihrem Verdacht recht gehabt zu haben.

»Ich kann mir keinen Grund vorstellen, weshalb er das tun sollte, aber dieser Eindruck hat sich mir tatsächlich aufgedrängt. Ich habe nicht alle Einzelheiten verstanden, wenn ich ehrlich sein soll, aber ihm scheint viel daran zu liegen, Sie von hier wegzuschaffen – und zumindest für eine Weile … sagen wir: ruhigzustellen.«

»Das ist doch Unsinn!«, begehrte Janice auf. Diese Vorstellung war so monströs, dass sie sich einfach weigerte, auch nur darüber nachzudenken.

»Es kann Monate dauern, bis diese Krankheit ausbricht«, beharrte Connor. »Und so lange würde man Sie möglicherweise in einer Klinik festhalten oder einem Sanatorium.«

»Oder auch gleich einem Irrenhaus oder Hospiz«, fügte Janice grimmig hinzu, schüttelte aber nur umso überzeugter den Kopf. »Und wozu? Irgendwann würde man begreifen, dass ich nicht krank bin, und mich gehen lassen.«

»Und Sie würden Mister Waiden die Augen auskratzen, mindestens«, pflichtete ihr Connor lächelnd bei. Wenn auch nur, um gleich darauf nur noch ernster zu werden. »Aber wer würde Ihnen dann noch glauben?«

Janice starrte sie fassungslos an.

»Es hat mit Ihrem Verlobten zu tun, nicht wahr?«, fuhr Connor fort, gerade als das Schweigen, das sich zwischen ihnen ausbreiten wollte, unbehaglich zu werden begann.

»Wie … kommen Sie … darauf?«, fragte Janice mühsam.

»Zuallererst einmal, weil ich weder dumm noch blind bin«, antwortete Connor voll sanftem Spott. »Und außerdem haben Sie seinen Namen geschrien, kurz bevor Sie versucht haben, das Atmen einzustellen.«

»Das war doch nur ein Traum«, erwiderte Janice.

»In dem Sie auf der IRONCLAD waren?«

»Habe ich das auch gesagt?«

Connor nickte.

»Wie gesagt, es war nur ein dummer Traum«, beharrte Janice. »Ich neige nicht zu Albträumen, aber ich weiß auch nicht, was für ein Teufelszeug mir Daniels gegeben hat. Vielleicht träume ich das alles hier ja auch nur.«

»Ich wünschte, es wäre so«, sagte Connor ernst. »Hören Sie, Kindchen. Ich sage es noch einmal, und ich meine es wirklich so: Wenn Sie der Meinung sind, dass ich nur eine neugierige alte Frau bin, die gerne ihre Nase in Dinge steckt, die sie nichts angehen, dann haben Sie vollkommen recht. Aber ich kann Ihnen helfen, und ich werde Ihnen helfen, wenn Sie es möchten. Möchten Sie das?«

Janice nickte.

»Sie suchen Ihren Verlobten, und aus einem Grund, den ich nicht verstehe, will Mister Waiden das auf jeden Fall verhindern. Er scheint sehr entschlossen zu sein, jeden Preis dafür zu zahlen.«

»Weil er weiß, dass Joffrey noch lebt«, sagte Janice.

»Ist es denn so?«

»Ja«, antwortete Janice, heftiger, als sie gewollt hatte.

»Und da sind Sie sicher?«, beharrte Connor, hob aber auch zugleich abwehrend die Hand, als Janice antworten wollte. »Ist Ihnen schon einmal der Gedanke gekommen, dass es vielleicht doch nicht so sein könnte?«

»Jeden Tag im vergangenen Jahr«, antwortete sie. »Und Steve war wirklich geschickt darin, mich in diesem Glauben zu bestärken. Er hätte sein Ziel sogar beinahe erreicht. Aber ich weiß, dass Joffrey noch lebt. Ich habe ihn gesehen.« Von dem Brief, den Steve ihr gezeigt hatte, gar nicht zu reden.

»Vergangene Nacht, auf der IRONCLAD«, vermutete Connor. In einem ganz bestimmten Ton, der Janice gar nicht gefiel.

»Und jetzt werden Sie mir gleich sagen, dass es dieses Schiff gar nicht gibt.«

Connor sagte gar nichts. Sie seufzte nur.

»Ich weiß, wie das jetzt für Sie klingen muss«, fuhr Janice fort, »aber ich weiß auch, was ich gesehen habe. Hier und auch vor der Küste, in der Nacht, als es so gestürmt hat.«

»Ich glaube Ihnen, dass Sie dort etwas gesehen haben, Kindchen«, erwiderte Connor. »Aber es war ganz gewiss nicht dieses Schiff.«

»Wir haben doch sogar über die IRONCLAD gesprochen!«

»Über die Geschichten, die sich die Leute an langen Winterabenden über unser Geisterschiff erzählen«, bestätigte Connor und schüttelte zugleich den Kopf. »Und ich bedauere bereits, es getan zu haben. Sie haben da etwas völlig falsch verstanden, Liebes.«

Das hatte sie nicht. So sehr *konnte* ihre Erinnerung sie nicht täuschen, und dasselbe galt auch für Connor. Sie sagte nicht die Wahrheit, so simpel war das. Aber warum bloß?

»Ich bin doch nicht verrückt!«, sagte sie. Es klang ein bisschen verzweifelt.

»Das behauptet auch niemand«, sagte Connor sanft. »Man ist nicht gleich verrückt, nur weil man einer falschen Erinnerung erliegt, das sollten Sie eigentlich wissen. Sie haben viel durchgemacht. Sie haben Ihren Verlobten verloren, und dann diese schlimme Geschichte gestern Abend. Da kann man schon einmal durcheinandergeraten.«

»Ich bin nicht verrückt!«, beharrte Janice. »Ich habe ihn gesehen! Ich habe Joffrey gesehen, hier am Hafen. Und ich habe das Schiff gesehen. Ich war an Bord. Und dort gehen sonderbare Dinge vor sich. Böse Dinge.«

Vielleicht hätte sie die beiden letzten Worte nicht sagen sollen, denn Connor wirkte jetzt wieder ein bisschen angespannt, doch nach einer weiteren Sekunde lächelte sie erneut und schüttelte abermals den Kopf. »Ich will Mister Waiden gewiss nicht verteidigen. Nicht nach dem, was ich vorhin gehört habe … aber vielleicht glaubt er ja tatsächlich, in bester Absicht zu handeln. Auch wenn seine Methoden höchst zweifelhaft sind.«

»Worauf wollen Sie hinaus?«, fragte Janice.

»Auf gar nichts, Liebes«, versicherte Connor. Janice glaubte ihr kein Wort. »Aber vielleicht ist …« Sie zögerte kurz und schien dann zu einem Entschluss zu kommen. »Ich habe Nichols weggeschickt, aber es wird nicht mehr lange dauern, bis er zurückkehrt, um Sie zum Bahnhof zu bringen. Wir müssen uns entscheiden. Ich möchte Ihnen helfen, mein Kind.«

»Von hier wegzukommen?«, fragte sie hoffnungsvoll.

»Aber, Kindchen«, seufzte Connor. »Das hier ist keine Geschichte von Mark Twain, und ich bin nur eine alte Frau, die in Ipswich nicht einmal sonderlich beliebt ist. Ich werde mich gewiss nicht mit der örtlichen Obrigkeit anlegen, die nur auf einen Vorwand wartet, die eine oder andere alte Rechnung auszugleichen.«

»Warum sind Sie dann hier?«, fragte Janice geradeheraus. »Um mich in Handschellen zum Bahnhof zu eskortieren, braucht Nichols doch wohl kaum Ihre Hilfe.«

»Wenn ich Ihnen jetzt sagen würde, weil ich einfach ein guter Mensch bin, würde Ihnen das als Antwort reichen?«

»Nein«, sagte Janice.

»Dann vielleicht, um Constable Nichols eins auszuwischen?« Sie zwinkerte verschwörerisch. »Wäre das eine Antwort, mit der Sie besser zurechtkämen? Oder dass Sie mir einfach leidtun?«

Janice begriff nicht nur, dass sie wohl keine andere Antwort bekommen würde, sondern sie auch gar nicht haben wollte. Sie würde ihr ohnehin nicht glauben, ganz gleich, wie überzeugend sie auch klang. Aus einem für sie selbst mittlerweile nicht mehr nachvollziehbaren Grund hatte sie Ellen Connor viel zu lange und viel zu vorbehaltlos vertraut. Aber damit war es jetzt vorbei. Wenn ihr auch nur *irgendjemand* aus dieser Stadt das nächste Mal einen guten Morgen wünschte, dann würde sie erst in den Himmel hinaufsehen, um sich zu überzeugen, ob die Sonne gerade auf- oder unterging …

Und was genau bedeutete noch einmal *Paranoia?*

22

Das Gefühl, das sie schon einmal gehabt hatte, wiederholte sich, als sie hinter Connor und vor Constable Nichols auf die Straße hinaustrat: Die Zeit hätte ebenso gut auch stehen geblieben sein können. Der Himmel war grau und niedrig, nicht wolkenverhangen, sondern zu einer einzigen diesigen Masse geworden, aus der Schleier aus nebelfeinem eisigem Regen herabwehten, wie um die ganze Stadt in einen einzigen großen Schwamm zu verwandeln. Schon nach wenigen Schritten war sie Connor zutiefst dankbar für den Mantel, den Connor weiß Gott wo aufgetrieben und ihr kurzerhand übergestreift hatte, denn der staubfeine Regen hätte sie zweifellos selbst auf dem kurzen Stück zum Bahnhof bis auf die Haut durchnässt.

Das garstige Wetter hatte sogar einen Vorteil, denn Kälte und alles durchdringende Feuchtigkeit hatten jeden von den Straßen vertrieben, der das Haus nicht unbedingt verlassen musste, sodass sie sich mehr oder weniger durch eine Geisterstadt zu bewegen schienen und ihr wenigstens das entwürdigende Gefühl erspart blieb, unter den schadenfrohen Blicken der Ipswicher Spießruten laufen zu müssen. Niemand hatte auch nur eine entsprechende Andeutung gemacht, aber Janice war sehr sicher, dass Nichols und dieser verhinderte Doktor Frankenstein schon dafür gesorgt hatten, jedermann hier wissen zu lassen, dass sie nicht ganz richtig im Kopf war.

Der Zug wartete bereits, ein grauer Lindwurm, dessen vorderes und hinteres Ende im nassen Dunst des Morgens verschwanden, während er zischend Dampf ausstieß, wie um den Tag endgültig in flüssigem Grau zu ertränken. Der Bahnsteig war genauso leer, wie sie es von ihrem letzten Besuch her in Erinnerung hatte; und es vermutlich auch sonst war. Ipswich war kein Ort, der zum Bleiben einlud, und wenn sie es genau nahm, nicht einmal zum Kommen.

Connor dirigierte sie zum Ende des Zuges, das zugleich auch das Ende des hölzernen Bahnsteiges war, und deutete auf die offen stehende Tür eines Erste-Klasse-Abteils. Nichols hielt offensichtlich nicht nur Wort und hatte alle Unkosten übernommen, die ihr durch ihren unfreiwillig verlängerten Aufenthalt hier entstanden waren, sondern sich auch nicht lumpen lassen und ihr Billet aufgewertet.

Vielleicht konnte er sie ja auch nur nicht schnell genug loswerden.

Auf dem letzten Stück überholte sie Nichols und steuerte mit forschen Schritten das Abteil an, um ihr Gepäck abzuliefern. Janice beobachtete nicht ohne eine gewisse Schadenfreude, wie sehr er sich mit der Reisetasche abmühte, die ungefähr halb so viel wiegen musste wie er. Sie selbst hatte keine große Mühe damit gehabt, aber Nichols schien kein sonderlich starker Mann zu sein.

Auch kein besonders höflicher, denn er wuchtete ihre Tasche zwar unter gehörigem Ächzen und Schnauben in das Gepäcknetz, rührte aber keinen Finger, um ihr zu helfen, als sie ebenfalls einstieg. Sein gesamter Abschied bestand in einem knappen Nicken und zwei Fingern, mit denen er seine Hutkrempe berührte, danach fuhr er herum und sprang wieder auf den Bahnsteig hinab und entfernte sich ein paar Schritte. Dann jedoch blieb er stehen, verschränkte die Hände hinter dem Rücken und sah so aufmerksam und grimmig entschlossen in ihre Richtung, dass sie ein Lachen kaum noch unterdrücken konnte.

»Jetzt ist wohl der Moment des Abschieds gekommen«, sagte Connor. Sie war ihr nicht ins Abteil gefolgt, sondern auf dem Bahnsteig stehen geblieben und musste den Kopf weit in den Nacken legen, um zu ihr heraufzublicken. »An sich sollte ich jetzt Auf Wiedersehen sagen, aber ich glaube, es ist wohl besser, wenn ich Ihnen alles Gute wünsche.«

»Ich verstehe, was Sie meinen«, versicherte Janice. Sie war nicht ganz sicher, ob das auch so war, deutete aber nun auf Nichols und fuhr in spöttischem Ton fort: »Und Ihrem tapferen Gesetzeshüter können Sie ausrichten, dass ich seine Bemühungen durchaus zu würdigen weiß, sie aber vollkommen überflüssig sind. Ich habe gewiss nicht vor, mich aus dem Zug zu schleichen und mich irgendwo in den Wäldern zu verstecken, um dort mein Unwesen zu treiben.«

»Ich werde es ihm ausrichten«, versprach Connor. Nicht, dass es nötig gewesen wäre. Janice hatte laut genug gesprochen, damit Nichols ihre Worte ganz bestimmt verstand, auch wenn er sich keinerlei sichtbare Reaktion gestattete.

»Und auch wenn mir natürlich klar ist, dass Sie es mir in diesem Augenblick nicht glauben, mein Kind, lassen Sie es mich Ihnen noch einmal versichern: Ich meine es gut mit Ihnen. Hören Sie auf mich, und suchen Sie sich einen Arzt, sobald Sie zu Hause angekommen sind. Er wird Ihnen helfen.«

Auch noch der letzte Rest von Sympathie erlosch, die sie für diese sonderbare Frau empfunden hatte. Sie glaubte Connor sogar, dass sie es gut mit ihr meinte, aber das änderte nichts am Ergebnis. Sie kam sich vor wie eine Gefangene, die an Bord eines Deportationsschiffes ging, das sie in eine vollkommen unbekannte und feindselige Welt bringen würde.

Die Lokomotive stieß einen schrillen Pfiff aus, und der Boden unter ihren Füßen zitterte sacht. Sie erwartete, dass der Zug nun abfahren würde, und wollte die Tür schließen, doch Connor schüttelte nicht nur rasch den Kopf, sondern streckte auch die Hand nach dem Türgriff aus und hielt ihn fest.

»Wenn Sie erst einmal wieder zu Hause und ein wenig zur Ruhe gekommen sind, dann sollten Sie darüber nachdenken, den Rat Ihres vormaligen Verlobten zu beherzigen, mein Kind.«

»Joffrey? Aber woher …?«

»Mister Waiden hat mir von dem Brief erzählt, den er Ihnen gegeben hat«, fiel ihr Connor ins Wort, machte zugleich aber auch eine besänftigende Geste mit der freien Hand. Die andere lag noch immer auf dem Türgriff, so als hätte sie sich vorgenommen, den ganzen Zug nötigenfalls mit Gewalt festzuhalten, bis sie gesagt hatte, was sie zu sagen hatte. »Ja, ich weiß, das hätte er nicht tun sollen, aber der arme Junge war so durcheinander und musste einfach mit jemandem reden.«

»Aber dazu hatte er doch Joffrey«, sagte Janice spitz.

Connor ignorierte die Bemerkung. »An meiner Meinung über Ihren ehemaligen Verlobten hat sich nichts geändert, mein Kind«, sagte sie ernst. »Ganz im Gegenteil. Was immer das für Leute sind, mit denen er sich eingelassen hat, er hatte nicht das Recht, Sie in Gefahr zu bringen. Aber am Ende hat er wenigstens den Anstand gehabt, Ihnen einen einzigen guten Rat zu geben, und Sie sollten auf ihn hören.«

»Nicht nach den Tiefen Wesen zu suchen?«, fragte Janice. Sie behielt Connor aufmerksam im Auge, doch wenn ihr diese Worte überhaupt etwas sagten, dann ließ sie sich nichts davon anmerken.

»Vergessen Sie ihn«, sagte sie. »Tun Sie, was er Ihnen geraten hat, und suchen Sie sich einen anständigen jungen Mann, mit dem Sie ein neues Leben beginnen können.«

»Schwebt Ihnen da ein bestimmter junger Mann vor?«, fragte sie. »Zum Beispiel Steve?«

»Dieser Tollpatsch und Unglücksrabe?« Connor schüttelte den Kopf. »Aber, Liebes! Er ist nun wirklich unter Ihrem Niveau, auch wenn er zweifellos ein herzensguter Mensch ist. Behalten Sie ihn als Freund, wenn Sie meinen Rat hören möchten, aber nicht als jemanden, mit dem Sie den Rest Ihres Lebens verbringen wollen. Er handelt zweifellos in bester Absicht, aber das ändert nichts daran, dass er kaum mehr als ein Dummkopf ist. Dennoch: Auch solche Leute braucht man. Halten Sie ihn sich gut.«

Janice starrte sie an. Es war ja nicht so, als hätte sie noch allzu viele Sympathien für Steve Waiden übrig, vor allem nach der letzten Nacht – aber die verächtliche Art, auf die Connor über ihn sprach, empörte sie dennoch.

»Nun ja«, sagte Connor, indem sie nicht nur das Thema wechselte, sondern auch Mimik und Habitus. Mit einem Male wirkte sie ein wenig ungeduldig. »Jetzt fahren Sie erst einmal nach Hause und kurieren sich richtig aus. Sie werden sehen, dass die Welt danach gleich viel freundlicher aussieht.«

»Sind Sie denn der Meinung, ich wäre krank?«, fragte Janice spröde. Ganz plötzlich war da etwas an Connor, das sie störte, und es hatte nichts mit dem zu tun, was sie gesagt oder getan hatte.

»Sicher nicht körperlich«, erwiderte Connor unbeeindruckt. »Ich weiß, wie stark Sie sind, Liebes. Aber oft sind es gerade die Starken, die zuerst zusammenbrechen, weil sie ihre Grenzen nicht kennen. Ihre Seele wurde verletzt, Janice. Hätte Ihr Körper eine Wunde, dann würden Sie ihm doch auch Zeit geben zu heilen, bevor Sie wieder Höchstleistungen von ihm verlangen, oder?«

Diese Worte entbehrten nicht einer – sogar zwingenden – Logik, doch Janice war schon lange nicht mehr in der Stimmung, auf die Stimme ihrer Vernunft zu hören. Sie setzte zu einer nun wirklich scharfen Antwort an und klappte den Mund dann wieder zu, denn in diesem Moment begriff sie, was sie an Connor so störte. Es war ihre Hand. Genauer gesagt, ihr rechtes Handgelenk.

Der Ärmel ihres altmodischen Rüschenkleides war hochgerutscht, als sie nach der Tür gegriffen hatte, sodass sie das Geflecht aus wulstigen Narben und Verwachsungen sehen konnte, das ihr Handgelenk bedeckte, als wäre der ganze Arm von einem dicken Panzer aus Narbengewebe und steinhart gewordenen Geschwüren und vereiterter Hornhaut bedeckt. Und auch wenn sie es nicht sehen konnte – sie *wusste* einfach, dass sich diese schreckliche Entstellung nicht nur auf ihr rechtes Handgelenk beschränkte.

Connor folgte ihrem Blick und setzte dazu an, die Hand zurückzuziehen, schloss die Finger aber dann nur umso trotziger um den verzierten Messinggriff. »Das Leben hier auf dem Land fordert seinen Preis«, sagte sie, wie um einer entsprechenden Frage zuvorzukommen.

Janice hatte indes gar nicht vorgehabt, sie zu stellen. Sie starrte die hässlichen Wucherungen auf ihrem Unterarm an und versuchte das Gefühl leiser Übelkeit zu ignorieren, das der Anblick in ihrem Magen auslösen wollte, aber zugleich ... war da auch noch etwas anderes. Es war ein gleichermaßen verwirrendes wie alarmierendes Gefühl, das vage blieb, dadurch aber nur noch beunruhigender wurde: Als stünde sie vor den hoffnungslos durcheinandergeworfenen Teilen eines zerbrochenen Mosaiks, das für einen einzigen Moment Sinn ergeben hatte, sodass sie es zwar in seiner Gänze erkennen konnte, aber nicht lange genug, um es in Erinnerung zu behalten. Es war verwirrend. Und es machte ihr ein bisschen Angst. Und wenn sie ehrlich war, sogar mehr als ein bisschen.

Die Lok pfiff erneut, lauter und deutlich ungeduldiger diesmal, wie es ihr vorkam, und wieder hatte sie das Gefühl, dass der gesamte Zug erzitterte, einem sprungbereiten Raubtier gleich, das an seinen Fesseln zerrte.

»Worauf warten wir eigentlich?«, fragte sie, statt irgendetwas von dem zu sagen, was Connor erwarten mochte. Sie hatte nicht auf die Uhr gesehen, aber die offizielle Abfahrtszeit musste längst vorbei sein.

Statt zu antworten, nahm Connor nun doch die Hand vom Türgriff und trat ein paar Schritte zurück, um zu Nichols hinzusehen. Jedenfalls dachte Janice das, bis sie sah, dass sich der Constable ebenfalls halb umgedreht hatte und zum vorderen Ende des Zuges blickte. Feiner Nieselregen und Dampf wogten mittlerweile so dicht, dass sie nicht mehr entscheiden konnte, wo der Zug aufhörte und der Nebel anfing oder ob es überhaupt einen Unterschied gab. Schemen bewegten sich darin, vielleicht aber auch nur Trugbilder, die durch das Wallen des Nebels zu entstehen schienen. Ihr Atem stockte.

Wie als Reaktion auf ihr Starren kondensierten zwei der flüssigen Schatten zu wirklichen Gestalten, die nebeneinander näher kamen, und Janice wusste jenseits allen Zweifels, dass es Steve und Joffrey waren, der erneut den Schritt aus einem Albtraum in die Wirklichkeit getan hatte. Ihr Herz begann zu rasen, und sie schlug die Hand vor den Mund, um einen Schrei zu unterdrücken, der nicht kommen wollte.

Die Zeit raste zurück, wie ein bis zum Zerreißen angespanntes Gummiband, das plötzlich losgelassen wurde und sie in die vergangene Nacht zurückkatapultierte. Es war Joffrey.

Niemand sonst hatte diese Statur. Niemand sonst bewegte sich so, und niemand sonst hing am Ende einer grässlich pulsierenden Nabelschnur aus flüssigem Nichts, und gerade als sie spürte, wie etwas in ihrem Verstand zu zerbrechen drohte, trat Steve aus dem wogenden Dampf heraus und wurde von seinem eigenen Gespenst wieder zu sich selbst, und die tanzende Marionette neben ihm zerfaserte und löste sich auf, als hätte es sie nie gegeben.

»Ist alles in Ordnung, mein Kind?«, fragte Connor. Sie klang jetzt wirklich besorgt. Und noch mehr, als Janice nicht auf ihre Frage reagierte, sondern die graue Wand aus stiebendem Nichts nur weiter aus aufgerissenen Augen anstarrte. Das Joffrey-Gespenst tauchte nicht wieder auf, und wahrscheinlich war es auch niemals da gewesen. Vielleicht hatte Connor ja recht, und ihre Seele war wirklich schwerer verletzt worden, als sie zugeben mochte. Oder auch ihr Verstand.

»Es tut mir leid, mein Kind«, fuhr Connor fort, ihr gelähmtes Schweigen falsch deutend. »Ich hätte es Ihnen eher sagen müssen, ich weiß. Aber es muss sein. Das war die Bedingung, die Doktor Daniels gestellt hat.«

»Was?«, fragte Janice mühsam. Es gelang ihr immer noch nicht, ihren Blick von dem wabernden Grau loszureißen. Dinge bewegten sich darin, vielleicht nur reine Trugbilder, von substanzloser Bewegung erschaffen, vielleicht aber auch anderer, grässlicherer Natur. Die Wirklichkeit bekam Risse, genau wie ihr Verstand.

Connor beantwortete ihre Frage nicht, sondern trat nur einen weiteren Schritt zur Seite und maß sie mit einem sehr langen und traurigen Blick, bevor sie sich ohne ein weiteres Wort umdrehte und ging. Sie verschwand so schnell, als hätte der Regen sie einfach aufgesogen. Steve indessen griff nur noch rascher aus und rannte die beiden letzten Schritte schon beinahe, um Schwung für den kurzen Satz zu holen, mit dem er zu ihr herauf- und durch die Tür sprang, und das so vehement, dass sie gerade noch in das Abteil zurückweichen konnte, um nicht über den Haufen gerannt zu werden.

Durch die abrupte Bewegung verlor sie die Balance und plumpste unbeholfen auf die mit rotem Samt gepolsterte Sitzbank hinab, doch statt sich für seine Ungeschicklichkeit zu entschuldigen oder ihr gar aufzuhelfen, zog Steve lediglich die Abteiltür hinter sich zu. Erst dann drehte er sich wieder zu ihr um und lächelte, als wäre gar nichts geschehen.

»Bitte verzeihen Sie meine unziemliche Hast, Janice«, stieß er hervor, »aber der Lokführer war bereits ein wenig ungehalten und hat darauf gedrängt loszufahren.«

Ein drittes und nun ganz eindeutig unwillig klingendes Pfeifen wehte von draußen herein, wie um seine Worte zu unterstreichen, und noch bevor es ganz vorüber war, ruckte der Zug mit einem metallenen Scheppern und so hart an, dass es sie um ein Haar von der Sitzbank geworfen hätte.

»Man muss den Mann verstehen«, fuhr Steve fort, während er selbst mit heftig rudernden Armen darum kämpfte, nicht von der Bank zu fallen – womit Janice schon halbwegs rechnete. Im Grunde war sie sogar ein bisschen überrascht, dass es nicht geschah. »Ich persönlich halte ihn zwar für einen Grobian und ungehobelten Buschen, aber immerhin hat er einen Fahrplan einzuhalten.«

Ein weiterer, wenn auch nicht mehr annähernd so harter Ruck ging durch das Abteil, und grauer Dampf zischte vor den Fenstern auf, als sich der Zug in Bewegung zu setzen begann. Ein sachter, aber ungemein übler Geruch wehte mit dem Dampf herein und verschwand genauso schnell wieder, wie er gekommen war, und als sich der zischende Dunst verzog und wieder tristem grauem Regen Platz machte, war auch der winzige Bahnhof von Ipswich verschwunden; und kaum einen Atemzug später Ipswich selbst.

Janice amüsierte sich einen Moment über die absurde Vorstellung, der Regen könnte den ganzen Ort einfach weggewaschen haben, und einen zweiten und deutlich längeren mit dem Eingeständnis, wie sehr ihr diese Vorstellung gefiel, doch als Steve auch nach etlichen weiteren Augenblicken keinerlei Anstalten machte, auch nur einen Laut von sich zu geben, zog sie demonstrativ die linke Augenbraue hoch und fragte mit spröder Stimme: »Was tun Sie hier, Steve?«

Steve sah sie an, als hätte er Mühe, diesen Worten einen Sinn abzugewinnen, doch dann deutete er mit einer Kopfbewegung auf das Gepäcknetz über ihr. »Nun, wie es aussieht, ist das unser gemeinsames Abteil.«

Janice' Blick folgte seiner Bewegung. Tatsächlich bog sich das Gepäcknetz über ihrem Kopf nicht nur unter dem Gewicht ihrer eigenen Reisetasche, sondern auch noch unter einem zweiten (deutlich schäbigeren) Koffer, den sie bisher noch gar nicht bemerkt hatte.

»*Unser* Abteil?«, wiederholte sie unbehaglich.

Steve nickte gleich mehrmals hintereinander, und sehr heftig. »In der Tat. Hat Ellen Connor Ihnen nichts gesagt?«

Tatsächlich erinnerte sie sich jetzt jener … nun ja: kryptischen Bemerkung, die Connor über Doktor Daniels *Bedingung* gemacht hatte, gerade als Steve aufgetaucht war, aber sie schüttelte trotzdem überzeugt den Kopf und sagte: »Nein.«

»Das tut mir leid«, antwortete Steve, ohne die mindeste Spur wirklichen Bedauerns. »Und es ist ein wenig sonderbar, denn ich hätte gedacht, dass sie eine eher zuverlässige Person ist, auf deren Wort man sich verlassen kann.«

»Zumindest redet sie keinen Unsinn«, gab Janice spitz zurück.

Falls Steve den Seitenhieb überhaupt bemerkte, zog er es vor, nicht darauf einzugehen. »Ich habe Constable Nichols und Doktor Daniels mein Ehrenwort gegeben, Sie sicher nach Hause zu begleiten und dort in die Obhut eines Arztes zu überstellen.«

»Weil Sie der Meinung sind, dass meine Kräfte nicht ausreichen, um den ganzen weiten Weg nach Providence allein zu bewältigen?«, fragte Janice.

Auch diese Spitze verfehlte ihre Wirkung so total, dass sie sich allein darüber schon wieder maßlos ärgerte; so sehr, dass sie fast selbst darüber staunte, wie ruhig sie zumindest äußerlich blieb.

»Ich sehe, Miss Connor hat Ihnen wohl wirklich nichts gesagt«, seufzte Steve. »Das ist bedauerlich.«

»Sie hat nicht gesagt, dass ich ein Kindermädchen brauche«, bestätigte Janice. »Bisher habe ich das ja nicht einmal selbst gewusst.«

»Es hat mich eine Menge Mühe gekostet, dass Sie und ich jetzt hier sind«, sagte Steve sehr ernst.

»Und Sie haben es trotzdem geschafft«, erwiderte Janice anerkennend. »Ich bin entsprechend beeindruckt. Ich nehme an, alle anderen Plätze im Zug waren schon belegt?«

»Ich kann Ihre Reaktion verstehen, auch wenn sie mich schmerzt, Janice. Doch es hat mich wirklich alle meine Überredungskunst gekostet, dass Sie jetzt überhaupt in diesem Zug sitzen. Ich weiß, dass Sie diesen sonderbaren Constable weder mögen noch besonders ernst nehmen, und zumindest bei Ersterem sind wir da auch einer Meinung. Aber es wäre ein schwerer Fehler, den Mann zu unterschätzen. Nach dem, was Doktor Daniels ihm erzählt hat, war es ganz und gar nicht selbstverständlich, dass er Sie überhaupt gehen lässt. Ich musste ihm mein Ehrenwort geben, dafür Sorge zu tragen, dass Sie mit niemand anderem in Kontakt kommen.«

»Dann ist das hier also in Wahrheit gar kein Bahnabteil, sondern so etwas wie eine fahrende Quarantänezelle«, brachte es Janice auf den Punkt.

Diesmal gelang es ihr immerhin, ihn ein wenig aus der Fassung zu bringen. Steve rettete sich zwar auch jetzt wieder in ein nervöses Lächeln, aber es wirkte auch deutlich unsicher. »Man darf Männer wie Nichols nicht unterschätzen«, beharrte er. »Ich persönlich halte ihn für wenig mehr als einen aufgeblasenen Dorftrottel, aber auch für durchaus willens, seine Machtbefugnisse bis zur Gänze auszuschöpfen. Und genau diese Mischung macht solche Männer gefährlich. Wenn er es gewollt hätte, dann säßen Sie jetzt noch in seiner Gefängniszelle, und wer weiß, für wie lange.«

»Ich habe Sie verstanden, Steve«, seufzte Janice. »Und ich bin Ihnen auch angemessen dankbar, glauben Sie mir.«

»Sie sind verstimmt«, stellte Steve betrübt fest.

»Aber wie kommen Sie denn bloß auf diese abenteuerliche Idee?«, erkundigte sich Janice, und sie musste sich nicht einmal mehr Mühe geben, ihrer Stimme einen süffisanten Klang zu verleihen. »Sollte ich etwa verstimmt sein, nur weil Sie mich ein volles

Jahr lang angelogen haben? Sie sollten mich besser kennen. So nachtragend bin ich nicht.«

»Ich hatte Joffrey mein Wort gegeben.«

»Und ich nehme es Ihnen auch keineswegs übel, dass Sie tatenlos zugesehen haben, als mich dieser Viehdoktor und sein verhinderter Wyatt Earp für verrückt erklären wollten«, fuhr Janice lächelnd fort.

»Niemand hat gesagt, Sie sei …«

»Verrückt?«, fiel ihm Janice ins Wort. »Joffrey war da, Steve. Er hat mit mir gesprochen, und Sie haben ihn gesehen. Wir sind jetzt allein. Niemand hört uns zu. Es gibt keinen Grund mehr für dieses unwürdige Theater. Also haben Sie bitte wenigstens jetzt den Anstand, und sagen Sie mir, was das alles zu bedeuten hat! Was hat Joffrey getan? Wer sind diese Tiefen Wesen, mit denen er sich eingelassen hat? Und was ist das für ein schreckliches Geheimnis, von dem niemand wissen darf?«

Steve sah sie ernst an. »Ich weiß nicht, wovon Sie reden, Janice. Ich habe Joffrey das letzte Mal vor einem Jahr gesehen, genau wie Sie.«

»Dann waren Sie nicht vergangene Nacht in meinem Hotelzimmer und haben mich festgehalten und gezwungen, ihm zuzuhören?«, fragte Janice. Bevor er antworten konnte, hob sie die Hand und berührte ihr Gesicht an derselben Stelle, an dem ihre Fingernägel vier tiefe Schrammen auf seiner Wange hinterlassen hatten. »Leugnen Sie nicht! Ihr Blut ist noch unter meinen Fingernägeln … und bei der Gelegenheit: Was machen Ihre Zehen?«

»Sie sind gebrochen, fürchte ich«, erwiderte Steve. »Aber das spielt keine Rolle, auch wenn ich gern zugebe, dass Sie sich Ihrer Haut zu wehren wissen. Ich möchte nicht derjenige sein, der sich ernsthaft Ihren Zorn zuzieht.«

»Sie sind auf dem besten Weg, es zu werden«, versicherte ihm Janice.

»Wenn das der Preis ist, den ich dafür bezahlen muss, dass es Ihnen bald wieder ein wenig besser geht, dann bin ich gerne dazu bereit«, antwortete Steve. Er berührte die verschorften Kratzer auf seiner Wange.

»Geben Sie acht, dass Sie nicht vor lauter Edelmut zerschmelzen, Mister Waiden«, sagte Janice böse. »Und wenn Sie irgendwann damit fertig sind, Ihren Heiligenschein zu polieren, dann sagen Sie mir endlich die Wahrheit! Das sind Sie mir verdammt noch mal schuldig!«

»Aber das habe ich, Janice«, beteuerte Steve. »Es ist die Wahrheit. Ich habe Joffrey vor einem Jahr das letzte Mal gesehen! Sie können mir vorwerfen, dass ich Ihnen nichts von seinem Brief erzählt habe und unserem letzten Gespräch, und es gibt nur sehr wenig, was ich zu meiner Verteidigung vorbringen könnte. Aber darüber hinaus …«

»Haben Sie ihn gesehen, gestern Abend, mit ihren eigenen Augen gesehen«, fiel ihm Janice ins Wort. »Genau wie ich! Und in der Nacht zuvor sind Sie zusammen mit ihm auf die IRONCLAD gegangen. Ich habe Sie beobachtet, Steve. Und ich bin Ihnen auf das Schiff gefolgt! Ich weiß, was dort geschieht, und Sie werden mir jetzt sagen, was das alles zu bedeuten hat!«

»Die IRONCLAD«, wiederholte Steve mit einem traurigen Lächeln. Er nickte. »Dieses Geisterschiff, von dem Sie immerzu reden.«

»Es ist kein Geisterschiff!« Janice schrie fast, oder war doch zumindest laut genug, um ihn auf seiner Sitzbank ein wenig zusammenzucken zu lassen. »Dieses Schiff existiert! Ich habe es gesehen! Ich war an Bord!«

Steve seufzte. »Nein, Janice«, sagte er sanft. »Das waren Sie nicht. Sie waren es nicht, weil es dieses Schiff nicht gibt. Es ist schon vor Jahren gesunken. Und Sie haben auch Joffrey in der vergangenen Nacht nicht gesehen. Ich bin in Ihr Zimmer gekommen, weil Sie geschrien haben. Sie haben um sich geschlagen und einen Stuhl zertrümmert, und wenn ich Sie nicht festgehalten hätte, dann hätten Sie sich womöglich schlimm verletzt. Dabei haben Sie mir diese Kratzer zugefügt, und nicht, weil ich Sie vor Joffrey beschützen wollte, der gar nicht da war. Fragen Sie Miss Connor, wenn Sie mir nicht glauben. Sie war dabei!«

»Connor? Was für eine hervorragende Zeugin!«, fauchte Janice. War es bedeutungslos oder nur Zufall, dass er *beschützen* gesagt hatte, was doch eigentlich nur Sinn ergab, wenn er von Joffreys fürchterlicher Verwandlung wusste? »Sie meinen also auch, ich sei verrückt, oder wenigstens ein bisschen hysterisch? Sagen Sie es ruhig. Ich bin daran gewöhnt, dass man mich für ein wenig durchgedreht hält.«

»Aber das stimmt doch gar nicht«, sagte Steve, jetzt wieder sanft. »Niemand hält Sie für verrückt oder hysterisch. Sie sind durcheinander, und das ist auch nur zu verständlich, nach allem, was Sie in den letzten Tagen durchgemacht haben. Connor hat vollkommen recht.«

»Dass ich eine hysterische Ziege bin?«

»Dass Sie viel zu viel von sich selbst verlangen«, sagte Steve kopfschüttelnd. »Gestatten Sie sich eine kleine Pause. Ein paar Wochen Ruhe, vielleicht sogar nur einige Tage ... Sie werden sehen, dass sich danach alles von selbst regelt.«

Janice fragte sich einen Moment lang allen Ernstes, was *Steve* wohl noch sehen würde, wenn sie die Einsamkeit des Abteils ausnutzte, um ihm die Augen auszukratzen. Dann lächelte sie über ihren eigenen Gedanken, und natürlich missverstand Steve das.

»Ich hatte gehofft, dass Sie es so sehen«, sagte er.

Janice zog es vor, nichts darauf zu antworten, und für eine Weile begann sich unbehagliches Schweigen zwischen ihnen breitzumachen. Janice bedauerte schon fast, überhaupt mit ihm gesprochen zu haben, statt ihn mit beharrlichem Schweigen zu bestrafen.

Aber was wäre die Alternative? Den ganzen Weg bis nach Providence zu schweigen und Steve womöglich den Triumph zu gönnen, sie eingeschüchtert zu haben? Das hatte er nicht, aber sie gönnte ihm nicht einmal diesen Irrtum; ganz egal wie lächerlich das war.

Um den Moment ihrer persönlichen Niederlage noch ein wenig hinauszuzögern, in dem sie das Schweigeduell von sich aus beenden würde, drehte sie demonstrativ den Kopf und sah aus dem Fenster, aber auch der Anblick der vorüberziehenden Landschaft brachte wenig Abwechslung. Der Zug hatte Fahrt aufgenommen und bewegte sich mit schon fast erschreckender Geschwindigkeit dahin, und der Regen schien im gleichen Maße nachzulassen, in dem sie sich von Ipswich und der Küste entfernten. Vielleicht kam es ihr auch nur so vor, weil sie immer schneller durch die stiebenden nassen Schleier jagten.

Der Anblick brachte schon deshalb keinen Trost, weil Janice sich bei hohen Geschwindigkeiten noch nie sonderlich wohlgefühlt hatte. Eine der wenigen Gelegenheiten, bei denen es zwischen Joffrey und ihr wirklich Streit gegeben hatte, war der Tag gewesen, an dem er sie stolz in seinem brandneuen Ford mitgenommen und auf der Landstraße auf selbstmörderische fünfundvierzig Meilen die Stunde beschleunigt hatte; eine Geschwindigkeit, für die Gott den Menschen ihrer festen Überzeugung nach einfach nicht gemacht hatte.

Dazu kam aber auch die Landschaft selbst. Neu-England mochte ein durchaus malerisches Fleckchen Erde sein, aber schier endlosen Wäldern und ebenso end- und grenzenlosen Prärien und Feldern dabei zuzusehen, wie sie sich vor dem Fenster eines mit halsbrecherischer Geschwindigkeit dahinrasenden Zuges abwechselten, wurde zugleich auch sehr schnell eintönig.

Schließlich, und ohne Steve dabei anzusehen, fragte sie: »Und wie geht es jetzt weiter?«

»Die Fahrt dauert nur wenige Stunden, und dann sind wir wieder zurück in der Zivilisation. Um ehrlich zu sein, erleichtert mich dieser Gedanke. Ich habe noch nie so recht verstanden, was am einfachen Leben auf dem Lande faszinierend sein soll. Ich finde es bestenfalls unbequem und anstrengend, und mir würden durchaus auch noch ein paar andere und weniger schmeichelhafte Bezeichnungen dafür einfallen.«

»Das habe ich nicht gemeint, Steve. Und ich glaube, das wissen Sie auch sehr gut.«

Steve zögerte lange, und sie konnte ihm ansehen, wie genau er sich jedes einzelne Wort zurechtlegte, bevor er es aussprach. »Die Sache ist nicht ganz so einfach, Janice. Ich habe ein Telegramm vorausgeschickt, um unsere Ankunft anzukündigen. Jemand wird uns am Bahnhof abholen.«

»Jemand?«

»Ein Arzt«, antwortete Steve unbehaglich. »Genauer gesagt ein Wagen, der uns zu einem Arzt bringt. Keine Sorge – es handelt sich nicht nur um einen Spezialisten, sondern wirklich um den Allerbesten. Das ist einer der wenigen Vorteile, die sich daraus ergeben, wenn man für die Behörden arbeitet.«

»Was für ein Spezialist?«, fragte Janice. Sie fühlte sich unbehaglich an ihr letztes Gespräch mit Connor erinnert … nur dass es da um eine bloße Möglichkeit gegangen war, eine Ungeheuerlichkeit zwar, aber trotzdem nur um ein *es-könnte-sein*. Das hier war etwas vollkommen anderes. »Wovon reden Sie, Steve?«

»Wie gesagt«, antwortete Steve ausweichend, »ist die ganze Sache möglicherweise ernster, als Ihnen klar ist, Janice.«

»Welche *Sache*, Steve?«

Steve druckste einen Moment herum. »Diese Blutprobe«, sagte er schließlich. »Ich muss gestehen, dass ich den Ernst dessen, was Daniels getan hat, nicht wirklich begriffen habe, jedenfalls nicht, bevor es zu spät war. Er hat Ihnen eine Blutprobe abgenommen, erinnern Sie sich?«

»War das in dem Teil der vergangenen Nacht, der wirklich passiert ist, oder in dem, den ich mir zusammenphantasiert habe?«, fragte sie spitz.

Steve machte zwar ein Gesicht, als hätte er sich unversehens auf einen entzündeten Zahn gebissen, antwortete aber dennoch mit großem Ernst: »Er hat wirklich einen Boten beauftragt, diese Blutprobe zum zuständigen Veterinäramt nach Boston zu bringen.«

»Zum *Veterinär*amt?«, vergewisserte sich Janice. »Verwechselt er mich jetzt endgültig mit einem seiner normalen Patienten, oder ist ihm der Unterschied auch schon vorher nicht aufgefallen?«

»So komisch ist das nicht, Janice«, sagte Steve. »Ich musste mich ebenfalls erst von diesen zurückgebliebenen Provinzpolizisten darüber aufklären lassen, aber bei Lyssa handelt es sich um eine meldepflichtige Krankheit.«

»Lyssa«, wiederholte Janice. »Warum nennen Sie das Kind nicht beim Namen? Fällt es Ihnen so schwer, das Wort Tollwut auszusprechen? Sie müssen keine Rücksicht auf mich nehmen … und was meinen Sie überhaupt mit meldepflichtig?«

»Genau das, was es heißt«, erwiderte Steve. »Lyssa ist in höchstem Maße ansteckend, weshalb jeder Arzt verpflichtet ist, jede

Infektion zu melden, die er feststellt. Wenn er seine Pflichten wirklich ernst genommen hätte, dann wären wir jetzt nicht einmal hier, denn dann hätte er Sie so lange in Quarantäne behalten müssen, bis das Ergebnis der Untersuchung vorliegt.«

»Aber Sie haben Ihren Charme spielen lassen und ihn davon überzeugt, dass das nicht nötig ist«, stichelte Janice, auch wenn ihr zugleich ein sachter Schauer über den Rücken lief.

»Ich konnte ihn tatsächlich überzeugen, dass eine stinkende Gefängniszelle in Ipswich nicht der richtige Platz für eine junge Frau wie Sie ist«, antwortete Steve. »Ich habe ihm mein Ehrenwort gegeben, dass Sie sich sofort in die Obhut eines Arztes begeben, nachdem ich sie zu Hause abgeliefert habe.«

»Nur Sie allein? Wie tapfer. Das hätte ich Ihnen gar nicht zugetraut«, sagte Janice. Die Worte taten ihr beinahe schon wieder leid, sah sie Steve doch an, wie sehr sie ihn trafen; aber sie gestattete diesem Gefühl auch nicht, stärker zu werden.

»Diese Krankheit ist ebenso gefährlich wie ansteckend, aber ich vertraue auf Ihre Vernunft, Janice.«

»Ich bin eine Frau«, erwiderte Janice. »Was also bringt Sie auf den Gedanken, ich könnte *vernünftig* sein?«

»Der Umstand, dass ich Sie kenne«, sagte Steve. »Sie sind viel zu verantwortungsbewusst, um irgendetwas zu tun, das andere in Gefahr bringt. Und was die Ansteckung angeht, gehe ich einfach das Risiko ein, nicht von Ihnen gebissen zu werden.«

Janice lächelte dünn, aber ihr Blick blieb ernst. »Wir halten zweimal an, bevor unser Zugteil in Boston an den Providence Express angekoppelt wird, nicht wahr?« Steve nickte, und sie fuhr fort: »Was sollte mich eigentlich daran hindern, am nächsten Bahnhof auszusteigen, laut um Hilfe zu schreien und dabei mit dem Finger auf Sie zu deuten?«

Steve starrte sie eine geschlagene Sekunde lang mit offenem Mund an, dann rettete er sich in ein leises – sehr nervöses – Lachen. »Ich begreife immer mehr, was Joffrey so sehr an Ihnen geliebt hat, Janice. Aber Sie würden so etwas nicht tun.«

»Und wieso nicht?«

»Weil Sie niemals einen Unschuldigen verleumden würden«,

antwortete er überzeugt; und wahrheitsgemäß. Offensichtlich schien er wie ganz selbstverständlich davon auszugehen, dass sie ihn für einen Unschuldigen hielt. »Und weil Sie ein Gewissen haben. Ich glaube keine Sekunde lang daran, dass Daniels recht haben könnte, aber wenn es so wäre, und sei es noch so unwahrscheinlich, dann würden Sie viele unschuldige Menschen in Gefahr bringen. Und das würden Sie niemals tun.«

Janice funkelte ihn zornig an. Sie schwieg.

»Habe ich etwas Falsches gesagt?«

»Ich hasse es, manipuliert zu werden«, sagte Janice.

»Manipuliert?«

»Mit der Wahrheit.«

Steve spielte fast überzeugend den Verdutzten, doch dann begann er zu lachen, und Janice konnte nicht anders, als darin einzustimmen, wenn auch nur für ein paar Augenblicke.

»Sie erwarten also, dass ich brav mitkomme und darauf warte, dass man mir mein Todesurteil verkündet«, sagte sie dann jedoch.

»Janice, ich bitte Sie! Sie wissen so gut wie ich, dass dieser Tierarzt Unsinn redet!«

»Ist das so?«

»Sind Sie in den letzten Tagen von einem Hund gebissen worden oder einem Fuchs?«, fragte Steve, beantwortete seine eigene Frage aber auch gleich mit einem energischen Kopfschütteln und einer beschwichtigenden Geste mit beiden Händen. »Sehen Sie! Das ist alles nichts als ausgemachter Unsinn. Dieser Arzt kommt sich wichtig vor, und Nichols nutzt die Gelegenheit, um sich aufzuspielen und seinen Schäfchen zu zeigen, wie sehr er um ihre Sicherheit besorgt ist. Gehen Sie in diese Klinik, und lassen Sie sich untersuchen, und in spätestens ein oder zwei Tagen, wenn das Ergebnis vorliegt, können wir beide gemeinsam über diese dummen Landeier lachen.«

Und wenn das Ergebnis positiv ist?, flüsterte eine leise Stimme hinter ihrer Stirn. Sie gestattete sich nicht, auf diese Frage zu antworten. Oder auch nur darüber nachzudenken.

»Und Joffrey?«, fragte sie.

Sie lächelte weiter, aber es wirkte jetzt noch weniger echt als zuvor. »Warten Sie einfach die nächsten Tage ab, Janice«, sagte er noch einmal. »Sobald sich die ganze Aufregung gelegt hat, reden wir über alles, und ich gebe Ihnen mein Ehrenwort, Ihnen sämtliche Fragen zu beantworten, die Sie haben.«

»Warum nicht gleich hier und jetzt?«, fragte Janice.

»Weil das wohl wenig Sinn hätte«, antwortete er offen. »Sie sind im Moment nicht in der Verfassung, objektiv über gewisse Dinge nachzudenken. Aber ich bin sicher, dass Sie vieles mit einem gewissen Abstand anders sehen werden.«

»Und wenn nicht?«

»Dieses Risiko gehe ich gerne ein.« Steves Stimme nahm einen fast flehenden Klang an. »Schenken Sie sich selbst diese zwei Tage, Janice. Und mir.«

Die beiden letzten Worte zog Janice vor, nicht zu hören, schon weil sie spürte, wie sein Gift allmählich zu wirken begann. In den letzten Tagen hatte sie sich mehrmals über sich selbst beschwert, dass ihre gewohnte Logik sie im Stich zu lassen begann. Jetzt meldete sie sich zur Unzeit zurück und stellte ihr Fragen, auf die sie keine Antwort wusste – wie zum Beispiel die, warum sie nicht einfach tat, was Steve vorschlug. Joffrey war jetzt seit einem Jahr verschwunden, und es machte wohl schwerlich einen Unterschied, ob sie die Suche nach ihm jetzt oder in ein paar Tagen fortsetzte.

Ärgerlich schüttelte sie den Gedanken ab. Es *machte* einen Unterschied. Die Dinge waren in Bewegung gekommen, und es stand schon lange nicht mehr in ihrer Macht, sie aufzuhalten. Vielmehr musste sie wohl achtgeben, nicht von ihnen überrollt zu werden.

»Wie lange brauchen wir noch bis zum nächsten Bahnhof?«, fragte sie kurz entschlossen.

»Vielleicht eine halbe Stunde«, antwortete Steve nach kurzem Überlegen. »Aber wir haben dort nur einige Minuten Aufenthalt. Ich glaube, um auf einen anderen Zug zu warten. Wir müssen nicht einmal aussteigen.«

»Ich fürchte, dass ich das doch muss«, erwiderte Janice. Sie bemühte sich um ein leicht verlegenes Lächeln. »Unser Aufbruch war trotz allem ein wenig überhastet, und ich bin nicht mehr dazu gekommen, eine gewisse … Örtlichkeit aufzusuchen.«

»Das hätten Sie auch gar nicht gewollt, glauben Sie mir«, versicherte Steve. »Ich hatte das zweifelhafte Vergnügen.« Dann schien ihm klar zu werden, was er da gerade gesagt hatte, und er errötete bis unter die Haarspitzen. Es sah fast ein bisschen rührend aus.

»Eine halbe Stunde?«, vergewisserte sie sich.

»Ich fürchte«, sagte Steve. »Diese Züge sind zwar äußerst bequem, aber auch nicht besonders schnell.«

»Mir ist er eindeutig *zu* schnell«, antwortete Janice. »Es kann nicht gesund sein, sich mit einem solchen Tempo zu bewegen.«

Und diese Worte entsprachen ihrer tiefsten Überzeugung. Sie vermied es mittlerweile, aus dem Fenster zu sehen. Der Zug war noch einmal schneller geworden, und es kam ihr zumindest so vor, als ob die gesamte Welt da draußen zu einem einzigen Brei aus ineinanderfließenden Farben zu verschmelzen begann. Sie fragte sich, was wohl geschehen würde, wenn der Zug bei einer solchen Geschwindigkeit gegen ein Hindernis prallte, das etwa auf den Schienen lag, wollte die Antwort auf diese Frage zugleich aber auch gar nicht wissen.

»Ja, Joffrey hat mir einmal erzählt, dass das zu den wenigen Dingen gehört, in denen sie nicht konform gehen«, sagte Steve lächelnd. »Ihm konnte es nie schnell genug sein.«

»*Kann,* Steve«, verbesserte sie ihn betont, »nicht *konnte.* Es *kann* ihm nicht schnell genug sein. Und sobald er zurück ist – nicht *wenn* –, werde ich ihm das schnellste Automobil kaufen, das überhaupt für Geld zu bekommen ist.«

Steve sah sie ein wenig perplex an, und auch sie selbst fragte sich nach einer Sekunde, warum sie eigentlich derart schroff reagierte, musste sich aber zugleich auch beherrschen, um nicht noch einmal nachzusetzen. Sie war gereizt und hatte sicherlich jedes Recht dazu, aber das war es gar nicht. Janice war niemals launisch gewesen, doch nun spürte sie einen vollkommen unbekannten Zorn in sich, einen allgemeinen Groll, der keinen Grund brauchte, sondern im Gegenteil nach etwas suchte, worauf er sich richten konnte. Sie erschrak beinahe vor sich selbst.

Und wie es aussah, nicht nur sie.

»Ist alles in Ordnung mit Ihnen, Janice?«, fragte Steve besorgt.

Die einzige ehrliche Antwort wäre natürlich *Nein* gewesen, und darüber hinaus versuchte ihr schlechtes Gewissen ihr klarzumachen, dass es an der Zeit für eine Entschuldigung war. Stattdessen funkelte sie ihn nur umso zorniger an und fauchte: »Aber selbstverständlich! Ich habe mich selten im Leben besser gefühlt. Was dachten Sie denn?«

Steve schien auf seiner Sitzbank ein Stück zusammenzuschrumpfen, aber er war auch klug genug, nicht mehr zu antworten. Die restliche Fahrt bis zu ihrem ersten Aufenthalt verlief in unbehaglichem Schweigen.

Irgendwann zerfielen die rasenden Farben vor dem Fenster wieder in vorüberhuschende Umrisse und kurz darauf zu den vertrauten Wäldern, Brachflächen und Feldern, dann konnte sie gelegentliche Gehöfte und einzelne Häuser ausmachen und schließlich eine Straße, die sich eine Zeit lang parallel zu den Eisenbahnschienen bewegte, darauf zwei Automobile, so langsam, dass sie still zu stehen schienen.

Und schließlich wurden sie noch langsamer und hielten ruckelnd und in eine zischende Dampfwolke gehüllt und mit dem Kreischen metallener Bremsen vor einem überdachten Bahnsteig an, der kaum größer war als der von Ipswich. Immerhin gab es ein richtiges Bahnhofsgebäude, vor dem eine Anzahl abfahrbereiter Reisender mit ihrem Gepäck warteten.

Janice stand auf und öffnete die Tür, noch bevor der Zug ganz zum Stillstand gekommen war. Steve erhob sich ebenfalls, doch sie schüttelte den Kopf. »Ich bin gleich zurück. Es wäre mir lieber, wenn Sie hierblieben und auf unser Gepäck achten.«

»Wir haben das ganze Abteil gebucht.« Steve machte keine Anstalten, sich wieder zu setzen, sondern eilte im Gegenteil an ihr vorbei und sprang auf den Bahnsteig hinab. Mit einem Geschick, das sie ihm niemals zugetraut hätte, drehte er sich noch in der Bewegung um und streckte ihr die Hand entgegen, um ihr beim Aussteigen behilflich zu sein; ganz Kavalier. Aber da war auch schon wieder eine ganz sachte Spur von Misstrauen in seinem Blick.

»Ich brauche wirklich keine Hilfe, um …«, begann Janice, aber

Steve streckte die Hand nur noch weiter aus und machte eine ungeduldige Geste mit der anderen.

»Das weiß ich. Aber was wäre ich für ein Begleiter, wenn ich Sie ganz allein auf einem Bahnhof herumlaufen ließe, noch dazu in einer fremden Stadt?«

Es war keine Bitte, das begriff sie. Hätte sie noch Zweifel gehabt, dass ihre Entscheidung richtig gewesen war, dann hätten sie sich spätestens in diesem Moment zerstreut. Sie griff nach seiner Hand und ließ sich aus dem Zug helfen, ließ ihn aber auch sofort wieder los und eilte mit unziemlicher Hast voraus; schon um ihrer Behauptung mehr Glaubwürdigkeit zu verschaffen, was den Grund ihres Aufenthaltes hier anging.

Unerwarteterweise war das Schicksal einmal auf ihrer Seite. Hätte es in diesem Bahnhof keine Waschräume gegeben, so hätte sie improvisieren oder ihren Plan sogar fallen lassen müssen, doch es gab nicht nur eine entsprechende Örtlichkeit, sie befand sich sogar ein gutes Stück abseits des vergitterten Schalters. Noch einmal schneller gehend eilte sie voraus, hielt aber einen Schritt vor der Tür an und bedachte Steve mit dem strafendsten Blick, den sie in diesem Augenblick nur zustande brachte.

»Das ist nahe genug«, sagte sie. »Ich darf doch um ein wenig Diskretion bitten.«

Steve bekam schon wieder rote Ohren, wich aber auch gehorsam gleich drei Schritte zurück und wusste auch nicht mehr, wohin mit seinem Blick. »Verzeihung«, stammelte er. »Ich wollte nicht … also … wir haben nur zehn Minuten Aufenthalt, und …«

»Und jetzt wahrscheinlich nur noch acht«, sagte Janice, streckte die Hand nach der Klinke aus und brachte ihn ganz bewusst noch mehr in Verlegenheit, indem sie hinzufügte: »Ich tue mein Möglichstes, um es rechtzeitig zu schaffen.«

Sie hatte abermals Glück. Der Waschraum war leer, und es gab sogar ein schmales Fenster, das auf eine vom Regen aufgeweichte Seitenstraße hinausführte. Einen ganz kurzen Moment lang überlegte sie, einfach hindurchzusteigen und darauf zu vertrauen, dass Steve bis zum wirklich allerletzten Moment wartete, bis er seine Hemmungen überwand und hereinkam, um sie zu holen. Aber weniger als zehn Minuten Vorsprung waren nicht viel, vor allem nicht in einer vollkommen fremden Stadt und mit einem Steve auf den Fersen, der Himmel und Hölle in Bewegung setzen würde, um ihrer wieder habhaft zu werden.

Sie konnte die Bahnhofsuhr nicht sehen, doch die ersten Reisenden traten bereits an den zweiten Bahnsteig heran, und sie beobachtete den Schaffner, der mit demonstrativ zur Schau gestellter Ungeduld auf seine Taschenuhr sah und noch übertriebener missbilligend den Kopf schüttelte, damit auch wirklich niemandem entging, wie ernst er seine Aufgabe nahm und wie wichtig er war. Von weit her meinte sie einen Pfiff zu hören, aber sie war nicht ganz sicher.

Ein weiteres, deutlich näheres Pfeifen erscholl, und unter den Reisenden am Bahnsteig kam Unruhe auf. Kaum eine Sekunde später klopfte es zaghaft an der Tür, und Steves Stimme drang gedämpft durch das dünne Holz. Seine Nervosität war dennoch nicht zu überhören.

»Sind Sie so weit, Janice? Der Zug fährt gleich ab, und es wäre nicht besonders günstig, ihn zu verpassen. Der nächste geht erst spät am Abend.«

»Nur noch einen Moment«, antwortete Janice. »Vielleicht nutzen Sie ja die Zeit, um darüber nachzudenken, ob es sich geziemt, eine Dame an einem Ort wie diesem anzusprechen.«

Das Pfeifen erscholl zum dritten Mal und jetzt so nahe, als würde der ankommende Zug im nächsten Moment durch die Tür brechen, dann lief das dampfende Ungetüm auf dem zweiten Bahnsteig ein, und die ersten Türen wurden geöffnet, noch bevor er ganz zum Stehen gekommen war.

»Janice, bitte!« Steves Klopfen klang jetzt deutlich energischer. »Ich weiß, dass es sich nicht gehört, aber wir müssen los.«

»Noch einen Augenblick.«

Passagiere begannen ein- und auszusteigen, und etliche machten sich daran, vor und hinter dem Zug die Gleise zu überqueren; die meisten, um den Bahnhof unverzüglich zu verlassen, einige wenige jedoch steuerten auch eiligen Schrittes den Zug an, mit dem Steve und sie gekommen waren.

»Janice, bitte!« Steve begann jetzt mit der flachen Hand gegen die Tür zu hämmern, und Janice dachte einen halben Atemzug lang ernsthaft darüber nach, aus ihrer eher scherzhaft gemeinten Bemerkung von vorhin ernst zu machen und einfach lauthals um Hilfe zu rufen. Das Ergebnis wäre zweifellos amüsant, aber sie würde letzten Endes nur Zeit vertun, die sie nicht hatte.

»Ich komme ja schon«, sagte sie, während sie mit der linken Hand den Schlüssel aus dem Schloss zog und sich mit der anderen (und der Schulter) gegen die Tür stemmte. »Die Tür klemmt. Ich fürchte, das Schloss ist defekt.«

Erwartungsgemäß versuchte Steve die Klinke herunterzudrücken und die Tür aufzuschieben, was sie aber mühelos verhinderte. Sowohl beim ersten als auch bei seinem zweiten und dritten Versuch.

»Ich fürchte, ich habe den Schlüssel abgebrochen«, sagte sie. »Nun werden wir doch auf den Abendzug warten müssen … Bitte holen Sie den Bahnhofsvorsteher, damit er mich aus dieser misslichen Lag befreit.«

»Das werde ich ganz gewiss nicht«, antwortete Steve grimmig. »Und wir werden auch unseren Zug nicht verpassen, keine Sorge. Treten Sie zurück!«

Nichts anderes hatte sie erwartet. Janice trat nicht zurück, sondern nur einen Schritt zur Seite, zählte in Gedanken langsam bis drei und riss die Tür dann mit einem Ruck auf.

Steve war eine Winzigkeit schneller, als sie es erwartete. Sie hatte eigentlich vorgehabt, das Bein auszustrecken und ihn darüber stolpern zu lassen, doch ihre Bewegung kam zu spät.

Sie wäre aber auch gar nicht nötig gewesen, denn Steve war schließlich Steve.

Den Kopf auf die Seite gelegt und die Schulter vorgereckt jagte er völlig unbeeindruckt von dem Umstand an ihr vorbei, dass die Tür, die er hatte einrennen wollen, plötzlich sperrangelweit offen stand, sah sie nichts anderes als verdutzt an und stolperte dann in Ermangelung ihres über seine eigenen Füße, woraufhin er auch noch durch die Tür der Toilettenkabine brach und nicht nur den dünnen Bretterverschlag zertrümmerte, sondern gleich auch noch das emaillierte Becken dahinter abriss.

So kostbar auch Zeit jetzt sein mochte, gönnte sich Janice noch eine abschließende Sekunde, um den Anblick zu genießen, dann jedoch drückte sie die Tür hastig zu, nestelte den Schlüssel mit fliegenden Fingern ins Schloss und drehte ihn gleich zweimal herum; und nur zur Sicherheit brach sie ihn mit einem dritten, entschlossenen Ruck ganz ab, bevor sie auf dem Absatz herumfuhr und losrannte.

Auf halbem Wege kam ihr der Kartenverkäufer entgegen, den der Lärm offensichtlich aus seinem Schalter gelockt hatte. »Was ist …?«, begann er aufgeregt, doch Janice ließ ihn gar nicht erst zu Wort kommen. Sie wurde auch nicht langsamer.

»Schnell! Ein Unfall! Er braucht Hilfe!«

Sie stürmte weiter, noch bevor der verwirrte Mann eine Frage stellen konnte, rannte auf den Bahnsteig hinaus und hätte um ein Haar vor Enttäuschung laut aufgeschrien, als sie sah, dass sie zu spät kam. Seit sie das letzte Mal aus dem Fenster gesehen hatte, konnten nur wenige Augenblicke vergangen sein, und doch begann sich der Zug bereits in Bewegung zu setzen. Sämtliche Türen waren geschlossen, niemand war noch auf dem Bahnsteig zu sehen, und auch von dem Schaffner war keine Spur mehr zu entdecken.

Noch vor wenigen Tagen hätte Janice spätestens in diesem Moment aufgegeben, jetzt aber weckte der Anblick nur ihren Trotz. Sie rannte los, versuchte abzuschätzen, wie schnell der Zug Fahrt aufnahm und beschleunigte ihre Schritte nochmals, als sie zu dem Ergebnis kam, es wohl nicht zu schaffen.

Tatsächlich schaffte sie es, aber so knapp, wie es überhaupt nur ging. Im buchstäblich allerletzten Moment gelang es ihr nicht nur, das Abteil zu erreichen, in dem Steve und sie hergekommen waren, sondern auch, die Tür aufzureißen und sich mit einem todesmutigen Satz hindurchzuwerfen, und kaum hatte sie es getan, da ruckte der Zug abermals und jetzt so plötzlich an, dass die Tür hart genug hinter ihr zufiel, um die Scheibe reißen zu lassen.

Vielleicht eine Stunde später erreichte der Zug seinen zweiten Zwischenstopp, und Janice stieg an einem Bahnhof aus, dessen Namen sie noch nie zuvor gehört hatte, warf einen Blick auf den

Fahrplan und stellte fast schon ungläubig fest, dass ihr Kredit beim Schicksal anscheinend immer noch nicht ganz aufgebraucht war. Der Zug, nach dem sie suchte, ging in einer knappen halben Stunde. Und er fuhr weder nach Boston noch nach Providence.

23

Obwohl keine hundert Meilen von der Stadt entfernt, in der sie aufgewachsen war und den Großteil ihres Lebens verbracht hatte, hätte Cape Cod ebenso gut auf der anderen Seite des Ozeans liegen können, so wenig konkret wie ihre Vorstellung davon gewesen war; eine Halbinsel, die für ihre malerischen Strände berühmt war und ihren Namen dem Reichtum an *Cods* verdankte, den Kabeljauschwärmen in ihren Küstengewässern.

Und damit hörten ihre Kenntnisse auch schon fast auf.

Noch bis zu dem Moment, in dem sie den Zug verließ, war sie guten Mutes gewesen, dass sie ausreichten, sich in längstens ein paar Stunden zu orientieren und jemanden zu finden, der ihr half, zum Wrack der IRONCLAD überzusetzen und sich davon zu überzeugen, was es mit diesem Schiff auf sich hatte – und ob das Wrack tatsächlich mit dem dunklen Metallkoloss identisch war, den sie im Hafen unterhalb ihres Hotels zu sehen geglaubt hatte und von dem der unsympathische Hotelmanager Morton behauptet hatte, es läge hier irgendwo vor der Halbinsel auf Grund.

Das war vor drei Tagen gewesen. Inzwischen hatte sie nicht nur Quartier in dem einzigen fernab jeglichen Touristenrummels gelegenen *Bed and Breakfast*-Hotels des weit gestreckten Küstenstädtchens Barnstables bezogen, das sie wegen seiner strategisch günstigen Lage als Ausgangspunkt für ihre Nachforschungen erwählt hatte, sondern sich auch neu eingekleidet (soweit das möglich war, denn Kleidung gab es im zentralen Ortsteil nur im *Barnstable General Store*, und dort lagerte sie direkt zwischen Futtermitteln und Werkzeugen).

Ihre Unterkunft lag weit weg von dem Salzwassergeruch des Atlantiks, von den sonnigen Stränden, den farbenfrohen Strandpensionen und der weit gestreckten Hafenlandschaft; und vor allem weit weg vom Meer, das die weit ins Wasser hineinragende Landzunge im festen Griff umschloss.

Statt in Wassernähe war sie in der muffigen Old Jail Lane untergekommen, und der verschachtelte dunkle Holzbau, dem seine Besitzerin Miss Moffet mit grimmiger Entschlossenheit und dem Einsatz von Besen, Schrubber und Putzeimer auch noch den kleinsten Schmutzfleck austreiben wollte, hatte tatsächlich etwas von einem Gefängnis. Zu den wenigen unerwarteten Annehmlichkeiten, mit denen sie ihre bescheidene Unterkunft überrascht hatte, gehörten sowohl elektrisches Licht als auch ein eigenes Badezimmer mit Dusche und einem modernen Wasserklosett – in dem eher bäuerlich statt touristisch geprägten zentralen Ortsteil Barnstables und vor allem einem Etablissement wie diesem längst keine Selbstverständlichkeit –, und sie hatte das eine ebenso sehr genossen, wie sie das andere erschreckt hatte.

Die drei elektrischen Lampen hatte sie vom ersten Abend an (und zum ganz offen gezeigten Missvergnügen ihrer wenig charmanten Zimmerwirtin) die ganze Nacht über brennen lassen, und unter die Tür zum Badezimmer hatte sie eine Stuhllehne verkeilt und betrat es nur tagsüber und bei offener Tür und wenn ihr die Geräusche verrieten, dass sie nicht allein im Haus war. Selbstredend räumte ihre Vermieterin den Stuhl an jedem Morgen weg, wenn sie ihr Zimmer richtete, und geizte auch nicht mit vorwurfsvollen Blicken, hatte aber erstaunlicherweise bisher kein Wort darüber verloren.

Und nun, am Abend des vierten Tages, den sie in Ermangelung einer neuen Idee auf der sonnigen Terrasse des ansonsten eher tristen Bed and Breakfast verbrachte, war Janice fast so weit, sich selbst einzugestehen, dass sie es möglicherweise nicht schaffen würde. Sie hatte aufgehört, die Häfen zu zählen, in denen sie gewesen war, sich die Namen der Orte zu merken und an die Gesichter der Männer zu erinnern, denen sie bei ihren Nachforschungen begegnet war. Angefangen bei verständnislosen Blicken und stummem Kopfschütteln bis hin zu wüsten Geschichten von Seeungeheuern und rachsüchtigen indianischen Geistern, die sich die Erzähler möglicherweise im gleichen Augenblick ausgedacht hatten, in dem sie sie von sich gaben, hatte sie auf ihre Frage nach der IRONCLAD nahezu alle Reaktionen bekommen, die sie sich nur vorstellen konnte; nebst der einen oder anderen, die sie vorher ganz und gar nicht erwartet hätte.

Vielleicht war es ein Fehler gewesen hierherzukommen. Vielleicht war es bereits ein Fehler gewesen, Providence zu verlassen. Und vielleicht war es ja sogar ein Fehler gewesen, die Suche nach Joffrey aufzunehmen. Spätestens nachdem dieser hartnäckige Constable sie hatte wegsperren wollen, hätte sie aufgeben und nach Hause fahren sollen. Nun war es fraglich, ob sie überhaupt noch ein Zuhause hatte, in das sie zurückkehren konnte. Und mehr als fraglich war auch, was es mit diesen ominösen Briefen auf sich hatte, die Joffreys unsympathischer Chef Greiner angeblich gefunden hatte. Seit Steve ihr davon erzählt hatte, war sie in Versuchung, auf dem schnellsten Wege nach Providence zurückzufahren und in Begleitung ihres Anwalts das Katasteramt aufzusuchen und Greiner zu zwingen, die Briefe (die, wie sie hoffte, von Joffrey selbst stammten und ihr endlich erklären würden, was denn nun geschehen war) und alle anderen relevanten Unterlagen rauszurücken. Doch was, wenn man sie dort erwartete und unter dem Vorwand ihrer angeblichen Krankheit sofort und für lange Zeit wegsperrte?

In diesem Fall konnte ihr wahrscheinlich auch ihr durchaus fähiger Anwalt nicht mehr helfen.

Auch das war eine Möglichkeit, die sie nicht ganz von der Hand weisen konnte, wie ihr längst schmerzlich bewusst geworden war. Ihre Gegner (wer immer sie sein mochten) hatten sich bislang als ebenso einfallsreich wie rücksichtslos erwiesen, und Janice war nicht so naiv, auch nur eine Sekunde lang anzunehmen, dass sich das ganz plötzlich ändern würde. Vielleicht sollte sie sich tatsächlich wünschen, die einfachste Antwort entspräche der Wahrheit und sie wäre psychisch krank und phantasiere sich die ganze Geschichte um Joffrey und die geheimnisvolle IRONCLAD mitsamt ihrer missgestalteten Besatzung nur zusammen.

Janice war nicht einmal sicher, ob das wirklich so schlimm wäre. Sie erinnerte sich an ein Gespräch, das sie vor einiger Zeit mit Joffrey geführt und bei dem er sich in die gewagte Behauptung verstiegen hatte, dass verrückt zu sein für den Verrückten wohl am wenigsten schlimm sei, weil er ja schließlich nicht wisse, dass er verrückt sei. Damals hatte sie diese Theorie für zumindest gewagt gehalten, doch allmählich fand sie Geschmack daran, denn wenn sie zutraf, war es dann nicht ein schlagender Beweis für ihre geistige Gesundheit, wenn sie ihren eigenen Geisteszustand in Zweifel zog?

Gegen ihren Willen musste Janice über diesen verschrobenen Gedankengang lächeln, doch bevor sie sich weiter in irgendwelchen Hirngespinsten verfangen konnte, erscholl hinter ihr ein unechtes Räuspern, und eine nervöse Stimme sagte: »Miss?«

Sie ließ ganz bewusst eine gute Sekunde verstreichen, bevor sie die Flasche Zitronenlimonade, aus der sie getrunken hatte, sorgfältig wieder zuschraubte und mit einer übertrieben präzisen Bewegung genau auf den nassen Kringel auf dem Tisch abstellte. Erst dann und sogar noch langsamer drehte sie sich in dem bequemen Korbstuhl um und legte den Kopf in den Nacken. Prompt musste sie blinzeln, denn sie sah zwar einen verschwommenen schmalen Schatten, blickte aber auch direkt in die Sonne, die sich dem Horizont weit genug genähert hatte, um stechend zu werden, aber noch nicht weit genug, um zu versinken.

Der Schatten machte eine erschrockene Bewegung zur Seite, sodass sie nun endgültig direkt in die Sonne blickte, was ihr vollends die Tränen in die Augen trieb. Instinktiv blinzelte sie und hob nicht nur die Hand vor die Augen, sondern zog wohl auch eine entsprechende Grimasse, denn der Schemen machte einen weiteren hastigen Schritt zur Seite, und das Nächste, was sie hörte, war ein Laut, der fast ein schlechtes Gewissen ausdrückte.

»Sind Sie Miss ...?«

»Land«, half Janice aus, als der Bursche nicht weitersprach und sie das Fragezeichen hinter seinen Worten regelrecht hören konnte. »Janice Land. Und mit wem habe ich das Vergnügen?«

Vor ihren Augen flimmerte es immer noch leicht, aber es war

eine sehr junge Stimme, und sie bekam nach einem weiteren Moment auch ein Gesicht, das aus Janice' Vermutung Gewissheit machte. Der Bursche war höchstens dreizehn oder vierzehn Jahre alt, und zwar schon von fast so kräftigem Wuchs wie ein Erwachsener, aber sowohl sein linkisches Benehmen als auch seine Proportionen hatten etwas noch eindeutig Kindliches.

»Matt«, stammelte er. »Ich bin Matt. Eigentlich Matthew, aber niemand nennt mich so.«

»Matt, schön«, antwortete Janice. »Ich bin Janice. Und was genau willst du von mir?«

Statt zu antworten, wurde der arme Bursche nur noch nervöser, sodass sie um ein Haar aufgestanden wäre, um beruhigend nach seiner Hand zu greifen.

Stattdessen machte sie eine auffordernde Kopfbewegung auf den zweiten Korbstuhl ihr gegenüber, der nachzukommen sich der Junge beeilte. Seine Füße waren nackt und schmutzig, seine von einem Stück Kordel zusammengehaltene Dreiviertelhose an einigen Stellen fleckig, an anderen notdürftig geflickt, und sein ebenfalls ramponiertes und alles andere als sauberes Baumwollhemd ein paar Nummern zu groß und so alt, dass Janice mutmaßte, er hätte es von seinem Vater oder einem älteren Bruder übernommen.

Außerdem rutschte er so nervös auf dem Stuhl hin und her, als hätte ihn Janice genötigt auf einer glühenden Herdplatte Platz zu nehmen.

Sie setzte dazu an, etwas zu sagen, besann sich dann aber eines Besseren und suchte durch die offen stehende Terrassentür nach Blickkontakt mit ihrer Zimmerwirtin, die erwartungsgemäß im Salon und mit irgendetwas Sinnlosem beschäftigt war, das sie im Laufe der letzten beiden Stunden schon mindestens fünfmal erledigt hatte. Sie gehörte zu den neugierigsten Personen, die Janice jemals getroffen hatte. Nachdem es ihr (nach weniger als einer Sekunde) gelungen war, ihre Aufmerksamkeit zu erregen, machte sie eine Kopfbewegung auf die Limonade vor sich und hob zwei Finger. Und sie schwieg weiter, bis sie gekommen war und ein Silbertablett mit zwei Flaschen Zitronenlimonade und zwei sauberen umgedrehten Gläsern zwischen ihnen auf dem Tisch abgestellt hatte.

»Sie haben Besuch, Miss?«, fragte Miss Moffet.

Was ja unschwer zu übersehen war. Janice rang sich immerhin die Andeutung eines angedeuteten Nickens ab und bedeutete Matt, sich eine Limonade zu nehmen. Aber das schien ihrer Wirtin nicht zu genügen, denn sie klemmte sich das leere Tablett zwar unter den Arm, ging aber keineswegs, sondern wandte sich mit strafender Miene an den Jungen.

»Ich hoffe doch, dass du es dir nicht etwa einfallen lässt, meine Gäste zu belästigen, Matthew«, sagte sie streng. »So etwas mag ich nämlich gar nicht.«

»Das hat er nicht, keine Sorge«, sagte Janice rasch, und bevor der Junge antworten konnte. »Ich habe ihn nur auf eine Limonade eingeladen, das ist alles.«

Das war nicht das, was die Wirtin hatte hören wollen, das sah Janice ihr an, doch sie beließ es bei einem schnippischen Zurückwerfen des Kopfes und rauschte beleidigt ab. Janice wiederstand der Versuchung, ihr nachzusehen und eine Grimasse zu schneiden, aber nur so gerade. Es gab Momente, da sehnte sie sich fast nach Ellen Connors zurück. Aber als sie sich wieder dem Jungen zuwandte, verdrehte sie die Augen.

»So, sagst du mir jetzt, warum du mich gesucht hast?«

»Ich … soll Ihnen was ausrichten, hat er gesagt«, antwortete Matt nervös.

»Er?«

»Ein … Mann. Ich kenne ihn nicht. Er ist nicht aus Barnstable.« Er schraubte nervös seine Flasche auf und nahm einen winzigen Schluck. Das Glas rührte er so wenig an, wie Janice es getan hatte, obwohl ihre Zimmerwirtin ihr unverdrossen zu jeder Bestellung ein frisches Glas brachte. »Ich soll Ihnen etwas ausrichten.«

»Dann wäre es nett, wenn du es auch tätest«, sagte Janice mit einer Geduld, die sie schon lange nicht mehr hatte.

»Ich soll Ihnen sagen, dass er weiß, wo das Schiff ist.«

»Die IRONCLAD?«, entfuhr es Janice. Sie bemerkte aus den Augenwinkeln, wie ihre Wirtin mit einem Ruck aufsah und sie nun ganz unverblümt anstarrte. Offensichtlich hatte sie alles andere als leise gesprochen.

»Und dass er Sie hinbringen kann, wenn Sie das möchten«, bestätigte Matt und nahm einen weiteren winzigen Schluck von seiner Limonade. Anscheinend bekam er so etwas nicht allzu oft.

»Zur IRONCLAD?«, vergewisserte sich Janice.

»Dorthin, wo sie gesunken ist«, bestätigte Matt. Er sah sie an, als befürchtete er, etwas Falsches gesagt zu haben, und nippte noch einmal an seinem süßen Getränk.

Janice antwortete nicht gleich, was aber nicht daran lag, dass sie ihm nicht geglaubt hätte. Matts Eröffnung hatte sie so unerwartet getroffen, dass sie einen Moment Mühe hatte, überhaupt einen klaren Gedanken zu fassen. Auch wenn sie es sich selbst nicht eingestehen wollte: Als sie sich an diesem Nachmittag auf die Terrasse gesetzt hatte, um sich im atemberaubenden Licht des Sonnenuntergangs über ihre nächsten Schritte klar zu werden, da war sie innerlich bereit gewesen aufzugeben. Cape Cod mochte auf einer Landkarte der Vereinigten Staaten winzig aussehen, nicht mehr als ein gekrümmter kleiner Finger, der ein Stück weit ins Meer hinausragte und dem eine Handvoll noch ungleich kleinerer Inseln vorgelagert waren. Aber klein auf einer Landkarte bedeutete immer noch riesig, zumal für eine junge Frau, die niemanden kannte und allein und ohne eigenes Fahrzeug unterwegs war. Und sie zweifelte auch nicht daran, mittlerweile einen gewissen Ruf zu genießen, denn umgekehrt war Cape Cod dann doch wieder klein genug, um das sprichwörtliche Dorf zu sein, in dem jeder jeden kannte und nichts geheim blieb.

Matthew räusperte sich unecht, und Janice wurde klar, dass sie ihn seit mindestens einer Minute einfach nur anstarrte, und sie fuhr fast schon überhastet fort: »Wer? Ich meine: Wo ist es? Und wer hat dich geschickt?«

Der Junge nuckelte nur nervös an seiner Limonade und begann unruhig auf dem großen Korbstuhl hin und her zu rutschen, und Janice änderte ihre Taktik, indem sie sich zu dem mütterlichsten Lächeln zwang, das sie nur zustande brachte, und aufstand. »Ich nehme an, dass du mich zu ihm bringen sollst.«

Der Junge nickte und sprang zappelig von seinem Stuhl in die Höhe, und Janice machte noch einmal halb kehrt, um die zweite

Flasche Limonade vom Tisch zu nehmen und ihm zu reichen. Der Junge zögerte noch eine halbe Sekunde, sichtlich überrascht angesichts dieser unerwarteten Großzügigkeit, dann verschwand die Flasche wie weggezaubert in seiner schäbigen Jacke.

»Ist es weit?«, fragte sie. »Ich frage nur, weil es bald dunkel wird. Vielleicht sollte ich ja eine Jacke mitnehmen.«

»Es sind nur ein paar Schritte, Miss«, druckste der Junge herum, »und …« Er brach ab, und Janice verstand. Rasch griff sie in ihren Beutel, kramte ein 50-Cent-Stück hervor und war nicht überrascht, es genauso schnell in der Jackentasche verschwinden zu sehen wie die Flasche zuvor.

»Du bekommst noch ein zweites, wenn du die Wahrheit gesagt hast und wir zurück sind.«

»Ich lüge nicht, Miss«, protestierte der Junge. Der unausgesprochene Vorwurf schien ihn zu empören.

»Das will ich dir auch geraten haben, Matthew Freyer«, sagte eine eindeutig drohende Stimme hinter ihr. »Ich kenne dich, und ich kenne deine Mutter, vergiss das lieber nicht.«

Janice war erleichtert, dass der Junge gar nichts darauf erwiderte, sondern sich umdrehte und so schnell davonstürmte, dass sie ihn erst einholte, als er an der nächsten Abzweigung angekommen war und wieder langsamer ging.

»Diese Miss Moffet ist keine sehr nette Person, scheint mir«, begann sie, hauptsächlich um das Eis zu brechen. »Hast du Streit mit ihr?«

»Sie hat Streit mit jedem«, antwortete Matt. »Niemand kann sie leiden.«

Das wunderte Janice kein bisschen. Sie nahm an, dass die griesgrämige Zimmerwirtin nicht einmal sich selbst leiden konnte. Ihr war sie jedenfalls auf Anhieb unsympathisch gewesen, und sie hatte einzig aus zwei Gründen in dem billigen Etablissement Unterkunft genommen: Erstens würde in einer solchen Absteige gewiss niemand nach ihr suchen, und zweitens lag das billige Bed and Breakfast weit genug weg vom Wasser, dessen permanente Nähe sie nicht ertragen hätte.

Da ihre direkte Umgebung nur aus wenig mehr als einer großen

Straßenkreuzung und einigen wenigen Seitenstraßen bestand, war sie nicht sonderlich überrascht, dass sie ihr Ziel schon nach wenigen Minuten erreichten. Nebst etlichen anderen Unikaten wie dem Barnstable General Store verfügte der zentrale Ortsteil der weitläufigen Stadt auch nur über eine einzige Gastwirtschaft, deren Ambiente vielleicht nicht ganz so schäbig wie Ellen Connors Etablissement war, aber auch nicht sehr viel gepflegter. Sie hatte gleich am Tage ihrer Ankunft das Old Cape Cod Inn aufgesucht, um mit ihren Nachforschungen zu beginnen, und verspürte nicht nur wegen der ihr dabei entgegengebrachten Ablehnung kein sonderliches Bedürfnis auf eine Wiederholung.

»Hier wartet er auf mich?«, fragte sie zögerlich.

Sie war stehen geblieben und sah misstrauisch zu dem lang gestreckten Holzbau hin, der ihr mit einem Male noch abweisender und düsterer vorkam als bei ihrem ersten Besuch vor drei Tagen. Das allein musste nichts bedeuten. Seit dieser Albtraum begonnen hatte, kamen ihr zunehmend mehr Dinge unheimlich und abweisend vor und kaum noch etwas vertrauenerweckend oder gar einladend.

Und diesmal war dieses Gefühl besonders stark.

Aber das war nicht alles. Alles in ihr sträubte sich dagegen, dieser Kaschemme auch nur nahe zu kommen, und wenn es eines gab, was sie in den letzten Tagen gelernt hatte, dann auf ihre Gefühle zu hören, und wenn sie ihr noch so absurd erschienen.

»Miss?«

Sie hatte schon wieder eine geraume Weile dagestanden und ins Leere gestarrt; eine Angewohnheit, die sie möglichst schnell wieder ablegen sollte.

»Der Mann, der dich beauftragt hat, wartet dort auf mich?«, vergewisserte sie sich. Matt nickte, und Janice fuhr mit möglichst unaufgeregter Stimme fort: »Dann geh bitte hinein und hol ihn.«

»Aber er hat …«

»Das da ist eine Kneipe, Matt«, fuhr Janice fort. »Eine Frau wie ich sollte sich nicht ohne Begleitung an einem solchen Ort sehen lassen. Das sollte dein geheimnisvoller Freund eigentlich wissen.«

Sie sah über die Schulter zu der Straßenkreuzung zurück, an der sie abgebogen waren. Dahinter schloss sich ein großer, von uralten Bäumen gesäumter Platz an, auf dem angesichts der fortgeschrittenen Stunde zwar kaum noch Publikumsverkehr herrschte, aber ein paar Menschen waren eben doch noch da, und es war ein öffentlicher Platz, an dem sie sich im Moment eindeutig sicherer fühlte als in einer verräucherten Kneipe voller Unbekannter.

Sie drehte sich ganz um und deutete auf eine von mehreren hölzernen Sitzbänken, die im Schatten der Bäume aufgestellt waren. »Ich warte dort auf ihn. Und er sollte sich besser beeilen. Es wird bald dunkel, und es geziemt sich nicht für eine anständige Frau, sich nach Dunkelwerden allein mit einem Fremden zu treffen.«

Matt sah sie auf eine Weise an, als hätte er Mühe, den Worten einen Sinn abzugewinnen, doch sie gab ihm keine Zeit zu widersprechen, sondern ging mit schnellen Schritten weiter und hielt erst an, als sie die Straße überquert und eine der schmalen Bänke erreicht hatte. Schmutzig, wie sie war, verspürte sie wenig Lust, darauf Platz zu nehmen, doch von hier aus hatte sie einen guten Blick auf das Wirtshaus; und einen hinlänglich großen Vorsprung, sollte sich ein solcher als notwendig erweisen.

Nervös sah sie zur Sonne hoch. Obwohl schon hinter den Baumwipfeln verschwunden, war sie noch immer nicht untergegangen, doch die Schatten wurden bereits lang, und das Tageslicht hatte einen deutlichen Rotstich. All das wirkte auf schwer in Worte zu kleidende Weise unwirklich, wenn auch nicht so bedrohlich wie das Old Cape Cod Inn. Die kühle Luft, die jetzt über den Platz strich und sie eigentlich hätte frösteln lassen müssen, war einfach nur erfrischend und überhaupt nicht unangenehm.

Die Tür des Inns ging auf, und zwei Personen kamen heraus. Da sie von unterschiedlicher Größe und Wuchs waren, hielt Janice sie im ersten Moment für Matthew und seinen ominösen Auftraggeber, erkannte dann aber zwei Fischer, mit denen sie schon gesprochen hatte, und drehte sich enttäuscht weg.

Um ein Haar hätte sie vor Entsetzen aufgeschrien, denn den Mann, der so vollkommen lautlos hinter ihr aufgetaucht war, kannte sie dafür umso besser, obwohl sie ihn bisher nur ein einziges Mal gesehen hatte.

»Einen schönen guten Abend, Miss Land«, sagte Kenny Swarn. »Ich hoffe doch, ich habe Sie nicht zu sehr erschreckt.«

Immerhin weit genug, um sie für eine geschlagene Sekunde zur sprichwörtlichen Salzsäule erstarren zu lassen. Swarn hatte sich verändert, und diese Veränderung bestand nicht nur darin, dass er jetzt halbwegs saubere Kleider trug und sich keine Gitterstäbe zwischen ihnen befanden.

»Sie sind …«, brachte sie endlich hervor, aber mehr auch nicht, denn ihre schlimmsten Befürchtungen waren zwar für einen Moment ebenfalls in Schockstarre verfallen, erwachten nun aber zu nur umso hektischerer Aktivität, um ihr schon einmal prophylaktisch alles Mögliche Entsetzliche vorzugaukeln, das ihr anzutun der junge Halsabschneider eigens hierhergekommen war.

»Kenny«, sagte Swarn. »Ken. Sie erinnern sich doch, oder? An mich und meinen Freund.«

»Natürlich«, antwortete Janice. Der Schrecken war längst noch nicht abgeklungen, aber er lähmte auch ihre Gedanken nicht mehr zur Gänze, und sie begannen sich prompt zu überschlagen. Binnen einer einzigen Sekunde erwog und verwarf sie ein halbes Dutzend möglicher Reaktionen und blieb schließlich bei der einzigen, die überhaupt sinnvoll war, nämlich gar nichts zu tun.

»Ken?«, fragte sie nur noch einmal. »Was … tust du hier?«

»Wir haben Sie gesucht«, antwortete der Busche. »Es war gar nicht so leicht, Sie zu finden.«

»Wir?«, wiederholte Janice erschrocken. »Dann ist Ihr … Freund auch hier?«

»Daniel, ja«, bestätigte Ken und hob zugleich besänftigend die Hand, führte die Bewegung aber nicht zu Ende, denn er sah ihr wohl an, dass sie seine Geste falsch deutete und sich versteifte. »Aber Sie müssen keine Angst vor uns haben, Miss. Wir sind nicht hier, um Ihnen was zu tun.«

Warum dann?, hätte sie um ein Haar geantwortet. Stattdessen fragte sie nur noch einmal: »Ihr habt nach mir gesucht? Warum?«

»Dan wartet in der Kneipe«, sagte Ken, ihre zweite Frage ignorierend.

»Und du?«

Ken druckste einen Moment herum, und Janice sprang ihm bei: »Du solltest mich im Auge behalten, falls ich doch nicht komme oder sogar etwas Dummes tue, wie zum Beispiel zur Polizei zu gehen.«

Ken schwieg, was ihr aber Antwort genug war. »Und wenn ich zur Polizei gegangen wäre?«

»Ich wusste, dass Sie das nicht tun«, behauptete Ken.

»Und warum nicht?«

»Weil Sie ein ehrlicher Mensch sind und nicht lügen werden«, antwortete Ken. Das klang ein bisschen lächerlich, aber in seiner Naivität zugleich auch so rührend, dass sie sich das spöttische Lächeln verbot, das eigentlich auf ihrem Gesicht erscheinen wollte.

Sie war fast erleichtert, als zwei weitere Gestalten ins Freie traten, zugleich aber auch schon wieder beunruhigt. Sie hatte auch Daniel nur ein einziges Mal und auch nur für wenige Augenblicke gesehen, aber sie erkannte ihn trotzdem sofort und über die große Entfernung hinweg. Er war noch zu weit entfernt und sie blickte – natürlich – direkt in die Sonne, sodass sie wenig mehr sah als rote Blitze, aber etwas in ihr beharrte trotzdem darauf, seine zerschnittene Wange ebenso deutlich zu erkennen wie seinen verschlagenen Gesichtsausdruck.

»Sie brauchen keine Angst zu haben, Miss«, sagte Kenny hinter ihr.

Janice verzichtete darauf, ihm zum wiederholten Male zu versichern, dass das nicht der Fall war, erteilte sich aber selbst einen scharfen Verweis. Offensichtlich hatte ihre Körpersprache sie schon wieder verraten. Sie glaubte Ken – ihr hier und in aller Öffentlichkeit etwas anzutun, wäre mehr als dumm, selbst für die Verhältnisse dieser beiden Dorftrottel –, aber das hinderte einen Teil in ihr trotzdem nicht daran, fieberhaft nach einem Fluchtweg oder potenzieller Hilfe zu suchen. Vielleicht war es doch ein Fehler gewesen, nicht in die Kneipe zu gehen. Ungehörig oder nicht, dort drinnen wären wenigstens andere Menschen gewesen, an die sie sich um Hilfe wenden konnte.

Da waren Daniel und der Junge in der Dreiviertelhose auch

schon heran, und Daniel sagte in einem gepflegten Tonfall, den sie niemals von ihm erwartet hätte: »Guten Abend, Miss Land.«

Sie konnte nicht anders, als einen halben Schritt vor ihm zurückzuweichen, und bildete sich prompt ein, zu spüren, wie sich der andere Junge hinter ihr regte, um ihr den Weg abzuschneiden.

»Hat Ihnen Kenny gesagt, warum wir hier sind?«, fragte Daniel.

Janice reagierte mit einer Bewegung, in der sich ein Nicken, ein Achselzucken und ein Kopfschütteln vereinten. »Nur, dass ich keine Angst zu haben brauche.«

»Das müssen Sie auch nicht«, antwortete Daniel. Seine Art zu reden kam Janice mit jedem Moment unechter vor, und nach nur einem Augenblick wurde ihr auch klar, warum das so war: Er bemühte sich um das, was er wohl für die Art vornehmer oder zumindest halbwegs gebildeter Leute hielt. Das Ergebnis war allerdings eher kontraproduktiv. »Wir haben Sie wirklich nur gesucht, um mit Ihnen zu sprechen.«

Janice' linke Augenbraue glitt ein kleines Stück an ihrer Stirn empor, ohne ihr Lächeln zu berühren. Die Wirkung war ganz genau die, auf die sie gehofft hatte. »Und Ihnen ein Geschäft vorzuschlagen«, fügte Daniel hinzu, vielleicht eine Spur zu hastig und schon nicht mehr ganz so selbstbewusst wie noch einen Atemzug zuvor.

Welches Geschäft sollte sie wohl mit zwei jugendlichen Raufbolden abschließen, die ihr vermutlich nur aus dem einzigen Grund bislang nichts getan hatten, weil sich die Gelegenheit nicht ergab? »Ein Geschäft?«

»Nichols«, sagte Kenny hinter ihr. »Er will uns was anhängen, und Sie können uns helfen.«

»Der Constable aus Ipswich?« Und was hatte sie damit zu tun?

»Er ist schon die ganze Zeit hinter uns her«, bestätigte Daniel. »Er will sich wohl noch ein paar Sterne an seiner Uniform verdienen.«

»Diesen Eindruck hatte ich auch«, sagte Janice, auch wenn das vielleicht nicht ganz der Wahrheit entsprach. »Aber ich habe doch schon in Ipswich zu Protokoll gegeben, dass ihr beide nichts mit dem Überfall auf mich zu tun habt. Ihr habt euch den weiten Weg doch hoffentlich nicht nur deswegen gemacht?«

Sie bewunderte sich fast selbst ein bisschen dafür, wie ruhig ihre Stimme klang, konnte ihren Blick aber trotzdem nicht davon abhalten, weiter unstet hierhin und dorthin zu tasten und nach einem Fluchtweg zu suchen.

»Das haben Sie, nutzt aber nichts«, sagte Daniel. »Er versucht uns schon seit Jahren was ans Zeug zu flicken, und jetzt hat er offiziell Anklage gegen Kenny und mich erhoben. Gibt einen Haftbefehl gegen uns.«

»Das ist absurd«, sagte Janice. »Sie und Ihr Freund haben doch selbst gehört, was ich ausgesagt habe. Mehr kann ich nicht tun.«

»Doch, das können Sie«, antwortete Daniel. »Sie müssen mit uns zurückkommen und mit dem Richter sprechen.«

»Nach Ipswich?« Janice schüttelte impulsiv den Kopf. »Sosehr ich Sie verstehen kann, Daniel, aber das ist mir im Moment nicht möglich.«

»Sie sperren uns ein«, sagte Kenny hinter ihr und mit weinerlicher Stimme, »oder wir können nie wieder nach Hause.«

»Das verstehe ich«, antwortete Janice, »und Constable Nichols' Benehmen empört mich ebenso wie Sie, bitte glauben Sie mir.« Sie hob die Hand, als Daniel etwas sagen wollte. »Aber ich kann momentan nicht hier weg. Ich werde zu Ihnen kommen, so schnell ich kann, und ich werde meine Anwälte anweisen, ein entsprechendes Schreiben an den Friedensrichter in Ipswich aufzusetzen, darauf haben Sie mein Wort, aber darüber hinaus ...«

»Sie kommen mit uns zurück und reden mit dem Richter«, unterbrach sie Daniel, »und dafür bringen wir Sie zum Schiff.«

»Der IRONCLAD?«

»Sie suchen doch noch danach, oder?«

»Selbstverständlich.« Aber woher wussten diese beiden davon? »Und ihr wisst, wo es ist?«

»Wir können Sie hinbringen«, antwortete Daniel. »Wenn Sie uns versprechen, danach mit uns zu kommen und mit dem Richter zu sprechen.«

»Wann? Wo?«

»In Ipswich, sobald wir hier …«

»Das Schiff«, unterbrach ihn Janice gereizt. »Wo ist es? Wann bringt ihr mich hin?«

»Nicht weit von hier und morgen Abend«, sagte Daniel. »Haben Sie Geld dabei?«

»Davon war nicht die Rede«, protestierte Janice.

»Ist nicht für uns«, antwortete Daniel. »Der Mann, der uns hinbringt. Er verlangt hundert Dollar, um uns überzusetzen.«

»Hundert Dollar?« Das war eine Menge Geld, auch für sie, aber nicht das eigentliche Problem. Sie war sehr sicher, dass ihr Führer – wohin immer die Fahrt auch ging – allerhöchstens die Hälfte dieses Betrages zu Gesicht bekommen würde, aber auch das war ihr im Moment herzlich egal. Sie sah sich jedoch mit einer Schwierigkeit konfrontiert, die ihr bisher vollkommen fremd gewesen war: Ihr ging das Geld aus. Als sie Providence verlassen hatte, war sie zwar mit einer großzügig bemessenen Summe Bargeld aufgebrochen, aber sie war natürlich nicht auf eine tage- oder gar wochenlange Odyssee durch Massachusetts vorbereitet gewesen, und so bestand ihre gesamte Barschaft nur noch aus wenig mehr als der von Daniel geforderten Summe. Es bedurfte nur eines einzigen Telegramms an ihre Bank, um dieses Ärgernis aus der Welt zu schaffen, aber sie war ziemlich sicher, dass danach nicht nur ihre Bank in Providence über ihren Aufenthaltsort Bescheid wusste.

»Ich könnte jemand anderen fragen«, sagte sie ruhig. »Das ist eine Menge Geld.«

»Das ist wahr«, antwortete Daniel scheinbar unbeeindruckt. »Aber Sie werden niemanden finden, der Ihnen das Schiff zeigt.«

Leider konnte Janice ihm in diesem Punkt nicht ganz widersprechen. Sie hatte mit unzähligen Männern und Frauen geredet, seit sie hier angekommen war, aber auch nicht ein einziges Mal eine brauchbare Antwort auf eine ihrer Fragen zur IRONCLAD bekommen. Oft genug hatte sie aber die Nervosität oder sogar Angst gespürt, die sich hinter plumpen Ausflüchten oder phantasievollen Ausschmückungen verborgen hielten.

»Glauben Sie mir, niemand wird mit Ihnen reden«, sagte Daniel, der ihr Schweigen wohl richtig deutete.

»Weil ich eine Fremde bin? Oder eine Frau?«

»Haben Sie sich gar nicht gewundert, wie schnell wir Sie gefunden haben?«, fragte Daniel. Als sie nicht antwortete, fuhr er fort: »»Die Leute sprechen auf ganz Cape Cod über Sie. Sie mögen es nicht, wenn Fremde gewisse Fragen stellen.«

»Sie meinen, Fragen über ein Schiff, das es doch angeblich gar nicht gibt?«

Daniel ignorierte auch diesen Einwurf. »Manche machen sich über Sie lustig, aber die meisten sind nicht glücklich über eine Fremde, die herumläuft und Fragen stellt, die die Leute nervös machen.«

»Und warum mache ich sie so nervös, wenn dieses Schiff doch angeblich nur eine Legende ist?«, fragte Janice noch einmal.

»Weil es ein schlimmes Unglück war, damals, und die Leute nicht gerne an schlimme Unglücke erinnert werden. Und außerdem …«

»Ja?«

»Wenn wir Sie gefunden haben, dann können andere das auch.«

»Andere?«, fragte Janice hellhörig.

»Ihr Freund, dieser Landvermesser«, antwortete Daniel.

»Steve?«

»Ich habe gehört, dass er eine Belohnung auf Sie ausgesetzt hat«, bestätigte Daniel.

Steve hat ein … ein Kopfgeld auf mich ausgesetzt?, dachte Janice fassungslos. Das war … ungeheuerlich, so absurd, dass sie am liebsten laut losgelacht hätte. Aber zugleich wusste sie, dass Daniel die Wahrheit sagte. Eine solche Dummheit passte einfach zu Steve, diesem liebenswerten Dummkopf. Und auch, dass er wahrscheinlich keine Ahnung hatte, wie er das ausgelobte Kopfgeld aufbringen sollte, wenn sie wirklich jemand verriet.

Was sie auf einen anderen Gedanken brachte. »Und wie hoch ist diese Belohnung?«, fragte sie. »Weniger als hundert Dollar, nehme ich an?«

Daniel machte sich nicht einmal die Mühe, darauf zu antworten. »Sind wir uns einig?«

Janice versuchte vergeblich, ihn niederzustarren, doch zu ihrem nicht geringen Erstaunen war sie es am Ende, die nicht nur nervös den Blick senkte, sondern schließlich auch nickte.

Und welche Wahl hatte sie schon?

24

Matthew hatte sie nach Hause begleitet und die versprochenen 50 Cent bekommen, und obwohl unübersehbar gewesen war, dass er vor Neugier fast platzte, hatte er kein einziges Wort gesagt und war auch schweigend in der hereinbrechenden Nacht verschwunden.

Die beiden jungen Burschen und sie hatten sich für den nächsten Abend bei Sonnenuntergang verabredet, und die Stunden bis dahin wurden zu den längsten ihres Lebens. Zu ihrer Überraschung hatte ihre Zimmerwirtin ihr ungefragt ein einfaches (und wenig schmackhaftes) Abendessen serviert, obwohl das zu ihrem Arrangement eines Bed and Breakfast überhaupt nicht gehörte, und selbstverständlich hatte sie sich auch ungefragt dazugesetzt und mit bemerkenswertem Ungeschick versucht, ihr Informationen zu entlocken. Als ihr das nicht gelang, war sie noch unzugänglicher geworden, als sie es ohnehin schon war, und hatte sich schließlich zurückgezogen, ohne ihr auch nur eine gute Nacht gewünscht zu haben.

Diesem wenig erbaulichen Abschluss des Tages folgte eine Nacht, die kein Ende nehmen wollte. Wie gewohnt verkeilte sie die Tür des winzigen Badezimmers mit einer Stuhllehne und ließ das Licht eingeschaltet; eine Angewohnheit, von der sie nicht sicher war, ob sie sie jemals wieder ganz ablegen würde. An Schlaf war dennoch nicht zu denken. Sie hätte auch gar nicht mehr schlafen wollen, denn sie hatte Angst vor den Albträumen, die unweigerlich über sie herfallen würden.

Das Frühstück verlief in erwartet frostiger Stimmung, und der Rest des Tages nicht weniger frustrierend. Irgendwann aber neigte sich dieser endlose Tag seinem Ende zu, und pünktlich mit dem Moment, in dem das untere Rund der Sonnenscheibe das Meer berührte, kamen die beiden Jungen aus Ipswich, um sie abzuholen. Janice glaubte ihren Augen nicht zu trauen, als sie den leibhaftigen Ochsenkarren sah, der von zwei missgelaunt widerkäuenden struppigen Hornviechern gezogen wurde und selbst über eine Entfernung von dreißig Fuß nach Schweinemist stank. Sie überlegte einen Moment ganz ernsthaft, ob die beiden Burschen dieses abenteuerliche Gefährt vielleicht extra ausgesucht hatten, um ihren Erwartungen Rechnung zu tragen, sah aber auch im gleichen Gedankengang schon ein, ihnen damit eindeutig zu viel Intelligenz zuzubilligen. Wahrscheinlich war es das einzige Fahrzeug gewesen, das sie ohne allzu viel Mühe hatten stehlen können.

Schon wegen Miss Moffet, die rein zufällig hinter der offenen Terrassentür stand und so demonstrativ die Stirn runzelte, dass man es fast schon hören konnte, verzichtete sie auf jeden Kommentar und stand nur wortlos auf, um den beiden entgegenzugehen.

Sie hatte sich innerlich schon fast damit abgefunden, auf der verdreckten Ladefläche Platz nehmen zu müssen, doch Ken überraschte sie, indem er sich als wahrer Gentleman erwies und mit einem Satz vom Kutschbock sprang, um ihr seinen Platz anzubieten. Natürlich tat er es auf seine ganz eigene Art, indem er so dicht vor ihr vom Wagen sprang und im Morast landete, dass ihr neues Kleid ein paar hässliche Spritzer abbekam. Doch Janice redete sich nicht nur selbst ein, dass letzten Endes die gute Absicht zählte, sondern stieg auch, ohne zu zögern, auf den Kutschbock, wobei sie Daniels hilfreich ausgestreckte (schmutzige) Hand ignorierte.

»Wohin fahren wir?«, fragte sie.

»Wir treffen jemanden«, antwortete Daniel. »Ist nicht sehr weit. Eine halbe Stunde.«

Was bedeutete, dass sie ihr Ziel erst nach Einbruch der Dunkelheit erreichen würden; etwas, das ihr ganz und gar nicht gefiel. Aber jetzt war es eindeutig zu spät, um noch einen Rückzieher zu machen.

Daniel griff nach den Zügeln und begann den Wagen mit erstaunlichem Geschick zu wenden, dann rollten sie zur Hauptstraße zurück und wandten sich nach Norden. Wie auch gestern schon machte die *Main Street* einen eher verlassenen Eindruck, und auch wenn sich Janice selbst sagte, dass das wohl hauptsächlich daran lag, dass das eigentliche Leben Barnstables in Sichtweite von Strand und Hafen stattfand, hatte der Anblick etwas sehr Beunruhigendes.

Vielleicht lag es ja auch an ihrer Begleitung. Janice wusste zwar am besten, dass den beiden bitter unrecht getan worden war. Aber das allein war schließlich kein Beweis dafür, dass sie harmlos waren oder gar vertrauenswürdig. Oder, oder, oder …

Janice spürte, wohin dieser Gedanke sie führen wollte, und brach ihn mit einiger Anstrengung ab. Jetzt war es ohnehin zu spät, um noch irgendetwas zu ändern.

Allerdings wurde es auch nicht besser. Schon nach wenigen Minuten verließen sie das, von dem Barnstable behauptete, es wäre sein Stadtzentrum, und rumpelten über eine Straße, die nicht nur zunehmend schmaler wurde, sondern auch immer schlechter. Vielleicht war Daniels Auswahl, was ihr Fahrzeug anging, doch nicht so willkürlich gewesen, wie sie ihm unterstellt hatte. Mit einem deutlich größeren oder weniger robusten Gefährt oder gar einem Automobil wären sie vermutlich schon auf halbem Wege stecken geblieben.

»Sie bringen mich also zur IRONCLAD?«, fragte sie schließlich, als das Schweigen im gleichen Maße unbehaglicher wurde, wie die Bäume rechts und links näher rückten.

»Zu jemandem, der Sie hinbringen kann«, korrigierte sie Daniel. »Wir müssen ein Stück mit dem Boot fahren … Sie sind doch seefest, hoffe ich?«

Janice sah ihn übertrieben stirnrunzelnd an. »Meinen Sie nicht, dass Sie diese Frage ein wenig spät stellen?«

Daniel sah sie nur an und hob die Schultern, und Janice wechselte das Thema, um ihn nicht noch mehr zu überfordern.

Aus der halben Stunde, von der Daniel gesprochen hatte, wurde nahezu eine ganze, doch Janice hütete sich, auch nur ein entsprechendes Wort zu sagen, und schließlich quälte sich der Ochsenkarren über eine letzte Düne, und die Weite der Cape Cod Bay lag vor ihnen, ein Abgrund vollkommener Schwärze, der von einer

Million winziger flimmernder Lichter an drei Seiten eingerahmt wurde und irgendwo auf halbem Weg zum Horizont in einen nicht minder schwarzen Himmel überging. Janice war es bisher noch gar nicht bewusst gewesen, doch es war nicht allein ihre eigene Furcht, die ihr die Nacht so außergewöhnlich dunkel und bedrohlich erscheinen ließ. Mit der Dämmerung hatte sich der Himmel dicht genug mit Wolken bezogen, um den Mond und jeden einzelnen Stern auszulöschen. Ihr Herzschlag beschleunigte sich.

Der Wagen hielt an, und Janice kniff die Augen zusammen, um die Dunkelheit vor sich zu durchdringen, aber es gelang ihr nicht. Wären nicht das gleichmäßige Geräusch der Brandung und der intensive Salzwassergeruch gewesen, hätte sie ebenso gut tatsächlich vor einem bodenlosen Abgrund stehen können, der direkt ins Zentrum der Nacht führte.

»Von hier aus müssen wir zu Fuß weiter«, sagte Daniel. »Mit dem Wagen bleiben wir im Sand stecken. Aber es ist nicht weit. Nur ein paar Schritte. Kommen Sie.«

Und damit sprang er vom Bock und machte – genau wie Ken – nicht die geringsten Anstalten, ihr ebenfalls vom Wagen zu helfen, oder auch nur auf sie zu warten. Janice blickte ihm mit einer Mischung aus schierem Unglauben und wachsender Empörung nach, schluckte ihren Zorn aber dann herunter und kletterte so schnell von dem Ochsenkarren hinab, wie sie konnte, um den beiden Jungen zu folgen.

Es war so dunkel, dass sie sie nur einholte, indem sie weit nach vorne gebeugt ging und ihren Fußspuren im nassen Sand folgte. Selbst als sie die Flutlinie erreichte und die gedämpften Stimmen der beiden Jungen hörte, sah sie kaum mehr als tiefenlose Schemen, die sich nur von der Nacht abhoben, weil sie sich bewegten. Es war noch jemand anwesend, den sie aber mehr erahnte als sah, und sie war kaum heran, da wandte er sich auch schon ab und verschwand mit platschenden Schritten im Wasser. Irgendetwas bewegte sich hinter ihm in der Brandung. Janice nahm an, ein Boot. Erkennen konnte sie es nicht.

»Wenn Sie so weit sind …«, begann Daniel.

Das war Janice ganz gewiss nicht. Sie wusste ja nicht einmal genau, wofür. Daniel gab ihr jedoch keine Gelegenheit zu antworten, sondern wurde von einem Schatten wieder zu einer Gestalt, als er näher kam und ihr etwas am ausgestreckten Arm hinhielt, das sie erst auf den zweiten Blick als das hässlichste Paar hüfthoher Anglerstiefel erkannte, das sie jemals zu Gesicht bekommen hatte. Außerdem waren sie gleich um etliche Nummern zu groß.

Daniel blieb ihr Zögern nicht verborgen. »Wir müssen ein Stück durchs Wasser.«

»Auf ein Boot?«, gab sie erschrocken zurück.

»Ich kann Sie auch tragen«, sagte Daniel. »Es sind nur ein paar Schritte.«

Janice starrte ihn an. Auch wenn Daniel deutlich jünger war als sie, und wenn man es genau nahm, kaum mehr als ein Kind, so traute sie ihm doch durchaus zu, sie ohne Mühe auf das wartende Boot zu tragen, ohne dass sie auch nur nasse Füße bekam. Sie fragte sich, ob er überhaupt wusste, wie unverschämt sein Vorschlag war. Ohne ein weiteres Wort riss sie ihm die Stiefel aus der Hand und wich ein paar Schritte in die Dunkelheit zurück, bevor sie die Stiefel neben sich in den Sand stellte und die Röcke raffte. »Drehen Sie sich gefälligst um«, fauchte sie, unbeschadet der Tatsache, dass die fast vollkommene Dunkelheit sie vor jeglichen unangemessenen Blicken schützte. Sie sah ja kaum die Stiefel, die sie neben sich abgestellt hatte.

»Und wohin fahren wir?«, fragte sie, während sie umständlich in die viel zu großen Stiefel schlüpfte und plötzlich fast dankbar für die Dunkelheit war, die wenigstens dafür sorgte, dass den beiden Jungen ihr unwürdiges Gehampel verborgen blieb.

»Auf eine Insel, nur eine knappe Meile vor Yarmouth.«

Janice hatte die Karte von Cape Cod hinlänglich genug studiert, um so überrascht mitten in der Bewegung innezuhalten, dass sie um ein Haar das Gleichgewicht verloren hätte. »Yarmouth?«

Daniel kam gerade nahe genug, um als verschwommener Schemen sichtbar zu werden, der nach links deutete, auf irgendeinen der zahllosen blinzelnden Lichtpunkte, die den schwarzen Teer der Bay säumten. »Wir können mit dem Wagen dorthin fahren, wenn Ihnen das lieber ist. Aber dazu würden wir die ganze Nacht brauchen, und ich bezweifle, dass wir dort jemanden finden, der uns nach Bone Island bringt.«

»Aber ihr habt so jemanden?«, ächzte Janice. Sie musste ein paarmal mit dem Fuß aufstampfen, denn obwohl der Stiefel gleich um etliche Nummern zu groß war, hatte sie Mühe hineinzukommen.

»Tom ist ganz in Ordnung«, antwortete Daniel. »Er mag nur keine Fremden. Am besten sprechen Sie gar nicht mit ihm. Wir haben schon alles geklärt.«

Janice vermutete, dass den beiden Burschen wohl eher daran gelegen war, dass sie in Gegenwart des Bootsbesitzers nicht über Geld sprach und vor allem eine gewisse Summe nicht nannte. Ihr Misstrauen regte sich nur noch stärker. Mit einer ärgerlichen Anstrengung schlüpfte sie in den zweiten Stiefel, raffte ihre Tasche auf und ignorierte auch jetzt wieder demonstrativ Daniels ausgestreckte Hand.

Es kostete sie fast ihre gesamte Willenskraft, dem Jungen ins Meer hinaus zu folgen. Das Wasser war eisig, und der salzige Wind sprühte ihr staubfeine und sogar noch einmal kältere Gischt ins Gesicht. Das Boot wartete tatsächlich nur einen guten Steinwurf vom Ufer entfernt, doch sie zitterte vor Kälte am ganzen Leib, noch bevor sie es ganz erreicht hatten, und diesmal obsiegte ihre Vernunft über ihren albernen Stolz, indem sie nach Daniels Hand griff und sich an Bord des winzigen Bootes helfen ließ.

Sie war nicht einmal sicher, ob der erbärmliche Kahn diese Bezeichnung überhaupt verdiente; und schon gar nicht, ob es wirklich eine kluge Entscheidung gewesen war, sich auf diesen Wahnsinn eingelassen zu haben, oder nicht vielmehr eine ganz besonders komplizierte (und teure) Art von Selbstmord. Das Boot maß kaum zwanzig Fuß in der Länge und stank dermaßen nach faulendem Fisch und abgestandenem Wasser, dass nicht einmal der beständig wehende Wind etwas an dem sachten Unwohlsein ändern konnte, das sie fast sofort ergriff.

Sie hatte kaum auf der einzigen schmalen Sitzbank im Heck des Bootes Platz genommen, da setzten Daniel und ihr angeblich menschenscheuer Kapitän Segel und das Boot sich heftig schaukelnd in

Bewegung. Aus dem flauen Gefühl in ihrem Magen wurde allmählich etwas anderes und sehr viel Unangenehmeres, und sie schluckte ein paarmal, als sich saurer Speichel unter ihrer Zunge zu sammeln begann; womit sie es allerdings eher schlimmer machte.

Ihr Kapitän sagte etwas, das Janice nicht verstand, und Kenny übersetzte: »Wenn Sie ... äh ... spucken müssen, dann tun Sie es ruhig. Das passiert vielen, und es hilft.«

Janice hätte es möglicherweise sogar getan, hätten diese Worte nicht an ihren Stolz gerührt. So schluckte sie nur noch einmal (wodurch sie es prompt noch einmal schlimmer machte) und schaffte es sogar, ihre Stimme halbwegs fest klingen zu lassen. »Wie weit ist es bis zu diesem Booth Island?«

»Bone«, korrigierte sie Ken. »Es heißt Bone Island. Vielleicht eine Stunde, oder ein bisschen länger. Wenn sich das Wetter hält.«

Das war es ganz bestimmt nicht, was sie hatte hören wollen. Sie verbot sich jedwede Antwort, konnte aber nicht verhindern, dass sie den Kopf in den Nacken legte und in den Himmel hinaufsah; oder doch zumindest in die Richtung, in der sie den Himmel vermutete. Es gab keinen Unterschied zu dem pechschwarzen Meer und dem gleichfarbigen Firmament, und wären die zahllosen Lichter nicht gewesen, die die Bay an drei Seiten säumten wie ein vom Himmel gefallenes Diadem der Götter, hätte man meinen können, die reale Welt tatsächlich verlassen und das Herz eines Universums aus reiner Schwärze betreten zu haben.

Aus der Stunde (oder ein bisschen mehr), von der Kenny gesprochen hatte, wurden selbstverständlich weit mehr als zwei, aber das überraschte sie nicht im Geringsten. Umso mehr dafür, dass sich ihre rumorenden Eingeweide schon bald wieder beruhigten und auch die sich ankündigende Übelkeit allerhöchstens zu einem sacht unangenehmen Gefühl tief in ihrer Kehle wurde. Wie es aussah, war sie wohl doch seefester, als sie selbst angenommen hatte.

Darüber hinaus verlief die Fahrt in fast vollkommener Stille. Niemand sprach, und selbst das seltene Knattern des Segels und das monotone Klatschen der Wellen wurden bald zu einem sonderbaren Hintergrundgeräusch, das sie gar nicht mehr wirklich zur Kenntnis nahm, sodass die Reise bald zu einem fast esoterischen

Erlebnis wurde, ein Wort, das normalerweise allerhöchstens ein spöttisches Lächeln auf ihr Gesicht zwang.

Nun aber hätte sie ganz genau das geantwortet, hätte sie jemand nach ihren Gefühlen gefragt. Sicher lag es zum großen Teil an der Monotonie der lautlosen Fahrt sowie dem einlullenden Hin und Her des Bootsrumpfs, doch das war es nicht allein. Nach allem, was ihr seit jenem schrecklichen Augenblick widerfahren war, in dem sie an Steves Seite das Archiv in Providence betreten hatte, hätte man annehmen sollen, dass ihr allein der Gedanke an Wasser Unbehagen bereitete und sie die reine Vorstellung in Panik versetzte, auch nur einen Fuß an Bord eines Boots zu setzen, geschweige denn aufs offene Meer hinauszufahren. Doch jetzt war alles anders.

Seit diese verzauberte Fahrt in die Nacht jedoch begonnen hatte, fühlte sie sich in zunehmendem Maße besänftigt, als wäre inmitten der allumfassenden Dunkelheit ringsum etwas, das ihr all ihre Furcht nahm und jede einzelne Wunde kühlte, die ihre Seele in den zurückliegenden Tagen davongetragen hatte. Und es waren derer nicht wenige gewesen.

Sie war noch immer vollkommen orientierungslos; doch nach einer Weile meinte sie trotzdem ihr Ziel auszumachen. Eines der zahllosen winzigen Lichtpünktchen vor ihnen war näher gekommen, und als sie es genauer fixierte, fiel ihr ein regelmäßiges Blinzeln auf, das sie bisher auf die Bewegung des Bootes geschoben hatte.

»Ein Leuchtturm?«

»Bone Island«, bestätigte eine Stimme, die sie nicht kannte, und zum ersten Mal wandte Tom ihr das Gesicht zu. Er stand kaum zwei oder drei Armeslängen von ihr entfernt breitbeinig am Mast und tat irgendetwas, das sie weder verstand noch interessierte, doch es war noch immer so dunkel, dass sie sein Gesicht nur als hellen Fleck ohne klar definierte Konturen erkennen konnte. Er trug schwarzes Ölzeug, das vor Nässe glänzte, und einen dazu passenden breitkrempigen Hut, der das obere Drittel seines Gesichts zusätzlich beschnitt. Aber seine Stimme klang sympathisch und warm, wenn auch von einem Leben in der Salzwasserluft der Küste gezeichnet. »Der Leuchtturm dort. Wir sind bald da.«

Jetzt hätte sie erleichtert sein müssen, doch seine Ankündigung bedeutete auch, dass sich ihre Fahrt dem Ende näherte, und sie empfand ein vollkommen absurdes Gefühl von Enttäuschung, das ihr andererseits vollkommen unpassend erschien. Sie fühlte sich noch immer ein wenig benommen, die unablässig sprühende Gischt hatte sie längst bis auf die Haut durchnässt und war selbst in ihre angeblich wasserdichten Stiefel gekrochen, und sie fror so sehr, dass es ihr so gerade eben gelang, noch nicht mit den Zähnen zu klappern. Eigentlich sollte ihr alles hier Angst machen … aber sie fühlte sich ganz im Gegenteil so geborgen und sicher wie schon seit sehr langer Zeit nicht mehr. Es war, als wäre sie heimgekehrt; in ein Zuhause, das sie nie gesehen und nie kennengelernt hatte, das aber dennoch der einzige Ort auf der Erde war, an den sie gehörte. Sie wünschte sich, dass diese Fahrt niemals endete.

»Der Rückweg geht schneller«, fuhr Tom fort. Er legte den Kopf auf die Seite und schien auf eine Antwort zu warten, die sie ihm aber nicht geben wollte. Sie hätte sich auch gewünscht, er hätte nichts gesagt, denn das Geräusch seiner Stimme störte den magischen Moment, den sie zwar immer weniger verstand, zugleich aber auch mit aller Kraft festzuhalten versuchte, und das für immer.

Der Fischer redete trotzdem weiter. »Wir mussten kreuzen, das dauert gut doppelt so lange. Fühlen Sie sich noch wohl?«

»Bestens«, antwortete Janice kurz angebunden. Warum hielt er nicht endlich den Mund? Sicherlich meinte er es nur gut, doch sie spürte bereits, wie ihr der kostbare Augenblick entglitt, und das umso schneller, je verzweifelter sie ihn festzuhalten versuchte.

»Wir sind jedenfalls gleich da. Dort vorne ist schon die Sandbank, sehen Sie?«

Janice sah rein gar nichts. Die Nacht war so dunkel, dass sie wohl auch an einem ausgewachsenen Schlachtschiff hätten vorbeifahren können, ohne es zu merken. Aber der verzauberte Moment war vorbei, und zurück blieb nur eine tiefe Wehmut und ein mindestens ebenso großes Erstaunen. Was war das gewesen? Hatte tatsächlich gerade etwas sehr Fremdes und fast Heiliges ihre Seele berührt, oder steigerte sie sich da nur in etwas hinein?

Tatsächlich dauerte die Fahrt nicht mehr lange. Das blinzelnde

Auge des Leuchtturms wuchs nun ebenso schnell vor ihnen heran, wie es sich vorher über Ewigkeiten nicht bewegt zu haben schien, und als wäre der Moment sorgsam inszeniert, riss die Wolkendecke nun endlich auf, und ein nahezu perfekt gerundeter Mond tauchte das Meer in silbernes und alle Farben auslöschendes Licht.

Was sie beim Näherkommen sah, war jedoch eher enttäuschend. Bone Island war winzig und sah zumindest in der Nacht nicht einmal wie eine wirkliche Insel aus, sondern eher wie ein nachlässig aufgeschichteter Geröllhaufen, der auch nicht nennenswert größer wurde, als sie noch näher kamen. Das Einzige, was darauf zu wachsen schien, war der Leuchtturm, dessen Licht in regelmäßigen Abstand auf das offene Meer hinausblinkte, aber auch er sah ganz und gar nicht so aus, wie sich Janice einen klassischen Leuchtturm vorstellte. Es gab keine bunten Farben, keine verspielte Wendeltreppe oder hübsche Fensterläden, nicht einmal die typische Form mit dem dazugehörigen Leuchtturm war zu sehen, sondern einfach nur ein gedrungener, schmuckloser Turm, der ihr nicht einmal besonders hoch vorkam.

Immerhin musste sie nicht wieder durchs Wasser waten, wofür sie ehrlich dankbar war, denn sie fror mittlerweile so erbärmlich, dass sie sich fast selbst ein bisschen wunderte, noch nicht mit den Zähnen zu klappern. Es gab einen Steg, der gerade einmal zwei Finger breit aus dem Wasser ragte und je nach Tidenhub wohl auch das eine oder andere Mal verschwunden war. Als sie darauf trat, wurde sie mit einem vollkommen unerwarteten Klang belohnt und stellte fest, dass er offensichtlich aus Eisen bestand, was ihr reichlich ungewöhnlich vorkam; schon weil sie sich fragte, wieso er nicht schon längst einfach weggerostet war.

Auf nicht ganz so sicheren Beinen, wie es ihr lieb gewesen wäre, und plötzlich wieder von einem rasch stärker werdenden Unbehagen erfüllt, überquerte sie den Steg so schnell, wie es gerade noch ging, ohne zu viel von ihrem wahren Gemütszustand zu verraten, und fand sich vor einer mindestens zwanzig Fuß hohen Klippe aus scharfkantigem Geröll wieder. Eine schmale, ebenfalls aus rostigem Eisen gefertigte Treppe – die selbstverständlich kein Geländer hatte – führte in einem Winkel nach oben, der selbst eine Bergziege ins Grübeln gebracht hätte, sodass sie auch jetzt wieder ihren Stolz vergaß und nach der schwieligen Hand griff, die sich ihr entgegenstreckte. Erst oben angekommen und mehr als nur ein wenig außer Atem fiel ihr überhaupt auf, dass sie zu Tom gehörte, und sie löste sich zwar rasch aus seinem Griff, aber doch nicht ganz so schnell, wie sie es bei Kenny oder gar Daniel getan hätte.

»Ist alles in Ordnung, Miss?«, fragte der Fischer.

Janice nickte, doch der zweifelnde Ausdruck in seinen Augen blieb. Wenn sie auch nur annähend so aussah, wie sie sich mittlerweile wieder fühlte, dann konnte sie ihn gut verstehen. Tom sagte jedoch nichts mehr, sondern griff unter seine schwarze Öljacke, um eine silberfarbene Taschenflasche hervorzuziehen.

»Nehmen Sie einen Schluck. Das hilft, Sie werden sehen.«

Janice wollte ganz automatisch den Kopf schütteln – sie trank selten Alkohol und schon gar nicht aus *so einer* Flasche –, doch dann überraschte sie sich selbst, indem sie das Angebot annahm und nur einmal symbolisch mit der Handfläche über das Gewinde fuhr, bevor sie einen kräftigen Schluck nahm.

Was immer die Flasche enthielt, es brannte wie Säure in ihrer Kehle. Sie schluckte trotzdem tapfer und wurde mit einem heftigen Hustenanfall belohnt, bei dem sie um ein Haar die Flasche fallen gelassen hätte. Doch so unangenehm es auch war, spürte sie zugleich doch auch eine Welle prickelnder Wärme, die sich sofort in ihrem Magen ausbreitete und binnen eines einzigen Atemzuges ihre Glieder und ihr Gesicht erreichte. Janice wusste genug über die vermeintlich wohltuende Wirkung des Alkohols, um zu wissen, dass dieses Geschenk nicht lange vorhalten und sie einen hohen Preis dafür zahlen würde. Aber es gab Momente, da war man auch für kleine Geschenke dankbar.

»Danke«, sagte sie, immer noch ein wenig atemlos. »Sie haben recht. Es hilft.«

Tom nahm die Flasche vorsichtig aus ihren zitternden Fingern und nahm selbst einen großen Schluck, bevor er sie sorgsam wieder verschraubte und unter seiner Jacke verschwinden ließ. »Sie halten sich gut. Waren Sie schon einmal auf See?«

Janice schüttelte wahrheitsgemäß den Kopf, und Tom wirkte ehrlich beeindruckt. »Dann halten Sie sich sogar ganz außergewöhnlich gut. Oder Sie müssen einen wirklich triftigen Grund haben, ausgerechnet in einer Nacht wie dieser hier rauszukommen.«

Was sollte das heißen – in einer Nacht wie dieser?, dachte Janice alarmiert. Sie wollte die Frage in Worte kleiden, doch Daniel mischte sich ein, indem er ihr die Hand auf die Schulter legte und sie zwar auch sofort und hastig wieder zurückzog, als sie ihn ärgerlich ansah, zugleich aber auch ungeduldig zur Turmspitze hinaufdeutete. »Wir müssen uns beeilen. Und Sie müssen ins Haus, bevor Sie sich den Tod holen.«

Damit hatte er zweifellos recht, wie auch ihre Finger- und Zehenspitzen nur zu gerne bestätigten, die vor Kälte allmählich taub wurden. Aber da war zugleich auch eine Überheblichkeit in seiner Sorge, die ihm nicht zustand und die sie ein bisschen empörte, sodass sie ihn nur noch ärgerlicher anfunkelte. Daniel nickte jedoch nur noch einmal bekräftigend und setzte sich in Bewegung, während sein jüngerer Kumpan wartete, bis auch Tom und sie losgegangen waren, bevor er sich ihnen anschloss. Zweifellos war das nur ein Zufall, doch der für Verfolgungswahn zuständige Teil ihrer Gedanken fragte sich sofort, ob hinter dieser Konstellation nicht etwas anderes steckte. Die beiden kamen ihr plötzlich wie Gefängniswärter vor, die mit Argusaugen darauf achteten, dass ihre Gefangene nicht vom rechten Weg abwich. Und was war überhaupt mit Tom? Nur weil er sie angelächelt und sie einen Schnaps mit ihm getrunken hatte, wurde er nicht automatisch zu ihrem Freund.

Es war noch ein Stück zu gehen, denn der Turm erhob sich genau in der Mitte des flachen Geröllhaufens, der die Insel im Prinzip war, und je näher sie ihm kamen, desto unheimlicher erschien er Janice. Abgesehen von einer sonderbar abgerundeten Tür, wie man sie eher auf einem Schiff erwartet hätte, waren seine Außenwände vollkommen glatt, ohne ein Fenster oder irgendeine andere Unterbrechung oder gar überflüssigen Zierrat, und es gab noch eine Besonderheit. Der Turm war nicht nur unverputzt, ihm fehlte auch die typische gläserne Kuppel am oberen Ende, in der Laterne und Reflektor aufgestellt waren. Janice hatte es natürlich schon bemerkt, und trotzdem wurde ihr erst jetzt richtig bewusst, dass es zumindest auf dieser Seite kein Fenster gab, durch das das Signallicht nach außen dringen konnte. In mehr oder weniger regelmäßigen Abständen leuchtete es oben und hinter dem Turm sanft auf, und das war im Grunde auch schon alles. Janice war alles andere als eine Spezialistin für Leuchttürme, aber von einer solchen Konstruktion hatte sie noch nie gehört.

Tom ging auf dem letzten Stück voraus, sodass sie annahm, er würde einen Schlüssel aus der Tasche kramen oder etwas Ähnliches tun, vielleicht auch nach dem Leuchtturmwärter rufen, damit er ihnen öffnete. Er drehte jedoch nur an einem kleinen Handrad, woraufhin sich die Tür rumpelnd und ruckelnd zur Seite zu bewegen begann. Janice sah jetzt, dass es sich tatsächlich nicht um eine normale Tür handelte, sondern ein schweres eisernes Schott, wie sie eher auf einem Panzerschiff zu finden waren. Es bewegte sich auch nicht in Angeln, sondern ruckelte auf einem gut doppelt fingerdicken eisernen Zahnkranz zur Seite.

Ein schmaler Streifen roten Lichts erschien und wurde im ruckelnden Takt der Tür breiter, und sie hatte einen flüchtigen Eindruck von rostigen schweren Umrissen und behäbiger Bewegung, dann war der Spalt breit genug, dass Tom hindurchschlüpfen konnte und ihr den Blick versperrte. Daniel folgte ihm dichtauf, und Kenny wartete auch jetzt wieder, dass sie vorausging, und entblödete sich nicht einmal, eine entsprechende und auch leicht unwillige Handbewegung zu machen. Janice verbesserte sich in Gedanken: Die beiden waren nicht unbeholfen, sondern entweder tatsächlich ihre Gefängniswärter, oder so ausgemachte Dummköpfe, dass sie allein dafür Prügel verdienten.

Mit klopfendem Herzen, aber sehr schnell folgte sie Daniel und duckte sich ganz instinktiv unter dem eisernen Türrahmen hindurch, obwohl das Schott zwar durch seine gedrungene Form niedrig wirkte, es aber ganz und gar nicht war. Ganz im Gegenteil hätte sogar ein Mann von Steves Statur hindurchgepasst, ohne auch nur den Kopf senken zu müssen.

Als sie es tat, fiel ihr etwas auf, das sie beunruhigte, denn es war – vorsichtig ausgedrückt – zumindest ungewöhnlich. Nicht nur das

Schott und der Rahmen, sondern der gesamte Turm bestand aus massivem Eisen; eine doppelt handspannendicke, rostrote Röhre, die sich über ihren Köpfen mindestens vierzig oder fünfzig Fuß weit in die Höhe streckte, ohne dass sie irgendwelche Stützkonstruktionen oder Streben erkennen konnte. Tatsächlich schien der Turm vollkommen leer zu sein. Was sie gerade von außen gesehen zu haben glaubte, musste wohl eine Täuschung gewesen sein. Da waren weder Umrisse noch irgendwelche Bewegung, die nicht von ihr selbst oder ihren drei Begleitern stammte.

Es war sehr warm, das war das Allererste, was ihr auffiel, eine feuchte Wärme, die sich sofort als klebriger Film und sehr unangenehm auf ihre Haut und Kleider legte und sie an etwas zu erinnern versuchte, ohne dass es ihr ganz gelang. In der Luft lag ein durchdringender Geruch nach heißem Maschinenöl und Rost, und ganz unterschwellig hörte sie ein Geräusch, konnte es aber nicht identifizieren.

»Was … ist das?«, murmelte Janice, was längst nicht nur Ausdruck ihrer Befremdung war. Hätte man sie mit verbundenen Augen hier hereingeführt, sie wäre auf alles Mögliche gekommen, aber gewiss nicht darauf, sich im Inneren eines *Leuchtturms* zu befinden. Und das Unheimlichste vielleicht war, dass sie das intensive Gefühl hatte, ihre Umgebung eigentlich zu kennen. Doch jedes Mal, wenn Sie danach greifen wollte, entschlüpfte ihr dieser Eindruck wieder.

Statt zu antworten, deutete Tom nach links, und als sie der Geste mit Blicken folgte, konnte sie sich eines furchtsamen Fröstelns nicht mehr ganz erwehren. Eine Unterbrechung des rostroten Einerleis gab es doch: eine Spirale aus kaum dreißig Zentimeter messenden eisernen Trittstufen, die direkt aus der Wand wuchsen und wohl so etwas wie eine Treppe darstellen sollten. Selbstredend war der Abstand zwischen diesen haarsträubenden Treppenstufen gerade eine Winzigkeit zu groß, um sicher hinaufzugehen, und noch selbstredender gab es kein Geländer und hatte es wohl auch nie gegeben. Ihr Blick und ein tiefes Unbehagen folgten der mehrfachen Spirale bis zu einer geriffelten, gusseisernen Klappe hoch unter der Decke.

»Das ist nicht Ihr Ernst!«, entfuhr es ihr.

»Wenn Sie das Schiff sehen wollen«, antwortete Tom mit einem angedeuteten Schulterzucken. »Es geht nur von dort oben aus.«

»Aber es ist nicht so schlimm, wie es aussieht?«, vermutete Janice.

»Sogar noch deutlich schlimmer«, erwiderte Tom, wofür sie ihn für einen einzelnen Moment aus tiefstem Herzen hasste. »Ich könnte verstehen, wenn Sie sich nicht trauen. Da haben schon gestandene Männer gekniffen, glauben Sie mir. Ist keine Schande.«

»Und ist auch schon mal einer heruntergefallen?«, fragte Kenny nervös. Dafür hasste Janice ihn fast noch mehr als Tom gerade.

»Und das ist die einzige Möglichkeit?«, erkundigte sie sich. Tom nickte nur knapp, und Janice rang noch kurz mit sich selbst (oder tat wenigstens so. Welche Wahl hatte sie schon? Etwa umkehren?), bevor sie mit einem ebenso angedeuteten Nicken antwortete. Tom nahm den Hut ab und schälte sich aus der nassen Öljacke. Als er die Kleider an Kenny weiterreichte, sah sie, dass ihre erste Einschätzung richtig gewesen war. Er war ein kräftiger Mann mit ebenso vernarbten wie starken Händen. Sein Haar war mehr als nur eine Spur zu lang und schütter geworden, aber noch immer von dunkler Farbe, und sein Gesicht ebenso von einem Leben auf See gezeichnet wie seine Stimme. Aber er war noch immer auf seine Weise attraktiv, und vor – sehr vielen – Jahren musste er sehr gut ausgesehen haben. Auf eine sehr starke Art hatte er etwas Väterliches.

Ohne ein weiteres überflüssiges Wort begann er die Selbstmordtreppe hinaufzusteigen, zwar nicht einmal annähernd so schnell und selbstsicher, wie sie es sich gewünscht hätte, aber auch ohne zu zögern. Er bedeutete ihnen zurückzubleiben, obwohl sich niemand von der Stelle gerührt hatte, um etwas so Dummes zu tun. Umständlich – oder vielleicht auch nur ganz besonders sorgsam – entriegelte er die Klappe, drückte sie trotz ihres sichtbar enormen Gewichtes mit nur einem Arm nach oben und verschwand für etliche Sekunden. Realistisch waren es wohl nur einige wenige, aber für Janice reichte das allemal aus, sich schon wieder die wildesten Schreckensszenarien auszudenken.

Tom lugte gebückt durch die Klappe zu ihnen herab und winkte. »Ihr könnt kommen. Aber seid vorsichtig. Die Stufen sind nicht ohne.«

Gut, dass er es ihnen sagte. Von selbst wäre sie nie darauf gekommen.

Sie wartete, bis Daniel die Treppe in Angriff nahm, indem er sich fest mit dem Rücken gegen die rostige Eisenwand presste und grätschbeinig immer dafür sorgte, auf zwei der schmalen Stufen zu stehen, bevor er die nächste anvisierte. Es sah einigermaßen lächerlich aus – wenn auch kein bisschen komisch –, doch das hinderte Janice keineswegs daran, rasch aus den Anglerstiefeln zu schlüpfen und ihm auf dieselbe Weise zu folgen.

Nachdem sie auf der ersten Stufe prompt den Halt verlor und beinahe gestürzt wäre, ahmte sie Daniels Fliege-an-der-Wand-Technik nach und kam sogar unerwartet gut voran. In zehn Fuß Höhe angekommen vermied sie es krampfhaft, nach unten zu sehen. Weitere zehn Fuß höher schloss sie die Augen und zwang sich, sich nur noch auf ihren Tastsinn zu verlassen, und schließlich schaffte sie es nach oben. Erst als Tom nach ihrer ausgestreckten Hand griff und sie mit einem kräftigen Ruck zu sich hinaufzog spürte sie überhaupt, wie sehr ihre Knie zitterten, und es bedurfte auch erst des Anblicks frischer Blutspuren auf der verrosteten Wand unter ihr, um sie die Schrammen in ihren zerschundenen Handflächen und auf ihrem Rücken spüren zu lassen.

»Ist alles in Ordnung?«, fragte Tom. Sie nahm an, dass es nur eine rhetorische Frage war und er wohl keinen Wert auf eine Antwort legte, schon gar nicht auf eine ehrliche, also bekam er auch keine. Lieber sah sie sich in ihrer neuen Umgebung um. Sehr viel gab es allerdings nicht zu sehen. Sie befanden sich in einem schmalen, aber sehr hohen Gang aus dem ihr schon vertrautem rostigem Eisen, der vollkommen leer war.

»Das war außergewöhnlich tapfer von Ihnen, Miss. Und um die Frage Ihres Freundes zu beantworten: keiner.«

Tom ließ endlich ihre Hand los, und Janice richtete sich umständlich auf und maß ihn mit einem verwirrten Blick.

»Ihr junger Freund«, erklärte Tom. »Er hat gefragt, wie viele

Männer hier schon abgestürzt sind. Die Antwort ist keiner. Jedenfalls nicht, soweit ich es weiß.«

»Er ist nicht mein Freund«, sagte Janice ganz automatisch.

Tom sah aus, als ob ihn diese Nachricht erleichterte, und ein flüchtiges Lächeln huschte über seine Lippen. »Wo bleibt er überhaupt?«

Janice wich vorsichtshalber einen Schritt zurück, bevor sie sich umdrehte und halb in die Hocke ging, um nach unten zu sehen. Da der eiserne Wendeltreppen-Witz drei komplette Drehungen vollführte, stand Kenny genau im richtigen Winkel unter ihr, dass sie sein Gesicht erkennen konnte. Er hatte den Kopf in den Nacken gelegt und war sehr bleich.

»Worauf warten Sie?«, fragte sie.

Der Junge antwortete nicht laut, sondern schüttelte nur stumm den Kopf, und Janice sparte sich gleich den Atem, ihn ein zweites Mal zu rufen. Ihr brach auch nicht wirklich das Herz bei der Vorstellung, dass er dort unten bleiben würde.

»Das macht gar nichts«, sagte Tom. »Die wenigsten hätten den Mut dazu.«

»Sie schon.«

»Nicht sehr oft«, bekannte Tom. »Ich war das letzte Mal vor etlichen Jahren hier. Und auch davor nur sehr selten.«

»Aber heute sind Sie gekommen.« Janice fiel erst jetzt auf, wie schwer Tom atmete, und auch, dass seine Hände zitterten. Die selbstmörderische Treppe heraufzusteigen musste ihn mindestens so sehr angestrengt haben wie sie; und angesichts seines Alters vermutlich sogar noch mehr.

»Ihre Freunde haben gesagt, dass es sehr wichtig für Sie ist«, antwortete er. »Und dass es wahrscheinlich sowieso keine Möglichkeit gibt, Sie davon abzuhalten, und Sie wahrscheinlich zu Schaden kommen, wenn Sie es auf eigene Faust versuchen.«

»Und da konnten Sie nicht anders, als mir zu helfen.«

Die Worte taten Janice schon leid, bevor sie sie auch nur ganz ausgesprochen hatte, doch Tom reagierte nur mit einem schiefen Grinsen. »Ja, und Ihre beiden jungen Freunde haben mir auch ein hübsches Sümmchen gezahlt.«

Janice setzte dazu an, ihm erneut zu versichern, dass Kenny und Daniel nicht ihre Freunde waren, doch in diesem Moment kam einer ihrer beiden angeblichen Beschützer zurück, und Toms Feixen erlosch wie abgeschaltet, als er sich zu ihm umwandte.

»Wo ist Kenny?«, fragte Daniel.

»Dort unten«, antwortete Tom mit einer entsprechenden Kopfbewegung, und Janice konnte gar nicht anders, als hinzuzufügen: »Er deckt unseren Rückzug, damit wir nicht in einen Hinterhalt geraten.«

Daniels Lippen wurden für einen Moment zu einem blutleeren Strich, doch dann drehte er sich nur mit einem Ruck um und ging in die Richtung zurück, aus der er gekommen war. Sie folgten ihm. Janice versuchte vergeblich einzuordnen, wo sie sich befanden. Der Gang war schmal und fensterlos und von demselben rötlichen Licht erfüllt wie der gesamte Turm, und auch jetzt wieder, ohne dass sie seine Quelle ausmachen konnte. Der Krümmung der rostigen Wände nach zu urteilen folgte er der äußeren Form des Turms, auch wenn sie das Gefühl hatte, das gesamte Bauwerk mindestens dreimal umrundet zu haben, bis sie schließlich vor einer weiteren massiven Eisentür standen, die sich ebenfalls auf einem rostigen Zahnkranz bewegte und halb offen war. Dahinter pulsierte ein sehr helles, warmgelbes Licht, das aber trotzdem nicht blendete.

Tom trat als Erster hindurch, bedeutete ihnen mit einer ruppigen Handbewegung zurückzubleiben und blieb eine kurze Weile verschwunden, als hätte er etwas Wichtiges zu überprüfen. Erst dann kam er zurück, machte eine auffordernde Geste zu Janice und hob auch praktisch sofort wieder die Hand, als Daniel ihr folgen wollte.

»Hier drinnen ist es zu eng«, sagte er. »Warte draußen und pass auf, dass uns niemand stört.«

»Aber ...«, protestierte Daniel, und Tom beendete die drohende Diskussion, indem er an einem Handrad an der Wand drehte, woraufhin sich die Tür rumpelnd zu schließen begann. Allein das Geräusch verriet Janice, wie schwer sie sein musste, und doch schloss sie sich binnen einer einzigen Sekunde, und irgendetwas rastete mit einem dumpfen Schlag ein. Jetzt konnte Daniel draußen mit beiden Fäusten gegen das Eisen trommeln und aus Leibeskräften schreien, ohne dass sie auch nur den mindesten Laut hörten.

Was umgekehrt auch für sie galt, fügte eine mahnende Stimme hinter ihrer Stirn hinzu, deren sie sich sofort schämte.

»Kommen Sie, Miss«, sagte Tom.

»Janice.«

»Janice, gut.« Tom nickte. »Geben Sie acht. Hier drinnen ist alles sehr schmutzig.«

Als ob sie sich mittlerweile nicht daran gewöhnt hätte, in ruinierten Kleidern herumzulaufen. Wahrscheinlich hatte er einfach nur irgendetwas sagen wollen.

Zumindest was den vorhandenen Platz anging, hatte er nicht übertrieben. Daniel hätte sicherlich auch noch zu ihnen reingepasst, aber dann wäre es wirklich eng geworden. Selbst Tom und sie mussten näher beieinanderstehen, als es ihr unter normalen Umständen recht gewesen wäre. Dabei gab es eigentlich Platz im Überfluss, denn der Raum war so groß, dass er vermutlich die gesamte Grundfläche des Leuchtturms einnahm, wofür auch seine runde Form sprach.

Aber er war auch über und über mit Maschinen und Rohren, Kesseln und lautlos arbeitenden Kolben und Zahnrädern und hundert anderen Apparaturen ausnahmslos unbekannten Zwecks vollgestopft. Der Boden bestand aus einem schweren eisernen Gitterrost, durch das sie sonderbarerweise nicht hindurchsehen konnte, als gäbe es darunter einfach gar nichts, und überall erblickte sie ölverschmierte Leitungen, gewaltige Druckkessel und sonderbare Mess- und Anzeigeinstrumente. Der Rost unter ihren Füßen vibrierte ganz sacht, wie im Takt eines gewaltigen schlagenden Herzens, das irgendwo tief im gewachsenen Fels der Insel arbeitete, und noch einmal und jetzt sogar ungleich intensiver hatte sie das Gefühl, das alles hier eigentlich zu kennen. Bei aller Fremdartigkeit hatte ihre Umgebung doch zugleich etwas ungemein Vertrautes.

Diesmal erreichte der Gedanke fast ihr Bewusstsein, und wahrscheinlich hätte sie ihn auch ergriffen und endgültig ans Tageslicht geholt, wäre es da nicht jäh so hell geworden, dass sie instinktiv die

Augen schloss, bevor ihr überhaupt aufging, dass diese Helligkeit trotz ihrer gleißenden Intensität nicht im Geringsten blendete.

»Dort drüben, Janice.« Tom deutete auf einen Teil der gegenüberliegenden Wand, der das gleißende Licht als Einziges nicht in rostigen Rottönen reflektierte, sondern vollkommen schwarz geblieben war, und sie sah erst auf den zweiten Blick, warum das so war. Sie konnte weder Spiegelungen noch Kratzer und Schrammen oder wenigstens Wasserspuren entdecken, doch es handelte sich ganz zweifellos um ein Fenster, das vom Boden bis zur Decke reichte und nahezu ein Drittel des weitläufigen Rundes beanspruchte. Alles dahinter sollte vollkommen schwarz sein und war es auch, gleichzeitig und auf eine sehr verwirrende Art aber eben auch nicht. Sie meinte etwas zu sehen, zugleich aber auch wieder nicht, als wäre das, was immer dort draußen war, zwar durchaus sichtbar, entzöge sich aber auf fast magische Weise immer wieder ihren Blicken.

Das Licht erlosch auf dieselbe unheimliche Weise, auf die es aufgeflammt war und ohne die erwarteten Nachbilder oder auch nur ein Blinzeln auf ihren Netzhäuten zu hinterlassen. Janice nahm es kaum noch zur Kenntnis, registrierte es allenfalls. Vielleicht war ihre Fähigkeit zu staunen einfach erschöpft.

Sehr vorsichtig, um keine der angstmachenden Maschinen zu berühren, ging sie zu Tom hin und trat neben ihn an das deckenhohe Fenster. Sie sah noch immer nichts, und hatte dabei das enervierende Gefühl, zugleich doch etwas zu erblicken. Vielleicht sah sie ja tatsächlich etwas, das nur so fremd und einfach *anders* war, dass ihr eingeschränktes menschliches Begriffsvermögen einfach nichts damit anfangen konnte.

»Und?«, fragte sie. Etwas Originelleres wollte ihr einfach nicht einfallen.

»Warten Sie«, sagte Tom. »Es klart gleich noch weiter auf.«

Janice dachte vorsichtshalber erst gar nicht darüber nach, ob er über irgendein geheimes Seefahrer-Wissen verfügte oder sich einfach nur wichtigmachen wollte, aber sie war auch nicht wirklich überrascht, als die Wolkendecke schon nach wenigen weiteren Augenblicken endgültig aufriss und sich selbst die hartnäckige

Dunkelheit dem hellen Licht des Mondes und einer schier unglaublichen Anzahl von Sternen nicht mehr widersetzen konnte.

Tom wartete wortlos weiter, bis das gelbe Licht noch zweimal gekommen und wieder gegangen war, dann griff er in die Tasche seiner schwarzen Wathose und zog ein geradezu grotesk kleines, messingfarbenes Fernrohr heraus. Es blieb allerdings nicht so winzig, denn in derselben Bewegung, mit der er ihr das Fernrohr reichte, zog er es zu einer ansehnlichen Länge auseinander und schickte auch noch ein aufmunterndes Lächeln hinterher.

»Nehmen Sie«, sagte er. »Auf vier Uhr.«

Janice nahm das Fernrohr zwar (mit so spitzen Fingern, als hätte sie Angst, davon in selbige gebissen zu werden) entgegen, sah ihn darüber hinaus aber nur verständnislos an.

»Stellen Sie sich eine Uhr vor«, sagte Tom mit einem gutmütigen Lächeln, in dem sie aber zugleich auch eine Spur von Überheblichkeit zu erkennen meinte. »Sehen Sie dorthin, wo der Stundenzeiger um vier stehen würde.«

Janice hatte das zwar nicht gewusst, kam sich aber dennoch ein bisschen dumm vor und beeilte sich nun umso mehr, das Fernrohr anzusetzen und in die angegebene Richtung zu schwenken. Das gelbe Licht kam und ging, ohne dass sie irgendetwas Spektakuläreres sah als das monotone Muster der Wellen, die seit einer Million Jahren gegen die Küste anrannten, aber sie geduldete sich und wartete darauf, dass die Helligkeit zurückkam.

»Also gut, vielleicht ein paar Minuten nach vier«, sagte Tom. Er klang ein ganz kleines bisschen verlegen.

Janice senkte den Feldstecher um eine Winzigkeit und musste eine weitere Periode von Hell und Dunkel abwarten, doch dann, als das Licht erneut zurückkehrte, sah sie es: Das Wellenmuster war nicht ganz so makellos, wie es den Anschein hatte, sondern brach sich in einiger Entfernung vor der Insel an einem unsichtbaren Hindernis, das unter der Wasseroberfläche verborgen war; vielleicht ein Riff, vielleicht auch etwas vollkommen anderes.

»Wenn Sie an der Linse drehen, wird es schärfer«, sagte Tom.

Janice folgte der Aufforderung, und das verwirrende Muster aus dünnen Schaumkronen wurde zwar nicht wirklich schärfer, bekam aber deutlich mehr Details. Behutsam drehte sie weiter an dem antiquierten nautischen Instrument, und das Bild wurde noch einmal plastischer. Bald erkannte sie, dass die Strömung des endlosen Wellenmusters nicht willkürlich war, sondern ihrerseits einem eigenen Muster folgte, indem sie eine monströse Form nachzeichnete, die noch unsichtbar unter der Meeresoberfläche lag, aber schon dicht genug, um den Fluss des Wassers zu stören.

»Gleich ist es so weit«, sagte Tom.

Janice wusste nicht, wovon er sprach, aber es war ihr auch gleich. Jedes Mal, wenn das Licht kam und das Wasser im warmen Gelb des blinzelnden Leuchtturmes erstrahlte, tauchte der Schatten um eine Winzigkeit weiter aus der Tiefe empor; auch wenn sie auf einer tieferen Ebene begriff, dass es genau anders herum und es die Tiefe war, die sich zurückzog. Der Wasserspiegel sank, und im gleichen Maße, aber auch mit der unaufhaltsamen Beharrlichkeit eines schmelzenden Gletschers, tauchte der kolossale Umriss weiter aus dem Vergessen auf.

»Es ist gleich so weit«, sagte Tom noch einmal. »Sie müssten es jetzt eigentlich schon sehen können.«

»Ebbe und Flut«, sagte Janice, schon um nicht ganz als das unbeholfene Stadtdummerchen dazustehen, als das er sie behandelte.

»Ja«, antwortete Tom prompt, doch sie konnte auch spüren, wie er zugleich den Kopf schüttelte. »Aber nicht so, wie Sie glauben … und die meisten anderen übrigens auch, falls Ihnen das ein Trost ist.«

Das war es nicht – ein Trost wofür denn bitte? –, doch sie setzte das Fernrohr trotzdem lange genug ab, um ihm den fragenden Blick zuzuwerfen, um den er mit seinen Worten gebeten hatte, und Tom fuhr mit einem ganz sachten Unterton von Stolz in der Stimme fort: »Ebbe und Flut kennt jeder.« *Sogar ein blondes Dummchen wie Sie.* »Aber die wenigsten wissen, dass es noch einen zweiten Tidenhub gibt. Abhängig von der Mondphase fällt und sinkt der Meeresspiegel einmal im Monat besonders stark.«

Tatsächlich hatte Janice das schon gehört, nur hatte es sie nicht wirklich interessiert; und sie hatte auch nicht gewusst, dass dieser zweite Effekt so stark war, dass man ihn tatsächlich sehen konnte. »Und heute ist es so weit?«, fragte sie.

»Heute und morgen, ja«, bestätigte Tom. »Aber heute am stärksten. Der einzige Tag, an dem man das Wrack sehen kann.«

Es war das erste Mal, dass er dieses Wort benutzte, und so wie er es tat, verbarg sich zugleich auch eine Frage darin, die sie aber ganz bewusst ignorierte, schon weil das, was sie nun immer deutlicher sah, ihre Aufmerksamkeit und dann ihr ganzes Denken vollkommen in Anspruch nahm.

Aus den Wellen stieg ein schwarzer Koloss empor. Obwohl das Bild wie durch einen geheimnisvollen Zauber immer mehr an Schärfe und Detailreichtum zunahm, war es ihr einfach nicht möglich, wirkliche Einzelheiten zu erkennen; vielleicht waren es auch einfach zu viele Details, sodass Ihre Aufnahmefähigkeit einfach überfordert war. Sie sah einfach nur eine enorme Masse aus kantigem schwarzem Stahl und rostigem Eisen, die sich immer höher und höher aus den schäumenden Fluten erhob, umgeben von weißer Gischt und zugleich einer sonderbaren Düsternis, die ihren Blick noch zusätzlich zu zerstreuen trachtete.

Es war die IRONCLAD. Und zugleich auch nicht, denn es war nicht die IRONCLAD, die sie kannte.

Das Schiff ragte schräg aus den zurückweichenden Wogen, vielleicht noch nicht in gefährlicher, aber deutlich sichtbarer Schräglage, wie auf ein verborgenes Riff aufgelaufen und von den zurückströmenden Fluten schon vor Urzeiten begraben. Es war alt, sichtbar alt und von Millennien auf dem Meeresgrund gezeichnet, aber nicht gebrochen, verströmte es doch zugleich einen Nimbus rostiger Unzerstörbarkeit, der selbst der Beharrlichkeit der Zeit trotzte. Kein einziges Licht brannte an Deck oder hinter den zahlreichen Bullaugen, und die einzige Bewegung war die der tausend strömenden Wasserfälle, mit denen sich das Meer von Deck und Aufbauten des eisernen Titanen zurückzog.

Und doch … war da etwas. Janice konnte es nicht in Gedanken und schon gar nicht in Worte kleiden, und doch spürte sie, dass dort etwas war. Etwas, das sie rief, und das zu ihr gehörte.

»Wie lange …«, begann sie, konnte aber dann nicht weitersprechen, denn ihre Kehle war mit einem Male wie zugeschnürt.

Der angefangene Satz reichte Tom jedoch. »Das weiß niemand

mehr. Lange. Vielleicht ein Menschenalter, vielleicht auch mehr. Sie war schon eine Legende, als ich noch ein Kind war.«

»Eine von den Geschichten, die sich die Leute an langen Winterabenden erzählen, um sich die Zeit zu vertreiben oder ihre Kinder zu erschrecken«, zitierte Janice aus dem Gedächtnis. Ihre Hand schloss sich so fest um das Metall des Fernrohrs, dass es wehtat, und ihr Herz schlug immer langsamer, aber so schwer wie ein dampfbetriebenes Hammerwerk. Das Wasser wich weiter vor dem düsteren Koloss zurück, während die schäumenden Kaskaden von seinem Deck allmählich nachließen. Schwärze folgte ihnen in einer zweiten, unsichtbaren Flut, die alle Wärme aus ihrer Seele spülte und sie eigentlich vor Angst hätte erstarren lassen müssen, wäre da nicht zugleich noch etwas anderes und noch Unsichtbareres gewesen, das tief am Grunde ihrer Seele widerhallte und etwas berührte, von dessen Existenz sie bisher nicht einmal etwas gewusst hatte.

»Was ist passiert?«, fragte sie mühsam. Ihre Stimme wollte ihr nicht mehr gehorchen.

»Das weiß niemand«, antwortete Tom. »Manche sagen, es sei ein ganz normales Schiff gewesen, dessen Besatzung gemeutert und sich dann der Piraterie zugewandt hätte. Andere behaupten, sie hätten ihre Seelen dem Teufel verschrieben und eine Generation lang das Meer vor Cape Cod terrorisiert, bis ihr Pakt mit dem Satan ausgelaufen war und sie den Preis bezahlen mussten.«

»Und Sie?«, fragte Janice.

»Vielleicht ist es einfach nur ein seltsames Schiff«, antwortete Tom.

»Ein Schiff ganz aus Eisen?« Etwas kratzte an ihrer Seele, ein Gefühl wie Spinnenbeine auf Glas.

»Menschen machen seltsame Dinge«, sagte Tom. »Während des Bürgerkriegs haben sie ein paar wirklich verrückte Schiffe gebaut, wussten Sie das? Mehr als eine dieser Konstruktionen ist von ihrer Jungfernfahrt nie zurückgekommen.«

»Und was glauben Sie?«

»Ich glaube nicht an den Teufel«, sagte Tom.

»Auch nicht an Gott?«

War es Zufall, dass Tom einer direkten Antwort erneut auswich?

»Ich kenne die Welt, Janice, und die Menschen. In einer solchen Welt braucht es keinen Teufel, um sie zur Hölle zu machen.«

»Damit haben Sie wahrscheinlich recht, aber das ist keine Antwort. Was glauben Sie?«

Das Licht ging aus und wieder an, und etwas hatte sich verändert. Sie konnte nicht sagen, was, aber sie spürte es tief in sich. Noch ein wenig mehr, und sie würde verstehen, was die Dunkelheit ihr zu sagen versuchte.

»Manche sagen, sie seien bis ans Ende der Welt und noch ein Stück darüber hinaus gefahren und hätten von dort etwas mitgebracht, das niemals gefunden werden sollte, aber ich glaube nicht an so etwas. Es ist einfach ein …«, er schien nach Worten zu suchen, »ein seltsames Schiff, wie ich es noch nie zuvor gesehen habe.«

»Ich schon.« Etwas wirklich Sonderbares geschah: Sie setzte das Fernrohr ab, weil ihr Auge vor Anstrengung zu tränen begann, aber nun konnte sie das Schiff trotzdem genauso deutlich erkennen wie zuvor, und wenn man es genau nahm, dann sogar besser, denn nun sah sie es mit beiden Augen und fügte ihrer Beobachtung so noch die dritte Dimension hinzu. Es war weder auf magischem Wege näher gekommen noch hatte sich der Himmel weiter aufgehellt. Vielmehr war es, als beanspruche der schwarze Koloss nun einen viel größeren Teil ihrer Aufmerksamkeit. Vielleicht den Anteil, der ihm zustand.

»Das haben Sie?«, vergewisserte sich Tom. »Wo?«

»Nicht weit von hier«, antwortete sie, »und erst vor ein paar Tagen. Einmal draußen auf dem Meer, und dann noch einmal, im Hafen von Ipswich.«

»Die IRONCLAD?«, vergewisserte sich Tom, und das in einem Ton, der sie davon abhielt fortzufahren und ihm auch noch zu sagen, dass sie das Schiff nicht nur gesehen hatte, sondern sogar an Bord gewesen war.

Oder es zumindest glaubte.

»Das ist nicht möglich, Janice«, sagte Tom sanft. »Ich glaube Ihnen gerne, dass Sie etwas gesehen haben, aber es war ganz bestimmt nicht die IRONCLAD.«

»Woher wollen Sie wissen, was ich gesehen habe?«, fragte sie in schärferem Ton, als es ihre Absicht war.

»Weil ich das erste Mal vor über dreißig Jahren hier oben war«, antwortete Tom, »und damals lag dieses Schiff schon auf dem Grund der Bay.«

»Und das alles hier?« Janice machte eine Geste hinter sich, ohne dass ihr Blick die Kanten und Schründe des schwarzen Kolosses auch nur für eine Sekunde losgelassen hätte. Das konnte sie nicht.

»Ich bin nicht sicher, ob ich verstehe, was ...«

»Ich«, fiel ihm Janice scharf ins Wort, »maße mir nicht an, irgendetwas von der Seefahrt oder auch nur von Leuchttürmen zu verstehen. Aber eines weiß ich genau: Einen Leuchtturm wie diesen habe ich noch nie gesehen, und auch noch nie davon gehört, und ich glaube, auch sonst noch niemand.« Es gelang ihr endlich, ihren Blick von der IRONCLAD loszureißen und sich ganz zu Tom umzudrehen. »Wer hat ihn gebaut?«

»Das weiß ich nicht«, antwortete Tom, was sie nicht im Mindesten überraschte.

»Lassen Sie mich raten, Tom – er war schon immer hier?«

»Jedenfalls solange ich mich erinnere. Und ich weiß nicht, wer ihn gebaut hat.«

»Und sicherlich auch nicht, wer ihn betreibt«, sagte sie verächtlich.

»Betreibt?«

»Jemand wird doch dafür verantwortlich sein, dass das alles hier funktioniert, oder?« Sie wusste jetzt, wieso ihr das alles hier auf so bedrückende Weise vertraut vorkam oder doch wenigstens nicht so fremd, wie es sollte. Sie hatte all das schon einmal gesehen. Nicht genau diese Gerätschaften und Apparaturen, sehr wohl aber Maschinen *wie* diese, düstere Dinge, die demselben Geist und einem Empfinden mechanischer Ästhetik entsprangen, der alles war, nur ganz bestimmt nicht menschlich. Dinge wie diese hatte sie auf der IRONCLAD gesehen, und dasselbe gefühlt.

»Niemand«, sagte Tom.

»Was soll das heißen, niemand?«, ereiferte sich Janice. Wollte dieser Bursche sie für dumm verkaufen? »Jemand muss doch all diese Maschinen warten und sich darum kümmern, dass das Leuchtfeuer nicht erlischt! Und kommen Sie mir jetzt nicht damit, dass Sie es nicht wissen!«

Tom sah sie sehr nachdenklich an, aber kein bisschen verletzt, oder gar vorwurfsvoll. Wenn überhaupt, dann las sie eine ganz sachte Spur von Mitgefühl in seinem Blick. »Aber ganz genau so ist es. Niemand weiß, wer diesen Turm wartet, weil niemand es tut.«

Janice lachte böse. »Oh ja, das klingt logisch. Warum ist es mir nur nicht gleich aufgefallen? Dieses Ding steht hier seit dreißig Jahren und tut ganz von selbst seine Arbeit, nicht wahr? Und niemand kommt jemals hierher oder fragt sich auch nur, warum das so ist.«

»Früher ist manchmal jemand hergekommen. Fremde, die neugierig waren, oder junge Leute auf der Suche nach einem Abenteuer. Aber das ist schon lange her. Der Turm wird nicht mehr gebraucht, wissen Sie? Es gibt schon lange größere und zuverlässigere rund um die Bay: und auf dieser Route fährt schon lange kein Schiff mehr.«

»Weil alle Angst vor Ihrem Geisterschiff haben?« Janice' Stimme klang nicht annähernd so verächtlich, wie sie es gerne gehabt hätte, und Tom antwortete auch ohne die mindeste Verärgerung.

»Weil es einer Sandbank oder einem Riff vollkommen gleich ist, welches Schiff darauf strandet. Niemand braucht diesen Turm, und wie es aussieht, gehört er auch niemandem, also kümmert sich auch niemand darum. Irgendwann wird er aufhören zu funktionieren, und auch das wird niemanden kümmern. So einfach ist das.«

»Und das dort draußen?« Janice deutete heftig auf das Schiff. »Die IRONCLAD?« Das Schiff, auf dessen eisernen Planken sie vor ein paar Tagen noch gestanden hatte.

»Dieses Wrack liegt dort draußen schon länger, als Sie und ich zusammen leben, Janice«, antwortete er. »Und mehr ist es auch nicht. Ein Wrack, das auf dem Meeresgrund liegt und irgendwann einmal verschwunden sein wird, genau wie dieser Leuchtturm, und vielleicht die ganze Insel. Es gibt Dinge, an die man besser nicht rührt.«

»Ist das Ihre Art mir zu sagen, dass ich verrückt bin?«

»Sie sind nicht verrückt, Janice«, erwiderte Tom mit einem traurigen Lächeln. »Sie sind jung und verwirrt und sehr durcheinander, aber das ist nicht dasselbe. Ich glaube Ihnen, dass Sie etwas gesehen haben, aber es war nicht die IRONCLAD. Sehen Sie aus dem Fenster, wenn Sie mir nicht glauben.«

Janice sprach nichts von alledem aus, was ihr auf der Zunge lag, schon weil sie sehr sicher war, dass Tom alle Antworten auf alle nur denkbaren Fragen parat hatte, die sie ihm nur stellen konnte. Vielleicht hatte sie ja auch Angst davor, ihm zu glauben. »Und was habe ich gesehen?«

»Das Meer ist groß, Janice«, antwortete Tom. »Viel größer als sich irgendein Mensch auch nur vorstellen kann. Und es verbirgt mehr Geheimnisse, als irgendein Mensch sich vorstellen kann.«

»Und manche davon sollten besser nie ans Tageslicht kommen, wie?«, höhnte sie. Wenigstens versuchte sie es; auch wenn ihre Stimme sogar in ihren eigenen Ohren einfach nur jämmerlich klang.

Tom lächelte schon wieder dieses seltsam väterliche Lächeln, das sie eigentlich wütend machen sollte, es aber einfach nicht tat.

Was sie auf einer anderen Ebene natürlich nur umso zorniger machte.

»Ich hätte es etwas weniger pathetisch ausgedrückt, aber ja. Manche Dinge sollte man einfach so lassen, wie sie sind.«

Janice wollte auffahren, doch Tom schnitt ihr mit einer ebenso sanften wie zugleich auch keinen Widerspruch zulassenden Geste das Wort ab und fuhr mit einer Kopfbewegung auf die geschlossene Tür hinter ihr fort: »Ihre beiden jungen Freunde haben mir erzählt, was Ihnen zugestoßen ist, und glauben Sie mir, ich weiß, wie Sie sich fühlen.«

»Ach ja?«, fragte sie, mit der einzigen Absicht, ihn zu verletzen. »Woher wohl?«

Es funktionierte nicht, denn Tom lächelte ganz im Gegenteil. »Auch alte Männer waren einmal junge Männer, und auch mir sind schon Dinge widerfahren, die ich lieber nicht erlebt hätte. Ich weiß, wie weh es tut, einen geliebten Menschen zu verlieren. Deshalb habe ich Sie hierher gebracht, Janice. Weil Sie mir leidtun. Ihr Verlobter ist verschwunden, und er hat Ihnen vielleicht viel mehr angetan, als irgendein Mann einer Frau antun sollte. Sie sollten das akzeptieren, Janice, so weh es auch tut.«

»Sie halten mich also doch für verrückt.« Es gelang ihr nicht einmal mehr, bitter zu klingen. Eine unsichtbare Hand hatte sich um ihr Herz gelegt und begann es unbarmherzig zusammenzupressen, und plötzlich brauchte sie fast all ihre Kraft, um die Tränen zurückzuhalten. Sie hätte ihm nicht zuhören dürfen. Wenn sie eines nicht wollte, dann die Wahrheit in seinen Antworten. Antworten auf Fragen, die sie ihm niemals gestellt hätte.

»Sie sind nicht verrückt, Janice«, sagte Tom. »Jemand hat Ihnen schweres Leid angetan, und Ihre Seele und Ihren Stolz verletzt, und das tut weh. Aber lassen Sie nicht zu, dass er auch noch Ihr Leben zerstört. Das ist kein Mann wert.« Er lächelte ein bisschen wehleidig. »Ich muss es wissen. Ich bin ein Mann.«

Janice blieb ernst, auch wenn ihre Stimme schon fast ein bisschen verzweifelt klang. »Ich weiß, was ich gesehen habe!«

»Ein Schiff«, antwortete Tom. »Zweifellos ein sehr seltsames Schiff und eines, das Sie sehr erschreckt hat. Und so verzweifelt, wie Sie nach Ihrem verschwundenen Verlobten suchen, haben Sie ihn an Bord dieses Schiffes erkannt. Das hätte wahrscheinlich jeder an Ihrer Stelle. Ich weiß, wie weh es Ihnen tun muss, das zu hören, und dass Sie mich jetzt wahrscheinlich dafür hassen, das gesagt zu haben. Tun Sie das, wenn es Ihnen hilft. Aber zerstören Sie nicht Ihr eigenes Leben.« Er hob die Schultern, und wieder huschte ein flüchtiges Lächeln über sein Gesicht. »Immerhin habe ich meins riskiert, um Ihres zu retten.«

»Ihr Leben?«

»Die Treppe«, erinnerte Tom. »Und wo wir schon einmal dabei sind: Wir müssen sie auch wieder hinunter, so unangenehm mir der Gedanke auch ist, und wir sollten allmählich an die Rückfahrt denken. In einer Stunde setzt die Flut ein.«

»Und Sie haben Angst vor Geisterschiffen?«

»Die Tide hilft uns, schneller zurückzukommen, und ich weiß nicht, wie lange der auflandige Wind noch hält. Oder legen Sie Wert auf eine weitere kleine Bootspartie?«

25

So spät in der Nacht, dass sie ihrem ohnehin nicht mehr besonders gutem Ruf bei Miss Moffett wohl endgültig den Todesstoß versetzte, kehrte sie in das beste, weil einzige Bed and Breakfast von Central Barnstable zurück und stieg wortlos von dem Ochsenkarren, dessen Gestank sie nicht nur auf den letzten Schritten über die Terrasse begleitete, sondern auch noch mit ins Haus und vermutlich auch bis in ihr Zimmer.

Spätestens am nächsten Morgen, wenn Miss Moffet das frische Aroma nach faulem Fisch und Schweinemist wahrnahm, das sie mitgebracht hatte, würde sie Ärger bekommen, aber das spielte keine Rolle mehr. So oder so war der nächste Tag zugleich auch der letzte, den sie hier in Barnstable verbringen würde, und in welcher Erinnerung sie die ewig schlecht gelaunte Zimmerwirtin dieses zweifelhaften Etablissements behielt, konnte ihr herzlich egal sein.

An Schlaf war in dieser Nacht natürlich nicht mehr zu denken gewesen, schon weil sie Angst vor den Albträumen hatte, die zwangsläufig auf sie warten mussten, aber auch (und im Grunde viel mehr) weil sie viel zu aufgewühlt und durcheinander war und ihr viel zu viel durch den Kopf ging. Aber immerhin kam sie ein wenig zur Ruhe, und nachdem sie sich aus ihrem neuen, aber nun übel riechenden und hoffnungslos ruinierten Kleid geschält und sich Gesicht und Hände mit einem Rest abgestandenen Wassers gewaschen hatte, das sie in einer Schüssel auf ihrem Nachttisch fand, hatte sie auch das Gefühl, zum allerersten Mal wieder halbwegs klar denken zu können.

Sie erinnerte sich überhaupt nicht, wie sie die albtraumhafte Treppe wieder herunter- und in Toms Boot gekommen war, und kaum an die Rückfahrt; allenfalls dass sie tatsächlich deutlich kürzer gewesen war als die Fahrt hinaus nach Bone Island. Tom hatte noch ein paarmal versucht, ein Gespräch mit ihr in Gang zu bringen – möglicherweise ja tatsächlich nur, um ihr Trost zuzusprechen – und selbst Daniel und sein jüngerer Kumpan hatten wohl begriffen, dass es wenig Sinn hatte, in dieser Nacht noch einmal mit ihr zu reden oder gar irgendeine Forderung zu stellen. Sie hatten es dabei belassen, sich für den nächsten Morgen zum Frühstück zu verabreden. Jedenfalls vermutete sie, dass es so gewesen war, denn sie erinnerte sich kaum wirklich an auch nur eines der ohnehin wenigen Worte, die sie mit ihnen oder Tom nach ihrem verstörenden Besuch in der Turmspitze gewechselt hatte.

Obwohl die Nacht nur noch kurz war, schienen zugleich auch Ewigkeiten zu vergehen, in denen sie sich ruhelos auf dem schmalen Bett hin und her wälzte und darauf wartete, dass die Zeit verging – womit sie selbstverständlich das genaue Gegenteil erreichte und sich jede einzelne Minute zu einer Ewigkeit zu dehnen begann.

Das Haus war nicht still. Balken und Bodendielen knackten und regten sich knisternd, und manchmal klapperte eine lose Dachschindel im Wind, unsichtbare Seidenfinger strichen über die Fensterscheibe gleich neben ihrem Gesicht, und mehr als einmal glaubte sie auch Geräusche aus dem Badezimmer zu hören: Das Gluckern von Wasser und ein mühsames Platschen und Schlurfen wie von großen, mit Schwimmhäuten versehenen Füßen, die zu viele Zehen hatten. Und ihre Phantasie ließ es sich natürlich nicht nehmen, sie mit den dazu passenden Bildern zu quälen. Bildern von augenlosen Monstern voller reißender Papageienschnäbel und schleimig triefender Tentakel mit runden, von zahlreichen scharfen Zähnen gesäumten Saugnäpfen, und hätte sie den Kopf zu der verbarrikadierten Tür gedreht, dann hätte sie gewiss gesehen, wie sich der Türknauf unter dem Griff einer unmenschlich starken Hand zu bewegen begann.

Nach hundert gefühlten Ewigkeiten wurde die Schwärze jenseits der Fensterscheibe grau, dann und passend zu ihrer Stimmung blutrot, und nicht lange danach hörte sie ihre Zimmerwirtin unten lautstark hantieren und das Frühstück vorbereiten und quälte sich aus dem Bett. Sie hatte zumindest das Gefühl, nicht eine Sekunde lang geschlafen zu haben. Jeder Knochen im Leib tat ihr weh, und in ihrem Mund war ein Geschmack, der sie an den eingebildeten Gestank von fauligem Wasser aus der zurückliegenden Nacht erinnerte. Selbst wenn sie es gewagt hätte, in das angrenzende Bad zu gehen, den Mut, ihrem eigenen Spiegelbild zu begegnen, hätte sie gewiss nicht aufgebracht.

Während sie darauf wartete, dass ihr Blut endgültig in Wallung geriet und sie wenigstens körperlich zur Gänze wach wurde, begann sie ein Kribbeln zu spüren, genau zwischen ihrer linken Brust und der Schulter, das sich genauso verhielt, wie sich jede juckende Stelle benahm: einmal darauf aufmerksam geworden, wurde es rasch schlimmer, und als sie mit dem Handrücken über die betreffende Stelle ihrer Bluse schubberte, wurde es nur noch unangenehmer und begann sogar ein wenig zu schmerzen.

Ihr war ein wenig bang vor dem, was sie sehen würde, aber sie knöpfte trotzdem ihre Bluse auf und sah an sich hinab, so weit sie den Kopf senken konnte. Die drei münzgroßen Wunden, die sie an ihr kleines Abenteuer in Ipswich erinnerten, waren noch immer da und keineswegs verblasst, sondern jetzt sogar noch deutlicher zu erkennen. Die rote Färbung und das leise Hitzegefühl verrieten ihr, dass sie sich entzündet hatten oder doch wenigstens auf dem besten Weg dazu waren. Sie wagte es nicht, sie zu berühren, aber ihr war sehr wohl klar, dass sie auf dem besten Wege war, sich eine wirklich hässliche Narbe einzuhandeln, wenn sie nicht darauf achtgab. Falls sie jemals wieder den Mut dazu aufbringen würde, wurde es wirklich Zeit für ein Bad. Missmutig knöpfte sie ihre Bluse wieder zu.

Da ihr Ruf in Miss Moffetts Augen vermutlich ohnehin schon so ruiniert war, wie es überhaupt nur ging, beschränkte sie ihre Morgentoilette darauf, sich das restliche Wasser aus der Porzellanschüssel ins Gesicht zu spritzen und mit den gespreizten Fingern als Kammersatz durch das Haar zu fahren, bevor sie abschließend das noch am wenigsten mitgenommene Kleid aus ihrem Fundus kramte und überstreifte. Es war dasselbe, in dem sie hier angekommen war, was ihr durchaus passend erschien, denn schließlich würde sie heute auch wieder abreisen.

Was sie auf einen anderen und eher unangenehmen Gedanken brachte, dem sie bisher erfolgreich ausgewichen war. Sie hatte keine genaue Zeit mit Daniel und seinem Freund ausgemacht, schon weil die beiden keine Uhr besaßen (und sie auch bezweifelte, dass sie sie lesen konnten), doch sie würden bald auftauchen und darauf bestehen, dass sie nun ihren Teil der Verabredung einhielt – was sie sicher nicht tun würde. Diese beiden Burschen taten ihr aufrichtig leid, schon weil sie Ungerechtigkeit aus tiefstem Herzen verabscheute, und sie würde gleich nach ihrer Rückkehr nach Providence ihren Anwalt beauftragen, einen entsprechenden Brief aufzusetzen und zur Not auch eine eidesstattliche Versicherung oder etwas Ähnliches beizulegen, um die beiden Dummköpfe zu entlasten. Aber sie würde ganz gewiss nie wieder einen Fuß in diese Stadt setzen, mit der sie so viele schlimme Erinnerungen verband.

Als sie nach unten kam, fiel die Begrüßung genauso frostig aus, wie sie es erwartet hatte, doch sie erlebte dennoch eine Überraschung: Janice war nach wie vor der einzige Gast, doch der große Frühstückstisch war für drei eingedeckt, auch wenn nur an einem einzigen Platz eine dampfende Tasse Kaffee stand, wie an jedem Morgen, seit sie hier angekommen war. Wie gewöhnlich würde sie sie nicht anrühren, sondern sich auf irgendetwas beschränken, das in einer verschlossenen Glasflasche serviert wurde. Aber was bedeuteten die beiden anderen Gedecke?

»Sie haben neue Gäste, Miss Moffett?«, begann sie, während sie den Stuhl zurückzog und sich darauf niederließ. Neben der Kaffeetasse standen eine Flasche Zitronenlimonade und ein sauberes, umgedrehtes Glas, doch es fiel ihr plötzlich schwer, dem verlockenden Duft des Kaffees zu widerstehen. Sie hatte ihn nie probiert, musste aber zugeben, dass er ganz ausgezeichnet roch.

»Das sollten Sie doch am besten wissen, Miss Land.« Miss Moffett kam aus der Küche, schwer beladen mit einem Tablett voller Brot, duftenden Pfannkuchen und Gläsern mit Sirup in verschiedenen Geschmacksrichtungen, dazu noch eine Portion Rühreier mit Speck, die nach Janice' Dafürhalten allein ausgereicht hätte, um einen hungrigen Bauarbeiter zufriedenzustellen, und auch noch etliche andere Köstlichkeiten.

Janice blickte fragend, und Moffett lud das Tablett unter gehöriger Geräuschentwicklung auf dem Tisch ab und fuhr fort: »Schließlich haben Sie sie selbst eingeladen.«

»Ich?«, murmelte Janice verwirrt. »Wen?«

»Ihre beiden Gäste, die Sie zum Frühstück hergebeten haben«, antwortete Moffett, jetzt nicht nur in unüberhörbar vorwurfsvollem Ton. Sie nahm auch unaufgefordert Platz und zwang einen strafenden Ausdruck auf ihr Gesicht. »Wir müssen miteinander reden, Miss Land.«

Das hatte sie erwartet, wenn auch nicht aus diesem Grund. »Daniel und Ken?«, fragte sie. »Sie sind schon hier?«

»Immerhin kennen Sie die beiden«, antwortete Moffett, schüttelte dabei aber auch den Kopf. »Sie waren hier, kaum dass die Dämmerung angebrochen war. Ich möchte solche ... Leute ... nicht in meinem Haus haben, Miss Land, aber sie haben darauf bestanden, dass Sie sie zum Frühstück eingeladen haben, und ich habe ihnen gesagt, dass sie in einer Stunde wiederkommen sollen.«

»In einer Stunde?«

»Jetzt noch einer halben«, korrigierte sie Moffett. »Und ich nehme eher an, dass sie zu früh als zu spät kommen. Aber vorher müssen wir miteinander reden.« Sie goss sich selbst einen Kaffee ein und bediente sich so umständlich mit Zucker und Sahne, dass Janice gar nicht anders konnte, als zu sagen: »Ich versichere Ihnen, dass diese beiden jungen Burschen nicht meine Freunde sind.«

»Aber Sie haben sie eingeladen.«

Wenn man es genau nahm, dann hatten sie das selbst erledigt, aber sie bezweifelte, dass das in Moffetts Augen irgendeinen Unterschied machte. »Ich bezahle das Frühstück selbstverständlich«, sagte sie stattdessen.

»Selbstverständlich«, sagte Moffett. »Aber darum geht es nicht, Miss Land. Ich weiß, Sie sind eine Lady und kommen aus der Großstadt, wo man die Dinge möglicherweise ein wenig ... anders sieht als hier.«

»Miss Moffett, ich versichere Ihnen ...«

Moffett schnitt ihr mit einer energischen Geste das Wort ab, die gar nicht zu ihrem normalen, wenngleich mürrischen Wesen passen wollte. »Das hier ist ein anständiges Haus, Miss Land. Ich weiß nicht, welche Sitten und Gebräuche dort herrschen, wo Sie herkommen, und ich maße mir darüber auch kein Urteil an, aber es ist mein Haus, und hier gelten meine Regeln.«

»Ich verstehe nicht, wovon Sie reden, Miss Moffett«, sagte Janice. Sie war so überrascht, dass sie nicht einmal wirklich wütend werden konnte, obwohl sie jeden Grund dazu gehabt hätte. »Ich habe mit diesen beiden …«, beinahe hätte sie *Hinterwäldlern* gesagt, aber das wäre bei ihrem streitbaren Gegenüber wohl nicht so gut angekommen, »… jungen Männern nichts zu schaffen, zumindest nicht so, wie Sie anzunehmen scheinen. Die beiden waren mir bei etwas ganz Bestimmtem behilflich, auf das ich jetzt nicht eingehen kann, aber ich versichere Ihnen, dass Sie sich tadellos benommen haben. Ich bitte Sie, Miss Moffett, es sind fast noch Kinder!«

Wenn diese Verteidigungsrede Moffett ärgerte, ließ sie es sich zumindest nicht anmerken. »Und heute Nacht?«

»Es ist spät geworden, ich weiß. Es täte mit leid, wenn ich Sie geweckt hätte, aber der Weg war weiter, als ich erwartet habe.«

»Das meine ich nicht«, sagte Moffett. »Danach.«

»Danach?«

»Ersparen Sie uns diese Peinlichkeit, Miss Land«, sagte Moffett. »Ich bin zwar nur eine alte Frau, aber ich bin nicht dumm und auch noch nicht taub. Ich habe Schritte gehört, oben in ihrem Zimmer, und auch gewisse … Geräusche.«

»Geräusche?«, wiederholte Janice entgeistert. Etwa aus dem Badezimmer?

»Schritte und auch eine Stimme, die eindeutig nicht Ihre war«, sagte Moffett streng. »Und jemand war im Bad, und hat das Wasser laufen lassen. Dieses Haus ist sehr hellhörig, müssen Sie wissen. Jemand war heute Nacht bei Ihnen. So etwas dulde ich nicht in meinem Haus.«

»Aber niemand war bei mir!«, protestierte Janice. Sie musste sich beherrschen, um sich ihren Schrecken nicht zu deutlich anmerken zu lassen. Sie hatte etwas aus dem *Badezimmer* gehört? Sie spürte, dass ihre Hände zu zittern beginnen wollten und presste sie fest auf die Tischplatte.

»Verkaufen Sie mich nicht auch noch für dumm!«, begehrte Moffett auf. »Ich weiß, was ich gehört habe. Ich wäre um ein Haar nach oben gekommen, um es zu beenden.«

»Schade, dass Sie es nicht getan haben, denn dann hätten Sie gesehen, dass ich allein war und geschlafen habe«, versetzte Janice. Ihre Stimme bebte, wenn auch nicht vor Zorn, wie Moffett annehmen mochte. Das Schlimme war ja gerade, *dass* sie ihr glaubte. Jemand *(Etwas!)* war oben bei ihr gewesen, nur noch durch die dünne Tür und einen schräg gestellten Stuhl von ihr getrennt!

»Ich fürchte, so hat dieses Gespräch keinen Sinn«, sagte Moffett. »So etwas ist normalerweise nicht meine Art, und ich musste es auch noch niemals tun, aber es wäre mir lieber …«

»Wenn ich ausziehe?« Janice nickte. Sie hatte es ohnehin vorgehabt. »Selbstverständlich. Und es tut mir aufrichtig leid, wenn Sie einen falschen Eindruck von mir bekommen haben. Ich kann es Ihnen nicht erklären, aber ich versichere Ihnen, dass alles ganz anders ist, als Sie glauben.«

Moffett machte sich nicht einmal die Mühe, darauf zu antworten, und Janice gewann noch ein wenig Zeit, indem sie die Limonadenflasche aufschraubte und einen kleinen Schluck trank, ohne dass es ihr gelang, den schlechten Geschmack loszuwerden, der sich tief in ihrem Rachen eingenistet hatte.

»Sie haben nicht zufällig einen Fahrplan hier?«, fragte sie.

»Für die Bahn?« Moffett schüttelte den Kopf. »Das muss ich nicht. Hier halten nur vier Züge am Tag. Ich nehme an, dass Sie zurück nach Providence wollen?«

Janice konnte sich nicht erinnern, ihr erzählt zu haben, woher sie kam, und eigentlich wollte sie auch nur von hier weg, ganz egal wohin. Sie sagte gar nichts.

»Der nächste Zug der New Haven Railroad geht in zwanzig Minuten, aber den werden Sie kaum noch erreichen«, sagte Moffett, »und er fährt auch in die falsche Richtung. Der Zug Richtung Westen fährt erst heute Mittag. Soviel ich weiß, hält er auch in Providence.«

»Dann bleibt mir noch Zeit genug, meine Sachen zu packen und in aller Ruhe ein Billett zu kaufen.«

»Das kann ich für Sie tun«, bot sich Moffett an. »Ihren Koffer packen, meine ich. Ich muss Ihr Zimmer sowieso herrichten.«

Offensichtlich konnte sie sie gar nicht schnell genug loswerden; oder wollte sichergehen, dass sich in ihrem Koffer auch nur das befand, was wirklich hineingehörte, und sie nicht etwa irgendwelche Möbelstücke mitnahm. Aber sie hatte Janice auf eine Idee gebracht.

»Dürfte ich Sie trotzdem noch um einen Gefallen bitten?«

»Der da wäre?«

Janice deutete auf das überreichliche Frühstück, das Moffett aufgetragen hatte. »Meine beiden … Bekannten … sind sicher hungrig, wenn sie hier ankommen. Lassen Sie sie in Ruhe frühstücken, und richten Sie ihnen aus, dass ich am Bahnhof auf sie warte, und ihnen dankbar wäre, wenn sie mein Gepäck mitbrächten?«

Moffett musste einen Moment mit sich ringen, doch dann nickte sie abgehackt, und Janice stand auf. »Was bin ich Ihnen noch für das Frühstück schuldig?«

»Nichts«, antwortete Moffett. »Und nichts für ungut, aber …«

»Ich verstehe Sie ja«, sagte Janice. »Und vielleicht ergibt sich ja irgendwann die Gelegenheit, Ihnen alles zu erklären.« Worauf Moffett vermutlich genauso wenig Wert legte wie sie. Aber der Moment war ihr mindestens genauso unangenehm wie Moffett, wenn auch aus vollkommen anderen Gründen.

Gerade noch so schnell, dass ihre Hast nicht ungebührlich wirkte, nahm sie Tasche und Hut, verabschiedete sich und wandte sich nach links, nachdem sie das Haus verlassen hatte. Die vage Idee, die während Moffetts Gardinenpredigt in ihr Gestalt angenommen hatte, gefiel ihr immer besser. Natürlich war es eine schlechte Idee, aber leider auch die einzige, die sie im Moment hatte. Durcheinander und zutiefst bestürzt, wie sie nach ihrem Besuch auf Bone Island gewesen war, hatte sie keinen klaren Gedanken fassen können, aber nun, mit jedem Schritt, den sie sich von dem schäbigen Bed and Breakfast entfernte wurde ihr klarer, dass in diesem unheimlichen Turm viel mehr geschehen war, als sie aktuell überhaupt gemerkt hatte.

Sie glaubte Tom. Sie hatte es in jenen schrecklichen Momenten hinter dem Fenster gespürt, in denen ein Teil von ihr in tiefste Verzweiflung gestürzt war, und auch hinterher, dass Tom sie weder belog, noch ihr eine raffinierte Farce vorspielte, sondern es sowohl gut mit ihr meinte als auch die Wahrheit sagte. Das Schiff dort draußen war echt. Es war die IRONCLAD, ein gewaltiges eisernes

Wrack, das seit einem halben oder vielleicht auch schon einem ganzen Menschenalter auf dem Meeresgrund lag. So etwas konnte man nicht vorspielen. Und dennoch war da noch mehr. Das Geheimnis um Joffreys Verschwinden und auch das um die IRONCLAD war noch lange nicht gelüftet, sondern schien ihr im Gegenteil noch einmal größer geworden zu sein. Sie war *definitiv* an Bord desselben Schiffes gewesen, das vor ihren Augen aus seinem nassen Grab aufgestiegen und gleich darauf wieder darin versunken war, und sie war *ganz bestimmt nich*t verrückt!

Aber endlich war auch ihre Fähigkeit des logischen Denkens wieder zurückgekehrt, und sie sah ein, dass sie die ganze Sache möglicherweise von Anfang an falsch angegangen war. Sie wusste noch nicht, wie sie es besser machen sollte, aber eines wusste sie mit Sicherheit: Seit sie Providence verlassen und all diese unheimlichen Ereignisse ihren Anfang genommen hatten, war sie wenig mehr als eine Figur in einem Spiel gewesen, dessen Regeln andere bestimmten, und wenn sie das weiter zuließ, dann konnte sie nur verlieren.

Das würde sie nicht zulassen. Sie musste von hier verschwinden und zuallererst einmal zur Ruhe kommen, das war das Wichtigste. Sie würde nach Providence zurückfahren (wenn auch gewiss nicht auf einem Weg oder gar in einem Eisenbahnabteil, wo man sie möglicherweise schon erwartete) und sich dort zuallererst von einem richtigen Doktor untersuchen lassen, nicht von einem *Tierarzt*, um diesen lästigen Vorwurf aus der Welt zu schaffen, und danach ihren Anwalt konsultieren oder vielleicht auch einen privaten Ermittler einschalten. Gab es da nicht dieses berühmte englische Detektivbüro, von dem man immer wieder einmal in den Zeitungen las und dem man wahre Wunderdinge nachsagte?

Mit diesen und anderen – und zum Teil weit weniger vernünftigen – Überlegungen beschäftigt näherte sie sich forschen Schrittes dem Bahnhof, der nicht allzu weit entfernt von ihrer Unterkunft lag. Gerne wäre sie gelaufen, um den Morgenzug zu erwischen, von dem Moffett gesprochen hatte – es war ihr vollkommen egal wohin, denn sie würde sowieso an einer der nächsten Stationen aussteigen und ein anderes Beförderungsmittel nehmen –, aber das wäre zu auffällig gewesen. So vertraute sie auf die Unpünktlichkeit der New Haven Railroad und hoffte einfach darauf, nicht vom Anblick der entschwindenden Rückleuchten des Zuges eines Besseren belehrt zu werden.

Die West Barnstable Station passte nicht nur namentlich zu der Ortschaft, deren Namen sie trug, und bestand im Grunde aus nicht mehr als einer windschiefen Bretterbude, in der man (manchmal) Fahrkarten erstehen konnte, und einer ebenso betagten und nach allen Seiten hin offenen Dachkonstruktion, die den Wartenden Schutz vor dem Regen bot, wenn der nicht gerade aus der falschen Richtung kam. Janice meinte ihr ansehen zu können, dass sie mindestens aus der Zeit des Bürgerkrieges stammte, wenn nicht aus einer noch länger zurückliegenden Epoche, aber sie sah auch etwas, das ihre Stimmung schlagartig wieder aufhellte: den Kuhfänger und Schornstein einer Dampflokomotive, die ihr Nahen auch noch mit einem zusätzlichen schrillen Pfiff ankündigte, gerade als sie in Sichtweite gekommen war. Janice wunderte sich zwar ein bisschen warum sie das tat, denn der schlampig aus Brettern zusammengezimmerte Bahnsteig war vollkommen leer, sodass kaum die Gefahr bestand, etwaige unaufmerksame Reisende zu überfahren, beschleunigte ihre Schritte aber trotzdem und machte sich auch bereit, dem Schaffner zuzuwinken, nur damit ihr der Zug nicht doch noch im allerletzten Moment vor der Nase wegfuhr, wenn sich offenbarte, dass hier keine Reisenden warteten.

Die Lok pfiff erneut, und unter den gewaltigen eisernen Rädern stoben Funken hoch, die schon in der nächsten Sekunde von einer zischenden grauen Dampfwolke gelöscht wurden, mit der die Bremsen der gewaltiges Maschinerie ihre Arbeit taten. Zusammen mit den heftig arbeitenden riesigen Pleuelstangen wollte der Anblick sie an etwas erinnern, woran sie auf gar keinen Fall erinnert werden wollte.

Es war nicht notwendig, doch der brodelnde Dampf implizierte eine andere Erwartung, sodass sie die Hand auf den Hut drückte, damit er ihr nicht vom Kopf geweht wurde, und ihre Schritte noch ein bisschen mehr beschleunigte. Die Lok und auch die beiden ersten Waggons waren jetzt fast vollkommen von grauen Dampfschwaden umgeben, in denen sie nunmehr Schemen wahrnehmen konnte – und eigentlich eher erraten –, und sie konnte nur hoffen, dass es umgekehrt nicht genauso war und der Zug nicht doch einfach weiterfuhr, ganz einfach weil man sie nicht sah.

In der nächsten Sekunde wünschte sie sich fast, es wäre so, denn die Tür des ersten Abteils ging auf, und Steve Waiden stieg aus, bewaffnet mit einem albernen runden Hut und einer großvolumigen bestickten Reisetasche, wie sie im Allgemeinen eher Frauen bevorzugten.

Janice' Herzschlag stockte für einen Moment, und hätte Steve in diesem Augenblick den Kopf gedreht oder auch nur aufgeblickt, dann hätte er sie unweigerlich gesehen. Aber Steve war nun einmal Steve, und so brauchte er seine ganze Konzentration, um die beiden Trittstufen zum Bahnsteig hinab unbeschadet zu bewältigen. Dann war er auch schon im grauen Dampf verschwunden, und Janice erwachte endlich aus ihrer Erstarrung und fuhr auf dem Absatz herum, um den Rückzug anzutreten.

Genau für die Zeitspanne, die sie für diese Bewegung brauchte erwog sie ganz ernsthaft die Idee, einfach in den grauen Nebel hineinzustürmen und auf ihr Glück zu vertrauen, und darauf, einfach an ihm vorbei und in den Zug zu gelangen, um ihm zumindest in Gedanken eine lange Nase zu drehen. Sie ging aber dann doch lieber weiter, um ihr Glück nicht überzustrapazieren.

Vielleicht hatte sie es ja schon getan.

Der Dampf würde sie nunmehr für wenige Augenblicke verbergen, und sie zweifelte nicht eine Sekunde daran, dass Steve sie auch von hinten erkennen würde; und wahrscheinlich auch im Dunkeln und mit verbundenen Augen, so fixiert, wie er auf sie war.

Ihr Blick tastete über die nahezu leere Straße und suchte immer verzweifelter nach einem Versteck, das sie binnen weniger Sekunden erreichen konnte. Sie fand keines, aber dafür sah sie etwas anderes.

Nicht einmal einen Steinwurf entfernt stand ein betagter Ochsenkarren, der von einer mindestens genauso betagten struppigen Kuh gezogen wurde, die sie gelangweilt wiederkäuend (und ein bisschen spöttisch, wie es ihr vorkam) ansah. Kenny hockte wie selbstverständlich auf der roh zusammengezimmerten Bank, und er sah sie ganz unverhohlen schadenfroh an.

»Ich glaube, Sie haben Ihr Gepäck vergessen, Miss Land.«

Janice drehte mit klopfendem Herzen den Kopf und war zwar nicht im Geringsten überrascht, aber zutiefst erschüttert, aus einer Nähe von weniger als einer Armeslänge in Daniels zerschnittenes Gesicht zu blicken.

»Daniel?«, brachte sie mühsam heraus.

»Immerhin erinnern Sie sich noch an meinen Namen.« Daniel wirkte weit mehr enttäuscht als zornig. »Wir hatten eine Abmachung.«

»Natürlich haben wir die«, antwortete Janice. Sie hatte sich wieder gefangen. »Ich dachte, Sie und Ihr Freund genießen in Ruhe das Frühstück, während ich schon die Fahrkarten für uns besorge.«

»Fahrkarten?«

»Nach der letzten Nacht möchte ich keine Stunde länger hierbleiben als unbedingt nötig«, antwortete Janice. »Das können Sie doch sicher verstehen, oder?«

»Wohin?«, fragte Daniel misstrauisch.

»Zuerst einmal nach Providence«, antwortete Janice. Sie verabscheute es zu lügen, aber wie jeder Mensch musste sie es dann und wann, und wenn es schon nötig war, dann war es sicherlich das Klügste, so nahe an der Wahrheit zu bleiben wie möglich.

»Und dann weiter nach Ipswich. Nachdem ich mit meinem Anwalt gesprochen habe.«

»Ihrem Anwalt?«

»Er ist gut«, versicherte Janice. »Ihr Constable Nichols wird sich wünschen, meinen Namen niemals gehört zu haben, wenn er mit ihm gesprochen hat, glauben Sie mir. Aber es ist gut, dass Sie kommen, Daniel. Ich fürchte, ich muss Sie und Ihren Freund noch einmal um Ihre Hilfe bitten.«

»So?«, fragte Daniel. Allmählich machte es sie ein bisschen nervös, dass sich Daniel entschieden zu haben schien, ganz plötzlich in Schweigsamkeit zu verfallen.

»Hier ist jemand aufgetaucht, dem ich im Moment lieber nicht begegnen würde«, sagte sie. Sofort und mit Macht meldete sich ihr schlechtes Gewissen. Wollte sie diese beiden jungen Raufbolde wirklich auf Steve hetzen?

Daniel reckte jedoch nur den Hals, um über ihre Schulter zum Bahnsteig hinzusehen, und was Janice auf seinem Gesicht las, das gefiel ihr gar nicht.

Beunruhigt drehte sie sich um und stellte fest, dass sich die Dampfwolken auf dem Bahnsteig mittlerweile aufgelöst hatten. Und Steve ebenfalls, denn sie konnte ihn nirgendwo mehr sehen.

»Ich sehe niemanden«, sagte Daniel, und die Kuh ließ ein zustimmendes Muhen hören.

»Ich auch nicht«, sagte Janice nervös. »Da … muss ich mich wohl getäuscht haben. Das tut mir leid. Ich bin im Moment wohl etwas … angespannt.« Sie versuchte sich in ein verlegenes Lächeln zu retten und spürte selbst, wie sehr es misslang. Dabei zweifelte sie nicht einen Moment daran, Steve gesehen zu haben!

Daniel verzog nicht eine Miene. »Hier ist wirklich niemand.«

»Umso besser. Dann sollten wir jetzt endlich die Fahrkarten besorgen und uns in aller Ruhe überlegen, wie es weitergehen soll.«

Daniel schüttelte nur den Kopf, als hätte sie etwas gesagt, das ihn sehr traurig machte, doch hinter ihr sagte eine andere Stimme: »Das brauchen Sie nicht, Kindchen. Wir haben schon alles Notwendige vorbereitet. Machen Sie sich keine Sorgen.«

Janice brauchte all ihre Selbstbeherrschung, um nicht erschrocken herumzufahren, aber einen kleinen, überraschten Schrei konnte sie nicht mehr ganz unterdrücken, obwohl sie die Hand vor den Mund schlug.

»Miss … Connor?«

»Ellen«, verbesserte sie Connor. »Wir waren schon bei Ellen, wenn ich mich richtig erinnere – oder haben Sie sich entschlossen, mir die Freundschaft aufzukündigen?«

Nichts lieber als das, wenn es denn so etwas je wirklich zwischen ihnen gegeben hatte. »Was … tun Sie … hier?«, brachte sie mühsam hervor.

»Ich habe Sie gesucht, Kindchen, was denken Sie denn?«, erwiderte Connor. »Ich möchte Sie nach Hause bringen.«

»Nach Hause?« Janice versuchte zu lachen, aber es geriet eher zu einem krächzenden Schrei. »Was fällt Ihnen ein? Ich gehe nirgendwohin. Und schon gar nicht mit Ihnen!«

Die Trauer in Connors Augen sah echt aus. »Ich fürchte, dass das nicht mehr Ihre Entscheidung ist, Kindchen. Es tut mir aufrichtig leid, bitte glauben Sie mir. Ich hätte ein anderes Ende vorgezogen.«

»Was für ein Ende?«, empörte sich Janice. »Was glauben Sie, was jetzt geschieht? Ich werde in diesen Zug steigen und meiner Wege gehen, und ich wüsste nicht, was Sie dagegen tun wollen ...«

Ihre Augen wurden groß, als Connor einen halben Schritt zur Seite trat und Janice erst jetzt auffiel, dass sie nicht allein gekommen war. Hinter ihr stand Constable Nichols, der sich allerdings in einem Punkt von dem Dorfpolizisten unterschied, als den sie ihn kennengelernt hatte: Er trug sein Dienstabzeichen jetzt deutlich sichtbar am Revers und ein zusammengefaltetes Blatt Papier in der Linken.

»Das können Sie gerne tun, Miss Land«, sagte er. »Aber das wird es nur peinlicher für Sie machen.«

»Ach ja?«, fragte Janice. »Wieso?«

»Weil ich hier einen Haftbefehl habe, auf dem Ihr Name steht«, antwortete Nichols. »Und ich habe auch bereits mit dem zuständigen Sheriff Barnstables gesprochen. Er ist bereits auf dem Weg, und nicht begeistert von Ihrer Anwesenheit in seiner Stadt. Also ersparen Sie uns bitte weitere Unannehmlichkeiten, und begleiten Sie uns. Oder Sie zwingen mich, Sie in Ketten zu legen.«

26

Das Bett war vielleicht ein wenig breiter, wenn auch kein bisschen sauberer oder bequemer, und die Gitterstäbe, die den Raum in zwei ungleiche Hälften teilten, noch nicht ganz so verrostet, doch davon abgesehen ähnelte die Arrestzelle ihrem Pendant in Ipswich auf so verblüffende Weise, als hätte sich ihr Baumeister sehr große Mühe gegeben, eine möglichst exakte Kopie derselben zu errichten.

Natürlich sagte ihr ihr Verstand, dass es nicht so war, doch ihre Augen bestanden darauf, dass selbst die Schmutz- und Wasserflecken an den Wänden dieselben waren. Hätte sie es über sich gebracht, sich auf das verdreckte Bett zu legen und auch nur für einen Moment die Augen zu schließen, hätte sie sich wahrscheinlich selbst davon überzeugt, eingeschlafen und alles seit jenem Moment nur geträumt zu haben.

Und noch etwas war gleich, und das machte ihr vielleicht am meisten zu schaffen: Sie hatte nicht die geringste Ahnung, warum sie hier war.

Constable Nichols hatte zwar tatsächlich darauf verzichtet, sie in Ketten zu legen, darüber hinaus aber nur mit seinem angeblichen Haltbefehl herumgewedelt und ihn ihr weder ausgehändigt noch sich auch nur dazu herabgelassen, ihr auch nur den Grund für ihre Verhaftung mitzuteilen. Auch von den angekündigten Vertretern der lokalen Ordnungsmacht hatte sie bis jetzt niemanden zu Gesicht bekommen. Zwar nicht wirklich mit körperlicher Gewalt – durch ihre bloße körperliche Präsenz (und vor allem das, was sie in ihren Augen las) –, aber eben irgendwie doch hatten die zwei Burschen sie gezwungen, auf die Ladefläche des nach Schweinemist riechenden Karrens zu steigen und in ein wiederum anderes Viertel Barnstables und hierher in dieses winzige Sheriffs Office gefahren, und seither bestand ihre einzige Beschäftigung darin, eben nichts zu tun, als zu warten. Sie wusste noch nicht einmal, worauf.

Was hatte sie getan? Nach ihrem überstürzten … Weggang … aus Ipswich war ihr zwar klar gewesen, dass man sie suchen würde – aber ein *Haftbefehl*?

Es war auch jetzt wieder ihre Logik, die ihr zumindest einen schwachen Trost zuzusprechen versuchte, machte sie ihr doch klar, wie diese Farce enden musste. Ganz gleich, welche haarsträubenden Anschuldigungen sich dieser Hinterwäldler von Sheriff auch aus den Fingern gesogen hatte, früher oder später musste man sie gehen lassen, und dann würden ihre Anwälte dafür Sorge tragen, dass Nichols für den Rest seines Lebens den Verkehr an der einsamsten Straßenkreuzung in Alaska regelte.

An diesem Punkt ihrer Überlegungen und dem albernen, aber

durchaus amüsanten Bild eines in dicke Felle gehüllten Constable Nichols angekommen, der vergeblich einen Streit zwischen zwei kollidierenden Pinguinkolonien zu schlichten versuchte (gab es die in Alaska überhaupt?), hörte sie das Geräusch der Tür, und jedes bisschen Galgenhumor war wie weggezaubert, als sie zwei Gestalten unterschiedlicher Größe auf der anderen Seite des Gitters erblickte. Ellen Connor und Daniel. Connor strafte sie mit Missachtung, und das würde sie auch weiter tun, das hatte sie sich fest vorgenommen, während sie den Jungen mit dem vernarbten Gesicht so verächtlich von Kopf bis Fuß maß, wie sie nur konnte. Der Art, wie es ihm immer schwerer fiel, ihrem Blick standzuhalten, nach zu urteilen, schien es ihr ganz gut zu gelingen.

»Dan«, begrüßte sie ihn aufgeräumt. »Warum haben Sie mir nicht gesagt, dass Sie Constable Nichols gleich mitgebracht haben, damit wir dieses kleine Missverständnis sofort aufklären können? Das hätte mir eine Menge Aufregung und Mühe erspart.«

Daniel begann sich nervös mit dem Handrücken übers Kinn zu fahren und schien nach einer Ritze zwischen den Fußbodendielen zu suchen, in die er sich verkriechen konnte, und Ellen Connors Blick umwölkte sich.

»Ich kann Sie ja verstehen, Kindchen, aber Sie tun den beiden armen Jungen unrecht. Sie haben nur getan, worum ich sie gebeten habe.«

Und das machte es besser? Janice starrte den Burschen weiter so eisig an, dass er eigentlich zu weißem Raureif erstarren müsste, und Connor seufzte sehr tief. »Bitte, Kindchen. Ich bin hierhergekommen, um mit Ihnen zu reden. Wollen Sie mir zuhören?«

Hatte sie denn eine Wahl? »Nennen Sie mich nicht so!«

»Ganz wie Sie möchten, Janice«, antwortete Connor traurig. »Kann ich mit Ihnen reden?«

Janice funkelte sie nur an, doch das schien Connor Antwort genug zu sein. Sie trat einen halben Schritt vom Gitter zurück und bedeutete Daniel mit einem Blick, das Schloss zu entriegeln. Immer noch schweigend trat sie ein und wartete, bis er hinter ihr wieder abgeschlossen hatte, doch dann sagte sie: »Es ist gut, Dan. Ich rufe dich, wenn ich dich brauche.«

Daniel verschwand so schnell, dass man es eigentlich schon eine Flucht nennen musste, und Janice nutzte die kurze Zeitspanne, um sie auf eine vollkommen andere Art zu mustern. Connor war zweifellos alt genug, um ihre Mutter sein zu können, und von allem anderen als athletischer Statur, aber sie hatte ein hartes Leben auf dem Lande hinter sich und war es gewohnt, mit den rauen Burschen in ihrem Gasthaus umzugehen. Trotzdem …

»Versuchen Sie es lieber nicht«, sagte Connor. »Ich bin sehr viel stärker, als ich aussehe, glauben Sie mir. Und das Allerletzte, was ich will, ist, Ihnen wehzutun.«

»Lesen Sie jetzt auch schon meine Gedanken?«, fragte Janice. Es sollte spöttisch klingen, aber sie konnte sich eines kurzen Fröstelns nicht erwehren. Vielleicht war es ja tatsächlich so.

»Nein«, antwortete Connor, jetzt wieder lächelnd. »Aber ich würde dasselbe denken, an Ihrer Stelle. Wir sind uns ähnlicher, als Sie glauben, Janice.«

»Miss Land, wenn ich bitten darf«, sagte Janice und kam sich dabei selbst ziemlich theatralisch vor. Connor ignorierte ihnen Einwurf auch, sah sich suchend in der winzigen Zelle um und ging dann ächzend vor der Pritsche in die Hocke, um einen dreibeinigen Schemel darunter hervorzuziehen. Nachdem sie ihn aufgerichtet hatte, ließ sie sich auf die Bettkante sinken und machte eine einladende Kopfbewegung. Vielleicht war sie auch befehlend. Janice rührte sich nicht, und Connor ließ ein Seufzen hören wie das einer geduldigen Mutter, die einem verstockten Kind klarzumachen versucht, was es falsch gemacht hatte. »Nun tun Sie einer älteren Frau schon den kleinen Gefallen, mein … Janice. Es ist anstrengend, die ganze Zeit über den Kopf in den Nacken zu legen.«

Janice war es schon sich selbst schuldig, noch geschlagene fünf Sekunden stehen zu bleiben und auf sie hinabzustarren, doch dann ließ sie sich auf den dreibeinigen Schemel sinken und musste prompt ein erleichtertes Seufzen unterdrücken. Sie merkte erst jetzt, wie höllisch ihr Rücken wehtat. Niemals hätte sie auf der besudelten Matratze Platz genommen, auf der Connor jetzt saß, und so hatte sie mindestens eine Stunde lang gestanden und wahrscheinlich sogar mehr.

»So ist es besser«, sagte Connor. »Danke.«

Janice schwieg. Schon weil es vermutlich sowieso vollkommen egal war, was sie sagte.

»Sie müssen sehr durcheinander sein, Kindchen«, begann Connor, »und wahrscheinlich auch ein bisschen verärgert.«

»Nein«, sagte Janice kühl. »Nicht ein bisschen.«

»Ich kann Sie nur um Verständnis bitten, Janice«, sagte Connor, »auch wenn mir natürlich klar ist, wie schwer Ihnen das fallen muss.«

»Verständnis wofür?«, fragte Janice. »Dass Sie sich in mein Vertrauen geschlichen und mich nach Strich und Faden belogen haben?«

»Habe ich das?«

»Nein, niemals«, antwortete Janice böse. Sie machte eine Kopfbewegung in die Richtung, in der Daniel verschwunden war. »So wenig wie Ihre beiden Laufburschen da. Was sollten sie wirklich hier? Mich entführen oder mit mir aufs Meer hinausfahren und dafür sorgen, dass ich nie wieder zurückkomme?«

Connor wirkte ein bisschen bestürzt, und Janice nahm das zum Anlass, noch einmal nachzulegen. »Was ist schiefgegangen? Hat die beiden der Mut verlassen, oder wollten sie nur keine Zeugen?«

»Sie sprechen von Tom«, vermutete Connor.

»Sie kennen ihn?« Warum war sie eigentlich überrascht?

»Das will ich hoffen«, bestätigte Connor. »Immerhin ist er mein Bruder.«

»Aber Sie haben mich nicht belogen.«

»Nein«, behauptete Connor, verbesserte sich dann aber mit einem verlegenen Schulterzucken: »Vielleicht. Weil es nicht anders ging. Aber es war nur zu Ihrem Besten.«

»Aber natürlich«, höhnte Janice. »Und Sie haben bestimmt diese beiden Aushilfscowboys nur hierher geschickt, damit Sie auf mich aufpassen und darauf achten, dass mir nichts passiert. Sie sind nicht zufällig auch mit Ihnen verwandt? Ihre Söhne oder so etwas?«

»Gott bewahre!«, lachte Connor, aber sie wurde auch sofort wieder ernst und fuhr mit einem Kopfschütteln fort: »Aber die beiden sind gute Kerle, glauben Sie mir.«

»Herzensgute Naturburschen, wie?«

»So könnte man sie durchaus beschreiben, ja«, bestätigte Connor. »Immerhin haben die beiden ihr Leben riskiert, um Sie zu retten, Kindchen.«

»Wann soll das gewesen sein?«

»In jener Nacht am Hafen«, antwortete Connor. »Hätten sie Sie nicht gerettet, dann wären Sie jetzt wahrscheinlich tot. Oder Schlimmeres.«

Über die beiden letzten Worte dachte Janice vorsichtshalber erst gar nicht nach, und das konnte sie auch gar nicht. Sie starrte Connor mit offenem Mund an, ohne es überhaupt selbst zu merken. Connor hatte ihr gerade sehr viel mehr verraten, als dass ihre beiden jungen Helfer gar nicht so üble Kerle waren. Vielleicht mehr, als sie selbst beabsichtigt hatte.

»Dann ist es ... wirklich passiert?«, murmelte sie. »Der Hafen. Dieses ... Monster ...?«

»Die Tiefen, ja«, bestätigte Connor.

»Die Tiefen?«

»Wir nennen sie die Tiefen Wesen«, sagte Connor. »Ihr wirklicher Name ist für uns Menschen nicht auszusprechen, aber er bedeutet wohl dasselbe, wie wir glauben.«

»Für uns Menschen«, wiederholte Janice. Allmählich wurde es absurd.

Connor nickte nur.

»Und die ... die IRONCLAD?«

»Sie hätten sie niemals sehen dürfen, mein Kind«, sagte Connor. »Das alles hätte nicht passieren sollen.«

»Dann bin ich also doch nicht verrückt«, murmelte Janice. »Es gibt dieses Schiff.« Die Erkenntnis sollte sie erleichtern, doch das Gegenteil war der Fall. Wenn sie all dieses Grauen wirklich erlebt hatte, dann lebte sie in einem Albtraum, der wahr geworden war und aus dem es kein Erwachen geben würde. Niemals!

»Und das Schiff, das Tom ... Ihr Bruder ... mir dort draußen auf dem Meeresgrund gezeigt hat?«

Connor antwortete mit einem Nicken, das keines war. »Es ist kompliziert, Janice. Kompliziert und sehr verstörend. Auch wir kennen nur einen winzigen Teil des Geheimnisses, obwohl wir es seit Jahrhunderten zu ergründen versuchen.«

»Seit Jahrhunderten?!«, ächzte Janice, und Connor hob rasch die Hand.

»Nein, so alt bin ich nun auch wieder noch nicht, auch wenn ich mich manchmal so fühle«, sagte sie mit einem wehleidigen Lächeln. »Aber ich bin nicht allein. Es gab andere wie uns, die früher gelebt haben, und es werden andere nach uns kommen.«

»Ich verstehe«, sagte Janice spöttisch. Sie verstand rein gar nichts, und alles, was sie empfand, war ein immer nur noch größer und größer werdender Schrecken. »Sie und Ihre Freunde sind so eine Art Geheimgesellschaft, die ein schreckliches Geheimnis hütet, das niemals ans Tageslicht kommen darf, weil das Wohl und Wehe der gesamten Menschheit auf dem Spiel steht.«

Connor schmunzelte. »Ich hätte es vielleicht etwas weniger melodramatisch formuliert, aber man könnte es durchaus so beschreiben, ja. Das Geheimnis muss gewahrt werden, um jeden Preis.«

»Auch um das eines Menschenlebens?«, fragte Janice bitter.

»Niemand trachtet Ihnen nach dem Leben, Kindchen«, sagte Connor. »Ich dachte, wenigstens das hätten Sie inzwischen begriffen.«

Sie hatte nicht von sich gesprochen. Ihr Leben, wie sie es gekannt hatte, war in dem Moment vorbei gewesen, in dem Steve und sie jenes schreckliche Archiv in Providence betreten hatten, und aus einer überschaubaren und halbwegs geordneten Zukunft war eine schwarze Gewitterfront geworden, die die Welt von einem Ende bis zum anderen beherrschte und in der nur weitere unaussprechliche Schrecknisse auf sie warten konnten.

Erneut war es, als läse Connor ihre Gedanken. »Sie meinten Ihren Verlobten.«

Janice nickte. »Joffrey, ja.« Wahrscheinlich war es nicht besonders schwer, in ihrem Gesicht zu lesen wie in einem offenen Buch.

»Ich weiß nicht, ob es ein Trost für Sie ist«, sagte Connor, »aber Ihr Verlobter lebt.«

Janice richtete sich kerzengerade und mit einem Ruck auf, der den Schemel unter ihr ächzen ließ. »Joffrey *lebt?*«

»Ja«, bestätigte Connor. »Aber Sie werden ihn niemals wiedersehen, fürchte ich.«

Sie wollte etwas sagen, doch Connor streckte in einer nichts anderes als mütterlichen Geste den Arm aus und berührte ihre Hand, und zu Janice' eigenem Erstaunen ließ sie es nicht nur geschehen, sondern empfand die Berührung sogar als tröstlich.

»Joffrey hat Sie nicht wegen einer anderen Frau verlassen, und er hat auch niemanden betrogen oder sich eines anderen Verbrechens schuldig gemacht.«

»Was dann?«, fragte Janice. Sie hatte immer mehr Mühe, die Tränen zurückzuhalten.

»Das einzige Verbrechen, dessen er sich schuldig gemacht hat, war, im falschen Moment am falschen Ort zu sein und Dinge zu sehen, die er niemals hätte sehen dürfen«, antwortete Connor. »Das ist alles, was ich Ihnen sagen darf. Und dass sein Schmerz, Sie niemals wiederzusehen, ebenso groß ist wie Ihrer. Vielleicht ist Ihnen das ja ein kleiner Trost. Vielleicht noch nicht jetzt, aber irgendwann einmal.«

Janice zog ihre Hand zurück, was ihr deutlich mehr Überwindung abverlangte, als sie erwartete. Nachdem Connor und die anderen alles hartnäckig verleugnet hatten, sollte nun plötzlich alles wahr sein?

Auch, dass Joffrey wirklich und tatsächlich *lebte?*

Bedeutete das, dass auch alles andere wahr war, bis hin zu jenem entsetzlichen Albtraum, in dem sie gesehen hatte, wozu er geworden war?

Sie weigerte sich, das zu glauben.

»Das möchte ich von ihm selbst hören«, sagte sie mit so fester Stimme, wie sie nur konnte.

»Das ist unmöglich«, antwortete Connor bedauernd. »Ich habe schon mehr gesagt, als ich dürfte, und Ihr Verlobter hat sehr viel mehr getan, als ihm erlaubt war. Mehr zu tun oder zu verraten brächte nicht nur mich und Sie in große Gefahr, Janice, sondern auch Joffrey. Möchten Sie das?«

»Lassen Sie ihn dann auch ohne Grund verhaften und einsperren?«, fragte Janice. Das war Unsinn, wie sie auch wusste, aber sie konnte auch nicht anders, als blind um sich zu schlagen. Ihr war wehgetan worden, so weh wie noch nie zuvor in ihrem Leben, und jemand würde dafür bezahlen. »Damit kommen Sie nicht durch«, fügte sie noch hinzu, als Connor nicht antwortete, sondern sie nur weiter traurig und stumm ansah. »Ich habe mir nichts zuschulden kommen lassen. Sie haben vielleicht diesen Provinzsheriff in der Tasche, und wer weiß, möglicherweise auch den Friedensrichter in Ihrem Kaff am Ende der Welt. Aber wenn Sie wirklich so viel über mich wissen, wie Sie behaupten, dann dürfte Ihnen eigentlich auch nicht entgangen sein, dass ich nicht ganz unvermögend bin und in gewissen gesellschaftlichen Kreisen verkehre. Kreisen mit Einfluss. Und ich kenne die besten Anwälte. Sie werden ihnen erklären müssen, weswegen ich verhaftet worden bin!«

»Niemand wirft Ihnen vor, irgendetwas Verbotenes getan zu haben.«

»Und diesen Haftbefehl habe ich mir dann auch nur eingebildet?«

»Das geschah nur zu Ihrem eigenen Schutz, Janice«, sagte Connor. »Und dem anderer Menschen.«

»Zu meinem eigenen Schutz? Haben Sie Angst, ich könnte an einer Wahrheitsvergiftung sterben?« Allmählich hörte sich ihre Feindseligkeit bemüht an, sogar in ihren eigenen Ohren.

»Sie sind eine sehr kranke junge Frau, Janice«, sagte Connor. »Haben Sie das schon vergessen?«

»Krank? Ich?» Janice starrte sie ebenso fassungslos wie verwirrt an, und es vergingen noch einmal mehrere Sekunden, bis sie auch nur begriff, wovon Connor da überhaupt sprach.

»Sie ... Sie reden von dieser lächerlichen Idee, die sich dieser ... dieser *Tierarzt* aus den Fingern gesogen hat?« Am liebsten hätte sie gelacht, aber das konnte sie nicht.

»Sie erinnern sich an die Blutprobe?«, fragte Connor und beantwortete ihre eigene Frage gleich selbst mit einem Nicken. »Inzwischen ist das Ergebnis aus dem Labor zurück.«

»Na, dann ist ja alles in Ordnung.«

»Das Ergebnis ist eindeutig. Lyssa.«

»Lyssa.«

»Ich finde, *Tollwut* klingt so barbarisch. Das ist ein Wort, das mir im Zusammenhang mit einer so netten jungen Frau wie Ihnen einfach nicht über die Lippen will. Aber es bleibt der Umstand, dass Sie sehr krank sind und dringend ärztliche Hilfe benötigen. Und dass diese Krankheit in höchstem Maße ansteckend ist.«

»Und dann trauen Sie sich ganz allein zu mir herein?«, fragte Janice. »Haben Sie denn gar keine Angst, dass ich Sie beißen könnte?«

»Es gibt eine Klinik in Boston, die sich mit großem Erfolg auf die Behandlung ganz besonders heimtückischer oder auch seltener Krankheiten spezialisiert hat.«

»Und dessen Leiter zufällig ein Neffe oder Sohn oder guter Freund von Ihnen ist oder ein Mitglied Ihrer geheimen Loge?«

»Sie sind dort in besten Händen«, sagte Connor unbeeindruckt. »Man wird alles für Sie tun, was nur möglich ist. Sie sollten sich keine allzu großen Sorgen machen, Kindchen. Die moderne Medizin vermag heutzutage wahre Wunder zu vollbringen.«

»Vor allem wenn die Patientin gar nicht krank ist.«

Connor lächelte. »Lyssa ist eine ganz besonders heimtückische Krankheit, wussten Sie das? Es können Wochen vergehen und manchmal Monate, bevor die ersten Symptome auftreten.«

»Ich verstehe«, sagte Janice. »Dann muss man mich auch Wochen oder Monate beobachten und in Quarantäne behalten, um sicher zu sein. Beziehungsweise einsperren.«

»Ich kenne dieses Institut«, sagte Connor. »Es ist eher ein Hotel als eine Klinik. Sie werden sich dort wohlfühlen.«

»Und wozu das alles? Selbst wenn es ein Jahr dauert – irgendwann müssen sie mich freilassen, und dann werde ich alles erzählen.«

»Was?«, fragte Connor. »Dass Sie von einem streunenden Hund oder einem Fuchs gebissen worden sind und zu den ganz wenigen Glücklichen gehören, die schnell genug in ärztliche Obhut gelangten, um es zu überleben?«

»Sie wissen, dass ich nicht krank bin.«

»Lyssakranke haben schreckliche Angst vor Wasser, und sie sind leicht reizbar und neigen zu unkontrollierten Zornesausbrüchen«, sagte Connor, und endlich begriff Janice.

»Und sie leiden unter Halluzinationen und Wahnvorstellungen, nicht wahr?«

Connors Lächeln erlosch endgültig. »Tun Sie sich das nicht an, mein Kind. Niemand würde Ihnen glauben, aber Sie würden daran zerbrechen.«

»Die Frage ist doch wohl eher, warum Sie mir das antun«, sagte Janice.

»Weil es der einzige Weg ist«, antwortete Connor ernst. »Das Geheimnis muss gewahrt bleiben. Um jeden Preis.«

Janice versuchte diese Antwort nach einer abzuklopfen, die vielleicht noch über die hinausging, sie zu diffamieren und für ein paar Wochen oder auch Monate in eine Irrenanstalt zu sperren, aber sie kam zu keinem endgültigen Ergebnis. Spielte es überhaupt eine Rolle?

»Und warum erzählen Sie mir das alles?«, fragte sie. »Macht es Ihnen Spaß, mich zu quälen?«

»Das sagen Sie jetzt nur, um mich zu verletzen«, stellte Connor fest, »und ich nehme es Ihnen nicht übel. Wahrscheinlich würde ich an Ihrer Stelle genau dasselbe tun.«

»Wenn Sie an meiner Stelle wären, dann wären Sie nicht an meiner Stelle«, sagte Janice. Sie wusste selbst nicht ganz genau, was das bedeuten sollte, aber die Worte nötigten Connor ein flüchtiges Lächeln ab. Sie griff erneut nach ihrer Hand, und sie ließ es auch diesmal wieder geschehen, obwohl sie es ganz und gar nicht wollte.

»Ich erzähle Ihnen das alles nicht, um mich über Sie lustig zu machen oder Sie einzuschüchtern oder gar zu verhöhnen, Kindchen. Mir ist klar, dass Sie mir jetzt nicht glauben, und wie könnten Sie das auch? Aber ich sage die Wahrheit. Ich meine es gut mit Ihnen.«

»Indem Sie mich einsperren und in ein Irrenhaus stecken lassen.«

»Ich müsste Ihnen das alles nicht sagen, Janice. Ich glaube, ich dürfte es Ihnen nicht einmal sagen, und ganz bestimmt sollte ich es nicht tun. Aber ich mag Sie, und ich sehe, wie Sie leiden.«

»Und das ist Ihre Art, mir zu helfen?«

»Auch wenn Sie mir das jetzt ganz gewiss nicht glauben, aber ja, ganz genauso ist es.« Ihre rauen Fingerspitzen strichen über Janice' Hand, und obgleich die Berührung so unangenehm war wie trockenes Sandpapier, ging doch zugleich etwas ungemein Beruhigendes davon aus. Einen Moment lang überlegte Janice ganz ernsthaft, ob Connor vielleicht über irgendeine geheimnisvolle Hexenkraft verfügte, und wollte die Hand nun endgültig zurückziehen, doch ihr fehlte das letzte Quäntchen Kraft.

»Ich sollte gar nicht hier sein«, fuhr Connor fort. »Ich hätte Nichols und die beiden Jungen ihre Arbeit tun lassen und Sie einfach vergessen können. Sie sind nicht die oder der Erste, vor dem wir unser Geheimnis bewahren müssen, und wir haben im Lauf der Jahrhunderte eine Menge subtiler Methoden entwickelt, um uns zu schützen. Aber ich habe Sie kennengelernt, Janice, und ich sehe, wie Sie leiden. Ich sage Ihnen die Wahrheit, weil ich nicht möchte, dass Sie daran zerbrechen. Verstehen Sie das?«

Vielleicht war das das Allerschlimmste überhaupt: Sie glaubte es tatsächlich. Auf ihre eigene, vollkommen krude Art meinte Connor es wirklich gut mit ihr, und wahrscheinlich hatte sie sogar recht, denn die Wahrheit war vermutlich besser, als den Rest ihres Lebens mit dem Zweifel zu verbringen, ob sie all das tatsächlich erlebt oder vielleicht wirklich ein Opfer von Sinnestäuschungen, Halluzinationen und Fieber geworden war.

»Ich glaube, Sie werden es verstehen«, sagte Connor. »Später. Sie erinnern mich an mich selbst, als ich in Ihrem Alter war. Sie sind stark.« Einen Moment lang wartete sie so offensichtlich auf eine Antwort, dass Janice sich tatsächlich dabei ertappte, sich den Kopf nach einer solchen zu zerbrechen, dann hob sie nur mit einem leisen Seufzen die Schultern, ließ ihre Hand los und stand auf. Sie wandte sich zur Tür, doch bevor sie nach Daniel rufen konnte, rief Janice sie noch einmal zurück,

»Und das war es jetzt?«, fragte sie.

Connor blieb noch einmal stehen und sah über die Schulter zu ihr zurück. »Es ist noch ein wenig Zeit, bis der Zug geht. Soll ich Ihnen etwas zu essen bringen lassen oder ein Glas Limonade?«

»Ich glaube Ihnen«, sagte Janice.

Jetzt runzelte Connor die Stirn und drehte sich wieder ganz zu ihr herum. »Wie meinen Sie das?«

»Niemand würde mir glauben«, sagte sie. »Selbst wenn ich den Mut hätte, diese verrückte Geschichte zu erzählen, würde mir niemand glauben. Alle würden nur großes Mitleid mit dem armen Mädchen haben, das von einem tollwütigen Hund gebissen und Schlimmes durchgemacht hat… na ja, und vielleicht darauf achten, ihm nicht zu nahe zu kommen, nur für den Fall, dass es beißt.«

Connor blieb ernst. »Dann werden Sie vernünftig sein?«

»Nein«, antwortete Janice. »Ich möchte es wissen.«

»Was?«

»Alles. Ihr ganzes Geheimnis. Alles über diese Tiefen Wesen und über das, was Joffrey zugestoßen ist. Ich möchte dazugehören.«

»Ich fürchte, ich verstehe nicht ganz, was Sie meinen«, sagte Connor, obwohl Janice sehr sicher war, dass sie sie ganz genau verstand.

»Ich möchte zu Ihnen gehören«, sagte Janice. »Zu Ihnen und Ihrer Geheimgesellschaft oder Loge oder Clan oder wie immer Sie sich nennen. Ich helfe Ihnen, dieses Geheimnis zu beschützen, wenn das der einzige Weg ist, Joffrey wiederzusehen.«

Seltsamerweise lächelte Connor plötzlich wieder. »Habe ich Ihnen schon gesagt, dass Sie mich an mich selbst erinnern, als ich in Ihrem Alter war?«

»Ja«, antwortete Janice. »Aber das ist keine Antwort auf meine Frage.«

»Sie kennen die Antwort doch, Kindchen«, sagte Connor. »Was Sie verlangen, ist unmöglich. Selbst wenn ich es wollte, ginge es nicht.«

»Ich könnte nie wieder in mein früheres Leben zurück, das ist mir sehr wohl bewusst«, antwortete sie. »Aber das ist mir gleich. Ich bin zu allem bereit, wenn ich nur Joffrey wiedersehe. Ich ziehe zu Ihnen und helfe Ihnen in Ihrer Gastwirtschaft, wenn Sie das möchten, oder mache mich auf andere Weise nützlich. Ich kann eine Menge, und was ich nicht kann, das kann ich lernen.«

»Es gibt Dinge, die lassen sich nicht lernen, mein Kind.« Connors Lächeln wurde sogar noch einmal eine Spur wärmer und nichts anderes als mütterlich. Janice hasste sie beinahe dafür; und noch ein bisschen mehr sich selbst, weil sie so vollkommen hilflos dagegen war. »Manches widerfährt einem einfach, ob man es will oder nicht.«

»Ich werde nicht aufgeben«, sagte Janice entschlossen. »Sie können mich einsperren lassen oder dafür sorgen, dass die ganze Welt mich für verrückt hält. Es ist mir egal. Ich werde herausfinden, was hier vor sich geht, und es der ganzen Welt erzählen! Sollen sie mich doch für verrückt halten oder krank! Ein paar werden mir schon glauben. Und die Leute werden anfangen, Fragen zu stellen. Wenn Sie mich daran hindern wollen, dann müssen Sie mich schon umbringen.«

»Sie meinen das wirklich ernst«, sagte Connor. Sie klang fast bewundernd.

»Oder Sie erzählen mir alles und bringen mich zu Joffrey.«

»Aber Ihr Verlobter ist nicht ...«, begann Connor und setzte mit einem Kopfschütteln dann neu an: »Sie sind wirklich hartnäckig, das muss man Ihnen lassen. Aber was Sie vorschlagen, ist unmöglich, selbst wenn ich es unterstützen würde. Und das will ich ganz gewiss nicht.«

»Warum nicht?«, fauchte Janice. »Bin ich nicht vertrauenswürdig?«

»Es gibt Geheimnisse, für die man einen Preis bezahlen muss, mein Kind«, sagte Connor sehr ernst.

»Das weiß ich«, versetzte Janice aufgebracht. »Und?«

Statt direkt zu antworten, wich Connor einen Schritt vor ihr zurück, sah sie noch einen Moment lang sehr ernst an und tat dann etwas, was sie nicht verstand: Sie streifte ihre Jacke ab, ließ sie achtlos zu Boden fallen und begann die Knöpfe ihrer reich mit Rüschen verzierten Manschetten zu öffnen.

»Was tun Sie da?«, fragte Janice verwirrt.

Statt zu antworten, strich Connor zuerst den einen, dann den anderen Ärmel bis zum Ellbogen zurück, und Janice sah, was sie schon einmal erblickt hatte, nur nicht so deutlich, und damals hatte sie auch ebenso erschrocken wie peinlich berührt den Blick abgewandt. Jetzt zwang sie sich hinzusehen, auch wenn sie es lieber nicht getan hätte.

Connors Unterarme waren vernarbt, aber das hatte sie ja schon gewusst, wenn auch nicht, in welch entsetzlichem Ausmaß.

Was sie für die schlecht verheilten Spuren von Messerschnitten oder anderen schlimmen Verwundungen gehalten hatte, das war viel mehr; dicke, rote, verhärtete Wülste und grindige Stellen, als wäre die Haut verbrannt und zur Härte von lebendigem Eisen verschrumpelt, schwarze Adern, die sich ekelhaften Würmern gleich unter der Haut entlangzogen und sich auf furchtbare Weise zu bewegen schienen, wenn sie den Fehler beging, zu lange hinzusehen, und andere und noch ungleich schlimmer anzusehende Bereiche, wo ihr Fleisch wie geschmolzen und in vollkommen falscher Weise wieder erstarrt war, ohne dass es ihr möglich gewesen wäre, den Unterschied in Worte zu fassen, ganz einfach weil es in ihrer Sprache keine Worte dafür gab.

»Großer Gott, Ellen! Wer … wer hat Ihnen das angetan?«

Statt zu antworten, begann Connor nun auch ihre Bluse aufzuknöpfen, und was darunter zum Vorschein kam, das entlockte Janice einen kleinen Schrei des Entsetzens, bevor sie die Hand vor den Mund schlug.

Die furchtbare Verstümmelung beschränkte sich längst nicht nur auf ihre Arme, sondern hatte ihren gesamten Oberkörper befallen. Janice hatte natürlich noch gar nicht darüber nachgedacht – und warum auch? –, aber ganz automatisch unterstellt, dass sie ein Korsett oder wenigstens ein stützendes Mieder trug, wie es viele Frauen ihres Alters taten, um das eine oder andere überflüssige Pfund zu kaschieren, das mit den Jahren kam, oder um sich aufrechter zu halten.

Die Wahrheit war ungleich grässlicher.

Tatsächlich war da so etwas wie ein Korsett, nur bestand es nicht aus Stoff und Drähten, sondern wulstigen Narben und zur Härte von altem Leder verbrannter Haut, schrecklichen Geschwüren und noch furchtbarer anzusehenden Verwachsungen und noch anderen Dingen, die zu erkennen sich ihr Verstand einfach weigerte. Dieses Schreckliche umgab ihren gesamten Oberkörper wie ein bizarrer lebender Panzer und ließ lediglich ihren Hals und einen kleinen dreieckigen Bereich frei, der vielleicht ein dezentes Dekolleté erlaubte.

»Für manches Wissen muss man einen sehr hohen Preis bezahlen«, sagte Connor. »Wollen Sie das wirklich?«

Janice wollte etwas sagen, aber sie konnte es nicht. Sie hätte auch nicht gewusst, was. Sie konnte Connor nur anstarren.

»Ich könnte Ihnen noch mehr zeigen, aber das möchte ich Ihnen nicht antun … und mir offen gestanden auch nicht.«

»Aber was … was ist Ihnen denn nur … nur passiert?«, stammelte Janice, unfähig, den Blick von dem schrecklichen Bild zu wenden.

»Sie sind bereit, jeden Preis zu bezahlen, um wieder mit Ihrem Verlobten zusammen zu sein?«, fragte Connor, statt ihre Frage zu beantworten. »Dann sehen Sie genau hin, und denken Sie noch einmal darüber nach, mein Kind.«

Sie begann ihre Bluse wieder zuzuknöpfen. »Ich komme in einer Stunde zurück und bringe Sie zum Zug, und vielleicht reden wir dann noch einmal über alles.«

Janice wollte etwas sagen, schreien, irgendetwas tun, doch sie war zu rein gar nichts von alledem fähig. Sie saß einfach nur da und starrte Connor an, erstarrt und ohne zu blinzeln oder auch nur zu atmen, geschweige denn einen klaren Gedanken fassen zu können.

Connor schloss die letzten Knöpfe ihrer Bluse und fuhr sich noch einmal glättend mit beiden Händen über den rauen Stoff, und die erste Empfindung, die wieder an Janice' paralysiertes Bewusstsein drang, war nichts als Entsetzen und ein gewaltiger Ekel, als sie sich vorstellte, worüber ihre Fingerspitzen da *wirklich* strichen. Würde sie Connor jemals wieder ansehen können, ohne dass sich ihr Magen zu einem bitteren Ball zusammenzog und sie würgen musste?

»Geben Sie mir meine Jacke, Kind«, bat Connor. Janice gehorchte, und sie schlüpfte umständlich hinein und überzeugte sich auch jetzt wieder von ihrem korrekten Sitz, bevor sie mit der flachen Hand so wuchtig gegen das Schloss hämmerte, dass das gesamte Gitter vibrierte.

Das Dröhnen war noch nicht ganz verklungen, da ging die Tür draußen auf, und Daniel kam herein. Wortlos entriegelte er die Tür, und Connor verließ die Zelle und hielt ihn mit einer raschen Geste zurück, als er das Gitter hinter ihr schließen wollte. »Wir sind in einer halben Stunde zurück. Daniel bringt Ihnen etwas zu trinken, und bitte denken Sie bis dahin darüber nach, was ich Ihnen erzählt habe, Janice. Wir haben im Zug hinlänglich Zeit, um uns darüber auszutauschen.«

Janice hörte gar nicht hin, und sie sah auch nicht Connor an, sondern Daniel. Der Junge wich ihrem Blick unbehaglich weiter aus, doch Janice versuchte nicht, ihn einzufangen, sondern betrachtete seine Wange. Nach allem, was sie über die beiden Burschen gehört hatte, war sie ganz selbstverständlich davon ausgegangen, dass der Junge einem Messer zu nahe gekommen war. Doch jetzt war sie nicht mehr sicher.

Es mochten Schnitte sein, genauso gut aber auch die Spuren schrecklicher Krallen, die sein Fleisch bis auf den Knochen aufgerissen hatten, und wer wusste schon, was sich unter seinem groben Leinenhemd verbarg. Wieso trug er es eigentlich stets und bei jeder Witterung hochgeschlossen, genau wie sein Kumpan?

Sie war noch immer mit diesem Gedanken beschäftigt, der sich wie bei einer hängen gebliebenen Grammofonplatte trotzdem und ständig wiederholte, als Daniel und Connor schon längst gegangen waren und sie das Geräusch des zweiten Schlosses draußen gehört hatte, und das war auch gut so, hielt es sie doch davon ab, sich einer sehr viel schrecklicheren Frage zu stellen. Vielleicht war es ja kein Traum gewesen. Vielleicht hatte sie jene grässliche Szene am Hafen ja wirklich erlebt, in der Joffrey seinen Mantel geöffnet und ihr einen Blick in die tiefsten Abgründe des Grauens aufgezwungen hatte, und war nicht nur in den verzweifelten Wunsch geflüchtet, es wäre nicht mehr als ein Traum, weil ihre Vernunft an der Erkenntnis zerbrochen wäre, die Realität zu sehen.

Was geschah hier? Hatte sie vielleicht doch den Verstand verloren und dämmerte längst im Fieber dem Tod entgegen, oder erlebte sie das alles tatsächlich, und die Wirklichkeit hatte sich aufgetan, um sie in einen Abgrund aus Chaos und alles verschlingendem

Irrsinn zu reißen? Und wo war überhaupt der Unterschied? Janice ballte so heftig die Fäuste, dass sich ihre Fingernägel schmerzhaft in ihre Handballen gruben. Es tat wirklich weh, so sehr, dass es ihr die Tränen in die Augen trieb, doch sie drückte nur noch fester zu, bis sie es nicht mehr aushielt und die Hände vor das Gesicht hob, um die kleinen halbmondförmigen Abdrücke zu betrachten, die ihre Fingernägel darin hinterlassen hatten. Einige waren tief genug, um stecknadelkopfgroße rote Tränen über ihre Handgelenke laufen zu lassen, und der Anblick machte den Schmerz im ersten Moment fast noch schlimmer.

Dennoch genoss sie das heftige Brennen im ersten Augenblick beinahe, denn dieser Schmerz bedeutete immerhin, dass sie wach war und nicht nur halluzinierte; auch wenn dieser Trost nur gerade so lange anhielt, bis ihr klar wurde, dass ein eingebildeter Schmerz schließlich genauso schlimm war wie ein echter. Und sie sich fragte, warum sie sich überhaupt wünschen sollte, nicht zu halluzinieren.

Wenig damenhaft zog sie die Nase hoch, wischte das Blut von ihren Handgelenken und stand von dem dreibeinigen Schemel auf. Er war so unbequem, dass ihr Rücken schon wieder zu schmerzen begann und sie ernsthaft überlegte, Connors Beispiel zu folgen und sich auf das Bett zu setzen, Schmutz und Ekel hin oder her. Aber noch überwog der Ekel.

In diese wenig konstruktiven Grübeleien versunken schien ihr das Verstreichen der Zeit entglitten zu sein, denn sie hörte schon wieder das Geräusch der Tür, und als sie sich umdrehte, erblickte sie Daniel, der mit einem Tablett hereinkam, auf dem die schon fast obligate Flasche Zitronenlimonade stand, aber auch ein Glas mit zwei Fingern einer goldbraunen Flüssigkeit und ein Teller mit frischem Gebäck. So wie er das Tablett hielt, schien er nicht besonders viel Übung mit so etwas haben, und er machte es sich selbst noch schwerer, indem er die Tür mit einem Fuß unnötig weit aufzuhalten versuchte, was natürlich auf Kosten seiner Balance ging.

»Ich bringe Ihnen eine Kleinigkeit, Miss«, sagte er. »Der Zug fährt erst in einer Stunde, und Sie haben ja noch nicht gefrühstückt.«

Janice zerbrach sich den Kopf über eine möglichst bissige Antwort, denn das Allerletzte, was sie wollte, war am Ende etwa auch noch so etwas wie Sympathie für diesen Burschen zu empfinden. Sie wurde dieser Peinlichkeit jedoch enthoben, denn Daniel verhielt plötzlich mitten in seiner unsicheren Bewegung, runzelte die Stirn und sah gerade im richtigen Moment über die Schulter zurück, um der Faust, die von draußen angeflogen kam, eine perfekte Zielscheibe zu bieten.

Blut spritzte. Janice meinte ein sonderbares Knirschen zu hören, das schon im nächsten Sekundenbruchteil in Daniels gurgelndem Schmerzensschrei und dem Scheppern des davonfliegenden Tabletts unterging. Trotz seiner unvorteilhaften Haltung gelang es Daniel irgendwie, nicht zu stürzen, sondern eine groteske halbe Pirouette zu vollführen und mit blutüberströmtem Gesicht und heftig rudernden Armen von der Tür zurückzustolpern.

Allerdings nur gerade so lange, wie Steve Waiden brauchte, um hinter ihm hereinzustürmen und ihm einen zweiten und sogar noch heftigeren Fausthieb zu versetzen. Daniel wurde von den Füßen gehoben und so wuchtig gegen die Wand geschleudert, dass der Putz flog, bevor er mit haltlos zuckenden Gliedern zusammenbrach.

Janice überwand endlich ihren Schrecken und schaffte es sogar, einen Schrei zu unterdrücken, trat aber noch dichter an das Gitter heran und starrte aus ungläubig geweiteten Augen auf das unglaubliche Bild. Sie versuchte nicht einmal zu verstehen, was geschah.

Es erklärte sich auch von selbst.

Daniel rutschte wie ein nasser Sack vollends zu Boden, und Steve war mit zwei schnellen Schritten bei ihm, drehte ihn grob auf den Rücken und begann seine Taschen zu durchsuchen, bis er einen großen Schlüssel gefunden hatte, der genauso verrostet war wie das dazugehörige Schloss.

»Steve, was … tun Sie?«, war das Einzige – nicht besonders originelle –, was sie hervorbrachte. Steve reagierte auch gar nicht darauf, sondern richtete sich auf, schob den Schlüssel ins Schluss und war so nervös, dass es Janice kaum noch gewundert hätte, hätte er ihn abgebrochen, statt das Schloss zu entriegeln.

Hinter ihm regte sich Daniel stöhnend, stemmte sich auf Hände und Knie hoch und spuckte eine Ladung Rotz und Blut auf den Boden. Steve hörte mit seinen Bemühungen auf, das Schloss ruinieren zu wollen, drehte sich halb zu ihm herum, schüttelte ärgerlich den Kopf und versetzte ihm einen Fußtritt ins Gesicht, der ihm diesmal vollends das Bewusstsein raubte; und vermutlich ein paar Zähne kostete.

»Steve!«, keuchte Janice entsetzt. »Was tun Sie denn?«

Sie bekam keine Antwort, denn Steve hatte seinen Kampf mit dem Schloss endlich gewonnen und stieß das Gitter so ungestüm auf, dass sie hastig zurückweichen musste, um nicht getroffen zu werden. Dann beugte er sich hastig über den bewusstlosen Daniel, packte ihn an den Handgelenken und schleifte ihn so rücksichtslos zu ihr herein, dass sein Kopf mehrmals hart auf den Boden schlug. Noch immer ohne einen Laut von sich zu geben, ergriff er Janice am Arm, zog sie unsanft aus der Zelle und knallte die Tür hinter sich zu.

»Steve, um Himmels willen, was tun Sie?«, fragte Janice zum dritten Mal, und jetzt schrie sie fast. Doch Steve antwortete auch jetzt nicht sofort, sondern erst, nachdem er den Schlüssel nicht nur zweimal im Schloss umgedreht, sondern ihn auch mit einer Bewegung darin abgebrochen hatte, die ihr wieder einmal vor Augen führte, wie ungemein stark er war.

»Wonach sieht es denn aus, Janice?«, polterte er. »Ich hole Sie hier raus.«

27

Zum ersten Mal erwies es sich als vorteilhaft, dass sich das lebendige Treiben an Barnstables Küste und seinen Häfen abspielte und nicht in dem von Gott und der Welt vergessenen Stadtzentrum: Das Büro des Sheriffs lag zwar nicht am Ende der schmalen und nur zum Teil gepflasterten Straße, aber nur einen halben Steinwurf vom Waldrand entfernt. Steve hatte die Tür in perfekter Ausbrechermanier nur einen Spaltbreit geöffnet und dann so auffällig nach rechts und links gespäht, dass er ebenso gut auch gleich eine rote Fahne hätte schwenken oder lauthals schreien und mit den Armen hätte wedeln können. Die Straße war jedoch vollkommen leer, wie sie feststellte, als sie dicht hinter ihm auf den hölzernen Bürgersteig hinaustrat, und Steve überraschte sie sogar noch ein weiteres Mal, indem er nicht sofort und wie von Furien gehetzt losstürmte und dabei möglicherweise über seine eigenen Füße stolperte, sondern die Tür ganz im Gegenteil fast gemächlich hinter sich zuzog und ihr dann galant den Arm anbot.

Janice war so überrascht, dass sie ganz automatisch danach griff und nun ihrerseits an sich halten musste, um nicht blindlings loszustürmen. Steve überraschte sie in letzter Zeit ziemlich oft, fand Janice, und sie fragte sich, welche Überraschungen sie wohl noch mit ihm erleben mochte. Und vor allem, ob sie ihr gefallen würden.

»Sie hätten den armen Jungen nicht so zurichten müssen, Steve«, sagte sie, während sie von der hölzernen Terrasse heruntertraten und der Straße folgten; in einem eher gemächlichen Schlendergang und zu ihrer leisen Beunruhigung wieder in Richtung Stadtmitte.

Steve sah nur kurz auf sie herab und zog die linke Augenbraue hoch, und Janice nutzte den Blickkontakt zwischen ihnen, um ihn auf das frische Blut aufmerksam zu machen, das auf seinen Knöcheln glänzte. Vermutlich war es nicht seines, aber das helle Rot leuchtete weithin sichtbar und passte nicht zu dem Anblick, den sie boten; auch wenn es weit und breit niemanden zu geben schien, der sie beobachtete.

Steve reagierte im allerersten Moment überhaupt nicht, doch dann zog er mit der freien Hand ein Taschentuch hervor und tupfte damit über seine Finger. Janice sah, dass sie sich getäuscht hatte: Es war längst nicht nur Daniels Blut, das sie sah. Steves Knöchel waren aufgeplatzt und begannen bereits anzuschwellen. Er musste wirklich mit großer Kraft zugeschlagen haben. Zusammen mit dem, was er danach getan hatte, konnte sie nur hoffen, dass Daniel keine bleibenden Schäden zurückbehielt.

»Wohin gehen wir?«, fragte sie, nach weiteren zwanzig oder fünfundzwanzig Schritten, in denen sie endgültig begriffen hatte, dass Steve nicht von sich aus irgendetwas erklären würde. Vielleicht wollte sie ja auch gar nicht wissen, was er ihr zu sagen hatte.

»Wir machen nur einen kleinen Spaziergang«, antwortete Steve. Er machte eine Kopfbewegung nach vorne. »Sehen Sie den Weg? Er führt zu einer kleinen Waldlichtung mit einem Picknickplatz.«

»Picknick?«, entfuhr es Janice. Hatte er den Verstand verloren?

Steve nickte jedoch nur lächelnd. »So, wie er aussieht, scheint er sich bei der einheimischen Bevölkerung großer Beliebtheit zu erfreuen. Keine Sorge. Wenn uns jemand sieht, wird er glauben, wir wären dorthin unterwegs.«

Wenn uns jemand sieht, dann sind wir so gut wie tot, dachte Janice. »Und wohin gehen wir wirklich?«

»Zum Picknickplatz«, antwortete Steve. »Keine Angst. Ich habe alles vorbereitet. Sie werden uns nicht finden.«

Gut, nach diesem Stichwort konnte sie nicht mehr anders, als eine Frage zu stellen, vor deren Antwort sie sich eindeutig fürchtete. »Wie kommen Sie überhaupt hierher, Steve? Was tun Sie hier?«

»Es war nicht besonders schwer, diesem Dummkopf von Constable zu folgen. Er ist sich seiner Sache ein wenig zu sicher. Gottlob.«

»Das meine ich nicht«, antwortete Janice. »Ich meine hierher, nach Cape Cod.«

»Es war auch nicht besonders schwer, Sie zu finden«, sagte Steve. Sie hatten den Weg erreicht und bogen im rechten Winkel von der Hauptstraße ab, und mit jedem Schritt, den sie sich dem Waldrand näherten, musste sie sich mehr beherrschen, um nicht einfach loszurennen. »Ich musste nur Ihrer neuen Freundin folgen.«

»Aber ich dachte, ich hätte Sie ...«, begann Janice und brachte den Satz dann nicht zu Ende, weil ihr bei der Erinnerung an ihr letztes Zusammentreffen die Schamesröte ins Gesicht schoss, und sie auch nicht wusste, wie.

»Ja, in der Tat, das haben Sie«, bestätigte Steve mit einem übertrieben geschauspielerten wehleidigen Seufzen. »Sie müssen mich für einen schrecklichen Dummkopf halten, dass ich mich so habe übertölpeln lassen.«

»Ganz bestimmt nicht«, versicherte Janice hastig. Sie wusste schon lange nicht mehr, wofür sie Steve Waiden halten sollte. Auf jeden Fall nicht für einen unbeholfenen großen Jungen, der versuchte, mehr oder weniger unbeschadet durch sein Leben zu stolpern.

»Es gehören immer zwei dazu, sich übertölpeln zu lassen.« Steve duckte sich gerade langsam genug unter einem zurückschnellenden Zweig hindurch, um sich eine saftige Blätter-Ohrfeige einzuhandeln, die ihm um ein Haar auch noch den Hut vom Kopf gefegt hätte.

Janice lachte nicht, und sie fragte sich auch, ob sie jemals über Steves vermeintliche Tollpatschigkeit hätte lachen sollen. Möglicherweise hatte sie jenen Punkt in ihrem Leben längst hinter sich gelassen, an dem sie noch irgendeinem Menschen vertrauen konnte. »Ich meinte ja auch eher ...«

»Ich kann mir gut vorstellen, was Sie meinen, Janice«, unterbrach sie Steve, »und auch, wie verwirrt und misstrauisch Sie gerade sein müssen. Ich werde Ihnen alles sagen, was ich weiß, und all Ihre Fragen beantworten. Aber meinen Sie nicht, dass wir uns jetzt besser beeilen sollten, bevor dieser Bursche wieder zu sich kommt oder Ihre rustikale Freundin auftaucht, um nach dem Rechten zu sehen?«

Noch vor einer halben Stunde hätte Janice über diesen Ausdruck mindestens geschmunzelt, aber nun jagte er ihr einen eisigen Schauer über den Rücken, denn sie sah nicht Connors Gesicht vor sich, sondern das, was unter ihrer Bluse verborgen war. Und außerdem hatte er recht. Sie musste sich entscheiden, und zumindest im Moment erschien er ihr als das kleinere Übel.

Sie waren nun auch weit genug in den Wald vorgedrungen, um von der Straße aus nicht mehr gesehen zu werden, und Steve zog nicht nur seinen Arm weg, sondern beschleunigte seine Schritte auch derart, dass sie Mühe hatte, nicht zurückzufallen, und gar keinen Atem mehr, um noch eine weitere Frage zu stellen. Auch sie musste immer öfter tief hängenden Ästen ausweichen, was ihr längst nicht jedes Mal gelang, und sie mutmaßte, dass sie nicht nur die eine oder andere Haarsträhne einbüßte. Ihren Verfolgern würde es nicht besonders schwerfallen, ihrer Spur zu folgen.

»Wohin gehen wir überhaupt?«, fragte sie nach weiteren dreißig oder vierzig Schritten. »Und kommen Sie mir nicht wieder mit diesem Picknickplatz.«

»Aber wir sind doch schon da.« Tatsächlich blieb Steve so plötzlich stehen, dass sie fast in ihn hineingelaufen wäre. Unmittelbar vor ihnen weitete sich der Weg zu einem ovalen, grasbewachsenen Platz, den Steve wohl gemeint hatte. Hier und da war das Gras niedergedrückt oder auch vertrocknet, und sie meinte auch das eine oder andere Stück Abfall zu sehen.

Und genau in der Mitte des städtischen Picknickplatzes stand ein monströs großes schwarzes Automobil.

Janice blieb abrupt und mitten im Schritt stehen und starrte das lackglänzende schwarze Ungetüm an, das wie ein Stück Treibgut aus einer noch weit entfernten Zukunft vor ihnen auf dem Grasplatz hockte und sie durch seine bloße Anwesenheit zu verhöhnen schien.

»Was … ist das?«, murmelte sie wenig originell. Sie war viel zu perplex, um den Blick von ihrer unglaublichen Entdeckung zu lösen, doch sie meinte das triumphierende Aufleuchten in Steves Augen fast körperlich fühlen zu können.

»Ein Automobil, Janice«, antwortete Steve. Seine Stimme klang genauso, wie sie sich seine Augen in diesem Moment vorstellte. »Ein Studebaker, um präzise zu sein, und das allerneuste Modell. Wenn Joffrey auf meinen Rat gehört hätte, dann hätte er dieses Modell gekauft und nicht den Ford, denn es ist das sehr viel …«

»Das meine ich nicht!«, unterbrach sie ihn scharf. Sie drehte sich nun doch und mit einer so abrupten Bewegung herum, dass Steve ganz instinktiv einen halben Schritt vor ihr zurückwich. »Wie kommt es hierher?«

»Ich war so frei, es mir … nun ja … auszuleihen«, antwortete Steve verlegen. »Wir müssen hier weg, Janice, und den Bahnhof werden sie ganz gewiss überwachen, gar nicht davon zu reden, dass wir in einem Zug nicht sicher wären. Sie müssten ja einfach nur …«

»Steve!«

»Ja, gut«, gestand Steve. »Ich habe ihn mir … ausgeborgt.«

»Sie meinen gestohlen!«

»Ich sorge dafür, dass er seinem Besitzer zurückgebracht wird, sobald Sie in Sicherheit sind«, versprach Steve. Der kindische Stolz war aus seinen Augen verschwunden, und er sah einfach nur noch verlegen aus. Und ein bisschen enttäuscht.

»Das will ich auch hoffen!«, sagte Janice in sogar noch strengerem Ton, als sie selbst beabsichtigt hatte. Steve fuhr wie unter einem Hieb zusammen und hielt ihrem Blick nun endgültig nicht mehr stand, aber Janice tat ihm nicht den Gefallen, ihre Worte auch nur mit einem angedeuteten Lächeln oder einer entsprechenden Miene zu entschärfen, sondern schickte nur noch einen umso strafenderen Blick hinterher und sah dann wieder zum Wagen hin. Sein Anblick erfüllte sie noch immer mit fast körperlichem Unbehagen, das sogar noch weiter zunahm, und es hatte sehr wenig mit dem Umstand zu tun, dass Steve dieses Fahrzeug gestohlen hatte.

Janice hielt sich selbst für einen grundehrlichen Menschen – und sei es schon nicht aus moralischen, dann aus ganz praktischen Gründen, denn im alltäglichen Leben war es schlichtweg einfacher, ehrlich zu sein –, und sie hätte es Steve nie zugetraut, etwas so Verwerfliches wie einen Diebstahl zu begehen. Doch seit jenem schrecklichen Moment, in dem sie die rostigen Überreste von Joffreys Ford im Wald gefunden hatten, war es ihr unmöglich geworden, ein Automobil auch nur anzusehen, ohne dass sich in ihr Unbehagen regte. Jetzt war es ganz eindeutig Angst, die sie empfand.

Steve räusperte sich unecht. »Vielleicht ... steigen Sie schon einmal ein. Ich starte den Motor, und dann verschwinden wir. Ich weiß nicht, wie lange dieser Bursche noch schläft.«

So wie er ihn getreten hat, dachte Janice, *kann Daniel von Glück sagen, wenn er überhaupt noch einmal wach wird.* Sie hätte nie geglaubt, dass Steve so brutal sein konnte.

Statt jedoch irgendetwas davon laut auszusprechen, ging sie um den Wagen herum, öffnete den Schlag und stieg ein.

Steve hatte nicht übertrieben. Der Wagen war sichtlich neu und roch nach Petroleum, neuem Leder und Möbelpolitur, und sofort regte sich ihr schlechtes Gewissen, als ihr aufging; dass dieses

Automobil wahrscheinlich irgendjemandes ganzer Stolz war; und einer, auf den er möglicherweise jahrelang hingespart hatte.

Steve holte die Kurbel aus dem Gepäckfach am Heck des Wagens und ging rasch wieder nach vorn, um sich vor der scheinbar endlos langen Motorhaube in die Hocke sinken zu lassen. Während er irgendetwas tat, das Janice nicht genau erkennen konnte und sie auch nicht interessierte, sah sie sich aufmerksam in dem luxuriösen Fahrzeug um. Sie sah eine Menge komplizierter Instrumente aus Messing und Glas und ein verwirrendes Durcheinander aus Hebeln, Schaltern und Knöpfen. Ganz kurz nur, vielleicht für die Dauer eines halben Atemzuges oder weniger, meinte sie die Faszination nachempfinden zu können, die Joffrey für fast jegliche Art moderner Technik und ganz besonders für Automobile empfand, doch das Bild wurde auch praktisch unmittelbar von einer anderen und ungleich düstereren Erinnerung überlagert, Bilder von brachialerer und ungleich machtvollerer Technik, die weder von noch für Menschen gemacht war und aus der nur Übles entstehen konnte.

Steve drehte mit einem kraftvollen Ruck an der Kurbel, und ein gedämpfter Knall erscholl. Es roch durchdringend nach Petroleum, und ein einzelner Vogel stob aus einem Baumwipfel in der Nähe hoch und entfernte sich schimpfend.

»Steve?«, fragte sie.

»Sofort«, antwortete Steve. Erst nach einer Weile folgte: »Das kommt bei neuen Motoren schon einmal vor.«

»Dass sie nicht funktionieren?«

»Es muss sich erst alles aufeinander einspielen. So ein Verbrennungsmotor ist eine äußerst komplexe Maschine, die aus sehr vielen Einzelteilen besteht, die alle irgendwie miteinander interagieren, und …«

»Steve«, seufzte Janice.

Steve sah sie zwei oder drei Sekunden lang verstört an, aber dann beeilte er sich, noch einmal und mit womöglich noch größerer Kraft an seiner Kurbel zu drehen. Diesmal erscholl ein mechanisches Rumpeln und Dröhnen, und der ganze Wagen begann zu wackeln.

Dann war es wieder ruhig.

»Steve?«, fragte Janice.

»Sofort«, sagte Steve hastig. »Ich habe es gleich. Sie wissen ja, aller guten Dinge sind drei.« Damit drehte er noch einmal und jetzt wirklich mit aller Kraft an der Kurbel, und der Motor sprang grollend an. Der gesamte Wagen begann zu zittern und sich zu schütteln, wie ein nervöses Pferd, das seinen Reiter abzuschütteln versucht, und Janice hielt vorsichtshalber schon einmal nach einem Fluchtweg Ausschau, nur für den Fall, dass sich diese ganze Höllenmaschine entschließen sollte, in Flammen aufzugehen.

Steve wirkte jedoch höchst zufrieden, während er aufsprang und erneut um den Wagen herumeilte, um die Kurbel wieder zu verstauen. Er kam auch nicht mit leeren Händen zurück, sondern zwei wenig kleidsamen Lederkappen und zwei absonderlich aussehenden Brillen, von denen er ihr jeweils ein Exemplar hinhielt. Janice starrte sie an wie etwas Anzügliches und rührte keinen Finger, um danach zu greifen.

»Sie sollten das anziehen«, sagte Steve. »Wir werden schnell fahren müssen.«

»Warum klappen Sie dann nicht das Verdeck hoch?«, schlug Janice vor.

Steve sah sie eine Sekunde lang an, als wäre sie es nun gewesen, die ihm ein ungehöriges Angebot gemacht hatte. Aber dann hob er nur die Schultern, ließ sich auf den Sitz neben ihr fallen und streifte sowohl die Kappe als auch die Schutzbrille über. Es sah nicht so lächerlich aus, wie sie angenommen hatte, sondern sogar noch viel schlimmer. Umso besser, dass sie diesen Unsinn nicht angezogen hatte.

Sie war auch mittlerweile sicher, dass Steve das Verdeck einzig aus dem Grund nicht geschlossen hatte, weil er es nicht konnte.

»Und Sie können ein solches Automobil fahren?«, vergewisserte sie sich.

»So schwer ist das nicht«, antwortete Steve. »Joffrey hat es mir beigebracht.«

Dann kann es ja nicht allzu schwer sein, dachte Janice und brachte es gerade noch fertig, diesen Gedanken nicht laut auszusprechen.

Steve hielt ihr noch einmal Brille und Kappe hin, erntete ein weiteres stummes Kopfschütteln und warf beides mit einem Schulterzucken hinter sich. Dann griff er mit der rechten Hand nach dem großen Lenkrad aus edlem Holz und mit der anderen nach einem kompliziert aussehenden Hebel neben sich. So, wie er es tat, hatte es etwas fast Zeremonielles, und Janice fragte sich, ob er wohl über sich selbst gelacht hätte, hätte er sich selbst gesehen.

»Warten Sie«, sagte sie.

Steve nahm die Hand wieder vom Lenkrad, und Janice machte eine entsprechende Kopfbewegung. »Zeigen Sie mir Ihre Hand, Steve.«

»Das ist nur eine Schramme«, behauptete Steve zwar, ließ es aber trotzdem zu, dass sie nach seiner Hand griff und seine aufgeplatzten Knöchel begutachtete. Sie war keine Ärztin und hatte es bisher im Gegenteil stets vermieden, sich solcherlei Dinge auch nur anzusehen, sodass der Anblick neben vielem anderen auch ein leises Ekelgefühl in ihr auslöste. Aber selbst sie sah, dass die Wunde übel aussah. In ein paar Stunden würde seine Hand so geschwollen sein, dass er sie praktisch nicht mehr benutzen konnte, und sie war nicht einmal sicher, ob seine Knöchel nicht gebrochen waren. Ihr bereitete die Vorstellung ein leises Unbehagen, dass er mit dieser Hand ein Automobil lenken wollte.

»Das sollte sich ein Arzt ansehen«, sagte sie in keinen Widerspruch duldendem Ton, »aber leider ist gerade keiner hier. Ich muss das verbinden.« Sie kam seiner entsprechenden Frage zuvor, indem sie sich einigermaßen mühsam in ihrem Sitz nach vorne beugte, ihre Röcke raffte und den Saum ihres Unterrocks abriss. Steve zog die Augenbrauen hoch.

»Ich weiß, es ist alles andere als steril«, sagte Janice. »Aber etwas anderes haben wir nicht.«

Steve sagte auch dazu nichts, doch er hielt sich tapfer und erlaubte sich nicht den mindesten Schmerzenslaut.

»Das sieht wirklich übel aus«, sagte sie. »Nicht, dass ich mir wegen Daniel graue Haare wachsen lassen würde, aber ich hoffe trotzdem, dass Sie ihn nicht umgebracht haben.«

»Diese Naturburschen haben harte Schädel«, antwortete Steve gepresst. »Und so fest habe ich nun auch wieder nicht zugeschlagen.«

»Ich wusste ja gar nicht, dass Sie so gut boxen können«, sagte Janice.

»Joffrey hat es mir beigebracht«, erwiderte Steve. »Wir waren oft zusammen im Boxclub. Hat er Ihnen nichts davon erzählt?«

Janice zog den Knoten ihres improvisierten Verbands mit einem Ruck und deutlich fester zu, als sie es eigentlich beabsichtigt hatte, sodass seine Worte in einem scharfen Zischen endeten. Der vorwurfsvolle Blick, auf den sie wartete, blieb jedoch aus. Joffrey hatte ihr tatsächlich nichts davon erzählt, und sie begann sich allmählich zu fragen, ob sie nicht deutlich mehr Dinge über Joffrey nicht wusste als solche, die ihr bekannt waren.

»Sie machen das gut, Janice«, sagte Steve, als sie endlich von ihm abließ. Er hatte sich gut in der Gewalt, aber seine Augen schimmerten feucht. Trotzdem fügte er hinzu: »An Ihnen ist eine hervorragende Krankenschwester verloren gegangen oder auch eine Ärztin.«

»Und an Ihnen ein außergewöhnlich schlechter Lügner, Steve«, sagte Janice. »Warum sind Sie wirklich hier? Doch nicht nur, weil Joffrey Ihr Freund war!«

»Aber genauso ist es«, beteuerte Steve. »Ja, gut, und natürlich auch, weil Sie eine ganz außergewöhnlich reizende junge Frau sind und ich selbst Sie … mag.« Er hob rasch die unversehrte Hand, als sie auffahren wollte. »Keine Sorge. Sie haben mir sehr deutlich gemacht, dass Sie meine Gefühle nicht erwidern, und sosehr ich das auch bedauere, respektiere ich Ihre Entscheidung selbstverständlich.«

»Und trotzdem riskieren Sie Ihr Leben für mich?«

»Joffrey würde dasselbe für mich tun, wenn die Situation andersherum wäre«, sagte Steve. »Ich bin es allein ihm und unserer Freundschaft schuldig. Aber wie gesagt: Ich würde es auch nur für Sie tun, und …«

»Ja, das … habe ich verstanden«, unterbrach ihn Janice. Allmählich wurde ihr die Situation peinlich, wenn auch auf eine vollkommen andere Art als die, die sie erwartet hätte. Es war … verwirrend.

»Und ich weiß das zu schätzen, Steve«, fügte sie mit einem sehr unechten Räuspern hinzu. »Aber darüber sollten wir besser zu einem späteren Zeitpunkt reden.«

»Ganz wie Sie es wünschen«, antwortete Steve. Er konnte nun

einmal nicht aus seiner Haut, und vielleicht sollte sie froh sein, dass es so war. Er gewann einige weitere Momente damit, den unbeholfenen Verband an seiner Hand zu bewundern, als wäre er das reinste Kunstwerk. Schließlich machte er eine Kopfbewegung in die Richtung, aus der sie gekommen waren. »Connor hat tatsächlich ein ganzes Abteil im Mittagszug nach Boston reserviert. Ich nehme an, dass sie und Nichols bald aufbrechen, um Sie aus dem Gefängnis zu holen und zum Bahnhof zu bringen.«

»Sie sind gut informiert«, sagte Janice. Sie hätte selbst nicht sagen können, warum, aber die Vorstellung gefiel ihr nicht.

Steve bewegte prüfend die Finger seiner verbundenen Hand, schien mit dem Ergebnis zufrieden. »Dann wollen wir mal«, fügte er auch noch hinzu. Janice hätte fast die Augen verdreht.

Er betätigte den Hebel und gab Gas, und der Motor brüllte regelrecht auf. Der Wagen rührte sich nicht, aber sie hörte ein schreckliches Knirschen und Kratzen, das das Bild zerbrechender Zahnräder und fliegender Metallspäne vor ihrem inneren Auge heraufbeschwor.

»Hat Joffrey Ihnen das auch beigebracht?«, fragte sie.

»Dieses Modell ist doch ein wenig … anders als das, auf dem ich geübt habe.« Steve zog noch einmal an seinem Hebel, und diesmal setzte sich der Wagen gehorsam in Bewegung, und auch das Kreischen und Scharren blieb aus.

»Sehen Sie, es ist im Prinzip ganz einfach«, behauptete Steve. »In ein paar Minuten sind wir hier weg und in ein paar Stunden in Sicherheit und schon auf halbem Weg nach Providence.«

Janice lag eine Menge dazu auf der Zunge, und sie nahm an, dass ihm nur das Allerwenigste davon gefallen hätte, doch für die nächsten Augenblicke kam sie nicht dazu, auch nur irgendetwas zu sagen, denn der Wagen jagte in so halsbrecherischem Tempo über den schmalen Waldweg, dass sie sich instinktiv an ihrem Sitz und Steve sich wohl mit genauso großer Kraft am Lenkrad festklammerte. Etwas schrammte unter dem Wagenboden entlang, und die dornigen Zweige, die den schmalen Weg säumten, sorgten dafür, dass der Lack nicht mehr ganz so glänzend und neu aussah, als sie die Straße erreichten.

Immerhin schaffte er es, den Wagen auf die geteerte Straße hinauszubugsieren, ohne von selbiger abzukommen oder sich gleich zu überschlagen.

Steve ließ den Wagen um eine Kurve schlingern, rumpelte mit zwei Rädern über die Grasnarbe neben der Straße und erlangte die Kontrolle über den Studebaker vermutlich durch pures Glück wieder zurück, bevor ein Unglück geschah.

»Ich wäre Ihnen dankbar, wenn Sie etwas weniger schnell fahren würden«, sagte sie.

»Nichts lieber als das, aber das wäre im Moment wahrscheinlich nicht besonders ratsam«, antwortete Steve, der nun mit beiden Händen wild am Steuer kurbelte. Der Wagen wurde ganz im Gegensatz zu Janice' Hoffnungen sogar noch schneller und schlingerte so heftig hin und her, dass sie ernsthaft befürchtete, hinausgeschleudert zu werden.

»Es nutzt uns nichts, wenn wir Connor entkommen und tot im Straßengraben enden«, sagte sie vorsichtig, »oder an einem Baum.«

»Machen Sie sich keine Sorgen«, antwortete Steve. »Ich gewöhne mich langsam an diesen Wagen. Er ist wirklich schnell, das muss ich zugeben. Genau das, was wir jetzt brauchen.«

»Ach?«, sagte Janice mit einem gequälten Lächeln. Ihre Finger krallten sich so fest in den Sitz, dass das Blut aus ihren Händen wich.

Steve schien das jedoch nur als Ermutigung zu nehmen, denn der Wagen wurde nur noch einmal schneller und touchierte abermals die Bankette, als sie um die nächste Biegung schlitterten und auf die westwärts führende, breitere Überlandstraße einbogen. Das letzte Gebäude Barnstables flog so schnell an ihnen vorüber, dass sie es nicht einmal genau erkennen konnte, und Janice hätte ihn im nächsten Moment angeschrien oder etwas noch Drastischeres getan, hätte er nicht endlich das Tempo wieder reduziert, wenn auch nicht annähernd so sehr, wie sie es sich wünschte. Der Wagen rumpelte noch immer mit so halsbrecherischer Geschwindigkeit über die schmale Schotterstraße, dass ihr allmählich ernsthaft schwindelig zu werden begann.

Janice drehte das Gesicht aus dem Wind, um wenigstens wieder halbwegs atmen zu können, und sah dabei auf den Tachometer, was sie augenblicklich bedauerte. Sie schossen mit deutlich mehr als fünfunddreißig Meilen dahin. »Steve, bitte, fahren Sie etwas langsamer. Meine Nerven machen das nicht mit.«

Steve sah sie durch seine alberne Schutzbrille eine geschlagene Sekunde lang durchdringend an, statt sich auf die vorüberjagende Straße zu konzentrieren, drosselte das Tempo aber schließlich um eine weitere Winzigkeit. Aber er schüttelte trotzdem bedauernd den Kopf. »Ich fürchte, das geht nicht!«, schrie er über das Brüllen des Motors und die Windgeräusche hinweg. »Wir müssen die Strecke von einem guten Tagesritt zurücklegen. Und ich möchte unbedingt vor Sonnenuntergang auf dem Festland sein.«

Es dauerte einen Moment, bis Janice überhaupt verstand, was er meinte. Cape Cod war so groß, dass man nur allzu leicht vergaß, sich in Wahrheit auf einer Halbinsel zu befinden, die etliche Meilen weit ins Meer hinausragte. »Das ist eine beachtliche Entfernung«, sagte sie, statt ihr Unbehagen mit dem angemessenen Nachdruck auszudrücken.

»Deshalb müssen wir ja auch schnell fahren, sosehr ich es bedauere«, antwortete er, klang dabei aber nicht wirklich bedauernd, sondern ganz im Gegenteil, als wäre das alles für ihn nicht mehr als ein großer Spaß, und Janice überlegte ernsthaft, ob das vielleicht wirklich so war; ein Gedanke, der ihr schon wieder einen eisigen Schauer über den Rücken jagte.

Ein weiteres, noch einsamer gelegenes Haus flog nur so an ihnen vorüber, dann eine lang gestreckte Kurve, die Steve mit quietschenden Reifen nahm und mit hektisch sägenden Bewegungen am Lenkrad, dann führte die Straße sacht abwärts und dahinter so weit geradeaus, wie ihr Blick reichte. Und Steve gab noch mehr Gas.

28

Steve hatte geplant, über die vor Jahresfrist erst eingeweihte Sagamore-Bridge zu fahren, eine Entfernung von gut dreißig Meilen, die nicht mehr als anderthalb oder zwei Stunden in Anspruch nehmen sollte, so halsbrecherisch, wie er den Wagen über die Straße prügelte, die Janice' Dafürhalten nach allerhöchstens für Pferde- oder Ochsenkarren gut war, nicht für ein modernes Automobil, das zu ungeahnter Geschwindigkeit fähig war.

Aber das war nur die Theorie.

In der Praxis drosselte Steve sein selbstmörderisches Tempo schon bald, wenn auch nicht wirklich aus Rücksicht auf sie. Die Straße war zwar breiter, als sie es erwartet hatte, befand sich aber in einem erbärmlichen Zustand und war ganz eindeutig nicht den Ansprüchen eines so modernen Verkehrsmittels gewachsen, wie allein das Wrack eines anderen Automobils bewies, das mit gebrochener Achse auf einem Grasflecken am Straßenrand stand.

Sie kamen dennoch gut voran. Die Straße verlief in mehr oder weniger gleichbleibendem Abstand zur Eisenbahntrasse, und nachdem sie vielleicht eine Stunde unterwegs waren, hörten sie den schrillen Pfiff einer Lokomotive, die die lange Strecke bis zum Kanal ausnutzte, um Tempo zu machen und scheinbar gemächlich zu ihnen aufzuholen. Wenn sie den eingeschränkten Fahrplan in Betracht zog, von dem Moffett ihr am Morgen berichtet hatte, dann musste es wohl genau jener Zug sein, in dem sie jetzt eigentlich sitzen sollte, zusammen mit Connor und ihren Helfershelfern und auf dem Weg in die nächste Klapsmühle.

Steve, obwohl so verkrampft hinter dem Lenkrad hockend als balancierte er mit seinem edelsten Körperteil über einer glühenden Herdplatte, musste ihren Blick bemerkt und auch richtig gedeutet haben, denn er sah nun seinerseits zur Bahnstrecke hinüber, zog eine Grimasse – und gab noch mehr Gas.

»Steve, bitte«, seufzte Janice. »Tun Sie mir den Gefallen und fahren ein wenig langsamer?«

Steve machte eine Kopfbewegung auf den Zug. »Darin sollten eigentlich Sie sitzen. Wissen Sie, was das bedeutet?«

»Dass Connor eine Fahrkarte umsonst gekauft hat?«

»Dass Sie allerspätestens jetzt wissen, dass Sie entkommen sind, Janice«, erwiderte Steve ernst. »Und uns wahrscheinlich bereits verfolgen.«

»Und jetzt haben Sie Angst, Sie könnten am nächsten Bahnhof aussteigen und eine Straßensperre errichten, und liefern sich deshalb die Wettfahrt mit einer Lokomotive? Sie überraschen mich immer wieder aufs Neue, Steve.«

»Es gibt nur diese eine Brücke über den Kanal, Janice«, erwiderte Steve mit einem Ernst, der ihr allmählich Sorgen zu bereiten begann. Sie war jetzt sicher, dass er das alles hier genoss, erlebte er doch zum vermutlich ersten Mal in seinem Leben ein echtes, aufregendes Abenteuer. »Wenn sie schon dort auf uns warten, dann haben wir keine Chance mehr!«

Janice drehte sich im Sitz um und suchte die Straße hinter ihnen etliche Sekunden lang aufmerksam mit Blicken ab. »Hinter uns ist niemand. Sie können Ihre Versuche also einstellen, uns beide auf möglichst spektakuläre Weise umzubringen.«

»Sie sollten die Angelegenheit ein wenig ernster nehmen, Janice.« Steve drückte das Gaspedal noch ein Stück weiter nach unten. »Diese Leute sind gefährlich.«

»Gut, dass Sie mich daran erinnern, Steve«, antwortete sie. »Ich hätte es sonst bestimmt vergessen … aber sagten Sie nicht auch, das hier wäre das schnellste Automobil, das es gibt? Dann werden sie uns doch gewiss nicht einholen, oder?«

»Ich sagte, es ist eines der besten, nicht das schnellste«, verbesserte sie Steve. Dass er vermutlich nicht der beste Autofahrer aller Zeiten war und es bei einer Wettfahrt nicht ausschließlich auf die Schnelligkeit des Fahrzeuges ankam, ließ er ebenfalls unerwähnt. »Es gibt Telegrafen, und andere Wege der Informationsübermittlung. Sie möchten doch nicht an der Brücke ankommen und feststellen, dass Ihre neue Freundin dort schon auf Sie wartet.«

Er hat eindeutig zu viele Abenteuergeschichten gelesen, dachte Janice.

Sie sagte nichts mehr, und sie fuhren eine weitere halbe Stunde lang schweigend und in halsbrecherischem Tempo dahin, das Steve nur dann drosselte, wenn die Straße durch eine Ortschaft führte oder sie ein anderes Fahrzeug überholten, was nur einige wenige Male der Fall war, und es handelte sich auch ausnahmslos um Pferdewagen und einen einzelnen Ochsenkarren. Steve verlor sein selbst ausgerufenes Rennen gegen die Eisenbahn natürlich trotzdem, denn der Studebaker erwies sich auf gerader und einigermaßen intakter Strecke zwar tatsächlich als schneller, konnte mit dem stetigen Tempo der Eisenbahn aber nicht mithalten.

Und noch etwas geschah, das ihr mehr als nur ein wenig Unbehagen bereitete. Mehr oder weniger verlief die Straße parallel zur Küste, und als der Baumbestand allmählich lichter wurde, konnte sie den Anblick der See nicht mehr ignorieren, so gerne sie es auch getan hätte. Es war nicht einmal das offene Meer, sondern nur die Weite der Bay. Janice hatte das Meer niemals sonderlich gemocht, aber auch nichts dagegen gehabt. Wie vielen war es ihr schon insofern egal gewesen, dass sie gar nicht erst darüber nachgedacht hatte. Aber das war vorbei, schon lange und für immer, jetzt, wo sie wusste, was sich in seinen Tiefen verbarg.

Einen Moment lang war sie ernsthaft versucht, Steve alles zu erzählen, was sie von Connor an diesem Morgen erfahren hatte, verwarf diesen Gedanken aber auch fast augenblicklich wieder. Schon weil sie sich vorstellen konnte, wie grotesk sich diese Geschichte in Steves Ohren anhören musste, wenn sie sie mit ihren eigenen Worten erzählte.

Und weil sie ihm nicht hundertprozentig traute, natürlich.

Sie folgten einer lang gezogenen Kurve durch ein kleines Wäldchen, und als die Bäume zurückwichen, erlebte Janice eine Überraschung: Vor ihnen lag ein sanft ansteigender und gleichfalls bewaldeter Hügel, der so gar nicht in diese flache Küstenlandschaft passen wollte, in der die größtenteils künstlich angelegten Dünen ansonsten die höchsten Erhebungen darstellten, und der Wagen wurde endlich langsamer. Janice gestattete es sich, vorsichtig aufzuatmen. Vielleicht würde sie diesen Tag ja wider Erwarten doch überleben.

Ihre Hoffnung stieg sogar noch, als der Wagen noch weiter an

Geschwindigkeit verlor, doch dann begann sie sich wirklich zu wundern. Als sie sich der Hügelkuppe näherten, rollten sie nicht mehr nennenswert schneller als ein Fußgänger dahin.

»Steve?«, fragte Janice.

Steve fuhr nur noch langsamer. Kurz vor der Hügelkuppe lenkte er den Studebaker an den rechten Straßenrand, sah sich suchend um und setzte dann ein Stück zurück, um schließlich im rechten Winkel und rückwärts ein Stück weit in den Wald hineinzufahren.

»Was haben Sie vor?«, fragte Janice, zu gleichen Teilen erleichtert, dass die Höllenfahrt wenigstens für einen Moment zu Ende war, wie auch schon wieder aus anderen Gründen angespannt.

Steve schaltete den Motor ab, stieg aus und ging zur Straße zurück, um den Wagen mit Zweigen und ein paar losen Ästen notdürftig zu tarnen.

»Steve?«, fragte Janice noch einmal und jetzt schon ernsthaft beunruhigt. Was hatte er vor?

»Warten Sie hier«, antwortete Steve, was natürlich keine Antwort war. »Ich bin gleich zurück.«

Und damit verschwand er so schnell im Unterholz, dass Janice gar nicht mehr dazu gekommen wäre, noch eine weitere Frage zu stellen. Sie wäre auch viel zu perplex dazu gewesen. Allerdings nur für einen Moment. Dann riss sie den Wagenschlag so heftig auf, dass sie in ihrem Ungestüm fast hinausgefallen wäre, fand irgendwie ihre Balance wieder und stürmte hinter ihm her.

Eigentlich hätte sie ihn binnen weniger Augenblicke einholen müssen, denn er hatte ja nur einige Schritte Vorsprung, und der Wald war nicht besonders dicht. Das Gegenteil war jedoch der Fall. Steve verschmolz schon im nächsten Moment mit seiner natürlichen Umgebung, und selbst seine Schritte verklangen nach einer einzigen weiteren Sekunde. Die Stille schlug so heftig über ihr zusammen, dass sie in den Ohren zu dröhnen schien. Ohne dass es einen Grund dafür gab, begann ihr Herz mit einem Male wie rasend zu hämmern, und sie spürte eine Woge ebenso grundloser wie auch schier übermächtiger Angst, die ihr den Atem verschlug und ihre Hände zittern und ihre Knie schlottern ließ. Sie hatte sogar Mühe zu atmen. Was um alles in der Welt *geschah* mit ihr?

Ein anhaltendes Knirschen und das Rascheln von Blättern und trockenem Laub wiesen ihr den Weg, und nun stürmte sie einfach weiter, ohne Rücksicht auf ihre Kleidung oder gar den Lärm zu nehmen, den sie verursachte, oder die tief hängenden Äste, die ihr ins Gesicht peitschten und unter normalen Umständen wirklich wehgetan hätten. Schließlich wurde es vor ihr wieder hell, wo das Mittagslicht durch das Unterholz sickerte. Steve stand vor einer Reihe mannshoher Bälle aus Stacheldraht, die sich bei genauerem Hinsehen als wohl kaum weniger gefährliche Dornenbüsche entpuppten.

»Janice, ich hatte Sie doch gebeten …« Er brach mitten im Wort ab, und ein fast erschrockener Ausdruck explodierte regelrecht auf seinem Gesicht. »Was ist passiert?«

»Nichts«, antwortete Janice hastig. »Es ist … alles in … Ordnung.«

Steve sah eher noch besorgter aus. »Sie sehen nicht nach *nichts* aus, meine Liebe.«

Wenigstens nannte er sie nicht *Kindchen.* »Ich dachte, ich hätte etwas gesehen. Einen …«, wieso hatte sie plötzlich Angst vor dem Wort *Schatten?,* »… Schatten. Wahrscheinlich nur ein Tier.«

Steve kniff die Augen zusammen und spähte angestrengt an ihr vorbei. »Wir sind hier im Wald. Da kann so etwas schon einmal passieren.«

»Ja, das ist wohl …« Janice brach mit einem verlegenen Räuspern ab und war plötzlich fast dankbar für all die Schatten ringsum, denn so konnte Steve wenigstens nicht sehen, wie sie errötete.

»Ist auch wirklich alles in Ordnung?«, fragte er, nun ganz unüberhörbar besorgt. »Ich hatte Sie doch gebeten, beim Wagen zu warten.«

»Ich weiß«, antwortete Janice und fügte mit einem neuerlichen und noch unechteren Räuspern hinzu: »Warum?«

»Weil es hier nicht ganz ungefährlich ist … und außerdem hätten Sie mich in einer peinlichen Situation überraschen können, so ganz allein im Wald.«

Janice sagte ganz genau das dazu, was eine solche Bemerkung verdiente, nämlich nichts, und nun konnte sie trotz des schlechten

Lichtes erkennen, wie Steve es war, der plötzlich rote Ohren bekam und nicht mehr wusste, wohin mit seinem Blick.

Janice ließ ihn ganz bewusst etliche lange Sekunden schmoren, bevor sie fragte: »Und was tun Sie hier, Steve, wenn nicht etwas … *Privates?*«

Steve verzichtete vorsichtshalber auf jedwede Antwort und zog einen der dornigen Zweige zur Seite, deutete jedoch mit der freien Hand in die andere Richtung, ohne auf die zusätzlichen Kratzer zu achten, die er sich dabei einhandelte. Janice blieb vorsichtshalber einen Schritt zurück und reckte sich lediglich auf die Zehenspitzen, um über seine Schulter zu sehen; ein Entschluss, zu dem sie sich schon im nächsten Moment im Stillen beglückwünschte. Und das nicht nur wegen der gefährlichen Dornen.

Der Salzwassergeruch, der sie die ganze Zeit über begleitet hatte, war permanent deutlicher geworden, doch es bedurfte erst des Anblicks der dunkelblauen Weite, die auf der anderen Seite des Gebüschs auf sie wartete, um sie seinen wirklichen Grund erkennen zu lassen. Sie hatten das Meer erreicht, und erst jetzt, als hätte sie das Geräusch bisher mit Erfolg ausgeblendet oder sich einfach geweigert, es zur Kenntnis zu nehmen, hörte sie auch das monotone Rauschen der Brandung, die sich kaum einen Steinwurf entfernt auf dem nassen Sand totlief.

»Wir sind nur noch eine knappe Meile von der Brücke entfernt«, erklärte Steve. »Und ich dachte mir, es ist vielleicht sicherer, zuerst einmal das Terrain zu sondieren, bevor wir am Ende noch blind in eine Falle laufen.«

Das Terrain zu sondieren. Aus welchem Schundroman hatte er denn diesen Satz? »Ein ganz hervorragender Aussichtspunkt«, gestand sie, hauptsächlich, um überhaupt etwas zu sagen.

»Es ist die höchste Erhebung im westlichen Cape Cod«, sagte Steve stolz. »Ein wenig näher am Kanal wäre es mir lieber gewesen, aber ich will mich nicht beschweren. Man muss nehmen, was man kriegt.«

»Wie haben Sie ihn gefunden?«, fragte Janice.

Steve sah ein bisschen überrascht über die Schulter zu ihr zurück; aber auch ein ganz kleines bisschen verletzt. »Ich bin Kartograf.«

Janice schwieg. Nebst vielem anderen war er auch das, aber das vergaß sie immer wieder, so wie er sich benahm. Schon damit ihr nicht doch noch etwas herausrutschte, was er ihr am Ende *wirklich* übel nahm.

So dicht, wie es die nadelspitzen Dornen und Steves Nähe zuließen, trat sie an das Gebüsch heran und stellte sich noch ein wenig mehr auf die Zehenspitzen, um über seine Schulter hinweg besser sehen zu können. Sie musste ihm recht geben, und zwar bei allem, was er gesagt hatte. Der Hügel war nicht besonders hoch, bot aber einen ausgezeichneten Rundblick bis zum Kanal hin, der wie eine sanft geschwungene Narbe durch das Panorama vor ihnen schnitt, und sie konnte sowohl die gewundene Straße als auch die parallel verlaufende Eisenbahntrasse erkennen, die sich in weniger als einer halben Meile Entfernung vor ihnen teilten. Die Gleise bogen scharf nach Süden ab und folgten dem Kanal, wohl um auch die Ortschaften und Haltestellen auf dieser Seite der künstlich erschaffenen Küstenlinie anzufahren, während sich die Straße in kühnem Bogen über den Kanal schwang. Selbigen erahnte sie aber eher, als dass sie ihn tatsächlich sah.

Sie hatte zwar gehört, dass es sich bei der erst kürzlich eingeweihten Sagamore-Bridge um einen kleinen Triumph moderner Architektur und Ästhetik handeln solle, sie aber noch nie gesehen und konnte es von hier aus auch nicht, was wirklich … sonderbar war. Sie hatte einen vagen Eindruck schwebender Eleganz, aber es konnte ebenso gut auch das sein, was sie sehen wollte. Es war früher Nachmittag, und die Sonne schien von einem vollkommen wolkenlosen Himmel, sodass es nichts geben sollte, das ihren Blick behinderte. Dennoch konnte sie die Brücke nicht wirklich erkennen. Es war, als wollte sie nicht gesehen werden.

Das war so verrückt, dass sie am liebsten laut aufgelacht hätte, hätte ihr der Gedanke nicht zugleich auch schier die Kehle zugeschnürt.

Steve bog den Zweig noch ein Stück weiter zur Seite und deutete nach unten, auf eine Ansammlung bescheidener Gebäude einschließlich einer ungewöhnlich gedrungen wirkenden Windmühle, die sich beiderseits der Straße wie schutzsuchend aneinanderdrängten, obwohl es ringsum Platz im Überfluss gab. *Wenn das Sagamore ist*, dachte sie, *dann hat der Name des Ortes eindeutig mehr Buchstaben als er selbst Häuser*. Und es kam ihr auch ansonsten irgendwie … sonderbar vor; ohne dass sie diesen allgemeinen Eindruck spezifizieren konnte, geschweige denn in Worte kleiden. Der gesamte Ort schien … nicht hierher zu gehören, das kam dem, was sie empfand, noch am nächsten. Das allein irritierte sie schon über die Maßen, denn wenn es etwas gab, worum Janice zeit ihres Lebens nicht verlegen gewesen war, dann waren es Worte.

Aber vielleicht lag es ja auch an ihr. Seit jenem schicksalhaften Morgen, an dem sie in Providence in den Zug gestiegen war, hatte sich so viel verändert, dass sie sich ernsthaft zu fragen begann, ob sie nicht versehentlich in einen ganz anderen Zug gestiegen war, der sie nicht einfach nur ein Stück weit hinaus aufs Land gebracht hatte, sondern gleich in eine andere Welt, die nur aus namenlosem Schrecken und Gestalt gewordenem Wahnsinn bestand.

»Wonach suchen Sie?«, fragte Janice und war nicht einmal sicher, ob sie die Antwort überhaupt hören wollte.

»Ich hoffe, nach nichts.« Steve sah über die Schulter zu ihr zurück. Sein Gesichtsausdruck hatte sich verfinstert. »Sehen Sie genau hin, Janice. Sagamore ist eine einzige Falle. Wenn sie dort unten auf uns warten, dann haben wir keine Chance.«

»Connor und Nichols? Warum sollten sie?«

Steve zog nur die Brauen zusammen und legte den Kopf auf die Seite.

»Jetzt überschätzen Sie sie, Steve. Sie werden wohl kaum die Brücke oder gleich die ganze Stadt absperren, nur um meiner wieder habhaft zu werden.«

Steve legte den Kopf auf die andere Seite und sagte immer noch nichts, aber auf seinem Gesicht erschien etwas, das Janice nur noch nervöser machte.

»Was? Habe ich etwas Falsches gesagt? Oder Dummes?«

»Sie wissen nicht viel über Ellen Connor, oder?«, fragte er.

»Nein. Aber ich …«

»Diese Frau und ihre Freunde sind nicht so harmlos, wie Sie glauben, Janice«, sagte er, leise und in jenem ganz bestimmten Ton, in dem man normalerweise schlechte Nachrichten überbringt. »Ganz im Gegenteil. Sie ist gefährlich. Und ich fürchte, sie ist zu weit mehr fähig als nur dazu, uns dort unten abzufangen.«

»Und das wissen Sie, weil Sie Connor so gut kennen?«, fragte Janice. Sie wollte spöttisch klingen, aber ihre Stimme zitterte und verdarb ihr den Effekt.

»Ich habe mich ein wenig über Ihre neue Freundin und ihre Familien- und Vermögensverhältnisse erkundigt. Sie ist nicht die harmlose Schankwirtin aus einem Fünfzig-Seelen-Kaff im Nirgendwo, die sie zu sein vorgibt.«

Spätestens seit dem zurückliegenden Morgen wusste Janice das auch und vermutlich sogar besser als er. Aber sie fragte nur: »Sondern?«

Steve deutete ein Schulterzucken an, wie um seine Behauptung gleich wieder zu relativieren, und die Bewegung übertrug sich auf den Dornenbusch hinter ihm, sodass der unheimliche Eindruck entstand, er würde mit tausend winzigen krallenbesetzten Ärmchen nach ihm schlagen. Auf seinem Handrücken erschienen drei dünne, parallel laufende Kratzer, die sofort zu bluten begannen, anscheinend ohne dass er es bemerkte. »Es ist ein regelrechter Familienclan. Sehr undurchsichtig, und ich glaube auch, dass das durchaus beabsichtigt ist.«

»Dass jeder mit jedem … äh … verwandt ist?«

Wenn Steve diesen Anflug für sie vollkommen untypischer Frivolität überhaupt zur Kenntnis nahm, dann ignorierte er ihn. »Dass es ein einziges Geflecht aus Täuschungen, Irreführung und Schein ist? Ja. Man verliert rasch die Lust, sich damit zu beschäftigen.«

»Aber Sie haben es geschafft.«

»Ich bin Kartograf«, antwortete Steve in einem Tonfall, von dem sie auch jetzt wieder nicht ganz sicher war, ob er stolz klang oder eher ein bisschen beleidigt. »Landkarten lügen nicht, Janice. Und Besitzurkunden auch nicht.«

Janice wurde der Peinlichkeit enthoben, ihm mit irgendeinem lahmen Kompliment antworten zu müssen, denn sie hörten beide im gleichen Moment ein Geräusch, das so gar nicht zu dieser vermeintlichen Küstenidylle passen wollte: das Knattern eines Motors, das im böigen Wind an- und abzuschwellen schien und jedes Mal eine Winzigkeit lauter wurde. Janice sah nach links, wo eine eher zu erratende schmale Fahrspur zwischen den Bäumen verschwand und erwartete, ein weiteres Automobil zu erblicken, doch das Geräusch kam aus der entgegengesetzten Richtung.

Über die Wellen der Cape Cod Bay näherte sich ein Boot, das zwar einen hoch aufragenden Mast hatte, aber ganz offensichtlich von einem modernen Verbrennungsmotor angetrieben wurde, wie nicht nur der unangenehme Lärm bewies, sondern vor allem die Schnelligkeit, mit der es herangejagt kam. Eine in schwarzes Ölzeug gehüllte Gestalt mit einem dazu passenden Hut saß in seinem Heck und versuchte mit wenig Erfolg, das Gesicht aus der stiebenden Gischt zu drehen, die das Boot mit seiner eigenen rüden Art der Fortbewegung aus dem Meer prügelte. Boot und Insasse waren viel zu weit entfernt, um mehr als ein daumengroßer schwarzer Fleck zu sein, der über die Wellen auf sie zuhüpfte, und doch wusste sie sofort und ohne den geringsten Zweifel, wer es war.

»Tom?«

»Sie wissen, wer das ist?«, fragte Steve überrascht, und da er wohl erst gar nicht mit einer Antwort rechnete, fügte er mit einem fragenden Stirnrunzeln und fast unmittelbar hinzu: »Ein weiterer Bekannter Ihrer neuen Freundin?«

Allmählich begann sich Janice ernsthaft darüber zu ärgern, dass er das immer wieder sagte. Sie schluckte jedoch alles herunter, was ihr dazu auf der Zunge lag, und beließ es nur bei einem kühlen Blick, der aber zugleich sehr wohl das Versprechen beinhaltete, dass sie darüber noch reden würden, und so unsensibel, das nicht zu bemerken, war nicht einmal Steve. Er wirkte nur noch etwas nervöser als noch vor einem Augenblick.

»Das kann … ein reiner Zufall sein«, sagte sie, stockend und sehr wohl wissend, wie das klang; sogar in ihren eigenen Ohren. »Immerhin ist er Fischer.«

»So gut kennen Sie den Mann?«

Die ehrliche Antwort hätte *nein* gelautet. Tom war halbwegs freundlich zu ihr gewesen, und sie meinte sich zwar zu erinnern, ein zusammengerolltes Fischernetz in seinem Boot gesehen zu haben, aber damit hörte es auch schon auf. Sie schwieg, und Steve war zumindest jetzt diplomatisch genug, nicht auf einer Antwort zu bestehen. »Ich glaube nicht an Zufälle, Janice. Schon gar nicht an solche. Und nicht in einem Moment wie diesem.«

Wie gerne hätte Janice ihm widersprochen, aber sie konnte es nicht. Mit derselben vollkommenen Gewissheit, mit der sie wusste, dass die winzige gesichtslose Gestalt in dem Boot dort draußen niemand anders als ihr Wohltäter aus der vergangenen Nacht war, wusste sie einfach, dass er nicht auf der Suche nach neuen Fischgründen war, oder die Schönheit der Landschaft genoss. Er kam ihretwegen. Und diesmal nicht, um ihr zu helfen. Vielleicht hatte er das nie gewollt.

»Das macht alles sehr viel komplizierter«, sagte Steve, dessen Aufmerksamkeit sich nun auch gänzlich auf das winzige Boot verlagert hatte. »Wenn nicht gar unmöglich.«

»Haben Sie Angst, er könnte uns an der Brücke auflauern?«, fragte Janice. »Er ist nur ein alter Mann, Steve.«

Ein sehr kräftiger alter Mann, soweit sie es in Erinnerung hatte. Und wenn er tatsächlich Connors Bruder war, dann war sie nicht einmal sicher, ob *Mann* tatsächlich die richtige Bezeichnung war.

Steve wirkte auch nicht wirklich überzeugt. Er ließ das Boot keinen Moment aus den Augen. »Er wird wohl eher unterwegs sein, um Verstärkung zu alarmieren. Ich an ihrer Stelle würde es jedenfalls so machen.«

»Was?«

Steve deutete mit der freien Hand auf die Brücke, vielleicht auch auf die Straße davor. »Uns genau dort abfangen. Diese ganze Halbinsel lässt sich äußert leicht absperren, Janice. Sie ist zwar recht groß und weitläufig, aber vor uns liegt ihr Nadelöhr. Es gibt nur zwei Brücken, diese dort, und die Eisenbahnbrücke. Die Bahn werden sie ganz bestimmt überwachen. Es gibt auch nur zwei Bahnhöfe zwischen Barnstable und hier, an denen wir hätten zusteigen können.«

Das alles mochte stimmen oder auch nicht – Janice hatte sich nie mit solcherlei Überlegungen beschäftigt und auch ganz gewiss nicht vor, ausgerechnet jetzt damit anzufangen –, aber es war auch nicht der Grund, weshalb sie einen halben Schritt vor ihm zurückwich und ihn auf eine vollkommen andere Art beunruhigt ansah. »Sie hören sich fast so an, als machte Ihnen das Spaß.«

»Spaß? Nein.« Steve schüttelte heftig den Kopf, wenn auch ohne zu ihr zurückzusehen. »Gewiss nicht. Aber ich will gerne zugeben, dass ich eine gewisse … Herausforderung in dieser Aufgabe sehe, der ich mich gerne stelle.«

Herausforderung? Diese Antwort gefiel ihr noch sehr viel weniger. »Steve, halten Sie das alles hier für so etwas wie ein Spiel?«, fragte Janice, so behutsam sie konnte, aber auch mit dem nötigen Nachdruck. »Ich hoffe nicht, denn es ist keines.«

»Ein Spiel?« Steve sah sie fast erschrocken an, und Janice rechnete schon halbwegs damit, ihn nicken zu sehen, doch dann schüttelte er erschrocken den Kopf. »Ganz bestimmt nicht. Habe ich etwas gesagt, das …?«

»Nein«, unterbrach ihn Janice hastig. »Es tut mir leid. Vergessen Sie, was ich gesagt habe. Ich bin … ein bisschen nervös. Ich habe nicht besonders viel Erfahrung in … in so etwas.«

»Ich auch nicht«, gestand Steve und sah nun wieder aus wie ein zu groß geratener Junge, der sich in die Welt der Erwachsenen verirrt hat und nicht ganz sicher ist, ob er sich auch darin zurechtfindet. »Zuerst wollte ich mich ja an die Behörden wenden, aber als ich gesehen habe, wie vertraut dieser angebliche Constable mit dem hiesigen Sheriff ist …«

»Ja, man kann niemandem mehr trauen, wie?«, seufzte Janice. Steve schüttelte den Kopf, und Janice fügte mit einem schelmischen Lächeln noch hinzu: »Dann heißt es jetzt wohl, wir beide gegen den Rest der Welt.«

»So ganz dramatisch würde ich es vielleicht doch nicht …«, begann Steve, doch dann musste ihm wohl das spöttische Funkeln in ihren Augen aufgefallen sein, und er brach verdutzt ab. Im nächsten Moment sah er einfach nur so verlegen aus, dass er ihr schon fast wieder leidtat. Aber nur fast.

Sie lachten, und auch wenn es nur kurz war, wirkte es befreiend, nahm es doch einen Teil der Last von ihr, die sie immer unbarmherziger niederzudrücken drohte. Steve sah noch einmal für eine Sekunde zu dem näher kommenden Boot hin und ließ die dornigen Zweige dann behutsam wieder in ihre ursprüngliche Position zurückgleiten. »So oder so sollten wir keine Zeit mehr verlieren«, wechselte er das Thema. »Vielleicht haben sie ja noch nicht einmal gemerkt, dass wir den Wagen … also … ausgeliehen haben. Mit ein bisschen Glück sind wir schon auf der anderen Seite, ehe sie überhaupt begreifen, was los ist.«

»Und das Boot?« Janice machte eine entsprechende Geste. »Ich kann mich täuschen, aber haben Sie nicht gerade selbst gesagt, dass Sie nicht an Zufälle glauben?«

»Manchmal geht es nicht ohne ein gewisses Risiko«, antwortete Steve, und Janice seufzte innerlich. Ganz egal, was er auch behaupten und wahrscheinlich auch selbst glauben mochte, für ihn *war* es ein Spiel.

»Fahren wir weiter.«

»Noch nicht«, antwortete Steve. »Das alles hier … geht mir einfach zu glatt.«

»Wäre es Ihnen lieber, Sie hätten noch ein paar Runden mit Daniel boxen müssen, oder sie hätten auf uns geschossen?«

»Es wäre geradezu sträflich, einfach so mit offenen Augen in eine mögliche Falle zu marschieren, ohne nicht wenigstens ein Minimum an Vorsicht walten zu lassen«, erwiderte Steve.

Janice musste sich auf die Zunge beißen, um ihn nicht aufzufordern, das noch einmal zu sagen. Vor allem, als Steve auch noch übertrieben seufzte und sich mit bemerkenswert schlechtem schauspielerischem Talent mit dem Handrücken über die Stirn fuhr, um gar nicht vorhandenen Schweiß wegzuwischen.

»Es ist wirklich heiß, für diese Jahreszeit, finden Sie nicht auch?«, fragte er.

»Wie bitte?«, murmelte Janice.

Steve deutete mit dem Daumen über die Schulter zurück. »Ich meine, dort unten einen guten, altmodischen Saloon gesehen zu haben, wie es sich einst für jede amerikanische Kleinstadt mit mehr als drei Gebäuden gehörte. Wir haben noch eine anstrengende

Fahrt vor uns. Ich glaube, ich werde noch schnell ein Bier trinken, bevor wir losfahren. Sozusagen als Stärkung.«

»Und Sie haben gar keine Angst, dass man Sie erkennt?«

»Falls jemand nach uns sucht, dann nach *uns*«, antwortete Steve betont. »Einem Mann und einer attraktiven jungen Frau, die gemeinsam in einem Automobil unterwegs sind. Ich gehe zu Fuß und mime den Städter, der zum ersten Mal nach Cape Cod kommt, um die Schönheit der Landschaft zu genießen und den legendären Kabeljau zu kosten.«

»Und ich …?«

»Sie bleiben hier und halten die Stellung«, sagte Steve aufgeräumt. »Meine Tarnung wäre hinfällig, wenn wir zu zweit dort auftauchen, meinen Sie nicht? Davon abgesehen habe ich das ernst gemeint. Sie sollten hierbleiben und die Straße im Auge behalten, damit wir keine böse Überraschung erleben.«

»Und sollte jemand kommen, dann schreie ich ganz laut«, versicherte Janice. »Oder schieße unsere Verfolger aus dem Sattel … Sie waren doch vorausschauend genug, eine Waffe mitzubringen?«

Sie konnte Steve ansehen, welche Art von Antwort ihm dazu auf der Zunge lag. Doch er beherrschte sich, hob nur die Schultern und machte eine Kopfbewegung in die Richtung, in der sie den Wagen zurückgelassen hatten. »Kommen Sie. Sie sollten besser beim Wagen warten. Nicht, dass ihn am Ende noch jemand stiehlt. Die Welt ist voll schlechter Menschen.«

Sie gingen zum Wagen zurück, und Steve ließ es sich natürlich nicht nehmen, ihr noch einmal einzuschärfen, sich nicht von der Stelle zu rühren und auf gar keinen Fall etwas Unüberlegtes zu tun – ohne zu spezifizieren, was genau er damit meinte –, dann marschierte er in forschem Tempo den Hügel hinab und war bald darauf ihren Blicken entschwunden.

29

Janice blieb ebenso verwirrt wie zornig zurück. Zornig auf Steve, der sich plötzlich wie der Urenkel von Billy the Kid verhielt, aber auch und im Grunde sogar noch viel mehr auf sich selbst, diesem Unsinn nicht mit ein paar angemessen energischen Worten ein Ende bereitet zu haben. Alles, was Steve gesagt hatte, mochte in seinen Ohren ja Sinn ergeben und entbehrte nicht einmal einer gewissen inneren Logik … aber es war eben auch Steves Logik, was bedeutete, dass er das Nächstliegende und Einfachste außer Acht gelassen hatte, nämlich einfach auf ihren Vorsprung (und ein bisschen Glück) zu vertrauen und mit Höchstgeschwindigkeit durch den Ort und über die Brücke zu rasen, bevor überhaupt jemand bemerkte, dass sie da waren. So hätte sie es gemacht.

Allerdings war es für solcherlei Überlegungen jetzt auch zu spät. Steve war längst außer Sicht- und wahrscheinlich auch schon außer Hörweite, und obwohl es tatsächlich kaum eine halbe Meile bis hinunter zum Ort war, schätzte sie doch, dass er mindestens eine halbe Stunde brauchen würde, bis er zurückkam; und wahrscheinlich eher eine ganze. Schon der bloße Gedanke, quasi im Feindesland tatenlos in dem auffälligen Auto verharren zu müssen und abzuwarten, ob Steve zurückkam oder aber der Sheriff oder vielleicht auch ein ganzer Suchtrupp mit Connor an der Spitze, brachte sie dazu, nach wenigen Augenblicken wieder auszusteigen.

Sie trat ein paar Schritte weit auf die Straße hinaus und unterzog Steves improvisierte Tarnung einer kritischen Musterung. Überrascht stellte sie fest, dass der Wagen von der Straße aus tatsächlich fast unsichtbar war – zumindest wenn man nicht allzu genau hinsah –, fügte aber trotzdem noch einige zusätzliche Zweige hinzu; und sei es nur aus Prinzip. Während sie es tat, fiel ihr noch etwas anderes auf. Steve war offensichtlich doch nicht so willkürlich an dieser Stelle in den Wald eingebogen, wie sie bisher angenommen hatte. Der Waldboden war auch hier mit trockenem Laub und allerlei abgestorbenem Grünzeug bedeckt, doch darunter und unter einer dünnen Erdkruste war auch noch etwas anderes, Irritierendes.

Ein wenig beunruhigt – und nachdem sie sich mit einem raschen Blick davon überzeugt hatte, von der Straße aus auch wirklich nicht gesehen werden zu können – ließ sie sich neben dem Wagen in die Hocke sinken, streifte den rechten Handschuh ab und fegte Laub und Tannennadeln und trockenes Erdreich behutsam beiseite. Darunter kam etwas Schwarzes zum Vorschein, das gleichermaßen rau wie glatt aussah und fast wie aus dunklem Glas gemacht. Sie streckte die Hand weiter aus, um es zu berühren, zögerte dann aber doch im letzten Moment. Der Anblick beunruhigte sie, und er wollte sie an etwas erinnern, ohne dass sie auf Anhieb sagen konnte, woran. An nichts Gutes, so viel stand fest.

Bevor das ungute Gefühl ihre Gedanken überfluten konnte, legte sie trotzig die ganze Hand auf den schwarzen Fleck, statt ihn nur mit den Fingerspitzen zu berühren, wie sie es eigentlich vorgehabt hatte.

Es war ein sonderbares Gefühl, nicht einmal erschreckend oder gar schmerzhaft, aber zugleich auch so … *fremd*, dass sie die Hand beinahe entsetzt wieder zurückzog und dann eine Sekunde lang einfach nur dasaß und ihre Handfläche anstarrte, als erwartete sie, sie verbrannt oder zerschnitten oder auf noch schlimmere Weise versehrt zu sehen.

Ihre Haut war jedoch vollkommen unberührt und so sauber, als hätte sie nicht gerade damit schmutzigen Waldboden und die unheimliche schwarze Masse berührt.

Vielleicht war das ja das Wort, nach dem sie gesucht hatte: unheimlich. Was wie schwarzer Teer aussah und im Licht der Mittagssonne wie zu Glas erstarrte Lava glänzte, das fühlte sich warm und auf eine schrecklich abstoßende Weise … lebendig an. Als hätte sie keinen leblosen Stein berührt, sondern den Körper eines riesigen, schlafenden Tieres, das unter ihr lauerte.

Janice brach den Gedanken mit einer enormen Anstrengung ab, stand erschrocken halb auf und ließ sich dann wieder zurücksinken, um noch einmal nach dem schwarzen Fleck zu tasten; diesmal aber tatsächlich nur mit den Fingerspitzen und mit klopfendem Herzen in sich hineinlauschend.

Es war etwas Lebendiges. Ihr Verstand und ihre Augen beharrten darauf, dass das nicht möglich war, aber alles andere schrie einfach die Wahrheit hinaus. Sie meinte etwas zu spüren, einen düsteren Rhythmus wie das Schlagen eines gewaltigen schwarzen Herzens, das tief unter dem Fels dem Erwachen entgegenhämmerte. Und da war etwas Lauerndes und ebenso Böses wie Uraltes, dessen Aufmerksamkeit sich träge, aber auch unerbittlich in ihre Richtung drehte.

Sie zog die Hand erneut zurück und stand diesmal ganz auf, doch sie meinte die unheimliche Berührung noch etliche Zeit später auf der Haut zu fühlen. Dann folgte ein eisiger Schauer, der ihr wie eine verspätete Angstreaktion über den Rücken lief. Ohne es selbst auch nur zu spüren, wich sie ein gutes Stück vor der unheimlichen Erscheinung zurück und streifte kurz darauf sogar den Handschuh wieder über, wie um sich vor einer neuerlichen Besudelung zu schützen. Ihre Gedanken überschlugen sich, und ihre Phantasie lief für einen Moment endgültig Amok und marterte sie mit ebenso sinnlosen wie grässlichen Bildern.

Es war auch diesmal wieder nur ihre Vernunft, die sie rettete. Sie war nervös, das war alles, übernervös und ganz klar am Rande der Hysterie. Wahrscheinlich wäre sie nicht weniger erschrocken gewesen, wäre ein Eichhörnchen plötzlich vor ihr aus dem Unterholz geschossen. Aber sie glaubte Steves absurdes Benehmen jetzt etwas besser zu verstehen. Das war vielleicht eben nur seine Art, mit dieser ungewohnten Situation fertig zu werden.

Es half. Ihr rasender Pulsschlag beruhigte sich zusehends, die Schatten waren wieder weniger tief und nicht länger Versteck für namenlose Schrecken, und auch ihre Gedanken klärten sich. Sie war nervös, und das war alles, basta!

Blieb noch der sonderbare schwarze Fleck.

Ihre Vernunft riet ihr, ihn einfach zu ignorieren und sich mit irgendetwas anderem zu beschäftigen, bis Steve zurückkam, machte ihr zugleich aber auch klar, dass es nicht funktionieren würde.

Jetzt, und einmal darauf aufmerksam geworden, konnte sie dieses Rätsel nicht einfach ignorieren, ohne es auf tieferer Ebene nur noch schlimmer zu machen; wie ein eingerissener Stachel, der sich entzündete, bis der Schmerz am Ende unerträglich wurde.

Außerdem regte sich ihr Trotz. Düstere Geschichten und Schrecken aus den Tiefen der Ozeane hin oder her, wer war sie, sich von einem Stück … *Dreck* einschüchtern zu lassen?

Sie hatte trotz allem nicht den Mut, die sonderbare Masse noch einmal mit der Hand zu berühren, aber schließlich war sie hier im Wald, und so brauchte sie nur einen Augenblick, um einen passenden Ast zu finden, mit dem sie Laub und klumpige Erde wegfegen konnte. Rasch zeigte sich, dass es mehr als nur ein einzelner Fleck war, auf dem der Wagen stand. Vielmehr zog er sich in gerader Linie tiefer in den Wald hinein, wie eine längst vergessene Straße, die sich die Natur wieder einverleibt hatte.

Und genau das war es auch, ging ihr mit einer Mischung aus Verblüffung und Ärger über sich selbst auf, das Offensichtliche nicht sofort begriffen zu haben: ein alter Teerweg, der schon vor langer Zeit aufgegeben und einfach vergessen worden war. Und davon hatte sie sich erschrecken lassen?

Da war noch etwas, wie eine verschüttete Erinnerung tief unter dieser Erkenntnis, die sie auch diesmal wieder nicht greifen konnte, die sie aber noch mehr beunruhigte.

Ihr Blick tastete mit einer neuen Art von Aufmerksamkeit über das Gestrüpp, und nun, wo sie wusste, wonach sie zu suchen hatte, war es fast zu leicht. Obwohl unsichtbar unter dem Waldboden verborgen, konnte sie dem Weg jetzt ohne Probleme folgen, denn Buschwerk und Moos wuchsen dort etwas spärlicher, wo ihre Wurzeln nach wenigen Zoll auf einen unüberwindlichen Widerstand stießen.

Behutsam folgte sie der unsichtbaren Spur und fand sich nach wenigen Dutzend Schritten ganz in der Nähe derselben Stelle wieder, an der sie gerade zusammen mit Steve gestanden und auf die Brücke hinabgesehen hatte. Ganz sicher auch wieder nur ein Zufall. Der sie aber trotzdem noch ein bisschen mehr beunruhigte.

Sie fand die Stelle, an der Steve gestanden hatte, ohne Mühe wieder, denn das dornige Gestrüpp hatte die Begegnung nicht unbeschadet überstanden. Etliche Zweige waren geknickt, und bei genauerem Hinsehen entdeckte sie sogar ein paar eingetrocknete Blutstropfen.

Mit spitzen Fingern, damit ihr nicht dasselbe passierte, bog sie das Gebüsch erneut auseinander und sah zur Straße hinab, dann nach rechts und zum Wasser. Sie hatte nicht damit gerechnet, Steve zu sehen, war aber trotzdem ein bisschen enttäuscht, und absurderweise und in noch viel größerem Maße galt das auch für Tom und sein Boot. Dabei sollte sie doch eigentlich froh sein, dass der eine offensichtlich unbehelligt an seinem Ziel angekommen und der andere verschwunden war. Aber ihre Gefühle befanden sich in Aufruhr und nahmen wenig Rücksicht auf Logik oder gar ihre Wünsche.

Unaufmerksam, wie sie war, riss sie sich den Handballen prompt an einem der tückischen Dornen auf, zerbiss einen Fluch auf den Lippen und zog die Hand hastig genug zurück, um sich eine zweite und deutlich tiefere Schramme einzuhandeln.

Es tat überraschend weh, für eine eigentlich so harmlose Schramme, und Janice prallte nicht nur erschrocken ein Stück zurück, sondern schüttelte die Hand auch heftig hin und her, wie um den Schmerz zu vertreiben … was zum einen nicht funktionierte und sich zweitens als sogar noch schlechtere Idee erwies, denn sie handelte sich auch noch ein paar Blutspritzer im Gesicht und auf ihrer Bluse ein. Zornig (auf sich selbst, nicht auf den Busch, denn schließlich hatte er nicht mehr getan, als sich zu verteidigen) knüllte sie ihren Handschuh zusammen, säuberte sich das Gesicht, soweit sie es ohne Wasser und Spiegel konnte, und sah dann missmutig an sich hinab. Die hässlichen roten Spritzer auf ihrer Bluse sahen ziemlich verräterisch aus. Sie widerstand der Versuchung, das Blut wegzuwischen und damit alles nur noch schlimmer zu machen, und knöpfte stattdessen ihre Jacke zu. Das Ergebnis war auch nicht nennenswert unauffälliger, aber immerhin sah sie nicht mehr so aus, als käme sie gerade aus einer Schlacht mit wild gewordenen Indianern.

Blieben noch ihre Schuhe, die auch ihren Teil abbekommen hatten. Janice ging in die Hocke, befeuchtete den ohnehin ruinierten Handschuh mit ein wenig Speichel und säuberte ihre Schuhspitze.

Als sie halb damit fertig war, erstarrte sie.

Auch da, wo sie stand, lugte hier und da etwas durch den Boden, das wie erstarrter Teer aussah und von dem sie hundertprozentig sicher war, es vorhin noch nicht gesehen zu haben. Falsch. Sie korrigierte sich. Es war vorhin ganz eindeutig noch nicht da gewesen. Allmählich wurde die Sache wirklich unheimlich.

Und es wurde sogar noch unheimlicher, als sie ihre Schuhspitze etwas genauer betrachtete. Sie hatte ein paar hässliche Blutspritzer abbekommen, von denen sich einer gerade daranmachte, eine hellrot glitzernde Spur über das helle Leder zu ziehen.

Wo er den schwarzen Boden berührte, verschwand er.

Janice spürte, wie sich alles in ihr zusammenzog, und diesmal versuchte sie gar nicht erst, sich dagegen zu wehren, und auch nicht, das eisige Frösteln zu unterdrücken, das ihr über den Rücken lief. Die schwarze Substanz sah aus wie Teer und fühlte sich unter ihren Schuhsohlen hart wie Eisen an, doch sie sog das Blut so gierig auf wie ein ausgetrockneter Schwamm, und plötzlich musste sie wieder daran denken, wie bizarr lebendig sich der vermeintliche Teer gerade angefühlt hatte – und dass sie so etwas schon einmal gesehen hatte, und zwar ganz in der Nähe von Joffreys notdürftig verstecktem Wagen. Auch dort war der Boden von diesem sonderbaren … Gebilde (plötzlich wollte sie es nicht einmal mehr in Gedanken *Teer* nennen) durchzogen gewesen; in sehr viel größerem Ausmaß sogar.

In größerem jedenfalls, als sie hier erkennen konnte.

Janice betrachtete die roten Schlieren auf ihrem Schuh angestrengt und wünschte sich, dass irgendetwas geschah, und bemerkte erst jetzt, wie blutig und besudelt ihr ehemals weißer Spitzenhandschuh war. Angewidert ließ sie ihn fallen, und nun geschah etwas wirklich Sonderbares: Sie sah es nicht direkt, war aber dennoch sicher, dass sich der Boden bewegt hatte, wie ein kurzes, gieriges Zucken, als würfe die Oberfläche eines schwarzen Ozeans Wellen, nachdem man einen unsichtbaren Stein hineingeworfen hatte. Auch der Handschuh bebte, nur für den Hauch eines Augenblicks, nach dem er wieder vollkommen still lag.

Es kostete Janice eine Menge Überwindung, doch schließlich streckte sie die andere Hand aus, nahm den Handschuh mit spitzen Fingern auf und erlebte eine weitere und nun wirklich ganz und gar unglaubliche Überraschung.

Der Handschuh war so verdreckt und ruiniert wie zuvor, aber in dem weißen Spitzenstoff war nicht mehr ein einziges Tröpfchen Blut zu sehen.

Als hätte der schwarze Boden es aus dem Stoff gesogen.

Janice ließ nicht zu, dass sich ihre Gedanken noch weiter in diese Richtung bewegten, sondern ließ den Handschuh mindestens genauso entsetzt wie beim ersten Mal fallen und fuhr auch mit einer entsprechenden Bewegung zurück. Plötzlich hatte sie das Gefühl, angestarrt zu werden und sich im Zentrum eines schwarzen Spinnennetzes zu befinden, dessen Fäden ganz sacht unter ihr zu vibrieren begannen, während ihre monströse Schöpferin näher kam.

Möglicherweise war das Entsetzen einfach so groß, dass es sie vielleicht am Ende sogar rettete, denn sie wurde sich mit einem Male der ganzen Absurdität dessen bewusst, was sie da gerade gedacht hatte. Wenn sie es zuließ, dann würde ihr Verstand einfach zusammenbrechen unter dem Druck des Irrsinns, der aus allen Richtungen auf sie einstürmte. Was sie beobachtete, das hatte einen ganz normalen Grund. Ein ihr unbekanntes Mineral im Boden, eine optische Täuschung wie im Panoptikum eines Jahrmarkts oder ein physikalischer Prozess, von dem sie noch nie gehört hatte. Es konnte – und durfte – gar nicht anders sein. Steve würde das bestätigen, sobald er zurück war.

Wo blieb er überhaupt? Sie hatte das Gefühl, seit Stunden an diesem schrecklichen Ort zu verharren und auf ihn zu warten.

Da es jetzt keine Rolle mehr spielte, drückte sie die Zweige rücksichtslos genug zur Seite, um etliche davon abzubrechen, und nahm auch weitere Schrammen auf Unterarmen und Händen in Kauf, um wieder zum Dorf und der Brücke hinabzusehen. Das Bild hatte sich nicht verändert, als wären nicht die gefühlten endlosen Stunden vergangen, sondern gar keine Zeit.

Ihr war natürlich klar, dass das unmöglich war, doch dieser bizarre Eindruck machte ihr auch sehr deutlich, auf welch obskuren Pfaden sich ihre Gedanken mittlerweile bewegten. Sie war vermutlich gut beraten, ihnen nicht allzu weit auf diesem Weg zu folgen.

Sie wollte sich gerade abwenden, um wieder zum Wagen zurückzugehen und dort auf Steve zu warten, als doch noch etwas ihre Aufmerksamkeit erregte.

Zuerst war es nur ein vager Eindruck, nichts, worauf sie den Finger hätte legen oder es genau beschreiben hätte können, aber etwas störte das Bild. Dann fiel es ihr umso deutlicher auf.

Es gab dort unten nicht nur die Stadt und die Straße, die zur Brücke führte. Neben der Handvoll einfacher Holzbauten, und vielleicht auf halber Strecke zum Kanal hin, durchzog eine Anordnung sonderbarer Schatten und Linien den Boden, nicht wirklich sichtbar, aber zugleich auch zu deutlich, um sie wegleugnen zu können. Im allerersten Moment schienen sie keinerlei Sinn zu ergeben, nur ein Gewirr von Strichen und Linien und Umrissen, die vor ihren Augen zu verschwimmen schienen, wenn sie zu lange hinsah, fast als versuchten sie, sich ganz bewusst ihren Blicken zu entziehen. Doch Janice überwand diese Hürde mit schierer Willenskraft, und plötzlich erkannte sie es dafür umso deutlicher.

Was sie für eine willkürliche Anordnung von Schatten gehalten hatte, das waren die Grundrisse von Gebäuden, Häusern und Straßen einer sich weit erstreckenden, gewaltigen Stadt, die vielleicht schon vor tausend Jahren untergegangen und vergessen worden war und tief in der Erde darauf wartete, wieder entdeckt zu werden. Vielleicht war es nur aus der Höhe und möglicherweise sogar nur aus einem gewissen Winkel oder bei ganz bestimmtem Lichteinfall sichtbar, vielleicht war sie auch durch das zuvor Erlebte sensibilisiert, doch nun, wo sie es einmal gewahr geworden war, breitete es sich wie eine Landkarte vor ihr aus, klar und mit fast schon mathematischer Präzision gezeichnet.

Die Stadt musste groß gewesen sein, geradezu riesig, und erstreckte sich vom jenseitigen Ortsrand bis ganz hin zum Kanal und möglicherweise noch weiter, bevor Menschen diese gewaltige Wunde in die Erde gegraben hatten. Manche der Gebäude, deren Umrisse wie rauchige Schatten durch das Gras schimmerten, kamen ihr geradezu absurd groß vor, andere waren winzig oder von so grässlich verdrehter, *falscher* Form, dass es ihr unmöglich war, sie länger als buchstäblich einen Augenblick anzusehen, und da waren noch hundert andere, so fremdartige Dinge, dass ihr die

Worte fehlten, sie zu beschreiben. Obwohl noch nicht einmal mehr ein Schatten seiner früheren Größe, schlug sie die schiere Gewaltigkeit dieser vergangenen Anlage sofort und so absolut in ihren Bann, dass sie einfach nur dastehen und starren konnte und nicht einmal mehr Platz für Angst in ihren Gedanken blieb.

Und das änderte sich auch nicht, obwohl sie lange, wirklich *lange* dastand und auf diesen Boten aus einer uralten und verbotenen Vergangenheit hinabsah.

Genau das war der erste klar formulierte Gedanke, den sie nach einer schieren Ewigkeit des Staunens wieder fassen konnte. Was sie dort unten sah, erschütterte sie bis auf den Grund ihres Seins und ließ sie sich so klein und hilflos fühlen, dass es fast körperlich schmerzte. Aber es machte ihr keine Angst, obwohl es das doch eigentlich sollte, denn die Ähnlichkeit mit der düsteren Architektur des Leuchtturmes und den kantigen Linien der IRONCLAD war unübersehbar. Die Furcht wollte jedoch noch immer nicht kommen. Sie empfand allenfalls ein vages Unbehagen angesichts der gewaltigen Größe und des titanischen Alters dessen, was sich da vor ihr ausbreitete.

Und sie sah auch noch etwas anderes, das sich ihr auch jetzt erst wieder auf den zweiten Blick offenbarte. Es gab dort unten auch noch eine zweite Straße, schattenhaft und unter der Erde verborgen wie alles andere, für sie aber nun immer deutlicher erkennbar, führte sie ein gutes Stück parallel zu dem geteerten Hauptweg Sagamores, kreuzte ihn kurz vor dem Ortseingang und führte dann in spitzem Winkel direkt auf den Hügel zu.

Janice ließ die zerbrochenen Zweige zurückschnellen und sah sich noch einmal und mit verändertem Blick um, und nachdem sie erst einmal darauf aufmerksam geworden war, war es ihr nun auch unmöglich, zu übersehen, wie seltsam ihre Umgebung wirklich war: Der Wald war an dieser Stelle zwar so dicht, dass es beinahe unmöglich schien, weiter als ein paar Schritte zu sehen oder sich zu bewegen, ohne irgendwo hängen zu bleiben oder einen Zweig zu zerbrechen, doch mit einem Male sah sie auch, wie seltsam verwachsen und fast verhärmt die meisten Bäume und Büsche wirkten. Soweit sie es kennengelernt hatte, strotzte Cape Cod geradezu vor Leben, und letzten Endes hatte die Natur auch diesen Ort zurückerobert, aber sie hatte einen hohen Preis dafür bezahlt. Kein Baum war höher als zehn oder zwölf Fuß, und der dornige Strauch, an dem sie sich beide verletzt hatten, nicht der einzige seiner Art. Was hier Fuß gefasst hatte, das war das Zäheste und Wehrhafteste, und bei so manchem war sie nun auch gar nicht mehr sicher, ob das Wort *Leben* auch noch die richtige Beschreibung war.

Noch immer ganz ohne Furcht, aber von einer nun fast wissenschaftlichen Neugier gepackt, betrachtete sie erneut den schwarzen Fleck unter dem Boden, suchte sich einen neuen Ast und grub weiter in der Erde. Sie war nicht überrascht, praktisch überall auf die unheimliche Masse zu treffen, als bestünde der ganze Hügel in Wahrheit aus nichts anderem.

Wenn es denn überhaupt ein Hügel war. Janice musste wieder an die gewaltigen Umrisse denken, die sie gerade gesehen hatte, Grundrisse zyklopischer Bauwerke, die ohne Probleme die Höhe dieses vermeintlichen Hügels erreicht haben mochten, wenn nicht gar übertroffen.

Eine ihr bisher gänzlich unbekannte Art von Forscherdrang ergriff von ihr Besitz, sodass sie nun gänzlich ohne Furcht – dafür hatte sie nun gar keine Zeit mehr – tiefer in das verfilzte Unterholz eindrang. Schließlich stand sie vor einem weiteren gut brusthohen Hügel, der sich nicht einmal weit von der Stelle erhob, an der sie ihre Suche begonnen hatte. Nun, wo ihr Blick geschult war, erblickte sie praktisch sofort das schon vertraute Schwarz, das unter Wurzeln und kränklichem Moos kaum noch verborgen war. Die Form des Hügels kam ihr merkwürdig vor, beinahe schon zu regelmäßig für etwas von der Natur Erschaffenes.

Mithilfe ihres Stöckchens (das sie zweimal ersetzen musste, weil sie es in ihrem Ungestüm zerbrach) befreite sie ihren Fund von trockenen Wurzeln und kränklich grauen Flechten, und bald sah sie ihren Verdacht bestätigt. Was sie für einen Hügel gehalten hatte, war ein kantiges Gebilde aus halbmetergroßen schwarzen Blöcken, die einer sonderbar fremdartig anmutenden, aber präzisen Geometrie folgend aufeinandergeschichtet waren. Janice versuchte erst gar nicht, seine ursprüngliche Bestimmung zu erraten, und mutmaßte allenfalls, es mit einem indianischen Heiligtum aus vorkolonialer Zeit zu tun zu haben; schon weil sie nicht im Entferntesten den Gedanken daran zulassen wollte, dass es etwas mit den unsichtbaren Schatten unten im Tal zu tun haben könnte.

Sie legte längst nicht das gesamte Bauwerk frei, denn dazu hätte sie wohl den ganzen Tag gebraucht, ja nicht einmal einen nennenswerten Teil einer Seite, doch schon dieser kleine Ausschnitt genügte, um aus ihrer Vermutung Gewissheit werden zu lassen.

Tief eingeritzt in den schwarzen Stein, zugleich von den verstrichenen Jahrzehnten aber auch schon fast wieder zur Unkenntlichkeit abgeschliffen, erkannte sie kunstvolle Schriftzeichen und Bilder, manche davon auf seltsame Weise vertraut, wie sie sie aus Büchern und von Bildern kannte, die alte indianische Felsmalereien und Basreliefs zeigten, andere so bizarr und fremdartig, dass es ihr unmöglich war, sie genauer zu betrachten.

Alter lag wie etwas Fühlbares über dem schwarzen Stein, und das Atmen wurde ihr schwer. Trotzdem streifte sie nun auch den zweiten Handschuh ab, warf ihn achtlos zu Boden und tastete mit den Fingerspitzen über den schwarzen Stein, und es war genau wie vorhin, als sie den Boden berührt hatte: Sie fühlte die Härte des vermeintlichen Steins, eine glasige Härte und Unnachgiebigkeit, unter der sich zugleich auch etwas Lebendiges und Warmes verbarg, das sie schaudern ließ.

Aber da war auch noch mehr. Tief in sich meinte sie das Flüstern lautloser Stimmen zu hören, die Millionen Jahre alte Geschichten in einer Sprache erzählten, die bereits vergessen gewesen war, als der erste Mensch aus dem Schlamm der Schöpfung kroch und den Blick in den Himmel erhob. Erschrocken zog sie die Hand zurück; nicht, weil ihr das Flüstern Angst gemacht hätte, sondern ganz im Gegenteil: Mit einem Mal befürchtete sie, die lautlosen Worte zu verstehen, die aus dem Abgrund der Zeit zu ihr herüberwehten, denn trotz allem war da etwas auf düstere Weise Vertrautes, etwas, das sie verstehen und *gutheißen* wollte.

Janice zwang sich, den schwarzen Stein noch einmal zu berühren, und das Unheimliche wiederholte sich nicht nur, sondern war nun sogar noch intensiver; als begänne in ihr etwas heranzuwachsen, das diese Botschaft nicht nur verstehen, sondern auch zu etwas anderem und Schlimmerem machen würde.

Sie wagte es nicht, den Stein ein drittes Mal zu berühren, sondern beschränkte sich darauf, die verwitterten Reliefarbeiten zu betrachten. Es war wie mit dem Anblick der versunkenen Stadt unten im Tal: Einmal wissend, wonach sie zu suchen hatte, fiel es ihr nun immer leichter, die verwitterten Linien mit ihrem inneren Auge zu komplettieren, und es waren genau die Bilder, die sie erwartet hatte. Bilder von jagenden Kriegern und Wild, von wuchernder Natur und bizarren Fabelwesen, die der Mythologie der Ureinwohner dieses Landes entlehnt und für alle Zeiten in den schwarzen Stein gebannt waren.

Die meisten jedenfalls.

Da waren auch andere Dinge, jene, die sie beim ersten Mal schon nicht erkannt hatte und deren Betrachten ihr auch jetzt noch ein fast körperliches Unbehagen bereitete; als hätte die Stimme die Tür in jene andere Welt und damit zu ihrem Verstehen eine Winzigkeit weiter aufgestoßen. Da waren riesige, auf grässliche Weise *lebendig* anmutende Dinge, wie zum Leben erwachte Berge, schwarze Nester sich windender augenloser Schlangen und ganze Wälder gierig peitschender Tentakel, die mit unzähligen zahnbewehrten Saugnäpfen nach Beute suchten. Janice' Hand tastete ganz ohne ihr eigenes Zutun nach ihrer Brust und berührte die von roten Punkten eingerahmte Wunde, die sie an ihre unheimliche Begegnung im Hafen von Ipswich erinnerte, obwohl diese doch angeblich nur ein böser Traum gewesen war.

Und diese Bilder waren nicht einmal das Schlimmste. Ihr Blick wanderte weiter und tastete über eine Gruppe kunstvoll gezeichneter menschlicher Gestalten, die von einem Wust peitschender schwarzer Wurmkreaturen bedrängt und verschlungen wurden, eine Szene voll zu Stein erstarrter Panik und stummer Entsetzensschreie, die so lange durch das Universum hallen würden, wie dieser Fels existierte.

Aber das war nicht alles.

Janice zwang sich, genauer hinzusehen, und jetzt kam ihr die Szene anders vor, gleichwohl aber beinahe noch schlimmer, denn nun sah sie, dass die fliehenden Gestalten nicht wirklich von den Schlangenkreaturen verschlungen wurden. Vielmehr war es, als … ginge das eine in das andere auf, als verschmölzen Mensch und Kreatur zu etwas Neuem und durch und durch Abstoßendem, dessen bloßer Anblick ihr körperliche Übelkeit bereiten wollte. Es kostete sie ihre ganze Kraft, dem Relief nicht nur weiter zu folgen, sondern auch die Hand auszustrecken und weiteren Stein von Flechten und faulendem Moos zu befreien.

Das Relief setzte sich bis zur Kante des schwarzen Blocks und sogar noch darüber hinaus fort, als hätte der unbekannte Künstler auch den angrenzenden Boden benutzt, um sein Werk zu vollenden. Hier waren gar keine Menschen mehr zu erkennen, sondern nur noch brodelnde, sich windende Formen, ganzen Armeen von Schlangen oder ineinander verschlungenen Tentakeln gleich. Überall sonst, wo sie ihn freigelegt hatte, war der Boden glatt wie Glas, hier jedoch musste sie an versteinerte und missgestaltete Würmer denken, und ein leises Ekelgefühl stieg in ihrer Kehle hoch und begann ihr den Atem abzuschnüren. War da eine Bewegung, gerade an der Grenze des Unsichtbaren, und ein ganz anderes, lockendes Flüstern, das hinter ihrer Stirn erwachte?

»Janice?«, erscholl Steves Stimme hinter ihr. Erst dann hörte sie das Geräusch seiner Schritte auf dem Waldboden, riss ihren Blick mühsam von der unheimlichen Bodenstruktur los und sah über die Schulter zurück. »Was tun Sie hier? Ich hatte sie doch gebeten, beim Wagen auf mich zu warten.«

»Ja, ich freue mich auch, dass Sie unversehrt zurück sind, Steve.« Janice stand nicht aus der Hocke auf, sondern machte nur eine Kopfbewegung zum schwarzen Stein hin. »Sehen Sie.«

Steve kam gehorsam näher und beugte sich mit angemessen konzentriertem Gesichtsausdruck vor. »Sie haben etwas entdeckt?«

»Sehen Sie es denn nicht?«, fragte Janice.

Steve schüttelte den Kopf und setzte wohl auch dazu an, etwas zu sagen, wirkte aber dann plötzlich überrascht. »Doch. Das ist ja ganz erstaunlich! Wie haben Sie es gefunden, hier so mitten im Wald?«

»Sie wissen, was das ist?«, fragte sie.

Steve nickte und schüttelte den Kopf und zuckte mit den Schultern, alles in einer einzigen Bewegung. »Ein altes Heiligtum der Wampanoag, nehme ich an. Der Ureinwohner hier.«

»Sie kennen sich damit aus?«

»Nur oberflächlich«, behauptete Steve, fuhr aber nichtsdestotrotz im gleichen Atemzug fort: »Es könnte auch eine Opferstätte sein. Oder ein ganz ordinärer Aussichtspunkt. Diese Wilden waren nicht so unzivilisiert, wie viele meinen.«

»Und Sie wissen auch, was das bedeutet?«, fragte sie mit einer Geste, die sowohl die furchtbaren Bilder als auch den wurmartig aufgeworfenen Boden einschloss.

Steve sah zwar erneut und konzentriert hin, wirkte jetzt aber eher hilflos. »Und … was?«, fragte er zögerlich.

Machte er ihr etwas vor, oder konnte es sein, dass er wirklich nicht wusste, wovon sie sprach? »Die … Bilder«, sagte sie behutsam.

»Bilder?« Steve beugte sich noch weiter vor und verzog die Mundwinkel auf eine Art, die es im Grunde überflüssig machte zu antworten. Er tat es trotzdem. »Es tut mir leid, aber ich sehe keine Bilder.«

Sie war einfach nicht sicher, ob er log. Aber wenn er es tat, dann perfekt.

Statt eine weitere Frage zu stellen, stand sie auf und ging erneut zu dem Gebüsch hin, mit dem im Grunde alles angefangen hatte. Diesmal war sie es, die die Zweige zur Seite bog und eine fast schon befehlende Kopfbewegung machte, nach unten zu sehen. Steve wirkte ein bisschen irritiert, aber er trat auch gehorsam neben sie. Sein Atem roch nach Bier, was immerhin die Frage überflüssig machte, wo er gewesen war.

»Mein kleiner Ausflug hat sich durchaus gelohnt«, sagte Steve, der ihre Aufforderung völlig falsch zu verstehen schien; worüber Janice in diesem Moment aber beinahe erleichtert war. Trotzdem sagte sie mit einem heftigen Kopfschütteln: »Das meine ich nicht, Steve. Sehen Sie hin. Ganz genau.«

Steve maß sie mit einem jetzt wirklich sehr verwirrten Blick, hob aber nur die Schultern und tat ihr den Gefallen. Er sah sehr lange und sehr aufmerksam nach unten, und falls ihm etwas auffiel, dann verbarg er es perfekt. »Sie haben aufgepasst?«, fragte er. »Das ist löblich, wenn auch …«

»Das meine ich nicht, Steve. Schauen Sie genau hin.«

Steve gehorchte abermals und wirkte jetzt eher beunruhigt.

»Die Stadt«, half Janice.

»Also so weit würde ich nicht gehen, es schon eine Stadt zu nennen, und …«

»Ich meine nicht Sagamore, sondern die andere.«

Steve lächelte knapp und verfiel wieder in jenen schulmeisterlichen Ton, der sie vom ersten Tag an an ihm gestört hatte. »Das da unten ist nur ein kleiner Vorort von Sagamore. Die eigentliche Stadt liegt erstaunlicherweise etliche Meilen … was soll das heißen, die andere?«

»Sie sehen gar nichts?«, vergewisserte sich Janice. Sie beobachtete sein Gesicht und vor allem seine Augen sehr aufmerksam, doch es blieb dabei: Er wusste nicht, wovon sie sprach, oder verstellte sich meisterhaft. »Die Grundmauern? Die Straße?«

»Janice?« Steve sah sie nun ehrlich besorgt an.

»Schon gut«, sagte Janice rasch. »Verzeihen Sie. Ich bin wohl etwas … übernervös. Sie waren lange weg.«

»Das tut mir leid«, antwortete Steve, schlagartig wieder besorgt. »Aber schneller ging es nicht, ohne Verdacht zu erregen. Aber es hat sich gelohnt. Tatsächlich wäre es fatal gewesen, einfach auf unser Glück zu vertrauen und weiterzufahren.«

»Wieso?«, fragte Janice, sah aber zugleich noch einmal nach unten. Die Phantomstadt war nicht nur da und deutlich zu sehen, ihre Gegenwart sprang sie regelrecht an, als wäre sie der Wirklichkeit seit ihrem letzten Blick schon ein gutes Stück näher gekommen.

Aber es war doch nicht möglich, dass er es nicht sah!

»Mein kleiner Trick hat hervorragend funktioniert«, fuhr Steve – mit einem unangemessenen Anteil von Stolz in der Stimme, wie sie fand – fort. »Die Leute hier sind Fremde gewohnt, und sie reden gerne. Das ist auch kein Wunder. Hier passiert im Allgemeinen nicht viel, und es ist der letzte Ort vor der Brücke … oder der erste danach, das kommt natürlich auf den Standpunkt an; und …«

»Steve!«

»Gleichwie, ich bin jedenfalls fast sofort mit dem Wirt ins Gespräch gekommen. Und ich fürchte, ich habe keine guten Nachrichten.«

»Wieso?«

»Es gibt aufregende Neuigkeiten. Man kann es von hier aus nicht sehen, aber sie haben den Zugang zur Brücke gesperrt und kontrollieren jeden Wagen und jede einzelne Person, die die Brücke betreten will.«

»Sie suchen nach uns?«

»Nach einer jungen Frau, die mit einer äußerst gefährlichen Krankheit infiziert ist und eine Gefahr für sich selbst und jeden anderen darstellt, dem sie begegnet«, sagte Steve. »Fragen Sie mich nicht, wie das Connor in der kurzen Zeitspanne gelungen ist, aber sie hat schnell reagiert.«

»Sie ist hier? Dort unten?«, fragte Janice erschrocken.

»Nun, ich konnte natürlich nicht direkt danach fragen, ohne Verdacht zu erwecken, aber ich glaube es nicht. Sie müssen einen anderen Weg gefunden haben. Und das müssen wir auch, fürchte ich. Über diese Brücke können wir jedenfalls nicht fahren.«

»Es sei denn, wir setzen alles auf eine Karte und durchbrechen einfach die Straßensperre.«

Es sollte ein Scherz sein, um die Spannung ein bisschen zu lösen, doch Steve schien ganz ernsthaft über ihren Vorschlag nachzudenken und schüttelte schließlich den Kopf. »Das wäre viel zu riskant. Diesen Fanatikern traue ich durchaus zu, am Ende auch noch auf uns zu schießen.« Er schien einen Moment mit sich zu ringen. »Aber ich komme nicht nur mit schlechten Neuigkeiten. Es gibt einen anderen Weg.«

»Eine zweite Brücke?« Die sie ganz bestimmt auch überwachen würden. Connor war doch nicht dumm.

»Er ist umständlicher und auch ein ganz kleines bisschen … gefährlich«, sagte Steve, ihre Frage ignorierend. »Sind Sie abenteuerlustig, Janice?«

»Fragen Sie das im Ernst?«

»Natürlich nicht«, beeilte sich Steve zu versichern. »Wenn das also in Ordnung ist und Sie keine Angst vor ein paar Unbequemlichkeiten und ein bisschen Aufregung haben, dann weiß ich einen Weg, um uns von dieser Halbinsel herunterzubringen.«

Gegen diese beiden Dinge hatte sie nichts, aber: »Sie haben mir immer noch nicht gesagt, wie Sie dieses Kunststück fertigbringen wollen.«

»Das werde ich, aber ich würde es gerne im Wagen tun, wenn wir schon unterwegs sind«, antwortete Steve. »Wir haben nur wenig Zeit und noch eine ziemlich lange Fahrt vor uns, fürchte ich. Sind Sie einverstanden?«

Janice nickte zwar, rührte sich aber nicht von der Stelle. »Da … ist noch etwas, worum ich Sie bitten muss, Steve«, sagte sie zögernd.

»Was immer es auch ist.«

»Es wird Ihnen ein wenig … seltsam verkommen«, fuhr Janice mit so fester Stimme fort, wie sie es konnte. »Ich bitte Sie einfach nur, es zu tun und keine Fragen zu stellen. Wollen Sie mir das versprechen?«

Steve zögerte deutlich länger, als es ihr recht war, doch dann nickte er nur umso heftiger; und Janice raffte all ihren Mut zusammen und sagte: »Ihr Hemd.«

Steve riss die Augen auf, und Janice sah ihm so fest in die Augen, wie sie nur konnte, und versuchte in seinem Gesicht zu lesen. Sie war sich des Risikos vollkommen bewusst. Sie waren allein und mitten im Wald, und Steve war um so vieles stärker und vermutlich auch schneller als sie, dass sie sich nicht einbilden konnte, ihn besiegen oder ihm auch nur davonlaufen zu können. Und konnte sie wirklich sicher sein, dass er ganz zufällig an diesem einsamen Flecken angehalten hatte? Aber sie brauchte Gewissheit. »Bitte ziehen Sie Ihr Hemd aus, Steve.«

»Janice, ich verstehe nicht …«

»Sie hatten mir versprochen, keine Fragen zu stellen«, sagte Janice. »Ich versichere Ihnen, dass es einen guten Grund für meinen Wunsch gibt, auch wenn er Ihnen ein wenig … ungewöhnlich erscheinen mag.«

Steve sah sie an, als zweifelte er nun ernstlich an ihrem Verstand (was wahrscheinlich auch zutraf), aber dann hob er ohne ein weiteres Wort die Schultern, streifte seine Jacke ab und hängte sie über die Dornenzweige hinter sich. Fast noch umständlicher knöpfte er sein Hemd auf und öffnete es. Darunter trug er ein seidenes Unterhemd von einer Qualität, die sie ihm gar nicht zugetraut hätte und die er sich wahrscheinlich auch gar nicht leisten konnte.

»Bitte ziehen Sie es ganz aus«, verlangte Janice. »Und das Unterhemd auch.«

»Janice, sind Sie sicher, dass …«

Sie noch alle Tassen im Schrank hatte? Nach allem, was sie in den letzten Tagen erlebt hatte? Nein, ganz bestimmt nicht. »Ich weiß, was ich tue?« Janice nickte. »Ja, auch wenn ich Ihre Zweifel durchaus verstehe: Ich kann es Ihnen jetzt nicht erklären, aber bitte tun Sie es.«

Steve zögerte sogar noch länger, aber dann tat er, worum sie ihn bat, und drehte sich nicht nur langsam im Kreis, als sie eine entsprechende Geste machte, sondern hob auch unaufgefordert die Arme, damit sie ihn aufmerksam betrachten konnte. Wären die äußeren Umstände auch nur ein wenig anders gewesen, dann hätte ihr das, was sie sah, durchaus gefallen. Allein durch den Umstand, dass Steve Joffreys langjähriger Freund war (und wegen seines manchmal tölpelhaften Benehmens), hatte sie ihn für den typischen schwächlichen und blassen Jüngling gehalten, wie man ihn in den Aktenkatakomben einer Behörde anzutreffen erwartete. Dass er alles andere als ein Schwächling war, hatte er in den letzten Tagen schon mehrfach bewiesen, und nun sah sie auch, warum das so war. Steve war nicht nur muskulös, sondern schon fast athletisch gebaut. Was hatte er gesagt? Joffrey und er seien des Öfteren im Boxclub gewesen? Janice glaubte ihm. Sie musste ihn dringend fragen, *wogegen* sie geboxt hatten.

Aber das, wonach sie mit angehaltenem Atem suchte, sah sie nicht. Keine Narben, keine Verwachsungen oder andere und noch schlimmere Entstellungen.

»Danke, Steve«, sagte sie erleichtert. »Sie … können sich wieder anziehen.«

Steve warf ihr einen schrägen Blick zu, zog sich aber rasch und ohne ein weiteres Wort wieder an und streifte auch seine Jacke wieder über.

»Sind Sie zufrieden?«, fragte er kühl. »Ich meine: Haben Sie gesehen, was Sie sehen wollten?«

»Nein«, antwortete Janice, nur um sich sofort und hastig zu verbessern: »Oder doch, natürlich. Entschuldigen Sie, Steve. Es ist …«

»Kompliziert?«, schlug Steve vor, als sie nicht weitersprach.

Janice nickte nur stumm und zog verlegen die Unterlippe zwischen die Zähne, und Steve fuhr sogar noch kühler fort: »Dann sollten wir nicht noch mehr Zeit verlieren.«

»Es tut mir wirklich leid, Steve. Ich weiß, wie ungewöhnlich Ihnen das vorkommen muss, und ich verspreche, Ihnen alles zu erklären, sobald ich es kann. Aber nicht … jetzt.«

»Ich verstehe«, sagte Steve knapp. »Gehen wir?«

30

Zu Janice' nicht eben geringer Beunruhigung war Steve mit dem Wagen umgekehrt und ein gutes Stück in die Richtung zurückgefahren, aus der sie gerade erst gekommen waren, wie um ihre Lust auf Abenteuer gleich auf die Probe zu stellen und es ihren Verfolgern ein bisschen leichter zu machen. Selbstredend hatte es sich Janice nicht gestattet, auch nur ein einziges entsprechendes Wort zu äußern, doch so gut, dass Steve ihre zunehmende Nervosität gänzlich verborgen bleiben konnte, hatte sie sich doch nicht in der Gewalt.

Steve erging es umgekehrt nicht viel besser, und seine Nervosität nahm mit jeder Meile zu, die sie zurück nach Osten fuhren. Er war ungewohnt schweigsam und schenkte ihr nur dann und wann ein nervöses Lächeln, das sie vermutlich aufmuntern sollte und wohl das genaue Gegenteil bewirkt hätte, wäre sie nicht schon nervös genug gewesen, um sich gerade noch zu beherrschen und nicht auf dem Sitz hin und her zu rutschen und wie vor ihrem ersten Schulball auf der Unterlippe zu kauen.

Endlich aber erreichten sie eine weitere Straßenkreuzung, die Janice auf sehr unangenehme Weise bekannt vorkam, und Steve bog nach rechts und auf eine viel schmalere und gar nicht mehr geteerte Straße ab, die in nördliche Richtung führte. Sie hätte erleichtert sein müssen, ihren Verfolgern nun wenigstens nicht mehr direkt entgegenzufahren, doch wie zum Ausgleich stob unter den Rädern des Wagens nun eine gewaltige Staubwolke hoch, die buchstäblich meilenweit zu sehen sein musste. Außerdem war die Straße so schlecht, dass sie schon wieder heftig auf ihrem Sitz hin und her geworfen wurde und nach dem ersten Versuch, etwas zu sagen die Zähne fest aufeinanderbiss, damit sie nicht aufeinanderschlugen und sie sich möglicherweise verletzte. Sie versuchte Steve mit Blicken zu signalisieren, er möge langsamer fahren, hatte aber eher den Eindruck, dass er sogar noch mehr beschleunigte. Vielleicht wollte er ja herausfinden, was zuerst brach, jeder einzelne Knochen in ihrem Leib oder die Achsen des Wagens.

Erst nachdem sie mindestens eine weitere Meile gefahren waren, nahm Steve sein selbstmörderisches Tempo wenigstens so weit zurück, dass sie es wagte, die Zähne nicht mehr ganz so fest aufeinanderzupressen. So fest, wie sie es getan hatte, blutete ihr Zahnfleisch trotzdem, und das unbarmherzige Schaukeln und Hüpfen des Wagens sorgte dafür, dass ihr allmählich ernstlich übel zu werden begann.

»Wenn Sie uns beide umbringen wollen, warum besorgen Sie sich dann nicht ein Gewehr, Steve?«, brachte sie mit einem keuchenden Atemzug hervor. »Das geht wesentlich schneller und ist wahrscheinlich weniger schmerzhaft.«

Steve löste seinen Blick immerhin lange genug von dem, was er für eine Straße zu halten schien, um sie mit angemessen schlechtem Gewissen anzusehen. Janice war froh, als er gleich darauf wieder nach vorn sah. »Ich muss so schnell fahren, es tut mir leid. Bisher haben wir eine Menge Glück gehabt, aber es wäre vermessen, das Schicksal unnötig herauszufordern. Sie werden uns gewiss verfolgen, und wenn ihnen klar wird, dass wir nicht bei der Brücke auftauchen, jede Straße nach uns absuchen.«

»Weswegen wir ja auch auf ihr fahren«, sagte Janice spitz. Steve sah sie verständnislos an und tat ihr dann den Gefallen, sich wieder auf die Straße zu konzentrieren. Der Wagen wurde jetzt stetig langsamer, aber die Straße auch beinahe im gleichen Maße schlechter, sodass sie eher noch mehr hin und her geworfen und nach Kräften durchgeschüttelt wurden. Die Straße bestand jetzt im Grunde aus nicht mehr als zwei ausgefahrenen Spuren, die noch dazu nicht ganz zur Spurbreite des Studebakers passten, sodass sie zu allem Überfluss nun auch in immer wilderen Schlangenlinien fuhren. Janice fragte sich, ob sie sich nicht lieber wünschen sollte, von Connor und ihren Verbündeten eingeholt zu werden. Immerhin hatte sie versprochen, ihr nichts zuleide zu tun. Aus Steves Mund hatte sie diese Zusicherung so deutlich noch nicht gehört, wenn sie es sich recht überlegte.

Endlich ließ Steve den Wagen lange genug ausrollen, bis sie sich nur noch im Tempo eines zügigen Fußmarsches bewegten. Für den Albtraum von Straße, über den sie mittlerweile holperten, war das immer noch zu viel, fand Janice.

»Verraten Sie mir jetzt Ihren famosen Plan, Steve?«, fragte sie. »Oder besteht er darin, dass Sie uns über den Rand der Welt katapultieren wollen?«

Steve rang sich ein gequältes Lächeln ab. »So falsch liegen Sie damit gar nicht. Dieser Weg führt nämlich nirgendwohin.«

»Aha«, sagte Janice. »Nehmen wir ihn deshalb? Damit uns eine lästige und möglicherweise gefährliche Flucht erspart bleibt, wenn sie uns einholen?«

Ihr Spott prallte nicht so wirkungslos an ihm ab, wie er zu tun versuchte. »Ich gebe zu, mein Plan weist noch eine kleine Lücke auf. Aber ohne ein bisschen Glück entkommen wir sowieso nicht.« Er löste die Rechte vom Lenkrad, um nach vorne zu deuten, und griff sehr hastig wieder zu, als der Wagen einen plötzlichen Hüpfer machte und von der Straße abzukommen drohte. »Die Straße endet nach einer knappen Meile ...«

»Wie beruhigend.«

»... aber es gibt einen alten Schmugglerpfad, kaum eine halbe

Meile davon entfernt, der noch befahrbar sein müsste. Und dazwischen liegt nur ebenes Land.«

»Und das wissen Sie? Woher? Ach ja, ich vergaß: Sie sind ja Kartograf.«

»Und nicht unbedingt der schlechteste«, antwortete Steve mit unerwarteter Schärfe, schickte aber auch sogleich ein um Verzeihung heischendes Lächeln hinterher und fuhr in verändertem Ton fort: »Ich habe mich vorbereitet, so einfach ist das. Dieser Weg ist wirklich nur noch auf ganz wenigen alten Karten verzeichnet. Die wenigsten hier werden wohl überhaupt noch von seiner Existenz wissen. Und Ihre Freundin Connor und ihr Lieblingssheriff ganz bestimmt nicht.«

Es war das allerletzte Mal, nahm sich Janice vor, dass sie das unkommentiert hinnehmen würde. Doch statt ihrer Verärgerung entsprechend Ausdruck zu verleihen, fragte sie: »Und wenn es diesen Schmugglerpfad noch gibt?«

»Dann führt er geradewegs bis zur Küste, und von dort aus schlagen wir einen kleinen Bogen, und ich bringe uns hier heraus«, antwortete Steve geheimnisvoll.

Allmählich fiel es Janice immer schwerer, wenigstens äußerlich Ruhe zu bewahren, aber noch gelang es ihr. Wenn auch sicher nicht mehr lange.

»Darf ich Ihnen eine Frage stellen, Janice?«, fragte Steve, nachdem sie wieder eine Zeit lang über die vermeintliche Fahrspur gerumpelt waren und er den Büschen rechts und links hinlänglich Zeit und Gelegenheit gegeben hatte, den Lack des Studebakers endgültig zu ruinieren.

Hatte er etwas anderes getan, seit sie sich wiedergetroffen hatten? Janice nickte stumm.

»Dort oben auf dem Hügel, als sie auf mich gewartet haben«, fragte Steve. »Was ist da passiert?«

»Passiert?« Janice wurde hellhörig, wenn auch aus einem ganz anderen Grund, als er vermutlich annahm.

»Sie waren kreidebleich, als ich zurückgekommen bin«, sagte Steve. »Und Sie haben sich mit Verlaub … seltsam benommen. Irgendetwas muss doch vorgefallen sein!«

»Vorgefallen?« Spielte er seine Charade konsequent weiter, oder war er wirklich so naiv?

»Sie wollen nicht darüber reden«, stellte Steve fest.

»Nein«, antwortete Janice. »Jedenfalls noch nicht. Es ist … sehr komplex, Steve. Aber ganz anders, als Sie wahrscheinlich denken, das versichere ich Ihnen. Ich werde Ihnen alles erklären, das verspreche ich Ihnen.« Sobald sie es selbst verstanden hatte. »So lange müssen Sie mir schon vertrauen.«

Steve deutete nur ein Nicken an. Er wirkte nicht zufrieden.

Der Weg wurde noch schmaler und hörte schließlich ganz auf, und der Wagen rumpelte über eine scheinbar unberührte Wildwiese – wobei Steve mit traumwandlerischer Sicherheit jeden verborgenen Stein und jedes Kaninchenloch unter dem Gras fand. Sie wurden beinahe noch mehr durchgeschüttelt, doch als Janice sich auf ihrem Sitz umdrehte, wurde sie sich eines ganz anderen Problems bewusst: Der Wagen wirbelte jetzt keine meilenweit sichtbare Staubwolke hoch, aber dafür hinterließen sie eine breite Spur im Gras, die absolut unübersehbar war.

Und noch etwas fiel ihr auf, auch wenn es eine Weile dauerte, bis sie sich über ihre eigenen Gefühle klar wurde. Alles hier flößte ihr … Unbehagen ein.

Das erschien auf den ersten Blick nicht ungewöhnlich, nach allem, was hinter ihnen lag, und angesichts ihrer augenblicklichen Lage, aber das war wohl eher das, was sie sich selbst glauben machen wollte. Die Wahrheit war ungleich erschreckender, denn sie erinnerte sich plötzlich wieder daran, wie sie mit Steve oben auf dem Hügel gestanden hatte. Auch da waren es in Wahrheit nicht ihre Nervosität und die allgemeine Gefahr gewesen, die ihre Seele schier in Furcht ertränkt hatten, sondern … *das alles hier*.

Das war so absurd, dass sie am liebsten laut aufgelacht hätte. Stattdessen verschlug es ihr den Atem.

Das schiere Übermaß an Leben, das überall rings um sie herum brodelte und wuchs, die Büsche, Bäume und Blätter, das giftgrüne Gras und die grellen Farben der Kräuter und Wildblumen, die sich ungefragt in ihre Aufmerksamkeit drängten, das alles und mehr schien sich mit einem Mal ins Gegenteil verkehrt zu haben und zur

Bedrohung geworden zu sein, statt den Trost und das Gefühl von Geborgenheit zu spenden, die die Natur dem Menschen doch im Allgemeinen bot. Was um alles in der Welt geschah mit ihr?

»Ist alles in Ordnung mit Ihnen?«, fragte Steve.

Janice sah ihn nur verstört an. »Warum?«

»Weil Sie nicht so aussehen«, antwortete Steve. »Sie sind sogar noch blasser geworden, wenn Sie mir diese Bemerkung gestatten.«

Das tat sie ganz und gar nicht. Was bildete er sich ein? »Was soll denn nicht in Ordnung sein?«, fragte sie. »Mein Leben bricht gerade auseinander. Mein Verlobter ist verschwunden und entweder tot oder nahe daran. Ich bin verprügelt und verschleppt worden, und eine gefährliche Verrückte ist hinter mir her. Außerdem werde ich wie eine Schwerverbrecherin gesucht, weil ich angeblich eine ansteckende Krankheit habe und gemeingefährlich bin. Wahrscheinlich hat dieser gemeingefährliche Constable dafür gesorgt, dass mich jeder Dorftrottel ungestraft abknallen darf wie einen tollwütigen Hund … ach ja, und wahrscheinlich wird es uns nicht viel nutzen, von hier wegzukommen, weil es wahrscheinlich nichts mehr gibt, wohin ich noch gehen könnte. Aber ansonsten ist eigentlich alles in Ordnung. Es sei denn, ich habe noch etwas vergessen. Warum fragen Sie?«

Steve schrumpfte auf seinem Sitz ein gutes Stück in sich zusammen und sah überallhin, nur nicht in ihre Richtung. »Verzeihung«, sagte er mit einem gekünstelten Räuspern.

Janice biss sich auf die Unterlippe, um nicht etwas noch viel Unfreundlicheres zu sagen, auch wenn sich zugleich ihr schlechtes Gewissen mit Macht meldete. Es war eine wirklich dumme Frage gewesen, aber was erwartete sie von Steve Waiden?

Sie folgten eine Zeit lang einem schmalen Waldweg, auf dem sie wenigstens keine Spuren mehr hinterließen, denen selbst der sprichwörtliche Blinde hätte folgen können, schlingerten eine steile Böschung hinab, und dann trat Steve so abrupt auf die Bremse, dass sie gerade noch die Arme ausstrecken und sich abstützen konnte, um sich nicht am Armaturenbrett zu verletzen. Der Wagen schlitterte trotz des brachialen Bremsmanövers noch ein Stück weiter und kam erst dann schlingernd zum Stehen, und Janice brauchte sogar noch einen weiteren Moment, um sich zu sortieren und Steve schon wieder einen vorwurfsvollen Blick zu schenken.

»Sie müssen mich nicht wach rütteln, Steve. Ich hatte zwar eine anstrengende Nacht, aber so müde bin ich nun auch wieder nicht.«

Der Scherz klang sogar in ihren eigenen Ohren schal, und Steve schien ihre Worte auch gar nicht gehört zu haben. Er sah aus weit aufgerissenen Augen nach vorne, und nun war er es, der wortwörtlich zusehends erbleichte. Janice rappelte sich in ihrem Sitz auf und tat dasselbe: Sie sah nach vorne und konnte selbst spüren, wie ihr das Blut aus dem Gesicht wich.

Noch nicht einmal so weit entfernt, vielleicht ein wenig mehr als einen guten Steinwurf, meinte sie tatsächlich die Reste einer alten Straße zwischen Gestrüpp und in Büscheln wucherndem Gras zu erkennen. Sie schien sich sogar noch in überraschend gutem Zustand zu befinden, sodass es kaum fraglich schien, auch mit einem so modernen Gefährt wie dem Studebaker darauf fahren zu können. Allerdings würden sie das wahrscheinlich nie herausfinden, denn zwischen ihnen und der verfallenen Straße lag ein gut einen halben Meter hoher Erdbruch, als hätte jemand einen Spaten von der Größe eines Kontinents genommen und das Land in beiden Richtungen damit gespalten, so weit der Blick reichte.

»Ich verstehe«, sagte Janice »Das ist also die kleine Lücke, die ihr Plan noch aufweist.«

Steve starrte sie einen Moment lang fast schon feindselig an, und Janice bedauerte ihre ganz und gar nicht komische Bemerkung sogleich auch schon wieder. Vielleicht war sie einfach die Alternative zu dem Gefühl der Verzweiflung, das von ihr Besitz ergreifen wollte.

»Diese Verwerfung war … war auf meinen Karten … nicht eingezeichnet«, stammelte er. »Sie … sie muss später entstanden sein, und es wurde versäumt, die Pläne zu aktualisieren.«

Was für ein todeswürdiges Verbrechen, dachte Janice. Laut sagte sie: »Und wie geht es jetzt weiter?« Die entzündete Wunde auf ihrer Brust juckte. Ein weiteres Problem, mit dem sie sich beizeiten beschäftigen musste.

»Das weiß ich nicht«, gestand Steve unglücklich. »Wir müssen zurück.«

»Warum fahren wir nicht einfach weiter?« Janice deutete wahllos nach rechts, denn eine Richtung erschien ihr so gut wie die andere. Oder so schlecht. »Vielleicht finden wir einen Weg hinunter.«

Steve schien einen Moment lang ernsthaft über ihren Vorschlag nachzudenken, schüttelte dann aber den Kopf. »Wir sitzen in einem Automobil, Janice. Ein solches Fahrzeug braucht eine befestigte Straße. Es ist schon ein kleines Wunder, dass wir so weit gekommen sind. Um ehrlich zu sein, habe ich es kaum zu hoffen gewagt.«

Und ihr vorsichtshalber auch nichts davon gesagt. Janice führte zu seiner Verteidigung an, dass er es vermutlich nur nicht getan hatte, um sie nicht noch mehr zu beunruhigen. »Dann müssen wir zu Fuß weiter.«

»Fünfundzwanzig Meilen?« Steve quietschte fast. »Und wir kämen ohne Fahrzeug auf der anderen Seite des Kanals nicht weiter! Möglicherweise erwarten sie uns da ja schon mit einem großen Aufgebot!« Er schüttelte noch einmal und heftiger den Kopf. »Wir müssen zurück, so wenig mir der Gedanke behagt.«

Janice fragte sich zwar, wie er das eigentlich mit einem Automobil bewerkstelligen wollte, ließ das aber unausgesprochen. »Lassen Sie es uns wenigstens versuchen!« Sie wies erneut in dieselbe Richtung und hatte das befremdliche Gefühl, es vielleicht doch nicht ganz so willkürlich zu tun, wie sie selbst angenommen hatte. »Bisher hat uns der Wagen nicht im Stich gelassen.«

Steve sah wohl aus reiner Höflichkeit in dieselbe Richtung und schüttelte nur noch einmal stumm den Kopf, und Janice hätte ihm guten Gewissens auch nicht widersprechen können. Schon der Karrenweg und erst recht die Wiese, über die sie gefahren waren, hatten dem Wagen das Letzte abverlangt, der doch eigentlich nur für moderne und vor allem ebene Straßen gebaut war. Vor ihnen lag jetzt jedoch nicht einmal mehr eine Wiese, sondern pure Wildnis. Schenkelstarke Wurzeln und nicht minder große Steine lauerten halb verborgen im Gras oder reckten sich auch ganz unverhohlen keck in die Höhe, und welche Fallgruppen und Heimtücken noch unter dem Gras auf sie warteten, das wollte sie eigentlich gar nicht wissen. Dazu kam, dass der Boden hier abschüssig und das

Gras feucht genug war, um eine einzige Unvorsichtigkeit am Steuer in einer fatalen Rutschpartie enden zu lassen.

Aber Janice sah auch noch etwas anderes.

»Fahren Sie einfach, Steve«, sagte sie. »Nur ein Stück. Zwanzig Fuß oder dreißig, und wenn es dann nicht besser wird, drehen wir um. Sind Sie einverstanden?«

Sie konnte Steve ansehen, dass er das ganz und gar nicht war. Aber er stülpte nur trotzig die Unterlippe vor, schloss die Hände fest um das Lenkrad und fuhr sehr vorsichtig los. Schon auf dem ersten Stück kam der Studebaker ins Rutschen und näherte sich bedrohlich weit dem Abgrund, dann jedoch fanden die Reifen auf irgendetwas unter dem Gras Halt, und der Wagen machte einen regelrechten kleinen Satz und bewegte sich dann fast ruhig weiter; und eindeutig zu schnell für Janice' Geschmack.

Für Steve anscheinend auch, denn er nahm hastig wieder Tempo weg, sodass sie auf dem weiteren Stück nun eigentlich eher dahinkrochen, als dass sie fuhren.

»Jetzt ein wenig nach rechts«, sagte Janice. »Nur ganz sacht.«

Steve gehorchte, und die Fahrt wurde sogar noch ruhiger und auch wieder eine Winzigkeit schneller, als er wohl begriff, dass sich unter dem Gras etwas verbarg, das fast einer Straße gleichkam. Und zumindest für Janice war es das auch. Sie konnte sie sogar sehen, wenn auch auf eine Art, wie sie es noch nie zuvor erlebt hatte.

»Noch ein wenig mehr nach rechts«, sagte sie. »Sehen Sie den abgestorbenen Baum? Fahren Sie daran vorbei und dann scharf nach links.«

Steve sah sie nun wirklich sehr verwirrt an, aber er folgte ihren Anweisungen trotzdem buchstabengetreu und wurde mit einer fast schon komfortablen Fahrt belohnt. »Ich nehme an, Sie wollen mir nicht verraten, was hier los ist?«, fragte er. War das Furcht, was sie da plötzlich in seinen Augen las?

Das hätte sie sogar getan, hätte sie es nur selbst gewusst. So sagte sie: »Hinter dem Baum biegen Sie bitte scharf ab.«

Steve widersprach zwar nicht sofort, fuhr aber immer langsamer und brachte den Wagen schließlich ganz zum Stehen, als sie den bezeichneten Baumstumpf passiert hatten. Dahinter erhob sich ein knorriger Busch, der ganz offensichtlich von der tiefer gelegenen Seite der Bruchkante nach oben gewachsen war und selbst schon beinahe die Abmessungen eines kleinen Baumes hatte.

»Und nun?«, fragte Steve nervös.

»Fahren Sie einfach hindurch«, sagte Janice. »Keine Sorge. Der Wagen hält das aus.«

Steve wirkte noch ein bisschen entsetzter, aber er überraschte sie auch, indem er nur ergeben seufzte und weiterfuhr, wenn auch jetzt wieder nur im Schritttempo. Dürre Zweige wurden weggedrückt oder zerbrachen mit dem Geräusch von trockenem Reisig, und Janice entging auch nicht, dass er den Atem anhielt und alle Muskeln anspannte, offenbar felsenfest davon überzeugt, im nächsten Moment mitsamt dem Auto in die Tiefe zu stürzen.

Es gab jedoch nur einen sachten Ruck, mit dem ein besonders wiederborstiger Ast zerbrach, dann kippte die grüne Wand zur Gänze weg, und sie rollten über einen knisternden Teppich aus abgerissenen Blättern und ineinanderverschlungenen, steinharten Wurzeln in beunruhigender Schräglage nach unten. Steve gab einen Laut von sich, der fast komisch klang, hielt den Wagen aber eisern in der Spur, fuhr auf ebener Erde nur noch ein kleines Stück weiter und bremste dann mit einem unnötig harten Ruck. Noch immer ohne ein einziges Wort gesagt zu haben, ging er zu dem vermeintlichen Busch zurück und riss und zerrte mit solcher Gewalt daran, dass das morsche Holz wie Papier nachgab. Janice war nicht überrascht, als sie sah, was darunter zum Vorschein kam.

Eine ganze Weile stand Steve einfach nur da und starrte auf den Keil aus schwarzem Teer hinab, der eine nahezu perfekte Rampe zwischen den beiden unterschiedlichen Ebenen bildete. Er sagte auch immer noch nichts, als er zurückkam, um wieder hinter dem Lenkrad Platz zu nehmen und den Wagen vorsichtig auf den halb überwucherten Schmugglerpfad zu lenken.

Und dabei blieb es auch für die nächsten gut zwei Stunden.

31

Der Schmugglerpfad hatte sie etliche Meilen weit nach Osten und dann in einem der natürlichen Deckung des Landes folgenden Bogen wieder zurück in ihre ursprüngliche Richtung geführt, ganz wie Steve es prophezeit hatte. Was er nicht vorausgesagt hatte, war die Tatsache, dass ihnen dieser kleine Schlenker, den sein Zeigefinger auf einer Karte gemacht hatte, gute zwei oder drei Stunden kostete und in der Folge den Rest des Tageslichts, sodass der Kanal erst bei Einbruch der Dämmerung wieder in Sicht kam … oder eben auch nicht, denn die Sonne ging in einem Feuerwerk aus rotem Licht unter, das es Janice vollkommen unmöglich machte, länger als eine oder zwei Sekunden in die entsprechende Richtung zu blicken, ohne dass ihr die Tränen in die Augen stiegen. Auch Steve erging es kaum besser. Nachdem der Wagen zweimal fast und ein drittes Mal tatsächlich von der Fahrspur abgekommen war und er nur durch schieres Glück nicht vollends die Gewalt über das Steuer verloren hatte, gab er es auf und fuhr nicht nur an den Straßenrand, sondern auch wieder in den Schutz eines kleinen Gebüschs, obwohl es weit und breit niemanden zu geben schien, vor dem sie sich verstecken mussten.

»Wir legen eine kurze Rast ein«, sagte er, ohne sie direkt anzusehen, mit sonderbar belegter Stimme. Er schaltete den Motor ab. »Kann ich Sie einen Moment allein lassen?«

Janice sah sich demonstrativ in alle Richtungen um. Sie waren allein, soweit sie das beurteilen konnte. Das letzte Haus war vor einer guten halben Stunde am Straßenrand an ihnen vorübergeglitten und hatte zumindest in diesen wenigen Augenblicken einen unbewohnten Eindruck gemacht; so wie überhaupt dieser ganze Teil Cape Cods einen nur spärlich, wenn nicht gar unbesiedelten Eindruck machte.

Was allerdings auch daran liegen mochte, dass Steve einen großen Bogen um jegliche menschliche Ansiedlung gemacht und breitere Straßen gemieden hatte, wo es nur ging. Tatsächlich bezweifelte Janice, dass sie mehr als die Hälfte der Strecke auf regulären Straßen zurückgelegt hatten.

Immerhin kannte er sich gut aus. Die Hälfte der Feldwege und Trampelpfade, die sie genommen hatten, hätte sie nicht einmal als solche erkannt, wenn sie davorgestanden hätte, und auch wenn Steve auf ihre entsprechenden Fragen nur mit verstocktem Schweigen reagiert hatte, war sie doch sicher, dass sie mehr als nur einmal über gar keine Straße mehr gefahren waren, sondern über Wiesen und brachliegende Felder. Aber das war tagsüber gewesen. Jetzt ging die Sonne unter, und wie Steve seinen Weg bei Dunkelheit finden wollte, war ihr ein Rätsel. Dazu kam, dass der Wagen seit einer Weile beunruhigende Geräusche machte und sie wohl auch irgendwann tanken mussten.

Steve wartete noch eine Weile – vergeblich – auf eine Antwort, öffnete schließlich den Wagenschlag und stieg aus. Das Geräusch, mit dem er sich entfernte, klang in ihren Ohren wie das Splittern von Glas, das unter einem eisernen Stiefelabsatz zermalmt wurde.

Janice entschuldigte sich in Gedanken für die rüde Art, mit der sie Steve seine Hilfe bisher gedankt hatte, auch wenn ihr Verstand ihr zugleich klarmachte, dass er sich jedwede Unhöflichkeit redlich verdient hatte, so merkwürdig, wie er sich benahm.

Trotzdem … sobald er zurück war, das nahm sie sich fest vor, würde sie … nun ja … irgendetwas eben sagen, um sich bei ihm zu entschuldigen. Auch wenn sie selbst gar nicht so genau wusste, wofür eigentlich. Und ganz abgesehen davon brannte sie nun darauf, zu erfahren, was der immer mehr über sich hinauswachsende Steve jetzt schon wieder vorhatte.

Hoffentlich nicht die nächste Torheit.

Sie spürte ein Jucken über der Brust, kratzte wenig damenhaft mit den Fingernägeln über die betreffende Stelle und wurde mit einem dünnen Schmerz bestraft, der sich wie eine Nadel tief in ihr Fleisch grub. Hastig zog sie die Hand wieder zurück, widerstand mit einiger Mühe der Versuchung nachzusehen (der Anblick würde sie nur noch weiter deprimieren) und sah sich stattdessen noch einmal um. So grell das Sonnenlicht auch war, spendete es dennoch keine Wärme mehr, sodass sie in ihrer dünnen Sommerkleidung und trotz ihrer Jacke erbärmlich zu frieren begann und die Hände zu Fäusten ballte, damit sie nicht zitterten.

Es wurde überraschend schnell dunkel, und es war eine Dämmerung, wie sie sie noch nie zuvor erlebt hatte. Das Licht wurde rasch schwächer, aber es schien etwas anderem zu weichen als bloßer Dunkelheit, als gäbe es zwischen Licht und Schatten noch etwas Drittes und viel Düstereres, von dessen Existenz sie bisher noch gar nichts geahnt hatte. Wind kam auf und brachte einen sachten und ebenso fremdartigen wie unangenehmen Geruch mit sich, und ein trockener Zweig scharrte über die Flanke des Wagens. In ihren Ohren klang es wie das Scharren stahlharter Krallen, und auch in den rasch tiefer werdenden Schatten schien nun eine düstere schlängelnde Bewegung zu sein, als wären sie in Wahrheit die Schatten anderer Dinge, herübergeworfen aus einer Welt, die für menschliche Augen verboten war.

Diesmal brauchte sie all ihre Willenskraft, um der Verlockung der Hysterie zu widerstehen. Sie war nervös, sie war seelisch – und ganz nebenbei auch körperlich – am Ende und hatte nicht einmal vollkommen zu Unrecht das Gefühl, die ganze Welt wäre hinter ihr her; da hatte sie doch wohl das Recht, ein ganz kleines bisschen die Fassung zu verlieren, oder?

Das Jucken war wieder da, und sie hob ganz automatisch die Hand, besann sich aber dann eines Besseren und führte die Bewegung zu Ende, indem sie die beiden oberen Knöpfe ihrer Bluse öffnete. Bevor sie weitermachte, hielt sie jedoch noch einmal inne und sah sich in alle Richtungen um. Sie war allein. Steve war irgendwo weit weg, und bis auf das an- und abschwellende Flüstern des Windes war es vollkommen still; abgesehen vielleicht von einem gelegentlichen hellen Knacken, das vom erkaltenden Motor des Studebakers kam. Sie hatte trotzdem das Gefühl, beobachtet und auf eine gierige Art belauert zu werden, als starrten sie unsichtbare Augen aus den Schatten heraus an, und sosehr sie sich auch bemühte, diesmal gelang es ihr nicht, die Vorstellung als so kindisch abzutun, wie sie sein sollte.

Beinahe schon trotzig knöpfte sie ihre Bluse weiter auf, zog sie mit der anderen Hand bis zum Hals hoch und hätte sicher auch das

Mieder geöffnet, wäre es nötig gewesen. Doch das war es nicht mehr.

Selbst in dem kaum noch vorhandenen Licht waren die drei runden Male deutlich zu sehen, so entzündet und angeschwollen rot, wie sie mittlerweile waren. Der Anblick ließ sie auch den stechenden Schmerz spüren, mit denen sich die drei dünnen, pulsierenden Wurzeln aus schierer Pein gleich tief in ihr Fleisch senkten, und auch die winzigen Bissmale, die die runden Geschwulste säumten, traten jetzt deutlicher hervor. Etwas schien sich darunter zu bewegen, so als wären diese Male nur ein Versteck für etwas, das darunter in ihrem Fleisch heranwuchs.

Die Vorstellung lähmte sie für einen Moment regelrecht, schlimm, wie sie war, aber sie brachte trotzdem den Mut auf, mit den Fingerspitzen nach den unheimlichen Wunden zu tasten, und erlebte eine weitere Überraschung. Sie hatte erwartet, dass es wehtun würde, und ein ganz kleines bisschen tat es das auch. Darüber hinaus aber fühlte sich die Haut so hart und taub wie grobes Leder an.

Oder Narbengewebe, dachte sie schaudernd, *möglicherweise etwas Abscheulicheres.*

Schritte, die sich für sie jetzt eher wie das Geräusch zerbrechender Knochen anhörten, kündigten gerade noch rechtzeitig Steves Rückkehr an, sodass sie ihre Bluse wieder zuknöpfen konnte; wenn auch vielleicht ein wenig zu hastig, denn sie versetzte dabei die Knopfreihe. Steve blieb das natürlich nicht verborgen, so wenig wie ihr sein irritierter Blick. Aber sie taten beide so, als wäre nichts.

»Waren Sie erfolgreich?«, begann Janice, ehe er eine Frage stellen konnte, die sie ganz gewiss nicht beantworten wollte.

»Womit?«, fragte Steve. »Ach so, ja, ich verstehe. Ja, wir sind beinahe da. Wir müssen nur noch eine kurze Zeit warten. Nicht mehr lange.«

»Und wie lange genau ist *nicht mehr lang?*«, fragte Janice.

Steve zog auf seine typisch linkische Art seine an einer viel zu langen Kette hängende Taschenuhr unter der Jacke hervor, klappte den Deckel auf und sah so lange aus angestrengt zusammengekniffenen Augen auf das Zifferblatt, dass sie schon halbwegs überzeugt war, keine Antwort zu bekommen. »Vielleicht noch zehn Minuten«, sagte er dann jedoch. »Wenn er pünktlich ist … was ich aber ehrlich gesagt nicht glaube.«

»Wenn *wer* pünktlich ist?«, fragte Janice, schon wieder beunruhigt. Wen um alles in der Welt hatte dieser Narr ins Vertrauen gezogen? Es gab niemanden, dem sie vertrauen konnten!

Steve klappte den Uhrendeckel zu. »Der Zug, natürlich. Was dachten Sie?«

»Der …?« Janice ließ den Satz unvollendet, stieg stattdessen aus dem Wagen und ging mit schnellen Schritten an ihm vorbei. Schon nach kaum einem Dutzend Schritten erreichte sie die Kuppe einer sanften Anhöhe, von der aus sie freien Blick auf den Kanal und das Land davor und dahinter hatte. Und auch auf die Brücke, die über die bodenlose Kluft aus Schwärze führte, in die die hereinbrechende Nacht den Kanal verwandelt hatte.

»Aber ich dachte, es gibt nur eine Brücke über den Kanal!«

»Nur eine Automobilbrücke.« Steve gab sich nicht einmal Mühe, anders als selbstgefällig zu klingen. »Aber das da ist eine Eisenbahnbrücke. Dort werden sie uns ganz bestimmt nicht suchen.«

Und das zu Recht, weil sie sich auf diese neuerliche Verrücktheit ganz bestimmt nicht einlassen würde. »Und wir sollen dort hinübergehen?«, vergewisserte sich Janice. »Über die Eisenbahngleise?«

»Es ist nicht so weit, wie es von hier aus den Anschein hat«, versicherte Steve. »Und vollkommen ungefährlich.«

»Es sei denn, es kommt ein Zug.«

»Der letzte für heute ist in zehn Minuten fällig«, erwiderte Steve. »Und der nächste erst wieder morgen früh. So lange werden wir kaum brauchen.«

Ein nächtlicher Spaziergang über eine Eisenbahnbrücke, das ist genau das, was ich mir jetzt noch wünsche, dachte Janice missmutig. Sie hätte seine Frage nach ihrer Abenteuerlust doch anders beantworten sollen. »Und was tun wir auf der anderen Seite?«

»Nur ein paar Meilen entfernt liegt Buzzards Bay«, antwortete Steve noch selbstgefälliger. Immerhin schien er ihre weitere Flucht sorgsam geplant zu haben. Was nicht bedeutete, dass es funktionieren würde. »Auch nicht unbedingt das, was ich eine Großstadt nennen würde, aber immerhin eine Stadt. Wir finden sicher ein Zimmer und vielleicht sogar einen Sheriff oder Constable, der nicht bestochen ist.«

»Und wenn nicht, dann stehlen Sie eben noch ein Automobil, und wir fahren weiter«, schlug sie vor. Steve spitzte ein bisschen beleidigt die Lippen, und Janice versuchte unverzüglich, ihre Bemerkung durch einen spöttischen Blick und ein dazu passendes Augenbrauenheben zu entschärfen. Dabei fand sie an ihrem eigenen Vorschlag einen gewissen Gefallen. Vielleicht nicht unbedingt an dem Teil mit dem gestohlenen Wagen, aber so weit war es bis Providence nun auch wieder nicht. Wenn es ihnen gelang, ein anderes Fahrzeug aufzutreiben, konnten sie durchaus bis zum nächsten Morgen dort sein. Vorausgesetzt, sie fanden eine Straße, die diesen Namen auch verdiente. In Providence war sie möglicherweise nicht wirklich sicher, aber immerhin auf vertrautem Terrain.

Außerdem war dort ihr Anwalt, und sie freute sich schon darauf, mit ihm über einen gewissen Constable zu reden.

»Dann warten wir jetzt also nur noch auf den Zug.«

»Wie so ziemlich jedermann, der sich der amerikanischen Eisenbahn anvertraut«, witzelte Steve, aber sein nervöser Unterton verdarb den Effekt.

»Dann sollten wir weiterfahren, bevor wir nachher noch den Zug verpassen«, schlug Janice vor. »Sie sagten doch, dass es der letzte für heute ist.«

Sie ging zum Wagen zurück, und Janice nutzte die kurze Zeit, die er brauchte, um den Motor wieder anzukurbeln, um ihre Bluse noch einmal auf- und dieses Mal richtig zuzuknöpfen. Steve kommentierte ihre abermalige Veränderung mit einem noch irritierteren Blick, verbot sich aber auch jetzt wieder jede entsprechende Frage, sondern fuhr los.

Obwohl es mittlerweile fast vollständig dunkel geworden war, verzichtete er darauf, die Scheinwerfer einzuschalten. Janice verstand diese Vorsichtsmaßnahme, auch wenn sie sie für überflüssig hielt. In schwer zu bestimmender, aber eindeutig großer Entfernung brannte ein einzelnes Licht, ansonsten hätten sie sich genauso gut auch auf einer einsamen Insel am Ende der Welt befinden können; oder auch gleich auf dem Mond. Buzzards Bay, von dem Steve gesprochen hatte, lag auf der anderen Seite des Kanals und erwachte in gleichem Maße zu funkelndem elektrischem Leben, in dem die Sonne endgültig unterging, doch auf dieser Seite rührte sich nichts.

Steve brach mit einer lieben Gewohnheit, indem er das letzte Stück auf einer richtigen Straße fuhr, bis die Gleise scharf nach rechts abknickten und mit dem stählernen Gerippe der Eisenbahnbrücke verschmolzen. Die Straße führte weiter geradeaus parallel zum Kanal. Steve folgte ihr noch ein kleines Stück und lenkte den Wagen dann in den Schatten eines der zahlreichen großen Bäume, die sie flankierten. Selbstverständlich wusste Janice, dass dem nicht so war, doch nun hatte das mechanische Husten, mit dem er den Motor diesmal abstellte, etwas Endgültiges.

Sie stiegen aus, entfernten sich aber noch nicht vom Studebaker, und Steve sah wieder in die Richtung, in der sie das einsame Licht gesehen hatten. Es schien näher gekommen zu sein. Im ersten Moment erschien Janice diese Annahme reichlich unsinnig, dann wurde ihr klar, dass es ja möglicherweise der Zug war, auf den sie warteten.

Sie spürte, dass Steve sie anstarrte, wollte etwas sagen und begriff erst dann, dass es in Wahrheit ihre Hand war, die er beobachtete. Das Jucken hatte wieder eingesetzt, und sie hatte wieder begonnen, sich zu kratzen. Hastig ließ sie die Hand sinken, und Steve errötete sichtbar und sah überstürzt weg.

»Das muss Ihnen nicht peinlich sein, Steve«, sagte sie.

»Das ist es auch nicht.« Steve stotterte fast. »Ich wollte Sie nicht anstarren, bitte verzeihen Sie.«

»Davon rede ich nicht.« Janice begann ihre Bluse aufzuknöpfen. »Sondern davon.«

Steve sog so erschrocken die Luft zwischen den Zähnen ein, als hätte sie ihn grund- und warnungslos geohrfeigt. »Janice, was …?«

»Nicht das, was Sie denken«, unterbrach ihn Janice. »Erinnern Sie sich an vorhin, als ich Sie gebeten habe, Ihr Hemd auszuziehen?«

Sie sah nicht einmal direkt hin, meinte aber regelrecht spüren zu können, wie ihm die Schamesröte ins Gesicht schoss. »Aber das ist …«

»Schauen Sie her«, sagte Janice. »Und benehmen Sie sich nicht wie ein naiver Schuljunge, Steve.«

Der scharfe Ton half. Steve kam gehorsam näher, und seine Augen wurden groß, als sie ihre Bluse hob und er sah, was darunter zum Vorschein kam. Das unstete Flackern darin wich jähem Schrecken, dann schierem Entsetzen. »Großer Gott, Janice!«, entfuhr es ihm. »Was ist Ihnen zugestoßen? Sind das … *Bisse*?«

Das Wort erschreckte sie so sehr, dass sie eine gute Sekunde brauchte, um zu antworten. »Das weiß ich nicht«, gestand sie. »Aber ich musste sichergehen, dass Sie …«

»Was?«, fragte Steve, als sie nicht weitersprach. Er kam noch näher, und obwohl unübersehbar war, wie schwer es ihm fiel, beugte er sich sogar noch vor, um die drei roten Male auf ihrer Brust genauer zu betrachten.

»Ich weiß nicht, was das ist«, setzte sie neu an und nicht ganz passend zu dem, was sie zuvor gesagt hatte. »Aber ich frage mich ob … ob Connor und dieser Tierarzt nicht … nicht vielleicht recht haben.«

»Dass Sie mit dieser schrecklichen Krankheit infiziert sind?« Steve schüttelte überzeugt den Kopf. Sein Blick ließ ihre Brust nicht los, und plötzlich wurde auch ihr der Moment so peinlich, dass sie die Bluse rasch wieder hinabstreifte und sie zuzuknöpfen begann. »Das kann ich mir nicht vorstellen.«

»Weil Sie ja so eine Menge von Medizin verstehen.«

»Es sieht nicht aus wie ein Biss«, beharrte Steve. »Und Sie könnten sich doch gewiss erinnern, wenn Sie von einem Hund oder einem anderen wilden Tier angefallen worden wären, oder? Aber das muss sich natürlich unbedingt ein Arzt ansehen. Vielleicht finden wir in Buzzards Bay einen Doktor.«

»Es ist nicht so schlimm«, beharrte Janice, auch wenn sie selbst hörte, wie wenig überzeugt sie klang. Sie hatte es bisher erfolgreich vermieden, diesen Gedanken bewusst zu denken, aber die Worte waren einmal ausgesprochen und ließen sich nicht mehr zurücknehmen: Was, wenn es stimmte? Wenn Connor recht hatte und sie tatsächlich mit der Lyssa oder einer noch heimtückischeren Krankheit infiziert war, die ihren Geist vergiftete und ihr Leben allmählich in einen immer schlimmer werdenden Albtraum verwandelte? Sie hatte keine Möglichkeit, das zu überprüfen. Niemand, der verrückt ist, wusste es. Geschweige denn gab er es zu.

»Das muss ein Arzt beurteilen«, sagte Steve entschieden. »Wir suchen zuallererst einen Doktor, sobald wir in Sicherheit sind, alles andere ist zweitrangig.«

Ganz instinktiv wollte Janice widersprechen, besann sich dann aber eines Besseren und zwang sich sogar zu einem nervösen Lächeln. »Bevor wir uns streiten, sollten wir die Dinge erst einmal der Reihe nach in Angriff nehmen. Sehen wir erst einmal zu, dass wir von hier wegkommen. Und dann entscheiden wir.«

Steves Gesichtsausdruck machte deutlich, dass es da nichts zu entscheiden gab, und Janice fügte noch rasch hinzu: »Wie lange dauert es denn noch?«

Steve hob die Hand, wie um seine Taschenuhr zu zücken, und wies dann stattdessen auf einen Punkt hinter ihr. Janice' Blick folgte der Geste. Sie hatte sich nicht getäuscht. Das Licht *war* näher gekommen, und obwohl der Wind so stand, dass noch immer kein Laut zu hören war, erkannte sie nun, dass es tatsächlich der Abendzug war. Er kam nun schneller näher, und je rascher er es tat, desto mehr schien er an Tempo zuzunehmen.

»Ich nehme alles zurück, was ich über die Pünktlichkeit der Eisenbahn gesagt habe, und behaupte fortan das Gegenteil«, witzelte Steve.

Aber vielleicht war das verfrüht. Janice wollte gerade auf seinen fast verzweifelt scherzhaften Ton eingehen, als ihr etwas auffiel.

Der Zug wurde langsamer.

Zuallererst versuchte sie sich noch einzureden, dass sie sich täuschte, aber bald wurde klar, dass der Zug tatsächlich an Tempo verlor. Das schwere Stampfen der Dampflok war mittlerweile gut zu hören, doch nun mischte sich noch ein anderes Geräusch hinein, ein schrilles Quietschen und Kreischen, an dessen Bedeutung nicht zu zweifeln war, so gerne sie es auch getan hätte. Sie meinte Funken sprühen zu sehen und ein schon vertrautes Zischen wahrzunehmen. Der Zug bremste ab.

»Was bedeutet das?« Steves Stimme klang gepresst, aber Janice verzichtete trotzdem darauf, das Offensichtliche auszusprechen. Schweigend sahen sie zu, wie der Zug weiter verlangsamte und schließlich ganz zum Stehen kam, gerade als die Lok der Biegung auf die Brücke folgen wollte. Janice meinte schattenhafte Bewegung hinter den zahlreichen hell erleuchteten Fenstern zu sehen, und die Lok stieß eine gewaltige zischende Dampfwolke aus, wie ein großes Eisentier nach einem langen, anstrengenden Lauf.

»Da stimmt doch etwas nicht«, murmelte Steve.

Janice hielt es nicht einmal für nötig, auch nur mit einem Gedanken auf diese scharfsinnige Erkenntnis zu reagieren, sondern sah mit klopfendem Herzen und einem immer banger werdenden Gefühl zu, was weiter geschah. Der ganze Zug schien sich noch einmal zu schütteln, dann ging die Tür des ersten Abteilwagens auf, und zuerst eine, dann in rascher Folge noch drei weitere nur als Schemen erkennbare Gestalten stiegen aus. Janice wusste trotzdem jenseits allen Zweifel, wer sie waren.

»Aber das … kann doch gar nicht sein!«, keuchte Steve.

»Ich fürchte doch«, antwortete Janice. »Wir müssen hier weg. Schnell.«

Steve schien wohl derselben Meinung zu sein, denn er eilte wortlos um den Wagen herum und öffnete die Heckklappe, um die Kurbel zu holen, und aus den Schatten sprang ihn eine Gestalt an und riss ihn von den Füßen. Ein gedämpfter Schrei erscholl, gefolgt von einem Schlag und einem schrecklichen nassen Gurgeln, das Janice endgültig aus ihrer Erstarrung riss. Sie stürmte los, wild entschlossen, sich nötigenfalls mit Fäusten und Fingernägeln in den Kampf zu werfen, um Steve beizustehen.

Sie musste es nicht, denn sie kam zu spät. Der Kampf – wenn es denn überhaupt einen gegeben hatte – war bereits beendet. Steve lag stöhnend auf dem Rücken und presste beide Hände aufs Gesicht. Hellrotes Blut quoll zwischen seinen Fingern hervor. Daniel hockte wie eine zu groß geratene Kröte auf seiner Brust und drückte ihn mit einer Hand nieder, mit der anderen schwenkte er einen langläufigen Wyatt-Earp-Revolver, auf dem Blut glänzte.

Einmal im Schwung, wollte sich Janice auf ihn werfen, um ihn von seinem Opfer wegzuzerren, doch Daniel versetzte ihr einen derben Ellbogenstoß, der sie zurückschleuderte und wohl ebenfalls von den Füßen gerissen hätte, wäre sie nicht gegen den Wagen geprallt. Ein scharfer Schmerz schoss durch ihre Hüfte, so schlimm, dass ihr übel wurde und sie sich am Kotflügel des Studebakers festhalten musste, um nicht doch noch das Gleichgewicht zu verlieren.

Als sich ihr Blick wieder klärte und sie es für möglich hielt, wieder zu atmen, ohne sich prompt übergeben zu müssen, hatte sich der Anblick verändert, aber sie war nicht sicher, ob es wirklich eine Verbesserung war: Daniel war aufgestanden und hatte Steve am Kragen gepackt und ebenfalls auf die Füße gezerrt. Mit der anderen Hand fuchtelte er so wild mit dem Revolver herum, als wollte er ihn seinem Opfer erneut ins Gesicht schlagen.

Vielleicht hätte er es sogar getan, hätte Janice da nicht endlich ihre Sprache wiedergefunden.

»Dan, um Himmels willen, was tun Sie?«, brachte sie mühsam heraus. »Hören Sie auf! Sie bringen ihn ja um!«

Daniel schlug zwar nicht zu, wirbelte Steve aber herum und schleuderte ihn so brutal gegen den Wagen, dass die gesamte Karosserie ächzte. Steve musste sich an der Tür festhalten, um nicht zu stürzen, und Janice erschrak bis ins Mark, als sie sein Gesicht sah. Es war blutüberströmt und ähnelte eher einer schrecklichen Clownsmaske als einem menschlichen Antlitz. Seine Nase stand ein wenig schief und musste gebrochen sein, und eines seiner Augen begann bereits zuzuschwellen. Sein Blick war glasig, und Janice konnte ihm ansehen, dass er gegen die Bewusstlosigkeit ankämpfte.

Allerdings bot auch Daniel keinen wirklich erfreulicheren Anblick. Sein Gesicht war nicht blutbesudelt, aber so unförmig angeschwollen und blau und grün verfärbt, dass es nichts anderes als eine verzerrte Grimasse puren Hasses war. Sein linkes Auge war zur Gänze zugeschwollen, und auch das andere nur mehr ein schmaler Schlitz, hinter dem etwas funkelte, das sie an nichts anderes als schiere Mordlust erinnerte.

»Daniel, bitte!«, flehte Janice. »Seien Sie vernünftig! Sie haben doch gewonnen, und …«

»Seien Sie still!«, zischte der Junge. Er fuchtelte nun mit dem Revolver in ihre Richtung. Seine Lippen waren angeschwollen, sodass sie seine Worte mehr erraten musste, und Janice spürte auch, wie sich sein brodelnder Zorn nun auf sie richtete und vielleicht zu etwas Drastischerem werden würde. Sie wagte es nicht, auch nur noch ein einziges weiteres Wort hervorzubringen.

Hinter ihr setzte sich der Zug mit einem mühsamen Schnauben und Eisenquietschen wieder in Bewegung, und es roch nach brennender Kohle und heißem Metall und auch noch nach etwas anderem, das sie nicht benennen konnte. Es war beunruhigend. Und machte ihr zugleich Mut, so absurd es ihr auch selbst vorkam.

»Bewegen Sie sich nicht«, nuschelte Daniel. Der Revolver schwenkte herum und zielte nun genau auf Steves zerschlagenes Gesicht. »Und du gib mir einen Grund, du Mistkerl! Nur einen einzigen!«

Janice glaubte nicht, dass er wirklich einen solchen brauchte. Gewalt lag wie etwas so Greifbares in der Luft, dass sie daran zu ersticken meinte. Daniel war fest entschlossen, Steve zu töten, das wusste sie einfach.

»Hören Sie damit auf, Dan«, sagte eine Stimme hinter ihr. »Ich kann Sie ja beinahe verstehen, aber wir sind doch nicht hergekommen, um irgendjemandem Gewalt anzutun.«

Janice drehte den Kopf und blinzelte prompt ins Licht eines starken Handscheinwerfers, den Connor so hielt, dass der reflektierte Lichtschein auch ihr Gesicht beleuchtete, die ihrer drei Begleiter aber weiter im Schatten blieben. »Und wenn man es genau nimmt, dann geschieht es Ihnen sogar ein bisschen recht, Sie junger Hitzkopf. Was lassen Sie sich auch von einem – wie haben Sie ihn genannt? – *Bücherwurm aus der Stadt* übertölpeln!«

»Miss Connor.« Janice fand ihre Fassung zwar nicht einmal annähernd wieder, aber sie konnte immerhin so tun. »Wie haben Sie uns gefunden?«

»Ellen«, verbesserte sie Connor. »Und uns stehen andere Möglichkeiten zur Verfügung, als Sie sich das auch nur vorstellen können, Janice.« Sie kam näher, stellte die Lampe auf die Motorhaube des Wagens und warf Daniel einen Blick zu, der ihn dazu brachte, seine Waffe nicht nur hastig wieder zu senken, sondern sogar ein Stück zurückzuweichen. Und Steve weiter mit Blicken aufzuspießen, versteht sich.

»Wie haben Sie uns gefunden?«, wiederholte Janice, als wäre im Moment nichts wichtiger. Zugleich versuchte sie, die drei Gestalten hinter Connor zu identifizieren. Bei zweien handelte es sich um Kenny und Constable Nichols, den Dritten konnte sie sonderbarerweise nicht erkennen. Es war, als fände ihr Blick an seinem Gesicht keinen Halt und glitt einfach ab.

»Sie hätten uns allen eine Menge Aufregung und Mühe ersparen können ohne diese überhastete Flucht«, sagte Connor kopfschüttelnd. »Aber wahrscheinlich ist es allein meine Schuld. Ich hätte Ihnen vielleicht deutlicher machen müssen, worum es hier geht.«

»Dann tun Sie es doch jetzt«, brachte Steve hervor. Er hatte noch einmal deutlich mehr Mühe als Daniel zu sprechen, aber er klang vor allem trotzig.

»Ach ja, die Liebe«, seufzte Connor. Sie wirkte auf eine mütterliche Art amüsiert. »Aber ich fürchte, es gibt Dinge, über die ich mit Ihnen nicht sprechen kann. Und schon gar nicht an einem so ungastlichen Ort wie diesem.«

Ihr gesichtsloser Begleiter machte eine unwillige Geste, und Connor nickte, als hätte er etwas gesagt, das nur sie hören konnte. »Ja, das ist wohl wahr«, seufzte sie. »Lassen Sie uns gehen. Mister Nichols, können Sie dieses Fahrzeug bedienen?«

»Ich kann es«, sagte Kenny, bevor Nichols antworten konnte. Connor nickte nur stumm und bedeutete Janice mit einer Geste, auf der hinteren Bank des Wagens Platz zu nehmen, schüttelte aber auch den Kopf, als Steve sich ihr anschließen wollte. Daniel unterstrich ihre Aufforderung noch mit einem drohenden Wedeln seiner Waffe.

»Was haben Sie vor?«, fragte Janice besorgt.

Connor wartete, bis Kenny die Kurbel geholt und vor dem Wagen in die Hocke gegangen war, um den Motor zu starten, bevor sie antwortete. »Wenn ich das hier wüsste. Sie haben uns da in eine wirklich unangenehme Situation gebracht, Kindchen. Das alles wäre nicht nötig gewesen.«

Kenny drehte an der Kurbel, und Janice konnte es von ihrer Position aus zwar nicht sehen, dafür aber umso deutlicher hören, wie die Kurbel zurückschlug und ihm das Handgelenk brach. Der Junge kippte zur Seite, presste den Arm gegen den Leib und begann zu wimmern.

»Ganz so einfach scheint es dann doch nicht zu sein, wie?«, fragte Steve.

»Dann mach du das«, nuschelte Daniel. Er fuchtelte drohend mit seiner Waffe. »Und versuch erst gar nichts. Obwohl du mir damit eine Freude machen würdest ...«

Connor seufzte sehr tief und verdrehte die Augen, sagte aber kein Wort, und Steve ging nach vorne und startete den Motor mit einer einzigen, kraftvollen Bewegung. Zum zweiten Mal versuchte er zu Janice in den Wagen zu steigen, und wieder hielt Daniel ihn mit einer rüden Geste zurück. Neben ihm richtete sich Kenny mit schmerzverzerrtem Gesicht auf, stolperte ein paar Schritte weit und sank dann wieder auf die Knie, und Janice fragte zum zweiten Mal: »Was haben Sie vor? Was bedeutet das?«

Sie bekam von Connor auch jetzt keine Antwort, doch Steve schnaubte: »Was glauben Sie, Janice? Sie können mich kaum gehen lassen, mit dem, was ich weiß.«

Dieses Mal setzte Connor zu einer Antwort an, doch ihr bisher gesichtsloser Begleiter nahm es ihr ab, indem er an ihre Seite und zugleich ins Licht der Lampe trat. Janice sog erschrocken die Luft ein, als sie ihn erkannte.

»Mister Waters!«, entfuhr es auch Steve.

Der graugesichtige Archivar nickte betrübt. »Glauben Sie nicht, dass mir das Freude bereitet, Mister Waiden. Warum haben Sie nur nicht auf mich gehört?«

»Sie wollen uns umbringen«, stellte Janice fest. Sie war selbst ein wenig erstaunt, wie sachlich ihre Stimme klang, und als sie in sich hineinlauschte, fand sie dort nur sehr wenig Furcht. Vielleicht war die Vorstellung trotz allem einfach zu bizarr. Sie war Anfang zwanzig und hatte niemals geglaubt, unsterblich zu sein, aber der Tod –

vor allem *ihr* Tod – war doch etwas, das irgendwann in so ferner Zukunft lag, dass es praktisch auf dasselbe hinauslief. Sie konnte nicht sterben, ergo konnte sie auch niemand umbringen.

»Niemand wird Ihnen etwas antun, Kindchen«, versicherte Connor.

Janice konnte sogar hören, dass sie das *Ihnen* mit einem großen »I« aussprach.

»Mir nicht«, vergewisserte sie sich und schüttelte entschieden den Kopf. »Ich werde nicht zulassen, dass Sie Steve etwas antun.«

»Nein?«, fragte Daniel.

»Genug«, sagte Connor scharf. »Wofür halten Sie uns, Janice? Wir sind doch keine Mörder!«

»Wenn das so ist, dann können Steve und ich ja gehen«, sagte Janice.

»Das können wir auch nicht zulassen, fürchte ich«, antwortete Waters an Connors Stelle. Er kam noch einen Schritt näher, doch es gelang ihr immer noch nicht wirklich, sein Gesicht zu erkennen. Natürlich erkannte sie ihn wieder. Es war ganz zweifelsfrei der Archivar aus Providence, der sich so große Mühe gegeben hatte, sie davon zu überzeugen, dass es den Ort, nach dem sie suchte, gar nicht gab. Aber etwas an seinem Gesicht entzog sich auf unheimliche Weise dennoch dem Erkennen, als wäre es in ständiger Bewegung, um etwas den Blicken zu entziehen, das sich darunter verbarg.

»Und was genau soll das heißen?«, fragte sie.

»Dass Sie uns vor große Probleme stellen, mein Kind«, senkte Connor die Stimme. »Ich dachte, Sie hätten verstanden, was ich Ihnen heute Morgen zu erklären versucht habe. Niemand darf von diesen Dingen wissen.«

»Und deshalb können wir Sie nicht gehen lassen«, sagte Waters. Es klang ganz eindeutig wie eine Drohung, wenn auch wie eine, die er zutiefst bedauerte.

»Das werde ich nicht zulassen«, sagte Janice noch einmal und mit großer Entschlossenheit, und sie war nicht wenig überrascht, Unterstützung von unerwarteter Seite zu erhalten.

»Und ich auch nicht«, sagte Connor. »Diese Zeiten sind doch wohl schon lange vorbei.«

»Aber wir können ihn auch nicht gehen lassen«, mischte sich Nichols ein. »Das wissen Sie.« Etwas raschelte in den Büschen hinter ihm.

»Es gibt andere Möglichkeiten«, antwortete Connor. Aber sie sagte es auch auf eine seltsame Art, die Janice nicht erleichterte, sondern ihr einen kalten Schauer über den Rücken laufen ließ.

Wieder raschelte etwas, ein Laut, als schlängelte sich etwas durch nasses Laub und zerbrechendes Unterholz, und diesmal war sie nicht die Einzige; die es hörte. Connor fuhr erschrocken zusammen und drehte mit einem Ruck den Kopf, um die Schatten unter den Bäumen abzusuchen, und Nichols fuhr auf dem Absatz herum und griff unter seine Jacke, wo er vermutlich eine Waffe trug.

Er kam nicht dazu, sie zu ziehen. Die Schatten explodierten zu reißendem Leben und verwandelten das Gebüsch in einen Wald schwarzer peitschender Schlangen, die in seine Richtung zuckten, seine Hand- und Fußgelenke umklammerten und sich um seinen Leib, seinen Hals und sein Gesicht legten, um ihn in der nächsten Sekunde mühelos von den Füßen und hoch in die Luft zu reißen.

Daniel stieß einen krächzenden Schrei aus und feuerte seine Pistole ab, und weitere Tentakel explodierten unter den Bäumen und schlugen nach ihm, Connor und Waters. Jemand schrie – ihr wurde erst im Nachhinein klar, dass sie selbst es gewesen war –, und in der nächsten Sekunde brach das schiere Chaos aus. Überall war Bewegung und zuschnappende Schlangen, ein weiterer Schuss brannte ein grelles rotes und grünes Nachbild in ihre Netzhäute, peitschende Tentakel mit schrecklichen Widerhaken und schnappenden runden Saugnapf-Mäulern rissen durch Stoff und Fleisch, und es stank nach Blut und modrigem Wasser und reinem, bösartigem *Alter.*

Der Einzige, der die Neven behielt, war Steve. Er reagierte sogar mit ganz erstaunlicher Kaltblütigkeit, indem er Kenny, der noch immer auf den Knien hockte und den peitschenden Tentakeln bisher irgendwie entgangen war, mit einem Fußtritt vollends in das schwarze Gewimmel hineinschleuderte.

Daniel riss sich mit einem wütenden Schrei (und unter Zurücklassung einer Menge Haut) los und schwenkte den Revolver in

Steves Richtung, und dieser packte mit der einen Hand Daniels Arm und verdrehte ihn so abrupt, dass er die Waffe fallen ließ. Mit der anderen ergriff er ihn im Nacken, nutzte den Schwung seiner eigenen Bewegung, um ihm noch mehr Tempo zu verleihen, und rammte seinen Kopf gegen die Windschutzscheibe. Das Glas (und Daniels Gesicht vermutlich auch) bekam einen Sprung, und Steve schleuderte ihn nicht nur zu Boden, sondern stützte sich auch noch auf ihm ab, um sich über die Motorhaube zu rollen und in einer komplizierten Bewegung, der Janice einfach nicht mehr folgen konnte, hinter das Lenkrad zu springen. Mit einem Krachen, als wollte das Getriebe in all seine komplizierten Einzelteile zerspringen, hämmerte er den Gang hinein und stieß mit durchdrehenden Hinterrädern zurück. Etwas prallte mit einem ekelhaft nassen Laut gegen das Heck des Wagens (Janice hoffte inständig, dass es kein Mensch war) und wurde weggeschleudert, dann waren sie auf der Straße und gewannen rasch an Tempo.

Die Einzelheiten des bizarren Kampfes huschten wie ein apokalyptisches Kaleidoskop des Grauens an ihnen vorüber, und sie sah nun, dass jeder Einzelne von gleich mehreren der schwarzen Tentakel attackiert wurde.

Und das war noch lange nicht alles. Was sie sah, so entsetzlich es auch sein mochte, war nur die Ouvertüre. Etwas kam, das spürte sie, etwas Ungeheuerliches und Gewalttätiges, dessen Eintreffen kein lebendes Wesen überstehen konnte.

Sie schrie Steve etwas zu, von dem sie selbst nicht wusste, was es war, und er reagierte darauf, indem er noch mehr Gas gab, und der rückwärts beschleunigende Wagen prompt ins Schlingern geriet. Janice hätte sicher geschrien, hätte sie in diesem Moment nicht etwas durch und durch Entsetzliches gesehen:

Auch Waters war von gleich mehreren der peitschenden schwarzen Schlangenarme getroffen und herumgewirbelt worden, aber er hatte entweder ausgesprochenes Pech oder war einfach nicht stark genug, um sich loszureißen. Die Tentakel fetzten grässliche Wunden in sein Fleisch, zerschnitten seine Kleider und rissen ihm in einer einzigen, brutalen Bewegung das Gesicht herunter, nur dass aus seinen Wunden übel riechendes Faulwasser spritzte und kein

Blut, und das unwiderruflich Allerletzte, was Janice von ihm sah, war, dass er von vier zuckenden schwarzen Schlangen an Armen und Beinen ergriffen und hoch in die Luft gehoben wurde, woraufhin sie ihm alle Gliedmaßen ausrissen.

Janice schloss entsetzt die Augen, und als sie sie nach einem halben Dutzend schmerzhaft hämmernder Herzschläge wieder öffnete, war die grausige Szene verschwunden; allenfalls, dass sie noch eine vage, hektische Bewegung erahnte und mehr denn je das Gefühl hatte, das Nahen von etwas unvorstellbar Gefährlichem zu spüren.

Der Wagen schoss noch ein gutes Stück rückwärts dahin, dann trat Steve so hart auf die Bremse, dass er endgültig ausbrach und sich einmal komplett um seine eigene Achse drehte, bevor er mit einem lang anhaltenden mahlenden Laut zum Stehen kam.

Steve klammerte sich etliche Sekunden lang mit solcher Kraft ans Steuer, als hätte er Angst, im nächsten Moment aus dem Wagen katapultiert zu werden, und dann tat er etwas, das Janice noch einmal bis ins Mark erschreckte.

»Steve, was tun Sie?«, keuchte sie, als er erneut Gas gab. »Sie fahren ja zurück!«

»Mitnichten, Janice«, antwortete Steve grimmig. »Halten Sie sich fest!«

Und damit gab er noch mehr Gas und drehte am Steuer, und der Wagen hüpfte von der Straße hinunter und kippte in eine gefährliche Schräglage, während sie den Bahndamm hinaufschlingerten.

»Steve!« Janice kreischte jetzt wirklich. »Was tun Sie denn da!«

»Wir müssen über den Kanal!«, brüllte Steve zurück. »Haben Sie das schon vergessen?«

»Aber Sie können doch nicht über die *Eisenbahnbrücke* fahren!«, protestierte Janice.

Aber ganz genau das tat er.

32

Es war, als schlügen Vorschlaghämmer in rasendem Takt von unten gegen den Wagen, wobei jeder einzelne Hieb als eine vibrierende Woge durch ihren Körper schoss und an einer beliebigen Stelle reinen Schmerzes in ihrem Schädel, ihrem Leib oder dem Rücken explodierte und manchmal auch überall zugleich. Sie wagte es nicht, auch nur darüber nachzudenken, was die Eisenbahnschwellen der empfindlichen Technik des Automobils antun mochten, aber sie bezweifelte mit jedem einzelnen in den Zähnen schmerzenden Schlag mehr, dass der Wagen die Belastung noch lange aushalten würde; geschweige denn sie noch bis auf die andere Seite der Brücke bringen.

Eine Unterhaltung war vollkommen unmöglich, aber Janice hätte auch gar nicht mehr gewusst, was sie sagen sollte. Steve hatte sich zu diesem Akt schierer Verzweiflung entschlossen und ihr nicht einmal die Chance zu irgendeiner Art von Einwand gegeben, und nun blieb ihr gar keine andere Wahl mehr, als zu beten, dass sein irrsinniger Plan aufging – wobei sie mit jedem schmetternden Schlag, der die Achsen des Studebakers aufkreischen ließ, weniger daran glaubte, dass ihre Gebete erhört wurden.

Die Brücke war nicht sehr lang – kaum eine halbe Meile, bis sie das Gleis auf der anderen Seite wieder verlassen und sich auf die Suche nach etwas machen konnten, das einer Straße wenigstens ähnelte –, doch sie hatten noch nicht einmal ein Viertel der Strecke geschafft, als ein reißend-metallischer Laut erklang und der Wagen unter einem besonders heftigen Schlag erzitterte. Dampf quoll in einer zischenden Wolke unter der Motorhaube hervor, und es roch nach heißem Öl und noch heißerem Metall, noch bevor Steve den Wagen mit einem gemurmelten Fluch und einem beherzten Tritt auf die Bremse zum Stehen brachte. Noch bevor sie ganz anhielten, sprang er auch schon hinaus und schrie: »Bleiben Sie hier! Und passen Sie auf!«

Janice starrte ihm nach und versuchte sich vergebens darüber klar zu werden, ob sie nun über diese neuerliche Unverschämtheit wütend werden oder einfach laut loslachen sollte. Was glaubte er denn, wohin sie gehen würde? Und worauf bitte schön sollte sie hier aufpassen?

Steve eilte nach vorne, fummelte einige Sekunden lang auf seine typisch ungeschickte Art an der Motorhaube herum, ehe es ihm gelang, sie zu entriegeln und hochzuklappen, und noch mehr Dampf hüllte ihn in eine zischende weiße Wolke. Janice verzichtete darauf, sich vorzustellen, was kochender Dampf einem menschlichen Gesicht anzutun vermochte, indem sie sich auf dem Sitz umdrehte und *aufpasste*.

Worauf auch immer.

Sie erschrak, als sie sah, dass sie sich noch nicht wirklich weit vom Kanalufer entfernt hatten. Es kam ihr vor (und jeder einzelne Knochen in ihrem Leib bestätigte das auch), als wären sie schon meilenweit über diese Brücke geflohen, doch es konnten kaum mehr als hundert oder hundertfünfzig Yards sein. Wenn Connor und die anderen (falls sie noch am Leben waren, hieß das) sie verfolgten, dann konnten sie binnen weniger Minuten hier sein. Selbst zu Fuß.

Steve knallte die Motorhaube zu und kam zurück. Sein Gesicht war nicht verbrüht, bot aber trotzdem einen schlimmen Anblick mit der gebrochenen Nase und all dem Blut, aber er sah noch besorgter aus als bisher. »Es sieht nicht gut aus. Der Kühler ist gebrochen. Wir verlieren Wasser. Und das rechte Rad könnte jeden Moment einfach abbrechen.«

Unbeschadet dieser Worte fuhr er los, wenn auch jetzt nur im Schritttempo. Janice kramte angestrengt in ihrem Gedächtnis, um sich an etwas von dem Wissen über Technik im Allgemeinen und Automobile im Besonderen zu erinnern, mit dem Joffrey ihr manchmal regelrecht auf die Nerven gegangen war. Was würde sie jetzt darum geben, sich einen langweiligen Vortrag über das Funktionsprinzip eines Verbrennungsmotors aus seinem Mund anhören zu können.

»Wenn der Kühler defekt ist, dann bedeutet das, dass der Motor überhitzt?«, vergewisserte sie sich.

»Und einfach platzt, sofern sich die Kolben nicht vorher festfressen«, schrie Steve gegen den Motorenlärm an.

»Und wann?«, gab sie ebenso laut zurück. »Ich meine: Wie lange können wir ohne Kühlung weiterfahren?«

»Wahrscheinlich nicht länger als ein paar Minuten. Aber noch ist der Kühler nicht vollständig leer. Und auf der anderen Seite können wir ihn auffüllen.«

»Warum lassen wir den Wagen dann nicht einfach stehen – und laufen zu Fuß nach Buzzards Bay?«

Steve warf ihr einen schrägen Blick zu. »Es wundert mich, dass ausgerechnet Sie einen solchen Vorschlag machen. Ganz abgesehen davon, dass wir unsere Verfolger selbst in einem ramponierten Automobil mühelos abhängen können ...«

»Falls es denn noch fährt«, unterbrach ihn Janice.

Steve nickte. »Das wird es, verlassen Sie sich darauf. Aber es gibt noch einen anderen Grund, der Ihnen wichtig sein sollte.«

»Und der wäre?«

Steve stieß einen tiefen Seufzer aus, der fast das Zischen des dampfenden Kühlers übertönte. »Wollen Sie etwa, dass morgen der Frühzug entgleist, weil er in voller Fahrt in den Studebaker donnert?«

Janice starrte ihn einen Herzschlag lang entgeistert an. »Nein, natürlich nicht. Aber worauf warten wir dann? Geben Sie endlich Gas, damit wir hier wegkommen!«

»Das geht nicht«, antwortete Steve gewichtig. »Mit einem überhitzten Motor können wir immerhin noch fahren. Mit einem abgebrochenen Rad nicht. Die Achse hat etwas abbekommen, fürchte ich. Dies ist ein phantastischer Wagen, aber eben kein Schienenfahrzeug.«

Janice fand zwar, dass diese Erkenntnis ein wenig spät kam, aber sie stimmte ihm dennoch mit einem stummen Nicken zu. Auch wenn er recht hatte, bedeutete das nicht automatisch, dass es ihr gefallen musste. Sie bewegten sich tatsächlich im Fußgängertempo, und wenn das, was Steve über die Achse erzählt hatte, der Wahrheit entsprach, dann würden sie nie und nimmer dort drüben ankommen, wenn er jetzt zu viel Gas gab.

»Wollen Sie es mir immer noch nicht verraten?«, fragte Steve.

Janice wusste selbst, dass das übertrieben war, aber sie sah ihn trotzdem mit gespielter Verständnislosigkeit an und fragte: »Was meinen Sie?«

»Diese Dinger, die Connor und ihre Freunde angegriffen haben«, sagte Steve ruhig. Er machte eine Kopfbewegung auf ihre Bluse zu. »Hat es etwas damit zu tun?«

Janice unterdrückte ein Seufzen. Manchmal wünschte sie sich den alten, unbeholfenen Steve zurück. »Es ist …«

»Nicht so einfach zu erklären?«, unterbrach sie Steve. »Ja, das kommt mir auch so vor.«

»Das ist es in der Tat, Steve«, sagte sie in der Pause zwischen zwei rumpelnden Schlägen, die den Wagen erschütterten. »Und ich will Sie nicht noch mehr in Gefahr bringen, als ich es sowieso schon getan habe.«

»In Gefahr«, wiederholte Steve. Er runzelte übertrieben die Stimme, was bei seinem zerschlagenen Gesicht zu einem verstörenden Ergebnis führte.

»Wenn mich meine Erinnerung nicht vollkommen im Stich lässt«, fuhr er schlecht schauspielernd fort, »dann hat unser alter Freund Waters gerade dafür plädiert, mich umzubringen. In welche noch größere Gefahr sollte ich denn Ihrer Meinung nach noch geraten?«

Aber Waters ist tot, wollte Janice antworten, biss aber dann stattdessen die Zähne zusammen; nicht ganz freiwillig, denn der Wagen rumpelte über eine weitere Schwelle und fiel mit einem Schlag in das Kiesbett zurück. Seine Bemerkung schien zu beweisen, dass er nichts von Waters Tod mitbekommen hatte, was zweierlei bedeuten konnte: Er hatte es gar nicht gesehen, weil er viel zu sehr darauf konzentriert gewesen war, den Wagen rückwärts dahinpreschend auf der Straße zu halten, oder das Schreckliche war gar nicht geschehen, und sie hatte sich Waters furchtbaren Tod nur eingebildet. Janice hoffte inständig, dass Letzteres zutraf.

»Ihre Sorge um mein Wohlergehen ehrt Sie, Janice«, fuhr er fort, nachdem er für die Dauer zweier weiterer in den Zähnen schmerzender Schwellenüberquerungen vergebens auf eine Antwort gewartet hatte. Bei jeder einzelnen Erschütterung meinte Janice zu spüren, wie sich nicht nur der Wagen weiter in seine Bestandteile auflöste, sondern auch ihr Körper. Mittlerweile schmeckte sie ihr eigenes Blut. »Aber sehr viel schlimmer kann es doch wohl kaum noch kommen, oder?«

»Sie haben ja keine Ahnung«, murmelte Janice, vorsichtshalber allerdings so leise, dass er nicht sicher sein konnte, ob die Worte auch wirklich für ihn bestimmt waren.

Steves Reaktion bestand denn auch nur aus einem tiefen Stirnrunzeln, was sein misshandeltes Gesicht endgültig zu einer Furcht einflößenden Grimasse machte.

»Wenn wir wieder zu Hause sind und das alles hier vorbei ist, dann sind Sie mir eine Menge Erklärungen schuldig, Janice.«

Sie nickte zwar nur verhalten, nahm sich aber fest vor, seinem Wunsch zu entsprechen. Nicht nur weil sie es ihm wirklich schuldig war, sondern auch weil er das stumme Versprechen beinhaltete, dass sie lebendig und einigermaßen unversehrt nach Hause kamen.

Ein weiterer Schlag erschütterte den Wagen, und nun mischte sich noch ein anderer Laut in das Geräusch der Fahrt, der sie an eine Sense auf einem Schleifstein denken ließ, und auch Steve wirkte jetzt noch nervöser und umklammerte das Lenkrad so fest, als wollte er es zerbrechen. »Vielleicht sollten Sie lieber aussteigen, Janice, und schon vorlaufen«, brüllte er gegen die metallenen Geräusche an. »Ich komme dann nach.«

»Kommt überhaupt nicht infrage«, widersprach Janice heftig. »Ich lasse Sie hier doch nicht alleine zurück, nach allem, was Sie für mich getan haben.

Steve gab ein Geräusch irgendwo zwischen einem Schreckenslaut und einem herzhaften Fluch von sich, sodass sie mit einem Ruck auf- und in dieselbe Richtung wie er blickte, und kaum hatte sie es getan, zerplatzte auch noch der Rest ihrer Hoffnung.

Sie sollte jetzt Entsetzen verspüren oder wenigsten Schrecken oder Zorn auf das Schicksal oder auch Gott, sich einen so grausamen Scherz mit ihnen erlaubt zu haben, aber sie empfand nichts davon. Der Anblick war so … *grotesk,* dass er einem ganz besonders schlechten Kolportageroman zu entstammen schien und nicht der Wirklichkeit.

Das Entsetzen kam erst, als Steve den Wagen abrupt zum Stehen brachte und sie den Ausdruck von Fassungslosigkeit und Unglauben auf seinem Gesicht gewahrte. »Aber das kann doch …«, begann er, und Janice unterbrach ihn mit einer Stimme, deren spöttischen Unterton sie selbst am allerwenigsten verstand: »Sagten Sie nicht, heute käme kein Zug mehr, Steve?«

»Aber ich habe den Fahrplan dreimal überprüft!«, verteidigte sich Steve, wie um die Absurdität des Moments noch auf die Spitze zu treiben. »Heute fährt kein Zug mehr!«

Offensichtlich hatte er nicht nach ankommenden oder durchfahrenden Zügen gesehen, denn ein solcher kam ihnen entgegen. Auf einer Brücke, die nur ein Gleis hatte.

»Wir sollten zurückfahren«, sagte Janice, noch immer mit derselben Stimme, die nicht ihr zu gehören schien, und vollkommen ruhig und einfach nicht in der Lage, irgendetwas zu empfinden. »Und das mit Vollgas.«

Der Wind drehte sich und trug einen lang gezogenen, klagenden Pfiff an ihr Ohr, und der Laut brach den Bann, der sowohl von Steve als auch von ihr Besitz ergriffen hatte. Steve stieß einen Schrei aus, als hätte das Lenkrad unversehens mit glühenden Eisenzähnen nach seinen Fingern geschnappt, und Janice hätte sicher dasselbe getan, hätte das Entsetzen nicht mit doppelter Wucht zugeschlagen und ihr einfach die Kehle zugeschnürt. So konnte sie sich nur mit aller Kraft an ihren Sitz klammern und zusehen, wie Steve den Rückwärtsgang einzulegen versuchte – in seiner Aufregung brauchte er drei geräuschvolle Anläufe, bis es ihm gelang, und das grelle Licht, das das Ende ihrer famosen Flucht und mit einiger Wahrscheinlichkeit auch ihres Lebens bedeutete, schien ihnen nun regelrecht entgegenzu*springen*. Es war wie vorhin: Je näher der Scheinwerfer kam, desto schneller wurde er. Sie konnte jetzt schon erkennen, dass es sich um einen Güterzug handelte, ein Monstrum mit einem Dutzend oder mehr Anhängern, das Tonnen um Tonnen um Tonnen wiegen musste und sie so mühelos zerquetschen würde wie sie selbst ein Insekt.

Steve hatte endlich den Gang eingelegt und fuhr los. Der Motor heulte auf und stieß noch mehr zischenden weißen Dampf aus, und aus der Ferne antwortete der Zug mit einem erneuten, schrillen Pfeifen. Vielleicht hatte der Lokführer ja das Hindernis gesehen, das mitten auf der Brücke stand, aber das spielte keine Rolle mehr. Janice wusste, dass er den Zug niemals rechtzeitig zum Stehen bringen würde. Und mittlerweile *raste* er nur so heran.

Steve gab rücksichtslos noch mehr Gas, und der Wagen, dessen Motor wie durch ein kleines Wunder immer noch nicht explodiert war, beschleunigte gerade weit genug, um in ihr einen Funken verzweifelter Hoffnung aufkeimen zu lassen, sie könnten doch noch einmal entkommen, bevor das Rad abbrach und wie ein riesiger Kreisel davonflog. Der Studebaker kippte auf die Seite und schlitterte noch ein Stück Funken sprühend weiter, dann verkantete er sich, stellte sich quer und hätte sich vermutlich auch noch überschlagen, hätte er sich nicht zugleich zwischen den Schienen verkeilt.

Trotzdem wurden sie so unsanft hin und her geworfen, dass Steve schon wieder vor Schmerz aufschrie und Janice für eine oder zwei Sekunden benommen in ihrem Sitz zusammensackte.

Als sich ihre Sinne wieder klärten, hatte der Zug die Brücke erreicht. Die Lokomotive pfiff jetzt ununterbrochen, und unter den blockierenden eisernen Rädern stoben grelle Funkenschauer hoch, aber sie war immer noch viel zu schnell, um auch nur auf der Brücke anzuhalten, geschweige denn in ihrer Mitte.

Janice war mit einem Satz aus dem Wagen, stürmte auf die andere Seite und zerrte den halb benommenen Steve heraus, was sie nur weitere wertvolle Sekunden kostete und weder sie noch ihn retten würde. Aber sie wollte auch nicht als Feigling sterben.

Als sie losrannte, meinte sie eine Bewegung am anderen Ende der Brücke wahrzunehmen, aber auch das war jetzt gleichgültig. Nichts spielte mehr eine Rolle, und wenn sie Glück hatte, dann erwischte der Zug ja auch noch Connor und die ganze Bande.

Steve fand allmählich wieder zu sich selbst zurück, sodass sie etwas schneller laufen konnten und es auch taten, ganz egal, wie erbarmungslos ihr Verstand darauf beharrte, dass es kein Entkommen mehr gab. Hinter ihnen – entsetzlich *nahe* hinter ihnen! – pfiff die Lokomotive erneut, gefolgt von einem gewaltigen Krachen und dem Kreischen zerreißenden Metalls. Janice warf einen gehetzten Blick über die Schulter zurück und sah, wie der Wagen von den ungezählten Tonnen der Lokomotive hoch in die Luft geschleudert und zugleich in tausend Trümmerteile zerfetzt wurde, von denen etliche augenblicklich in Flammen aufgingen. Sie fragte sich, ob wohl mit ihnen dasselbe passieren würde, wenn diese gigantische Maschine sie zermalmte.

Augenblicke, bevor es geschah, schwang ein finsterer Gott seine titanische Axt, die die Brücke genau in der Mitte traf und wie Papier zerriss.

Die Erschütterung riss sie beide von den Füßen und schleuderte sie wie trockenes Laub davon, zerbrochenes Eisen und abgesprengte Nietenköpfe, wie Stroh verbogene Stahlträger und andere Trümmer regneten rings um sie herum zu Boden, und gleichzeitig beobachteten sie, wie sich eine zyklopische Wand aus schwarzem Eisen unter gewaltigem Getöse weiter durch die zerbrechende Brückenkonstruktion schnitt, die ersten zwei oder drei Eisenbahnwaggons einfach zerschmetterte und die Lok selbst so mühelos davonschnippte wie eine zornige Hand eine Mücke. Sie zerbarst, noch während sie von der Brücke geschleudert wurde und in einer gewaltigen Explosion aus kochendem Dampf und Flammen explodierte. Auch der Himmel auf der anderen Seite des schwarzen Eisenkeils färbte sich rot, als der Rest des Zuges dagegenprallte und zerbarst, und die schwarze Wand wurde immer nur noch größer, zermalmte Holz und Metall und alles andere und würde sie in den nächsten Augenblicken ebenfalls zerquetschen.

Vielleicht zwei Armeslängen, bevor es tatsächlich geschah, kam die wolkenkratzerhohe Flanke der IRONCLAD kreischend zum Stehen, und Janice beobachtete voller Entsetzen, wie die massiven Eisenbahnschienen vor ihnen wie dünnes Aluminiumblech zerknüllt und in kleine Fetzen gerissen wurden. Eine Armeslänge mehr, und es wäre ihnen genauso ergangen.

Doch es war noch nicht vorbei. Die zerstörte Brücke zitterte wie im Fieber, und es wurde beinahe noch lauter, als mehr Eisen kreischend zerbrach, und rings um sie herum regneten Trümmerstücke und ganze Stahlträger zu Boden, und unter ihnen begann sich die gesamte Brücke zu senken und immer weiter auf die Seite zu neigen, während ganze Sturzbäche von Trümmerstücken und glühenden Funken in den Kanal regneten. Ein dumpfes Heulen hob an und verschlang binnen Sekunden das Kreischen der zerbrechenden Brücke, ein Laut wie der Schrei eines gigantischen Urzeittieres, das seinen Zom in die Welt hinausbrüllte, und Janice klammerte sich instinktiv an irgendetwas fest, ließ aber auch praktisch sofort wieder los, um nach Steve zu greifen, der von einem faustgroßen Trümmerstück getroffen wurde und sich wimmernd zu einem Ball zusammenkrümmte.

Dann kippte die ganze Brücke unter ihr weg, verdrehte sich auf ganz und gar unmögliche Weise in sich selbst und trug diesem Umstand auch unmittelbar Rechnung, indem sie einfach in Stücke brach.

Janice klammerte sich mit der linken Hand an ein Trümmerstück, das mit rostigen Eisenkanten tief in ihr Fleisch biss und griff mit der anderen nach Steve, der genau wie sie hilflos herumgewirbelt wurde und über die Kante zu stürzen drohte. Tatsächlich bekam sie ihn zu fassen, aber er war viel zu schwer. Sie schaffte es sogar, ihn eine Sekunde oder auch zwei zu halten, dann hatte sie die Wahl, ihn loszulassen oder selbst ihren Halt zu verlieren, doch sie musste diese schreckliche Entscheidung nicht treffen. Steves Arm wurde ihr einfach aus den Fingern gerissen, und er verschwand mit einem gellenden Schrei in der Tiefe. Janice vermochte nicht einmal zu sagen, welche der schaumigen Explosionen dreißig Fuß unter ihr von ihm stammte, als er in dem brodelnden Chaos verschwand.

Ihr blieb nicht einmal Zeit, wirklich zu erschrecken oder auch nur angemessenes Entsetzen zu empfinden, denn die Brücke brach um sie herum immer schneller in Stücke. Das Trümmerstück, an dem sie sich festklammerte, verlor plötzlich selbst seinen Halt und zog eine brennende Spur über ihren Unterarm, bevor es in der Tiefe verschwand. Der Boden kippte unter ihr weg – vielleicht löste er sich auch auf, wo war der Unterschied? –, und sie griff verzweifelt nach oben und fand nichts, woran sie sich hätte festhalten können. Sie fiel und schrie vor Schmerz auf, als sie das Gefühl hatte, die Schulter würde ihr aus dem Leib gerissen.

Eine schmale Hand hatte sich um ihr Gelenk geschlossen und hielt es nicht nur mit eisernem Griff fest, sondern zog sie auch mit einem einzigen harten Ruck nach oben. Connor! Janice hatte keine Ahnung, wo sie plötzlich herkam und warum sie alles daransetzte, sie zu retten; aber das spielte auch keine Rolle. Ihre Hüften und Knie schrammten über etwas Hartes, und sie fühlte Blut über die Schenkel laufen, doch ihr blieb nicht einmal Zeit für einen Schrei, geschweige denn sich aus Connors hartem Griff loszureißen oder auch nur wirklich zu begreifen, wie ihr geschah, denn das Chaos hatte seinen Höhepunkt noch immer nicht erreicht und wurde immer nur noch schlimmer und schlimmer.

Die Brücke brach nun endgültig unter ihren Schritten in Stücke. Das Wasser des Kanals kochte, von Flammen erhellt, die weiß und rot unter seiner Oberfläche loderten, und auch der Todesschrei des Zuges war noch nicht verstummt. Auf der anderen Seite der IRONCLAD erzitterte die Welt noch immer unter dem Todesschrei des Güterzuges, Flammen tauchten den Himmel in die Farbe von leuchtendem Blut, und über allem lag noch immer dieser unheimliche, dröhnende Laut, als schrie etwas, das älter war als die Schöpfung, einen noch älteren Schmerz heraus.

Einen Schritt, bevor sie das rettende Ufer erreicht hätte, verschwand der Boden unter ihr, und sie drohte zu fallen, doch Connor riss sie auch jetzt nicht nur mit schier unglaublicher Kraft und einem gewagten Sprung weiter, sodass sie das letzte Stück fast schwerelos durch die Luft sauste, sondern hielt sie auch noch umklammert, kaum dass sie wieder festen Boden unter den Füßen hatten. Dabei besaß sie nicht einmal den Anstand, sich von Janice' Anprall mit von den Füßen reißen zu lassen, sondern wandelte ihren Schwung in eine anderthalbfache Pirouette um, an deren Ende sie sie beinahe sanft zu Boden sinken ließ.

Janice keuchte trotzdem vor Schmerz, denn sie blutete aus einem Dutzend Wunden, die sie bisher noch nicht einmal bemerkt hatte, und nun, kaum selbst außer Gefahr, schlug das Entsetzen mit nur umso größerer Macht zu. »Steve!«, wimmerte sie. »Steve ist …«

»Ich weiß, Kindchen«, unterbrach sie Connor. »Aber dafür ist jetzt keine Zeit. Wir müssen weg, bevor sie kommen.«

Janice kam nicht dazu zu fragen, wen sie mit *sie* meinte, denn Connor griff schon wieder nach ihrem Arm und zog sie kaum weniger grob auf die Füße als gerade. Janice bemerkte überhaupt erst jetzt, dass sie nicht allein gekommen war, konnte aber in ihrer Aufregung nicht einmal genau sagen, welcher ihrer Begleiter davongekommen war. Waters war nicht bei ihnen, so viel konnte sie immerhin erkennen. Doch da war auch noch mehr. Schatten, die nicht in diese Welt gehörten, und Bewegung, wo gar keine sein konnte.

Connor eilte mit weit ausgreifenden Schritten los und zerrte sie auch jetzt wieder hinter sich her, doch Janice hatte sich weit genug gefangen, um sich loszureißen und unverzüglich herumzufahren. »Steve! Ich muss ihm helfen! Er ist abgestürzt und …«

»Und längst tot!« Connor packte sie mit beiden Händen an den Schultern und schüttelte sie so derb, dass ihre Zähne schon wieder aufeinanderschlugen. »Und wenn wir nicht sofort von hier verschwinden, dann sind wir es auch! Nehmen Sie jetzt Vernunft an, oder soll Dan Sie tragen?«

Steve war nicht tot, weil Steve nicht tot sein konnte! Janice riss sich mit einer Kraftanstrengung los, die sie fast selbst überraschte, und stürmte weiter, doch schon nach zwei Schritten blieb sie wieder stehen und musste sich eingestehen, dass Connor wahrscheinlich recht hatte. Die Brücke war verschwunden, und wenn Steve den dreißig Fuß tiefen Sturz überhaupt überlebt hatte, so musste er mittlerweile ebenfalls tot sein. Das Wasser brannte sowohl an als auch unter der Oberfläche, spie kochenden Dampf und zischende Blasen, und was diesem Inferno entging, das musste zwischen tausend scharfkantigen Trümmerstücken zermahlen werden, die in diesem Mahlstrom wirbelten, sofern es nicht unter der ungeheuerlichen Masse der IRONCLAD zermalmt wurde, die fast bis zum Himmel aufragte und den Kanal von einer Seite bis an die andere auszufüllen schien.

Aber Steve durfte nicht tot sein! Nicht Steve, der einzige Mensch, den sie noch …

Daniel packte sie von hinten mit beiden Armen und warf sie sich wie ein Gepäckstück über die Schulter, ohne auf ihr verzweifeltes Strampeln und Um-sich-Schlagen zu achten. Binnen weniger Augenblicke hatten sie die Straße erreicht und schlitterten mehr den Bahndamm herunter, als sie gingen, und auch unten angekommen ließ er sie nicht los. Obwohl wild hin und her geworfen, identifizierte Janice nun auch Nichols und Kenny, und ihr entging auch nicht, dass sie allesamt – auch Connor – nicht ohne diverse Blessuren davongekommen waren. Ihre Kleider hingen in Fetzen, und ihrer aller Gesichter und Hände waren voller Blut.

»Lassen Sie mich runter!«, schrie Janice. »Auf der Stelle, oder Sie werden es bereuen.«

Daniel schleppte sie noch ein gutes Dutzend Schritte weiter, bevor er sie so grob absetzte, dass sie um ein Haar gestrauchelt wäre.

»Wohin?«, fragte Nichols.

»Weg vom Wasser. Das ist erst einmal das Wichtigste.« Connor wies auf den gegenüberliegenden Waldrand. »Über alles andere reden wir später.«

Wenn es ein *später* gab. Sie hatten noch keine zwei Schritte getan, da wurden die Schatten lebendig, und nur zu viele der vermeintlichen Büsche und Äste verwandelten sich in schwarze Tentakel, die wie in böser Vorfreude hin und her zuckten.

Connor stieß einen wenig damenhaften Fluch aus und wandte sich nach rechts, machte aber auch jetzt nur einen einzelnen Schritt und blieb sofort wieder stehen. Das Licht reichte nicht aus, um wirklich Einzelheiten zu erkennen, aber selbst so sah sie, dass die Schatten dort entschieden zu viele Fangarme und Zähne hatten.

Connor fluchte noch lauter, und sie wandten sich in die einzige Richtung, die ihnen überhaupt noch blieb und stürmten los. Daniel musste sie jetzt nicht einmal mehr zwingen, mit ihnen Schritt zu halten. Sie wusste nicht, was sie da auf der anderen Seite und in den Schatten gesehen hatte, und sie wollte es auch gar nicht wissen.

Sie kamen vielleicht ein Dutzend Schritte weit, bevor auch aus dieser Richtung schattenhafte Gestalten auftauchten, zwei, drei, schließlich ein halbes Dutzend. Connor fluchte zum dritten Mal und noch lauter, und sowohl Daniel als auch Nichols zogen klickend die Hähne ihrer Revolver zurück, während Janice im ersten Moment beinahe erleichtert war, denn zumindest handelte es sich bei diesen Neuankömmlingen um Menschen. Aber schon nach einem weiteren Augenblick fiel ihr auf, dass mit ihnen etwas nicht stimmte. Es waren zweifellos Menschen, aber sie bewegten sich nicht so, wie man es erwarten sollte.

Neben ihr zischte Daniel Nichols etwas zu und feuerte seine Waffe ab, und eine der Gestalten taumelte und fiel zu Boden. Die Schatten auf der anderen Seite der Straße explodierten zu wütender Bewegung, und auch hier war etwas, ein nasses Tappen und Scharren, wie das Geräusch rostiger Füße mit eisenharten Klauen.

Die restlichen Gestalten kamen so ungerührt näher, als wäre gar nichts geschehen, und Daniel hob seinen Revolver nun mit beiden Händen, doch Connor drückte die Waffe herunter, bevor er schießen konnte.

»Lass das, du Dummkopf«, sagte sie streng. »Du machst alles nur schlimmer.«

Die Gestalten näherten sich weiter, und nun wusste Janice auch, was es war, das sie an ihnen so irritierte. Sie bewegten sich nicht richtig, und das jeder auf seine eigene groteske Art. Sie hoppelten, schlurften und humpelten, manche weit nach vorn gebeugt wie unter einer unsichtbaren Last, andere schräg wie gegen einen gar nicht existierenden Sturm gestemmt oder auf noch sonderbarere, kaum in Worte zu fassende Weise, als hätten sie versteifte Gliedmaßen oder auch solche mit zu vielen oder falsch angeordneten Gelenken. Manche konnten kaum das Gleichgewicht halten, so als wären sie des Gehens nicht mehr fähig, und mindestens einer schleifte etwas hinter sich her, das wie ein langer Reptilienschwanz aussah.

Dann erblickte sie etwas, das ihr schier den Atem stocken ließ. Die Gestalt, die Daniel niedergeschossen hatte, begann sich zu regen. Ihr Mantel bauschte sich, wie die Schwingen einer großen Fledermaus, die sich zum Abflug bereitmachte, doch stattdessen wälzte sie sich auf die Seite und versuchte sich mühsam auf Hände und Knie hochzustemmen. *Sind da mehr als vier Gliedmaßen unter dem schwarzen Mantel*?, fragte sich Janice beunruhigt.

Diese Frage war durch die große Entfernung und das schlechte Licht nicht zu beantworten, und in der nächsten Sekunde hatte Janice sie auch schon wieder vergessen, beobachtete sie doch etwas ungleich Schrecklicheres: Die Gestalt arbeitete sich langsam, aber stetig wie ein gerade zu Boden gegangener Boxer auf, der eine Kampfwiederaufnahme erzwingen will, stand schließlich einen Moment schwankend da und setzte ihren Weg dann fort, als wäre nichts gewesen.

»Es tut mir so unendlich leid, mein Kind«, sagte Connor neben ihr. »Das hätte nicht passieren dürfen. Glauben Sie mir, ich wollte das nicht.«

Die Worte rissen Janice zwar aus ihrem Starren, aber sie dachte gar nicht über ihre Bedeutung nach und sah Connor auch nicht an, denn die übrigen Gestalten waren mittlerweile nahe genug gekommen, um mehr Einzelheiten zu erkennen; worauf sie gerne verzichtet hätte. Die Männer – wenn es denn solche waren – trugen schwere, bis auf den Boden reichende Mäntel oder Umhänge, die wie nasses Leder fielen und nicht wirklich schwarz waren, sondern eher die Farbe von geronnenem Blut hatten. Vielleicht bestanden sie auch aus abgezogener Menschenhaut, denn nun registrierte sie einen schwachen, süßlichen Geruch, der so ganz anders war als der Gestank von modrigem Wasser, den sie ganz unbewusst erwartet hatte.

Sie bemühte sich zu erkennen, was sich unter diesen grässlichen Mänteln verbarg, denn sie bedeckten die missgestalteten Körper zur Gänze und hatten zu lange, weite Ärmel und spitze Kapuzen, unter denen die Gesichter zu flachen Schatten wurden. Janice war sich plötzlich sicher, dass es besser war, die Details nicht zu deutlich zu erkennen, vor allem als ihr Blick auf einen der weit geschnittenen Ärmel fiel und sie etwas daraus hervorlugen sah, das viel mehr einer riesigen Krebsschere ähnelte als einer menschlichen Hand.

»Was … was geschieht jetzt?«, brachte sie mühsam und mit klopfendem Herzen hervor.

»Das wollen Sie nicht wissen!«, antwortete Daniel. Er fingerte nervös an seiner Waffe herum, und Connor schien etwas darauf erwidern zu wollen, doch Daniels Selbstbeherrschung versagte endgültig, und er fuhr mit einem Schrei herum und zielte auf den am nächsten stehenden Mann.

Aus der Dunkelheit hinter ihm peitschte ein schwarzer Tentakel heran, wickelte sich um sein Handgelenk und riss seinen Arm mit solcher Gewalt zurück und nach oben, dass er nicht einmal mehr dazu kam, den Abzug durchzudrücken, sondern die Waffe mit einem gellenden Schmerzensschrei fallen ließ.

»Dan, lass das!«, sagte Connor scharf, wenn auch zu spät. »Das nutzt niemandem mehr.«

Daniel keuchte eine Antwort, die in einem schmerzhaften Keuchen unterging, als sich der Tentakel noch fester um sein Handgelenk schloss und ihn zugleich auf die Knie zwang.

»Bitte!«, sagte Connor erschrocken. »Es ist nicht nötig, dass noch jemand verletzt wird!«

Tatsächlich lockerte sich der Würgegriff des Tentakels ein wenig, sodass Daniel wenigstens nicht mehr Gefahr lief, dass er die Hand verlor, doch Janice musste nicht hinter sich sehen, um zu wissen, dass die Dunkelheit dort zu noch viel mehr peitschendem und schnappendem Leben erwacht war. Auch der Ring der blutfarbenen Gestalten hatte sich inzwischen zur Gänze um sie geschlossen, und sie konnte es nun nicht mehr verleugnen: Eine Wolke aus süßlichem Verwesungsgestank hüllte sie ein, die ihr nicht nur die Kehle zuschnürte, sondern auch eine immer stärker werdende Übelkeit in ihrem Magen weckte. Etwas bewegte sich raschelnd unter dem Mantel der Gestalt unmittelbar vor ihr, ganz eindeutig kein Arm, und der Verwesungsgestank wurde noch einmal schlimmer, sodass es ihr immer schwerer fiel, sich nicht zu übergeben.

Etwas explodierte mit gewaltigem Getöse auf dem Kanal, und der grelle Blitz tauchte die Straße für eine halbe Sekunde in Farben verzehrende Helligkeit und vertrieb für einen noch kürzeren Moment auch die Schwärze unter der Kapuze ihres Gegenübers.

Janice stieß einen gellenden Schrei aus, dann schwanden ihr die Sinne.

33

Später wurde ihr klar, dass es nicht einmal eine wirkliche Ohnmacht gewesen war, sondern sie vielmehr in einen Dämmerzustand geglitten war, in dem sie zwar alles rings um sich herum weiter und auch in allen Details registrierte, es aber keinerlei Bedeutung mehr hatte, und es ihr auch hinterher nicht gelingen wollte, die Bilder und Eindrücke in die richtige Abfolge zu bringen, geschweige denn ihnen irgendeine Bedeutung zuzuordnen … als hätte sich ihr Bewusstsein von der äußeren Welt abgekapselt, um nicht an dem Wahnsinn zu zerbrechen, der aus allen Richtungen auf sie einstürmte; gleich einem Kind, das sich unter der Bettdecke verkriecht, um von den Ungeheuern seines Albtraums nicht mehr gesehen zu werden.

Doch irgendwann funktionierte dieser Schutz nicht mehr, und sie fand sich in einem finsteren Würfel aus Eisen wieder, dessen Wände stinkendes Salzwasser schwitzten. Sie erinnerte sich vage, von etwas Kaltem und zu gleichen Teilen widerwärtig Schleimigem wie Trockenem gepackt und zurück zur IRONCLAD geschafft worden zu sein, und an eine schier endlose Odyssee durch hallende Korridore und gewaltige Säle voller noch gewaltigerer Maschinen, über endlose Treppen aus schwarzem Metallgitter und lang gestreckte Laufstege, die eiserne Hallen und gewaltige Dome aus schwarzem Stahl überspannten, in deren Tiefe sich augenlose Kreaturen in schwarzem Schlamm suhlten, der aus den Abgründen der Zeit heraufgequollen war.

Da waren noch andere und ungleich schrecklichere Dinge, die sie auf dem Weg hier herab gesehen hatte, doch sie waren zu schlimm, um sich ihnen ohne den Schutz einer halben Bewusstlosigkeit zu stellen, und als Allererstes und noch unwillkommener als alles andere erwachte der Schmerz, überall in ihrem Körper und wirklich schlimm, aber auch nicht unerträglich.

Schließlich drang die Außenwelt wieder an ihr Bewusstsein. Das Tropfen des Wassers wurde lauter, und sie verspürte eine Kälte, die sich wie Glas um ihren Körper legte und ihren Atem zu grauem Dampf werden ließ. Ganz weit am Rande ihres Gedanken waren Stimmen, die sich gedämpft und in einer Sprache unterhielten, die sie nicht verstand, und unter alledem lag ein dumpfes Geräusch, wie das Schlagen eines gewaltigen eisernen Herzens.

Janice öffnete zum zweiten Mal die Augen und starrte die Decke über ihrem Kopf an, die wie alles andere hier aus vor tausend Jahren schwarz gewordenem Eisen bestand und zu weit entfernt war; was daran lag, dass der Raum die Form eines Würfels hatte und ihrem menschlichen Sinn für Ästhetik widersprach.

Sie war auf etwas aufgewacht, das sie für einen eisernen Tisch hielt, wenn auch einer, der für Riesen gemacht sein musste. Er maß mindestens drei mal zwei Meter und war so hoch, dass sie beschloss, noch so lange zu warten, bis sie die vollständige Kontrolle über ihren Körper zurückerlangt hatte, bevor sie hinabzusteigen versuchte. Stattdessen setzte sie sich auf, und die gemurmelten Gespräche verstummten. Stoff raschelte, und nur einen Moment später trat Connor in ihr Blickfeld. Da der schwarze Metallblock so hoch war, sah Janice ein gutes Stück auf sie herab.

»Sie sind wach, Kindchen«, stellte Connor fest. »Das ist gut. Sie waren ziemlich lange ohnmächtig. Ich war schon fast ein bisschen in Sorge um Sie.«

Statt zu antworten, drehte Janice den Kopf und sah sich um. Das war zumindest unhöflich, aber auch die Alternative dazu, etwas noch viel Unfreundlicheres zu sagen. Sie wusste zwar, dass es nicht stimmte, aber solange es ihr noch möglich war, *wollte* sie Connor einfach die Schuld an allem geben, was ihr zugestoßen vor, ihrer missglückten Flucht, ihrer Gefangenschaft hier, Steves Tod …

In ihrer Kehle entstand ein bitterer Kloß, als sie an Steve dachte. Sie hatte diesen großen Tollpatsch gemocht, sogar mehr, als ihr bisher selbst bewusst gewesen war. Vielleicht sogar weit mehr und vielleicht sogar …

Sie gestattete sich nicht, den Gedanken weiterzudenken, sondern setzte ihre Beobachtung fort, auch wenn sie nicht besonders ergiebig war. Es gab noch eine Anzahl weiterer dieser großen Metallblöcke, die sie jetzt eher an Altäre erinnerten, die zu Ehren eines barbarischen Metallgottes aufgestellt worden waren, und in der direkt gegenüberliegenden Wand eine gewaltige Tür, die die Größe und Wuchtigkeit eines Geldschrankes hatte, wie man ihn nur im Keller einer wirklich großen Bank finden würde, wo Gegenstände von ganz besonderem Wert aufbewahrt wurden. Es gab kein sichtbares Schloss, aber gut auf Augenhöhe ein dreispeichiges Rad, dessen bloße Dimensionen schon zu beweisen schienen, dass es mindestens der Kraft eines Dutzends Männer bedurfte, um es zu betätigen.

»Das haben wir schon probiert«, sagte Connor. »Es ist viel zu schwer.«

Anscheinend war ihr Blick beredt genug gewesen. Janice nahm sich vor, Connor noch ein bisschen weniger zu mögen, und statt zu antworten, sah sie in die andere Richtung.

Der Anblick brachte keine Überraschung. Bis auf eine weitere Anzahl der schwarzen Altarblöcke war der Raum vollkommen leer, und alles hier schien für Riesen gemacht zu sein. Auf dem Boden hatte sich Wasser in rostroten Pfützen gesammelt. Nichols und Daniel hockten unbeschadet dessen im Schneidersitz da, während Kenny auf einem der schwarzen Blöcke saß und vornübergebeugt die Beine baumeln ließ. Den verletzten Arm hatte er an den Leib gepresst, und sein Gesicht war aschgrau.

»Wo sind wir hier?«, fragte sie. »Ist das die IRONCLAD?«

Connor zögerte einen spürbaren Moment, ehe sie antwortete, und auch ihre Stimme klang angespannt. »Ja. Heute ist es die IRONCLAD.«

»Heute?«

Connor streckte die Hand aus und wartete, bis sie mit ihrer Hilfe nach unten geklettert war, bevor sie antwortete. »Es war auch schon einmal ein Tempel, eine Opferstätte … und hundert andere Dinge, für die es nicht einmal einen Namen gibt. Aber ja, heute ist es die IRONCLAD, das ist wahr.«

Noch vor Tagesfrist hätte sie geglaubt, dass Connor das nur sagte, um sie zu verwirren oder sich aufzuspielen, aber jetzt jagten ihr die Worte einen kalten Schauer über den Rücken. Sie warf Connor einen fragenden Blick zu, den diese aber komplett ignorierte. Sie ergriff sie lediglich am Oberarm und führte sie zu Nichols und den beiden Jungen.

Der Constable erhob sich umständlich aus dem Schneidersitz und tat dann etwas, das Janice zuerst nicht einmal verstand: Er zog seine Jacke aus, faltete sie zusammen und legte sie mit einer einladenden Kopfbewegung neben sich auf den Boden. Janice sah ihn nur verständnislos an.

»Der Boden ist schmutzig, und es ist kalt«, sagte Nichols.

Wenn das so ist, warum wirft er seine Jacke dann in den Schmutz, dachte Janice, *statt sie mir als Schutz gegen die Kälte anzubieten?* Aber dieser Akt altmodischer Ritterlichkeit – gerade von ihm – überraschte sie; und ein ganz kleines bisschen rührte er sie auch.

»Haben Sie keine Angst, dass ich Sie beißen könnte?«, fragte sie trotzdem.

»Seien Sie nicht so hart zu dem guten Constable«, schalt sie Connor, wenn auch in versöhnlichem Ton. »Er hat das nicht gerne getan, das können Sie mir glauben.«

»Nein, ganz bestimmt war das alles nur zu meinem Besten«, sagte Janice böse. »Das wollten Sie doch gerade sagen, oder?

»Ja«, antwortete Connor, gleich um mehrere Nuancen kühler. »Aber jetzt, wo Sie es sagen, fällt mir sogar selbst auf, wie es sich anhört.«

»Wie eine Lüge?«

»Es war zumindest gut gemeint«, antwortete Connor. »Ich hoffe doch, dass Sie zu denen gehören, für die nicht nur das Ergebnis zählt, sondern wenigstens auch ein bisschen die Absicht.«

»Und welche wäre das gewesen?« Allmählich fiel es Janice schwer, den feindseligen Klang ihrer Stimme aufrechtzuerhalten. So verrückt es ihr auch selbst vorkam, sie *glaubte* Connor.

»All das hier sollte nicht passieren«, sagte Connor traurig. »Das Geheimnis …«

»… muss gewahrt bleiben, ja, das haben Sie jetzt schon ein paarmal gesagt«, unterbrach sie Janice zornig und mit einer Geste, die den ganzen Raum einschloss. »Aber das verstehe ich doch! Dass niemand von der Existenz dieses prachtvollen Schiffes erfährt, das ist schon ein paar Menschenleben wert, nicht wahr?«

Connor sah sie einfach nur traurig an.

»Wie viele sind es bisher?«, fragte Janice. »Nur Waters und Steve oder noch mehr?«

»Mister Waters ist schon vor langer Zeit …«, begann Connor, brach dann ab und setzte in verändertem Ton neu an: »Und um Ihren Freund tut es mir aufrichtig leid, bitte glauben Sie mir das.«

»Steve war nicht mein Freund!«, antwortete Janice heftig. Sie kam sich dabei wie eine Verräterin vor.

»Ja, und wenn Sie es sich nur lange genug einreden, dann glauben Sie es am Ende auch noch selbst«, sagte Connor mit sanftem Spott, machte aber auch sofort eine abwehrende Handbewegung, als Janice aufbegehren wollte, und fuhr fort: »Und um Ihre Frage zu beantworten: Es waren schon zu viele, um sie noch zu zählen, und es vergeht nicht eine Nacht, in der ich nicht die Gesichter jedes Einzelnen vor mir sehe. Aber ich würde es jederzeit wieder tun.«

»Was?«, fragte Janice.

»Es geht nicht um dieses Schiff, Kindchen«, sagte Connor. »Wenn seine Existenz aufgedeckt würde, könnte das großen Schaden anrichten. Aber es ist trotzdem ganz sicher kein Menschenleben wert.«

»Und was dann?«, fragte Janice und verzog böse die Lippen. »Ach ja; das hätte ich ja beinahe vergessen. Ihre ominösen Tiefen Wesen, nicht wahr? Niemand darf von Ihrer Existenz wissen, weil sonst die der gesamten Menschheit auf dem Spiel steht, oder wie war das noch mal?«

»Aber Sie haben Ihren Ruf doch auch schon gehört«, behauptete Connor.

»Was soll denn das …«?«, begann Janice und brach dann genauso plötzlich wieder ab, wie sie aufgebraust war. Sie brauchte keine Antwort, denn sie kannte sie bereits und nicht erst seit jetzt.

Sie erschauerte immer noch, als sie an jenen schrecklichen Moment auf See dachte, den sie bis jetzt schlicht für einen Fehler in ihrer Erinnerung gehalten hatte, vielleicht auch eine Panikreaktion. Aber für einen Moment hatte sie sich genau dort *zu Hause* gefühlt, waren die endlosen Wellen und die Tiefe des Ozeans unter ihr der einzige Ort auf der ganzen Welt gewesen, an dem sie sich wirklich geborgen und sicher fühlte. Der Ort, an den sie gehörte. Und fast genauso unheimlich war die Erinnerung an den zurückliegenden Nachmittag an jenen Moment im Wald, in dem sie zum allerersten Mal begriffen hatte, wie gefährlich und feindselig all das vermeintliche Leben rings um sie herum in Wahrheit war.

»Er hätte das nicht tun dürfen«, sagte Connor traurig. »Aber so vieles ist geschehen, was nicht hätte geschehen dürfen. Ich habe wohl zuallerletzt das Recht, ihm etwas vorzuwerfen.«

»Wer?«, fragte Janice beunruhigt. »Wer hätte was nicht tun sollen?«

»Ihr Verlobter, Kindchen«, antwortete Connor. »Mister Coppelstone.« Sie legte ihr die flache Hand auf die Brust, ein kleines Stück unter der Schulter. »Das hier.«

Janice hob instinktiv die Hand, doch Connor zog den Arm so schnell zurück, sodass sie nicht ihre Hand berührte, sondern die wunde Stelle unter ihrer Bluse. Selbst durch den Stoff hindurch konnte sie spüren, wie heiß und entzündet sie war, wenngleich es überhaupt nicht schmerzte.

»Was hat denn Joffrey mit alledem hier zu schaffen?«, fragte Janice.

Connor machte sich nicht einmal die Mühe, darauf zu antworten. »Die Tiefen waren schon hier, lange bevor es Menschen auf dieser Welt gab, Kindchen, und sie werden noch hier sein, wenn selbst die Erinnerung an unsere bloße Existenz nur noch eine Legende ist.«

»Kommt es mir nur so vor, oder haben Sie mir diesen Unsinn schon einmal erzählt?«, fragte Janice bewusst abfällig.

»Würden die Menschen von ihrer Existenz wissen, dann wäre das unser aller Tod«, fuhr Connor fort, als hätte sie gar nichts gesagt.

»Diese Welt ist nicht groß genug für zwei so grundsätzlich verschiedene Lebensformen, wenn sie anfangen, um die Vorherrschaft zu ringen. Sie wissen das. Es käme unweigerlich zum Konflikt, und die Menschen würden verlieren.«

»Woher wollen Sie das wissen?« Janice verfluchte sich dafür, diese Frage überhaupt gestellt zu haben. Sie glaubte diesen Unsinn nicht, und schon gar nicht wollte sie darüber *reden*, weil ihm das allein schon zu viel Glaubwürdigkeit verlieh.

»Weil es schon geschehen ist«, antwortete Connor. »Sie haben Kulturen ausgelöscht, die der unseren gleich und sogar überlegen waren, und sie werden es wieder tun, ohne zu zögern. Glauben Sie mir, der einzige Weg ist, Stillschweigen zu bewahren.« Sie lächelte müde. »Unsere Vorfahren haben das schon vor langer Zeit erkannt. Wir werden nicht zulassen, dass etwas von unserem Wissen darüber nach außen dringt, und sei es um den Preis unseres eigenen Lebens.«

»Und das alles, um diese … diese Ungeheuer zu beschützen?«, fragte Janice.

»Nein«, antwortete Connor. »Uns alle. Die Menschen.«

»Woher verdammt wollen Sie das wissen?«, fragte Janice noch einmal. »Vielleicht haben sie in der Vergangenheit das getan, was Sie behaupten, aber woher wollen Sie wissen, dass es wieder passiert? Die Menschen haben sich weiterentwickelt! Wir sind klüger geworden!«

»Und können mit ihnen reden«, sagte Connor traurig. »Wir können lernen, miteinander zu leben und uns vielleicht sogar diese Welt zu teilen, sie in den Tiefen des Meeres und wir hier, an der Oberfläche.« Connor machte eine Bewegung, die Janice im ersten Moment für ein nachdenkliches Nicken hielt, bevor ihr klar wurde, dass es in Wahrheit das genaue Gegenteil war. »Das ist ein wunderschöner Gedanke, mein Kind, und er ehrt Sie. Aber auf unserer Welt können nicht einmal Menschen unterschiedlicher Hautfarbe miteinander leben oder verschiedenen Glaubens.«

Sie begann ihren Ärmel aufzuknöpfen und präsentierte ihr noch einmal ihre verwachsenen Unterarme. »Wie soll man mit Geschöpfen zusammenleben, deren bloße *Nähe* so etwas verursacht?« Sie schüttelte den Kopf, als hätte sie sich in Gedanken eine Frage gestellt und auch gleich beantwortet. »Es wäre unser aller Ende, und ich glaube, Sie sind auch klug genug, um das zu verstehen.«

»Wissen Sie eigentlich, wie Sie klingen?«, fragte Janice.

»Ja«, antwortete Connor. »Und ich bin nicht stolz darauf. Wenn es so etwas wie Gott und die Hölle gibt, dann wird meine Seele zweifellos verdammt, für all das, was ich getan habe und vielleicht noch tun werde. Aber ich muss es tun, weil ich keine andere Wahl habe.«

Das klang jetzt so melodramatisch, dass es eindeutig lächerlich gewesen wäre, hätte Janice nicht zugleich in ihren Augen gelesen, wie bitter ernst sie diese Worte meinte.

»Und was geschieht jetzt«, fragte sie. »Und mit uns?«

»Das weiß ich nicht«, antwortete Connor. »Vermutlich werden wir sterben ...«

»Wenn wir Glück haben«, mischte sich Nichols ein.

»... aber das spielt jetzt keine Rolle mehr«, fuhr Connor ungerührt fort. »Unsere Leben sind unwichtig. Der Friede darf nicht gebrochen werden, verstehen Sie das denn nicht?«

»Nein«, sagte Janice. Sie konnte sich nicht erinnern, irgendeinen Frieden gebrochen zu haben. Wenn sie es genau nahm, dann war es eigentlich immer nur sie gewesen, die bedroht worden war.

»Manchmal brauchen sie unsere Hilfe«, sagte Connor. »Dinge, die es in ihrer dunklen Welt auf dem Meeresgrund nicht gibt. Wissen. Weisheit.« Sie deutete ein weiteres müdes Lächeln an. »Es hat immer Menschen wie uns gegeben, und es wird sie weiter geben müssen, um alle anderen zu beschützen.«

Das war keine Antwort auf ihre Frage, aber sie wusste auch, dass sie keine andere bekommen würde, und nach einer weiteren kleinen Ewigkeit resignierte sie nicht nur innerlich, sondern ließ sich auch neben Nichols mit angezogenen Knien auf die Jacke sinken; fast ohne es selbst zu merken.

Müde lehnte sie sich gegen den Block aus rauem schwarzem Metall und bettete schließlich auch den Hinterkopf daran. Sie schloss die Augen und bedauerte es fast sofort, denn plötzlich spürte sie, dass das Metall ganz sacht vibrierte, hatte zugleich aber auch einfach nicht die Kraft, die Augen wieder zu öffnen, oder sich gar von dem flüsternden Metall zu lösen, das ihren Geist mit Worten einer nie gekannten Sprache und noch sehr viel älteren und unsagbar düstereren Bildern füllte; grässlichen Visionen, die sie dennoch nicht in Worte fassen konnte, weil es in keiner Sprache aus keiner Zeit der Welt Worte gab, um die Dinge zu beschreiben, die sie sah. Da waren Geschöpfe, so grässlich, dass ihr bloßer Anblick töten konnte, die älter waren als die Sterne, und mächtiger als Götter, ein so allumfassendes, erschlagendes Wissen, dass jeder Geist einfach unter seinem Anprall zerbrechen musste, Visionen von Städten, groß wie Kontinente, und Gebäuden wie Berge und unendlich alten Kreaturen, für die ein Jahrtausend nicht mehr war als ein Wimpernschlag.

Es war kein Zufall, dass all dieses Wissen jetzt über sie hereinbrach, denn es bestätigte all das, was Connor ihr gesagt hatte, und noch viel mehr. Aber war es Connor, die ihr dieses Wissen schickte, oder etwas anderes und unendlich Mächtigeres, von dem sie diese Gewissheit hatte?

Lange Zeit saß sie einfach regungslos da und grübelte, dann drängte sie die Bilder mit einer enormen Willensanstrengung an den Rand ihrer Gedanken – ganz würde sie sie wahrscheinlich nie wieder loswerden – und öffnete nicht nur die Augen, sondern stand auf und ging zu Kenny hin. Seit sie zu sich gekommen war musste eine Stunde vergangen sein, wenn nicht mehr, doch der Junge saß noch immer so unverändert da, als wäre nur ein Atemzug vergangen. Sein Gesicht war tatsächlich grau, und als Janice ihn ansprach, reagierte er nicht. Seine Augen waren trüb, und Janice konnte trotz des allgegenwärtigen Gestanks von faulendem Salzwasser und Rost riechen, dass er hohes Fieber hatte.

»Zeigen Sie mir Ihren Arm?«, fragte sie – obwohl sie selbst nicht genau wusste, was sie eigentlich für ihn tun wollte. Sie verstand nichts von Medizin, und beinahe noch weniger von Erster Hilfe. Aber sie hatte einfach das Gefühl, etwas tun zu müssen. Und sei es noch so sinnlos.

»Das ist gut gemeint von Ihnen, mein Kind«, sagte Connor, »aber er braucht keine Hilfe.«

»Sein Handgelenk ist gebrochen«, erinnerte Janice.

»Er braucht nur ein wenig Zeit«, beharrte Connor. Sie machte eine Kopfbewegung zu Kennys Arm, dann zu ihren eigenen Unterarmen, die wieder unter ihrer Bluse vor neugierigen Blicken verborgen waren. »Die Tiefen Wesen nehmen nicht nur, mein Kind. Manchmal geben Sie uns auch etwas zurück.«

»Sie meinen.«

»… dass er morgen früh wieder gesund sein wird, ja«, unterbrach sie Connor. »Wenn wir dann noch am Leben sind.«

Janice war angemessen beunruhigt, aber seltsamerweise musste sie plötzlich an etwas ganz anderes denken, nämlich an Connors Gasthaus, in dem sie vor wenigen Tagen und einem ganzen Leben gewesen war, und die alte Daguerreotypie, die sie an der Wand hinter der Theke gesehen hatte.

»Die Frau auf dem Foto«, sagte sie. »Das war doch nicht Ihre Mutter, oder?«

Connor hielt ihrem Blick ruhig stand. Sie antwortete nicht, und auch ihre Miene verriet nichts. Aber was hatte sie erwartet von jemandem, der zehnmal so alt war wie sie und vielleicht noch unendlich viel älter?

»Die Frau auf dem Foto hinter Ihrer Theke, die angeblich von Indianern entführt und mit einem berühmten Krieger der Wampanoag zwangsverheiratet wurde«, begann Janice noch einmal, »sie ist weder ihre Mutter noch ihre Großmutter, habe ich recht?«

»Aber wer sollte es denn sonst sein, meine Liebe?«

»Wie sind Sie in dieses Land gekommen?«, fragte Janice ernst. »Schon an Bord der MAYFLOWER oder noch früher?«

»Jetzt lassen Sie mir zu viel Ehre zuteilwerden, Kindchen«, antwortete Connor amüsiert. »Menschen sind nicht so wichtig, wie wir im Allgemeinen annehmen. Einer unserer größten Fehler, uns immer wieder darauf zu versteifen.«

»Das ist keine Antwort.«

»Und eine andere werden Sie nicht bekommen«, sagte Connor sanft.

»Aber ich …«

Ein dumpfes, mehrmals nachhallendes Dröhnen hinderte sie daran weiterzusprechen. Aller Blicke richteten sich erschrocken zur Tür, und das Dröhnen wiederholte sich. Janice begriff jetzt, dass es keine Schläge waren, sondern das Geräusch eines großen Mechanismus, der sich im Inneren der rostigen Tür verbarg, denn das eiserne Rad begann sich langsam im Uhrzeigersinn zu drehen, und schlussendlich erscholl ein schweres Klacken, und die Tür schwang lautlos nach außen; was angesichts ihres unübersehbaren Gewichts beinahe gespenstisch wirkte. Die ganze Gruppe sprang auf, und selbst Kenny erwachte für einen Moment aus seiner Fiebertrance und hob den Kopf, als ein rötlich flackernder Schein durch den breiter werdenden Spalt fiel. Janice entging nicht, dass Nichols Hand in einer ganz automatischen Bewegung zum Gürtel glitt, wo er wohl normalerweise eine Waffe trug. Er wirkte sehr angespannt, aber nicht ängstlich.

Die Tür schwang weiter auf, und ihr Herz begann zu hämmern und beruhigte sich dann genauso schnell wieder, als unter der Öffnung keine Tentakel und schnappenden Mäuler auftauchten, sondern drei gebückte Gestalten, die in blutfarbene Hautmäntel gehüllt waren. Ihr Anblick bereitete Janice beinahe ebenso großes Unbehagen, aber wenigstens löste er keine Panik in ihr aus. Sie erwartete, dass die Gestalten hereinkamen, doch eine von ihnen hob lediglich eine missgestaltete Hand und deutete auf sie.

»Was … soll das … heißen?«, fragte sie stockend. Niemand antwortete, aber das war auch nicht notwendig. Die Gestalt wiederholte ihre auffordernde Geste, nur dass es jetzt eindeutig ein Befehl war, dem etwas weit Drastischeres folgen würde, wenn sie auch darauf nicht reagierte. Ihr Verstand riet ihr dringend, es nicht darauf ankommen zu lassen, und heute war einer der seltenen Momente, in denen sie auf ihn hörte. Mit klopfendem Herzen, aber festen Schrittes setzte sie sich in Bewegung, wobei sie das Gefühl hatte, plötzlich zu wissen, wie sich ein Delinquent auf dem Weg zum Schafott fühlte.

Es wurde sogar noch ein bisschen schlimmer, als keiner der anderen auch nur Anstalten machte, ihr zu folgen, und die Tür hinter ihnen genauso lautlos wieder zuschwang und dann mit einem umso gewaltigeren Dröhnen einrastete, das endlos in ihren Ohren nachzuhallen schien. Wortlos nahmen sie ihre Bewacher in die Mitte und gingen los, auch wenn Janice genau genommen die Einzige war, die ging. Ihre drei Begleiter hoppelten, schlurften und humpelten eher, und das auf eine absolut abstoßende Art.

Sie bewegten sich durch einen Korridor ebenso zyklopischer Abmessungen wie alles, was sie bisher in diesem unheimlichen

Schiff gesehen hatte. In unregelmäßigen Abständen zweigten Türen von den schwarzen Wänden ab, alle von unterschiedlicher Form und Größe, und einmal ging es eine Treppe nach unten, die sich als schierer Albtraum erwies, denn auch ihre Stufen waren von unterschiedlicher Form und Höhe, sodass sie mehr als einmal nach dem Geländer greifen und sich festhalten musste, um nicht zu stürzen.

Sie kamen an titanischen Maschinen vorbei, deren Sinn sie nicht einmal zu erraten vermochte, die aber keines menschlichen Ursprungs sein konnten – schon weil sie die bloße Vorstellung entsetzte, Menschen könnten etwas so Abscheuliches erschaffen haben –, und überwanden eine weitere Treppe, und schließlich einen langen Laufsteg, der aus einem grobmaschigen Stahlgitter bestand. Der Boden der Halle, die er durchquerte, musste mindestens dreißig oder vierzig Fuß unter ihnen liegen und bewegte sich auf grässliche Weise, als wäre er von einem Teppich aus schwarzen Würmern oder aufgeblähten Schlangen bedeckt.

Das Grässlichste aber sah sie, kurz bevor sie ihr Ziel erreichten. Der Laufsteg führte in eine weitere, noch gewaltigere Halle, in deren Boden zahlreiche, mit einer dampfenden grünen Flüssigkeit gefüllte Becken eingelassen waren. Ölig schimmernde Blasen erschienen an ihrer Oberfläche und setzten Schwaden ätzenden Dampfes frei, wenn sie platzten, und manchmal glaubte sie schlängelnde Bewegung unter der Oberfläche wahrzunehmen. Fremdartiges bewegte sich in der kochenden Flüssigkeit, große verzerrte Umrisse, die sich völlig ihrem Verständnis entzogen, zugleich aber auch etwas entsetzlich Menschliches hatten.

Gerade als sie das gegenüberliegende Ende der Halle erreicht hatten, begann es in einem der Becken zu brodeln. Weißer Schaum und eine Unmenge zischender Säure speiender Blasen erschienen auf seiner Oberfläche, und Janice beging den Fehler, zwar schützend die Hand vor den Mund zu heben, aber trotzdem hinzusehen.

Sie hätte es besser nicht getan, denn inmitten der brodelnden Gischt erschien ein albtraumhaftes Gesicht. Vielleicht war es einmal ein Mensch gewesen, das ließen zumindest Größe und Proportionen vermuten, doch nun erinnerte es eher an einen Frosch mit aufgeworfenen warzigen Lippen, hervorquellenden Glotzaugen und fliehender Stirn, und einer langen, peitschenden Zunge, die die Luft gierig nach Beute absuchte. Missgestaltete, viel zu kleine Hände mit zu wenigen Fingern und Schwimmhäuten peitschten die Wasseroberfläche, und darunter meinte sie einen stacheligen Fischschwanz zu erkennen, zu dem die Beine zusammengewachsen waren, missgestaltet und schrecklich und nicht einmal tierisch, sondern etwas gänzlich anderes. Sie konnte einen Schrei nicht mehr ganz unterdrücken und wäre stehen geblieben, hätten ihre Bewacher sie nicht grob weitergestoßen.

Die Tür, der sie sich näherten, verschwand rumpelnd in der Decke, und dahinter erwartete sie ein kleiner, nahezu finsterer Raum voller formloser Dinge, die sie gar nicht erkennen wollte, denn sie waren ausnahmslos beunruhigend. Ein einzelnes Licht, das aus keiner sichtbaren Quelle kam, projizierte einen Tümpel aus verwaschener grüner Helligkeit in die Schwärze, in dessen Mitte sich ein weiterer, monolithischer Block von der Art erhob, wie sie sie schon kannte, nur vielleicht etwas kleiner.

Er war auch nicht leer, wie sie beim Näherkommen erkannte, sondern mit einer Unzahl verwirrender Dinge bedeckt: eiserne Ketten und Schellen, lange gerippte Schläuche und gefährlich gekrümmte Sicheln, rostige Spitzen und Dinge, die aussahen, als würden sie quetschen und kneifen und schneiden. Das Ganze erinnert sie an eine monströse Folterbank, sodass sie mitten im Schritt erstarrte und um ein Haar aufgeschrien hätte, als ihr einer ihrer Bewacher die Hand auf die Schulter legte, war sie doch fest davon überzeugt, im nächsten Moment gepackt und auf den schwarzen Altar gebunden zu werden, wo man ihr unsägliche Dinge antun würde.

Die Gestalt beließ es jedoch dabei, die Hand auf ihrer Schulter liegen zu lassen, und nach einigen Sekunden gelang es Janice auch, die Panik niederzuringen, die sie überwältigen wollte.

Zeit verging – sie konnte nicht sagen, wie viel – dann bewegte sich die Tür ein zweites Mal rumpelnd nach oben, und eine weitere Gestalt in einem blutfarbenen Kapuzenmantel betrat den Raum. Sie war deutlich größer als die anderen und bewegte sich auch ein wenig flüssiger, aber dafür hatte sie kaum einen Blick übrig, so wenig wie für das Gesicht unter der weit nach vorne gezogenen Kapuze, denn der Neuankömmling trug eine weitere, reglose Gestalt auf den Armen, und nun konnte Janice einen spitzem Schrei nicht mehr unterdrücken; und wollte es auch gar nicht.

»Steve!«

Es war eindeutig Steve, auch wenn sie auf den ersten Blick fast Mühe hatte, ihn zu erkennen. Seine Kleider waren durchnässt und hingen in Fetzen, und buchstäblich jeder Quadratzentimeter Haut, den sie sehen konnte, war auf die eine oder andere Weise zerschunden und blutig. Sein Haupthaar war zum Teil ausgerissen, als wäre es in eine Schiffsschraube geraten, und sein Gesicht so zerschunden, dass sie Mühe hatte, ihn überhaupt zu erkennen. Das Wasser, das aus seinen Kleider tropfte und eine breite Spur hinterließ, war hellrosa gefärbt.

Janice versuchte sich loszureißen und schrie noch einmal seinen Namen, doch der Griff auf ihre Schulter wurde nun eisenhart, sodass sie vor Schmerz aufstöhnte und sacht in die Knie ging. Derweil trug der Riese, dessen Mantel ebenfalls vor Nässe glänzte und eine breite Tropfenspur hinterließ, den bewusstlosen (er musste bewusstlos sein, denn es war durch und durch ausgeschlossen, dass er tot war!) Steve mit schnellen Schritten an ihr vorbei und bettete ihn auf die vermeintliche Folterbank. Janice' Entsetzen explodierte regelrecht, als sie sah, wie all die unheimlichen Dinge darauf zu scheinbar eigenständigem Leben erwachten. Ketten bewegten sich klirrend, Hand- und Fußfesseln fanden wie durch Zauberei die entsprechenden Gelenke und schlossen sich mit eisernem Griff darum, Klingen und Scheren begannen zu schneiden, und etwas wie eine gerippte Metallschlange kroch über sein Gesicht, tastete einen Moment blind umher und bahnte sich dann gewaltsam ihren Weg in seinen Mund. Rostige Nadeln gruben sich tief in sein Fleisch, und unbeschreibliche, grässliche Dinge krabbelten eisernen Insekten und Spinnen gleich zu Dutzenden über seinen Leib und machten sich an seinem geschundenen Fleisch zu schaffen.

Janice schrie zum dritten Mal Steves Namen und verdoppelte ihre Anstrengungen, sich loszureißen, und eine zweite Hand griff nach ihrem anderen Arm und hielt ihn mit unerbittlicher Kraft fest.

»Du musst keine Angst haben, Janice. Niemandem geschieht etwas.«

Sie erstarrte, als sie die Stimme hörte. Sie war tiefer, als sie sie in Erinnerung hatte, und schien von einem unheimlichen Echo begleitet, als wäre da noch eine zweite und eigentlich unhörbare Stimme, die dieselben Worte in einer uralten Sprache sprach, die noch nie ein lebender Mensch gehört hatte. Und doch gab es nicht den allermindesten Zweifel.

Es war Joffreys Stimme.

Janice erstarrte mitten in der Bewegung und war nicht einmal fähig zu atmen, geschweige denn einen klaren Gedanken zu fassen. Die beiden unmenschlich starken Hände ließen sie immer noch nicht los, aber immerhin gestatteten sie ihr, sich zu der riesenhaften Gestalt umzudrehen.

»Joffrey?«, flüsterte sie.

Ganz langsam drehte sich der blutfarbene Riese zu ihr um. Die Schatten blieben unter seiner Kapuze, sodass sie das Gesicht immer noch nicht erkennen konnte, und ihr fiel abermals auf, um wie vieles größer und massiger die Gestalt war als die, die sie in Erinnerung hatte. Und dennoch *wusste* sie einfach, dass es Joffrey war.

»Joffrey«, murmelte sie noch einmal. »Aber wie …?« Sah sie ihn wirklich zum ersten Mal? Er war ihr nicht so groß vorgekommen, das letzte Mal, und nicht so … *düster*. Aber vielleicht war es ja auch nur ein Traum gewesen. Sie wusste längst nicht mehr, was von dem, an das sie sich zu erinnern glaubte, Wirklichkeit und was nur ein böser Traum gewesen war.

»Ich wollte dich nicht erschrecken«, sagte Joffrey mit seiner unheimlichen verdoppelten Stimme. »Es tut mir alles so unendlich leid.« Da war kein Vorwurf in seiner Stimme, und doch empfand sie es für einen Moment so, und ihre Kehle schnürte sich noch weiter zu. Bitterer Speichel sammelte sich unter ihrer Zunge, und sie sah wieder zu Steve hin, nur um diese schreckliche Schwärze unter der Kapuze nicht mehr ansehen zu müssen. Doch der Anblick, der sich ihr dort bot, war auch nicht besser.

Das rostig-schwarze Gespinst, das Steves reglosen Körper einschloss, war noch dichter geworden und noch abscheulicher. Dinge mit klickenden Klingen und rostigen Nadeln machten sich an ihm zu schaffen. Es roch nach Blut und anderen, schlimmeren Körperflüssigkeiten, aber auch mehr denn je nach modrigem Salzwasser und purem Alter. Der Anblick ließ ihr die Tränen in die Augen steigen, aber sie merkte es nicht einmal.

»Was … tut ihr ihm an?«, brachte sie mühsam hervor. »Er … er ist doch schon tot. Warum müsst ihr ihm auch noch seine Würde nehmen? Macht es euch einfach nur Freude, grausam zu sein?«

»Es ist nicht so, wie es den Anschein hat«, antwortete Joffrey. »Er wird leben.«

»Leben?« Janice trat mit klopfendem Herzen an den Altar heran und registrierte erst im Nachhinein, dass die Hände sie losließen. Es kostete sie große Überwindung, Steves Gesicht anzusehen, und sie bedauerte es auch fast sofort, denn der Anblick war durch und durch entsetzlich. Sein Gesicht war verheert. Tiefe Schnitte, die zum Teil bis auf den Knochen reichten, hatten sein Fleisch geteilt. Er hatte ein Auge verloren, und das übrig gebliebene starrte blicklos und mit einem grauen Schleier überzogen ins Leere.

Zitternd streckte sie die Hand aus und berührte seine kalten Finger. Er war tot, und das wohl schon eine ganze Weile, denn die Leichenstarre hatte bereits eingesetzt, obwohl er die meiste Zeit im Wasser gelegen haben musste. Janice spürte, wie ihr Herz zu einem Brocken aus kaltem Stein erstarrte.

»Er ist meinetwegen gestorben«, flüsterte sie. »Ich hatte ihn gebeten, mir nicht weiter zu folgen, aber er hat nicht auf mich gehört, dieser große, gutmütige Dummkopf.«

»Wenn überhaupt, dann ist es meine Schuld«, sagte Joffrey. »Ich hatte ihn gebeten, auf dich achtzugeben. Ich hätte wissen müssen, wie ernst er dieses Versprechen nimmt.«

»Dann haben wir ihn beide umgebracht.« Janice hatte das Gefühl, an diesen Worten ersticken zu müssen.

»Er ist nicht tot.«

Selbst wenn sie es gewollt hätte, hätte sie die Tränen jetzt nicht mehr zurückhalten können. Ihre Finger schlossen sich fester um

Steves kalte Hand. Eine ihrer Fragen hatte er gerade beantwortet, ohne es zu wollen. Sie *waren* grausam, einfach nur um der Grausamkeit willen.

Erst dann ging ihr auf, was er gerade gesagt hatte, und sie hob mit einem Ruck den Kopf und starrte in die Dunkelheit unter der Kapuze. »Aber er ist tot.«

»Der Tod bedeutet nicht für alle Wesen dasselbe, Janice«, sagte Joffrey. »So wenig wie das Leben.«

»Du meinst, sie … du … ihr könnt ihn retten?«, stammelte sie.

»Er wird leben«, antwortete Joffrey, und Janice war ganz und gar nicht sicher, ob sie beide von demselben sprachen.

»Aber … aber wie?«, stammelte Janice. Sie zwang sich, Steves entstelltes Gesicht anzusehen, und all die klickenden, rasselnden und schneidenden Dinge, die sich an ihm zu schaffen machten. Wäre sie gezwungen gewesen, sich die schlimmstmöglichen Qualen der Hölle vorzustellen, das Ergebnis wäre dem hier nahe gekommen. War das nur eine weitere Grausamkeit, um sie noch mehr zu quälen? Was war nur aus dem Joffrey geworden, den sie einst gekannt und geliebt hatte?

»Er wird wieder an deiner Seite sein, glaube mir.«

Sie wusste nicht, ob sie ihm glaubte oder es auch nur wollte, aber sie musste plötzlich wieder an Kenny denken, und das, was Connor behauptet hatte. Aber sie gestattete sich nicht, zu hoffen.

»Dann ist das …«, sie machte eine Geste in die Runde, »… ihre Magie?«

»Ich würde ein anderes Wort verwenden, aber wenn du so willst.« Joffreys Mantel raschelte, als er nickte. »Ja. Er wird das hier überstehen, und das ist alles, was zählt.«

Aber war es das wirklich? Janice musste an das Schreckliche denken, das sie unter Connors Bluse gesehen hatte, und ihre Hand strich über ihre eigene Brust, ohne dass sie sich der Bewegung auch nur bewusst war. Lange Zeit stand sie einfach da und blickte auf den gestorbenen und doch nicht toten Steve hinab, dann ließ sie seine Hand los, drehte sich langsam zu Joffrey um und sagte: »Ich möchte dich sehen.«

Joffrey nickte, und sein Mantel raschelte wieder. Ihr fiel erst jetzt auf, dass er mindestens so nass war wie Steve. Hier und da klebten Algen oder Reste anderer abgerissener Wasserpflanzen an dem, was sie noch immer für nasse Menschenhaut hielt, und ihr wurde erst jetzt wirklich klar, dass er Steve höchstpersönlich aus dem Kanal geholt hatte. Joffrey rührte sich nicht, um ihrer Bitte nachzukommen.

»Bist du sicher, dass du das willst? Es könnte dich erschrecken.«

Janice sah demonstrativ auf Steves zerstörtes Gesicht hinab. Es gab nicht mehr viel, was sie noch erschrecken konnte. Sie schwieg.

Joffrey deutete das richtig und als Zustimmung und streifte mit einer einzigen Bewegung nicht nur die Kapuze zurück, sondern auch den ganzen Mantel ab, und Janice erkannte, dass sie sich getäuscht hatte.

Es gab sehr wohl immer noch einen größeren Schrecken.

Joffrey war nicht mehr Joffrey. Er war tatsächlich gewachsen, mindestens um einen Fuß, wenn nicht mehr, und schon fast grotesk massig. Unter dem Mantel trug er nur eine knielange Hose aus demselben unheimlichen Material, sodass sie die furchtbare Veränderung, die mit seinem Körper vonstattengegangen war in allen Einzelheiten erkennen konnte. Es war wie bei Connor, nur tausendfach schlimmer. Praktisch sein gesamter Körper bestand nur noch aus rotem und schwarzem Narbengewebe, verästelten Verbrennungen und harten Flecken, als ob sich die Chitinpanzer großer Insekten in seinen Körper gegraben hätten. Hier und da wucherte etwas aus ihm heraus, als hätten dort neue Gliedmaßen zu wachsen begonnen, und eines seiner Beine hatte ein zusätzliches Gelenk bekommen.

Das mit Abstand Schrecklichste aber war sein Gesicht. Janice gelang es mit Mühe, einen Schrei zu unterdrücken, aber sie musste die Hand vor den Mund schlagen und konnte ein erschrockenes Zurückprallen auch nicht verhindern.

»Es tut mir leid«, sagte Joffrey. Er klang sehr traurig.

Janice starrte ihn weiter nur an. Das Schreckliche war, dass sich sein Gesicht gar nicht verändert zu haben schien, allenfalls, dass es ein wenig verhärmter wirkte und er um deutlich mehr als die wenigen Monate gealtert war, die seit ihrem letzten Zusammentreffen vergangen waren. Auch sein Schädel war gewachsen, sogar noch in weit stärkerem Maße als der Rest seines monströsen Körpers (waren das *Hörner,* die da aus seinen Schläfen wuchsen?), aber das Gesicht mit den vertrauten Zügen, das sie so oft in Händen gehalten und geküsst hatte, war unverändert. Es sah aus, als hätte man sein Gesicht abgezogen und auf diesen höllischen Schädel geklebt, und sie musste noch einmal und mit sogar noch mehr Mühe darum kämpfen, nicht aufzuschreien und die Hände vors Gesicht zu schlagen, oder gleich vor ihm zu fliehen.

»Ich wollte nicht, dass du das sehen musst«, sagte Joffrey. »Du solltest niemals hierherkommen.« Er bückte sich, um seinen Mantel aufzuheben und anzuziehen, und Janice war erleichtert, als er auch die Kapuze wieder nach vorne schlug. Diesmal tat er es so, dass sein Gesicht sichtbar blieb, wenn auch nur sein Gesicht und nicht der Rest seines monströsen Schädels. Janice war ihm zutiefst dankbar dafür.

»Wer … hat dir das … angetan?«, stammelte sie.

»Ich selbst«, erwiderte Joffrey. »Ich habe an Dinge gerührt, die niemals geweckt werden dürfen, und mich mit Mächten eingelassen, die einen Menschen nicht einmal zur Kenntnis nehmen, während sie ihn zermalmen. Sie haben mein Leben verschont, doch um einen Preis, den niemand zahlen sollte.«

»Dann komm mit uns zurück«, hörte sich Janice sagen, fast zu ihrem eigenen Erstaunen und sehr wohl wissend, wie unmöglich ihr Vorschlag war. Sie war nicht einmal sicher, ob sie ihn ernst gemeint hatte.

Joffrey lächelte schmerzlich. »Für mich gibt es keine Umkehr mehr, Janice. Ich war verdammt, in dem Moment, in dem ich mich in Dinge eingemischt habe, die Menschen nichts angehen.«

»Die Tiefen Wesen.«

Wenn Joffrey überrascht war, dann ließ er es sich nicht anmerken. »Manche nennen sie so, ja. Ich war anmaßend genug, etwas aufhalten zu wollen, das älter ist als die Menschheit.«

»Und wer sind sie?«

»Du weißt jetzt schon mehr, als du dürftest«, antwortete Joffrey. »Du hättest niemals hierherkommen sollen. Ich weiß, warum du es getan hast, ein Teil von mir bewundert dich dafür … aber du hättest nicht kommen dürfen.« Er deutete auf Steve. »Er hätte es verhindern müssen. Darum hatte ich ihn gebeten.«

Seine Worte versetzten Janice beinahe in Zorn. War das etwa sein Art, Steve dafür zu danken, dass er sein Leben nicht nur für sie riskiert hatte, sondern letzten Endes sogar geopfert? »Soll das heißen, er hat von … von alledem hier gewusst?«, fragte Janice entsetzt.

»Nur, was er unbedingt wissen musste«, antwortete Joffrey kopfschüttelnd. »Sehr wenig.«

»Aber er hat mich belogen«, sagte Janice. »Er hat die ganze Zeit über gewusst, dass du noch lebst.«

Joffrey zögerte gerade lang genug, um eine Antwort im Grunde überflüssig zu machen. Aber er tat es trotzdem. »Er ist ein guter Freund, Janice. Der beste, den man sich vorstellen kann. Mein Wort, dass du in Gefahr geraten könntest, wenn du nach mir suchst, war ihm genug, um keine weiteren Fragen zu stellen.«

»Dazu hattest du kein Recht«, sagte Janice.

»Was hätte ich tun sollen?«, erwiderte Joffrey traurig. »Steve ausrichten lassen, dass ich zwar lebe, aber leider verhindert bin, rechtzeitig zu unserer geplanten Hochzeit zu erscheinen?«

»Zum Beispiel.«

Joffrey lächelte, dasselbe gutmütig-spöttische Lächeln, das sie immer so an ihm geliebt hatte. »Hättest du es denn einfach so hingenommen?« Er beantwortete seine eigene Frage gleich selbst mit einem Kopfschütteln. »Ganz gewiss nicht.«

»Und alles andere?« Eigentlich stellte sie diese Frage nur ganz automatisch. Als ob es noch irgendeine Rolle spielte. »All diese Geschichten über deine angeblichen Betrügereien und Unterschlagungen? Der Brief, den mir Steve von dir überreicht hat? Und die anderen, von denen er gesprochen hat – die mir Mister Greiner angeblich sofort im Katasteramt von Providence zeigen wollte, gerade als ich dir bei meiner Suche zu nahe gekommen bin?«

Joffrey hielt es nicht einmal für nötig, direkt darauf zu antworten. »So machen Connor und ihre Freunde das. Es ist einfacher so, glaub mir. Niemand sucht einen Betrüger, außer der Polizei, die nichts finden wird, und ein gebrochenes Herz heilt schneller, wenn es nicht nach einem Heiligen sucht. Und ein sorgfältig formulierter Abschiedsbrief tut dazu sein Übriges.« Wieder lächelte er, wenn auch jetzt eher schmerzlich und nur kurz. »Aber sie hat nicht mit deiner Hartnäckigkeit gerechnet. Und ich auch nicht. Obwohl ich es besser hätte wissen müssen. Schließlich kenne ich dich lange genug.«

Aber offenbar doch nicht gut genug. Janice missfiel mittlerweile selbst die Art, wie er redete. Ganz zweifellos war er genauso befangen wie sie, und musste er nicht noch unendlich viel mehr Angst vor diesem Gespräch gehabt haben als sie selbst? Und dennoch begann ihre Unterhaltung eine Leichtigkeit anzunehmen, die ihr an diesem Ort und in diesem Moment geradezu … *obszön* vorkam. Er hatte kein Recht, so zu reden, wenn Steve neben ihnen lag und mit dem Tod rang! Niemand hatte das!

»Und das ist jetzt alles?«, fragte sie. »Es tut dir leid, und ich hätte nicht herkommen sollen, und das war es?«

Sie wartete seine Antwort gar nicht ab, sondern drehte sich mit einem Ruck wieder zu Steve um. Wenn es überhaupt möglich war, dann war der Anblick noch einmal schlimmer geworden, denn all die eisernen Spinnen und Käfer und Skorpione waren noch einmal mehr geworden und hatten sich darangemacht, ihm die Kleider vom Leib zu schneiden und auch noch andere Dinge zu tun, von denen sie sich gewünscht hätte, sie hätten sie nicht getan. Sie musste gegen den Wunsch ankämpfen, all diese winzigen krabbelnden Ungeheuer von ihm herunterzufegen und einfach unter den Absätzen zu zermalmen, und vielleicht hätte sie es sogar getan, wäre ihr da nicht etwas aufgefallen. In Steves Haar klebte eine Strähne derselben dunkelgrünen Algen, wie sie sie auch auf Joffreys Mantel gesehen hatte. Behutsam nahm sie sie fort und warf sie zu Boden, angewidert von dem schleimigen Gefühl, das ihre Berührung auslöste. Eine sonderbare Anwandlung von Zärtlichkeit überkam sie, gegen die sie sich einen Moment lang zu wehren versuchte, bevor sie die Sinnlosigkeit ihrer Bemühungen einsah und sich dem ergab, was sie tief in sich schon seit einer geraumen Weile wusste.

»Steve und dir wird nichts geschehen«, sagte Joffrey hinter ihr. »Meine Stimme hat hier ein gewisses Gewicht. Sie werden euch gehen lassen, wenn du mir versprichst, niemandem etwas von dem zu erzählen, was ihr hier gesehen habt.«

»Steve und ich«, wiederholte sie. »Und die anderen?«

»Das kann ich nicht sagen«, antwortete Joffrey. »Andere werden über ihr Schicksal entscheiden. Das liegt nicht in meiner Macht.«

»Aber es ist doch nicht ihre Schuld!«, begehrte Janice auf. »Du hast doch selbst gesagt, dass sie mich nicht aufhalten konnten! Nicht einmal Steve ist es gelungen!«

»Die Tiefen denken nicht so wie wir«, antwortete das, was einmal Joffrey gewesen war. »Niemand weiß, wie sie entscheiden werden. Oder ob überhaupt. Vielleicht werden sie sie töten oder zu welchen der ihren machen. Oder sie tun gar nichts.« Er seufzte sehr tief, aber vielleicht war es auch eher ein Knurren. »Als ich ihnen das erste Mal begegnet bin, da habe ich ihnen großen Schaden zugefügt. Einen so gewaltigen Schaden, dass ich sicher war, sie würden mich töten. Stattdessen haben sie mich in ihre Reihen aufgenommen und mir große Macht verliehen.«

Janice sagte nichts dazu, schon weil sie dieses Gespräch nicht fortführen wollte. Weder jetzt noch zu irgendeinem anderen Zeitpunkt. Er könnte etwas sagen, das sie verstand. Oder gar guthieß.

»Wir sollten jetzt zurück zu den anderen gehen«, wechselte Joffrey das Thema. »Für Steve wird gesorgt, und auch den anderen wird im Moment nichts geschehen. Du solltest ihnen das sagen.«

»Ich bleibe hier«, sagte Janice.

»Er ist hier sicher, das verspreche ich dir.«

»Ich weiß«, antwortete Janice. Sie griff wieder nach Steves Hand. Sie würde nicht zulassen, dass er starb. »Und ich bleibe bei ihm.«

34

Da die Kammer weder ein Fenster noch irgendeine andere Öffnung nach außen hatte, wusste sie nicht, ob es Tag oder Nacht war oder sie sich überhaupt noch an der Wasseroberfläche befanden, und auch nicht, wie viel Zeit vergangen war, seit Joffrey gegangen und sie allein zurückgeblieben war. Stunden, endlose Stunden, jede eine kleine Ewigkeit für sich, die sich in ebenso endloser Folge eine an die andere reihten, bis die Zeit jegliche Bedeutung verlor und einfach zu einem weißen Hintergrundrauschen in ihren Gedanken wurde.

Am Anfang hatte sie die winzigen Gerätschaften und krabbelnden und kriechenden Apparaturen noch beobachtet und mit klopfendem Herzen zu ergründen versucht, was genau sie an und mit Steves geschundenem Körper taten, doch bald war das, was sie mit ansehen musste, gar zu grausig, sodass sie sich darauf beschränkte, neben seinem schrecklichen Krankenlager zu knien und seine Hand zu halten.

Genauso fand Joffrey sie dann auch am nächsten Morgen, auf den Knien und mit beiden Händen Steves noch immer eiskalte Finger haltend und die Stirn auf ihren eigenen Handrücken gebettet. Er hatte sie nicht berührt, dessen war sie sich sicher, und auch kein Wort gesagt oder irgendein anderes Geräusch verursacht. Es war allein seine Gegenwart gewesen, die sie geweckt hatte, und vielleicht auch sein Blick, der mit undeutbarem Ausdruck auf ihr ruhte. Er stand schon eine geraume Weile da und sah auf sie herab, auch das wusste sie, ohne danach fragen zu müssen, und etwas hatte sich geändert, aber sie wagte es nicht, danach zu fragen.

Janice versuchte sich aufzurichten und hielt beinahe sofort wieder in der Bewegung inne. Ihr Nacken und ihre Schulter- und Oberarmmuskeln schmerzten unerträglich von der verspannten Haltung, in der sie Stunde um Stunde dagesessen hatte, und ihr wurde ein bisschen schwindelig. Sie erinnerte sich nicht, eingeschlafen zu sein, verfluchte sich aber dafür, dass sie es zugelassen hatte, denn sie spürte schon jetzt, dass sie mit stundenlangem Ungemach dafür bezahlen würde. Außerdem hatte sie ja auf Steve aufpassen wollen (auch wenn sie nicht wusste, wie), was schlechterdings unmöglich war, wenn sie schlief. Sie zwang sich, den Schmerz in ihrem Nacken zu ignorieren, und drehte den Kopf, um in Steves Gesicht zu sehen. Sehr viel konnte sie davon nicht erkennen, doch das wenige, was sie sah, war zumindest nicht mehr blutig. Aber seine Hand unter ihren Fingern war noch immer kalt und schlaff, und sosehr sie sich auch anstrengte, konnte sie doch keinen Puls fühlen. Er war noch immer tot.

»Du hast die ganze Nacht hier gesessen«, brach Joffrey schließlich das Schweigen. »Du musst etwas essen. Und dich ausruhen.«

»Ich habe geschlafen«, sagte Janice schleppend. Mit einer erschrockenen Anstrengung konnte sie gerade noch verhindern, dass ihr Magen knurrte und Joffrey damit recht gab. Plötzlich war sie zornig auf ihren eigenen Körper, der sie so schändlich im Stich ließ und in einem Moment wie diesem auf seinem Recht beharrte. Aber sie hatte tatsächlich Hunger und, durch Joffreys Worte darauf aufmerksam gemacht, auch schrecklichen Durst.

»Das war kein richtiger Schlaf«, sagte Joffrey auch prompt. »Und schon gar keine Erholung. Steve wird wieder gesund, das verspreche ich dir. Aber niemandem ist damit geholfen, wenn du am Ende zusammenbrichst.«

Sie sah nicht hin, aber sie spürte, dass er auf den Tisch mit seiner schrecklichen Last deutete. »Oder willst du dann an seiner Stelle dort liegen? Es ist nicht angenehm, das kann ich dir versichern.«

Es war gewiss nicht so gemeint, aber seine Worte enthielten dennoch eine unterschwellige Drohung, der sie sich nicht verschließen konnte. Außerdem hatte er recht: Sie half Steve nicht, wenn sie selbst zusammenbrach. Und ihr Körper signalisierte ihr sehr deutlich, dass dieser Moment nicht mehr fern war.

Sie brauchte drei Anläufe, bis es ihr auch nur gelang aufzustehen, und dann wäre sie um ein Haar wieder gestürzt und musste sich hastig an der schwarzen Folterbank abstützen, denn auch ihre Waden- und Oberschenkelmuskeln waren nicht begeistert von den vielen Stunden, die sie sie in diese unbequeme Haltung gezwungen hatte. Joffrey machte eine rasche Bewegung, wie um sie zu stützen, ließ den Arm aber auch schon wieder sinken, bevor seine Hand unter dem weiten Ärmel seines grässlichen Hautmantels sichtbar wurde. Janice war ihm dankbar dafür.

Sie wartete noch ein paar Augenblicke ab, bis sie sicher war, mehr als einen Schritt tun zu können, ohne sogleich auf die Nase zu fallen, und warf auch noch einen kurzen, besorgten Blick auf die hilflose Gestalt auf dem Tisch. Ganz sicher hatte Joffrey recht, und sie sah ja auch selbst ein, dass es gar nichts gab, was sie für Steve tun konnte. Sie kam sich dennoch wie eine Verräterin vor, ihn jetzt hier allein und im Stich zu lassen.

»Ich bringe dich zurück, wenn du es willst«, insistierte Joffrey und machte gleichzeitig einen großen Schritt nach hinten. »Aber jetzt solltest du erst einmal an dich denken.«

Auch das nahm sie ihm übel, obwohl sie selbst nicht so genau wusste, warum eigentlich. Sie wollte bei Steve bleiben, ganz egal, wie lange es dauerte. Aber dann sagte sie sich selbst, dass sie all ihre Kraft brauchen würde, um Steve beizustehen, sobald er wieder zu sich kam. Sie hatte wohl kaum das Recht, ihn auch noch mit der Sorge um ihre eigene Gesundheit zu belasten.

Nachdem sie ihre Knie noch einmal – vorsichtig – durchgedrückt hatte, folgte sie Joffrey mit kleinen, behutsamen Schritten nach draußen. Die tonnenschwere Tür senkte sich rumpelnd wieder hinter ihnen, und Janice hatte noch einmal und sogar noch stärker das Gefühl, Steve im Stich zu lassen. Sie musste sich beherrschen, um nicht kehrtzumachen und Joffrey aufzufordern, die Tür wieder zu öffnen.

»Mach dir keine Sorgen«, sagte Joffrey, fast, als hätte er ihre Gedanken gelesen. »Es kann sehr erschreckend sein, ich weiß. Aber er wird gesund, darauf gebe ich dir mein Wort.«

So wie darauf, sie niemals zu belügen und schon gar nicht im Stich zu lassen. Und war da so etwas wie … *Eifersucht* in seiner Stimme?

Das brachte sie auf einen anderen Gedanken, nämlich die Frage, wie es eigentlich um ihre Gefühle zu *Joffrey* stand. Alles war viel zu schnell gegangen, und die Ereignisse waren zu gewaltig und vor allem zu gewalt*tätig* gewesen, um sie auch nur ansatzweise zu verarbeiten … aber wäre sie noch imstande, Joffrey zu lieben? So schwer es ihr fiel, das Wort auch nur in Gedanken zu benutzen, Tatsache war, er hatte sich in eine Monstrosität verwandelt, und nach allem, was sie bisher gehört hatte, vielleicht nicht nur körperlich. War das noch der Mann, den sie geliebt hatte und – vielleicht – noch lieben konnte?

»Lass uns weitergehen«, sagte Joffrey, und Janice ertappte sich dabei, sich fast gegen ihren Willen selbst in Gedanken zu verbessern: *das, was Joffrey einmal gewesen war.* Womit sie auch ihre Frage im Grunde schon selbst beantwortete. »Du brauchst wirklich ein wenig Ruhe. Ich weiß, wie stark du bist, aber niemand ist unzerstörbar. Mir bricht das Herz, wenn ich sehe, wie du dich quälst.«

»Hast du denn noch eines?«, fragte sie. »Ein Herz, meine ich?«

Die Frage verletzte Joffrey, das konnte sie sehen, obwohl nur ein kleiner Teil seines Gesichts unter der weit nach vorne gezogenen Kapuze erkennbar war; der, der menschlich geblieben war. Aber die Schatten dahinter bewegten sich, und sie wirkten zornig. Dennoch rührte sich nichts auf seinen Zügen, und es schien eher, als dächte er ernsthaft über ihre Frage nach. Sein Mantel raschelte feucht, als er schließlich die Schultern hob.

»Ich glaube, ja«, sagte er. »Noch.«

Das letzte Wort beunruhigte sie mehr, als sie zugeben wollte, aber sie brach den Gedanken mit einer bewussten Anstrengung ab, bevor ihre Phantasie ihr die Antwort auf die Frage liefern konnte, zu was er am Ende seiner unheimlichen Transformation geworden sein mochte.

»Du hast recht«, sagte sie stattdessen. »Ich bin tatsächlich immer noch müde. Und auch ein wenig hungrig. Gibt es hier …?«

»Etwas zu essen?«, komplettierte Joffrey ihre Frage, »außer verdorbenem Fisch und lebendig gekochten Menschen?«

Wenn das komisch sein sollte, dann konnte sie nicht darüber lachen. Joffrey fuhr jedoch mit einem Kopfschütteln und gutmütigem Spott in den Augen fort: »Wofür hältst du uns, Janice?«

»Willst du das wirklich wissen?«

»Ja.« Joffrey nickte, fuhr jedoch fort: »Aber nicht jetzt und nicht hier. Es ist eine … lange Geschichte. Und vieles davon erschreckt dich möglicherweise.«

»Und du brauchst noch ein bisschen Zeit, um sie mir möglichst schonend beizubringen.«

»Zeit ist im Moment unser kostbarstes Gut«, antwortete Joffrey ein wenig kryptisch. »Ich möchte warten, um es dann auch Steve zu erklären. Das ist das Mindeste, was ich ihm schuldig bin.«

Dem konnte sie kaum widersprechen, auch wenn sie genau spürte, dass das nicht der einzige Grund für sein Zögern war. Aber sie spürte auch wieder ihre Müdigkeit, und ziehende und stechende Schmerzen in jedem einzelnen Muskel in ihrem Körper; auch solchen, von denen sie bisher noch gar nicht gewusst hatte, dass sie sie besaß. Schon nach wenigen Schritten blieb sie wieder stehen und sah auf das Becken unter sich hinab, in dem sie gestern jenen bizarren Hybriden aus Mensch und Frosch gesehen hatte, und sie musste auch jetzt nur wenige Augenblicke warten, bis die Oberfläche des Beckens zu brodeln und Blasen und ätzenden Dampf zu speien begann: kaum einen Atemzug später erschien das groteske Froschgesicht erneut. Janice erschrak kaum weniger heftig als beim ersten Mal, aber sie begriff trotzdem, dass die riesigen Glubschaugen ganz eindeutig sie anstarrten und nicht nur irgendetwas. Sie war nicht sicher, ob es tatsächlich Intelligenz war, was sie da in diesen widerwärtigen Augen las, oder auch nur ein Bewusstsein, aber etwas war da. Etwas, das ihr Angst machte.

»Was … ist das?« Selbst die Frage auszusprechen, verlangte ihr Überwindung ab.

Und es kam ihr auch jetzt wieder so vor, als zögerte er mit seiner Artwort deutlich länger, als eigentlich nötig war. »Wenn du es wirklich wissen willst, dann zeige ich es dir.«

In seinen Worten war etwas, das sie schaudern machte, und nach einem weiteren Moment wusste sie auch, was. Sie wollte alles Mögliche wissen – aber nicht, welches Geheimnis sich hinter der Existenz dieser grauenhaften Kreatur verbarg. Vielleicht, weil sie tief in sich die Antwort ahnte, und Angst davor hatte, daran zu zerbrechen. Sie hatte nicht die Kraft, laut zu antworten, aber allein ihr Trotz zwang sie zu einem abgehackten Nicken.

Joffrey antwortete mit einer Bewegung darauf, die ein genaues Spiegelbild ihrer eigenen hätte sein können, wäre sie nicht von einem nassen Rascheln begleitet worden, und deutete zugleich zum anderen Ende des metallenen Steges. Janice vermied es, die Hand anzusehen, mit der er es tat.

Schweigend und nur noch mit Mühe den Impuls niederkämpfend, sich immer wieder zu dem schrecklichen Geschöpf umzusehen, dessen Blicke sie ihrerseits wie die Berührung einer unangenehm warmen, feuchten Hand zwischen den Schulterblättern zu fühlen glaubte, ging sie voraus und erwartete, dass sich nun auch die Tür am anderen Ende des Steges öffnete. Stattdessen bedeutete Joffrey ihr jedoch nur mit einer stummen Geste, sich umzudrehen, und tat dann noch etwas, das sie nicht genau erkennen konnte, woraufhin sich ein ganzes Segment des Stegs rasselnd und klirrend zu senken begann und sich zugleich auf vollkommen unmögliche Weise auf- und ineinanderfaltete und sich zu einer asymmetrischen Treppe mit unterschiedlich hohen und geformten Stufen verwandelte. Kurz bevor sie den Boden berührte, glitt dieser ebenfalls auseinander und zeigte ihr eine zweite Treppe, die ebenso bizarr geformt war, aber aus massivem schwarzem Eisen bestand. »Es ist nicht ganz ungefährlich«, mahnte sie Joffrey noch einmal. »Also sei vorsichtig.«

Wahrscheinlich nur ein letzter Versuch, mich von meinem Vorhaben abzubringen, dachte sie trotzig. Womit er natürlich das genaue Gegenteil erreichte. Allerdings hielt sie das nicht davon ab, nunmehr mit beiden Händen an dem schmalen Geländer Halt zu suchen und die lebensgefährlichen Stufen nur mit äußerster Vorsicht hinabzusteigen.

Die doppelte Treppe führte sie in einen schmalen eisernen Gang, der wohl zwischen den großen Wasserbecken entlangführte. Ein blassgrüner, kränklich wirkender Schein fiel durch eine Anzahl von mit schweren Messingringen eingefasster Bullaugen in den Wänden, hinter denen sich Schatten bewegten. Als Janice daran vorüberging, spürte sie einen Hauch intensiver Wärme auf dem Gesicht. Die Flüssigkeit in den Tanks musste kochend heiß sein.

»Hier.« Joffrey tippte mit etwas, das wohl eher eine Kralle als ein Fingernagel war, gegen das Glas und machte zugleich eine abwehrende Geste, als sie dasselbe tun wollte. Janice hob trotzdem vorsichtig die Hand, und obwohl sie mehrere Zoll vor dem Glas innehielt, spürte sie, wie heiß es war.

Vielleicht angelockt durch die Bewegung oder Joffreys Tippen gegen das Glas erschien ein Schatten in der Tiefe des Tanks. Janice musste sich schon wieder zusammenreißen, um dem Anblick gewachsen zu ein. Es war nicht die Froschkreatur, die sie oben gesehen hatte, sondern ein anderes und nicht minder groteskes Geschöpf, das mehr an einen Fisch erinnerte, zugleich aber auch etwas von einem riesigen Seestern hatte, zu ihrem maßlosen Entsetzen aber auch noch immer etwas an einen Menschen Gemahnendes.

»Sind das …?« Janice konnte nicht weitersprechen, denn ihre Stimme versagte ihr den Dienst, aber Joffrey führte den Satz für sie zu Ende.

»Die Tiefen Wesen?« Sie konnte nicht sagen, ob es ein Kopfschütteln oder ein Nicken war. »Noch nicht. Aber bald.«

Janice begriff nur ganz allmählich, was seine Worte bedeuteten. »Soll das heißen, dass … dass das einmal ein … ein Mensch war?«, ächzte sie.

»Ja«, antwortete Joffrey. »Und jeder Einzelne von ihnen hat es freiwillig und mit Freuden getan.«

Janice hätte beinahe laut aufgelacht. »Nachdem ihr ihnen lange genug eingeredet habt, dass es gut für ihr Seelenheil ist oder etwas in dieser Art?«, fragte sie verächtlich.

Joffrey sah sie ernst an. »Ich habe nicht erwartet, dass du es anders siehst. Und wie könntest du auch? Niemand kann es verstehen, der nicht alles über sie weiß.«

»Aber warum tun sie das?«, flüsterte Janice.

»Aus demselben Grund, aus dem jeder von uns alles tut«, antwortete Joffrey. »Um zu leben.«

Janice blickte mit klopfendem Herzen auf das grauenhafte Zwitterwesen, das ihren Blick durch das dicke Glas hindurch aus Augen erwiderte, in denen rein gar nichts Menschliches mehr geschrieben stand. Aber sie musste auch an andere Geschöpfe denken, grässliche Kreaturen mit peitschenden Tentakeln und reißenden Papageienschnäbeln, die nur aus Gestalt gewordener Grausamkeit bestanden.

»Aber … warum?«, fragte sie noch einmal. »Warum tun sie das? Wenn sie wirklich so mächtig sind, warum dann diese … Monstrosität?«

»Es ist der einzige Weg«, antwortete Joffrey geduldig. »Sie kommen von einer Welt, die so weit von unserer entfernt ist, dass das Licht ihrer Sonne Millionen Jahre bräuchte, um hierherzukommen. Das Universum ist gewaltig, Janice, viel gewaltiger und größer, als wir es je ermessen könnten. Es ist nicht möglich, von einer Welt zur anderen zu reisen, ganz gleich, wie schnell man zu reisen vermag und wie groß das Wissen eines Volkes auch ist. Die Kluft zwischen den Welten ist zu gewaltig.«

»Wie kommen sie dann hierher?« Janice deutete auf die Glasscheibe und das Schreckliche dahinter.

»Gar nicht«, antwortete er. »Nicht einmal diese unsterblichen Wesen leben lang genug, um den Abgrund zwischen den Galaxien zu durchqueren. Was sie schicken können, das ist die Essenz ihres Seins. Ihre Gedanken und all ihr Wissen.«

»Und gleich wirst du mir erzählen, auch noch ihre Seelen«, schnaubte Janice.

»Nach ihren Maßstäben … ja«, antwortete Joffrey. »Aber das ist eine Diskussion, die andere führen sollen, meinst du nicht auch? Tatsache ist, dass sie hier sind, und das seit Millionen von Jahren. Diese Welt ist ebenso ihre Heimat wie die unsere.«

Das letzte Wort hallte auf eine Art hinter Janice' Stirn nach, die sie frösteln ließ. Das, wozu er geworden war, hatte nicht das Recht, dieses Wort zu benutzen. »Und was genau … wollt ihr von uns?«, fragte sie stockend.

Joffrey wehrte sich nicht gegen die veränderte Anrede. Wenn er sie überhaupt zur Kenntnis genommen hatte, dann hielt er es vielleicht für einen Versprecher. »Wollen«, wiederholte er und schüttelte den Kopf. »Nichts. Was hätten wir, das für sie von Interesse wäre? Solange wir ihre Pläne nicht stören, ignorieren sie uns.«

»Und was genau sind ihre Pläne?«, fragte Janice und hatte zugleich so große Angst vor der Antwort, dass sie kaum noch atmen konnte.

Joffrey schüttelte jedoch nur den Kopf. »Das weiß ich nicht.«

»Weil du vorsichtshalber nicht danach gefragt hast?« Sie *wollte* verletzend klingen, doch ihre eigene Stimme verdarb ihr den Effekt.

»Das habe ich, und sie haben mir geantwortet«, sagte Joffrey.

»Aber ich habe sie nicht verstanden. Das ist unmöglich. Sie denken nicht so wie wir. Nicht in Belangen von Wichtigkeit oder Ursache und Wirkung.«

»Oder Recht und Unrecht?«, fragte sie böse.

»Oder Moral«, bestätigte Joffrey unbeeindruckt. »Sie denken nicht in solchen Kategorien. Ich … bin nicht einmal sicher, ob sie überhaupt denken, so wie wir dieses Wort benutzen.«

»Woher willst du dann wissen, dass sie dich nicht belogen haben?«

»Ich glaube, das Konzept der Lüge ist ihnen fremd«, antwortete er und hob zugleich die Schultern. »Aber um ehrlich zu sein, bin ich mir nicht einmal dessen ganz sicher. Nichts, was mit den Tiefen Wesen zu tun hat, ist sicher. Vielleicht nicht einmal ihre Existenz.«

Spätestens jetzt begann Janice zu argwöhnen, dass er all das vielleicht nur sagte, um sie zu verwirren. Was sollte das denn heißen – nicht einmal ihre Existenz?

»Wenn ich ganz ehrlich sein soll«, fuhr Joffrey nach einer Pause und in verändertem Ton fort, »dann gibt es nur eines, dessen ich mir ganz sicher bin. Das Geheimnis ihrer Existenz muss ein Geheimnis bleiben. Die Menschen dürfen niemals erfahren, dass es sie gibt. Es wäre unser aller Untergang.«

Janice fragte sich zum zweiten Mal, wen er genau mit *unser* meinte. »Jetzt klingst du beinahe wie Connor.«

»Weil wir beide dieselben Ziele verfolgen«, antwortete Joffrey. »Ellen Connor und ihre Freunde sorgen auf ihre Weise dafür, dass die Dinge so bleiben, wie sie es müssen.«

»Aber ich dachte …«

»… dass wir Feinde sind?« Joffrey schüttelte den Kopf, als hätte sie etwas Amüsantes gesagt. »Wir dienen beide derselben Sache, wenn auch auf unterschiedliche Weise. Sie ist eine gute Frau. Sie tut, was getan werden muss.«

Wobei das eine ganz und gar nicht das andere bedeuten muss, dachte Janice. Doch statt diesen Gedanken in Worte zu kleiden, rief sie sich selbst zur Ordnung. Sie spürte, in welche Richtung Joffrey sie locken wollte, und beinahe wäre es ihm auch gelungen. Doch wenn es hier eines nicht gab, dann *Normalität*.

»Das ist …«

»… alles ein bisschen zu viel im Moment«, unterbrach sie Joffrey. »Das verstehe ich. Ich selbst habe Monate gebraucht, um es zu verstehen, und ganz ist es mir bis jetzt noch nicht gelungen. Ich erwarte nicht, dass du es binnen weniger Minuten tust.«

»Und was erwartest du dann?«, fragte sie.

»Nur, dass du dir selbst ein wenig Zeit gibst, um über alles nachzudenken«, antwortete Joffrey. »Du musst dich ausruhen und etwas essen.«

»Ich glaube nicht, dass ich hier …«, begann Janice und sprach dann nicht zu Ende, weil sie ihn nicht verletzen wollte. Sie wollte es ja, aber nicht *so.*

»Nicht an diesem Ort«, sagte Joffrey traurig. »Das verstehe ich. Aber dann ruh dich wenigstens aus. Ich verspreche dir, dass ich mich um Steve kümmere und dich sofort rufe, wenn er wach wird.«

»Das hat nichts mit …«

»… Steve zu tun?« Anscheinend hatte sich Joffrey fest vorgenommen, sie keinen einzigen Satz zu Ende bringen zu lassen. »Oh Janice, hast du es denn immer noch nicht begriffen? Ich bin dir nicht böse, so wenig wie Steve. Im Gegenteil. Ich freue mich für euch.«

»Es gibt kein *euch!«,* protestierte sie heftig.

Aber gab es das wirklich nicht?

»Ich hätte es niemals gewagt, Steve ganz offen darum zu bitten«, sagte Joffrey, »auch wenn ich es mir insgeheim gewünscht habe. Steve ist das Beste, was ich dir wünschen kann. Er ist der beste Freund, den ich je hatte.«

»Und jetzt meinst du, du müsstest mich an ihn … vererben?«

»Steve liebt dich genauso aufrichtig und tief, wie ich es tue, Janice«, antwortete Joffrey, als hätte sie gar nichts gesagt. »Er hat es von der ersten Sekunde an getan, in der er dich gesehen hat, und er wird es tun, solange er lebt, davon bin ich überzeugt.«

»Und woher willst du das wissen?«, fragte Janice scharf. »Haben es dir deine … *Tiefen Wesen* gesagt?«

»Nein«, antwortete Joffrey. »Das war Steve.«

Janice riss die Augen auf. »Wie bitte?!«

»Er hat sich mir offenbart, schon am ersten Abend, gleich nachdem ich dich ihm vorgestellt habe«, sagte Joffrey. »Daran siehst du, was für ein aufrechter Mann er ist. Er hat sich mir offenbart, aber er hat mir auch sein Wort gegeben, dir niemals irgendwelche Avancen zu machen. Aber er liebt dich, mehr als sein eigenes Leben.« Eine ganz sachte Spur von Trauer erschien in seiner Stimme. »Vielleicht sogar mehr als ich.«

»Und wenn ich ihn nicht liebe?«

»Dann wird er das akzeptieren und dich niemals bedrängen«, sagte Joffrey überzeugt. »Aber ich habe Augen im Kopf, und ich kenne dich. In mancher Hinsicht vielleicht besser als du selbst.«

Diesmal unterbrach er sie nicht, sondern schnitt ihr mit einer rüden Geste das Wort ab, bevor sie es überhaupt ergreifen konnte. Dabei war sie nicht einmal sicher, ob sie es getan hätte, denn sie musste plötzlich an etwas denken, was Connor gestern zu ihr gesagt hatte.

»Ich habe dich beobachtet, als du dagesessen und die ganze Nacht über seine Hand gehalten hast«, sagte er. »Weißt du, manchmal ist die Wahrheit so offensichtlich, dass wir selbst die Letzten sind, die sie erkennen.«

35

Auf dem Weg nach oben hatte Joffrey noch ein- oder zweimal versucht, ein Gespräch mit ihr in Gang zu bringen. Vielleicht war es auch öfter gewesen. Janice hatte weder hingehört, noch auf nur eines der tausend Wunder geachtet, an denen sie auf dem Weg durch die stählernen Eingeweide des Schiffes vorbeigekommen waren, und wie hätte sie das auch gekonnt? In ihrem Kopf wirbelten die Gedanken wild durcheinander, ohne dass sie sich hinterher auch nur an einen einzigen erinnern konnte. Es war, als wäre ihre Aufnahmefähigkeit nicht nur für Schrecken, sondern einfach für *alles* endgültig erschöpft, und sie kam sich vor wie eine Gefangene in ihrem eigenen Körper, der nur noch funktionierte und tat, was sie ihm vorher aufgetragen hatte, und nun keine Befehle mehr von ihr annahm.

Irgendwann gab Joffrey es jedenfalls auf, mit ihr reden zu wollen, und führte sie in einen weiteren fensterlosen Raum, in dem es jedoch zwei Annehmlichkeiten gab, die noch einmal zu erleben sie nicht einmal zu hoffen gewagt hätte… hätte sie über etwas so Banales denn in diesem Moment auch nur nachgedacht. Es gab ein richtiges – wenn auch reichlich unbequemes und nicht besonders sauberes – Bett sowie einen niedrigen Tisch, auf dem eine Anzahl flacher (selbstverständlich schwarzer) Metallschalen voller Fisch, Meeresfrüchten und anderer Lebensmittel aufgestellt war. Obwohl das Essen wirklich verlockend duftete, ignorierte sie es, aber der Verlockung des Bettes konnte sie sich nicht widersetzen. Noch bevor Joffrey sich auch nur ganz von ihr verabschiedet und die Kammer verlassen hatte, streckte sie sich auf ihm aus und war eingeschlafen.

Schon nach wenigen Augenblicken, wie es ihr zumindest vorkam, erwachte sie wieder und fühlte sich nicht nur erstaunlich erfrischt, sondern erinnerte sich auch nicht an den winzigsten Traumfetzen, geschweige denn an einen Albtraum. Nach dem, was sie in der Zeit davor erlebt hatte, kam ihr das zumindest ungewöhnlich vor.

Erst dann spürte sie, dass sie nicht allein war. Ein wenig verärgert fragte sie sich, wie lange Joffrey wohl jetzt schon wieder dastand und sie beobachtete, spürte aber zugleich auch schon wieder ihr schlechtes Gewissen. Es war ihr niemals unangenehm gewesen, von Joffrey angesehen zu werden, und das sollte es auch jetzt nicht sein, ganz egal wie sehr er sich auch verändert hatte. Sie nahm sich vor, nicht zu streng mit ihm zu sein, setzte sich auf und stellte fest, dass sie sich geirrt hatte. Hinter ihr stand Connor, nicht Joffrey.

»Wie lange stehen Sie schon da und starren mich an?«, fragte sie, während sie sich vollends zu ihr umdrehte und sich nun gar keine Mühe mehr gab, anders als feindselig zu klingen. War denn hier jedermann der Meinung, sie hätte gar kein Recht auf ein bisschen Privatsphäre?

Ihre Feindseligkeit prallte einfach von Connor ab. »Noch nicht allzu lange. Ich bin gleich gekommen, nachdem Joffrey mir gesagt hat, dass Sie hier sind.«

Janice lauschte in sich hinein. Ihre Muskeln fühlten sich entspannt und auf eine wohlige Art schwer an, wie nach einem stundenlangen erholsamen Schlaf, und in ihren Gedanken war eine dazu passende Mattigkeit. Doch gerade als sie eine entsprechende Bemerkung machen wollte, fiel ihr Blick auf die Teller und Schalen auf dem Tisch, und sie begriff, dass die Speisen darin noch genauso frisch und appetitlich aussahen wie bei ihrem Eintreten: als wäre tatsächlich nicht viel Zeit vergangen.

Zögernd griff sie nach dem Metallbecher mit Wasser und trank zwar nichts davon, schnupperte aber aufmerksam. Auch das Wasser roch frisch. Sie stellte den Becher wieder ab.

»Ich habe das Gefühl, stundenlang geschlafen zu haben.«

»Und Sie fühlen sich ausgeruht und zum Bäume ausreißen«, fügte Connor hinzu. Sie wirkte amüsiert. »Sie sollten erst einmal Kennys Handgelenk sehen. Es ist schon fast wieder verheilt. Und sogar Dans Gesicht kann man wieder ansehen, ohne einen Schrecken zu bekommen ... also jedenfalls auch nicht mehr als sonst.«

Janice tat ihr nicht den Gefallen zu lächeln, und auch Connor wurde wieder ernst. »Das liegt an diesem Ort hier. So wie überall, wo ihre Nähe deutlich zu spüren ist.«

»Was?«

»Man braucht hier nicht viel Schlaf«, erklärte Connor. »Eine Stunde, und Sie sind erholt wie nach einer ganzen Nacht in Ihrem eigenen Bett. Und auch Wunden und Krankheiten heilen schneller.«

»Und man findet auch den Schlüssel zur immerwährenden Glückseligkeit?«

»Das kommt vermutlich ganz darauf an, was man darunter versteht«, antwortete Connor ernst. »Aber ich habe Ihnen doch schon gesagt, dass die Tiefen nicht nur nehmen, sondern auch geben, oder?«

Sie antwortete nicht darauf, sondern hob nur trotzig die Schultern, aber sie konnte ihre Hand nicht daran hindern, schon wieder nach der harten Stelle unter ihrer Bluse zu tasten. Connors Augen folgten der Geste, und ihr Blick umwölkte sich. Sie schien etwas sagen zu wollen, doch dann machte sie stattdessen eine Kopfbewegung zum Tisch hin.

»Sie sollten etwas essen«, sagte sie. »Dieser Ort vermag vieles, aber er macht nicht durch bloßes Luftholen satt. Und wenn Sie in den Hungerstreik treten, schaden Sie damit nur sich selbst.«

»Ich bin nicht hungrig«, behauptete Janice, und ihr Magen sah sich durch die Bemerkung anscheinend genötigt, sie mit einem lautstarken Kommentar Lügen zu strafen. Connor lächelte ein knappes, fast mütterliches Lächeln, ging aber nicht weiter darauf ein.

»Dann lassen Sie uns zu den anderen gehen«, sagte sie. »Sie werden sich sicher schon fragen, wo ich abgeblieben bin … und wahrscheinlich auch froh sein zu hören, dass Steve wieder gesund wird.«

»Außer Daniel.«

»Außer Dan«, bestätigte Connor lächelnd.

»Aber Steve war … tot!«

»Das ist ein großes Wort«, sagte Connor nachdenklich. »Und eines, mit dem die Menschen oft zu leichtfertig umgehen.«

»Ja, Joffrey hat mir schon gesagt, dass Ihre Freunde selbst den Tod besiegen können.« Und sie hatte sich wirklich eingebildet, es mit Geschöpfen von solcher Macht aufnehmen zu können?

»Ich glaube nicht, dass er das gesagt hat«, antwortete Connor. »Aber wahr ist, dass der Tod ein sehr viel größerer Schritt ist, als die meisten Menschen glauben.«

»Aha«.

»Nicht einmal sie haben die Macht, die Toten wieder aufzuwecken. Aber so schnell stirbt es sich nicht. Sie wären erstaunt zu erfahren, was ein Mensch ertragen kann, bevor er wirklich stirbt.« Connor machte eine entschiedene Handbewegung. »Genug davon. Wir werden noch viel Zeit haben, darüber zu reden.«

Janice wartete, bis sie die Kammer verlassen hatten, bevor sie fragte: »Was meinen Sie mit viel Zeit?«

»Sie gehören jetzt zu uns, Kindchen«, sagte Connor. »Ob Sie es wollen oder nicht.«

»Ganz bestimmt nicht.«

»Das ist nicht mehr Ihre Entscheidung, fürchte ich.« Connors Bedauern klang echt. »Sie haben den Ruf gehört. Und sie haben Sie berührt.«

»Ich habe nicht darum gebeten«, sagte Janice trotzig.

Connor hätte eine Menge dazu sagen können, denn schließlich hatte Janice das erst vor Kurzem sogar sehr nachdrücklich getan, doch sie deutete nur ein Schulterzucken an und wies aus der gleichen Bewegung heraus nach links. »Dort entlang. Wir besprechen alles, wenn wir … bei den anderen sind.«

Janice machte ein fragendes Gesicht. »Wir dürfen uns hier frei bewegen?«

»In den Teilen des Schiffes, in denen Menschen leben können, ja.«

»Und das lassen sie zu?«

»Wohin sollten wir denn gehen?« Connor sah sie ehrlich verwundert an. »Und bevor Sie fragen, mein Kind: Was sollten wir hier anrichten oder sabotieren?«

Daran hatte Janice zwar gar nicht gedacht, aber nun, da Connor es sagte, sah sie trotzdem ein, dass sie recht hatte. Alles, was sie bisher hier gesehen hatte, schien nicht nur für Riesen gemacht, sondern auch massiv genug, um dem Wüten mythischer Titanen zu widerstehen. Auch mit einem Vorschlaghammer wäre es ihr wohl kaum möglich, diesem Schiff irgendeinen Schaden zuzufügen. Sie bezweifelte fast, dass ihr das mit einer Stange Dynamit gelingen würde.

Sie gingen los. Janice versuchte sich den Weg zu merken, hatte aber das Gefühl, schon nach ganz kurzer Zeit die Orientierung zu verlieren. Obwohl nicht ein Gang dem anderen glich, sah dennoch irgendwie alles gleich aus.

Schließlich erreichten sie eine weitere asymmetrische Treppe, die in viel zu steilem Winkel nach oben führte. Connor hüpfte sie mit einer Leichtigkeit hinauf, die einen Stachel aus purem Neid in Janice' Herz senkte, zugleich aber auch ihren Trotz weckte. Sie stürmte so schnell hinter ihr her, dass sie auf den letzten Stufen beinahe in sie hineingerannt wäre.

Sie erwartete, in einen weiteren Raum voller fremdartiger Maschinen und zu feindseliger Stofflichkeit erstarrter Schwärze zu gelangen, doch stattdessen wurde es plötzlich hell, und als sie den Fehler beging, sich an Connor vorbeizudrängen, schlugen ihr nasse Finger aus Salzwasser ins Gesicht, sodass sie blinzelte und instinktiv die Hand vor die Augen hob, um sie vor den tausend unsichtbaren Nadeln zu schützen, die in ihre Haut stachen.

»Oh, verzeihen Sie«, sagte Connor. »Ich hätte Sie warnen sollen.«

Sie klang ein bisschen schadenfroh, fand Janice. Nicht sehr, aber unangemessen. Sie blinzelte, wischte sich mit dem Handrücken die Nässe aus den Augen und wurde von einem weiteren eisigen Schlag aus Salzwasser belohnt, der sie im Gesicht traf.

Sie waren an Deck, immerhin das war klar, auch wenn sie das vage Gefühl hatte, dass etwas nicht stimmte. Sie machte einen weiteren Schritt zur Seite und war jetzt klug genug, die Hand schützend über die Augen zu halten. Trotzdem musste sie die Zähne zusammenbeißen, so eisig, wie ihr der Wind die nadelspitzen Wassertropfen ins Gesicht peitschte, und im allerersten Moment sah sie nichts außer einer Menge schwarzen Eisens und die schier endlose Weite des Meeres, die das Schiff aus allen Richtungen belagerte. Etwas in ihr verkrampfte sich, als sie begriff, dass sie sich tatsächlich auf hoher See befanden. Janice wappnete sich ganz instinktiv gegen die altbekannte Panik, die nun ganz unweigerlich kommen musste.

Stattdessen jedoch spürte sie plötzlich, wie wohltuend die frische Salzwasserluft war und wie der Sauerstoff und die Kälte ihre Muskeln und inneren Organe belebten. Neue Kraft durchströmte sie und trug noch das Ihre zu der Verwirrung bei, die sich in ihr ausbreitete. Etwas geschah mit ihr, aber sie wusste nicht, was.

»Kommen Sie, Kindchen. Die anderen warten auf uns.« Connor ergriff sie sacht am Ellbogen und führte sie weiter. Noch vor Tagesfrist hätte sie ihre Hand empört abgestreift und sich wahrscheinlich die Stelle gerieben, als hätte sie sich beschmutzt, doch jetzt empfand sie die Berührung als beinahe wohltuend und so mütterlich, wie sie wohl auch gemeint war. Etwas Grundlegendes geschah mit ihr, aber sie konnte noch nicht sagen, ob es ihr gefiel.

Das Deck der IRONCLAD war vollkommen anders, als sie es sich vorgestellt hatte. Genau genommen hatte sie sich gar nichts vorgestellt, doch nichts hier erinnerte in irgendeiner Weise an das, was sie unter einem Schiff verstand. Es war riesig, sehr viel größer, als sie ohnehin schon angenommen hatte, aber statt der erwarteten Aufbauten wuchs (dieses Wort benutzte sie ganz bewusst) eine Unzahl von … *Dingen* aus dem Deck. Schwarze Kuben aus rauem Eisen, von rostigem Wasser mit bizarren, fast geometrisch anmutenden Mustern verziert, stritten sich mit Türmchen und Ausbuchtungen um den vorhandenen Platz, auf sinnverdrehende Weise in sich gestauchte Spiralen und schwarze Tubusse griffen wie abgebrochene Eisenfinger nach dem Himmel, und da waren noch Dutzende anderer Dinge, für die sie nicht einmal eine Bezeichnung fand, weil sie nichts glichen, was sie jemals gesehen hatte, und zum Teil nicht einmal ihren menschlichen Vorstellungen von Geometrie entsprachen. Manches davon löste beim reinen Ansehen ein heftiges Schwindelgefühl hinter ihrer Stirn aus; und das auf eine Art, die ahnen ließ, dass etwas weit Schlimmeres daraus werden würde, wenn sie sich zwang, noch weiter hinzusehen. Und zugleich zog dieser in Eisen gegossene Irrsinn ihren Blick mit fast unwiderstehlicher Kraft an, sodass es sie alle Mühe kostete, sich davon loszureißen.

Nichols und die beiden Jungen warteten am Bug des Schiffes auf sie. Es gab keine Reling oder irgendeine andere Art von Geländer, was sie eigentlich beunruhigen sollte, es aber nicht tat. Ganz im Gegenteil trat sie so dicht an den Rand des Decks heran, dass ihre Schuhspitzen ein Stück weit über den Rand ragten, und sah nach unten. Der messerscharfe Bug zerteilte die Wellen scheinbar endlos tief unter ihnen, an mehreren Stellen geborsten und eingedellt, wo er die Kanalbrücke gespalten hatte. Noch während sie hinsah, begann einer der großen Risse zu zittern, und seine Ränder zerfielen zu ungezählten eisernen Strängen und Würfeln und Ärmchen, die aufeinanderzuzukriechen begannen.

Das Schiff heilte sich selbst.

Auch dieser Gedanke sollte sie erschrecken, aber sie empfand eher so etwas wie eine absurde Erleichterung. Aus den Augenwinkeln sah sie, wie Nichols die Brauen hob und zumindest irritiert aussah, und blieb allein deshalb sogar noch einen Moment länger an diesem gefährlichen Abgrund stehen, als sie es eigentlich wollte. Erst dann drehte sie sich um und ging zu Connor, die ein paar Schritte zurückgeblieben war. Auch sie sah ein bisschen überrascht aus, aber auf eindeutig erfreute Art.

Janice schluckte die Frage herunter, die ihr auf der Zunge lag, und sah sich stattdessen um. In drei Richtungen erblickte sie Land wie einen dunstigen Schattenstrich am Horizont, nur ein Stück rechts ihrer Fahrtrichtung lag das wirkliche offene Meer. Sie waren nicht auf hoher See, sondern noch in der Bay, was zu Connors Behauptung zu passen schien, dass tatsächlich erst wenige Stunden vergangen waren und die Sonne über ihren Köpfen die des nächsten Tages. Und er war noch nicht einmal sehr alt.

»Wohin fahren wir?«, fragte sie.

»Sie bringen uns an Land«, antwortete Connor. »Aber ich weiß noch nicht, wo. Oder wann. Wahrscheinlich erst nach Dunkelwerden.«

Das konnte Janice angesichts des monströsen Schiffsungetümes durchaus versehen, auf dem sie sich befanden, aber sie hob trotzdem den Kopf und beschattete die Augen, um zur Sonne hochzusehen. Es war noch nicht einmal Mittag, und der Himmel war von einem wolkenlosen, strahlenden Blau. Sie konnte sich nicht erinnern, die IRONCLAD jemals am Tage und noch dazu bei klarem Wetter gesehen zu haben, und das wohl aus gutem Grund: Unter diesen Bedingungen konnte das Schiff sicherlich vom Ufer aus mit einem guten Fernglas beobachtet und identifiziert werden. Nach allem, was ihr Connor – und vor allem Joffrey – über ihr großes Geheimnis und dessen Schutz erzählt hatten, kam ihr die jetzige Fahrt am helllichten Tag geradezu sträflich leichtsinnig vor.

»Vielleicht fahren wir auch ein Stück nach Norden, und sie setzen uns an einer einsamen Stelle an der Küste ab«, fügte Nichols hinzu. Er hörte sich nicht so an, als würde er selbst daran glauben, und Connor warf ihm auch nur einen entsprechenden Blick zu.

»Wir sind tagsüber unterwegs«, stellte Janice fest.

»Und bei klarer Sicht, ja«, bestätigte Connor. »Wenn Sie damit sagen wollen, dass Ihnen das ungewöhnlich vorkommt, dann haben Sie recht. Legenden bleiben nicht lange Legenden, wenn man sie im hellen Sonnenlicht vorgeführt bekommt.«

»Warum tun sie es dann?«

»Ich nehme an, das ist zu einem nicht unbeträchtlichen Teil Ihre Schuld, mein Kind«, sagte Connor.

»Meine Schuld? Was wollen Sie damit sagen?« Janice hatte das beunruhigende Gefühl, die Antwort eigentlich schon zu kennen, und Connor musste es wohl ganz ähnlich ergehen, denn sie lächelte nur dünn.

»Und ... danach?«, fragte Janice zögernd.

»Was meinen Sie mit *danach*?«

»Erzählen Sie mir nicht, dass Sie Steve und mich einfach unserer Wege gehen lassen, als wäre nichts geschehen«, sagte Janice.

Connor versuchte nicht einmal, dem unausgesprochenen Vorwurf zu widersprechen, der plötzlich zwischen ihnen hing. Sie deutete nur ein Kopfschütteln an. »Ich fürchte, auch diese Entscheidung liegt nicht mehr bei uns.«

»Für jemanden, der so viel über all das hier weiß, wissen Sie sehr wenig«, meinte Janice, doch so einfach ließ sich Connor nicht aus der Ruhe bringen. Ganz im Gegenteil kehrte das gewohnt spöttische Lächeln in ihre Augen zurück.

»Es gibt niemanden, der wirklich etwas von alldem hier weiß«, antwortete sie sanft. »Und ich war auch noch niemals zuvor an Bord der IRONCLAD. Ich glaube, niemand war das.«

Natürlich wollte Janice eine entsprechende Frage stellen, doch in diesem Moment ging ein sachtes Zittern durch das Deck unter ihren Füßen – wenn sie es recht bedachte, war es eigentlich die erste Erschütterung, die sie spürte, seit sie an Bord dieser großen schwimmenden Maschine gekommen war –, und sie alle wandten sich um und sahen nach vorne.

Der Bug der IRONCLAD schwenkte mit nur vermeintlicher Behäbigkeit herum und deutete nun nicht mehr auf die offene See, sondern in spitzem Winkel auf das Ufer im Westen, und sie konnte regelrecht spüren, wie das Schiff schneller wurde, obwohl sie schon zuvor mit beachtlicher Geschwindigkeit dahingeschossen waren.

Auch war die Fahrt jetzt nicht mehr annähernd so ruhig, denn das Schiff schnitt nun in einem anderen Winkel durch die Wellen und bot dem Meer eine ungleich größere Angriffsfläche. Janice verlagerte ihr Körpergewicht um eine Winzigkeit, um das Schwanken auszugleichen, und erst dann wurde ihr bewusst, was sie gerade getan hatte.

Und das war nicht alles, wie ihr nun mit fast schmerzhafter Deutlichkeit klar wurde. Sie hätte die Frage nach ihrer Seefestigkeit noch nie wirklich beantworten können, ganz einfach weil sie sich nicht dafür interessiert hatte, doch zumindest hier und jetzt war sie es. Sie spürte nicht einmal einen Anflug von Seekrankheit, sondern das Gegenteil. Selbst die Erinnerung an den Schmerz vom vergangenen Abend war fort, und sie fühlte sich ausgeruht und stark, und mit jedem nach Salz und Weite schmeckenden Atemzug freier und unbezwingbarer. Sie würde das Meer nie mehr fürchten.

Ein schweres Rumpeln hinderte sie daran, den Gedanken zu Ende zu verfolgen, aber sie merkte ihn sich für später, denn irgendetwas daran war ungemein wichtig.

Dann vergaß sie ihn, denn Joffreys hünenhafte Gestalt trat auf das Deck heraus. Er hatte die Kapuze so weit nach vorne gezogen, dass sein Gesicht vollkommen im Schatten lag, den rechten Arm um Steves Hüfte geschlungen und mit der anderen Hand das Gelenk des Armes ergriffen, den er sich über die Schulter gelegt hatte. Steve war zumindest halb bei Bewusstsein, doch allein durch Joffreys enorme Größe wurde er neben ihm hergeschleift, statt aus eigener Kraft zu gehen, und sie sah erst jetzt und im hellen Sonnenschein, wie totenbleich und eingefallen sein Gesicht tatsächlich war.

Aber immerhin war es ein Gesicht.

Steves Namen auf den Lippen fuhr Janice herum und auf ihn zu, doch dann hielt sie mitten in der Bewegung inne und riss die Augen auf.

Verglichen mit dem letzten Mal, dass sie ihn – gesund – gesehen hatte, mochte Steve einen erbärmlichen Anblick bieten, aber beim *allerletzten* Mal war er tot und sein Körper schrecklich verheert gewesen. Der Großteil seiner Haare war noch immer verschwunden, aber die Kopfhaut kein blutiger Indianerskalp mehr. Und auch von all den anderen tiefen Rissen und Schnitten in seinem Gesicht war nichts mehr zu erkennen. Selbst seine gebrochene Nase war wieder gerade, und die Haut unter all den zahllosen Schnitten und Rissen in seinen Kleidern unversehrt.

Janice erwachte endlich aus ihrer Erstarrung, stürmte nur umso schneller weiter und konnte sich gerade noch beherrschen, ihm nicht mit einem erleichterten Jauchzen um den Hals zu fallen. Aber sie ergriff seinen anderen Arm, schlang ihn sich um den Nacken und wäre im nächsten Moment beinahe in die Knie gegangen, als Joffrey das prompt zum Anlass nahm, Steve loszulassen, sodass plötzlich sein ganzes, nicht unbeträchtliches Gewicht auf ihren Schultern lastete.

»Steve! Wie geht es dir? Mein Gott, ich war so in Sorge um dich, und …« Janice sprach nicht weiter, als ihr aufging, dass er ihre Worte gar nicht hörte. Sein Blick schien geradewegs durch sie hindurchzugehen, Er mochte wach sein, aber das hieß nicht, dass er wirklich bei Bewusstsein war. Aus ihrer Erleichterung wurde jäh ein mindestens ebenso großer Schrecken.

»Was habt ihr mit ihm gemacht?«, herrschte sie den Schatten unter Joffreys Kapuze an.

»Er wird leben«, antwortete Joffrey stereotyp. »Und er wird auch wieder ganz gesund, hab keine Angst. Doch du musst auf ihn achtgeben. Er wird noch einige Tage brauchen, um wieder ganz zu Kräften zu kommen. Aber das wird er, das verspreche ich.«

»Und warum helft ihr ihm nicht?«

»Ihr müsst das Schiff verlassen«, antwortete Joffrey. Janice versuchte vergeblich, die Schatten unter seiner Kapuze mit Blicken zu durchdringen oder den Klang seiner Stimme zu deuten, aber das eine gelang ihr nicht, und das andere kam ihr jetzt beinahe noch unheimlicher vor als gestern; als fügte nun auch der Wind seiner Stimme eine weitere Facette hinzu.

»Warum?«, fragte Connor.

»Wir mussten unsere Pläne ändern«, antwortete Joffrey. »Ihr müsst das Schiff verlassen. Wir bringen euch an einen sicheren Ort.«

»Sind wir in Gefahr?«, mischte sich Nichols ein.

Weder Janice noch einer der anderen rechneten wirklich mit einer Antwort, doch Joffrey schüttelte heftig genug den Kopf, um sie noch ein bisschen mehr zu beunruhigen. »Ihr wärt es, wenn ihr an Bord bleibt. Wir müssen diesen Ort verlassen. Ihr könnt uns nicht begleiten.«

»Diesen Ort.« Diese Formulierung beunruhigte sie. »Und wohin … geht ihr?«

Sie rechnete auch jetzt nicht mit einer Antwort, und dieses Mal wurde sie nicht enttäuscht. »Für eure Sicherheit ist gesorgt, wenn ihr euch an meine Anweisungen haltet«, sagte Joffrey nur. »Aber uns bleibt nicht sehr viel Zeit.«

»Und das war es dann?«, fragte Janice. In ihrer Stimme war ein Klang von Zorn, den sie eigentlich gar nicht empfand, aber sie vermochte die schneidende Schärfe auch nicht daraus zu verbannen. »Wir werden uns nicht wiedersehen, habe ich recht?«

»Willst du das denn?«

Die Frage überrumpelte Janice regelrecht. Aber wirklich überrascht war sie nicht. Im Grunde sprach Joffrey nur das aus, was sie seit dem Moment ihres Wiedersehens nicht zu denken gewagt hatte. Sie schwieg.

»Hat diese plötzliche Sinnesänderung vielleicht etwas damit zu tun?« Nichols deutete zum Heck des Schiffes.

Im ersten Moment konnte Janice dort nichts erkennen, als sie in dieselbe Richtung sah, doch dann meinte sie einen winzigen Punkt auszumachen, der dicht vor dem Horizont auf den Wellen tanzte.

»Ist das … ein Schiff?«

»Eher zwei«, sagte Nichols und deutete in die entgegengesetzte Richtung. Janice tat dasselbe, konnte dort aber rein gar nichts erkennen, obwohl auch Daniel und Kenny nickten; und schließlich sogar Connor ein entsprechend besorgtes Gesicht machte. Offensichtlich hatte sie von allen hier die schlechtesten Augen.

»Es besteht keine Gefahr«, versicherte Joffrey. Für Janice' Geschmack tat er das eindeutig ein bisschen zu oft. »Wir bringen euch rechtzeitig an Land.«

»Und dann?«, fragte Janice.

»Dann?«

»Du hast meine Frage nicht beantwortet.«

Und das tat er auch jetzt nicht. Janice konnte sein Gesicht unter den lebendigen Schatten unter seiner Kapuze noch immer nicht erkennen, aber sie spürte seinen Blick fast wie eine Berührung auf sich ruhen. »Gib gut auf Steve acht«, sagte er. »Er wird dasselbe für dich tun.«

»Aber du …«

»Und dir sage ich dasselbe«, fuhr Joffrey nunmehr an Connor gewandt und in vollkommen verändertem Ton fort. Er klang beinahe drohend. »Gib auf Janice acht, oder wir sehen uns wieder.«

Und damit drehte er sich mit einem Ruck um und ging ohne ein weiteres Wort.

Janice starrte ihm eine geschlagene Sekunde lang fassungslos nach, aber dann streckte sie umso hastiger die Hand aus und bekam seinen flatternden Mantel zu fassen.

Wenigstens versuchte sie es, aber ihre Finger fanden an dem schlüpfrigen Material keinen Halt, obwohl es sich zugleich so rau wie altes Leder anfühlte. Es war fast, als *wollte* es nicht von ihr berührt werden.

»*Joffrey, verdammt!*«

Joffrey ging einfach weiter, ohne auf ihren Schrei zu reagieren, und die schwere Falltür begann sich rasselnd hinter ihm zu schließen. Janice stürmte los, wäre von Steves Gewicht auf ihren Schultern um ein Haar von den Füßen gerissen worden und hätte trotzdem weiter versucht, Joffrey zu folgen, wäre Connor nicht rasch an ihre Seite getreten und hätte ihr die Hand auf die Schulter gelegt.

»Lassen Sie ihn, Kindchen«, sagte sie. »Er hat alles gesagt, was zu sagen war. Mehr werden Sie nicht erfahren.«

Janice riss sich mit einer viel zu heftigen Bewegung los. »Aber Joffrey …«

»Nein«, unterbrach sie Connor. »Das ist nicht mehr Joffrey. Schon lange nicht mehr.«

36

Sie war nicht einmal überrascht, als ihr Ziel als winziger Punkt auf dem Meer vor ihnen auftauchte und rasch zu einem nicht nennenswert größeren Felsklumpen heranwuchs, aus dessen Mitte ein rostiger Turm wie der abgestochene Speer eines Riesen ragte.

Umso überraschter war sie dafür, den betagten Kutter zu erkennen, der am eisernen Steg von Bone Island festgemacht hatte und ganz offensichtlich auf sie wartete. Die Gestalt in seinem Heck trug noch immer dasselbe schwarz glänzende Ölzeug, in dem sie Tom nun schon zweimal gesehen hatte, und Janice ertappte sich bei der albernen Frage, ob er wohl darin schlief und der gewachste Stoff schon mit seiner Haut verschmolzen war.

Sie beschäftigte sich mit noch anderen, zum Teil noch absurderen Gedanken, während sie sich langsamer werdend der Insel näherten, soweit es dem kolossalen Schiff überhaupt möglich war, und der Kutter schließlich ablegte, um ihnen das letzte Stück entgegenzukommen. Jede Albernheit war besser, als über die letzten Minuten nachzudenken und das, was sie in letzter Konsequenz für sie bedeuten mochten. Den Schock über Joffreys Anblick und erst recht das, was er zu ihr gesagt hatte, hatte sie noch lange nicht verarbeitet und würde es möglicherweise auch niemals zur Gänze.

So schnell sich die IRONCLAD auch bewegt hatte, so abrupt – und absurderweise ohne die allermindeste spürbare Erschütterung, als wäre es den Erbauern dieses Schiffes selbst gelungen, die Grundregeln der Physik außer Kraft zu setzen – kam sie eine halbe Meile vor der Insel zum Halten, und Toms Kutter beschrieb einen engen Bogen, um längsseits zu gehen. Kurz bevor er die IRONCLAD erreichte, hob ein gewaltiges Rumpeln und Krachen an, und ein Teil ihrer Flanke begann sich auf unmögliche Weise auseinanderzufalten und -zuschieben, um eine der ihr schon bekannten, aber immer noch Furcht einflößenden asymmetrischen Treppen zu bilden, die fast bis zum Wasser hinabreichte. Selbstredend hatte sie kein Geländer, und nicht eine Stufe ähnelte der anderen.

Janice fragte sich erschrocken, wie sie Steve dort hinunterschaffen sollte, der nicht einmal aus eigener Kraft stehen konnte, doch Daniel und Kenny nahmen ihr die Entscheidung ab, indem sie ihn zwischen sich nahmen und auf eine Art die Treppe hinabbugsierten, die Janice schon beim Zusehen schwindeln ließ. Aber sie alle, und als Letzte auch Janice selbst, erreichten das kleine Fischerboot ohne Zwischenfälle. Das den Magen umstülpende Schwanken des Decks, von dem oben auf der IRONCLAD nichts zu spüren gewesen war, empfing sie nun doppelt heftig. Prompt fühlte sie die Vorboten einer leichten Übelkeit in ihren Eingeweiden. Seltsamerweise empfand sie dieses Gefühl nicht einmal unbedingt als falsch. Es war durchaus unangenehm und hatte das Potenzial, zu etwas viel Schlimmerem zu werden, aber es war auch etwas, das zu diesem neuen Leben dazugehörte, das nun begann.

»Sie sollten sich setzen, Miss«, sagte Tom. »Wir müssen sehr schnell fahren. Es könnte etwas rau werden.«

Janice hörte zwar auf seinen Rat und war spätestens in dem Moment dankbar dafür, in dem sich das Boot ruckhaft in Bewegung setzte und nun wild hin und her zu schwanken begann, aber ihr Blick blieb unverwandt weiter auf das Deck der IRONCLAD gerichtet, die wie eine eiserne Klippe über ihnen aufragte. Sie hatte bis zum letzten Augenblick gehofft, Joffrey noch einmal zu sehen, und tatsächlich bewegte sich auf dem Deck etwas. Aber ihre Augen weigerten sich, es zu erkennen, und das war wahrscheinlich auch gut so.

Dennoch war sie auf eine befremdliche Art enttäuscht. Selbst nach ihrer merkwürdigen und wohl endgültigen Verabschiedung hätte sie sich gewünscht, ihn wenigstens noch einmal zu sehen.

Die IRONCLAD setzte sich in Bewegung, kaum dass der Kutter sich aus ihrem Sog gelöst und die unmittelbare Gefahrenzone verlassen hatte, und der Bug schwenkte schäumend herum. Janice' Blick folgte der Richtung, in die der Bug jetzt deutete, und nun meinte sie auch dort einen dunklen Punkt auf dem Meer zu erkennen, über dem ein haarfeiner rauchiger Schatten in der Luft hing.

»Was bedeutet das?«, fragte sie, eigentlich an sich selbst gewandt.

»Ärger«, antwortete Tom. Er machte eine Kopfbewegung in die entgegengesetzte Richtung. »Und vielleicht mehr.«

Die Schiffe, die sie verfolgten, waren durch das enorme Tempo der IRONCLAD zwar ein gutes Stück zurückgefallen, holten aber nun wieder auf, und auch wenn sie noch viel zu weit entfernt waren, um irgendwelche Einzelheiten zu erkennen, sah sie doch, dass sie groß sein mussten, wenn auch vielleicht nicht ganz so zyklopisch wie die IRONCLAD. Am vorderen Schiff, das sie ein bisschen besser wahrnehmen konnte, weil es gerade ein Stück abdrehte und damit von der Seite her zu sehen war, während das andere die IRONCLAD in direkter Linie verfolgte, glaubte sie gleich zwei Schornsteine auszumachen, und seine Linien kamen ihr auf eine eigene Art genauso abweisend und kantig vor.

Sie brauchten nur wenige Minuten, um den eisernen Steg von Bone Island zu erreichen, und Janice überließ es diesmal gleich den beiden kräftigen Jungen, Steve nicht nur von Bord, sondern auch ein Stück weiter auf die kleine künstlich aufgeschüttete Insel hinaufzuschaffen. Sie hätte gerne gefragt, was das alles sollte, doch dazu forderte ihr der Übertritt von dem schwankenden Boot auf den eisernen Steg zu viel Aufmerksamkeit ab, und als sie endlich bei Steve ankam, verhielt sie erst einmal einen Moment schwer atmend, bevor sie an seine Seite trat und sich seinen Arm um die Schulter legte. Sie musste an sich halten, um nicht unter seinem Gewicht aufzustöhnen, aber immerhin hatte sich sein Blick ein wenig geklärt.

Sie hätte erwartet, Schmerz in seinen Augen zu lesen oder Erschrecken, aber er wirkte einfach nur verwirrt; als erwachte er langsam aus einem sehr tiefen Schlaf und wäre noch nicht ganz schlüssig, was er mit dieser Wirklichkeit anfangen sollte, in der er sich wiederfand.

»Wir sollten in den Leuchtturm gehen«, schlug Tom vor. »Dort ist es wärmer.«

Janice' Misstrauen regte sich schon wieder. Es war nicht besonders warm, und es gab auf diesem kahlen Steinhaufen absolut nichts, was dem schneidenden Salzwasserwind Einhalt gebot. Aber das war nicht der Grund für Toms Vorschlag, das spürte sie so deutlich, als hätte er es laut zugegeben. Es war schwer, in seinem wettergegerbten Gesicht zu lesen, aber irgendetwas machte ihm Angst.

»Und außerdem haben wir von dort oben auch einen besseren Überblick«, stimmte ihm Nichols zu.

Aus irgendeinem Grund brachte ihm das einen ärgerlichen Blick von Connor ein, während Janice eher zweifelnd nach oben sah. In dem winzigen Raum, in dem sie mit Tom gewesen war, würden sie niemals alle hineinpassen. Sie beeilte sich trotzdem, hinter den anderen herzuhumpeln, und sie kam auch nicht umhin, eine deutliche Erleichterung bei dem Gedanken zu verspüren, mehr als einen Fuß massives Eisen zwischen sich und der Außenwelt zu wissen, nachdem sie durch die Tür getreten waren. Innen angekommen, lehnte sie Steve behutsam gegen die Wand und streckte sich, weil sie sein Gewicht noch immer auf den Schulten zu spüren glaubte. Connor machte einen fragenden Wink nach oben, doch Janice schüttelte nur stumm den Kopf und deutete ebenso wortlos auf die lächerlich schmalen Trittstufen, die in einer bizarren Spirale nach oben führten. Schon allein und im Vollbesitz ihrer Kräfte dort hinaufzukommen hatte sie sich kaum zugetraut. Zusammen mit Steve war es unmöglich.

Sie hatte diesen Gedanken noch nicht ganz zu Ende gedacht, da begann der Boden unter ihren Füßen zu zittern, und ein mittlerweile schon bekanntes Rumpeln und Klirren erklang. Eine nach der anderen schoben sich die Metallzungen weiter aus der Wand und falteten sich dabei auseinander, bis sie eine richtige Treppe bildeten; selbstverständlich ohne Geländer, aber sie war längst bescheiden geworden, was solchen überflüssigen Firlefanz anbelangte.

Und wenn sie ehrlich war, dann war sie noch nicht einmal wirklich überrascht. Sie lebte längst in einer Welt der Unmöglichkeiten und Wunder … und wer hatte je behauptet, dass Wunder immer angenehmer Natur sein mussten?

Es kostete sie trotzdem enorme Anstrengung, den immer noch benommenen Steve die Treppe hinaufzubugsieren, und selbstverständlich verbot es ihr Stolz, die sofort von Daniel und seinem

Kumpan angebotene Hilfe in Anspruch zu nehmen. Und oben angelangt, wartete gleich die nächste Überraschung auf sie: der gekrümmte Gang, an den sie sich erinnerte, war deutlich kürzer geworden, der bizarre Maschinenraum dahinter dafür umso größer. Jedenfalls kam es ihr im ersten Moment so vor, bis sie begriff, dass er nicht wirklich gewachsen war. Vielmehr war ein Großteil der fremdartigen Apparaturen verschwunden, die vorher fast den gesamten vorhandenen Platz beansprucht hatten. Über diese neuerliche Unmöglichkeit dachte sie erst gar nicht nach.

Stattdessen trat sie ans Fenster und sah hinaus aufs Meer, und wie es der Zufall wollte, auch genau auf die IRONCLAD, die inzwischen wieder Fahrt aufgenommen hatte und das offene Meer ansteuerte. Aber es kam ihr auch so vor, als täte sie es nur mit einem Bruchteil der enormen Geschwindigkeit, wie sie sie vorhin an Bord des Schiffes erlebt hatte.

Und noch etwas war seltsam: Die IRONCLAD hielt direkt auf das zweite Schiff zu, das ihr den Weg abzuschneiden versuchte.

»Was tun sie da?«, wunderte sich Daniel, und Kenny fügte noch hinzu: »Sie könnten ihnen doch spielend davonfahren.«

»Ich glaube, das wollen sie gar nicht«, murmelte Connor.

Janice hörte gar nicht wirklich hin, denn ihr war noch etwas anderes aufgefallen: Obwohl sich die IRONCLAD nach wie vor mit großer Geschwindigkeit bewegte, befand sie sich noch immer genau in der Mitte des Fensters.

Und eigentlich war es umgekehrt, denn das Fenster blieb auf das Schiff gerichtet. Das Rumpeln und Vibrieren hatte nicht aufgehört, seit sich die Treppe entfaltet hatte, und auch der Boden unter ihren Füßen zitterte noch immer ganz sacht … was daran lag, dass sich der gesamte Turm zu drehen begonnen hatte, um dafür Sorge zu tragen, dass das *Fenster* immer auf das Schiff gerichtet blieb.

Ein gedämpfter Knall wehte an ihr Ohr, und Connor und Tom blieb gerade noch Zeit, einen raschen Blick zu tauschen, da stieg nur ein Stück vor dem Bug der IRONCLAD eine gewaltige weiße Wassersäule aus dem Meer.

»Sie schießen!«, sagte Daniel überflüssigerweise.

»Sie feuern auf die IRONCLAD«, bestätigte Kenny scharfsinnig.

Diesem ersten Schuss folgte fast unmittelbar ein zweiter, der jetzt dicht hinter dem Heck des Schiffes weiße Gischt aus dem Meer prügelte. Man musste nichts von Militär und Seekriegsführung verstehen, um zu wissen, dass es sich um Warnschüsse handelte. Welche Wesen auch immer am Ruder des schwarzen Schiffes standen, sie mussten diese Warnung verstanden haben.

»Warum fahren sie nicht einfach davon?«, wunderte sich Daniel, und sein Freund ließ es sich natürlich nicht nehmen, in gewichtigem Ton hinzuzufügen: »Oder wehren sich? Sie könnten sie einfach aus dem Wasser pusten!«

»Halt endlich den Mund, du verdammter Narr«, brachte ihn Tom zum Schweigen. »Bevor ich mich vergesse.«

Janice war ihm im Stillen dankbar dafür, auch wenn sie sich insgeheim genau dasselbe fragte wie Daniel. Sie hatte selbst erlebt, wie unglaublich schnell die IRONCLAD war – wieso fuhren sie ihren beiden Verfolgern dann nicht einfach davon?

Aber ganz im Gegenteil wurde die IRONCLAD nur noch langsamer, und Janice war auch beinahe sicher, dass das nichts mit den Warnschüssen zu tun hatte. Im gleichen Maße, in dem sich die Fahrt des gewaltigen Schiffes verlangsamte, verebbte auch die Bewegung des stählernen Turms, und schließlich kamen beide zum Stillstand. Nur einen Atemzug später verstummte auch das Rumoren und Knarren unter ihren Füßen.

Sie registrierte eine Bewegung neben sich, drehte den Kopf und stellte überrascht fest, dass Steve nicht nur aus eigener Kraft neben ihr stand, sondern sich auch sein Blick geklärt hatte. Er wirkte noch immer unendlich erschöpft und schwach, aber es ging ihm dennoch mit jeder Minute besser. Was immer diese schauderhaften Apparaturen an Bord der IRONCLAD mit ihm gemacht hatten, war vielleicht keine wirkliche Magie, aber es kam ihr in seiner Wirkung gleich.

Sie streckte den Arm aus und zog ihn an sich, um ihn zu stützen, sollten ihn die Kräfte wieder verlassen.

Aber vielleicht war es auch genau umgekehrt.

Die beiden fremden Schiffe näherten sich rasch. Das Schiff mit den zwei Schornsteinen hatte so weit abgedreht, um der IRON-

CLAD den Weg abzuschneiden, dass es nicht mehr als ein halb verschwommener Schemen war, doch das andere war ganz eindeutig als Kriegsschiff erkennbar, ein mächtiges Kanonenboot mit zwei beeindruckenden Geschütztürmen an Bug und Heck, einem gewaltigen rauchenden Schornstein und zwei großen Schaufelrädern, unter denen das Wasser nur so schäumte.

»Das sind ... Kriegsschiffe«, flüsterte Janice erschrocken. »Aber wieso ... wie können sie so schnell hier sein?«

»Nicht einmal hier kann man eine komplette Eisenbahnbrücke abreißen, ohne dass es jemandem auffällt, mein Kind«, sagte Connor im Ton einer unheilvollen Prophezeiung. Sie verzichtete auf jegliche Schlussfolgerung, doch Janice konnte das, was sie nicht gesagt hatte, dafür umso deutlicher hören. Im ersten Moment glaubte sie, es wäre ihr schlechtes Gewissen, das sich tief in ihr rührte, aber zugleich spürte sie auch, dass es etwas anderes und viel Unangenehmeres war.

Die IRONCLAD kam endgültig zum Stillstand. Bei hellem Tageslicht und ohne die Hilfe der Sternbilder war es schwer zu sagen, doch Janice war beinahe sicher, dass sie an derselben Position lag, an der sie vor zwei Nächten vermeintlich aus dem Meer aufgetaucht war.

Eine Zeit lang geschah nichts, dann meinte sie eine Bewegung am Bug der IRONCLAD wahrzunehmen, konnte aber keine Einzelheiten erkennen. Doch nur einen kurzen Moment danach blitzte es grell und lautlos auf, und nun sprang vor dem Bug des Kanonenbootes eine Fontäne aus weißer Gischt aus dem Meer und expandierte zu einer Wolke aus kochendem Dampf.

Die Antwort ließ nicht lange auf sich warten. Beinahe gleichzeitig feuerten alle Geschütze der beiden Kanonenboote. Mehrere Schüsse verfehlten ihr Ziel und ließen nur weiße Wassersäulen aus dem Meer springen, aber zwei trafen dafür umso genauer. Die geheimnisvolle Waffe, mit der die IRONCLAD geschossen hatte, flog in einem grellen Blitz und einer Wolke aus Trümmerstücken auseinander, die zweite Granate schlug mit fast noch verheerenderer Wirkung in die Aufbauten hinein, und der Himmel über dem Meer färbte sich rot, dann schwarz.

Janice schlug erschrocken die Hand vor den Mund, und Daniel quietschte regelrecht: »Aber was tun sie denn da? Warum wehren sie sich denn nicht?«

Eine zweite Geschützsalve krachte. Diesmal traf nur eine einzige Granate, die allerdings verheerenden Schaden an den Aufbauten der IRONCLAD anrichtete. Zwei weitere Schüsse gingen weit fehl, während das vierte Geschoss in einer Wolke aus Feuer und fliegenden Steinsplittern auf dem Fuß von Bone Island aufschlug.

Die fast unmittelbar folgende Explosion der letzten Granate traf den Leuchtturm mit solcher Gewalt, dass sie alle zurücktaumelten und nicht nur Steve von den Füßen gerissen wurde, sondern in der Folge auch Janice, als sie ihn festzuhalten versuchte. Staub und eine Million Rostsplitter regneten von der Decke und den Wänden, und der Lärm war so gewaltig, dass Janice sich fast wünschte, taub zu werden, nur um ihn nicht länger ertragen zu müssen. Alles verschwamm vor ihren Augen, und sie schmeckte ihr eigenes Blut.

Sie stemmte sich hustend auf Hände und Knie, überzeugte sich mit einem Blick davon, dass Steve zumindest äußerlich unverletzt geblieben war, und stand dann ganz auf. In ihren Ohren war ein schrilles, an- und abschwellendes Klingeln, jemand schrie etwas, das sie nicht verstand und wahrscheinlich auch gar keinen Sinn hatte, und die Luft war so voller Staub und wirbelnder Rostpartikel, dass sie kaum atmen konnte und schon wieder qualvoll husten musste. Trotzdem stolperte sie sofort zum Fenster zurück und versuchte zu erkennen, was draußen auf dem Meer geschah.

Im ersten Moment gelang es ihr kaum. Sie konnte sich nicht erinnern, auf der Insel irgendetwas gesehen zu haben, das nicht aus Stein oder Eisen bestand und somit brennen konnte, doch unter ihnen schossen plötzlich rote und gelbe Flammen in die Höhe, die es fast unmöglich machten, irgendetwas zu sehen. In ihren Ohren schrillte und klingelte es noch immer, aber sie hörte nun auch Kanonendonner, und wieder explodierte etwas in unmittelbarer Nähe. Bone Island wurde zwar dieses Mal nicht direkt getroffen, doch die Erschütterung ließ sie abermals wanken, und sie stützte sich ganz instinktiv mit der flachen Hand am Fenster ab. Das Glas war *heiß*.

»Sie müssen gesehen haben, wie wir vom Schiff runter und hierher sind«, brachte Tom hustend hervor. »Sie werden den ganzen Turm zusammenschießen. Wir müssen hier raus!«

»Aber wohin denn?«, kreischte Daniel.

Er bekam keine Antwort, aber eine zweite und kaum weniger heftige Erschütterung gab Tom auf ihre ganz eigene Art recht, als eine weitere Granate am Fuß des Leuchtturms detonierte und ihn mitsamt allem und allen, die sich darin befanden, durchschüttelte. Es gelang Janice zwar, auf den Füßen zu bleiben, doch sie bedauerte es fast, denn sie kehrte gerade rechtzeitig zum Fenster zurück, um zu sehen, wie eine der großen Granaten, die die Schiffsgeschütze verschossen, Toms Fischerboot traf und in einem gewaltigen Blitz in Stücke riss.

»Wir müssen hier weg«, drängte Tom noch einmal. »Schnell! Nach unten!«

Das Glas vor ihrem Gesicht riss mit einem peitschenden Knall, und die Luft roch plötzlich nach brennendem Metall. Vielleicht auch nach brennendem Fleisch. Sie zwang sich trotzdem, noch einmal aufs Meer hinauszusehen, und erkannte dort nichts außer einem Inferno aus grellen Mündungsflammen und noch grelleren Explosionen, brodelndem schwarzem Rauch und fliegenden Trümmerstücken.

Endlich kam sie auf den Gedanken, sich nach Steve zu bücken und ihm auf die Beine zu helfen, auch wenn sie zuerst einmal beide wieder auf die Knie fielen, als eine weitere gewaltige Explosion den Turm in seinen Grundfesten erschütterte. Sie wusste selbst nicht genau, ob sie ihm oder er ihr aufhalf, aber schließlich stolperten sie hinter Connor und Tom wieder auf den Gang zurück. Die Luft war plötzlich voller Rauch, der ihnen das Atmen noch schwerer machte, und das gesamte Gebäude zitterte und schwankte nicht nur immer stärker, sondern begann zu stöhnen wie ein gewaltiges lebendes Wesen, das Todesqualen litt.

Wie durch ein Wunder schafften sie es sogar bis nach unten, ohne dass jemand auf der Treppe den Halt verlor und sich das Genick brach. Durch die offen stehende Tür drangen Flammen und Rauch herein, doch das war nicht ihr Ziel. Der vorhin noch massive Metallboden war aufgebrochen und lockte mit einer weiteren der Janice schon hinlänglich bekannten Albtraumtreppen und, als wäre das noch nicht genug, einem pulsierenden grünen Licht, das aus der Hölle selbst zu kommen schien.

Ein gewaltiges Krachen ließ den Turm erbeben, als eine weitere Granate an seiner Flanke detonierte und Janice nicht nur vor Schrecken aufschreien ließ, sondern auch jedes Argument hinwegfegte, das gegen die Benutzung der Treppe sprach. Diesmal regnete kein rostroter Staub von der Decke, sondern kieselsteingroße Brocken, die wie Faustschläge auf ihren Kopf und ihre Schultern einprügelten.

Wie durch ein Wunder wurde niemand schlimm verletzt, aber am unteren Ende der Treppe angekommen, dröhnte ihr der Kopf, und sie konnte im ersten Moment kaum etwas sehen. Alles war grün und rot (das Rot kam von ihrem eigenen Blut, das ihr in die Augen lief), und alle schrien durcheinander, sie selbst vermutlich eingeschlossen, ohne dass sie es auch nur merkte. Irgendwo hinter und ein gutes Stück über ihnen brach etwas mit so gewaltigem Getöse zusammen, dass sie Mühe hatte, durch die nachfolgende Erschütterung nicht von den Beinen gerissen zu werden, und jetzt war es ganz eindeutig Steve, der sie festhielt, und nicht umgekehrt.

Er war es auch, der sie hastig zur Seite zog, als eine wahre Lawine rauchender Trümmerstücke hinter ihnen die Treppe heruntergepoltert kam, manche davon schwer genug, um ihrerseits etliche der bizarr geformten Stufen zu zerschlagen. Die Luft war plötzlich so voller Staub, dass sie schon wieder husten musste und beinahe noch weniger sah. Der Boden hob und senkte sich so abrupt, als hätte die Erde selbst versucht, zu einem Tritt nach ihnen auszuholen, und ein abermaliges Krachen und Poltern und allgemeines Getöse erklang, als der gesamte Turm über ihnen zusammenzubrechen schien. Sehr viel später hätten sie nicht hier unten ankommen dürfen.

Nachdem der Lärm verebbt war, schien es beinahe unheimlich still zu werden, was aber wohl eher daran lag, dass sie für etliche Sekunden so gut wie taub war. Der Boden unter ihren Füßen zitterte noch immer, und sie meinte so etwas wie ein feines Grollen zu spüren; vielleicht das Echo der Geschützsalven, mit denen die beiden Kanonenboote die IRONCLAD gnadenlos in Stücke schossen.

Connor tauchte hustend und leicht desorientiert aus dem Staub vor ihr auf, das Gesicht in blassgrünen Schein getaucht. »Wir müssen weg«, stieß sie kurzatmig hervor. »Wir sind hier nicht mehr sicher.« Dabei deutete sie gleichzeitig in zwei verschiedene Richtungen, bekam aber in diesem Moment auch Unterstützung in Form ihres Bruders, der sie kurzerhand an einem ihrer wild herumfuchtelnden Arme ergriff und hinter sich herzerrte.

Ein dumpfes Krachen und der intensive Gestank von abgebranntem Schießpulver überzeugten sie davon, dass es vielleicht nicht die schlechteste Idee war, ihnen zu folgen. Untergehakt bei Steve und weniger sicher denn je, wer denn nun eigentlich wen stützte, stolperte sie mit ihm hinter den beiden her und musste sich unter einer massigen Eisentür hindurchducken, die gute zehn Fuß breit war, aber kaum halb so hoch.

Tiefer und tiefer drangen sie in die Erde ein, denn was sie für einen schlichten Kellerraum gehalten hatte, das war nur der Einstieg in ein wahres Labyrinth ineinandergeschachtelter Räume und Gänge, weiterer Treppen und schräger Rampen mit geriffeltem Boden, die eher für große Schnecken oder Geschöpfe mit einem noch viel unvorstellbareren Fortbewegungsapparat gedacht zu sein schienen, und Janice wurde voller Unbehagen klar, dass die Ausdehnung dieses Labyrinthes das des winzigen Eilands um ein Mehrfaches übertreffen musste und sie sich längst unter Wasser befanden, nicht mehr unter der Erde.

Und es war noch lange nicht zu Ende.

Je tiefer sie kamen, desto unheimlicher wurde, was sie sahen. Hatte sie sich am Anfang noch eingeredet, nur Produkte einer fremdartigen uralten Technik zu sehen, für die ihr Verständnis einfach nicht ausreichte, so war das, was sie nun erblickten, nur noch bizarr und Furcht einflößend. Sie musste unentwegt an das denken, was Joffrey auf der IRONCLAD zu ihr gesagt hatte: *Sie denken nicht wie wir.* Vielleicht hätte er es anders ausdrücken sollen: *Sie sind nicht wie wir.* Vielleicht gab es Geschöpfe in diesem Universum, die einfach zu fremd waren, um miteinander zu leben.

Und dann, nach einer letzten Mischung aus Treppe, Rampe und … *irgendetwas* … sah sie auch, was er gemeint hatte; und auch, dass er der Wahrheit nicht einmal nahegekommen war.

Der Weg endete in einer großen, so vieleckig-asymmetrischen Kammer, dass ihr leicht schwindelig wurde, als all die fremden Winkel und Linien auf ihre Sinne einstürmten. Viel unheimlicher aber noch war das, was sie durch die genau gegenüberliegende Wand sah. Sie bestand nicht aus dem allgegenwärtigen schwarzen Eisen, sondern fast handspannendickem durchsichtigem Kristall – kein Glas –, und der grüne Schein war der des türkisfarbenen Wasser, das sich davor scheinbar unendlich bis zu einem von sich kreuzenden Wellenmustern und bedrohlichen Schatten beherrschten Himmel türmte. Sie befanden sich tief unter Wasser, sogar noch sehr viel tiefer, als sie ohnehin schon angenommen hatte, und was sie am meisten erstaunte, das war die unglaubliche Klarheit des Wassers und wie weit der Blick selbst in dieser Tiefe reichte.

Abgesehen von dem natürlich, was sie in diesem unheimlich grün leuchtenden Wasser erblickte.

Man hätte es für einen unterseeischen Berg halten können, ein zerklüfteter schwarzer Grat, dessen steile Flanken vom Meeresgrund aus bis fast zur Wasseroberfläche hinaufwuchsen. Aber ihr Blick war durch die vorangegangenen Erlebnisse geschärft, und darüber hinaus hätte sie das gar nicht gebraucht. Tief in sich *wusste* sie einfach, was sie sah.

Eine Stadt.

Was da aus dem Meeresgrund wuchs und nahezu den flüssigen Himmel weit über ihnen berührte, war eine zyklopische Stadt aus einer Million sinnverwirrender Türme und Quader, Brücken und Spiralen und Flanken und Schründen, die sie wie nichts anderes an ihre Umgebung und die Magen umstülpende Architektur der IRONCLAD erinnerte; auch wenn es nicht nötig gewesen wäre, denn in ihrem Innersten erkannte sie es einfach; berührte es doch etwas in ihr und ließ eine vertraute Saite anklingen.

Rings um diese unheimliche Stadt der Schatten brodelte das Meer geradezu vor Leben. Da waren unzählige schlanke Umrisse, gewaltigen Fischen und anderen Tiefseelebewesen gleich, aber auch

Formen, wie sie sie noch nie zuvor gesehen hatte und niemals hatte sehen wollen. Aber da waren auch noch andere Dinge, kolossale Schatten, die selbst so groß wie Schiffe oder noch viel gewaltiger waren, und noch während sie hinsah, löste sich einer der vermeintlichen Berggipfel in unzählige einzelne Schatten auf, die sich wie eine schwarze Wolke im Wasser verteilten und dann in ebenso viele unterschiedliche Richtungen davonstrebten.

Etwas Riesiges und Bedrohliches näherte sich dem Fenster, sodass sie um ein Haar erschrocken zurückgeprallt wäre, hätte der Anblick sie nicht zugleich auch so sehr in seinen Bann geschlagen, dass sie sich gar nicht mehr rühren konnte. Eine wahrhaft titanische Kreatur näherte sich ihnen, die direkt aus den finstersten Seefahrermythen zu stammen schien. Auch Janice hatte schon Geschichten über mythische Tiefseekraken gehört, die am Ende der Welt lauerten und ahnungslose Seefahrer samt ihrer Schiffe in die Tiefe rissen, aber nicht einmal das wildeste Seemannsgarn hatte je von *solchen* Ungeheuern gesprochen. Jeder einzelne seiner zehn Fangarme musste länger sein als ein Schiff, und als er noch näher kam und direkt vor dem Kristallfenster anhielt, starrte sie in ein Auge, dessen Durchmesser fast ihrer Körpergröße entsprach.

Und noch schlimmer war das, was sie in diesem Auge las, denn sie begegnete nicht dem Blick eines Tieres. Ganz und gar nicht. Tief am Grunde dieses auf entsetzliche Weise menschenähnlichen Auges war etwas, aber es war nicht der stumpfe Intellekt eines Tieres und ebenso wenig etwas auch nur im Entferntesten Menschliches, sondern etwas so unvorstellbar Fremdes, dass ihr Verstand zerbrechen würde, wenn sie diesem Blick noch länger ausgesetzt blieb.

Connor legte ihr sanft die Hand auf die Schulter, und Steve tat etwas, das sie in diesem Moment überhaupt nicht verstand. Mit unerwarteter Kraft trat er an ihr vorbei und fegte Connors Arm so heftig von ihrer Schulter, dass sie einen Schritt zurückstolperte. Ihr Bruder war mit einem Sprung neben ihr und spannte sich, doch Connor hob rasch die Hand, und Tom beruhigte sich auch genauso schnell wieder.

Als Janice wieder zum Fenster sah, war das Auge verschwunden, doch es schien noch eine schiere Ewigkeit zu vergehen, bis der riesige Kalmar am Fenster vorbeigeglitten war und den Blick auf die Stadt der Tiefen erneut freigab.

»Sehen Sie hin, Janice«, sagte Connor leise. »Begreifen Sie jetzt, dass wir hier nur geduldet sind?«

»Aber was tun sie da?«, fragte Janice. Vielleicht war es auch einer der anderen, nicht einmal dessen war sie sich noch sicher, und es spielte auch keine Rolle. Die größte Bergspitze des unterseeischen Massivs war bereits verschwunden, und auch der Rest schmolz nun immer schneller dahin.

»Sie gehen«, antwortete Connor. »Sie kehren zurück in die Tiefen der Meere, wo ihr Geheimnis vor uns und wir vor ihnen sicher sind.«

»Bis sie eines Tages zurückkommen und uns davonjagen?«, fragte Steve.

»Nicht, solange wir ihr Geheimnis wahren«, antwortete Connor.

»Und dafür ist kein Preis zu hoch?«, fragte Steve, noch immer im gleichen, aggressiven Ton, als könnte er sich kaum noch beherrschen, sich nicht auf sie zu stürzen, Tom und ihre anderen Begleiter hin oder her.

»Steve, was … soll das?«, fragte sie stockend.

Steves Blick hielt Connor unerbittlich fest, aber er deutete auf das Fenster und nach oben, wo die Kielspuren der beiden Kanonenboote den schwarzen Umriss der viel größeren IRONCLAD noch immer umkreisten wie zwei Haie, die einen verletzten Wal attackierten. »Ich habe mit Joffrey gesprochen. Hast du dich nicht gefragt, was ihn antreibt? Warum er sein Leben und all das hier riskiert hat?«

»Um uns zu retten?«

»Um dich zu retten«, bestätigte Steve; und dieses Mal antwortete Janice nicht mehr. Stattdessen starrte sie Connor an.

»Ist das … wahr?«, flüsterte sie. Natürlich war es wahr, aber sie hatte es erst selbst aussprechen müssen, um das Offensichtliche zu erkennen. Wahrscheinlich als Einzige. »Sie wollten … uns töten?«

»Das Geheimnis muss beschützt werden«, sagte Connor.

»Es war nicht ihre Entscheidung«, sagte Tom. »Waters hat es befohlen.«

»Aber Sie … Sie hätten es getan?«, fragte sie fassungslos. »Sie hätten uns beide umgebracht?«

»Es war Waters Entscheidung«, sagte Tom noch einmal. Niemand antwortete, doch sie sah Steve an, dass er wahrscheinlich handgreiflich werden würde, wenn Tom das noch einmal wiederholte.

Sie drehte sich gerade noch rechtzeitig genug zum Fenster, um den letzten Akt des Dramas mitzubekommen. Nach allem, was sich bisher abgespielt hatte, ging es unerwartet schnell und beinahe schon undramatisch. Die IRONCLAD neigte sich ganz langsam auf die Seite, richtete sich in einer fast trotzigen Bewegung noch einmal auf und begann dann mit dem Heck voran zu sinken. Die beiden Kanonenboote feuerten ununterbrochen weiter, wie die grellen Mündungsblitze bewiesen, deren Licht selbst durch die Wasseroberfläche drang; obwohl die IRONCLAD bereits waidwund und ihre Aufbauten schrecklich verwüstet waren. Manche davon brannten noch immer, auch unter Wasser, und zahllose Trümmerstücke lösten sich und eilten dem Schiff auf seinem Weg zum Meeresboden voraus.

Seltsamerweise sanken nicht alle. Ganz im Gegenteil tauchte der Großteil nur gerade weit genug unter, um sicher nicht mehr gesehen werden zu können, bevor sie ihren Kurs änderten und sich den auseinanderstrebenden Teilen der auseinanderbrechenden Stadt anschlossen.

Alle bis auf eines.

»Sie müssen sich jetzt entscheiden, Kindchen«, sagte Connor. »Sie kommen, um uns zu holen.« Sie deutete auf das vermeintliche Trümmerstück, das sich von der nunmehr ganz auseinanderbrechenden IRONCLAD löste und immer direkter und schneller werdend auf sie zuglitt.

»Entscheiden?«, fragte Steve.

»Keine Sorge«, sagte Tom, bevor Connor antworten konnte. »Ellen wollte niemals Blutvergießen. Es war allein Waters Entscheidung.«

»Dann hätten Sie besser auf ihn aufpassen sollen«, sagte Steve verächtlich.

»Sie haben ja keine Ahnung, wie mächtig dieser Mann war«, sagte Tom. »Und es gibt andere wie ihn.« Er deutete auf das näher kommende Gefährt. »Sie werden uns an Land bringen, und niemand wird euch aufhalten. Aber ihr müsst euch entscheiden, auf welche Seite ihr in Zukunft gehört.«

Steve warf ihr einen fast flehenden Blick zu, doch Janice wich ihm nicht nur aus, sondern drehte sich auch wieder zum Fenster und sah dem näher kommenden Bruchstück der IRONCLAD entgegen. Es kam ihr immer weniger wie ein Trümmerteil vor, sondern vielmehr wie ein bizarres Fahrzeug, das sich sowohl auf als auch unter der Wasseroberfläche bewegen konnte, und sie wäre nicht erstaunt gewesen, zu erfahren, auch in der Luft. Hinter ihr sagte Steve etwas in scharfem Ton zu Tom und bekam auch eine Antwort, aber Janice hörte gar nicht mehr hin. Wie konnte sie auch angesichts all dieser düsteren Wunder und ungeahnten Schrecknisse, die da lautlos vor ihnen im Meer versanken? *Sie müssen sich entscheiden.*

Aber das musste sie gar nicht. Sie hatte es schon längst getan, ohne es zu wissen. Schon in dem Moment, in dem sie den Ruf der Tiefen Wesen das erste Mal gehört hatte.

Sie wusste, wohin sie gehörte.

Und was ihre Aufgabe war.

Epilog

Die Frau musste um die fünfzig sein, und Janice sah sowohl ihren Kleidern als auch ihrem verhärmten Gesicht an, dass sie schon bessere Zeiten erlebt hatte. Die goldene Halskette, die sie trug, musste einst teuer gewesen sein, wirkte jetzt aber abgetragen und vernachlässigt, und wenn man genau hinsah, konnte man erkennen, dass sie an mindestens einer Stelle und nicht besonders fachmännisch geflickt war. Dasselbe galt mehr oder weniger für ihre gesamte Erscheinung. Alles, was sie trug, war gerade ein wenig zu abgetragen, um nicht aufzufallen, und schon vor mehreren Jahren aus der Mode gekommen; eben die Art, sich herauszuputzen, wie es einfache Leute im Allgemeinen taten, wenn sie irgendwohin gingen, wo sie einen gewissen Eindruck machen zu müssen glaubten – und niemals begreifen würden, dass sie damit das Gegenteil erreichten, wenn überhaupt etwas. Nach allem, was sie bisher gesehen und von ihr gehört hatte, tat sie Janice vor allem leid.

Trotzdem beging sie keine Sekunde lang den Fehler, die Antragstellerin zu unterschätzen oder auch nur nicht ernst zu nehmen. Sie kannte Menschen wie Miss Bartlett, und sie hatte auch den Funken aufkommender Verzweiflung unter der aufgesetzten Härte in ihren Augen gesehen. Nach allem, was sie bisher gehört und in ihren mitgebrachten Unterlagen gelesen hatte (und erst recht durch das, was sie *nicht* gesagt hatte), vermutete sie, dass sie sich in einer prekären familiären und einer nahezu verzweifelten pekuniären Situation befand. Menschen wie sie glaubten oft, nichts mehr zu verlieren zu haben und daher alles riskieren zu können. Wer, wenn nicht sie, wusste das wohl am besten?

»Und?«, fragte Bartlett, nachdem sie anscheinend zu der Überzeugung gelangt war, lange genug darauf gewartet zu haben, dass man ihr endlich ihr gutes Recht gewährte. »Wie lange wollen Sie mich noch warten lassen? Ich habe meine Zeit nicht gestohlen.«

Schließlich bin ich kein Beamtin. Den letzten Salz sprach sie zwar nicht laut aus, aber Janice hörte ihn trotzdem so deutlich, als hätte sie es getan.

»Nur noch einen kurzen Moment, Miss Bartlett«, sagte Janice geduldig. »Mein Kollege ist sicher gleich wieder da.«

»Sie benötigen also Unterstützung, um in einem Plan nachzusehen?«, fragte Bartlett herausfordernd. »Oder denkt er sich schnell noch ein paar weitere Gründe aus, um mich abzuwimmeln, damit mir dieser famose Staat weiter vorenthalten kann, was mir von Rechts wegen zusteht?«

»Mein Kollege holt lediglich einen weiteren Akt, Miss Bartlett.«

»Einen weiteren Akt?« Bartlett gab ein verächtliches Geräusch von sich. »Wozu brauchen Sie einen weiteren Akt?«

Janice spürte ein verräterisches Jucken an der Stelle unmittelbar über ihrem Herzen, an der sich vor dem Rückzug der Tiefen Wesen drei rote Male befunden hatten, und konnte sich gerade noch beherrschen, um nicht wenig damenhaft mit den Fingernägeln über ihren Brustansatz zu fahren. Stattdessen zwang sie ein Lächeln auf ihr Gesicht. »Nur um ganz sicherzugehen.«

Bartlett sah sich demonstrativ in dem großen, mit überquellenden Regalen und Aktenschränken nur so vollgestopften Raum um. »Weil Sie ja hier noch nicht genug Papier haben, mit dem Sie mich verwirren können?«

Janice schluckte die scharfe Antwort herunter, die ihr auf der Zunge lag. Stattdessen sagte sie immer noch lächelnd: »Ich möchte nur ganz sichergehen, Miss Bartlett, das ist alles. Das ist doch auch in Ihrem Interesse.«

»Wie entzückend von Ihnen, Misses Waiden«, sagte Bartlett spitz, und Janice konnte sich gerade noch beherrschen, sie nicht zu verbessern. »Aber es ist auch nicht nötig. Ich habe doch alles mitgebracht, was Sie brauchen!« Sie wies mit kampflustig vorgerecktem Kinn auf die tatsächlich recht ansehnliche Anzahl von Papieren, die Janice auf dem Tisch vor sich ausgebreitet hatte. Nicht wenige davon sahen offiziell aus, mit amtlichem Siegel und Stempel, und sie hatte sie alle und mit wachsender Besorgnis gelesen. »Das da ist die beglaubigte Kopie des Kaufvertrages, desgleichen die Sterbeurkunde und eine Kopie des Erbscheins, ausgestellt vom Gericht gleich auf der anderen Straßenseite! Mein Bruder hat mir dieses Stück Land hinterlassen, und ich habe alles doppelt und dreifach prüfen lassen! Ich verstehe nicht, was jetzt noch …«

Das Geräusch der Tür ließ Bartlett verstummen und sich halb umdrehen, und auch Janice hob den Kopf, und ein kurzes, zärtliches Lächeln huschte über ihre Lippen, als sie sah, dass es Steve war, der hereinkam, um ihr den angeforderten Vorgang zu bringen. Aber es war auch bereits wieder von ihren Zügen gewichen, als sich Bartlett erneut umdrehte und sie erwartungsvoll ansah.

Steve legte den Akt bereits an der richtigen Stelle aufgeschlagen vor ihr auf den Tisch und schien darauf zu warten, dass sie etwas sagte, doch sie schüttelte nur den Kopf und sie schenkte ihm einen weiteren (zärtlichen und vielversprechenden) Blick. Es hatte sich viel verändert, seit sich Joffrey mit den Tiefen Wesen zurückgezogen hatte. Aber eines war geblieben: ihre Liebe zu Steve und ihr gemeinsamer Entschluss, das Geheimnis zu wahren.

Anscheinend war Bartlett nun doch etwas aufgefallen, denn sie zog fragend die Augenbraue hoch und machte auch gar keinen Hehl mehr aus ihrer Neugier. Janice verspürte plötzlich das absurde Bedürfnis, ihr eine Erklärung schuldig zu sein, schüttelte den Gedanken aber auch sofort als so unsinnig ab, wie er war. Sollte sie doch von ihr denken, was sie wollte.

Für mehrere Minuten tat sie angestrengt so, als läse sie in der Akte, legte sie schließlich aufgeschlagen und so vor sich auf den Tisch, dass Bartlett die akribischen Aufstellungen, Statistiken und Zahlenkolonnen darauf vielleicht nicht lesen, aber erkennen konnte, und schüttelte dann mit einem bedauernden Seufzen den Kopf. »Ich fürchte, es bleibt dabei.«

»Aber mein Bruder hat mir …«

»Aber wenn ich es Ihnen doch sage«, unterbrach sie Janice erneut. »Es gibt keinen Ort namens *Magotty*, und es hat ihn auch niemals gegeben.«